被博老师喜欢，
是能让我随时随地客
喜的一件事。

时尾草

牙印

时星草 著

上 册

长江出版社
CHANGJIANGPRESS

目 录

上 册

目 录

下 册

从看见她的那天开始，他就想建一座城堡，把她藏在里面。

第 一 章

非分之想

迟绿收到季清影的消息时，正在机场候机。她刚刚结束了一场长达两天的秀场活动，这会儿困得上下眼皮直打架。

她打着哈欠，强撑着眼皮点开微信，在看到内容后，她的哈欠停住了。

季清影："你助理订的酒店是不是近程？我刚听说明天有个电视剧发布会定在那边。"

季清影："据说还邀请了几个特别嘉宾，其中有一个你还挺熟。"

迟绿盯着她卖关子的消息看了半晌，低头回复："哦，和我有什么关系？"

季清影："你不感兴趣呀？那我把拿到的票送给其他人了。"

迟绿："不准！"

季清影："……"

虽没有明说，但两人都知道对方说的人是谁。

迟绿的眼睫毛颤了颤，盯着两人的对话看了几秒，忽然想上微博搜点儿消息。

她刚点开微博，助理李圆圆买了热咖啡回来："迟绿姐，你的焦糖玛奇朵，小心点儿，还有点儿烫。"

迟绿嗯了一声："谢谢。"

她接过咖啡，拉下口罩抿了一口来提神。

迟绿又打了个哈欠，瞳眸里有了水雾。她看了看外面，低声问："飞机延误多久？"

圆圆摇头，低声说："暂时是一个小时。"

但具体要延误到什么时候，谁也不能确定。今天天气不是很好，不少航班出现了延误。

她看迟绿困倦的模样，轻声问："要不要去贵宾室休息会儿？"

"不了，懒得走。"迟绿抬着下巴指了指不远处的旅游团，笑着说，"那应该是和我们一个航班的游客吧？"

圆圆点头："好像是。"

迟绿笑了，听着亲切的对话，弯了下嘴角。

圆圆看她心情很好的模样，笑着问："迟绿姐，你是不是想家啦？"

迟绿一怔，沉默了几秒才说："想啊！"

她一直都想，只可惜她已经没家了。

圆圆在她旁边坐着，托腮望向那边，自言自语道："我也是。"

跟在迟绿身边做助理后，她也有一年多没回国了。

迟绿的行程比一般模特要忙得多。她曾在两年多的时间里走了上百场秀，拿下几大周刊首封。

她是很多人追捧和崇拜的模特艺人，也是不少杂志广告大片的宠儿。因此，两人基本没休息时间。

迟绿含糊不清地嗯了一声，不想在这个话题上停留："我眯一会儿。"

圆圆："好，登机了叫你。"

迟绿这一觉睡到登机还没清醒，忘了搜消息，昏昏沉沉地上了飞机，一路睡到目的地。

下了飞机，两人拿上行李往外走。

圆圆看着微信收到的消息，侧目道："迟绿姐，闻总那边安排了司机过来。"

圆圆口中的闻总，叫闻昊。他是迟绿在国外认识的一位品牌总监，也是她的半个伯乐。

迟绿看着时间，心不在焉地道："知道了。"

两人顺利找到过来接她们的司机，上车后，迟绿给季清影打了个电话。

"飞机晚点，我刚落地。"

季清影笑了，听出了她话里的怨气："发布会差不多要结束了。"

她看着网上的消息，低声道："票我让人放在酒店前台了，你去了还能拿。"

迟绿："都结束了，我拿票做什么？"

"做纪念啊！"季清影直接道，"让你多点儿遗憾。"

迟绿："……"

季清影轻笑："行，不逗你了。"

她是迟绿最好的朋友，自然知道她的一些小心思。季清影想了想，低声问："江城的活动是明晚？"

"嗯。"迟绿这次回国，是为了参加一个品牌的秀场活动。

季清影了然："回北城吗？"

迟绿侧目看向窗外，轻声道："没时间。"

行程安排得紧，她根本来不及回北城。

季清影沉默几秒："好，我让人在酒店前台放了东西，你记得拿。"

"好。"

挂了电话，迟绿盯着窗外看了许久。

她不是江城人，但对这个地方还挺熟的。大学时，迟绿经常来这座城市。她对这座城市，有种特别的感情。

她们抵达酒店时，发布会已经结束了。

迟绿拿了季清影留的东西，在往电梯那边去的时候扫了一眼另一侧的入口，那边还摆着这部剧男女主角的海报。

她停下脚步，目光在上面停留片刻。她刚要收回目光，耳侧传来了熟悉的声音。

"看什么？"

闻昊不知道从哪儿冒了出来，双手插兜，站在她旁边，顺着她的目光往那边看，挑了挑眉："认识？"

迟绿扫了一眼那两人的名字，面无表情地问："你觉得可能吗？"

闻昊也不在意她的态度，笑道："也对，你都几年没回国了。"

迟绿嗯了一声，继续往电梯那边走："你怎么过来啦？"

闻昊跟在她一侧，认真说道："你好不容易回一次国，我不亲自来接，说不过去吧？"

迟绿扯了一下唇："哦。"

闻昊稍顿，垂眼看着她："你心情不好？"

他不敢说多了解迟绿，但两人再怎么说也认识了几年。一些细微的情绪变化，闻昊还是能感受到的。

迟绿没瞒着："没睡好。"

闻言，闻昊没再多问。

他看了一眼迟绿手里拿的东西，伸出手道："我给你拿着。"

迟绿："不用。"

闻昊："……"

他无奈地笑着问："一定要跟我这么客套？"

说话间，他直接把那个盒子从迟绿手里拿了过去。

迟绿一顿，皱了一下眉。

她刚想说话，手机振动起来，是先上楼的圆圆发的消息。

圆圆："迟绿姐，你上来了吗？"

迟绿："等电梯。"

圆圆："好，我刚上来的时候在电梯门口遇到了闻总，他跟我说不用给你订餐。你们要出去吃吗？"

迟绿看着她的消息，刚要回复，电梯门开了。

"你先进。"闻昊在旁边道，"谁的消息？"

迟绿随口道："圆圆。"

进去后，迟绿垂着脑袋站在了边上，继续给圆圆回消息。

迟绿："不出去吃，我想先休息会儿。"

电梯里信号不好，迟绿看消息转了半天也没发出去，索性作罢。

迟绿心不在焉地看着上升的楼层，中途停下时，她往后退了两步。

她低头看明晚秀场的资料，没注意到闻昊的目光一直停留在她的身上。

有人进来后，闻昊才收敛些许。他抬了抬眼，在看到进来的男人后，扬眉喊了一声："博总？"

听到声音，博延掀起眼皮看了一眼出声的男人。

他颔首，淡淡地道："闻总。"

闻昊往迟绿那边挪了挪，语气熟稔："什么时候过来的？"

博延刚要出声，先注意到了一侧角落里站着的女人。他眼神一顿，敛下眸子里的情绪，神色寡淡道："上午。"

闻昊一怔，忽而想到了刚刚迟绿看的海报。

"你来参加发布会？"

博延曾做过一段时间编剧，公司旗下也成立了影视公司参与电影电视剧投资，他会出现也在情理之中。

博延稍顿，嗯了一声："闻总知道？"

闻昊笑了笑，毫不知情地指着迟绿说："我是不知道，但刚刚和她往这边走的时候看到了海报。"

他没注意到迟绿的沉默，给两人介绍道："迟绿，这是博总。博汇总裁，我们这次大秀的场地便是他们提供的。"说着，他看向博延，"我们家模特，迟绿。"

在闻昊的介绍下，两人四目相对。

迟绿从他出声的时候，脑子里一直绷着的一根弦就断了。她耳畔全是他熟悉又陌生的声音，让她的心不受控地怦怦直跳。

迟绿用力抓着手机，手背青筋凸起。

她抿了抿唇，压了压激动的情绪，缓缓抬眸。在看到他英俊的脸庞后，她有片刻的恍惚。

记忆里，博延很少穿西装，更偏爱休闲装。但迟绿觉得他骨架好，身材好，肌肉线条匀称，很适合穿西装。

在她的软磨硬泡下，博延穿了她买的西装。

那个时刻，迟绿脑袋空白了。她过后才想到一句话评价这个男人——西装暴徒。

博延穿西装，比百分之九十九的男人都要英俊，好看到让她无法用语言形容。

而此刻，面前的男人穿着剪裁得体的深色西装，系着领带。衬衫衣领熨烫整齐，袖口处别了两粒深蓝色袖扣，在电梯内灯光的折射下，闪闪发光。

他神情寡淡，五官立体精致，眉眼深邃，桃花眼勾人。但此刻，他的这双桃花眼里没有任何勾人的味道，瞳眸里全是陌生神情，好像不认识她了。

迟绿怔怔地看着，忘了反应。

闻昊看着她这样，后悔莫及，掩唇轻咳了一声："迟绿。"

迟绿回神，刚要开口，对面的男人先出了一声。

博延敛下眼眸，语气淡漠："你好。"

迟绿眼睫一颤，点了一下头回应。

两人打过招呼，电梯内突然就静了下来。

闻昊看了看两边的人，没再和博延说话。他沉默了一会儿，和迟绿搭话："晚点儿想吃什么？"

迟绿："……"

她看了他一眼："不是很饿。"

闻昊一笑，也不在意她的冷淡："总要吃点儿，晚上带你出去转转。"

迟绿刚要拒绝，电梯门开了，到了他们要去的楼层。

闻昊催促："走吧！"

看两人走出电梯，一直没出声的徐铭泽喊了一声："博总。"

博延双手插兜站在旁边，眼皮也没抬。

徐铭泽侧目:"您认识刚刚那位小姐?"

博延眼神一顿,扫了他一眼:"知名模特,徐助理不认识?"

徐铭泽:"……"

他指的不是这种认识,但看博延一脸不想提的模样,徐铭泽也不敢多问。

他安静片刻,突然问:"博总,今晚还回北城吗?"

虽说明天有大秀,但这边有负责的人,博延并不需要在这边监督。所以之前定行程的时候,博延是不留下看秀的。但这会儿,他不确定了。

博延冷冷地看了他一眼,没搭腔。

徐铭泽不怕他,绅士地一笑:"博总?"

博延扯了一下唇,目光平静,淡漠地回道:"回。"

出了电梯,迟绿拒绝了闻昊的好意。

她不想出门吃饭,更不想和闻昊一起出去吃饭。

闻昊听她说着冠冕堂皇的话,怔了一下:"不吃东西?"

迟绿嗯了一声:"我想先休息。"

话说到这份儿上,闻昊也不再勉强。他知道迟绿的性子,看似好说话,实际比任何人都固执。他在她身边两年多,也不急于一时。

"行,那你好好休息。我住楼上,有事给我打电话。"

迟绿点了一下头。

酒店房间很大,窗外便是江城的标志性建筑物。很多来江城的游客,会去那边留影打卡。

迟绿第一次来江城的时候,就拉着博延兴致勃勃地去了。

那天,她第一次穿了高跟鞋。

因为是热门景点,排队的人多。迟绿排了一会儿就觉得累,脚酸到不想走路。

她抱着博延撒娇抱怨,娇气到让他无可奈何。最后,博延一边训她,一边背着她走,引来他人瞩目。

那个时候,迟绿也不知羞,没觉得不好意思。

她搂着博延的脖颈,把所有夸奖的话都用在了他的身上。

…………

手机铃声响起,迟绿从回忆里抽身。她眼睫一颤,低头看着来电,是季清影的。

"喂。"迟绿接通电话,往床边走。

季清影听着她的声音，唇角往上牵了牵，揶揄道："怎么啦？"

迟绿："啊？"

"你这语气，比刚刚错过发布会还遗憾。"

迟绿哦了一声，埋头在枕头上蹭了蹭，直言道："那不一样。"

对她而言，就算是赶上了发布会，她最多也只能远远看一眼博延。可刚刚那会儿，他们是近距离接触。

季清影失笑，低声问："怎么不一样啦？我刚刚从傅医生那儿问到了消息，想不想知道是什么？"

迟绿眼皮也没抬，说："他还没离开近程。"

季清影一顿，挑眉问："见面啦？"

"嗯。"

季清影："然后呢？"

迟绿沉默了几秒，咕哝着："没有然后。"

季清影了然，也不知道该怎么安慰她。好在迟绿自我开导能力还不错，也不在这件事上多纠结。

她想了想，轻声道："不说这个了，你给我打电话就是这事？"

季清影："不全是。"

"还有什么？"

"你之后有什么打算？"

迟绿一怔，下意识地问："什么？"

季清影："我了解你，如果不是想开了，你不会回国参加活动。"

迟绿这两年长居国外，一直都没回来。季清影知道她有心结，也知道她只有想打开心结，把事情想通后才会有所行动。

"……"

迟绿嗯了一声，一时间也不知道该怎么说。

"再说吧！"她趴在床上，晃着脚丫子道，"暂时还没完全确定下来。"

"行。"季清影也不逼着她要答案，"决定了跟我说。"

"好。"

季清影笑了笑："回来了也出去走走，江城变化很大。"

迟绿笑了，心情轻松了不少："知道。"

挂了电话，迟绿索性躺下。

她闭着眼，眼前浮现的全是男人那双冷漠疏离的眼睛。以前，博延看她的眼神只有宠溺。

迟绿有些说不出的难受。

她伸手揉了揉眼，去浴室洗漱，强迫自己把刚刚的事忘掉。

洗完澡出来，迟绿精神了不少。她想着季清影刚刚说的话，纠结片刻，决定换衣服出门。

她好不容易回来一趟，也确实应该出去转转。

迟绿跟圆圆说了一声，戴着帽子和墨镜离开了酒店。

出了酒店，迟绿有点儿蒙。她没有明确的目的地，只是瞎逛。

不知不觉地，迟绿走到了以前经常去的一条街。

街道两侧的房屋变得破旧不堪，路边的小店也都关门了，路上的行人更是少之又少。

迟绿有点诧异，抬头张望着，想找找以前常来的一家店还在不在。不经意地，她看到了远处贴着的"拆"字。

迟绿愣了一下，慢慢地往前走。

这时，一侧忽然传来了陌生的男声："迟小姐？"

迟绿一怔，转头去看树下站着的男人。

博延的衣服换了，换成了一套深色的休闲装，整个人看着少了分严谨，多了分闲散。

她顿了一下，收回思绪去看他旁边的男人。

"有什么事吗？"

徐铭泽一笑，语气温和地说道："没什么事，就是在这儿看到你很意外。"

他自我介绍道："我是博总助理，徐铭泽。"

迟绿嗯了一声，笑着说："无聊，随便转转。"

徐铭泽挑眉，瞅了一眼正低头看手机的博延，热情地和她搭话："你过来这边是找人吗？"

"算是吧！"

博延听到这话，滑动手机的手指好像停顿了一下。

徐铭泽眼尖，唇角的笑意扩大："是要找什么人？我和博总对这片挺熟，你说说，我们指不定能帮上忙。"

迟绿瞥了一眼毫无动静的男人："没希望。"

徐铭泽挑眉道："怎么？"

迟绿淡定地说道："人不想被我找到，藏起来了。"

徐铭泽："……"

他怎么觉得这话意有所指呢!

他还想说话，迟绿忽然问了一声："对了，徐助理，这儿有一家灌汤包的店，你知道搬去哪里了吗？"

"……"

走进逼仄的小店，迟绿没想明白她到底是怎么跟过来的。

她看了一眼走在前面的男人，唇角往上牵了牵。

店里没人，只有店老板坐在硬板凳上看电视。

听到动静，老板回头看了一眼："两位来了。"

博延嗯了一声。

老板笑笑，看着他说："和之前一样？"

博延颔首。

徐铭泽哽了一下，问迟绿："迟小姐，你想吃什么？"

迟绿把墨镜摘下，抬头去看墙上贴着的菜单。

她刚要开口，老板突然惊讶地问道："小丫头？"

迟绿一顿。

老板的目光在两人身上打转，他爽快地一笑，问道："你留学回来啦？"

"……"

迟绿愣怔片刻，忽而明白了点儿什么。

她点了点头，浅笑盈盈道："老板，好久不见。"

老板笑了，正想和她叙叙旧，博延出声打断："您先做，我们赶时间。"

老板："行行行。"

他看着迟绿："你也和之前一样吧？"

迟绿："嗯，谢谢。"

坐下后，徐铭泽看看旁边的两人，被彻底勾起了好奇心。

他是聪明人，自然能猜到博延和迟绿之前认识，说不定还有一段感情纠葛。可具体是什么，两人又都不表现出来，让他很是无奈。

安静了一会儿，徐铭泽主动和迟绿搭话。

"迟小姐以前也经常来这边？"

"嗯。"

"迟小姐是江城人吗？"

迟绿低头抿了一口温水，摇了摇头："不是。"她直接道，"寒暑假在这边住过。"

徐铭泽扬眉。他没记错的话，身边的这位老板年少轻狂的时候，去底层历练过，当时所在的城市就是江城。

"这样啊，"徐铭泽笑，"是住在——"

他话还没说完，就被博延冷冷地打断了："徐助理。"

徐铭泽茫然地看着他："博总。"

博延连个眼神也没给他，云淡风轻道："你很闲？"

徐铭泽："……"

他闭嘴了。

迟绿顿了一下，脸上的笑忽然变得苦涩。

吃过东西，三人离开。

徐铭泽热情，加上迟绿心里有鬼，也就顺势上了车，和两人一起回酒店。

一路都是两人在交流，博延一个字也没说。

其实以前不是这样的。博延以前话不少，当然仅限于对迟绿。

不由自主地，迟绿把目光放在了他的身上。两年多不见，博延变得更为沉稳，被衣服包裹的肌肉线条越发流畅。

他是典型的穿衣显瘦、脱衣有肉，身材好到让人垂涎。

迟绿以前，高兴时对他练出的肌肉爱不释手；生气时咬他，埋怨他肌肉太硬，她都咬不动。

每当这个时候，博延总会用他那双勾人的桃花眼促狭地看着她、调侃她，说她翻脸不认人，无理取闹。

两人那会儿年轻，又因为是异地恋，她就算再怎么闹，他也都是纵容的。

她正想从博延身上把目光移开，他突然转头看了过来。

两人四目相对，他低下头，问了一声："迟小姐，有事？"

迟绿："……"

她沉默了一会儿，顶着一张红脸问："你热吗？"

博延："一般。"

迟绿哦了一声，又问："我能开一下窗吗？"

冷气都没办法让她清醒。

博延嗯了一声："你随意。"

迟绿开了窗，让温热的风拂过脸颊。

她深呼吸了一下，把一些画面从自己的脑海里删除，才稍稍冷静了些。

到酒店门口，迟绿匆忙道谢下车，徐铭泽叫了她好几声，她也没听见。

看着她消失的背影，徐铭泽看向博延："博总，去机场？"他提醒道，"现在改签还来得及。"

博延看向旁边那人落下的墨镜和帽子，瞅了他一眼，拿着那两件物品推门下去。

"把会议推迟。"

徐铭泽忍着笑，面不改色地问："博总，我想问问——"盯着博延冷淡的目光，徐铭泽不怕死地问道，"需要推迟几天？"

博延："……"

迟绿是晚上和圆圆出门时才发现墨镜和帽子落在了博延的车上的。

回国了，两人都想吃地道的火锅。迟绿明晚有秀场活动，不能吃太多东西，但也馋。她觉得就算是去火锅店闻闻味道，也是满足的。

圆圆看她拿着个手机要出门的模样，哭笑不得地说道："迟绿姐，你等等，我给你拿帽子和口罩。"

迟绿啊了一声："不用，你去按电梯，我自己拿。"

说话间，迟绿往她专门摆放小物品的桌子那边走。走到桌旁，她垂眸看着上面摆放的东西，眉梢扬了扬。

进了电梯，圆圆转头看着她："迟绿姐，你怎么没戴和这套衣服相配的那个帽子？"

因为职业，迟绿对服装搭配要求高。她的每套衣服，都有相匹配的鞋包以及帽子、墨镜等。

迟绿嗯了一声，低声道："落别人那儿了。"

"啊？"圆圆瞪大眼看着她，"闻总？"

闻言，迟绿冷冷地瞥了她一眼："关闻总什么事？"

圆圆沉默了一会儿，小声嘀咕："没，我瞎猜的。"

迟绿稍顿，知道她的意思。她想了想，认真地说道："圆圆，别把我和闻总想到一起，我们不可能。"

"为什么？"圆圆好奇地看着她，"闻总挺好的呀！"

在她这个小助理看来，闻昊是真的很不错。他长相上乘，性情温和，有钱有才华，最重要的是对迟绿很好。

圆圆做助理这一年多，是知道闻昊对迟绿的喜欢和守护的。

听了圆圆的话，迟绿眼皮都没抬，淡淡地说："好归好，我们只会是上下级的关系。"她顿了一下，接着道，"最多也只能是一起吃几顿饭的朋友。"

圆圆似懂非懂地点头："好，我知道了。"她安静了几秒，又突然问，"那迟绿姐，你是有喜欢的人了吗？"

迟绿神情一顿，突然想到了博延。她的唇角往上牵了牵，语气柔和地应了一声："嗯。"

吃火锅的地方不远，酒店旁边就有。

两人到的时候人还不多。圆圆要了一个偏僻的角落和迟绿坐下。

"这儿应该不会被人看到吧？"

迟绿看她一脸忧心的模样，笑了笑："看到也没事，模特也能吃火锅吧？"

圆圆瞅她一眼，无奈地道："迟绿姐，我明明是担心你被粉丝看到，他们过来拍合照、要签名的话，怎么办？"

迟绿："……"

她拿着服务员倒好的茶抿了一口，这才说："你想多了。"

她虽然小有名气，但模特在秀场和杂志上的妆会比较浓，会比较有个性，她这会儿是素颜，就算遇到了粉丝，他们也不一定能认出来。

圆圆看她这样，摇头说："我觉得我没想多。"她压着声，"迟绿姐，你是不是忘了自己微博有一千万粉丝了。"

迟绿油盐不进，慢条斯理地说："五百万都是僵尸粉吧？"

圆圆被噎住。

两人斗着嘴，很是轻松。

圆圆在迟绿这儿，不仅是小助理，也是朋友。在工作之外的时间，她们一直都是以朋友身份相处的。

迟绿不能吃辣的，也不能吃淀粉等食物，只能涮点儿青菜，且不能吃多。

她吃了两口便停下了，转而玩手机，转移注意力。

知道她东西落在博延那儿后，季清影发来消息："打算什么时候去拿？"

迟绿看她发来的消息，慢吞吞地回复道："待会儿，你帮我问问徐助理的联系方式。"

季清影："……"

酒店顶层，豪华套房里断断续续传出男人低沉的嗓音。

博延让徐铭泽把明天上午的会议推迟，转而开了一个不算短的视频会议。

他听着经理们报告的事项，垂眼看了看手里的资料，神色莫测。

徐铭泽在斜对面坐着，观察到博延时不时会把目光停在不远处的帽子和墨镜上。一时间，他心情有些复杂。

漫长的会议结束，徐铭泽看向电脑后坐着的男人："博总，我让人送餐过来？"

博延嗯了一声："让负责秀场的陈经理给我打个电话。"

徐铭泽点头应下。

人出去后，博延抬手捏了捏眉骨。

他靠着椅背闭眼休息片刻，忽然间，徐铭泽又匆匆忙忙地从外面走了进来。

"博总。"

博延睁眼看他，久未喝水的嗓子有些哑："什么事？"

徐铭泽顿了一下，看着他说："迟小姐刚刚给我打了电话，问她的东西是不是落在您车上了。"

博延一顿，眼神凌厉地落在他的身上。

"电话？"

徐铭泽怔了几秒，突然反应过来："是的，迟小姐问不到您的号码，迫不得已给我打了电话。"

博延自嘲地扯了一下唇。他扫了一眼旁边的东西，道："让她自己过来取。"

"好。"徐铭泽眼睛一亮，多加了一句，"送餐那边，需要多备一份餐具吗？"

博延冷漠地看了他一眼。

半小时后，迟绿出现在顶层。

房间的门是开着的，迟绿穿着高跟鞋，不急不缓地往里走。

"徐助理？"

外面的声音传来，徐铭泽都不敢看博延的脸色。他咳了一声，转身往大门那边走。

"迟小姐，这边。"

迟绿看见他，弯了弯唇："抱歉，这么晚还过来打扰徐助理。"

徐铭泽："……"

他真的想给这位迟小姐好好说说，别喊自己名字。她再多说两句，徐铭泽担心自己见不到明天早上的太阳。

"应该的，博总在里面等你。"

迟绿笑了笑："谢谢。"

她往里走了两步，一抬眼便对上了男人勾人的目光。

迟绿顿了一下，喊了一声："博总。"

博延没出声，目光落在她的身上。

接到徐助理的回复时，迟绿正在化妆。她其实想过，万一博延不让她上来，她的妆可能就白化了。但迟绿赌了一把，最后赌赢了。

她刚刚化的妆，比下午出去那会儿还要精致，口红是水润的蜜桃色，妆容更是偏少女化。至于穿的裙子，不露骨，但又别有心机。

迟绿长得很漂亮，鹅蛋脸、高鼻梁、桃花眼，不算精致，但整体搭配在一起，是可美艳妩媚又可青春活泼的高级脸。

迟绿和他对视，能感受到他眼神里的打量和冷淡。

她抿了抿唇，眼神转开，看到了不远处的餐桌。餐桌上的食物还在冒热气，旁边摆着两副餐具。

在这种情况下，迟绿当然不会自恋地以为那是博延为她准备的。

她看了几秒，把目光拉回到博延的身上："博总，您让我上来做什么？"

博延看着她的脸，眼神里冷意明显："把你的东西拿走。"

迟绿一怔，猝不及防地往后退了一步。

从以前到现在，她从没听博延对她说过这么不留情面的话。

有那么一瞬间，迟绿觉得博延是真的不想见到她。

迟绿紧抿着唇角，低低应了一声："抱歉，耽误博总时间了。"她毫不犹豫地说道，"我马上离开。"说完，她也不等博延再多说什么，拿着一侧放着的帽子和墨镜就走。

徐铭泽正在门口站着，想着这两人肯定要叙叙旧，是不是能抽空出去吃点儿东西。

他正拿着手机想给博延发消息说一声，侧面一阵风拂过，有人从里面跑了出来。

徐铭泽拿着手机的手一抖，他呆愣愣地望着迟绿跑向电梯的背影。

下一秒，徐铭泽瞪大了眼。

迟绿望着电梯里站着的女人，似乎有些不可置信。

陈思云看到迟绿时，也愣了一下，看了一眼楼层显示，朝迟绿颔首，提着包从里面走了出来。

顶层只有一个套间，电梯门口两侧也一直有保镖在站岗。

迟绿看到的人是来找谁的，毋庸置疑。

这一晚，迟绿做了无数个光怪陆离的梦。

梦里场景混乱，有她和博延在一起的画面，有父母去世时的场景，还有很多人的声音，熟悉的、陌生的，全充斥在她的脑海里。

醒来时，天光大亮，迟绿躺在床上，怔怔地望着天花板。

许久许久，她才调整好心情起床。

晚上要走秀，迟绿吃过早餐，便先去秀场熟悉环境。

这是她的习惯，即便是再匆忙的秀，她也会提前排练很多次，熟悉周围的每个镜头，好让台下和镜头外的观众能看到最好的秀场展示。

闻昊过来时，她已经来来回回走了很多次。

他看了一眼迟绿的黑眼圈，关心地问道："昨晚又失眠啦？"

迟绿有些神经衰弱，经常睡眠不足。

迟绿嗯了一声，淡淡道："一点点。"

闻昊蹙眉："几点的飞机？"

迟绿愣了一下，反应过来后道："两点。"

闻昊算了算时间，低声问："真不跟我去参加宴会？"

闻昊想带迟绿参加，一来想让她当自己的女伴，宣示主权；二来也想给她介绍更多的资源，模特和明星艺人一样，也需要资源。

迟绿正想拒绝，余光注意到不远处出现的男人和女人。

察觉到她的目光，闻昊看了过去。

"你是不是以前认识博总？"

迟绿嗯了一声："认识。"她指了指博延旁边站着的女人，好奇地问："她是谁？"

闻昊顿了一下，低垂着眼睑，看了她半晌，低声道："负责江城秀场这边的一个经理，陈思云。"

迟绿："哦。"

她倏然一笑，抬了抬眉梢："晚上的宴会，他们也参加？"

闻昊："不出意外的话，会参加。"

迟绿点了点头，在博延和陈思云看过来时，唇角勾了勾，一字一句地说："那我去。"

闻昊："……"

她想了想，看向闻昊，直白地问道："但我是为了博延去的，你确定要带我？"

闻昊一顿，淡淡地说道："后面这句话，可以不用告诉我。"

"那不行。"迟绿低头笑了笑，"该说清楚的要趁早说清楚，免得造成误会。"

她抬着下巴，指了指过来的那两个人，不紧不慢地说，"他是我前男友。"

博延和陈思云正好走近，听到这话，他目光沉沉地看向迟绿。

迟绿也不尿，大大方方地和他对上目光，启唇道："好久不见啊，博老师！"

博延脚步一滞，敛下眼睑看着她。

他唇角紧抿，听着她说起过往时轻快悦耳的嗓音，有种说不出的情绪在翻滚。

——好久不见。

博延收回眼底的情绪，嗯了一声，把目光看向她旁边站着的男人："闻总，场地这边有什么问题找陈经理。"

被点了名，陈思云对两人笑笑："闻总，迟……小姐。"她顿了一下，笑盈盈地说，"有需要随时找我。"

闻昊点头："好的，辛苦。"

陈思云眸子里带着笑："应该的，这是我的工作。"

迟绿不想在旁边听他们说客套话，和闻昊说了一声，便又回到了自己的战场。

她让圆圆给她录视频，一遍一遍地在台上走，力求做到完美。

T台两侧摆放了很多椅子，是给晚上过来看秀的客人提供的。而这会儿，原本无人敢就座的左侧方椅子上，坐着两个人。

迟绿能感觉到有目光落在自己的身上，有些心痒地想去看，可职业习惯又强迫她不能分神。

博延和陈思云交代完细节，便"随意"找了个地方坐了下来。

他随意扫了一眼，眼神在T台上停滞须臾，又云淡风轻地挪开了。

手机振动，博延低头看了看，是好友群消息，有人在里面@他。

傅言致："博老师今天是不是留在江城看秀？我女朋友让我拜托你两件事。"

博延："说。"

傅言致："她说她最好的朋友也在你们秀场，拜托你帮忙照看一下。"

姜臣："季美人的好朋友是谁？"

傅言致："博老师知道。"

姜臣："……"

博延看着群里的消息，下意识地掀起眼皮。

片刻工夫，迟绿已经来回走了三趟。她脸上的表情和肢体摆动都很自然，踩点更是准到可怕。

看了一会儿，博延垂眸望着她脚上那双十多厘米的高跟鞋，脑海里不自觉地浮现出多年前的场景。

迟绿身高一米七八，和博延站在一起时就算不穿高跟鞋也很般配。但有段时间，她迷恋上了高跟鞋。只要和博延一起出门，必穿高跟鞋。

可偏偏，她不太会穿。每次穿了小半天，脚就不舒服，时不时还会被磨破皮。

博延拿她没辙，说不通也不能训，只能随时给她准备药和休闲鞋，以备不时之需。

那时候，迟绿还笑他，趴在他肩膀上撒娇，说他不能这样惯着自己，要是哪天他不在身边了，她会不能自理。

博延还没来得及回答，迟绿又自言自语地说他有心机，故意不让她离开他，说着，勉为其难地道："好吧，那我这辈子就跟你绑在一起了，你别嫌我废物就行。"

他笑了笑，说不会。

迟绿不信，跟他拉钩求保证。可最后，她先擅自和他解绑了。

砰的一声，紧接着旁边传来了尖叫声。

博延回神，在看到不远处的人后，脸色沉了沉，厉声问："怎么回事？"

他垂眼看着被助理扶着的迟绿。

迟绿摇了摇头："没事。"

她拧了拧眉，转了转脚踝，有种不太好的预感。她的脚可能崴了。

博延没理会她的话，目光沉沉地看向徐铭泽："还不叫医生？"

徐铭泽猛地回神，连连答应着："是，马上。"

听到动静，闻昊也从另一端赶了过来："怎么了，发生什么事了？"

迟绿把手搭在圆圆的肩膀上，淡定地说道："没事，就是摔了一下。"

闻言，闻昊不可置信看着她："就是摔了一下？"

迟绿："……"

他拧眉，厉声道："你是能随便摔跤的人？"

迟绿抿了一下唇，没再吱声。

博延听着，目光淡漠地道："闻总，适可而止。"

闻昊一噎。

他刚想反驳，对上博延那充满戾气的目光后，又忍了下来。

"秀场有医生吗？"

陈思云站在旁边，低声道："有，但迟小姐这脚还是去医院看看更妥当。"

迟绿嗯了一声，缓了缓说："其实没事，到秀场时间了，我走完秀再去吧。"

闻昊拧眉，刚想拒绝，又想到了她的个性，无奈地问："你确定？"

"嗯，先冰敷……"

话还没说完，迟绿突然被人扯了一下手臂。她一惊，还没来得及反应，博延已经弯下腰把她抱了起来。

迟绿一顿，周围的工作人员更是瞪大了眼睛。

博延神色未改，语气冰冷："去医院。"

众人愣住，只能呆滞地点头。

到两人消失在秀场，圆圆才回过神啊了一声："我也要去。"

人一走，秀场变得安静极了。

闻昊看着门口那里，脸色阴沉。他站在原地半晌，侧目看向旁边的女人："陈经理，这件事希望你能妥善处理。"

刚刚迟绿正在 T 台上来回走着，后面有人跑过来，撞到了她，这才导致她摔倒了。

陈思云心一沉，深知事情的严重性。她深呼吸，承诺道："闻总放心，博汇必然会给一个交代。"

闻昊点了一下头，看向其他几个模特："先去准备，注意安全。"

众人了然地点了点头，但眼睛里的八卦藏都藏不住。

多久没闻到这个熟悉的味道了，迟绿有点儿算不清了。

男人的手臂变得更结实、更有力量，他身上的书卷气淡了很多，取而代之的是冷冽酸涩的木质香。

迟绿微微抬头，入眼的是男人流畅的下颌线。

距离相近的缘故，她甚至能听到他的呼吸声，看到他滚动的喉结。

迟绿抿了一下唇，忽然发现她离开的这两年，博延身上的魅力不减反增。他身上的气场已经不再是自己能把控的。

也对，没有人会停在原地，一直不变。

她正想着，徐铭泽已经把车开了出来，停在两人的旁边。

"博总，迟小姐。"

博延嗯了一声，把迟绿放下，面无表情地交代："去最近的医院。"

他们一路顺畅地到了医院，徐铭泽去帮忙排队挂号。

医生看了看她的脚，脚踝有些肿了，但并不是很严重。

"崴了，不算严重。"他像是见惯了大场面，淡定地说道，"拿点儿冰块敷三十分钟，再拿点儿活血化瘀的药……"

等医生说完，博延皱着眉问了句："就这样？"

医生："不然呢？"

博延看了看迟绿红肿的脚，眉心紧蹙："不用拍片？"

"……"医生沉默了一会儿，睨他一眼，毫不留情地问，"你是医生？"

博延一顿，抬手摸了一下鼻尖。

迟绿难得看他吃瘪，这会儿莫名想笑，可一对上他那双幽深如潭的桃花眼，又忍住了。

没大问题，迟绿自然不用住院。

从诊室出来，博延没再抱她。迟绿也不强求，抓着他的手臂慢吞吞地往前挪动。

他们走到大厅，徐铭泽拿了一辆轮椅和一些冰块向他们走过来。

"博总。"

博延伸手接过冰块，看向迟绿："在这儿敷还是去哪儿？"

迟绿一哽，感受着来自四面八方的目光。

她眼睫颤了颤，口罩下的唇角往下耷拉："去车里行不行？"

她不想像猴子一样被大家观赏。

博延没太大意见，想扶着她去坐轮椅。

迟绿："我不想坐轮椅。"

可能是因为崴脚，她那藏了许久的大小姐脾气有往外散发的迹象。

博延目光一顿，低头看着她。

迟绿轻眨了一下眼，眼睫似鸦羽拂过他的心尖一般。

"前男友，麻烦你再费点儿力。"

两人僵持片刻，他扯了一下唇，再次把她抱了起来。

迟绿得逞，在他怀里低垂着头，唇角往上牵了牵，眸子里的笑藏都藏不住。

回到车里，迟绿没再为难博延。

她主动把冰块拿了过去，把裤脚挽上去冰敷。

车内很安静，徐铭泽时不时会看一眼后面的两人。奈何那两人把他当空气，不仅没给他眼神，也没给对方眼神。

迟绿敷冰块，博延低头看手机。

路过一大商场时，博延喊了一声："徐助理，靠路边停下。"

徐铭泽没多问，找了个空位停下。

博延推开车门，丢下一句："等我一会儿。"

人走后，徐铭泽和迟绿对视了一眼，他笑了笑，主动说道："迟小姐，抱歉。"

迟绿摇头，笑了笑说："是我走神了。"

刚刚在T台上那会儿，如果不是因为她走神，她应该能避开撞过来的人。

徐铭泽一笑，和她聊了起来："博总脾气不太好，您多担待。"

迟绿稍顿，扬了扬眉问："徐助理，你做博总助理多久了？"

"不到一年。"

迟绿怔了一下，有些意外："这样？"

"嗯。"徐铭泽在秀场那会儿没听见迟绿那段前男友的宣言，思忖了一会儿，道，"博总离开过公司一段时间，前不久才回来。"

闻言，迟绿眼睫一颤。

她轻轻嗯了一声，突然没有再问下去的心思。

另一边，博延刚进商场便接到了傅言致电话。

"谁崴脚了？"

博延用沉默回应。

傅言致轻笑："迟绿？"

"嗯。"

傅言致了然，笑了笑说："也对，如果不是迟绿，你不会拿这种小事来麻烦我。"

博延继续沉默。

傅言致没再调侃他，秉承着医生职业道德，问了几句："严重吗？那边医生怎么说？"

"冰敷，拿了点儿药。"

傅言致挑眉，听出了他语气里的怀疑："挺好的，一般情况下崴脚这样处理就可以了。"

博延蹙眉："不用拍片，确定？"

"又不是断了。"傅言致有点儿无语，"冰敷一段时间差不多了，实在不行晚上涂过药后再用毛巾热敷。"

博延："嗯。"

傅言致轻哂："最后一点，不宜多走动。"

博延应着，沉默须臾，问道："如果走动了，后果如何？"

傅言致一怔，转而明白了。

"你的意思是她晚上还要走秀？"

"嗯。"

两人就算分开了，博延也比任何人都了解迟绿。只要不是脚断了打了石膏，今晚这场秀，她必然会上台，甚至会不露痕迹地走完全场。

傅言致沉默了一会儿，叹息一声："多备点儿冰块，医生开的药发给我看看。"

博延："谢了。"

傅言致挑眉一笑，调侃道："客气，受伤的是清影的好朋友，我不是在帮你。"

博延："挂了。"

"等等。"傅言致接收到女友的暗示，叮嘱道，"迟绿应该会行动不便，你要是方便的话，多照看点儿。清影说等你回来请你吃饭。"

挂了电话，博延进了旁边的鞋店。

不到五分钟时间，他便提着鞋面无表情地从里面走了出来。

博延回到车里，迟绿正在和季清影打电话。

"没什么大事，就崴了一下。"迟绿靠在一侧笑道，"担心什么，又不是第一次遇到这种情况。"

博延听到这话，关门的手一顿。

季清影无奈地说道："晚上还走秀吗？"

"走啊！"迟绿不在意地说，"只是崴脚，一点点痛我能坚持。"

注意到博延的目光，迟绿有点儿虚。她清了清嗓，和季清影长话短说："我先挂了，这边还有点儿事。"

"注意点儿，实在不行，找博老师帮忙。"

"嗯。"

她挂了电话，博延把安全带扣紧，看向徐铭泽："回秀场。"

徐铭泽瞥了一眼他放在副驾驶下面的纸袋，点了点头："好的，博总。"

迟绿看着旁边空了的位置，忽然有些难过。

博延刚刚下车其实没什么大事，只是找了个借口换位置？

如果是从前，迟绿绝不这样想，但现在她不确定了。

两年多的时间，很多东西已经变了。

迟绿一路走神，什么时候车停下也没发现。

"到啦？"

她回过神来，看向前面的男人。

博延没搭腔，推开车门下去了。

迟绿一怔，正想拖着崴了的脚跟着下车时，车门被人从外面打开了。

博延的手扶着车门，手指修长且白，格外引人注目。迟绿看了几秒，抬头看他。

两人目光交会。

迟绿被他看着，心跳有点儿快。她怔了片刻，刚想搭话，博延冷冰冰的声音从头顶落下。

"下车。"

迟绿："……"

本来博延不说话，她是打算规规矩矩下车的。但这会儿，她又不想了。

迟绿直视他，指了指自己还肿着的脚，一板一眼地说："博老师，我脚还在痛。"

博延眼神一冷，迟绿也不怕他。

她眼睛弯了弯，唇角往上一牵，笑盈盈道："博老师好人做到底，把我带进去吧！"

博延盯着她看了几秒，在迟绿以为他要拒绝时，忽地一笑："可以。"

迟绿一怔，有些意外。她顿了顿，低声道："那——"

她话还没说完，另一边传来徐铭泽的声音："博总，轮椅拿来了。"

博延嗯了一声，侧了侧身："放这。"

迟绿："……"

她看着徐铭泽手里推着的黑色轮椅，无声抗议。

可惜的是，博延根本没在意她愿意还是不愿意。他弯下腰，在迟绿没反应过来之前，就把她放在了轮椅上。

"把人送进去。"博延站在一侧，语气淡漠。

徐铭泽默默点头："迟小姐，走吧！"

看着两人离开，博延在原地站了一会儿，抽了一根烟。

他其实很少抽烟，也没烟瘾。年轻时会抽，但迟绿不太喜欢，他就戒了。

一想到那没良心的，博延自嘲地笑了一下。

回到秀场，迟绿脸色不太好。

圆圆拿着东西从另一边跑来，气喘吁吁地说道："迟绿姐，你总算回来了。"

他们去医院那会儿，圆圆追出去时只看到了汽车尾气。

迟绿嗯了一声，看她一脸紧张的模样："怎么跑这么快，我又不会跑。"

圆圆："你刚刚就跑了。"

迟绿噎住。

圆圆蹲下，掀开她的裤脚看了看："医生怎么说啊？"

"没大事。"迟绿抬头看着不远处排练的同行，淡淡地说道，"轻微扭伤。"

圆圆拧眉，瞅了她一眼："闻总让我问你，晚上的秀要不要——"

"不要。"没等圆圆说完，迟绿便打断了。她知道圆圆要说什么。

迟绿安静了几秒，脚不由自主地跟着音乐节拍动了起来："我会走完，不会出现任何问题，我保证。"

圆圆叹气："闻总也是担心你的脚。"

闻言，迟绿笑了笑，桃花眼璀璨勾人。

"我知道。"她撑着下巴望着 T 台，淡淡地说，"我有分寸。"

看她这样，圆圆也不打算劝了。

她看了一下迟绿脚上的鞋，是刚刚崴脚后工作人员找的一双拖鞋，不是新的，且样式有点儿丑。

迟绿爱美，如果不是迫不得已，这会儿早换上漂亮的高跟鞋了。

圆圆正想着，迟绿抬头看着她："对了，去给我买双鞋。"

圆圆："我正想说呢！"

迟绿笑了一下，指着拖鞋道："我忍这拖鞋半天了，你买一双舒服漂亮的过来。"

"好。"

把圆圆打发走，迟绿和过来打招呼的同行聊了两句。

徐清妍接过助理的水，抿了抿，围着她转了两圈，笑着问："你是不是今天出门没看皇历，这也能摔跤。"她顿了一下，继续问，"感觉怎么样？"

迟绿失笑，开玩笑说："没断。"

徐清妍："……"

徐清妍睨她一眼："还走吗？"

迟绿点头："当然。"

徐清妍一笑，抬了抬下巴，指着不远处往这边看的女人，笑着说："那孟巧要失望了。"

迟绿哭笑不得，瞪她一眼："你是在挑拨离间吗？"

徐清妍冲她翻了一个白眼。

迟绿笑了笑，但也知道她说的是事实。

她和徐清妍，还有孟巧，是一家公司的签约模特。迟绿和徐清妍晚于孟巧进公司，两人没签约时，孟巧是公司力捧的模特，当过好几个秀场的开闭场模特。

但在迟绿和徐清妍签约不久，这些资源大多落在了两人身上。这次也一样，迟绿是这个秀场定下的开场模特，徐清妍是闭场模特。

如果迟绿不走，这个开场的机会，就会落在孟巧身上。

两人闲扯两句，并不怎么把这事放在心上。

徐清妍没多陪她闲聊，知道她没大碍后，又回到了 T 台上排练。

没多久，圆圆便提着袋子回来了。

"迟绿姐，给你买的这双，你看看喜不喜欢？"

迟绿侧头，正想调侃"圆圆买的我都喜欢"时，先注意到了纸袋上的品牌 logo（标志）。

她愣怔几秒，抿了一下唇："怎么买这个牌子的鞋？"

圆圆一愣，垂下飘忽的眼神道："你不喜欢吗？不喜欢的话我再去换一双。"

"不用。"迟绿顿了一下，笑着说，"这是我以前最爱的一个品牌，好久没穿他们家的鞋了，附近就有专柜吗？"

圆圆含糊不清地应着："嗯呢！"

迟绿心思都在鞋上，也没注意圆圆的不对劲。她伸出手，笑了笑说："给我吧！"

圆圆买的是一双浅白色的平底拖鞋，款式简单却很精致，是很多人喜欢的设计。实物漂亮，舒适度极佳。迟绿以前有过一双一模一样的。

换上新鞋，迟绿觉得自己心情都好了不少。

她看了一圈，想了想，问："你看到博总了吗？"

"啊？"圆圆一惊，瞪大眼摆手，慌乱地说道，"没有没有，我怎么会看到博总呢？"

迟绿："……"

她皱眉，不明所以地看着圆圆："我随口问的，你那么紧张做什么？"

圆圆眨了眨眼，心虚道："博总气场太强，我怕。"

"……"

迟绿沉默了一会儿，自言自语地说："这倒是。"

男人现在的气场，让她都有些不敢惹了。

安静了片刻，迟绿看向圆圆："对了，把晚上的机票退了吧！"

圆圆瞪大眼，惊讶地道："不回去啦？"

"……最近的工作也不是很要紧，我想在国内多待几天。"她笑了笑，望着圆圆说，"结束了给你放假，你也回家看看。"

"那谁照顾你？"

迟绿挑眉，余光瞥到了再次出现的男人，神神秘秘地道："有人照顾。"

圆圆："……"

迟绿在所有模特到齐的时候，上台和大家排练了两次。

她要做的事，谁都劝不住。

排练结束，模特开始化妆，换秀场服装。

后台忙碌且慌乱，各种声音充斥在耳边。

迟绿习惯了这样的生活，在老师化妆时还能闭眼休息几分钟。

"迟绿。"

耳畔传来声音，迟绿眼睫颤了颤，缓缓睁开。她侧目看向来人，抬了抬眉梢："有事？"

孟巧看她云淡风轻的模样，淡淡地道："你确定要上台？"

迟绿："你说呢？"

孟巧顿了一下，冷冷地道："你别中途出什么岔子。"

闻言，迟绿无声地勾了一下唇，眸子里全是冷漠："这个不劳费心。"

孟巧冷哼，气呼呼道："最好是。"

迟绿无言，看向旁边僵住的化妆师，笑道："继续吧！"

"不生气？"化妆师和她是老搭档了，了解一点儿内情。

迟绿嗯了一声："我从不把时间浪费在不相干的人身上。"

后台依旧忙碌。

博延单手插兜站在角落，听着陈思云和徐铭泽汇报秀场情况，冷冷淡淡地应着。

"安全第一。"他侧目看向陈思云，"那个工作人员在哪儿？"

陈思云一顿，低声道："在外面等着。"她深呼吸了一下，低声道，"博总，他已经知道自己错了，您看能不能网开一面？"

博延收回落在迟绿那边的目光，淡淡地说："做事不够严谨，想让我怎么网开一面？"

他冷嗤道："模特的脚多重要，陈经理不清楚？"

陈思云："……"

她抿了一下唇，轻声道："抱歉，是我的问题。"

"确实是。"博延扫了一圈后台，冷漠地说道，"今晚工作结束，陈经理记得交一份检讨。"

徐铭泽在旁边听着，都有些于心不忍。

他心想，如果今天受伤的不是迟绿，博延应该不至于惩罚得这么狠。

他抬眸看了看迟绿那边，摇头想着——终归是红颜祸水啊！

迟绿打了一个喷嚏。

圆圆一脸紧张地问："迟绿姐，你该不会感冒了吧？"

"没有。"迟绿揉了揉鼻子，精神满满地说道，"可能是有人在骂我。"

圆圆："哦。"

品牌大秀向来备受关注，受邀参加的人很多，重量级的人物也不少。

傍晚时分，来现场看秀的人还有人上了热搜，引来更多的网友关注。

化好妆后，迟绿看了一眼微博。她收到了不少私信和评论，问她是不是回国了，要走今晚这场夏季的品牌秀。

迟绿笑了一下，挑了一个评论回复："回国了，会参加。"

她走开场秀的消息对外还是封闭状态，但一会儿，消息便会传开，也不瞒着。

迟绿虽不怎么爱发微博，也不怎么和粉丝互动，但她的实力和名气摆在那儿，喜欢她的人依旧很多。

回完，迟绿点进热搜话题。

她刷了一会儿，还刷到了一张博延的侧脸照片。看背景是在秀场，应该是有工作人员偷偷拍了发出去的。

迟绿看了片刻，点开大图。

照片是随手拍的，有点儿模糊，但即便是模糊的，也挡不住博延那与生俱来的气场。他站在忙忙碌碌的人群中，身形挺拔，下颌微敛，眉眼专注地在看东西。

因为带了 #博老师超话#，这条微博下有上千条评论。

迟绿瞅了一眼，全是小女孩儿在下面哭。

"这就是不做编剧回家继承千亿家产的博老师吗？"

"博老师怎么比前两天在发布会上还要帅啊？"

"呜呜呜，我的理想老公博延。"

"让我做做梦，博老师现在就是我老公。"

……………

透过文字，迟绿大概都能想象出敲下这些文字的女生的神情，瞳仁里漾开笑意，唇角上扬，是无法掩饰的喜悦，和几年前的她一样。

那个时候，迟绿也经常这样对博延犯花痴。

一想到过去，迟绿又有些说不清的情绪。

她下意识想去找找真实存在的人，刚抬眼，便撞进了男人深邃的眼眸里。

迟绿一怔，在博延准备挪开目光之前喊了一句："博总。"

她笑了笑，指了指不远处的保温杯："可以帮我拿一下杯子吗？我行动不便。"

不远处的桌子上放着一个白色的保温杯，迟绿跳着过去也能拿到。但这会儿，她就是想让博延去拿。

博延扫了一眼，起身走了过去。

递给迟绿之前，他下意识地拧开了杯盖。

博延蹙眉，刚想把盖子拧回去，迟绿已经笑盈盈地接了过去，笑着问道："谢谢博总，你怎么知道我拧不开杯盖？"

博延："……"

她就是明知故问。

以前她娇气的时候，不仅连杯盖都不愿意拧，有时候连水都要博延喂到她嘴边。

但很奇怪，迟绿只在博延面前作。在其他人面前，她又是个战斗士一样的人物，什么都会做，什么都能行。

喝了两口水润嗓子，迟绿看了看时间，得寸进尺："博总，我还想去洗手间。"

博延问："你助理呢？"

"在忙。"迟绿脸不红心不跳地撒谎，"不好喊她。"

两人僵持片刻，博延敛回目光，淡淡道："坐轮椅去。"

"不。"

迟绿想也不想就拒绝了，指了指乱糟糟的后台："轮椅不好过，这地上全是可能会用到的物品。"

每次秀场的后台，都乱得跟狗窝一样。衣服鞋子等物品随意丢，没有人有时间来整理。

博延沉默几秒，低头看着她："你想怎么去？"

迟绿轻眨了一下眼，小声说："你扶我过去就行。"

博延没再拒绝。

孟巧看着两人姿势暧昧地离开，脸色难看了几分。

她扯了扯唇，嘲讽道："博汇的博总，也这么'傻白甜'？"

徐清妍听着，冷嗤道："孟姐，我们现在还在人家的地盘上，说话注意点儿。"

孟巧抿了一下唇，瞪了她一眼："迟绿都在哪儿学的本事？"

徐清妍眼都没抬，和旁边的设计师说了两句，顺口道："我就当你这话是夸迟绿了。"

孟巧一顿："你——"

她刚要说话，闻昊从另一边过来。他看了一圈，低声问："迟绿呢？"

闻言，孟巧冷哼："闻总，迟绿和博总走了，去了哪儿我们也不清楚。"

闻昊："……"

他嗯了一声，淡淡道："好好准备，马上上台了。"

孟巧看他神色淡然，气不打一处来。她深呼吸了一下，保持自己完美的形象："好，放心吧，闻总！"

闻昊应了一声，又匆匆离开。

孟巧一转头，便对上了徐清妍似笑非笑的目光。

"孟姐，加油哦。"

"……"

品牌大秀正式开始。

音乐声响起时，有人穿着品牌最新款的秋季服装从里面走了出来。

迟绿是开场模特。

她这两年在国外声名大噪，是出了名的国际名模。每一场秀，无论大小，她都走得很完美。

博延虽是场地出租人，但很多事他不需要管，也不需要盯着，江城这边有专人负责。他留下，只有一个原因。

迟绿走出来时，他坐在正对着的位置上，能清楚地看到她的一举一动。

每一个踩点，每一个细微的表情，甚至手臂摆动，他都看得一清二楚。

在T台上的迟绿，一点儿都不娇气。她穿着高跟鞋和新款秋装，走得很有气势，一点儿都不像脚崴了的模样。

徐铭泽是头一回近距离看迟绿走秀，坐在博延的旁边，看她走过他们这边，低声道："迟小姐专业水平满分。"

博延没搭腔，但他内心是认可的。迟绿就这样，只要她想做的，再难她也会做到完美。

徐铭泽看博延认真的模样，也不再说什么。

到迟绿走完，消失不见，博延才收回落在 T 台上的目光。

手机一振，是他妹妹博盈发来的消息。

博盈："哥？"

博延："？"

博盈："迟小绿回国啦？你还在现场看她走秀？"

博延："有问题？"

博盈："你说呢，她回国你为什么不告诉我？我现在买机票飞回去还来得及吗？"

博延："来不及。"

博盈："你们复合啦？"

博延："？"

博盈："哦，对不起说错了，我应该问，你们现在和好啦？"

博延看了半晌，没回复，直接关机。

而此刻的博盈，正对着国内某场大秀的直播陷入了茫然。

这两人谈恋爱瞒着她，和好也瞒着她。她还算不算是他们俩之间的最强助攻了？！

大秀完美落幕。

最后全部模特重新走出来时，现场气氛到达了最高潮。

博延看着舞台上眼睛弯弯的人，眸子里有一闪而过的笑意。

很快，他又掩饰过去。

结束后，模特换下华丽的服装，卸下了面具一样的妆容。

迟绿刚折腾完，圆圆便从另一边冒了出来。

"迟绿姐，"她举着酸奶递给迟绿，"喝点儿吧，免得待会儿低血糖。"

迟绿一笑，接过喝了几口。

"谢了。"

圆圆笑了，凑到她旁边说："闻总刚刚在找你。"

迟绿挑眉："找我做什么？"

"他跟我说要带你去参加宴会，让你回酒店换一条裙子。"

迟绿："……"

她愣了愣，看了看自己的脚："他是人吗？"

圆圆："……"

迟绿指了指："你去帮我拒绝吧！我脚没受伤可以陪他去，但现在我就不去了。"

圆圆点头："你要不给他打个电话？"

迟绿睨她一眼，神色倦倦地说道："不要。"

圆圆："……"

决定不去宴会后，迟绿让圆圆推着轮椅把自己送到了外边。

今天抵达秀场的媒体和观众也都离开了，秀场外冷清了不少。

这会儿刚到初夏，晚风吹得很舒服。

迟绿手机一振，是闻昊打来的电话。

"你不去宴会？"

"嗯。"迟绿抬头望着不远处的街道，轻声道，"闻总，我脚都受伤了，您还这样压榨员工，是不是有点儿不应该？"

闻昊一顿，低声道："你可以坐轮椅来。"

"……"迟绿一顿，无语道，"我不想明天上热搜。"

闻昊笑了，提醒她道："你现在已经在热搜了。"

"啊？"

"怎么，对自己这么没信心？"闻昊语带笑意地说，"国际名模迟绿回国大秀，完美落幕，还不值得上热搜？"

当然，主要因为这场大秀是迟绿在成为国际名模后，第一次在国内走。

迟绿怔了片刻，笑了笑："那先谢过闻总给我这样的机会。"迟绿说着，余光瞥到了不远处走过来的人，快速地道，"闻总，宴会玩得开心，我先回酒店休息了。"

闻昊还想说点儿什么，迟绿已经利落地挂断了电话。

"……"

她收起手机，望着出现的人。

"博老师。"

博延一怔，知道她改变称呼的用意。"博总"是迟绿跟他生气时叫的，代表着陌生，可"博老师"不是。

这个词对两人来说，有太多暧昧的回忆了。

最开始迟绿叫他"博老师"，不是因为他是编剧，也不是因为其他的，而是他给迟绿当过一段时间的家教老师。

两人初次见面，迟绿穿着裙子，扎着高马尾，从沙发上站起来，乖巧又稚气满满地喊他"博老师"。

后来他不当她老师了，迟绿对他的称呼依旧没改。

再后来两人恋爱，她时常用"老师"二字调侃他，让他规矩点儿，别越界，老师要有老师的样子，老师怎么能对学生有非分之想呢？

思及此，博延看着她的视线变得灼热。

两人对视片刻，她仰头看着他："我没地方去了，收留我一下？"

博延稍顿："不是要回酒店？"

迟绿扬眉，这人听到了她刚刚的话。

"是啊！"她说，"回酒店收拾东西，之前订了晚上的机票离开，酒店续住到晚上十二点。"她故意停顿了一下，"但脚受伤了，机票退了，我助理因为放假太高兴，忘记给我办酒店续住了。"

她说完后，博延没吱声。

迟绿瞅着他，敛了敛眸子道："不过没事，博老师不愿意帮忙的话，我让——"

"什么机票？"

她的话突然被打断。

迟绿一愣，看着男人黑沉沉的脸，眨了眨眼，立马反应过来："没什么。"

闻言，博延定定地看着她。

几秒后，他冷嗤一声："我今晚回北城。"

迟绿啊了一声，有些意外。

她抿了抿唇，小声道："哦，那就——"

博延冷冰冰地打断她的话，面无表情地说："如果你不介意，可以一起。"

第二章

情难自控

闻言，迟绿眉梢上扬，唇角往上牵了牵，目光灼灼地望着他。

半晌，她轻笑："当然不介意。"

她指了指轮椅，浅笑盈盈地说："那就麻烦博老师了。"

博延："……"

他垂下眼，看着她眸子里一闪而过的狡黠，犹如一潭死水的心再次泛起了涟漪。

他记忆里的迟绿，就应该这样无理取闹。

两人对视片刻，博延抬手搭在她的椅背上，推着她往路边走，淡淡道："不用客气，受人所托。"

迟绿："哦？"

博延没搭腔。

迟绿望着漆黑的夜空，吹着风，闻着男人身上的冷冽木质香，有一瞬间也不确定他是在口是心非，还是在说事实。

两人停在路边，马路上的车呼啸而过。

迟绿被风吹得清醒了几分，忽然意识到他们现在这样，很难再回到过去。

横亘在他们之间的不是简单的性格不合、观念不同，而是更沉重的东西。

她跨不过去，博延也一样，可她又想再任性一点儿，再为自己所求的主动一次。

迟绿走神地想着，突然就后悔要跟博延回北城了。

她不想回到那个让她既开心又难受的地方。她一旦回去，有些事就无法再避开。

迟绿紧抿着唇角，嘴唇张了张，刚想反悔，两人面前停了一辆车。

她一怔，看着博延走了过去。

"上车。"

博延和司机交谈两句，侧目看着她："先回酒店？"

迟绿怔愣须臾，把到嘴边的话收了回去。

"嗯，我要拿行李。"

博延颔首，吩咐司机："去酒店。"

司机是江城这边给博延安排的，做事周到。博延每次来这边出差，都是这个司机。

"好的，博总。"

车内三人，除了外面的鸣笛声，以及忽明忽暗的灯光落下之外，极其安静。

迟绿不太习惯和博延处于这样静谧的环境里，低头看手机，试图转移注意力。

手机里收到了圆圆的消息。

圆圆："迟绿姐，你真不用我去给你收拾行李吗？"

在等司机过来的间隙，迟绿便给圆圆发了消息，让她回酒店休息。

迟绿："不用，没多少东西。我这几天会在北城，等你休假结束，到北城来。"

圆圆："好。"

迟绿叮嘱她几句，刚想退出微信界面，又突然想到博延说的话。

她没多纠结，给季清影发了一个消息。

迟绿："你让博延照顾我的？"

季清影："你觉得我面子有那么大吗？"

如果不是博延愿意照顾她，别说是季清影和傅言致，就算是他们所有好友加一起，也说不动博延。

博延之所以会答应，那是因为季清影拜托的事，是他内心的渴求。

迟绿瞬间懂了。

她挑了一下眉，侧目去看旁边的男人。

博延在闭目养神，路边忽明忽暗的光影掠过，勾画出他英俊的眉眼。他眼睫似鸦羽，长且翘，和以前一样勾人。

这会儿他大概是放松下来，姿态看着很慵懒。

迟绿怔怔地望着他的侧脸，正想转开目光，男人忽然睁开眼，与她对上视线。

有一瞬间，车厢内的细小尘埃在飘浮，迷乱了两人的眼，也乱了迟绿的心。

博延没说话，就这么定定地望着她，也没问她为什么像个花痴一样盯着他。

两人对视了许久，谁也没有回避，正僵持着，车子突然停下。

司机感受着后座的气氛，轻声道："博总，到了。"

博延垂下眼，应了一声："在这边等会儿。"

司机点头。

迟绿了然，说："我很快下来。"

博延没理会她这话，从后备厢里拿出了折叠轮椅，抬眼看着她。

迟绿："……"

她纠结几秒，还是坐了上去。

反正她丢脸都丢到这儿了，不差一时半会儿。

到房间门口，博延看她掏出房卡，沉默了一会儿，问道："你助理呢？"

迟绿啊了一声，毫不在意地说："放假了。"

博延蹙眉，看了一眼她的脚："你打算自己收拾？"

"……"

迟绿愣了片刻，刚想说自己其实没什么东西要收拾的。可一对上博延的目光，她便改了主意。

"是啊！"迟绿瞎扯道，"不然能怎么办？我助理都回家了，总不能把人叫回来吧？"

博延低头睨她。

迟绿弯了弯唇，眼神明亮："博老师如果不介意，帮前女友收拾一下行李怎么样？"怕被博延拒绝，她小声咕哝，"我行动不便，你也不差这一次。"

"……"

房间内静了许久，迟绿被他看得有些不自在。她脸热了起来，慌乱地垂下眼说："当然，不方便的话，也——"

她话还没说完，被男人冷声打断："仅此一次。"

迟绿惊诧地抬头，看到的是他熟悉的背影。

博延收拾东西很有一套，他有轻微的强迫症，和迟绿截然不同。

迟绿很随意，东西一股脑儿地塞进行李箱，装得下就行。但博延不是，他要把所有东西都摆好才行。

迟绿坐在轮椅上，看着他把她摆放在梳妆台上的瓶瓶罐罐装好放入行李箱时，方才回神。

"谢谢博老师。"

博延回头瞥了她一眼，沉沉地应了一声："走了。"

其实迟绿没什么东西需要收拾，衣服等乱七八糟的物品早就被圆圆叠好放箱子里了，博延收的只是一些早上没来得及弄的化妆品。

一路沉默抵达机场，迟绿有些许意外。

"徐助理不回去？"

博延冷冷地看了她一眼："他要参加宴会。"

迟绿一怔，明知故问："你怎么不去？"

博延睨她一眼，岔开了话题："饿不饿？"

"饿。"迟绿没再步步紧逼，委屈道，"我一天没吃东西。"

刚刚如果不是遇到了博延，她这会儿应该已经和圆圆坐在火锅店里了。

博延看她委屈的神色，有片刻的恍神。

他嗯了一声，低声道："待会儿吃。"

深夜机场人少，博延也不担心被拍。他问过迟绿的意见，两人光明正大地去了餐厅。

他们吃完正好登机。

迟绿跟着博延上了飞机，一路无话。

她坐在窗边，眺望着机场夜景。夜空中星星点点，有月光从窗外洒进。

看着看着，迟绿心跳突然有些快。

她说不清到底是什么情绪在发酵，但不可否认的是，她此刻的心情有些复杂，渴望，又害怕。

她怕遇到熟人，怕面对很多过去的人和事。可她又想回到这个生她养她的地方。

"你好，麻烦要一块毯子。"

旁边男人的声音传来，迟绿回神。

空姐对博延笑道："博总，好久不见。"

博延常在北城和江城飞，加上身份的缘故，空姐大多认识他。

博延颔首应下。

空姐笑笑，转身拿了毯子递给他。

博延头也没抬，侧了侧头："给这位小姐。"

空姐一愣，对上迟绿露出的眉眼。

"小姐，"她快速回过神，脸上恢复职业的微笑，"您的毯子。"

迟绿接过，笑了一下："谢谢。"

空姐点头，看向博延："博总，需要喝点儿什么？"

博延稍顿，侧目看着她："要喝什么？"

迟绿扬了一下眉，对空姐笑盈盈地说："麻烦给我一杯咖啡。"

空姐刚想答应，博延冷冷地道："给她一杯热牛奶，谢谢。"

空姐："好的。"

看空姐转身离开，迟绿瞅了一眼旁边的男人："博总。"

博延翻看资料的手顿了一下："怎么？"

"没事。"迟绿轻呼一口气，尽量让自己不要阴阳怪气，"你常坐这个航班？"

博延嗯了一声。

他飞的次数多，这两个城市来回的航班，每趟都很熟。

迟绿眼睫颤颤，没再出声。

喝完热牛奶，迟绿打算睡觉。这两天换了地方，她没怎么睡好。

耳畔传来均匀的呼吸声，博延垂眸望着手里的文件，文件上每一个字都认识，此刻却静不下心再看。

他抬手捏了捏眉心，在空姐试图过来询问时，轻轻嘘了一声。

空姐了然，看了看睡着的迟绿，放轻脚步走了出去。

人走后，博延静了几秒，这才把目光重新转到迟绿的脸上。

她这会儿没化妆，口罩挡住了大半张脸，只有眼睛和额头露了出来。大概是刚回国没睡好，她眼睛下方的黑眼圈很明显。

博延莫名其妙地想起了以前的迟绿。那会儿她心思藏得深，也不在他面前表露出来，但偶尔又藏不住女孩儿的心思。

高中阶段学习吃力，博延给她当家教那段时间布置的作业多，迟绿有拖延症，一定要拖到周末他去上课检查才做。

这也就导致她每周五晚上都得熬夜，周六他一到，她便耷拉着眼皮看着他，脸上写满了心情不好。

博延最开始不懂，好奇地问她怎么了。

小姑娘指着眼睛说："博老师，你看我的黑眼圈是不是很丑？"

博延想到她的拖延症，有一回违心地告诉她，黑眼圈确实不好看。

那天上课，迟绿没和他说一句话。

再后来，他明白了迟绿的心思，没再做她的家教。

她泪眼婆娑地找到他家，边哭边说："博老师，你是不是觉得我不好看了，所以不来给我上课了？"她承诺着，"我以后不熬夜了，有黑眼圈我也遮住，绝对不让你觉得丑。"

博延无言，偏偏说不出实话。

后来，他才告诉迟绿。不丑，无论有没有黑眼圈，她都是漂亮的。漂亮到他知道前面是深渊，依旧义无反顾地陷进去，陷入她的世界，再无法抽身离开。

旁边传来呓语，博延猛地回过神。他闭了闭眼，再睁开时，眼底一片清明。

他侧目，看着紧锁着眉头的迟绿，缓缓地抬起了手。

迟绿睡醒时，飞机广播响起，他们要落地了。

她睁开惺忪的睡眼，思维和反应都变得迟缓。

"博延，我想喝水。"她下意识地喊了一声。

旁边没有水递过来，迟绿打了一个哈欠，这才发现不对。

她愣了一下，边转头边改口："抱歉，我——"

博延像是没听见她的道歉，把拧开瓶盖的矿泉水递给她，淡淡地说："冷的，将就一下。"

迟绿一怔："谢谢。"

博延没再说话。

下了飞机后，迟绿行动缓慢地跟在博延身后。

轮椅被两人留在了江城。

拿上行李，博延看着她："你想住哪里？"

"……"迟绿顿了一下，抬眼看他，"你想安排我住哪里？"

博延："……"

他单手扶着她往停车场走，淡淡地说："随你。"

迟绿一笑："我身边没助理，半夜了也不好打扰朋友。"她故意停顿了一下，看着博延，"博老师，借我一间客房如何？"

博延垂眸看了她几秒："你不怕上新闻头条？"

迟绿啊了一声："怕什么？"她小声咕哝，"上了不是正好吗？"

博延："……"

博延不住家里，在公司附近有一套长居公寓。

门打开时，迟绿看到了屋内的装饰。

里面很冷清，公寓的东西不多，除了必要的家具，连一盆植物都没有。

她看了一眼墙上的画，觉得有些眼熟，但一时又想不起在哪儿看到过。

博延从厨房拿了一杯温水递给她，淡淡地道："客房在那边，有什么需要直说。"

"哦。"迟绿指了指墙上的画，"这幅画好像有点儿眼熟。"

博延顺着她的目光看过去，自嘲地扯了一下唇："你的错觉。"

迟绿："是吗？"她皱了皱眉，"我之前好像看到过。"

博延没理会她的咕哝，淡淡地道："客房有洗漱用品，也有换洗衣服。"他顿了一下，补充道，"博盈的，你将就用。"

闻言，迟绿无声地弯了一下唇："好，谢谢。"她看着克制又冷漠的博延，眉梢微挑，"那我先去洗漱休息了。"

"嗯，有事叫我。"

迟绿一蹦一跳地回房间洗了澡。

她出来时，门外传来敲门声。她应了一声："请进。"

博延穿着睡衣站在门口，手里还拿着两条白色毛巾。

他和她对视片刻，迟绿回过神道："要热敷吗？"

博延面无表情地嗯了一声，走到她的面前。

他一过来，鼻息间的沐浴露香味便自然而然地飘了过来。

迟绿发现，主卧和客房的沐浴露是同一款，是她以前很喜欢的味道。

她看着博延，在他蹲下之前伸出脚："博老师，好人做到底吧！"

"……"博延顿了一下，顺势蹲了下去。

迟绿坐在床沿上，看他蹲着的模样，突然觉得这个场景很熟悉。

几年前，他曾做过无数类似的事。

迟绿低垂着眼睑看着他，有些恍神。

男人眉眼专注，温热的手掌握着她的脚踝，热毛巾敷在上面，缓解她的疼痛。

房间暖黄色的灯光下，他们的影子重叠交错，呼吸萦绕，尤为暧昧。

深夜，孤男寡女共处一室。很多白日里埋起来的心思和念想，在此刻暴露出来，无处可藏。

迟绿下意识地往下弯腰靠近。

博延猝不及防抬头时，他的头撞到了她的鼻尖，两人相似的桃花眼流淌着过往的回忆，情难自控。

他们不知道对视了多久，也忘了到底是谁主动的。

等迟绿再回过神的时候，她被炙热的身躯压在了柔软的床上。

"电话……"迟绿伸手推了推面前的男人，"博延。"

博延一顿，垂眼看着她。

房内的灯没来得及关，他能清晰地看到她瞳仁里流淌的情绪。

两人无声地对视着，他们一直逃避的问题，在此刻喷涌而出。

很多问题，他们也无法忽视。时间能跨越一切，但对现在的他们而言，还差很多。

在手机铃声第二次响起时，博延语气平静地说道："去接电话。"

迟绿怔怔地看着他的动作，抿了抿唇："然后呢？"

博延一顿起身离开。他敛下眸子里暗涌的情绪，沉声问道："脚好了，是不是还要离开？"

迟绿没吱声，但她确实是这样打算的。

她在国外还有很多工作，不可能现在就丢下。

她的沉默，让博延知道了答案。

他抬手，捏了捏她的脸，淡淡地说道："临走前说一声。"

他不想再漫无目的地全世界找她了。

迟绿眼睫一颤，错愕地看着他。

她嘴唇动了动，终归没说出道歉的话。当年的离开她谁也没说，是一个人悄悄走的。

离开后，迟绿狠心地和国内所有人断了联系。电话卡换了，彻底消失。

她不知道那段时间博延是怎么过的，也不敢问。

当年那种情况，她心里是带着气的，无处发泄，恨博延，更恨自己。恨自己的无能为力，恨自己在那种时候还想着他，想未来他们要怎么办。

迟绿找不到答案，就像是落水者，在海里扑腾，找不到浮板，更遇不到一艘能拯救她的船。

他们都是被命运摆弄的溺水者，谁也无法拯救，好像只能通过时间，去跨过那些过去，去忘记那些对他们造成伤害的人和事。

迟绿没吱声。

博延用力捏了捏她的下巴，沉声道："说话。"

迟绿回神，仰头看着他："好。"

得到了答案，博延不再停留，转身往门口走。

迟绿望着他的背影半晌，突然开口道："你再给我些时间。"

博延脚步一滞，没回头，更没问她具体需要多久。

"早点儿休息。"说完这句，男人消失在客房。

人离开后，迟绿看了一眼来电，是闻昊打来的。

她皱了一下眉，在电话第三次响起时才接通。

"闻总，"迟绿清了清嗓，语气平静地问道，"大半夜的有什么事吗？"

闻昊蹙眉，沉默半响，问道："刚刚在忙？"

"嗯。"迟绿看了一眼时间，淡淡地提醒，"现在应该不是工作时间吧？"

言下之意非常清楚了，她没必要回答闻昊的任何问题。

闻昊有些无可奈何："打算什么时候回去？"

迟绿算了算自己没办法推掉的工作，低声道："五天后有场秀，我会准时出现。"

闻昊嗯了一声，低声道："我听酒店前台说你退房了？"

闻言，迟绿笑了笑说："是，我回北城了。还有什么问题？"

闻昊沉默了一会儿，低声问："博延就是你放不下的那个人？"

"对。"

"你们分手了。"闻昊提醒她。

"那又如何？"迟绿起身走到窗边，把窗帘拉开，望着窗外的夜景。

她仰头看着熟悉又陌生的夜空，轻声道："只要我们愿意，随时能和好。"

闻昊："……"

迟绿笑了笑，浅淡地说道："闻总，别在我身上浪费时间。"她深呼吸了一下，低声道，"对我而言，除了博延，谁都不可以。"

从始至终，迟绿的世界里只能容下博延一个人。

过去是，现在是，未来也是。

他们是分开状态，可两人都清楚，在他们的感情世界里，插不进其他人。

迟绿把话说得这么明白，她想闻昊如果是聪明人，应该会放弃。

闻昊那边静了静，笑了一下说："那我和你赌一赌。"

迟绿无言："我不会和你赌。"

"你在害怕？"

"不是。"

迟绿看着推开门走进来的男人，倏然一笑，说："我从不拿我的感情做赌注，更何况在我必赢的事情上，赌了就没什么意思了。"

挂了电话，迟绿对上博延的目光。

博延没问她电话内容，语气冷漠地说道："把牛奶喝了睡觉。"

"哦。"

迟绿喝完牛奶，又重新洗漱，躺在了床上。

她攥着被子，闻到了熟悉的味道。

可能是在飞机上睡过了的缘故，迟绿这会儿不困了。

她闭上眼，脑海里全是刚刚的那些画面。她不知道，如果刚刚电话不响，他们现在会在做什么。

迟绿失眠了，博延也一样。

大半夜的，他还接到了博盈的越洋电话。

"哥！"博盈语气激动，"你终于接我电话了。"

博延看着电脑屏幕的资料，冷漠地问道："有急事？"

博盈："你明知故问，迟小绿现在在哪儿？"

博延顿了一下："睡觉。"

博盈："……"

她沉默了几秒，挂了电话。

博延轻嗤了一声，刚把手机丢开，博盈又打了过来。

"哥，你是不是骗我？迟小绿在睡觉的话，你怎么可能还接我电话？"

博延抬了抬眼，解释说："客房。"

"哦。"博盈愣了愣，突然说，"你不行啦？"

博延闭了闭眼，警告道："博盈，你是不是皮痒了？"

"没呢。"博盈笑嘻嘻地道，"你还没回答我的问题，你们和好啦？"

博延没吭声。

博盈了然，猜测道："没和好啊，迟小绿回国了，你也不把握住机会吗？"

博延沉默了一会儿，语气变得平静："她还会回去。"

"回哪儿？"问完，博盈自己反应过来，"她还要出国啊？"

博延："嗯。"

博盈愣怔片刻，有些不解："那她这次回国，真的只是因为推不掉这份工作啊？"

博延不知道，也没问。

博盈叹了口气，低声道："哥，你别泄气，再给她一点儿时间，她肯定能想通的。"她小声咕哝，"毕竟当时确实是爸妈做得不对，她恨我们也是应该的。"

博延没搭腔。

他比任何人都清楚迟绿走的原因，可越是如此，他心里的刺越是难以拔出。

博盈感受着博延的沉默，兄妹连心，大概也能猜出他在想什么。

她想了想，提议道："要不我回国帮你重新追迟小绿？"

闻言，博延眼皮也没抬："管好你自己。"

"喊。"博盈轻哼，"哥，你现在是不需要我了，几年前你和迟小绿在一起，你敢说没我的帮忙，你们能那么顺利吗？"

说到这个，博盈就很窝火。

"你借着给我辅导功课的名义，让我把迟小绿拉上，还说教一个是教，教两个也是教……"博盈开始给他翻旧账，"结果你们倒好，借着我打掩护偷偷恋爱。"

博盈无意中撞到两人亲亲密密地在一起时，还以为自己出现了幻觉。

一想到以前的事，她觉得又气又好笑。谁能想到她那对谁都不上心的亲哥，会败在迟绿身上，甚至不惜厚着脸皮找她，一次又一次约迟绿出去。

每次两人约会，博盈便负责把迟绿约出来，然后被他们丢开，一个人孤零零地晃荡。

现在想想，博盈觉得自己太惨了。

博延挑了一下眉，淡淡地说："你怨气还挺重。"

博盈眼皮一跳，连忙道："没没没，我心甘情愿。"

她快速说道："哥，我过段时间也打算回国了。"

"嗯。"

"但我不想回家住。"

博延怔了半晌，低声道："我让助理给你看房子。"

闻言，博盈眉开眼笑道："行，那我就不打扰你休息了。"

电话挂断，博延在电脑前坐了许久。

他扫了一眼微博界面，迟绿回国走秀的消息还挂在上面。最前面的是网友对迟绿的科普，以及晚上秀场的几张照片。

博延盯着那几张照片看了许久，顺手点了保存。

迟绿次日醒来，已经十一点了。

屋子里静悄悄的，迟绿洗漱后往外走，在餐桌上看到了博延留下的便笺。

她瞥了眼旁边冷掉的早餐，拉开椅子坐下。

她胃口不是很好，吃了两口便放下了。

迟绿正想给博延打电话，季清影的电话先来了。

迟绿眉梢扬了扬，快速接通："喂。"

季清影听着她轻快的语调，笑了笑："心情挺好？"

"还行。"迟绿望着窗外的大太阳，眯了眯眼说，"今天忙吗？"

季清影："再忙也要来照顾你这个病号。"

"……"迟绿无语，"我哪里算病号？"

"哪儿都算。"季清影一点儿没客气，"脚怎么样了，能走吗？"

迟绿嗯了一声："当然能，你快过来吧，我想出去走走。"

季清影笑着答应："正往你这边来，你先收拾，我带你出去吃饭。"

"好。"

半小时后，季清影出现在门口。

两人许久没见，相视而笑。季清影睨她一眼，伸手把人抱住。

"终于回来了。"

迟绿笑道："又漂亮了呀！"

季清影轻哼："那当然，比你漂亮一点点。"

迟绿翻了一个白眼："哦。"

两人说着，都笑了起来。

即便很久没见，她们之间鲜少有陌生感。即便有，在见面后，便又能恢复到从前。

季清影上下打量她片刻，往屋子里看了看："我还是第一次来博老师这儿。"

迟绿侧身："那我带你观看一下？"

季清影哭笑不得："这倒不用。"她感慨说，"谁能想到被媒体称为引无数女人折腰的博老师，竟然在一棵树上吊死。"

迟绿："……"

她没理会季清影的调侃，催促道："走了，我饿死了。"

季清影看她这样，唇角往上牵了牵："行行行，带你去吃饭。"

迟绿睨她一眼，跟着笑了起来："走，你请客。"

"没问题。"

大中午的，迟绿想吃火锅，被季清影拒绝了。

"晚上再吃火锅。"

迟绿勉为其难地点点头，张望着："那吃椰子鸡烤鱼，好久没吃了。"

以前上大学时，她和季清影，还有另一好友陈新语，常吃的就那么几家，三个人口味相近，在吃的上面从不会有任何异议。

想到这儿，迟绿转头看着她："新语什么时候回来？"

季清影和她一起上楼，道："估计还要半个月。"

陈新语在设计公司上班，前段时间拿到了培训名额，进修去了。

迟绿点点头："那我们碰不上了。"

季清影拉椅子的手一顿，她诧异地看着迟绿："还走？"

"……"

迟绿知道她在担心什么，弯唇笑笑，看着玻璃外来来往往的行人，道："还会回来的。"

季清影嗯了一声，抬眸和她对视："这一次又打算悄悄地走？"

闻言，迟绿认输："我错了，别翻旧账。"她笑盈盈道，"临走前让你送可以吧？"

"嗯。"点好菜，季清影敛眸看着她，"你和博老师……有什么打算？"

迟绿一怔，苦涩地笑笑："再说吧！"

看她这样，季清影也不好多问。

每个人都有过去。季清影清楚横亘在迟绿和博延之间的，不是能轻而易举跨过去的障碍。

她沉默了一会儿，轻声道："不知道答案的话，就先交给时间。"

迟绿弯唇一笑："我知道。"

时间是最好的解决工具。

迟绿遇到的那些事，如果她不说服自己去释怀，没有人能劝得动。

吃过东西，两人在商场里逛了一圈。

莫名其妙地，迟绿走到了电影院门口。

季清影瞥了一眼不远处的宣传海报，笑了笑说："有博老师编剧的一部电影还在播，要不要进去看看？"

迟绿："要。"

两人买票进了电影院。

坐在椅子上，迟绿才把口罩和帽子摘下。

季清影看她这样，问道："做公众人物的感觉怎么样？"

迟绿想了想："除了偶尔会被拍之外，其他的都很好。"

季清影忍着笑："我昨晚在微博上看见你了。"

迟绿自恋地说："没办法，人长得太美了，总是引人关注。"

季清影："……"

两人小声聊着，电影开场后，季清影没再打扰迟绿。

季清影之前和傅言致一起看过这部电影，今天再来，纯粹是为了陪迟绿。她知道迟绿想来，也知道迟绿为什么想来。

季清影想，当年迟绿离开时，她、陈新语、博延等人怨言都很多，也骂过迟绿没良心。但他们都知道，迟绿有不得已的苦衷。

现在迟绿回来了，她想尽可能地弥补迟绿曾遗失的那些时光。

博延讲故事的能力很强，他逻辑思维缜密，有丰富的文化底蕴。

这一点，迟绿比任何人都清楚。

当年博延开始写故事，一是为了解压，二是因为迟绿喜欢看。

博延有很多天马行空的故事，能每天给她讲一个。迟绿想听什么，他就编什么。

只有她想不到，没有他编不出的。

再后来，他被迟绿撺掇着写长篇故事。博延拒绝不了她，那会儿也正好在自己的故事里找到了释放压力的方式，也就开始写了。

那是很短的一个故事，二十万字。迟绿看得津津有味，还给出版社投了稿。

最初没有出版社想要，但她不气馁，一次次投递。

最后有出版社看上了，但给的稿费很低，说只有卖得好，能加印，才会涨稿费。

两人都不差钱，也就答应了。

出版后，迟绿为了加印，专门注册了个微博，用来抽奖送书。博延出版的第一本书，她买了上千本。

后来，那本书突然被很多知名的读书博主推荐，从而爆红。也是出于这个原因，迟绿出国后，博延任性地做了近两年的编剧。

在国外，迟绿控制不住想他的时候，会买他的书，会看他写的电影故事。

那些故事里，藏着他们似有似无的联系和寄托。

从电影院出来，季清影看着她红红的眼睛，把墨镜递给她。

"现在想去哪儿？"

迟绿想了想："书店。"

季清影："……"

两人相视一笑，去了楼下书店。

傍晚，两人才从书店出来。

季清影带迟绿去吃火锅，中途还特意问了一声："多叫两个人？"

迟绿知道她想叫谁，不在意地说道："随你。"

没多久，博延和傅言致便过来了。

迟绿抬眸，望着还穿着西装的男人，不自觉地走了神。

博延穿西装于她而言，就是有种特殊的魅力。

注意到她的目光，博延顿了一下，垂眼望了过来。他脸上没什么特别的表情，很淡很淡，仿佛昨晚的那些事都没发生过。

迟绿怔了一下，从昨晚那个电话之后，他们又成了博总和迟小姐，可能还多了点儿别的。

"博老师，"季清影笑了笑，"穿西装来吃火锅啊？"

博延拉开迟绿旁边的椅子坐下，淡淡道："没来得及换。"

他一坐下，迟绿便闻到了他身上很淡的烟味。

迟绿眼睫一颤，拿过面前的杯子抿了一口茶。

季清影看着两人，和傅言致对视一眼，有些无奈。

傅言致道："先点菜。"

四个人吃饭时，比季清影预想的还要安静。她原本以为把两个人凑在一起，能缓和他们之间的关系，没想到有点儿弄巧成拙。

"待会儿吃完有没有想去的地方？"

迟绿刚想说没有，但又觉得自己和博延回去肯定是各忙各的。

"有什么好玩的？"

傅言致瞥了一眼对面的人，道："有个朋友的酒吧还不错。"

博延抬眸睨了他一眼，警告意味十足。

傅言致耸耸肩，直接忽视他的目光。

迟绿眼睛一亮，爽快地说道："好啊，那就去酒吧！"

季清影看博延黑沉沉的脸，闷声笑道："嗯。"

四个人转战酒吧。

季清影等人对这儿熟悉，也不担心有什么意外。

迟绿跟着去楼上的包间坐了一会儿，觉得无聊。她看了看和男朋友靠在一起的好友，非常懂事地说道："清影，我去楼下玩玩。"

"好。"

进酒吧没多久，博延便接了一个电话，出去了。

迟绿也没特意去找他，径直下了楼。她往吧台那边走，顺便要了一杯酒。

迟绿盯着调酒师，无声笑了一下。

"小姐笑什么？"

迟绿指着说："我也会这个。"

调酒师讶异地看着她，在看到她这张有点儿熟悉的脸后，猜测道："你是演员？"

"不是。"迟绿笑，"你们酒吧经常有演员来？"

调酒师点头："是的，我们酒吧私密性好，很多艺人喜欢来这儿。"

这个迟绿倒是不清楚。

她笑笑，解释道："我不是演员。"

调酒师点头，和她搭话："那怎么会学调酒？"

她怎么会学调酒啊？

迟绿慵懒一笑，是因为她觉得有意思。那会儿她刚成年，对什么都有兴趣，什么都想尝试。

有一次，她和博盈偷偷摸摸去酒吧，当时觉得给她们调酒的调酒师很酷。博延过来逮她们，她还念念不忘，夸人家厉害。

再后来，博延突然就去学了调酒，迟绿知道的时候很是无语。

迟绿回忆着，当时博延是这么说的。

他懒散地勾了一下唇角，桃花眼弯了一下，对她说："谁让我们家学生对什么都感兴趣，博老师不学的话，担心她被乱七八糟的人骗走。"

思及此，迟绿突然很想笑。

那时候的她和博延和现在完全不同。两人都是直接大胆的，想做什么做什么，没有任何顾忌。

她正想着，旁边来了人。

迟绿一怔，侧眸去看他。博延神色寡淡，和她对视了一眼，又漫不经心地转开了目光。

"博老师，"调酒师热情地打招呼，"要喝点儿什么？"

博延看了一眼他手里调的酒，淡淡地道："和她一样。"

调酒师一愣，诧异地望着两人："小姐是博老师的朋友？"

迟绿听着"朋友"二字，笑了笑说："得博老师承认才行。"

博延扫了她一眼："不是。"

调酒师："……"

迟绿脸上的笑一僵，她看着推过来的玻璃杯抿了抿唇。她没再出声，刚想拿起酒杯，手腕便被男人压住。

博延眸色沉沉地看着她，淡淡地说："这杯酒度数很高。"

迟绿看他这样，气不打一处来。他们两人间到底谁对谁错其实说不清，但这会儿她就是想任性。

"博老师家是不是住海边的？"

博延眼也没抬，不紧不慢地说道："我家住哪儿，你应该很清楚。"

迟绿噎住。

她提着一口气，瞪大眼看着他："你——"

博延从调酒师那儿重新拿了一杯酒，换了一只手递给她："尝尝这个。"

迟绿瞥了一眼："你把我当什么，你说喝这个就喝这个？"

博延不出声，就这么目光沉沉地看着她。

迟绿被他看得不自在，用力想把自己的手腕从他掌心挣开，但无奈力量悬殊。

"博延！"她气鼓鼓地喊了一声。

博延嗯了一声："听得见。"

迟绿看他云淡风轻的模样，真觉得自己输了。她怎么就不能端着点儿，怎么屡屡在他面前受挫。

两人僵持着。

博延看她紧抿着唇角的模样，别开眼，松了手："喝吧！"

迟绿一怔。

调酒师连忙解释："小姐，博老师不让你喝，其实是因为这个酒后劲很足，一般不是常喝酒的女孩儿喝了会头疼一整天。"

迟绿一愣，她是有头疼的毛病。以前博延带她看过很多医生，但就是无法缓解。

她顿了顿，嗯了一声："我就尝一下。"

喝了一小口，迟绿也没再喝。她看了一眼博延递过来的那杯酒，端起喝了一小半。

两人坐在吧台边，安静地抿着酒，谁也不说话。

调酒师一会儿看看这个，一会儿看看那个，觉得非常不对劲。

他刚想说话，博延突然开口道："她是迟绿。"

调酒师："啊？"

迟绿也转头看他，神色诧异。

她皱了一下眉，刚想说话。调酒师眼睛一亮，突然震惊地说道："你就是那个姜总他们经常说的，甩了博老师的迟小姐？"

迟绿："……"

"啊？"迟绿不可置信地瞪大眼，惊愕地望着调酒师，"什么？"

她什么时候甩了博延，他们难道不是和平分手吗？！

调酒师愣了一下："不是她吗？"

他转头往博延那儿看，好奇地问："难不成还有两个迟绿？"

迟绿也侧眸望着他，期待他的答案。

博延眼也没抬，眸色莫测地扫了一眼两人。

接收到信号，调酒师点点头说："对吧，就是你。"

迟绿："……"

她哪儿有？

调酒师笑了笑说："迟小姐，还想喝点儿什么，今天我请客啊，我们都特别佩服你。"

"……"

迟绿沉默几秒，想解释一下，但又觉得没有必要。

她抬眼看着他："姜总是谁？"

调酒师："我们老板。"

迟绿点点头，看了一圈说："今天在这儿吗？"

"不在吧？这要问博老师。"

博延瞥了她一眼，淡淡地问："怎么？"

迟绿小声嘟囔："找他算账啊，老板就能这么污蔑人吗？"

酒吧的声音很吵，此刻另一旁的舞台上有人在劲歌热舞。

博延没听清楚她说的话，身子往她那边倾斜了些许，低声问："什么？"

他靠得近了，带着点儿香甜酒味的呼吸落在她的耳边。迟绿怔了几秒。

她对博延的气息很熟悉，熟悉到无数个午夜梦回时，都觉得他就在身边，融入血液里一样。

迟绿总觉得自己那原本沉在海底的心，渐渐地有想要挣扎着浮出水面的迹象。

她抿了一下唇，往后挪了挪，一字一句道："我要找酒吧老板算账。"

这一回博延听见了。他挑了一下眉，淡淡道："算什么账？"

"他污蔑人啊，这酒吧老板怎么随便给人扣帽子？"

博延顿了一下，拿着手里的透明酒杯打量着，神色闲散地说道："没有。"

"什么没有？"迟绿正心不在焉地看手机，没听清楚。

博延嗯了一声，不想和她在这个话题上纠结："没什么。"

"……"

迟绿沉默了一会儿，侧目去看他。吧台这边的灯光相对较暗，两人坐着的位置也是在小角落边上，偶尔有一两束光打过来，勾出男人精致的眉眼。

只不过他的神态，和她熟悉的已完全不同。

迟绿怔了片刻，敛下眼眸。

两人坐在吧台边，没过多交流。

季清影在二楼走廊看着，有些丧气："唉，博老师怎么不主动点儿？"

傅言致："……"

他哭笑不得，往那边看了看："主动什么？"

季清影睨他一眼："你说呢？"她托腮道，"他不主动是追不到老婆的。"

傅言致笑了笑，揉了揉她的脑袋，低声说："不用担心他们，他们有自己的解决方式。"

话虽如此，但季清影还是担心。

她侧目看向傅言致，突然问："你说如果我们分手了，会怎么样？"

傅言致："我们不会分手。"

"打个比方。"季清影解释。

傅言致嗯了一声，声音清冽："假设也不行。"

闻言，季清影哭笑不得。

她弯了弯唇角，靠在他的身上："那好吧，这个假设作废。"

"嗯。"傅言致捏了捏她的脸，低声道："我们不是他们，他们也不是我们，没办法比较。"

这是事实。

不同性格、不同经历的人，思维方式和面对突发事件的处理方式都是不同的。

即便是换位思考，也不可能百分百理解当事人的心境和想法。

安静了一会儿，季清影说："我多撮合这两个人见面，怎么样？"

傅言致扬了扬眉："随你。"

"行，那就这样做，你配合我。"

傅言致忍着笑，点点头："好。"

"……"

四个人在酒吧待到十点，便决定回家了。

季清影和傅言致对视一眼，看向博延："博老师，迟绿就麻烦你多照顾了。"

博延点了一下头。

季清影也不多说，看向迟绿："到了给我发个信息。"

"嗯。"

看着两人离开，迟绿眸子里有了羡慕。

如果没有发生意外，她和博延的日常是不是也这么甜蜜，而不是像现在这样，说话小心翼翼，谁都怕过线。

"上车。"博延的声音在旁边响起，他伸出了手。

迟绿怔了一下，手搭了上去："谢谢。"

博延扶着她上车，跟着坐了进来。

司机回头看了一眼，神色诧异道："博总。"

博延应了一声，淡淡地说："回公寓。"

"是。"

车子平缓前行，安静又舒适。

迟绿坐在位置上，时不时看看窗外。两年多不见，城市变化比她想象中要大很多。

她正看着，博延的手机响了起来。

她听见了博延低沉的嗓音，和以前一样悦耳。

"嗯。"他语气不耐，"什么事？"

听到那端的要求，他沉默片刻，淡淡地说："我问问她。"

迟绿一怔，恰好对上博延看过来的目光。

他拿着手机，语气平静地问："博盈的电话，要不要和她说两句？"

迟绿反应迟钝地哦了一声："好啊！"

她刚接过，博盈的声音传了过来："迟小绿！"

迟绿一愣，倏地笑了起来："在呢！"

博盈在那边哼哼两声："你回国为什么都不联系我？"

迟绿眨眨眼，笑着说："忘了。"

博盈冷哼，也不和迟绿计较是真忘了还是假的。她应着，低声问："打算在国内待多久啊？"

迟绿算了算时间："三四天吧。"

听到答案，博延唇线僵直，脸沉了下来。

博盈啊了一声："这么快啊？"

"嗯。"迟绿淡淡地说，"我还有工作。"

闻言，博盈也不好再多说什么。

她想了想，有点儿为难："那你……之后打算一直住国外了吗？"

迟绿一笑，看着路上飞驰而过的车辆，轻声说："再定吧。"

两人聊了一会儿，迟绿把手机还给博延。

博延顺手把电话挂了。

看着他的动作，迟绿眉心一跳："你都不跟她说两句？"

博延抬了一下眼，眼神淡漠："说什么？"

迟绿感受着他转变的态度，嘴唇张了张："没什么。"

两人没再过多交流，到楼下后，博延沉默地伸出手，她沉默地搭上。

两人慢吞吞地进了电梯，到了家。

进屋后，博延侧目看了她一眼："机票买了？"

迟绿一怔："还没。"

博延嗯了一声，淡淡地说："打算买哪天的？"

"还不确定。"迟绿说，"我一会儿问问助理。"

博延点了点头，往厨房那边走。

迟绿盯着他的背影看了一会儿，突然说："我明天有点儿事要出去。"

博延稍稍侧了头："你一个人？"

"嗯。"

博延顿了一下，看了她那半残废的脚一眼："季清影不陪你？"

"嗯，她太忙了，我不想让她来回跑。"

博延点点头，随口道："去哪儿？"

迟绿说了个地址。博延没再问，从厨房端了两杯醒酒茶出来，看迟绿喝完后说了句："早点儿休息。"

次日醒来，屋子里依旧空荡荡的，没有任何气息。

迟绿拿过手机看了一眼时间，又到中午了。她磨磨蹭蹭地起床，刚洗漱完，门铃声响了。

迟绿一蹦一跳地到了门口，问了一声："你好，请问找谁？"

话音一落，外面传来徐铭泽的声音："迟小姐，我是徐助理。"

迟绿愣了一下，立马把门打开。

徐铭泽站在门口，手里还提着一个袋子。

两人对视一眼，徐铭泽笑了笑说："迟小姐饿了吧？博总让我过来给您送饭。"

迟绿一愣，看向墙上的时钟："你等很久了吗？"

"没有。"徐铭泽直接道，"博总说你应该要睡到十一点左右，让我十一点半敲门就行。"

"……"

看徐铭泽把东西放下，迟绿道："谢谢，麻烦了。"

"应该的。"徐铭泽压住自己的好奇心，"那我先走了。"

"好。"

临走前，徐铭泽又不忘叮嘱："迟小姐如果还有什么需要，直接给我打电话就行。"

对上迟绿狐疑的目光，他笑道："博总吩咐的。"

迟绿："好的。"

人走后，迟绿拆开了送过来的午饭。

看着面前的菜，她有片刻愣怔。博延让徐铭泽送来的，是她以前最喜欢吃的。

迟绿看了许久，还没回神，博延的电话便先来了。

"喂。"迟绿压了压自己跳动过快的心脏，"徐助理把东西送过来了。"

博延刚结束会议，闻言，脚步顿了顿："我知道。"他说，"尝尝吧，看看味道有没有变。"

迟绿嗯了一声，眨了眨眼，仰头望着天花板："谢谢。"

博延应了一声："吃完就出门？"

"两点吧。"迟绿想了想，"从这儿打车过去，只要半个小时。"

博延："好。"

迟绿一怔，还没反应过来这声"好"的意思，他道："先吃吧，还有事挂了。"

看着被挂断的电话，迟绿没多想，直接吃了起来。

另一边，博延看着突然出现的人，有些意外："你怎么过来啦？"

来人笑笑，挑眉问："怎么，我不能来找你？"

博延没吱声。

那人又问："迟绿回来了，是不是？"

听到熟悉的名字，博延抬了一下眼："怎么？"

来人摇摇头，笑着说："没什么，就随便问问。"

博延没多理会，起身往办公室走："你既然都知道，还问我做什么？"

那人笑道："确认一下。"

博延："……"

他瞥了一眼来人，冷冷淡淡地说："你不适合出现在她面前。"说完，博延看了一眼回来的徐铭泽，吩咐道，"把人送出去。"

"……"

人走后，博延靠在椅背上，闭眼休憩片刻。

徐铭泽把人送走后折了回来，低声道："博总，迟小姐看着精神挺好。"

博延嗯了一声，淡淡地问："她说什么了？"

徐铭泽一愣："她说让我谢谢您，还说您送的食物她很喜欢。"

博延拿着笔的手一顿，他抬头看了徐铭泽一眼。

徐铭泽蒙了一下，不明所以。难不成他说错什么了？

博延看了他半晌，冷嗤了一声："她不会说这种话。"

徐铭泽："……"

当一个要时时刻刻揣测老板心思的助理真的好难！

博延没理会他那复杂的神情，叮嘱道："我下午不在公司，有急事给我打电话。"

徐铭泽眼睛亮了亮，问："去给迟小姐当司机吗？"

博延眯眼看着他："徐助理。"

徐铭泽一凛，连忙道："博总，我突然想起还有工作没完成，我先出去了。"

"……"

博延被气笑了。

蓦地，他想到了那个没良心的人。他的那些心思，连助理都看得一清二楚，迟绿怎么就是不懂？

思及此，博延有些烦躁地扯了扯领带。

迟绿今天要去见的是一个经纪人。

她跟闻昊公司的合约差不多要到期了，她不会再续约。虽然闻昊提过很多次，公司给她的福利待遇比大多数公司都好很多，但迟绿依旧不想续约。

当年闻昊对她的伯乐之情，这两年她也还得差不多了。

迟绿不可能在知道他对自己有意思的情况下，还继续签约。她之前没给过闻昊机会，之后也不打算给他留任何念想。所以在知晓她不会续约后，国内很多公司向她抛出了橄榄枝。

迟绿看了看，选了其中一家打算聊聊。至于具体如何，还得根据情况再说。

她刚化好妆，换完衣服，门铃声再次响起。

迟绿一愣，透过屏幕看到门口站着的男人，立马开了门。

"你忘记密码啦？"

博延："没有。"

他垂眸看她，顿了一下，问："现在走？"

"啊，对啊！"迟绿拉了拉手里拿着的包，神色诧异地问道，"你怎么回来啦？"

博延嗯了一声，道："公司不忙。"

迟绿："哦。"

她低头换鞋："你回家休息？"

博延："……"

迟绿换好鞋，从包里掏出手机想叫车。

她刚点开叫车软件，突然想到了什么。她手指顿了顿，退出了软件，看向博延："博老师。"

"什么？"

迟绿忍着笑："我叫车不方便，你如果没事的话，能不能送我过去？"

闻言，博延面不改色地说："可以。"

上车后，迟绿自觉地把安全带系上。她偏头看了一眼旁边的男人，脸上的笑在电梯里便收敛了不少。

注意到她的目光，博延睨了她一眼，面无表情地问："想说什么？"

迟绿沉默了一会儿，看着午后刺眼的阳光："你公司真没事？"

博延："……"

"嗯。"他发动引擎，眉眼专注地看着前方，道，"公司不止我一个人。"

迟绿笑了一下，没再问下去。博延回来是为了什么，她清楚，博延也知道她清楚。

迟绿安静了一会儿，手机铃声响起，是圆圆的电话。

"迟绿姐。"那边传来圆圆轻快的声音。

迟绿嗯了一声，垂着眼，看着大腿上放着的包："怎么啦？"

圆圆这会儿正在看票，有点儿纠结："我们买哪天的机票啊？"

迟绿想了想："周一的吧！"

明天是周五，她想在国内多待一天。

"会不会有点儿赶？"圆圆忧心地说道，"周一晚上的话，下飞机后你就没休息时间了。"

"不用。"迟绿淡淡地说，"在飞机上睡就行。"

闻言，圆圆也不好再劝。

"好，那我买周一晚上的，我上午去北城找你。"

"嗯。"

几分钟后，迟绿收到了航班的信息短信。

她看了一眼时间，刚想摁熄屏幕，一侧传来男人的声音："哪个航班？"

迟绿一怔，没有犹豫地说了航班号。

博延点点头："知道了。"

迟绿嗯了一声，也没问你是不是想送我。她和博延有很多东西、很多事，不用言语表达也会心照不宣。

迟绿有些高兴，又有点儿难过。他们不知道该怎么再次心无芥蒂地回到从前。

察觉到旁边人的安静，博延扫了她一眼，没出声打扰。

迟绿和几年前相比，变了不少，但又好像没变。有时候的一些小表情和以往一模一样，但又不同。

她是收敛了，和以往的无理取闹差别很大。要换作从前，她绝不可能这么规规矩矩地坐在副驾驶座上。

前方红灯，博延轻踩了一下刹车。

窗外的阳光透过车窗照进来，给人一种说不出的闷热感。

"一会儿有没有想去的地方？"

旁边的人突然出声，把走神的迟绿拉了回来。

上

册

她眨了眨眼，错愕地看着博延："你不回公司了？"

博延没应话。

迟绿莞尔，说："我不知道会谈多久，你要在那边等我？"

博延给了她一个眼神。

迟绿心虚地摸了一下鼻尖，低头笑笑："结束了再说。"

"嗯。"

迟绿和经纪人见面的地方是咖啡厅，迟绿到的时候，对方已经在等着了。

看到迟绿，林静仪站了起来，刚想说话，又看到了博延。

林静仪神色诧异地望着两人，还没来得及出声，迟绿先喊了一声："抱歉，我来晚了。"

林静仪摇摇头，指了指说："是我早到了，坐吧！"她多看了一眼博延，迟疑地道，"这位是——"

博延没吭声。

迟绿抿唇："博延。"

林静仪："……"

她当然认识博延，刚刚想问的是这两位是什么关系。不过看迟绿不想提，她也就不再好奇了。

"博总，好久不见。"

博延颔首。

迟绿愣住，眼神在两人身上打转："你们认识？"

林静仪点头，刚想说之前在一个秀场上遇见过，博延便打断了。他应了一声，神色寡淡地说道："一面之缘。"

迟绿："这样。"

博延看着她："结束了给我电话。"

"……"迟绿无言半晌，启唇道，"好。"

看着博延走出咖啡厅，迟绿才收回目光。一转头，她便对上了林静仪含笑的眸子。

迟绿清了清嗓，熟稔地说道："林姐，我们也好久没见了。"

她之前和林静仪见过，在国外的时装秀上。那会儿迟绿在模特圈还不出名，林静仪却是国内模特圈知名的经纪人。

当时迟绿遇到了突发状况，林静仪顺手帮了迟绿一把。也正是因为这个，迟绿才会选择跟她见面。

林静仪笑了笑，上下打量她："比两年前自信多了。"

迟绿眨眼："谢谢林姐，当年你如果没帮我，我现在也不会站在这儿。"

林静仪比迟绿大十岁，见过的、接触过的人都比迟绿多。她眼睛毒，在看人这件事上从没走眼。

当年她帮迟绿，一个是看到了迟绿的韧性和倔强，另一个自然也是发现了迟绿的潜力。林静仪当时没别的想法，就算她看走眼，迟绿发展不好，她也没什么损失，就当做了一件好事。

在他们这个圈子里，多帮个人总比多得罪一个人好。

"举手之劳。"林静仪朝她眨眨眼，开玩笑说，"再说我早算到有今天，那会儿也是为了未来做准备。"

迟绿哭笑不得："您那会儿就能算到我会回国发展？"

林静仪挑眉："是啊！"

迟绿笑着摇头，没把她这话放在心上。无论林静仪说的是真是假，对当时的迟绿来说，她就是给迟绿雪中送炭的人。

两人聊了一会儿旧事，自然而然地提到了今天的重点。

在回国前，迟绿有回国发展的念头，但这个念头并不坚定。她见到博延后，这个念头越发强烈，即便是回国后会丢失很多东西，她还是会义无反顾地选择回来。

两人聊了许久，林静仪看着她："决定啦？"

"嗯。"迟绿抿了一口咖啡，"总要回来的。"

林静仪盯着她看了一会儿，笑着问："闻总那边没挽留？"

迟绿："……"

她瞥了林静仪一眼，故意问："挽留了，那要不我还是留在原来的公司？"

林静仪被她的话噎住，连忙道："那不行，我要签下你。"

闻言，迟绿弯了弯唇角："谢谢林姐这么看得起我。"

林静仪睨她一眼，突然问："能不能探探隐私？"

迟绿无奈地道："问博延？"

林静仪点头，肯定地说："你回国是为了他吧？"

迟绿没否认，道："一半一半。"

至于另一半，是为了自己。她自私，即便是发生了那样的事，她还是想和博延在一起。

她们谈完后，林静仪送她出去。

刚出咖啡厅大门，迟绿便看到博延从另一边赶了过来。

林静仪顺着她的目光看了一眼，低声道："博总很喜欢你。"

"啊？"

迟绿错愕地看着她："怎么突然这么说？"

林静仪笑笑，突然想到了那年在时装秀上见到过博延。当时她还觉得奇怪，为什么博延会出现在那里，现在看来，一切都是有迹可循的。

"没什么。"林静仪暗示道，"答案要自己去找。"

迟绿："……"

她狐疑地看着林静仪，总觉得有点儿怪怪的。

林静仪忽视她的目光，喊了一声："博总。"

博延走近，从她手里把迟绿接了过去："嗯。"

他垂眸看着，淡淡道："多谢。"

林静仪扬扬眉："客气。"她看向迟绿："先走了，有其他事电话联系。"

"好。"

回到车里，迟绿看到了后座的电脑和文件。

她怔了一下，有些意外。

博延给她关上车门，这才绕到驾驶座上车。

一上车，他便注意到了迟绿的眼神。

"看什么？"

"你是不是很忙？"迟绿直勾勾地望着他，"刚刚在忙？"

博延瞥了一眼没来得及收拾的资料，没再否认。

"临时突发事件。"

迟绿哦了一声，看了一眼时间："你之前是不是问我结束后想去哪儿？"

"嗯。"博延驱车上路，抬眸直视前方，"有想去的地方？"

"有。"迟绿有些紧张地抿了抿唇，"博汇的办公大楼，是不是换过？"

博延眉心一跳，意外地看着她。

对上他的眼，迟绿偏头看向窗外："那么惊讶吗？我也是看新闻的好不好？"

博延："不是。"

他只是意外迟绿会提公司。

迟绿嗯了一声，扯了扯扣得有些紧的安全带，轻声道："那去你公司看看吧！"

她抬眼，目光平静地和博延对视："我还挺好奇的。"

博延没立刻答应。

车内安静了许久，才响起他低沉的声音："不用勉强自己。"

至于为什么勉强，两人心里都清楚。

迟绿睨他一眼，撑着手腕靠在车窗玻璃上，漫不经心道："不勉强，我真挺好奇的。"她停顿了下，故意说，"如果你觉得为难，那就算了。"

"……"

博延知道她在激自己，可就算知道，他也舍不得让她有自己不愿意带她去的感觉。

无论去哪儿，只要迟绿想，博延都愿意陪她。

博汇现在的总部位于市中心，一整栋大楼都是他们家的。连大楼的名字，也写的是博汇地产。

博汇早年间是做地产的，近些年才开始发展其他业务，特别是在博延接手后，公司开发了电子产品、信息科技等，甚至连和博汇扯不上半点儿关系的时尚领域，博汇也有涉足。

迟绿看着越来越近的博汇大楼，想到了之前看过的新闻。

博延刚宣布退出编剧圈时，上过好几次热搜。

很多人觉得遗憾，看不到更多好故事了，但更多的是调侃博延，说他要回家继承家产，等等。

唯一一次不是因编剧身份上热搜，是博汇总部搬家。

在博延接手后的第一个月，博汇搬离了原来的地方，那个地方，博汇在成立之初就一直在那儿。

这是很多人没想到，也没想过的。

据说有大师曾公开说，博汇之所以发展好，是因为最初的创业地址选得好，那个位置风水佳，在那里办公会让博汇永远上升。

也正是因为这个，博汇办公地址一直没变，甚至把周边全发展了起来，变得越来越好。但博延一接手就开始换地方，当时就引起过股东的不满。可博延力排众议，强势地换了办公地址。

刚换时，很多人预测博汇要完，各方面的业绩和发展之路不可能再像之前那样顺畅，但几个月后，他们被打脸了。

博汇不仅没后退，反而在往前冲。口碑越来越好，业绩更是完全远胜往年。

车子停下。

迟绿转头看了一眼，到停车场了。

她跟着博延下车，抓着他的手臂往电梯那边走。她越靠近电梯，心跳越快。

博延感受着她的紧张，停下脚步。

"怎么不走了？"

迟绿仰头看他。

博延目光沉沉地望着她："你确定要去？"

迟绿："现在问是不是晚了点儿？"她微微一笑，望着他问，"他们在公司吗？"

博延怔怔回道："不在。"

"哦。"迟绿点头，"那走吧！"

她不在意地说："既然都不在，我为什么不去？"

博延看她往前挪动的身躯，闭了闭眼，跟了上去："你别后悔。"

闻言，迟绿笑道："我后悔什么？"

她尽量让自己放松下来，睨他一眼，问："该不会是你在办公室藏了美女秘书，不想让我见到吧？"

博延："……"

公司忙，徐铭泽这个小助理更忙。

他和其他助理有些不同，负责的项目多，博延如果有事，那些不太重要的文件，他有权代签。

一整个下午，他连喝口水的时间都没有。

又解决完一件大事，徐铭泽靠在椅背上闭眼喝水，感慨地说："唉，助理不好做啊，特别是做博总的助理。"

哪有人丢下一大堆事跑了的？

旁边的林助理笑道："你也不怕博总听到。"

徐铭泽："怕什么，博总今天不会再回来。"

林助理挑眉："你这么确定？"

徐铭泽点点头，自信地说道："当然。"他瞅着一侧的林助理，总觉得自己憋得有些难受，想找个人瞎扯几句。

他想了想，突然说："我记得你说过你喜欢迟绿，是不是？"

有一次聚餐还是什么时候，这个助理说过的。

林助理点头："对啊，迟绿是我的'女神'。徐助理你还记得呢？"

徐铭泽："当然。"他沉默了一会儿，突然说，"不过呢，我觉得你该换女神了。"

"为什么？"

徐铭泽啧了一声，悠悠道："因为博总正在你'女神'面前刷好感，这也是他今天不会再回来的原因。"

话音一落，耳畔传来同事的惊呼声。

"博……博总。"

徐铭泽眼皮猛地一跳，一抬眼就看到了不远处的博延和迟绿。

两人正垂眼望着他，神色莫测。

如果不是时机和地点都不对，徐铭泽真想唱一句歌——这个世界随时都要崩塌。

而"这个世界"或许还能改为"我的世界"。他今天出门一定没看皇历，不然怎么会遇上这种事呢？

对着两人的视线，徐铭泽有些心虚。

他轻轻地眨了眨眼，喊了一声："博总，迟小姐。"

迟绿用余光瞅了一眼旁边男人的神色，弯了弯唇："徐助理。"

徐铭泽目光直直地看着她。

迟绿忍着笑，为了不让氛围那么尴尬，低声道："可以帮我泡杯咖啡吗？"

徐铭泽眼睛一亮，连忙道："当然可以。"他偷偷看了一眼博延，小声问："博总，您要吗？"

"嗯。"博延没他多计较，也知道迟绿在给徐铭泽台阶下。

他顿了一下，神色寡淡地交代："去楼下买，其中一杯把浓缩换成低因，牛奶换燕麦奶。"

听到博延的话，徐铭泽和旁边的助理皆是一愣。

博延爱喝的咖啡他们知道，不是这样的。那么这个附加的条件，自然是给迟绿的。

说完，博延也没理会外面的人，转身往办公室走。

迟绿笑了一下，跟了进去。

相对于其他人的愣怔，她倒是不觉得意外。她和博延之间有很多外人无法了解的默契，即便分开多年，那些默契也依然存在。

博延办公室比迟绿想象中要温暖。

不是她预想的黑白灰色调，虽然这几个颜色占了大半，但因为一侧有一面墙的书柜，书柜前有一张浅色沙发，整体显得柔和了许多。

迟绿看了一圈，指了指："你怎么会在办公室弄一面墙的书柜？"

博延稍顿，从抽屉里拿出遥控递给她："那边有幕布。"

"啊？"

迟绿愣怔片刻，这才认真观察。在书柜前方的顶端，有投影幕布缓缓降下，能让人随时随地看电影。

她仰头望着面前的幕布，有些东西突然从脑中翻了出来。

迟绿上大学时，博延正在江城工作，两人异地。

基本上每个周末，迟绿都会去找他。那会儿博延忙，没太多时间陪她逛街看电影，过正常情侣的小生活。

迟绿也不生气，他在家忙的时候，她枕在博延的腿上，捧着手机看电影、刷电视剧，时不时还看他写的小说，也很快乐。

那会儿博延很穷。博家父母为了锻炼他，把他的卡全停了，他每个月就靠工资过日子，房子也是租的，小小的出租屋，逼仄又陈旧。

迟绿偶尔也会抱怨。

她脾气上来时，一点儿都不讲理，能给博延定一百条罪。

印象最深的是，她很少和博延去电影院看电影，看电影太费时间，他没时间。

那天他们吵架是她看到朋友圈同学发的和男朋友一起看电影的照片，她有些羡慕，让博延陪她。

博延对她的要求从不拒绝，也答应了陪她出门。但因为临时遇到了事，两人看电影的计划泡汤，迟绿伤心又难过，控制不住和他发了脾气。

吵完架，气消了，迟绿开始道歉。

在这种小事上，博延很少和她生气，也不太会去计较。他对迟绿向来都是能宠则宠，不能宠讲道理让她消气。

那次他们吵完架，下一次迟绿去找他的时候，他的小房间变了。

原本只有基本生活物品的小房间，多了投影幕布和小书柜，还有一张只能坐下两个人的小沙发。

小沙发旁还有一盏她之前加入购物车的落地灯，精致又漂亮。

迟绿怔怔地看着，不明所以地望着旁边的男人："你怎么……"

博延垂下桃花眼看她，眸子里倒映出她傻愣愣的样子。

"不喜欢？"

"不是。"迟绿瞪大眼看他，"你这花了多少钱啊！你的卡不是都停了吗？"

其实博延在卡停了之后，还是有存款的。但他不用，他说下底层历练，便就像一个刚毕业的学生一样，没钱没存款，每个月拿着工资过日子。

博延挑眉："嗯？"他笑了，捏了捏她的脸问，"这么看不起我？"

迟绿："你怎么突然买这些？"

博延嗯了一声，语调懒散："不买的话，怕有人又跟我闹脾气。"

他拉着迟绿到小沙发坐下，支着下巴道："我没时间陪你经常去电影院，但可以在家陪你。"

他侧眸望着她："只不过博老师可能会有事忙，只能在旁边陪你一起这样看，行吗？"

迟绿闷闷地嗯了一声："行。"

博延笑了，把人抱进怀里："又不开心啦？"

"没有。"迟绿埋在他的脖颈处，闷闷地说道，"我就是觉得，现在的博老师太憋屈了，我心疼。"

博延哭笑不得，揉了揉她的头发，语带笑意："觉得博老师可怜？"

"嗯。"

博延安静了几秒，提醒迟绿："其实也有办法让博老师不那么可怜。"

迟绿啊了一声，从他的脖颈处抬起头："是什么？"

她瞳眸潋滟，像是蕴了水光。

博延勾了勾唇角，垂眼看着她水润润的唇，暗示意味十足。

迟绿气急败坏，拍了他一巴掌："我和你说认真的。"

博延轻笑了一声，含糊不清道："博老师也是认真的，别人没有博老师这么漂亮的女朋友。"

"……"

后来，博延不再体验人生，多了时间和精力陪她。

两人去过很多电影院，也看过很多电影。但迟绿对那个小出租屋的感情，依旧浓烈。

有时提到未来，迟绿也不要求别的，就希望家里有个小电影院。除了家，她还霸道地要求博延的办公室也要有，这样她去陪他上班，也不会觉得无聊。

迟绿一直知道，博延是个说到就能做到的人。无论什么事，他只要承诺过，便一定会坚守。

他对迟绿的爱是热烈的，是横跨漫长岁月，也长存的。

耳边突然有了陌生的声音，把迟绿从回忆中拉出。

她抿了抿唇，眼睫轻颤地望着面前这一切："什么时候弄的？"

博延抬了抬眼看着她："搬来之前。"

从决定用这间房子做办公室后，博延便和设计师交代过。这个办公室的大部分细节，是他监督完成的。

迟绿嗯了一声，顺势到后面椅子坐下。

"那我在这儿看电影，不会打扰到你吗？"

博延瞥了她一眼，语气平静："不会。"

"哦。"

他们之间莫名其妙地又冷场了。

博延把遥控递给她，低声道："想看就看，不想看就休息一会儿，我还有点儿事要忙。"他顿了下，"估计要到十点。"

迟绿听出了他的弦外之音，应了一声，避开他灼热的目光："我看看电影吧！"

听到她的答案，博延很轻地笑了一下："好。"

他回到办公桌那边，开始工作。

迟绿看了他两眼，收回目光，认真找电影。

博延办公室安的不是普通的投影幕布，是私人影院。

迟绿看了一会儿，选了一部刚上映几天的国外电影。

她刚点开没一会儿，徐铭泽便进来了。

徐铭泽为了不丢掉饭碗，除了给两人买咖啡之外，还特别贴心地买了两份甜品。

"迟小姐。"

他一进办公室，便看到了不远处的小电影屏幕。

徐铭泽扬了扬眉，瞅了一眼心思深沉的老板。

这个小电影院他知道。但他没问过，他知道博延之前是编剧，自然而然地认为这是博延的爱好。可现在看，徐铭泽发现自己想错了。

从他做博延的助理到现在，基本没看博延开过幕布，唯一不小心看到的两次，博延也不是在看电影，而是在看秀。一想到这，徐铭泽恍然大悟。他猛地眨了眨眼，忽然发现了老板的大秘密。

"徐助理。"

博延看着直愣愣望着自己的人，皱了皱眉："你可以出去了。"

徐铭泽："……"

他猛地回神，点点头："博总、迟小姐慢用。"临走前，他看着迟绿，笑盈盈地道，"迟小姐还需要什么，随时叫我。"

迟绿还没回答，博延冷淡的声音再次响起："你很闲？"

徐铭泽一个激灵，快速道："不不不，博总你们忙。"

"……"

迟绿看他跑走的背影，无声地弯了弯唇："博延。"

博延抬了抬眼皮看她。

迟绿忍着笑，心情放松了很多："你怎么对你助理这么凶？"

博延："……"

"我很凶？"

迟绿点点头："你自己没觉得？"

博延顿了顿，直勾勾地看着她："是吗？我觉得还好。"

迟绿噎了噎，小声说："徐助理挺可爱的，你可以对他温柔一点儿。"

博延握着笔的手一顿，他在"延"字上画出了长长的一条。

他嗯了一声，点点头道："可以。"

他当然能对徐助温柔点儿。

回到办公桌的徐铭泽，刚觉得自己逃过一劫，便看到了老板的消息。

博延面无表情地把部分邮件转给他，并附言："明天上班前把这些资料汇总交给我。"

徐铭泽："……"

博延："有问题？"

透着电脑屏幕，徐铭泽感受到了死亡威胁："没有，博总，我保证完成任务。"

消息发送出去，徐铭泽深深地叹了一口气。

"徐助理，又怎么啦？"

徐铭泽冷冷地看了一眼同事："没事。"

办公室安静了下来，除了博延时不时敲键盘的声音外，便只剩电影外放的声音。

没再听到窸窸窣窣的动静，博延抬眼。他拿着手里的笔转了两圈，起身走近。

迟绿睡着了。

她侧躺在沙发上，身体蜷缩在一起，睡得并不好。

博延盯着她的睡颜看了须臾，拿过一侧的薄毯给她盖上，又伸手想抚平她紧锁的眉头。

手刚伸出去，迟绿翻了个身。博延身子一僵，手悬在空中。

好一会儿，注意到迟绿没清醒后，博延又靠近了一点点。

他注视着她的睡颜，手指滑过她的脸颊，没多停留。

大约过了半分钟，迟绿额间有了温热的触感，仅一瞬，感觉消失，再之后是特意放轻的脚步声。

迟绿眼睫轻颤，垂落的手不自然地扬起，指腹轻轻地碰了碰留有余温的脸颊，又放下。

在博延看不见的地方，她把自己藏在薄毯下，轻轻地咬了咬指尖。

第三章 ／

你吃醋啊

办公室有人进进出出，时不时有微弱的交谈声传来。

迟绿中途醒过一次，之后又沉沉地睡了过去。

她再醒来时，是被旁边的声音吵醒的。

迟绿迷迷瞪瞪地想翻身，脚一动便踢到了温热的物体。她微滞，慢吞吞地睁开眼去看坐在沙发边的男人。

博延的侧脸隐于夜色之下，办公室内的灯不知道何时被关上了，只有大屏幕还在播放的电影的光时不时掠过他的脸颊，让迟绿依稀能看清他的面部轮廓，精致且流畅。

他穿着白色衬衫，弓着身子，露出后背的线条，肌肉若隐若现。

迟绿的目光往旁边挪动，瞥到了他手里拿着的东西，是一本书。

他此刻这样，让她想到了第一次见到他的时候。

在高二那年，她和博盈成了同桌。

两人之前就认识，但仅是泛泛之交，碰见会打声招呼而已。成了同桌后，她们才渐渐熟络。

迟绿知道博盈有个哥哥，时不时能听到她对哥哥的评价，大多数是古板无趣没意思，说他太冷血，竟然对她这个妹妹见死不救，父母还总是拿他们兄妹比较。

迟绿那会儿对博延兴趣不大，以前挺羡慕人家有哥哥的，可听博盈的评价后，突然觉得没有兄弟姐妹也挺好。

再之后，她听博盈骂博延，还会附和几句。

这也导致她第一次见博延时，心虚感骤增，好几天都惶惶不安。

两人第一次见面，是在博家。

那次是迟绿父母出差，照顾她的阿姨家里出了点儿事，不得不请假回家。

知道迟绿的事后，博盈邀请她，让她去自己家住几天。博盈父母也出差了，只有阿姨早晚在家给做饭。

迟绿从小到大都没和朋友一起住过，听博盈说完，很有兴趣。

她跟父母说了一声，便回家收拾东西，去了博盈家。

他们两家住得并不远，属于同一个别墅区，只是一南一北。

去博盈家的路上，两人畅想着美好的未来。

父母都不在家，阿姨也不太会管，两个人晚上能一起看杂志上的男明星，还能偷偷摸摸地熬夜看电视……高中阶段，学生做这些事只能躲在房间里，唯恐被父母发现。

两人高高兴兴地聊着，脸上带着笑。

在博盈把门打开的那一刹那，笑容僵在脸上。

博盈望着客厅里的人，大声问道："哥！你怎么在家？"

闻言，迟绿下意识地抬眼。她眸子里的笑还没收敛，眼角弯弯的，唇角也往上翘着，喜悦又兴奋。

一抬眼，她便和博延对上了目光。

他身子前倾，坐在沙发上，手里拿着一本书。听到动静后，他掀起眼皮往门口看了过来。

傍晚时候的夕阳从落地窗外洒进来，落在地板上，被切割成碎片。随着男人的动作，阳光扫过他的脸颊，衬得他的面部表情柔和了几分。

他五官轮廓立体，鼻梁挺直，瞳仁深邃勾人，留着细碎的黑色短发，看上去英俊且精致。

往这边看的时候，他眼尾上挑，和她有些类似的那双眼睛里，写满了坦荡，和迟绿的心虚截然不同。

博延瞥了一眼迟绿，把注意力放到自己的妹妹身上。

"嗯？"他声音淡淡的，懒散地问，"我不能在家？"

博盈噎住："不是。"她不解，"你回家为什么不说一声？"

他这一回来，她和迟绿的计划都要被打乱。

博延轻挑了一下眉梢，没理会她的话。他再次把目光放在迟绿身上，注意到迟绿的拘谨，转开头问了一声："同学？"

博盈啊了一声，这才想起："对啊，我同桌迟绿。"她给迟绿介绍："迟绿，这是我哥博延。"

迟绿偷偷瞥了一眼博延，抿着唇角喊："博延哥哥。"

博延笑了一下："你好。"

博盈看他这样，挡在迟绿面前："哥，你回家多久了啊？"

博延："怎么？"

博盈回头看了一眼迟绿，小声道："你等我一会儿。"说完，她推着博延进了旁边的房间。

他们再出来时，博延看了看迟绿："迟叔叔他们出差啦？"

迟绿点点头："嗯。"

她拽着书包带的手紧了紧。

察觉到她的紧张，博延轻笑了一声："不用紧张，哥哥不吃人。"

迟绿："……"

他弯了一下唇："在家安心住着，要什么跟博盈说，当自己家一样。"

"嗯。"迟绿讷讷地答应，"打扰了。"

博延："我还有事，你们玩。"他转头去看博盈，"有急事给我打电话。"

"哦。"博盈摆摆手，"快走快走。"

博延："……"

博延离开后，迟绿才放松下来。

博盈看她这样，忍俊不禁："迟绿，你那么紧张干吗？"

迟绿瞥了她一眼，慢悠悠道："心虚。"

"啊？"

迟绿沉默了一会儿，小声说："以前帮你骂他太多了。"

"……"

那次，迟绿在博家住了四五天。博延除了每天给博盈打电话之外，一直没回家。

迟绿知道，他是怕她不自在。

第二次见面，他是父母请来的家教老师。她对他的称呼，也从只叫过一次的"博延哥哥"变成了"博老师"，之后再没改过。

"醒啦？"察觉到她的动静，男人侧眸看了过来，和以前一样。

迟绿嗯了一声，没动。

博延看她这样，看了一眼手机时间："饿不饿？"

迟绿小幅度地点了点头。

博延："……"

他紧盯着迟绿，有了不好的猜想："做噩梦啦？"

"不是。"迟绿沉默了一会儿，倒也没藏着，"刚刚想到了我们第一次见面那会儿。"

博延一滞，明显没想到她会提这个。

他嗯了一声，语气平静地问："然后呢？"

迟绿抬眸看他，好奇地问道："我后来听博盈说你那几天都住酒店，你为什么不回家住？"

这个问题之前她就想问，但一直忘了。

闻言，博延笑了一下。

他往沙发背上一靠，神情放松："你那会儿看我的眼神，让我觉得我住家里的话，你会做噩梦。"

迟绿："我哪儿有？"

博延也不拆穿她，她那会儿紧张又心虚。小手拉着书包带，唇色发白，警惕还恐慌，仿佛他往前走近两步，她就要拿起电话叫警察。

迟绿看他不说话，有些不自在。

她别开眼，含糊不清地说："我就是没想到博盈的哥哥原来那么帅。"

博延很轻地笑了一下，目光直直地看着她，揭穿她："帅，你还每天躲在被子里看杂志上的男明星？"他顿了一下，一字一顿地补充，"还看到流鼻血。"

"……"

迟绿太阳穴突突跳了一下，恼羞成怒："博延！"

博延勾了一下嘴角："嗯？"

迟绿的那些羞耻旧事被翻出来，她想也没想就踹了他一脚："你闭嘴，我流鼻血是因为上火。"

"哦。"博延抬了抬眼，"冬天也上火？"

迟绿："……"

她安静了几秒，破罐子破摔地说道："不是，行了吧，我垂涎人家的腹肌不行吗？你吃醋啊？"

一说完，迟绿就后悔了。她闭了闭眼，怀疑自己是没睡醒才会如此。

嘴唇动了动，她刚想岔开话题，便听到了博延的声音。

他轻哂了一声，像是自嘲："是。"

迟绿愣住了。她抿了抿唇，眼睫轻颤："哦。"

她深呼吸了一下，含糊不清地道："我那只是欣赏，不是真正的喜欢。"

怕博延在这件事上计较，迟绿快速道："我饿了，你忙完了吗？"

"嗯。"博延站了起来，扫了一眼外面的天色，"回去吧。"

迟绿点点头。

办公大楼静悄悄的，这会儿已经十点了。

迟绿跟着博延去停车场，回去的路上，博延还打了电话让人送吃的过去。

到家后，迟绿和他安静地用餐，吃完各回各的房间。

一天，又这么悄悄地溜走了。

时间过得很快，迟绿回国的这几天，时不时能在微博上看到自己的身影。

后面两天，她哪儿也没去，每天就在博延的公寓待着。

时间一晃，就到了要回去的这天。

早上起来，迟绿意外地在家里看到了博延。手顿了一下，她诧异地看着他："你没去上班？"

博延抬眸看了她一眼："待会儿去。"

迟绿哦了一声，想了想说："我一会儿去我助理那边。"

博延手上动作一滞，问道："几点去机场？"

"十一点过去就行。"

圆圆买的机票是凌晨一点多的。

博延颔首，问："去助理那边有事？"

"陪她吃个饭，顺便谈谈工作。"

博延应了一声，没再多问："注意安全，有问题给我和徐助理打电话都可以。"

"好。"

博延没在家里多停留，没一会儿就走了。

他走后没多久，迟绿磨磨蹭蹭地收拾好了行李。

临出门前，她依依不舍地回头看了一眼。在这里住了四五天，迟绿已经舍不得走了。她不知道，如果自己之前没有那些的工作，现在是不是留下来了。

季清影过来接她，看着她那张写满了不快乐的脸，笑了笑："别走了吧。"她指了指，"你就算是在博老师的公寓住一辈子，他也不会赶人。"

迟绿闷闷地嗯了一声，突然说："清影。"

"怎么啦？"季清影侧目看她。

迟绿沉默了许久，轻声问："如果我现在就往前奔赴，他们会怪我吗？"

季清影怔住。

她嘴唇翕动，好半天说不出话。

"迟绿，我觉得——"

话还没说完，迟绿又自言自语地说道："其实我真的挺怕的，怕回来了都不敢去看他们，担心他们会怪我、质问我，骂我没良心，为什么还不和他断干净，为什么还要和他有往来。"

季清影听着她的低喃声，有种说不出的难受。

她作为旁观者都很揪心，迟绿又何尝不是每天都处于煎熬中。她不知道该怎么安慰迟绿，也不知道要让迟绿如何去选择。

迟绿站在路口，只有两条道可选。

每一条，她都不想选，一边是亲情，一边是爱情。没有人逼迫她做选择，可越是这样，她越难抉择。

季清影伸手，摸了摸她的脑袋："觉得为难的话，就先不想。"

"嗯。"迟绿咬着唇，侧眸望着窗外，"陪我去趟墓园吧，临走前去看看他们。"

"好。"

两人去了墓园，从墓园离开后，迟绿很安静。

季清影也没打扰她，把她送到助理那边才离开。两人之间，很多东西不用言明。

圆圆订了个酒店，方便两人睡到晚上再去机场。

迟绿给博延发了信息，便把手机调成了静音模式。她谁也不想搭理，只想一个人安安静静待一会儿。

圆圆看她心情不好，自觉地戴上耳机在客厅看剧，也不吵她。

晚上十一点。

迟绿和圆圆出现在机场，她神色疲倦，比熬了两个夜晚还夸张。

"迟绿姐，你去那边坐一会儿，我去办托运。"

"不用。"迟绿淡淡地说，"一起吧。"

办理好托运，过了安检，两人进了贵宾室。

和回来时不一样，迟绿这会儿一点儿都不想听见吵闹的声音。

"迟绿姐，我去给你买杯咖啡吧？"

迟绿点头。

看着圆圆出去后，迟绿才拿出自己一下午都没看的手机。一点开，她便看到了很多未读消息。

有朋友的，有工作伙伴的，还有博延的。

迟绿垂眸看着博延的微信头像，迟疑了许久，还是点了进去。

博延给她发的消息不多，就两三条，问她吃饭没，让她检查好证件。

迟绿翻了一下，竟然没看到他问她到没到机场、一路平安的话。

她想了想，这人可能是生气了。迟绿笑了一下，无奈又觉得无力。

她盯着两人的聊天界面看了许久，思索着要不要回消息，回什么内容。她敲了半天又删除，正想不回了，手机突然振动起来。

迟绿低头一看，是博延的消息。

博延："想说什么？"

迟绿："没什么，点错了。"

博延："是吗？"

迟绿："嗯。"

消息发过去许久，迟绿也没得到回复。

她刚想摁熄屏幕，先闻到了熟悉的味道，紧跟着男人低沉的声音落下。

"我不信。"

迟绿一怔，错愕地抬头。

两人视线交会，博延穿着黑色的长裤、浅色的衬衫站在她面前，身形颀长，惹人注目。

他垂眼望着她，从她手中抽出手机，摁熄屏幕又还给她。

"你——"

"没想好就下次说。"博延顿了顿，道，"我有时间等。"

"不是。"迟绿猛地回过神来，"你怎么在这儿？"

"你要出差？"

博延侧眸看着她："不是。"

迟绿愣了几秒，忽然反应了过来。

"你——"

博延嗯了一声，语气平静地说道："送你。"

直到坐上飞机，迟绿还觉得自己是在做梦。

她没想过博延会来送她，甚至说，就算是送，她也没想过他是这样送。

迟绿侧头，看着旁边在看手机的男人。

察觉到她的目光，博延瞥了她一眼，摁熄了手机屏幕："怎么了？"

他神态淡然，语气平静，全然不知自己这个行为给迟绿带来了多大的影响。

迟绿抬起眼睫望着他，抿了抿唇："刚刚忘了问，你明天不用上班？"

博延："……"

他像是有片刻的无语，沉默了一会儿才说："嗯。"

闻言，迟绿也不知道要问什么了。

她偏头去看窗外，深夜的机场略显寂寥，路灯光影斑驳，偶尔能看见一两个在工作的人。

旁边的人没再说话，博延偏了偏头，目光落在她的侧脸上。

她在看外面，博延在看她。

迟绿没问博延为什么送自己，博延也没说理由。但在两人内心都一清二楚。

迟绿知道他的用意，博延也知道她为什么不问。

在他们之间有很多东西，不需要言明，一个举动一个眼神，便互相懂了。

圆圆瞅着过道另一边的两人，有些为难。

她有事要跟迟绿说，但博延又和她换了位置，且这会儿的两人像形成了一个包围圈，不允许任何人进去。

她纠结几秒，只能用手机给迟绿发消息。

圆圆："迟绿姐！闻总助理给我发信息了。"

手机一振，迟绿回了神。

她点开看了一眼，笑着回复："说什么啦？"

圆圆："晚上的秀，你的出场顺序可能会换。"

迟绿一怔，有些意外。

她这次回去的工作，是好几个月前便定下来的，也是她合作过很多次的品牌。

从迟绿拿下几大周刊封面后，这个品牌大秀的开场模特和闭场模特，她必然会占一个，鲜少改变。就算是改变，也不可能临时改。

博延看她神色不对，低声问道："出什么事啦？"

"没有。"迟绿回神。

她想了想，让圆圆把和闻昊助理的聊天对话发给她。

看完聊天对话后，迟绿心里有了猜测。

她即将合约到期，如果是从前，公司必然会帮忙尽力争取，但现在不一定了。

迟绿摆明了不再续约。如果品牌方想换的人和迟绿是同一公司，且是签了

· 73 ·

长约的模特，公司会优先把好的资源给谁，大家心知肚明。

想了想，迟绿倒也不觉得难过。

这个行业就是这样，竞争激烈，除了自身能力之外，同样也需要背景。有人、有公司愿意捧，自然会更好。

她给圆圆回了个"落地再说"，便摁熄了屏幕。

博延看她一连串的动作，也没问什么。她想说自然会说，不愿意说问了也没用。

迟绿回完消息，盯着窗外的夜空看了一会儿，突然说："博老师。"她没转头，自言自语地说，"你买了回程机票吗？"

博延手一顿，应了一声："买了。"

"什么时间？"迟绿转头，和他对上视线。

博延盯着她看了片刻，低声道："你希望我什么时间，机票就什么时间。"

闻言，迟绿笑了起来。

莫名其妙地，她心情突然好了。

她慢悠悠地哦了一声，开玩笑说："那我想你一个月之后呢，也可以吗？"

博延："……"

他安静了片刻，道："抱歉，可能不行。"

迟绿睨他一眼，佯装生气地说道："那你还说我想什么时候就什么时候。"

"……"

博延目光直直地看着她，不急不缓地说："嗯，你不会。"

他说的"你不会"，是指迟绿不会让他一个月后再回来。

他了解迟绿，迟绿也了解他。他们这两年有很多东西没变，但也有很多东西变了。至少在思想上，都变得成熟了。

迟绿无语，撇撇嘴说："哦。"

她确实不会让博延这么做。迟绿再任性，也不会把博延陷于两难之地。除非是在两人都无法自控、不得已的事情上。

博延看她这样，只觉得有趣。他笑了笑，神色温柔了几分。

"看完你的秀回来。"

迟绿一怔，意外地看着他："你要去看秀？"

博延："你刚刚不是想邀请我去？"

"……"

不得不说，迟绿的所有心思，博延都一清二楚。

她刚刚确实是这样想的。迟绿想让博延看这场时装秀。这一场时装秀对她

· 74 ·

来说，有不一样的意义。

迟绿做了两年多的模特，走过无数场大秀，在国外生活了两年多。

落地后的这场时装秀，会是她在这里生活工作的完美落幕。之后虽然她还可能会回来登上同样的 T 台，但意义不同，也可能不会再有今日的风光。

她来到这里的首场秀，博延没看过，最后这场，她想让他看一看。

迟绿沉默了一会儿，垂下眼说："你怎么什么都知道？"

博延弯了下唇："嗯，因为我是你的博老师。"

迟绿被逗笑了，把那些烦心事暂时抛到脑后。

"自恋。"她小声道，"博老师就有预知能力吗？"

博延扬眉："没有。"他顿了一下，低声道，"但你的大部分想法，我能预知。"

也正是因为这样，博延才不会逼她。

迟绿："……"

两人坐一起小声地聊着，没有过分的举动，更没去谈及未来的那些事。

他们心照不宣，只谈此刻。

后面聊得累了，迟绿打着哈欠睡了过去。

博延拿着毯子给她盖上，目光有些贪婪地落在她的脸颊上。

飞机上大部分人在睡觉，机舱内的灯也全都关了，只有小窗户外有浅浅淡淡的月光洒进来。

圆圆中途睡醒想去上厕所时，不经意地看到了过道另一边的情况。

她愣了片刻，心虚地闭上眼。没几秒，她又小心翼翼地往旁边看了过去。

落地后，三人刚想去机场取行李，圆圆便扯着迟绿嘟囔了一句："迟绿姐，我先去洗手间，待会儿来找你们。"

迟绿："……"

看圆圆小跑的背影，她一头雾水。这是有多急，在飞机上为什么不去？

"走吧。"迟绿看向博延，"去拿行李。"

博延眯了眯眼，低低地应了一声："嗯。"

飞机落地正好是清晨，清晨的风吹得格外舒服。

迟绿还有些倦意，跟在博延身后，什么也没管。

"待会儿怎么走？"博延低头看她。

迟绿啊了一声，指了指说："圆圆联系了公司的同事，有人过来接的。"

· 75 ·

博延点了一下头。

拿上行李，三个人上了车去酒店。

迟绿在这边租的房子离秀场远，一般情况下她都住在秀场附近的酒店，比较方便。

司机和迟绿、圆圆都认识，时不时能跟两人交流几句。

博延听着迟绿那一口流畅的法语，有片刻的恍惚。

他终归还是错过了很多。

到酒店后，迟绿没时间再和博延多聊。

她要先去和设计师见面，要和公司沟通，还要去秀场提前排练。

"博老师，"迟绿抬眸看他，"我得先走了。"

博延点点头："去吧。"他垂眼看她，"注意安全，晚上我会过去。"

迟绿莞尔："好。"

她仰头看他，抿了抿唇说："晚上见。"

博延看她匆匆忙忙的背影，在原地站了片刻，这才抬脚离开。

迟绿去忙，博延在酒店也没闲着。他出国前有安排，但很多事还是需要他去处理。

徐铭泽看到视频里的男人，喊了一声："博总，您到啦？"

博延抬抬眼："嗯，现在是什么情况？"

他落地后看到的消息，他们公司前段时间的一款产品发生爆炸，有人受了轻伤。

徐铭泽快速说道："我已经安排人第一时间过去，受伤的人现在还在医院。"

博延看了一眼："伤情如何？"

徐铭泽："手臂有烧伤，具体情况还不清楚。"

博延点点头："网上情况如何？"

"大面积舆论还好了，但依旧有不少声音在抗议，官网出现了很多客户退货。"

"声明呢？"博延看他，"先安抚受害者情绪，所有费用我们承担，把声明发出去，回收所有有问题的产品，退款换货都接受。"

徐铭泽："知道。"他沉默了几秒，看着博延，"博总，半小时前您父亲来了电话。"

博延敲键盘的手一滞，眼神凌厉地看着他。

徐铭泽讪讪地道："他让您回家一趟。"

博延轻哂，淡漠说道："再说。先把事情交代下去，其他的我回来处理。"

"明白。"徐铭泽看他，"您什么时候回来？"

博延静默几秒，刚想说明天。徐铭泽那边的电话响了。

一分钟后，徐铭泽放下电话，神色复杂地看着博延。

"博总。"

博延抬了抬眼睫，低声问："出现了第二个受伤的人？"

徐铭泽："是。"

博延没再多停留，沉声道："把人送去医院，安排人照顾，其他的事按照我说的做，舆论那边我给程总打个电话，我马上回来。"

徐铭泽："明白。"

博延一点儿也没敢耽搁，把电脑重新塞进行李箱，行色匆匆地进了电梯。

从这一刻起，他的电话就没停过。

到机场后，博延刚想给迟绿打电话，迟绿先看到了消息。

"你现在在哪儿？"

博延闭了闭眼，低声道："抱歉，我在机场。"

迟绿嗯了一声，直接道："工作要紧，这件事对公司会有很大影响吧？"

"可能。"博延知道她在担心什么，低声安抚，"不是什么大事，我会处理好。"

迟绿应了一声："好。"她沉默几秒，说，"位置我给你留着，留到下次。"

博延呼吸一滞，轻笑了一声："好。"他声音有些低、有些沉，"下次绝不爽约。"

迟绿："马上上飞机了吗？"

"差不多。"博延看了看时间，"有其他电话过来，我先处理。"他安静须臾，低声道，"迟绿。"

迟绿一愣，下意识地应着："什么。"

博延看着周围的陌生环境，听着断断续续传来的陌生语言，沉声道："什么时候决定回来，跟我说一声。"

迟绿眼睫一颤。

他熟悉的声音传来："博老师过来接你回家。"

"迟绿姐。"

她电话还没挂断，圆圆的声音在后边传来："找你了。"

迟绿回神，眼睫一颤道："好。"她沉默了许久，也没对博延说"好"。

安静了片刻，迟绿轻声道："你去忙吧，我要忙了。"

博延稍顿，也没勉强她："嗯，挂了。"

挂断电话，迟绿没多耽搁就往圆圆那边走。

"谁找我？"

圆圆看她脸色不太对，轻声道："闻总。"

迟绿挑眉，淡淡地问："他找我做什么？"

圆圆摇头："不清楚。"

闻昊早他们两天回到这边。回来时他还问过迟绿，要不要一起走，被迟绿拒绝了。

早上迟绿下飞机后，他也没找她，这会儿找她，迟绿用脚指头想也知道是为了什么。

她看着走廊尽头的小窗户，望着从窗棂外照进来的微弱的光，轻声说："圆圆。"

圆圆一愣，转头看着她："怎么了，迟绿姐？"

迟绿笑笑，朝她挑了挑眉说："没事。"

圆圆看着她脸上的笑，有片刻的恍惚，还没反应过来，迟绿已经推开门走进去了。

"在外面等我。"

"好。"

听到动静，闻昊抬眸看了过来。

下飞机回到酒店后，迟绿换了一套性感又干练的衣服。黑色的高腰裤搭配同色系半露肩西装，姣好的身材一览无余。

迟绿的身材比例比大多数模特要好，瘦但又匀称，长腿细腰，每一个部位的尺寸都恰到好处，是所有人梦寐以求的身材。

最特别的是，她长相漂亮，又有辨识度。在国外这种地方，她都能让大家过目不忘。

闻昊签下她的这两年多，听到大家对她最多的评价，就是说她漂亮，有实力，性格好，朋友多。

但实际上，闻昊从第一眼看见她就知道，迟绿并不好相处，也并非大家所说的性格好。她孤僻又高冷，没有人能真正走进她的内心。

思及此，闻昊自嘲地一笑："来了。"

迟绿抬抬眼："闻总找我，我怎么敢不来？"

闻昊："……"

他拧了拧眉看她，低声问："我听说你去找了设计师？"

迟绿扫了他一眼，漫不经心地看了一眼时间："闻总，你现在是在找我求证吗？"迟绿淡淡一笑，目光坦荡地和他对视，"你应该看到我和设计师见面的照片了吧？"

闻昊噎住："我跟你说认真的。"

迟绿："哦。"

她懒洋洋地勾了一下唇角，笑意不达眼底："闻总，我也是在认真说话。"

闻昊看不得她这种态度，沉默了一会儿，问："那边怎么说？"

迟绿挑眉，狐疑地看着他："你希望设计师怎么说？"

"……"

闻昊闭了闭眼，压着被她激起的怒气，沉声道："迟绿，现在是我在问你。"

迟绿看他这样，弯唇笑笑："闻总的耐心还得再练练。"

闻昊斜睨她一眼，道："你是不是以为这事是我的主意？"

"没有。"迟绿怔了两秒，认真地说，"没这样想过。"

她对闻昊没有男女的感情，但知遇之情是有的。她之所以拒绝他，是因为真的不喜欢。但在工作上，两人合作了那么长时间，迟绿知道他不是这样的人。

即便是她不再续约，闻昊也不会在背后用这种手段让她难堪。

闻昊盯着她看了片刻，嗯了一声："设计师那边给我打了电话。"

"怎么说？"

闻昊沉默了一会儿："我争取过，设计师也争取过，但没用。"

设计师也就是一个打工的，怎么可能和上头的人真的杠上？

至于闻昊，公司领导不是只有他一个，他之前之所以能把所有的好资源给迟绿，一是因为她的实力，二是因为她确实更能给公司赚钱，有利于公司发展。

但现在不同，迟绿的合约即将到期，她不再续约。即便她再有实力，再怎么有影响力，公司也不会优先考虑她。公司甚至会提前做准备，在她离开前，捧一个可以和她抗衡的模特出来。

这是模特圈的规则，也是残酷的职场规则。大家都是现实的，没有谁对谁错。

其实过来之前，迟绿便猜到过结果。

这次大秀的主设计师和她有过几面之缘，迟绿也做过她两次大秀的开场模特，关系还算不错。但很多事，不是关系好就能全部搞定的。

想到这里，迟绿点点头："我知道。"她托腮望着窗外照进来的阳光，道，"争取过就行，其实走什么位置都一样。"

闻昊看着她："甘心吗？"

迟绿挑眉，直言道："不甘心。"

闻昊一怔："你想做什么？"

"不做什么。"迟绿好笑地说道，"接受这个安排。"

闻昊欲言又止地看着她。

迟绿莞尔，目光沉静道："但是，我不会就这样被打倒。"

总有一天，她还会回到这个 T 台，再拿回属于自己的荣耀。

从闻昊办公室离开，迟绿去了秀场。

虽换掉了她开场模特的位置，但无论在什么位置，她都要把每一场秀走到最好。

迟绿进去时，不少人转头看向她。

模特圈没有秘密，她被换下的事应该众所周知了。

"迟绿。"徐清妍从另一边过来。

迟绿看着她："几点过来的？"

"半小时前。"徐清妍瞅了她半晌，笑了笑说，"我就知道你没什么事。"

闻言，迟绿抬抬眼，笑盈盈地问："例如？"

"哦。"徐清妍拉开椅子坐下，语气懒散地道，"她们说你位置被换，在闻总办公室哭呢！"

迟绿："……"

她顿了一下，表示无语："我是这种人吗？"

"不是。"徐清妍瞥了她一眼，笑着说，"不过你脸色确实不太好，真是因为这个？"

迟绿没应声，低头刷着微博。

徐清妍好奇，探头过去看了一眼，意外地道："你也在关注这个新闻？"

迟绿侧目："你知道？"

徐清妍眲她一眼，解释道："会上网看新闻的人应该都知道。"她指了指，"这个公司你知道吗？就是博汇旗下的子公司。博汇你记得吧？我们回国走秀的秀场就是他们家的。"

"……"

迟绿沉默了一会儿，狐疑地看她两眼。

"你这样看我干吗？"徐清妍不在意地说，"这牌子在国内挺火的，口碑非常不错。爆炸的这款产品刚上市不久，大家好评如潮，没想到现在出了安全问题。"

徐清妍和迟绿不同，她偶尔会看看新闻，八卦也看得多，时不时还会跟国内朋友、同学联系，知道的自然更多。

迟绿两耳不闻窗外事，除了偶尔会搜一搜和博延有关的消息，连圈内哪个模特和哪个模特在一起又分手了她都不知道。

迟绿沉默，不再出声。

徐清妍说了一会儿，后知后觉地意识到不对劲。

"你不是从来不关心这些事的吗？怎么今天这么反常？"

迟绿沉默了一会儿，问："你是不是忘了点儿什么？"

徐清妍不明所以地看着她："啊？"

迟绿："走秀那天我摔跤了，之后是谁带我走的？"

徐清妍："博汇总裁的助理吧？我看博汇那边对你态度挺好，受伤后照顾很周到。要不是因为今天这事，我对他们公司印象其实挺好。"

"……"

迟绿想了想，决定还是不告诉她比较好。

徐清妍这神奇的脑回路，不是她能摸清的。

徐清妍看她的神色，不明所以地说："你这什么表情？"

"没什么。"迟绿道，"以后你会知道。"

徐清妍瞪了她一眼，刚想说话，孟巧踩着高跟鞋走了过来。

她看了一眼两人，笑盈盈地问："两位在说什么呢？"

徐清妍立马变脸，看了她一眼："说私事。"

孟巧看她这样，倒也不生气。

她低头看着坐在位置上没动的迟绿，笑了笑说："迟绿，抱歉啊！"

迟绿掀起眼皮看着她："什么？"

孟巧看迟绿这样，气不打一处来。她笑着道："开场模特这事也不是我的本意，我没想抢你的，但上面说这次希望我走，所以我只能接受。"

迟绿神色淡然地点点头："哦。"

孟巧看迟绿这样，有种说不出的挫败感。她把迟绿最看重的东西抢走了，这人怎么还能如此云淡风轻？

她抿了抿唇，继续添油加醋："希望你别生气。"

闻言，徐清妍在旁边翻了一个白眼。

迟绿笑笑，正眼看了看她："孟巧，你回国这几天，茶是不是喝得挺多的？"

孟巧一愣："啊？"

迟绿瞥了一眼不远处的圆圆，扬了扬手："圆圆过来。"

圆圆立马跑进来。

迟绿想了想，道："出去给我们孟姐买一瓶绿茶，她跟我说这么半天话，应该也渴了。"

圆圆："……"

徐清妍没忍住，扑哧一笑："对对对，一瓶不够吧，给我们孟姐买一箱，我给钱。"

孟巧听出了两人的嘲讽，咬着唇瞪她："你——"

迟绿打断她的话："孟姐，开场模特这事，换不换人对我来说影响不大。"

虽然她确实也有点儿不爽，但迟绿不会把这个看得太重。

她淡淡地说："对我来说，无论走什么位置，迟绿就是迟绿。"

迟绿这个模特在很多人心中的地位，不可能因位置而发生改变。无论她走什么位置，也依旧有自信能让人一眼注意到她。

这是她的实力，也是她的底气。

迟绿入圈的时间是短，可她有这样的自信。这种自信不是盲目的，是她的实力在加持。

这种自信和实力，是孟巧没有的。

她确实也有自己的本事，可对比迟绿和徐清妍两人而言，她弱化了很多。她心思不正，更多地想怎么表现自己，而不是把最好的服装展示给台下的观众。

听着孟巧"恨天高"的声音，圆圆瞅了一眼面前的"最气人组合"，小声问："迟绿姐，绿茶还买不买？"

迟绿："徐清妍出钱就买。"

徐清妍："你是不是太抠了一点儿，一箱绿茶都买不起？"

"嗯呢。"迟绿点点头。

国外大秀办得如火如荼，国内网站时不时还有时装秀的艺人上热搜。粉丝关注、网友点评，时不时地得讨论讨论艺人穿的衣服漂不漂亮，够不够"出圈"。

此外，更多的注意力落在了博汇电子产品爆炸这件事上。

从产品爆炸爆出的第一时间，博汇便做了万全的准备。第一时间把受伤的人送去医院，请了最好的医生手术，调查爆炸的真实原因。

第二位受害者是一位出道的明星艺人，人不是特别火，但也有两百多万粉丝。

事情发生后，她的助理第一时间拿着她的手机发了微博，指责控诉博汇。瞬间，事情变得糟糕。

粉丝讨伐，下单过的网友纷纷要求退款，甚至赔偿损失。

博延刚下飞机，徐铭泽便快速地汇报事情进度。

他两天没睡，眼底一片青黑。

"博总，现在去哪儿？"

博延跟着上车，低声道："先去医院。"

司机了然。

徐铭泽坐在博延的旁边，给他说更具体的情况。

博延接过他手里的资料，翻看结束后，沉声问道："爆炸情况有结果了？"

"电池原因。"徐铭泽道，"但我们做过测试，一般情况下，不会发生爆炸。"

博延对安全问题很重视，他们的产品上市之前，也做过无数次测试，从没发生过这样的情况，但现在爆出的这些，一时间他们也找不到源头。

"问过受害者吗？"

徐铭泽颔首，低声道："他们的口径一致，说是没任何问题，只是充电玩了一会儿就爆炸了。"

闻言，博延轻哂："你信？"

徐铭泽摇头。他当然不信，他们的产品不是没做过充电测试。在产品刚出来还不够完善前，博延便亲自试过。

无论是完善前还是完善后，他们都做过测试，没发现任何问题。

博延没在这个问题上多浪费时间，事情已经发生了，现在的重点是找到解决办法。

博延不是推卸责任的人，是公司的问题自然全力承担。

徐铭泽把这两天的情况说完，突然道："博总。"

博延嗯了一声："还有什么？"

徐铭泽摸了摸鼻尖，小声说："我在来接你的路上接到了迟小姐的电话。"

博延手一顿，侧眸看他。

徐铭泽被他看得一阵心虚，低声道："她就是问我你到了没。"

博延掏出手机看了一眼，没收到迟绿的任何消息。他眼皮抬了抬，语气平静地问："还说了什么？"

"问了一下公司的情况。"

上
册

博延颔首，继续问："还有呢？"

徐铭泽："啊？"他瞪大眼看着博延，摇了摇头说，"没了。"

博延冷冷地看着他半晌："是吗？"

徐铭泽："对，迟小姐问的都是和你有关的事。"

博延收回落在他身上的目光，把注意力重新放在资料上。

就在徐铭泽觉得这事过去时，博延突然说："你们联系还挺多。"

徐铭泽："……"

徐铭泽额间冒了虚汗，有种想跳车的冲动。早知道如此，他就该让其他人来接博延。

他心虚地道："博总。"

博延扯了扯唇，垂下眼："她那边情况如何？"

徐铭泽愣了一下："什么？"

博延一怔，顿了顿说："没什么，说正事。"

闻言，徐铭泽长呼一口气。这一关，他应该是过了。

两人到了医院，博延也没什么架子，亲自去了两个病人的房间。

博汇特意给他们安排了两间单人VIP（重要客户）病房，没让人在这上面抓住把柄。

来之前，博延便看过照片，了解过具体情况。他到的时候，病人恰好醒着。

博延表明身份和来意，这才推开门走了进去。

"你好，我是博延，博汇的负责人。"

他站在病房里，身形颀长，一进去便夺走了所有人的注意力。

"你……你好。"说话的是受伤人的母亲，她没接触过博延这种类型的人，低声道，"我是尹芳的母亲。"

"尹太太。"博延颔首应了一声。

尹母神色一僵，望着他，紧张不已："博……博总。"

博延淡淡地笑了一下，语气温和："不用这么客气。"他示意，"您请坐。"

尹母哪儿敢真坐，就算是坐下，她也如坐针毡。

博延把她的反应收入眼底，说道："很抱歉，因公司产品问题让尹小姐受伤了。"

尹母连忙摇头，双手紧张地在胸前揉搓，局促不安。

"不是……"

她话还没说完，病床上一直没说话的尹芳突然冷声打断："妈，你和这种人说什么？"

尹母一僵，对博延歉意地一笑。

博延倒没觉得有什么不妥，他能理解当事人的想法和态度。

"抱歉，尹小姐身体情况如何？还有不舒服吗？"

尹芳没吭声。

博延耐心好，也不着急。徐铭泽拿着花和水果篮进来，病房里很安静。

他把东西放下，听到博延说："这是一点儿小心意，尹小姐还有什么不适，随时让医生过来，博汇这边会负责到底。"

闻言，尹芳突然大声嚷嚷："那我的烧伤呢！"她掀开被子，怒瞪着博延，"你们要怎么负责？"

徐铭泽一愣，转头去看博延。

博延也没生气，继续温和地说道："烧伤问题，只要尹小姐愿意，无论用什么办法帮您恢复，博汇都会负责到底。"

徐铭泽补充："现在医疗技术不错，您的烧伤我们咨询过医生，可以用美容技术恢复到最好状态。"

话音刚落，尹芳突然情绪崩溃："赔偿就可以解决所有事吗？！我不需要你们的赔偿，你们给我滚！"

徐铭泽和博延对视一眼，在对方的眼里看到了茫然。

最后，两人被赶出了病房。

站在走廊里，博延双手插兜，沉思许久。

"她是大学生？"

"对。"徐铭泽点头，"大二的学生。"

博延颔首，拧了拧眉问："她的情绪一直这样？"

徐铭泽一愣："不太清楚。"

博延眼神凌厉地看着他。

徐铭泽立马道："我去问问林助理。"

他们受伤后，徐铭泽处理其他事，是林助理来的医院。

打完电话，徐铭泽看着博延："说情绪很激动，可能是因为爱美。"

"不是。"博延安静了几秒，否认道，"单单爱美，医学美容技术可以把烧伤全部解决，她甚至可以提出无理要求，让我们赔偿更多，但她没有。"

尹芳并没有这样的要求，对她这样的一个大学生来说，博汇不是故意的，这只是一个意外，也愿意承担所有责任。

对一般人而言，会要求赔偿，把自己治好。最差的也只是不愿意和解，让博汇公开道歉。

这些，博汇都能做到，也会去做。正常人的思维，要的就是这些，可尹芳全然不要。

徐铭泽也总算是发现了不对劲。

博延看了他一眼，沉声交代："去调查一下。"

"是。"

看完尹芳，两人又去了另一间病房，另一个受伤的人是一名十八线演员，拍过几部剧，有两百万的粉丝。

和尹芳一样，她也不需要博汇的任何赔偿，也没提出任何条件，让博延等人一头雾水。

出了病房后，徐铭泽跟着博延往医生办公室走。

跟医生沟通过后，两人准备离开。他们还没来得及下楼，徐铭泽手机先响了起来。

"喂。"

"徐助理，医院外面来了很多媒体记者，拦不住。"

徐铭泽蹙眉："保镖呢？"

那边快速地道："拦在外面，但记者在闹、在拍，闹大了对公司影响不好。"

听到声音，博延停下脚步，看着他："门口来记者了？"

"对。"徐铭泽抬眸，"博总，现在怎么处理？"

博延笑了一下，说道："去见见。"

徐铭泽看他这个神情，隐约觉得熟悉。

看着博延转身离开的背影，他突然想起了自己刚做博延的助理时的一件事，那会儿博汇遇到的困难比现在严重多了，公司股东紧张不已，博延也刚刚回来接手。

他进公司当日，很多股东表示不服，也不太听他的决策。

博延也不多解释，直接把反对的全撤了，霸道又不讲理。

保镖把一个一个去他面前抗议的人带走，骂骂咧咧的声音，响彻顶层走廊。

徐铭泽看得心惊胆战，唯恐那些人找博延拼命。

后来他问过博延："博总，你做这些决定时，是有百分百的把握吗？"

博延望着他，目光沉静地道："没有。"

徐铭泽一脸错愕。

博延淡淡地说："但我敢赌。"

徐铭泽沉默了。

但后来徐铭泽知道，博延敢赌的自信在哪儿。这个人无论是对自己熟悉的领域，还是不熟悉的，只要接手了，他就一定会且能摸透。他的自信源于他的能力。

徐铭泽望着前面走远的背影，快速跟上："博总，我让司机到大门口等你？"

博延颔首："可以。"

他边走边理了理袖口，平静地说道："联系公关和我们熟悉的记者，把采访第一时间放上网络平台。"

"是。"

迟绿看到博延的采访视频时，刚到家门口。

大秀结束后，她接受了几个采访，和熟悉的几位圈内人吃了顿饭才回家。

她腿痛腰酸，跟圆圆说了一声，便径直往楼上走。

迟绿租了一个小洋房，圆圆跟她住在一起。

刚到房间，她还没来得及点开手机，季清影的信息便来了。

季清影："快看这个视频！附送链接：……"

迟绿衣服也没脱，直接躺在床上，半眯着眼回复："是什么？"

季清影："博延的采访视频，我刚看了一下，博汇应该没什么大问题。"

看完她的消息，迟绿立马点开。

视频是博汇公关特意放在网上的，是博延在医院门口接受的全部采访。

最开始镜头有些晃，医院门口也很混乱，嘈杂声不断。

几秒后，博延的身影出现在镜头里。男人穿着黑色的衬衫，袖口折起，露出小臂上的肌肉线条，再往上，他面色淡然，看不出一丝倦意，依旧英俊。

他一出现，视频上方甚至有弹幕飘过。

"博老师颜值爆表啊！"

"博老师好帅！"

"唉，博老师别回家继承家业了，继续回来写剧本吧，想看你写的剧呢！"

"啊，博老师。"

"我老公终于来了。"

…………

迟绿瞥了两眼，记下两句显眼的弹幕后，便把注意力重新放回博延的身上。

面对公司产品问题，记者咄咄逼人。博延泰然处之，微笑应对。

偶尔，他还能把记者噎住，记者半天憋不出一句话。视频越到后面，越不像记者在采访他，反而像他在召开公司产品发布会一样，宣传自己公司的产品，让所有人信服。

采访结束，记者还齐刷刷给他让路，让他从中间走过，感受着他的气场，目送他上车离开。

看完整个采访视频，迟绿不得不承认，博延就是这么一个人。

他骨子里很狂妄，有着寻常人无法理解的自信和淡定。无论遇到什么事，博延就是博延，他永远不会被打倒。

看完视频，迟绿顺势看了看网上对这件事的看法。

不少人认为，一个品牌产品不可能真的一点儿事都没有，凡事总有意外。而且这件事从爆发之初到现在，博汇无论是对受害者，还是对其他买家，态度都非常好，接受退款回收，也第一时间道歉了，至于爆炸的具体原因，还在调查中。

博汇态度好，网友感觉自然会好很多，也愿意说公道话，更何况记者有采访两位受害者，两人的态度都模糊不清，说不出为什么会爆炸，也说不出爆炸之前有什么迹象，一时让人心存疑虑。

迟绿知道，这件事只要不再有连续情况，博汇不会有任何问题。

损失自然有，但博延有能力处理妥当，甚至可能会把劣势转为优势。

她正在走神，手机又振了一下。

季清影："看完没？"

迟绿："嗯。"

季清影："还担心吗？"

迟绿："本来也没担心。"

季清影："最好是。那边的工作还要多久才完成？"

她也不拆迟绿的台，更不提迟绿在博汇出事时给自己发的那些信息。

迟绿看着她的信息，知道她问的话是什么意思。

她想了想，敲下一句："可能还要一个月。"

季清影："好。"

迟绿盯着两人的聊天界面看了半晌，又补充了一句："帮我找个房子，回去后住。"

季清影："好。"

几天后，博汇公司产品爆炸这事落下帷幕。

不是产品本身的质量问题，是博汇的竞争对手买通了人陷害的。

证据确凿，且有专业人士做过测试，表明博汇的产品质量完全过关。

因为这两件事，博汇子公司旗下的产品口碑更好了，连带着博汇的股票也在增长，为公司带来了不少效益。

这些是徐清妍告诉迟绿的。

两人约着出门喝咖啡，徐清妍什么都和迟绿聊，聊着聊着便说到了这件事上。

她看迟绿听得认真，以为迟绿有兴趣，又多说了点儿。

"对了，你知道吧？博汇的这个总裁之前还是编剧，出过好几本书呢！"

迟绿端着咖啡的手一顿，道："知道，然后呢？"

徐清妍感慨地道："没然后，我就是觉得成功人士，果然做什么都会成功。"

迟绿点头："嗯。"

徐清妍好笑地看着她："感觉你兴趣不是很大？"

闻言，迟绿沉默了一会儿，说："没有呀！"

徐清妍睨她一眼，岔开话题："不说这个了。"她想着公司最近传的那些事，轻声问，"你真决定回国长住啦？"

迟绿嗯了一声："决定了。"

"舍得吗？"徐清妍看着她，"你的事业从这里起步，现在刚大火就回国，真甘心？"

虽说回国后迟绿的名气和身份也都摆在那儿，待遇什么的都不会太差。可终归是有差别的。

这里是国际舞台，迟绿接触的人和机会，必然会比国内多一些。她从这里起步，基本上所有的资源也都在这儿，一旦回国就意味着重新开始。

徐清妍和她最熟，知道她当初是怎么熬过来的，所以想再劝劝迟绿。当然如果她坚持，徐清妍也会尊重她的决定。

迟绿笑笑，支着下巴望向窗外。

"那条街每天都有很多人是不是？"

她们坐着的咖啡厅斜对面，便是最时尚的一条街，每天来这儿购物的人数不胜数，哪个国家的人都有。

徐清妍："嗯，然后呢？"

迟绿笑笑，淡淡地道："很繁华、很漂亮，我和你都来过很多次，其实是不陌生的对吧？"

徐清妍迟疑地点点头，那些店的人都认识她们，当然不算陌生。

迟绿莞尔，目光直直地看着那边，轻声说："但我找不到归属感和熟悉感。"

国外固然好，可对迟绿来说，她的寄托不在这里，她的回忆、她的大多数朋友，以及她喜欢的人都不在这儿，这里的一草一木，她看似都认识，但真不熟。

徐清妍明白了她的意思。

"打算什么时候走？"

"把最后一点儿工作完成就回去。"迟绿弯唇笑笑，望着她说，"你什么时候回去了，我去接你。"

徐清妍颔首："好。"

迟绿注视着她，轻声道："多联系。"

"当然。"

迟绿回国这日，天气很好，阳光明媚。

圆圆把她送到机场，依依不舍地说道："迟绿姐，你注意安全啊！在飞机上别睡觉，睡觉也要记得让空姐叫醒你。"

迟绿有个不太好的习惯，在安静的房间里睡不着，反而在人多的地方可以睡得很好。

每次坐飞机、坐车，她都睡得很沉。

迟绿哭笑不得，捏了捏她的脸逗她："我又不是小孩儿，我知道的。"

她垂眼看着圆圆，交代道："回来前跟我说一声，我过来接你。"

圆圆还有点儿事，不能和迟绿一起回去。

圆圆点头，肯定地说："嗯，我很快就回来，迟绿姐，你这段时间是先休息吧？"

迟绿嗯了一声："先休息半个月，其他的等你回来再说。"

"好。"

跟圆圆交代几句，迟绿进了机场。

时间还早，迟绿办理好托运过安检后，慢吞吞地买了杯一咖啡，去大厅坐着。她戴着帽子和墨镜，进了安静的贵宾室。

坐下后，迟绿看了看时间，不到五点，她的机票是六点的。

她低头看了看手机，估算着国内的时间，差不多到睡觉时间了。

迟绿想给季清影打个电话，考虑到她有男朋友，只发了一条微信过去。

发完，她刷着聊天列表一路往下。不知不觉，她看到了给博延的备注。

从她回来这边，博延回去后，两人一次也没联系过。

迟绿给很多人发过消息，唯独没给他发。她不知道要发什么，也不知道两人联系该说点儿什么，甚至现在回去，迟绿也没想和他说。她决定回国，但还没完全准备好重新和他在一起，连用什么方式态度和他相处，她都不知道。

她现在完全是盲目且冲动的决定，但很奇怪，迟绿坐在人来人往的机场，却不觉得后悔。

她想着，有点儿想笑。有时候她都摸不清自己内心的想法到底是怎么样的，别扭又奇怪。

想着想着，迟绿不由得笑了出来。

忽而，旁边传来了迟疑的声音："迟绿？"

迟绿一怔，抬头看向面前站着的男人。

"真是你？"来人惊喜地道，"我是赵明旭，还记得吗？"他笑了笑，说，"博延的室友。"

迟绿愣住，总算是想起来了。

"记得。"她抿了抿唇，诧异地道，"你怎么会在这儿？"

赵明旭意外又惊喜，解释道："我来这边出差。"

迟绿了然，笑着说："真巧。"

"是吧。"赵明旭点点头，"我也没想到会在这儿遇到你。"

他看了看迟绿，好奇地问："你这是回国有事？"

博延和迟绿分开的消息，赵明旭等人是知道的。

只不过看过他们在一起的人都坚定地认为，这两人迟早还是会和好的。他们在一起的时候，容不下其他人。

迟绿沉默了一会儿，也没瞒着："不是，打算回国长住了。"

闻言，赵明旭眼睛亮了亮："这样，那挺好的，欢迎美女回国。"

迟绿忍俊不禁，和他闲聊了几句。

以前和博延在一起时，迟绿见过他几次。

那会儿他们毕业了，见面的地点大多数是在聚餐时。有一次还是博延一个同学的婚礼上，迟绿被博延带了过去，认识了他很多的朋友、同学。

他的世界从一开始就对迟绿敞开，毫无保留地欢迎她来。

因为有熟人在，迟绿这次在飞机上没那么无聊。

她甚至觉得十几个小时一眨眼便过去了。

落地时是上午，蓝天白云，阳光洒落地面，像是在欢迎她回家。

迟绿看着，弯了弯唇，心情大好。

赵明旭看了她一眼，低声道："有行李托运吗？"

"有。"

"那一起过去拿吧！"赵明旭笑笑，低头看了一眼手机，偷偷摸摸地发了消息。

迟绿佯装没看见，浅笑地应着。

拿上行李走到出口，赵明旭先咳了一声，低声道："迟绿，抱歉啊！"

迟绿一怔，顺着他的目光看到了不远处站着的男人。

他穿着一身休闲装，靠在墙边，望着她这里。

两人目光交会。

迟绿突然有种和他很久没见的错觉。明明只是一个多月而已，对比之前的两年多，其实很短了。

博延看她没动，抬脚走了过来。

他和赵明旭打了一声招呼："谢了。"

赵明旭无奈，看着迟绿道："先走了，你们聊。"

迟绿点头。

人走后，这边静了下来。

博延垂眼看着她，目光深邃且平静。

迟绿受不住他这个眼神，抿了一下唇，仰头道："不走？"

博延稍顿："走。"

他没问她为什么不告诉自己，不让他来接。人已经回来了，博延不是追究过去的性格。

即便追究，也不是现在。

"饿不饿？"他接过她的行李，低声问。

迟绿嗯了一声，道："饿，飞机餐不好吃。"

"想吃什么？"

迟绿挑了一下眉，低声道："火锅。"

"……"

她想吃火锅，博延自然奉陪。

中午时间，火锅店人不多。两人找了一个偏僻点儿的位置坐下，安安静静地点餐，再安静用餐。

全程的交流不超过五句。

博延不饿，全程没吃多少。

迟绿也没管他，埋头苦吃。等差不多吃饱后，她才抬头去看对面的男人。

"公司最近忙吗？"

"不忙。"

迟绿哦了一声，想了想说："也是，忙的话你应该不会去机场。"

博延看着她："在生气？"

"没有。"迟绿认真地说，"我在机场遇到他那会儿，就猜到了他会告诉你。"

所以在飞机上的一整夜，她已经做好了见博延的心理准备。

博延往后靠了一下，目光沉沉地看着她。

迟绿抿了一下唇，有点儿不知道该怎么开口了。

"我回来之前，让清影帮我找了房子。"

"嗯。"博延问，"定在哪儿？"

迟绿说了一个小区名字。

博延颔首："那边还不错。"

"……嗯。"迟绿望着他，嘴唇翕动，"博延，我这次回来——"

话音未落，就被博延打断。

"还会走吗？"

迟绿沉默几秒，摇摇头："不会。"

博延点头："既然不打算走，其他的慢慢说，不急于一时半会儿。"他望着迟绿，一字一顿地道，"五年也好，十年也罢，等你想谈我们再谈。我不逼你。"

迟绿张了张嘴，不知道要怎么回答。

博延懒散地坐着，眉眼沉静，云淡风轻地说："除了我，你看不上任何人。"

"……"

迟绿抬眸看着对面的男人，他说这话时脸上的表情并不那么张扬，仿佛只是在陈述事实。

如果换作别人，迟绿早打击回去了。可偏偏是博延，他说的还真是事实。

迟绿不知道别人是怎么样的，是不是能熬过时间，把对一个人的爱转移到另一个人身上。

她不行。

和博延在一起之后，她知道自己这辈子再不可能遇见一个像他这样的人，也不可能再爱上除了他之外的其他男人。

他的这种自信，源于他是博延，也源于她是迟绿。

他们在双方心底，有着同样的分量。

她知道博延，博延也了解她。

迟绿承认博延说的是事实，可被他这么直白地说出来，她又觉得自己有点

儿亏，有点儿没面子。

她抿了一口茶，冷冷地看了他一眼："你是不是……对自己太自信了？"

博延神色闲散地看着她，挑眉道："什么？"

迟绿看他这样，一时无言。

"没什么。"她别开眼看着窗外。

博延盯着她的侧脸看了须臾，轻轻嗯了一声："吃好啦？"

迟绿点点头，起身道："走吧。"

两人从火锅店离开，博延送她回去。

季清影给迟绿找的这个小区，位置极佳，安保做得非常好。

车子停下，迟绿看了一眼面前的这栋洋房，扯开安全带准备下车。

博延给她拿上行李，淡淡地问："住几楼？"

迟绿看他推行李箱的架势，也没拦着。她就算今天不让博延上去，博延迟早也会知道她具体住哪儿。

"八楼。"

中午时间小区人少，安安静静的。

两人站在电梯里，因为有行李箱，空间也变得逼仄。

迟绿目不转睛地盯着上升楼层，也不知道在想些什么。

博延偶尔看了她一眼，也不追问。

她租的是一梯两户的洋房，房子很大，格局也很好。

迟绿输入密码进去，回头看向还站在原地不动的男人，咳了一声："进来吧。"

她下意识去开鞋柜，道："博老师，我这儿没有男士——"

话说到一半，迟绿看到了鞋柜里放着的两双拖鞋。

一大一小，浅蓝色系列。

博延顺着她的目光扫了一眼，笑了一声："没有什么？"

"……"迟绿顿了一下，闭了闭眼说，"我让清影买点儿家居用品，不知道她买了。"

博延嗯了一声："挺好。"

迟绿睨他一眼："你是不是收买她啦？"

说话间，她破罐子破摔地把男士拖鞋递给他。

博延接过，抬了抬眉道："想过。"

但事实上，季清影不接受任何贿赂。

迟绿哦了一声，换上拖鞋往里走，轻哼："那你想法还挺多。"

闻言，博延勾了一下唇。

博延没在这儿待多久，知道迟绿住的具体地方后，便离开了。

他今天是临时抽时间去接她的，公司还有事要忙。

人走后，迟绿气冲冲地给季清影打了电话。

"喂。"那边传来季清影温柔的声音，"到家啦？"

迟绿："……"

她沉默了一会儿，躺在沙发上，看着天花板："你说呢？"

季清影失笑，弯了弯唇，问："刚回国就打电话来凶我？"

迟绿噎住，翻了一个身，咕哝道："你怎么回事？我让你帮我买家居用品，你为什么还顺带买男士拖鞋？"

"啊？"季清影愣了一下，一点儿也不心虚地说，"习惯了呢！"她慢条斯理地解释，"你也知道，我和傅医生买东西都买情侣的，那天给你买的时候忘了你单身。"

"……"

迟绿不是没听出她的调侃。要换作是旁人，她早生气了。但那人是季清影，最了解她的朋友，迟绿一时间还真发不出脾气。

她沉默了一会儿，憋出一句："那我是有点儿为难你了。"

季清影扬扬眉，语气轻快地道："是呢！"

迟绿不再说话。

察觉到她的无语，季清影笑了笑，稍稍收敛了点儿："跟你开玩笑的。"她解释道，"我是想着你迟早要买的，顺便给你买了。"

迟绿嗯了一声："我知道。"

季清影听着她的语气不太对，低声问："不开心啦？"

"不是。"迟绿看着落地窗外突然暗下来的天空，轻声道，"就是博延跟我说了一句话。"

季清影挑眉："什么？"

迟绿想了想，把博延说等她五年、十年的话转述了一遍。说完，她问道："你说这人怎么这么有自信，五年、十年就能等到我吗？"

季清影没任何犹豫，直接道："博老师太不了解你了。"

"啊？"

"五个月你都撑不过去。"

迟绿："……"

上
册

季清影扑哧一笑:"我是不是猜中啦?"

迟绿不说话。

季清影想了想,道:"认真说,好好考虑。如果你觉得现在还无法做决定,那就顺其自然地往前走,不要过度抗拒。你们再试着往前走一走,即便是走向了不同的路,只要你们在走,总有一天还会遇见的。"季清影停顿了一下,提醒她,"更何况,你们现在走的是一条平行线,只是隔着一条马路,红灯还没变成绿灯,残忍地让你们无法在斑马线上相遇。但博老师在主动地往你那边走,等他走近,你往前迈一步,就够了。"

挂了电话,迟绿躺在沙发上睡觉。

可她一闭上眼,季清影的话和博延的话相继在她脑海里响起。这两人,一个了解她,一个知道如何开导她,让她无力招架。

迟绿挣扎了一会儿,索性爬了起来。她今天这觉是没法再睡了。

徐铭泽看着刚从外面回来的博延,催促着旁边的林助理。

"林助理,把之前博总没签的文件给我。"

林助理:"啊?"他愣了一下,指了指说,"都在这儿呢,你现在去找博总?"

徐铭泽点头。

林助理沉默了一会儿,狐疑地看着他:"你不是说博总心情不好,今天别去烦他吗?"

徐铭泽呵呵笑了一声:"他现在心情挺好。"

林助理眨眨眼,转头往另一侧紧闭的大门那边看:"你确定?"

明明早上博延离开公司那会儿,脸色黑得吓人。

徐铭泽点头:"当然。"

他拿着那些资料往博延办公室走,自信满满。

林助理看着徐铭泽的背影,有些茫然。他转头看向另一位金助理,好奇地问:"金姐,徐助理怎么知道博总心情变好啦?"

金姐,也是他们顶层唯一的女助理。她是之前老板的助理,也是博延留下的唯一一个老助理。

她笑笑,说:"这就是徐助理是总助理的原因。"

林助理噎了噎,一脸受伤。

金姐看他这样,好心地解释:"博总身上有女人的香水味,你没闻出来?"

林助理:"啊?"

· 96 ·

金姐看他这样，拍了拍他的肩膀，叹气："算了，好好工作吧！"

博延身上，还真有迟绿的香水味，还是迟绿给他喷的。

她没别的意思，单纯觉得博延还要回公司上班，他陪自己吃了火锅，一身的火锅味，带去公司不太好，所以顺手把自己包里的香水递给了他。

徐铭泽闻着办公室若有若无的香水味，道："博总，这是要签字的文件。"

博延嗯了一声，也没多问。

"都看过啦？"

"是的。"徐铭泽道，"这是余经理那边送来的策划案，您上次指点后修改过的，您再看看。"

博延翻看了一会儿，爽快地批了。

徐铭泽眼睛亮了亮，想了想说："博总。"

博延抬眼："什么事？"

他沉默了一会儿，低声说："明天有林导的新电影首映。"

博延签字的手一顿："什么时间？"

"晚上七点。"

博延嗯了一声，想了想林导的新电影题材，低声道："跟他说我带个人过去。"

徐铭泽笑了笑："行。"

把公司的紧急事处理完，博延坐在办公桌前沉思了许久。

他低头看了看手机，没有迟绿的任何消息。

窗外不知何时下起了雨。

雨溅湿了玻璃，在玻璃上留下水珠，外面也蒙上了一层层水雾，让人看得不那么真切。

博延盯着看了半晌，起身从办公室离开。

他出去，看了一眼徐铭泽："有事打我电话。"

徐铭泽了然。

看着博延离开的背影，林助理好奇地问："博总这是又要去哪儿？"

徐铭泽："不知道。"

林助理沉默了一会儿，小声道："博总真恋爱啦？"

徐铭泽："怎么说？"

"金姐说他身上有女人的香水味。"林助理嘀咕几句，又想到了点儿什么，"可上次博总不是带迟小姐来公司了吗？"

徐铭泽还没来得及说话，林助理自言自语地说："博总是不是有点儿太滥情了。迟小姐这才刚走一个多月吧，就有新女人了。"

徐铭泽："……"

林助理啧了一声："我要给我'女神'发私信，告诉她博总的劣迹。"

徐铭泽沉默了一会儿，拍了拍他的肩膀，语重心长地说道："你开心就好。"

"……"

傍晚时分，雨停了。

迟绿去了一趟墓园，这一回她手里比上次多了一束花。

她到墓园的时候，这边冷冷清清的，风吹过，有树叶落下，有点儿说不出的凉意。

迟绿不紧不慢地往前走，走到中间位置时，她停下来，垂眼望着面前的两座墓碑。

照片里的人，眉眼和她相似。其中一个笑起来很温柔，另一个略显严肃，但她依旧从他的眼神里看出了笑意。

迟绿看着，弯了弯唇："爸妈，我回来了。"她伸手摸了摸墓碑，自言自语地说，"是不是发现好久没见我了，想不想我啊？我想你们了。"

她是真的想他们了。

只可惜，再也没有人回应她的想念，也再也没有人会在她回来后抱她，说给她做好吃的。

墓园很安静，只有呼啸而过的风声，偶尔给她一点儿回应。

迟绿也不在意。

她在原地站了许久，到腿麻了才回过神来。

她有很多话想说，可又不知道具体要说什么。她心想，即便是她什么都不说，他们也会明白她在想什么。

"我回去了。"迟绿回过神来，轻声道，"之后有时间再来看你们。"

她笑笑，想了想，补充了一句："妈妈，我发现博老师变得越来越有魅力了。"

她垂下眼睫，看着对她笑得温柔的女人，喃喃地问："你以前最喜欢他，现在有没有变呀？"

没有人回答她。

迟绿也不再追问，她闭了闭眼，拉回自己飘走的思绪。

"真走了。"她笑笑，"我以后再来看你们。"说完，她转身要走。

一转身，她看到了不远处撑着伞的男人。

两人四目相对。

男人穿着中午陪她吃火锅时的那套衣服，衬衫纽扣松了两颗，少了分严谨，多了分随性。

脸依旧是那张脸，英俊又斯文，桃花眼微勾，让人无法忽视。

迟绿眼睫一颤，和他对视几秒，瞳仁里满是意外："你什么时候来的？"

博延看了她几秒，往前走近几步。他弯腰把手里的花放在墓碑前，低声道："刚刚。"

"……"

迟绿沉默地看着他，一时也猜测不出他说的"刚刚"，与自己理解的"刚刚"是不是一个意思。

她仰头和他对视半晌，挪开眼："你又翘班啦？"

闻言，博延笑了一下："我是老板。"

"哦。"迟绿冷嘲热讽，"老板就压榨员工，自己一天翘班两次。"

博延知道她在故意找碴儿，无声地勾了一下唇角："嗯。"他敛眸望着她，坦然地道，"是这样没错。"

迟绿被他的厚颜无耻惊住了，索性闭嘴了。

博延笑笑，望着墓碑上那两张熟悉的脸，神色收敛。

"迟绿。"

"什么？"迟绿看着他。

他敛眸，低声问："刚刚的问题，找到答案了吗？"

迟绿："……"

她没好气地瞪他一眼："博老师，你怎么偷听人说话？"

博延："我没偷听。"

墓园太安静了，他刚走近，迟绿的话混杂在风中吹进了他的耳内。

迟绿顿了一下，有些不自在地垂下眼。

两人的鞋尖快要碰上了，只要她往前挪一点点，他们就能撞在一起。

蓦地，迟绿想起了季清影说的比喻。她抿了抿唇，刚静下来的心又开始浮躁。

博延看着她的微表情，安静了须臾，问："在这儿等我，还是一起出去？"

"……"迟绿看了他半晌，他目光坦荡，没有半点儿要躲开的意思。

迟绿不知道他为什么会来，也不清楚他是怎么知道自己过来的。很多问题，有时候不需要去追究。

她想着，嗯了一声："你送我下去。"

博延领首，把雨伞往她那边挪了挪。

雨早就停了，但楼梯边有一整排的大树，风一吹，树枝上摇摇欲坠的水珠便往下落，打湿他们的肩。

迟绿刚刚上来时，发丝和衣服上都有水珠。下去时，连一滴水都没碰到。

马路边上停了一辆豪车，一点儿也不低调。

迟绿看了一眼，牵了牵嘴角："我先上车。"

博延嗯了一声，看着她："在车里等我一会儿。"

说话间，他把钥匙给了迟绿。

"好。"迟绿把玩着车钥匙，心情愉悦地弯了弯唇。

博延看她这样，有片刻的怔忪。

他已经很久没见她这么开心的模样了。他又多说了一句："车里有吃的，你随意。"

"哦。"

博延转身，撑着雨伞再次迈上台阶。

迟绿坐在副驾驶座上，降下车窗，望着他留给自己的背影。

她其实很少看博延的背影，以前两人在一起那会儿，无论是出门约会还是别的，博延都会送她回家，看她进屋开了灯后才会转身离开。

她没送过他，也鲜少看他留给自己的背影。

这会儿，迟绿才后知后觉地意识到，盯着一个人背影渐渐远去的感觉，并不是那么好受。她突然有种被遗忘的错觉。

也不知道以前的博延有没有过这样的感觉。

没多久，博延的身影再次出现。

迟绿换了一个位置，坐上了驾驶座。她看着穿过马路往这边走的男人，无声地弯了弯唇。

察觉到她的目光，博延掀起眼皮看过来。

两人视线交会，迟绿淡淡一笑，突然问了句："博老师，你一会儿有急事吗？"

博延一怔，应道："没有。"

迟绿点点头，毫不客气地说："那借你的车给我用用。"

博延一顿，还没来得及领悟她这句话的另一层意思，迟绿已经发动引擎，踩下了油门。

在博延刚过马路，即将碰到车的时候，他的车在他的眼前飞驰而过。

刚被雨水打湿的路面，溅起点点水花，落在他的裤脚上。

博延站在原地，望着在转角处消失的车，突然笑了。

迟绿是会开车的，大学时就拿到了驾照。

只可惜她拿到驾照后，开车的机会少之又少。只偶尔和博延外出去人少的地方，他会提议让她练一练。

迟绿胆子虽然大，但对开车这件事的态度是——能不开就不开，驾照积积灰也挺好，更何况，她有博延。

她偶尔也会有兴趣，博延愿意教，她也愿意学。

只不过，新手上路，老司机为了安全，总会在旁边念叨。

相对于其他人而言，博延话挺少的。但有时候也会对迟绿很严厉，他怕出事。

迟绿被他纵容得脾气很大，也不怎么讲理。开车时她不会和博延吵架，可只要停下，她的大小姐脾气就会爆发。

她生气时，博延也不恼怒，就随她凶，时不时还应付她的不讲理。

再之后，他会把迟绿那些强加给他的罪责，用别的方式还给她。

借着后视镜，迟绿看着消失的身影，渐渐放慢了速度。

天又放晴了。云层散开，天空很蓝。

迟绿无声地勾了勾唇，心情变好了。

她瞥了一眼车内的时间，估算了一会儿，索性把车靠在路边停下。

一转头，迟绿看见了旁边放着的保温杯，白色的女款。她顿了顿，把杯子拿到了手中。

喝了两口，迟绿给季清影打了个电话。

"没在睡觉？"季清影略显诧异，"怎么这时候给我打电话？"

迟绿回头看了看空无一人的街道，嗯了一声："在外面。"

季清影一怔，想了想说："去看你爸妈啦？"

"嗯。"

季清影沉默了一会儿，望着窗外透过云层的阳光，蓦地一笑："有答案啦？"

"差不多。"迟绿又喝了一口温水，慢悠悠地说，"听你的，站在路口等他过来。"

闻言，季清影笑道："一步都不往前走？"

迟绿轻哼，看着还没出现的人影，傲娇地说道："那要看他的诚意，表现好的话，我也不是不能往前走。"

季清影失笑："好。"她笑盈盈道，"先把遗失的两年找回来。"

"嗯。"

季清影也不多说，低声道："晚上有时间给我和新语吗？"

迟绿："当然有。"

"那一起吃饭。"

"好。"

挂了电话，迟绿又等了一会儿。

在耐心即将消失殆尽时，拿着黑色雨伞的男人才重新走进她的视线里。

博延看着停在路边的车，唇角压着一抹笑走近。

站在车旁，博延抬手敲了敲车窗。

迟绿降下车窗，侧目看他。

两人对视一眼，博延问道："小姐，能不能顺路搭我一程？"

迟绿："……"

她顿了一下，上下打量他一眼："帅哥，给多少报酬？"她敲了敲方向盘，笑盈盈地道，"我这车不免费载人。"

"嗯。"博延拉开车门坐上去，云淡风轻地问，"想要什么？"

"……"迟绿噎了噎，睨他一眼，"没诚意。"

她小声咕哝着："报酬要自己摆上来。不是我主动要，懂？"

博延听她这理直气壮的言论，也不生气。他点点头，道："嗯。"

他系上安全带，道："我的都是你的，想要什么都能拿，这样不好？"

"……"

迟绿瞬间不想和他说话了。

这人太犯规了。

他太清楚说什么迟绿招架不住，也太了解迟绿不愿意和他聊什么。

迟绿驱车往市中心走，尽量忽视旁边人的目光。

安静了一会儿，她说："你怎么那么慢？"

博延抬了抬眼："慢？"

"不然呢。"迟绿是估算过时间的，她停车的位置，博延走二十分钟就能走到。

博延应了一声，目光直直地看着她："想了一点儿事，走得慢了些。"

"哦。"

迟绿没问他想什么。不用问她也知道，博延想的，和她有关。

博延看她不自然的神色，轻勾了一下唇角。

他想的确实和她有关。刚刚看她开车离开，博延站在原地思考了半分钟，在想她是会在一千米外，还是两千米外，抑或是真的头也不回地把车开走不等他了。

如果是以前，博延不用思考也能知道答案。

她会等他，且不愿意让他走太久。但现在，他有些不确定。

博延想着，不由自主地笑了一下。

迟绿还和以前一样，看似脾气差，不好相处，可心依旧柔软。

听到旁边的笑声，迟绿冷冷地问："你笑什么？"

博延看着她，没正面回应。

"困不困？"

迟绿："还好，你回公司还是去哪儿？"

博延稍顿："你去哪儿？"

"找新语。"

陈新语，是迟绿和季清影的大学室友兼好友。

博延嗯了一声，低声道："我回公司。"

车内再次安静下来。

迟绿把车径直开去了博汇。

"……"

迟绿看着，面无表情地说："我用一下你的车。"

博延笑笑："好。"他推开车门下去，回头望着她，"注意安全，开车别着急。"

迟绿哦了一声："我知道，不用你多说。"

博延："车不着急还，放你那边。"

"知道了。"迟绿一脸不耐烦，踩下油门就走，"再见。"

博延哭笑不得，看她别扭的样子，唇角勾了勾，轻声道："晚上见。"

相对博延的加班，迟绿倒是轻松自在。

她先去陈新语的公司楼下晃了晃，接到了人。

两人见面就笑了，陈新语围着她的车转了一圈，扬扬眉，调侃道："打劫去啦？"

"不。"迟绿认真说，"卖身得来的。"

陈新语噎了噎，翻了一个白眼："现在去哪儿？"

"吃火锅，然后去酒吧。"迟绿放纵地说道，"怎么样？"

陈新语沉默了一会儿，想了想，道："姐，我明天要上班呢！"

迟绿缓慢地眨了一下眼："请假吧！"她理直气壮地说道，"我回来了你不请几天假陪我？"

陈新语："……"

她瞅着迟绿，很是无奈："你怎么不让清影陪你？"

"她有男朋友，她得陪男朋友。"

"……"陈新语看她，心肌梗死了两秒，"单身狗活该没人权是吧？"

闻言，迟绿弯了弯眉眼，坦坦荡荡地说："是呀！"

陈新语："……"

两人闹了一会儿，这才离开。

到下班高峰期，道上很堵。迟绿倒车出去时，还不小心蹭了一下。

陈新语看她一脸淡定，眼皮一跳："你不下去看看？"

"看什么？"迟绿一脸淡定，"看了不也刮了吗？"

陈新语无言。

她沉默了一会儿，忍俊不禁。

迟绿转头看她，莫名其妙："笑什么？"

"没什么。"陈新语眉眼弯弯地看着她，认真地说，"我就觉得，迟绿回来了。"

之前听季清影给她打电话说，陈新语总觉得还有些不真实。

她想到迟绿离开时发生的那些事，想到了在电视上、在微博上看见迟绿的模样，总觉得迟绿变了不少，不再像大学时那样，骄纵、任性、不讲理。

可现在看，她又觉得迟绿还是那样，并没有变。

她很喜欢迟绿的个性，骄纵、任性、不讲理，可心地纯良，是全世界最善良、最讲义气的人。

迟绿知道她说的"回来"是什么意思，笑了笑，侧目看着她，认真地说道："嗯，我回来了。"

她回来，找回那个曾丢失的自己。

陈新语对她眨眨眼，俏皮地说："欢迎回来。"

他们都在等她。

/ 第四章

近水楼台

两人从陈新语公司离开，径直去了商场。

考虑到迟绿中午才吃的火锅，陈新语兴奋地提议："吃烤肉吧，我好久没吃烤肉了。"

三个人毫不犹豫地改了主意。

路上堵车，季清影来得比较晚。她到的时候，陈新语和迟绿正站在人来人往的商场喝奶茶，手里还拿着一杯，那是给她买的。

迟绿的口罩往上抬了抬，帽子往下压，只露出眼睛和嘴巴，看着别别扭扭的。可即便如此，也有不少人路过时回头看她。

她长得高，身材好，气质还特别。

季清影瞅了两眼，笑了笑，问道："你这么光明正大，不怕被拍？"

迟绿把奶茶递给她，轻眨了一下眼睫："啊，拍就拍吧，只要不上来堵我就行。"她平静地说道，"我长这么漂亮还不让人拍，这不是强人所难吗？"

季清影："……"

陈新语："……"

两人对视一眼，双双翻了一个白眼送给她。

迟绿被两人逗笑，眉眼弯成月牙："你们俩怎么回事，我说的不是事实吗？"

"是是是。"陈新语承认她说的是事实，但又觉得她太自恋了。

"是事实也稍微收敛一点儿，你这话被媒体或者有心人听去，那不就要说你狂妄自大了吗？"

迟绿哦了一声，反应平平："说就说，没关系。"她爽快地说，"美女总是生活在风口浪尖的。"

季清影哭笑不得，拍了拍她的肩膀："行，这位爱吃火锅的美女，现在能先和我们去吃烤肉吗？"

迟绿睨她一眼，开心地说："能呢！"

三人有说有笑地进了烤肉店。

考虑到迟绿的身份，陈新语在预订时特意要了偏僻的地方，以防万一。

迟绿中午吃了火锅，这会儿还不太饿。

她看着旁边忙碌的两人，边参与讨论边说："我来烤肉吧！"

陈新语拿着钳子看了她一眼："别。"她指了指，"你安静地坐在那儿，我和清影来。"

迟绿失笑，忍不住说："我现在烤的肉，其实挺好吃的。"

陈新语："那你也给我坐着，我来服务就好。"

"……"迟绿看她这样，突然就想到了她们大学那会儿。

她是在高中毕业后的那个暑假和博延谈恋爱的。

迟绿以前家境不错，在家有父母、阿姨照顾，基本上没在外面生活过。后来她有了博延，博延更是把她照顾成了一个"废物"。这也就导致很多生活技能她不会。

第一次和陈新语、季清影吃烤肉，迟绿全程看着两人忙碌，她盘子里全是两人夹过来的食物。

迟绿觉得不太好意思，说自己吃饱了，她来烤一会儿。

季清影和陈新语没多想，跟她说了烤肉重点后，便交给她了。

最后，迟绿把肉都烤焦了。

看着碗里跟炭一样的烤肉，陈新语茫然了。

"迟绿，这个肉……能吃？"

迟绿一本正经地道："能啊！"

季清影："不能，烤焦的食物吃多了致癌。"她哭笑不得，看着迟绿，"你怎么一下放了那么多？"

迟绿眨眨眼，理直气壮地说："怕你们吃不饱。"

陈新语："……"

她看迟绿这样，有点儿忍不住："你跟你男朋友相处，也这样吗？"

闻言，迟绿摇摇头，拖长了声音说："我男朋友享受不到这个待遇。"

两人愣住了。

迟绿笑盈盈地道："他不让我碰这个，我被烫过一次。"

那次她也是兴致勃勃地想给博延做点儿吃的，特意去江城看博延，趁他还没下班，在家里给他弄烤肉。后来，以她烫到手指结束。

那次过后，博延不让她靠近厨房，更不让她去碰那些不小心烫到她的东西。

两人听她说完，双双沉默了。

陈新语更是把钳子拿回自己那边，忧心忡忡地说道："那还是我来吧，我怕你烫到手，你男朋友来学校找我们算账。"

"不会。"迟绿笑着道，"我男朋友很讲道理的。"

季清影沉默了一会儿，憋出一句："那也不一定。"

"……"

"想什么呢？"

迟绿的思绪渐渐被拉回，笑了笑，道："想到了之前那次给你们烤的肉。"

陈新语也立马想起来了，吐槽道："迟绿，我那会儿真是第一次看一个人那么没有生活常识。"她侧头看迟绿，"我那会儿还问你，你烤成这样你男朋友吃不吃，你还认真地告诉我说吃啊，你做的什么你男朋友都吃。"

迟绿垂下眼吃了口东西，淡淡地说："本来也是嘛。"

事实上，她就算现在把烤焦的肉放在博延面前，他也能微笑地吃下，脸上、眼睛不会有任何嫌弃的情绪。

迟绿想着，后知后觉地发现，博延以前对她是真的很纵容。

这也是他自信的原因。

他把迟绿养成这样，一般人招架不住，迟绿也看不上。人一旦有了最好的，其他人就会变得索然无味。

想着想着，她不由得暗自嘀咕了一句："心机。"

"说什么？"陈新语没听清，看着季清影问，"待会儿去酒吧玩玩，傅医生也去吗？"

"嗯。"

季清影弯了弯唇："他忙完过来，我们待会儿先过去？"

"好啊！"

吃完烤肉，三个人直接去了酒吧。

酒吧依旧是上次那个，季清影和陈新语都很熟。

三人没家属，径直去了热闹的大厅那边。

迟绿一天的精神差不多被耗尽，这会儿只想坐在沙发上喝酒、看戏。

季清影看她这样，指了指，问道："不想去玩？"

"不去。"迟绿懒洋洋道，"我在这儿待一会儿，你不用管我。"

季清影想了想，这酒吧都是熟人，也不怎么担心。

"行，我去楼上看看，好像有朋友在。"

"嗯嗯。"

季清影去了楼上的包间，陈新语临时接到老板的电话，走出了酒吧。

迟绿无聊地支着下巴，望着不远处打碟的人，唇角往上翘着，有点儿帅。

正看着，手机一振，是徐清妍发来的消息。

徐清妍："回国第一天感觉怎么样？"

迟绿："乐不思蜀。"

徐清妍："……"

迟绿想了想，打算给徐清妍录个视频看看这乐不思蜀的温柔乡。

她刚点开相机，滑到视频录制，手指刚点下举起，面前就站了一个人。

迟绿的视线落在他腰间的位置，恰好能看到他的黑裤边线。

她目光停滞了几秒，才缓缓抬起头看向来人。

博延站在她的面前，眼睫垂下，看了一眼她的手机，又把目光落在她的脸颊上。

"拍什么？"他声音很淡。

迟绿心虚了两秒，又觉得没必要。她望着他，指了指："让开一点点，我拍帅哥。"

闻言，博延没动。

迟绿拧眉："博老师，往旁边站站，别挡住我的视线。"

"嗯？"博延像是没听懂一样，一脸认真地问，"你不是要拍帅哥？"

"……"

迟绿反应了几秒，才反应过来他的话。

她拍帅哥。他就是帅哥。他让自己拍他。

迟绿在脑海里绕了几圈，看着他："你是不是……太自恋啦？"

博延一笑，这才侧开身："这样？"他淡淡地说，"跟你学的。"

"……"迟绿无语，睨他一眼说，"我可不会自恋地说我是大美女。"

话音一落，刚刚在商场里和陈新语她们开玩笑的话在脑海里响起。如果她们两人在，这会儿大概已经看到迟绿的脸被打肿了。

迟绿噎了噎，不自在地抿了一下唇："哦，我也说过。"

博延："……"

他侧头勾了一下唇角，顺着迟绿的视线去看："你看上的帅哥是哪位？"

"怎么？"迟绿没瞒着，指着说，"那个打碟的小男生，帅吧？"

博延抬了抬眼，淡淡地说："一般。"

迟绿："……"

她轻哼，嫌弃地道："你这是妒忌别人。"

"……"

博延也不多解释，沉默了一会儿，问："真觉得帅？"

迟绿嗯了一声，给徐清妍录了一个打碟小哥的视频发过去，并附言："看看看！"

博延不经意地瞥到了她的话，神色一愣。

他拿过面前的酒抿了一口，刚碰到口，耳边便传来迟绿不满的声音。

"博老师你怎么回事？你怎么还偷喝我的酒？"

博延手一顿，这才发现自己拿错了。

他垂眸看着迟绿，她还是下午时的模样，脸上化着淡妆，眼睛依旧漂亮。

两人都是桃花眼，但又有那么点儿不一样。迟绿的眼尾下弯，眼睛看上去水汪汪的，勾人。

博延很喜欢她这双眼睛，更喜欢她这双眼望着自己时的样子。

"嗯。"博延回神，喉结轻轻滚动，"拿错了。"

迟绿："……"

她狐疑地看着他，小声说："借口过于拙劣。"

"……"

博延眉梢挑了一下，垂眼看着她："你这样觉得？"

"难道不是？"迟绿才不信他会拿错，不紧不慢地说，"你要是觉得我的好喝，你就喝吧！"

博延嗯了一声，没有任何犹豫地喝了小半杯。

迟绿看他喉结滚动的样子，下意识地舔了一下唇。博延一定是故意用男色勾引她。

察觉到她的动作，博延嘴角弯了一下，垂眼看着她，直白地问道："口渴啦？"

酒吧很热闹，可迟绿依旧清晰地听见了博延的声音，以及他说的话。

话音落下，迟绿眼睫轻眨了一下。

博延是故意的，故意问她，更是故意靠在她的旁边。

迟绿看他俯身的模样，唇角紧抿："你干吗？"

她想往旁边挪动一下，又觉得这样会显得自己很弱，怕他。迟绿想了想，坐在原地没动。

博延看她紧绷的神色，眉峰扬了扬："什么？"

他没听清，又靠近了一点点。

男人的呼吸全数落在她的脸颊上，温热又裹着属于他身上的味道。有书卷味，更多的好像是……她身上香水的味道。

忽而，她瞪大眼望着他："你身上的味道。"

博延嗯了一声，一脸平静地说："怎么？"

"你回公司后怎么也不换衣服？"

闻言，博延好笑地问："为什么要换衣服？"

迟绿噎了噎，睨他一眼说："你也不怕你下属多想？"

老板身上全是女人的香水味，真的没问题吗？

博延扬扬眉，明白了她的意思。

他弯了一下唇，笑着问道："怕什么？"

他语带笑意，道："我又没做什么。"

迟绿往旁边挪了一点儿，认真点评："你竟然用女人的香水……你下属不会觉得很怪？"

"哪里怪？"博延淡淡地说，"他们提前习惯，挺好。"

迟绿："……"

她被博延的厚脸皮惊住了，嘴唇翕动："你——"

"什么？"博延含笑应着，声音放轻，垂眼看着她。

博延那双桃花眼笑了，温柔又勾人，让她下意识地回想起以前两人相处时候的很多事。

博延看她变幻莫测的神色，问道："怎么啦？"

迟绿："……"

她闭了闭眼，决定不和这个人多说，说得越多，越会丢了盔甲。

"没什么。"迟绿意有所指，"就是觉得……人太自信也不是什么好事。"

听到她这话，博延也不生气，道："行，我以后收敛收敛。"

"……"

迟绿安静了一会儿，忍无可忍地问道："博老师，你什么时候变得这么不要脸啦？"

博延眼尾一扬，甩锅道："傅医生他们教的。"

"啊？"猝不及防，迟绿愣了一下，"什么傅医生他们教的？"

"不要脸。"博延一本正经地说，"他们说这方法好用。"

迟绿："……"

她沉默了一会儿，转头看着他："你这样污蔑傅医生，清影知道吗？"

博延笑笑，稍稍收敛了些。

他不再逗她，两人坐在一起，氛围宁静。

迟绿看了一会儿远处打碟的小男生，把目光转向舞池。她也没什么目的，就随便瞎看。

博延跟着她的目光转了几圈，看了一眼桌上那杯只剩一小半的酒，低声道："迟绿。"

"什么？"不远处声音太吵，迟绿没听清。

博延侧眸望着她，一字一顿地问："想不想试试新出的调酒？"

迟绿怔了几秒，看着他近在咫尺的这张脸，眼睫轻颤了一下："可以。"

博延嗯了一声："在这儿等我。"

迟绿点点头，没多言。

人一走，迟绿便没忍住拿出手机。

她戳开三人小群，质问道："你们两个为什么还不回来？"

季清影："傅医生过来了，在包间陪男朋友呢，你要不要上来？"

迟绿："我不做电灯泡。"

迟绿："新语呢？"

陈新语："博老师在你那边，我也不做电灯泡。"

迟绿："……"

和两人聊了几句，她也不强求她们回来了。

迟绿无聊，托腮继续看着不远处的打碟小弟弟。

博延回来时，迟绿把目光转向他手中的东西。

"这是新出的？"

"嗯。"博延把手中托盘放下，淡淡地说，"左边两杯度数高点儿，后劲大，右边的很低。"

迟绿哦了一声，看着面前这四杯酒。她沉默了一会儿，转头看向博延："你不给我推荐？"

"推荐什么？"博延懒散地靠在椅背上，神色略显漫不经心，"味道都差不多。"

"……"

迟绿沉默了一会儿，好奇地问："听说你和酒吧老板很熟是吗？"

博延抬抬眼看着她，默认了。

迟绿大概知道他在想什么，瞅着他道："那这儿的老板知道你这么给他推销酒吗？"

什么叫味道都差不多，这让客户还怎么花钱？

闻言，博延目光在她的脸上扫过，勾了勾嘴角："不知道。"

迟绿无言，拿着度数低的酒，低头喝了一口，刚想说话，耳边落下博延清晰的声音。

"没给其他人推销过。"

迟绿一顿，猛地往嘴巴喝了一大口。

博延拿的是果酒，度数低，味道也不错。迟绿喝了两口后，觉得还不错。

她尝得差不多了，才慢吞吞地嗯了一声，道："那挺好。"

博延笑笑，没再继续这个话题。

他要表达的意思，迟绿比任何人都懂，所以不用过多重复。

两人坐在角落的沙发里，正好能看到不远处的舞池。

迟绿虽是公众人物，但也不怕被看。上次来她就知道，这个酒吧的私密性很好，来的人也都不是那种故意录视频出去爆料的。

两人干坐了一会儿，博延看她四处张望的模样，有些好笑。

"无聊？"

"不无聊。"迟绿瞅了他一眼，"你刚从公司过来？"

博延："嗯。"

他们又聊死了。

博延看她别扭的神色，弯了弯唇问："想说什么？"

"没什么。"迟绿安静了片刻，突然问，"你经常去看他们？"

博延一怔，然后嗯了一声："不算经常。"

但他们的生日、忌日以及清明节，博延都会过去送两束花。此外，他便只有想迟绿时会过去，和他们聊一聊迟绿。

迟绿垂下眼，晃着手里的酒杯，轻声道："你不用这样。"

博延挑眉："不用哪样？"

迟绿抿唇看他。

博延垂下眼，把眼底的思绪挡住，道："没别的意思，我只是单纯地去看看他们。"他看着迟绿，笑着补充，"迟叔叔、迟阿姨以前还想让我做他们的干儿子，还记得吗？"

"……"

迟绿无言，闷闷地嗯了一声："记得。"

博延笑道："他们看得起我，我多去看看他们是应该的。"

话说到这份儿上，迟绿也不好再说你以后别去了之类的话。

她知道博延为什么去，也知道他是为了谁去的。

至于他说的干儿子，完全是几年前的玩笑话。

博延刚给迟绿做家教时，迟父、迟母都觉得意外。他们最开始请的家教老师并不是博延。

后来迟绿才知道，博延是替朋友过来的，他朋友临时出了点儿事，让博延帮忙带带她。

原本只定了一个月，可博延教得好，迟父、迟母也喜欢他，也知道他是谁家的孩子，渐渐地两家来往越来越多，迟绿和博延也越来越熟，熟稔的程度甚至超过了她和博盈。

她喜欢博延，喜欢他给自己做家教老师。

有一次，迟绿在学校犯了错，迟父、迟母在外出差没办法回来，还是让博延帮忙解决的。

后来一次，好像是博盈生日还是什么，两家人聚在一起吃饭。

迟母望着博延和博盈感慨："家里有两个小孩儿真不错，小时候有玩伴，长大了哥哥妹妹也能互相帮忙。"

迟绿在旁边不说话。

博盈反驳："迟阿姨，不怎么好，我羡慕迟绿呢！"

她哥总是压榨她，一点儿都不好。

闻言，迟母笑道："你不喜欢阿延啊？"

"不喜欢。"

博盈和博延习惯开玩笑了，她笑盈盈地说："要不这样吧，迟阿姨，我把我哥和迟绿交换行不行，我想要个小姐妹。"

迟绿："……"

博延："……"

两人对视一眼，在对方眼底看到了"无语"二字。

闻言，迟母扬扬眉，温和地一笑："那不行。"她含笑看着迟绿，"我们家小绿不换，给多少个哥哥都不换。"

她又望着博延，笑着问道："要不阿延直接来我们家吧，迟阿姨很想给迟绿找个哥哥。"

博延刚想说话，迟绿眉心一跳，想也不想地大声喊了一句："不行！"

众人齐刷刷地转头看她。

"为什么不行？"迟母哭笑不得地看着她，"你不是很喜欢博老师？"

"不行就是不行。"

迟绿那时候也不知道原因，反正她就知道不可以。

她看着博延的那双桃花眼，心虚又倔强地说道："我不要哥哥。我们家有我一个小孩儿就可以了。"

"……"

后来，博延还拿这事取笑过她，夸她有先见之明，没让他做哥哥。

他不想做她哥哥，只想做她的博老师。

耳边突然传来陌生的声音，迟绿的思绪收了回来，含糊地说："那随你吧！"

博延嗯了一声，低声安慰："不要有负担，是我该做的。"

"哦。"迟绿不再纠结这个问题。

在酒吧待了好几个小时，他们才离开。

季清影把迟绿放心地交给了博延，迟绿也不扭捏，没拒绝。但她和博延都喝了酒，也没办法开车。

站在路边，迟绿看了他一眼："打车？"

博延失笑，指了指："待会儿有人过来，等两分钟？"

迟绿点点头。

博延说的两分钟，就真是两分钟。

车停在两人面前，迟绿眼睛亮了亮。她转头去看旁边的男人，博延弯了一下唇角："不上车？"

"上。"迟绿别开眼，"你的车？"

问完，她又觉得自己傻乎乎的，博延司机开来的，除了是他的，还能是谁的。

还没等博延回答，迟绿又小声地咕哝了一句："心机。"

博延听到她这话，扬了扬眉："嗯。"

他一点儿也不心虚，坦然承认，他就是有心机。

至于说他心机，是因为是迟绿最喜欢的车，以前她和博延在一起时就心心念念要买。

但那会儿她没钱，也倔强地不要家里人送，只想等大学毕业后自己赚钱买。如果钱不够的话，她让博延赞助一点儿。

博延笑着答应，说没问题，赞助多少都行。

两人那会儿是真的很好。

迟绿打量着车内的装饰。

博延的这款车型，恰好是她最喜欢的。颜色、车型、内饰，全是她喜欢的。

"你是不是里面让人换过？"

"嗯。"博延点了一下头，"换过，喜欢？"

迟绿："……"

她一噎，不想让他觉得自己没见过世面。

"一般吧！"迟绿违心地说道，"也就那样。"

闻言，博延好笑地看着她："真就那样？"

"对。"迟绿面不改色地说，"不然呢，车就是个交通工具。只有你们男人才觉得它很有价值。"

博延哭笑不得，低声道："你这是歧视。"

"我没有。"迟绿强词夺理，"你才是。"

司机听两人斗嘴，偷偷瞥了一眼博延。

博延脸上挂着笑，是以前从没有过的。司机转头，把目光落在迟绿身上半晌，暗暗把她记下，这才收了回去。

到小区楼下，迟绿看了一眼跟着下来的男人。

"你要进去？"

博延扬眉，坦然地道："送你到家门口就走。"

"……"迟绿看他神色自然，问，"你喝醉没？"

博延忽地一笑，低声道："没有，放心吧。"

迟绿："我没有担心。"她往前走，嘀咕说，"我只是怕你喝醉了送我回家，我有什么危险。"

博延："……"

他轻笑出声，拖着尾音问："什么危险？具体举例？"

"举例什么？"迟绿轻哼，进了电梯，"你在给我上语文课吗？"

"……"

博延被她气笑了，但偏偏无可奈何。

两人看着上升的楼层，也不再说话。

到家门口后，迟绿低头按密码解锁，回头看了看站在走廊里的男人。

走廊的灯亮起，白色的灯光下，衬得男人眉眼更为精致。他皮肤偏白，她看着还有种清冷如玉的感觉。明明，这就是个会吃人的妖孽。

迟绿吸了吸鼻子，头有点儿晕。

她开了门，站在门口看着博延。

博延了然，直起身子道："进去吧，我走了。"

"嗯。"迟绿没留他，点点头，"早点儿回去休息。"

博延颔首。

迟绿进了屋，把门关上。

博延在门口停留了几分钟，才按下电梯离开。

听到电梯声，迟绿在门后站了那么一会儿，才往阳台那边走。

之后的几天，迟绿没和博延见面，甚至都没有联系。

迟绿在家休息了几天，才开始安排工作。

林静仪第一次来她这儿，在屋子里转了一圈后，道："房子位置不错。"

"嗯。"迟绿笑笑，道，"这儿住得舒服。"

林静仪颔首："确实。"她说，"不过你这楼下有人在搬家，会不会吵？"

"啊？"迟绿愣了一下，"没听见呀，楼下有人搬家？"

林静仪点头："刚才在电梯里碰到搬家具的工人，在七楼停下，估计是你这儿的下面吧？"

迟绿哦了一声，不在意地道："应该还好，不是很吵。"她猜测道，"房子的隔音不错，除了贴着门能听见，其他声音我把窗户关上后，基本上没了。"

"那就行。"

两人聊了一会儿日常，林静仪开始正式和她说工作。

迟绿这次回国，没签任何公司。林静仪是有自己团队的，正好打算离开公司单干，迟绿恰好也有这个打算。

两人想法一致，也就合作了。

迟绿在国际上有名，国内抛出的橄榄枝也很多，但她不喜欢有太多规矩的公司，也不喜欢和其他人竞争。

她和林静仪合作，是最好的选择。

林静仪看着她："这几天在家做什么？"

"睡觉。"

林静仪："……"

她失笑，低声问："想不想去工作室看看？"

迟绿想了想："暂时不去吧，都弄好了吗？"

"差不多。"林静仪含笑说，"我最近接了很多电话。"

"关于什么的？"

林静仪好笑地看着她："你说呢，问你什么时候工作，我这边收到的邀请函也不少，想请你看秀、走秀，参加各类活动的都有。"

迟绿嗯了一声，拿着抱枕靠在沙发上，懒洋洋地说道："再让我休息半个月吧。"她打了个哈欠，认真地道，"太久没休息了。"

林静仪不催她，点点头说："想休息就休息，我们不着急。"

迟绿弯唇一笑。

林静仪看着她，觉得她气色好了不少。

林静仪低声道："当然，休息时也不能忘记部分工作。"

她把手里的资料递给迟绿，道："有两个品牌想找你代言，你看看，如果喜欢的话，我给出回复，正式拍摄在一个月之后，是你开工的日子。"

迟绿领首。

两人聊了小半天工作，把未来大半年的行程安排都粗略规划后，迟绿把林静仪留在家里吃了一顿外卖。

对此，林静仪很是无言："你的生活水平，就这样？"

迟绿："不喜欢吃外卖？"

"不健康。"林静仪打量了她一会儿，指了指外卖，"少吃，你不能在休息时长胖。"

"不会。"迟绿道，"我一天就吃一顿。"

林静仪："……"

模特对自己的身材苛刻到了病态的程度，迟绿也一样。

迟绿好在不太会长胖，偶尔吃多点儿，问题也不是很大。但她依旧克制，今天之所以点外卖，也完全是因为林静仪在。如果林静仪不在，迟绿一般就吃个苹果，喝点儿燕麦酸奶，就行了。

她的饮食并不怎么健康。

林静仪沉默了一会儿，无奈地说道："一天一顿也不行，身材会垮。"她想了想，问道，"我要不要给你找个生活助理？"

"不用，我有圆圆了。"

"不是。"林静仪道，"圆圆是工作上的助理，找个专门给你做营养餐的生活助理。"

迟绿依旧拒绝。

她不喜欢有人时时刻刻跟着自己，圆圆也是迟绿适应了很长一段时间才说服自己接受的，更何况是生活助理。

林静仪看她这样，纳闷地说道："那你就找个男朋友照顾你吧！"

迟绿："……"

林静仪失笑，弯唇看着迟绿："你怎么还生气呢？"

"没生气。"

林静仪叹气："我就是觉得人不能这样消耗自己的身体，老了毛病多。"

迟绿笑道："不会，我会多注意的。"

"嗯。"林静仪开玩笑地说，"实在不行找个男朋友照顾也行，你是模特，能找对象。"

迟绿："……"

林静仪没在她这边多待，交代完，吃完饭便离开了。

人走后，迟绿对着空荡荡的屋子觉得无聊。她在客厅沉思了几秒，决定出门逛逛。

陈新语和季清影都在忙，她也没找两人，一个人四处瞎逛。

周围都是熟悉的声音，但迟绿忽然有种很陌生的感觉，可能是太久没回来了，也可能是别的原因。

她站在红绿灯路口等着，听着耳边源源不断的声音，突然有点儿想见博延。

这个星期，两人基本没联系。她没主动找他，他也没主动找过来。迟绿猜测，他可能在忙。

她正走神地想着，连红灯什么时候换了绿灯也没注意。

等她反应过来时，绿灯只剩最后十秒。迟绿低头瞅了一眼长长的斑马线，歇了过去的心思。

她刚要收回目光，突然注意到了一点儿不对。

迟绿一怔，下意识仰起了头。

男人走得很快，站在她面前时，好像带起了一阵风。

迟绿的发丝吹到了脸颊，不太舒服地刺着眼睛。

她猛地眨了眨眼，看着从天而降的男人。

博延刚刚走得太快，这会儿还在喘气。

他的喘气声清晰入耳，让迟绿回神。

"你怎么在这儿？"

博延挑眉，垂眼看着她："嗯。"

迟绿："……"

她愣了一下，皱了皱眉："你嗯什么？"

博延好笑，指了指对面："那是博汇，忘了？"

"……"

迟绿安静了几秒，慢吞吞地哦了一声，面不改色地说道："这样啊。"

她是真忘了，也是不知不觉走过来的。

博延看她的表情便知道怎么回事。他弯唇笑了笑，低声道："来这边有事？"

迟绿睨他一眼。

博延笑："没事的话，陪我吃个饭？"

"……"迟绿安静三秒，看了一眼时间，"我吃过午饭了。"

"嗯。"博延声音含着笑，不在意地说，"那陪我喝杯奶茶。"

迟绿沉默了一会儿，吐槽道："你一个霸道总裁喝奶茶，说出去丢不丢脸？"

"不丢脸。"

"……"

对这样的博延，迟绿暂时还没找到应对办法。

她知道他脸皮挺厚，但没想过这么厚。

博延敛下眼睫看着她，低声问："不走？"

"走。"迟绿转身回头，进了商场。

还在上班时间，商场人不是很多，奶茶店里人也很少。

迟绿其实不怎么喝奶茶，奶茶容易长胖，她一般只喝柠檬茶。

两人一前一后地走着，还有些引人注目。

到奶茶店门口，迟绿瞥了一眼旁边的男人："你要喝什么？"

博延抬抬眼，随口道："和你一样。"

"……"

迟绿点了两杯柠檬茶，到门口的位置上坐下等待。

博延笑笑，跟着坐了过去。

两人安静了一会儿，博延低声问："这几天公司有点儿事，比较忙。"

迟绿一愣，玩手机的手指一顿，抬眼看着他："什么？"

两人对视一眼，她在博延的瞳仁里看到了自己的倒影。

博延一笑，说："最近比较忙。"

"……"迟绿动了动手指，垂下眼，"你跟我说这个干吗？"

博延看她这个反应，偏头笑了一下，淡淡地说道："没什么，随便说说。"

迟绿："……"

她安静了一会儿，咕哝着："忙也要注意休息。"

博延："好。"

拿上买好的柠檬茶，迟绿看了看时间："你是不是还得回去上班？"

"嗯。"博延看她，"想不想再去公司看看电影？"

迟绿站在原地没动。

博延顿了一下，压低声音说："最近有部刚上映的电影还不错。"

原本他还打算带迟绿去首映现场的，奈何临时有事，他也就没跟迟绿说这件事。

迟绿眉心一跳，抬眸看着他："博老师。"

"怎么？"博延垂眸看着她。

迟绿轻哼，直白道："你这司马昭之心，是不是过于明显啦？"

"明显？"

迟绿点头。

博延勾了一下唇，淡淡地说："明显就好。"

迟绿："……"

他不紧不慢地说道："不明显我担心你看不出来。"

瞬间，迟绿不想和他说话了。

之前博延追她的时候，脸皮也没有这么厚。

迟绿深呼吸了一下，和他对视半晌："算了，就去看看吧！"她说，"我也不想去电影院。"

博延弯唇："好。"

迟绿瞅了他一眼："但是先说好，如果不好看，我中途会走的。"

她说什么，博延都爽快答应。

"行。"

两人回了公司，徐铭泽瞅着出现的两人，飞速地从位置上站了起来："博总。"他转头看着迟绿，笑着说："迟小姐，好久不见。"

迟绿笑笑，道："徐助理。"

接收到博延的暗示，徐铭泽直接道："迟小姐要喝点儿什么？"

迟绿晃了晃手里的柠檬茶，笑着说："不用了，谢谢。"

博延顿了一下，交代道："送点儿吃的进来。"

进办公室后，博延突然变得正经了不少。

他看向迟绿，说："会放吗？"

"嗯。"

博延颔首，低声道："那你看，我还有点儿事要处理。"

迟绿了然，点点头："你忙吧，不用管我。"

"嗯。"博延说了句，"这里什么都能动，想看想睡都行。"

"知道了。"

博延交代完，还真没再管她。

迟绿把电影打开，用遥控把声音调到最低。

徐铭泽中途进来过几次，给迟绿送了吃的、喝的。

迟绿看的电影是新上映不久的，是她喜欢的类型。看着看着，她却觉得有些索然无味，可能是因为一个人，也可能是别的原因。

迟绿偶尔回头，能看见坐在电脑前的博延。他侧脸英俊，下颌线流畅，低头时眼睫低垂，看上去很沉稳。

不知不觉，迟绿便把注意力全落在了他身上。

她甚至生出一种看电影不如看博延的想法。博延比电影好看千百倍。

像是察觉到了她的视线，博延抬眸看了过来。两人视线交会，在宽敞的办公室内，却让迟绿感受到了片刻的逼仄。

男人的眸子深邃，桃花眼微勾，目不转睛地望着她，像磁铁一样，把她吸进去。

迟绿突然有点儿紧张。

她说不出原因，可就是紧张，但这种紧张又不像是之前的感觉。

安静了半晌，博延率先出声："想说什么？"

"……"迟绿回神，胡扯道，"这电影不是很好看。"

博延："……"

他笑了一下，低声问："真的？"

"嗯。"迟绿虽然看得心不在焉，但大概内容她稍微捋一捋便清楚了。她下意识地说道："线索太明显，没有太大的悬念。男女感情戏也拍得有点儿尴尬，没有代入感。"

博延目光直直地看着她，也不打断。

说了一大段，迟绿又说："反正就是一般，票房不会很高吧？"

博延抬眼，笑了一下："嗯。"

这部电影的票房确实不算高，上映一周了，还不到三亿元。

对一般电影而言，三亿元的数据不差。但这部电影，当初网友和投资方预估的票房可不是这个数。更重要的一点是，电影上映一周，口碑在下降，每日的票房也在猛降。

迟绿虽然不会写，但她眼光好。

她在剧本方面的感觉很准，喜好也符合大众。只要她喜欢的，基本上都会爆，就像多年前博延的第一本书一样。当时确实有滤镜的存在，可去掉那层滤镜，迟绿依旧喜欢那本书。

那本书后来一直很畅销。到现在，那本书依旧是博延的代表作之一。

迟绿看着他脸上的笑，觉得莫名其妙。

"你笑什么？"

博延抬眼看她，觉得好笑："又不讲理了？"

迟绿轻哼，看了一眼时间："你几点下班？"

"想回去了？"

"……也没有。"迟绿不在意地说，"就随便问问。"

博延嗯了一声，沉默了几秒，道："走吧！"

迟绿一怔："什么？"

"下班。"博延把电脑关上，说，"不是想下班？"

"我没那个意思。"迟绿倒也不着急，不紧不慢地说，"你忙的话继续就行，我可以再看一会儿电影。"

博延一笑，摇了摇头："不用，先送你回去。"

回去的路上，两人去吃了饭。

迟绿没想拒绝他的靠近，既然决定了，那一切就顺其自然走下去。

那晚过后，迟绿每天都能看到博延。

有时候是早上，有时候是晚上。他下班后往她这边走，约她吃饭。

季清影知道两人的进展后，忍不住笑道："博老师是在温水煮青蛙吗？"

迟绿："谁是青蛙？"

"你啊。"季清影笑了笑，道，"你们这温水煮青蛙的游戏，准备玩到什么时候？"

迟绿抬了抬眼，抿了一口茶说："再说。"她慢吞吞地道，"现在还早。"

季清影失笑摇头。

迟绿休息了一会儿，看了看时间："新语几点过来？"

"下班堵车吧？"季清影道，"估计得一会儿。"

迟绿点点头，笑着说："明天开始，我估计要忙了。"

"开始工作啦？"

"对。"迟绿的工作早就安排好了，休息了将近一个月，也已经够了。

季清影颔首，和她碰了碰茶杯，笑盈盈道："工作顺利。"

两人在沙发上坐了一会儿，收到陈新语说二十分钟后到的消息。

迟绿站起身，往厨房走："那现在开始做饭？待会儿她来了就能吃。"

这次三人聚餐就在迟绿家里，她回国的消息已经传开了，也频繁地上过两次热搜。现在，迟绿已经不想出门被围观了。

"可以啊！"季清影跟着进去，看她熟练的动作，忍不住感慨，"没想到有一天我能看到你下厨，动作还这么熟练。"

迟绿含笑睨她一眼。

季清影在旁边洗菜，想了想问："学的时候，难吗？"

迟绿拿菜刀的手一顿，她嗯了一声："难。"她深呼吸了一下，含糊不清道，"刚开始在那边做饭，边做边哭。"

她刚到国外那会儿，又穷又委屈。

以前她是所有人都宠着的大小姐，在家里，父母不让她做任何事，和博延谈恋爱，博延也说女孩子该被宠着，什么都不让她做。

他偶尔还跟她开玩笑似的说，迟绿在家是小公主，和自己谈恋爱后不能降低她的生活水平，不然他会很有挫败感，连个小女友都照顾不好。

迟绿觉得他很无聊，自己也并不是很在意这种事。但博延是个细节控，在对待迟绿这件事上，他比任何人都上心。

博延那样宠她，有好有坏。

坏处是她离开他之后，什么都不会，什么都要从头开始学。她像一个小学生，一点点上网搜索，一点点跟着视频学习。

第一次做菜，烟雾报警了。当时迟绿法语说得还不是那么熟练，磕磕绊绊地和过来的警察解释。她记得很清楚，当时警察和房东看她的眼神，都带着些鄙视。

一个人孤身在国外的生活，比她想象中更让人辛酸，更让人觉得难受。

周围没有朋友，遇到问题没有人帮自己。

很多次，迟绿想过放弃，可终归坚持了下来。

季清影看她的模样，有些心疼，伸手抱了抱迟绿，低声道："都过去了，现在我们都在。"

迟绿笑笑，嗯了一声："谢谢。"

季清影睨她一眼："再跟我们客气，我和新语可是要——"

话还没说完，门铃声响了。

季清影去开门，陈新语出现在门口，惊呼道："迟小绿！你知道我刚刚在电梯里遇到谁了吗？"

迟绿眨眼："谁？"

"博老师。"陈新语震惊地说道，"博老师住你家楼下啊，你们什么时候又暗度陈仓啦？"

迟绿愣了半晌，诧异地指了指地板："博延搬到楼下啦？"

"对啊！"

陈新语看着她："你不知道？"

"不知道。"迟绿突然想到上次林静仪说，楼下在搬家，有人住进来了。

她眉心跳了跳，想到这几天频繁出现在自己家门口的博延。

季清影看她半晌，蓦地笑了："博老师……还挺懂得近水楼台这个道理的。"

陈新语："你当初追傅医生时，不也这样吗？"

季清影："我那是阴错阳差，博老师这是故意的。"

话音一落，她们斜对着的电梯门开了，话题中的人物出现在视野里。

看到博延出现，三个人都有些意外。但很快，季清影便率先回过神来。

"博老师。"

博延顿了一下，颔首道："嗯。"

他垂眸看着迟绿，看了看她手里拿着的菜刀，微微拧了拧眉："刀不放下？"

迟绿睨他一眼，抿了一下唇："你怎么来啦？"

博延看着她身后的两人，没出声。

季清影和陈新语非常懂得看人眼色，立刻道："你们聊，我们去厨房。"

"……"

两人一走，门口突然就安静了。

博延看她的神色，挑了一下眉说："抱歉，没有提前通知你。"

迟绿眼皮一跳："什么？"

"我搬到这边住。"博延言简意赅地解释，"没征求你意见。"

迟绿睨他一眼，道："这儿又不是我的地盘，你想住哪儿我都管不着。"

博延挑眉笑了一下，提醒道："管得着。"他说，"怕你觉得不舒服。"

迟绿怔住，沉默几秒，哦了一声："知道了。"

博延说完，也不多言："你先陪朋友吃饭，我回去了。"

迟绿扶着门把手，迟疑了几秒，还是没让他留下："好。"

看着门关上，博延在门口站了半分钟。他笑着摇摇头，这才转身离开。

他今天刚搬过来，没想到会碰到迟绿的朋友，这才没顾忌着时间，就过来了。

迟绿回了厨房，季清影和陈新语对视一眼，笑着问："怎么不请博老师进来坐坐？"

迟绿眼也没抬，低头继续切手里的土豆，不冷不热地说："他还没表现到能进来这一步。"

季清影："那怎么才能？"

陈新语也好奇地看着她。

迟绿抬眸和两人对视一眼，笑了一下，说："不知道，再看吧！"

指不定她哪天心情好，就让人进来了。

三人不再继续这个话题，感情的事每个人的处理方式都不同，谁也无法过多干涉。

迟绿亲自下厨做了几道菜，还按照季清影的指示炖了鸡汤，味道非常不错。

"迟小绿，我没想到你竟然还有这种天赋？"

迟绿看了她一眼："好喝？"

陈新语点头，细细品尝，然后说道："非常好喝。"

季清影也捧场道："是真不错，你这鸡汤是第一次炖吧！"

"嗯。"

"有天赋。"

迟绿笑了，弯了弯唇，说道："谢谢二位吹捧。"

她跟着尝了一口，也不由得赞叹自己的厨艺，是真的还行。

三人凑在一起，即便不说话，气氛也是轻松的。吃过饭，三个人还挤在沙发上看综艺、聊天。

看了一会儿，季清影戳了戳她的手臂："走什么神？"

迟绿回神，侧眸看着她："我哪儿走神啦？"

季清影笑了笑，眉眼盈盈地说："你自己知道。"

"……"迟绿想了想，躺在沙发上说，"我也不知道，可能是吧！"

她靠在季清影的肩上，说了句："在想博老师。"

季清影一怔，没料到她会这么坦诚。

"想去找他？"

迟绿摇摇头："不是。"

她也说不清在想他什么，就莫名其妙地想他。以前在国外也是这样，迟绿吃到好吃的或难吃的东西会想他，在街边看到挺拔的背影会想他，在书店闲逛的时候会想他。

无论她做什么，好像都和博延绑在了一起，这个人在她脑海里扎了根，完全无法拔出。

季清影嗯了一声，低声道："现在还摸不清自己的想法？"

"也不是。"迟绿看着她，"我决定了站在红绿灯路口，只是还没把握好那个度。"

说好和博延顺其自然下去，但迟绿发现这个顺其自然其实也是需要尺度的。目前而言，她还不知道她对博延的那个尺度，是松一点儿好，还是紧一点儿更好。

她一直都很清醒，可唯独在这件事上，是迷茫的。前路像是被雾遮住了一样，模糊得让她看不清方向。

季清影了然，想了想说："那就仔细想想，你们未来的时间还很长，不急于一时。"

"嗯。"

季清影看着她，笑了笑："你要不要下楼一趟？"

"下去干吗？"

季清影看了她一眼，低声道："博老师估计是刚搬过来，不去给他暖暖房？"

迟绿一噎，哭笑不得地说："暖什么房啊？他还差人暖房吗？"

季清影笑："人当然不差，但差你。"

闻言，迟绿一脸诡异地看着她。

季清影眨眨眼，茫然地问："这么看我做什么？"

"你——"迟绿想了想，夸赞道，"和傅医生谈恋爱后，怎么也会说这种土味情话啦？"

季清影忍着笑，道："这就是土味情话？"

"当然。"迟绿无言，嘀咕道，"之前博老师写小说写这种话，我都嫌弃的。"

季清影哭笑不得："但有用啊！"

迟绿："……"

她回想了一下博延之前追她时，不得不承认，好像是真的挺有用的。

"对了，我还挺好奇的，博老师到底怎么追你的？"

"以前？"

季清影点头，陈新语也凑了过来："快说，你大学时候一直神神秘秘，不告诉我们，现在能说了吧？"

迟绿看着两人八卦的目光，无奈地一笑："下次告诉你们吧，我这还得组织语言呢！"

两人对她很无语，但也不强迫她。

"行，下次说。"

"好。"

晚上十点，季清影和陈新语一同离开。

迟绿把两人送到小区门口，看她们上车后才回家。

进了电梯，她抬手想按八楼，可手指刚伸出去，又莫名其妙地按了七楼。

迟绿看着亮起的七楼按钮，暗暗嫌弃了自己三秒。

看着缓缓上升的楼层，她自我开导——她只是去看看，送去朋友间的问候。

朋友搬过来了，都会客套地去串个门，对吧？

这样给自己洗脑两遍后，她突然就放松了。

出了电梯，迟绿才想起一件事，陈新语说博延住楼下，但并没有说具体是左边还是右边。而博延，也没说明。

一时间，迟绿也不能确定博延住在哪里。

她纠结几秒，摸出手机给博延发了一条信息。

迟绿："你住几零几？"

发出去后，她盯着手机看了几秒，思索是待会儿再下来好，还是等回复。

正想着，右侧的门开了。

迟绿一抬头，便对上了男人深邃的瞳仁。

已是深夜，外面漆黑一片，走廊处的灯光亮起又暗下，只有他屋内的光射出来落在外边，能让她依稀看清他的模样。

博延应该是刚洗完澡，乌黑的短发还在滴水，水顺着脸颊往下，没入深色的睡衣里，引人遐想。

迟绿眼睫轻颤，直勾勾地看着他露出来的锁骨，一时走神了。

她没想到一抬眼会看到这样的他。

注意到她的目光，博延也没提醒，就这么大大方方地让她看。

过了大概有一分钟，迟绿才回过神。

"你……暴露狂吗？"她憋半天，憋出这么一句。

博延没想到她会恶人先告状："谁是暴露狂？"他低头看了看，说道，"天气热。"

"……"迟绿一噎。

博延清了清嗓，侧身看着她："要不要进来？"

"可以。"迟绿没拒绝，往里面走。

博延这边的格局和她那儿一模一样，只不过东西比她那儿还少。

迟绿看了一圈，回头看着他："你今天刚搬过来的？"

地上还有两个打开的行李箱，如果不是刚搬过来，博延肯定已经收拾好了。

博延嗯了一声，解释道："之前让人简单装修了一下。"

迟绿了然地点点头："这样。"她沉默了一会儿，瞥了他一眼，"你晚上吃了什么？"

"外卖。"

迟绿沉默几秒，瞅着他问："你是在卖惨吗？"

博延轻笑一声，道："没有。"他示意迟绿，"坐吧。"

"嗯。"

迟绿坐下，闻到了空气中飘散的沐浴露的味道，依旧是她喜欢的味道，淡淡的不刺鼻，还有点儿香味。

闻着，她有些不自在地别开眼。

博延进了厨房，到冰箱里拿了两瓶矿泉水出来，递给她一瓶："将就一下。"

迟绿："……"她无奈一笑，抬眸看他，"博老师，其实你没必要这样。"

"没必要哪样？"

博延微微弯腰看着她，眸色幽深，瞳孔黑白分明，深深地吸引着她。

迟绿的心猛地跳了一下。

博延目光沉沉地望着她，低声道："说话。"

迟绿避开他的目光："你自己清楚。"

博延轻哂了一声，一字一顿地说："如果我一定要这样呢？"

迟绿顿了一下，轻声说："我会不知道怎么还。"

"没要你还。"

博延步步紧逼，气息逼近她的脸颊。在迟绿的注视下，他目光从上而下，在她的唇上停留了几秒，又和她的眼神对上。

半晌后，他说："你只要接受就行。"

她只要接受他给的一切，那对他而言，就是最大的底气。

客厅灯光很亮，刺得迟绿眼睛有些不舒服。但她没舍得闭眼，现在的博延，和她记忆里一样，但又不一样。

他多了一些强势和霸道，甚至可以说是坚定。迟绿舍不得把这样的他忽视。

他说的接受，她想过，只要去接受，不要付出，其实也可以，但她做不到。

以前那些事，迟绿比任何人都清楚，不是博延的错，不能怪在他身上，可她终归还是会控制不住地迁怒他。

她暂时还没有办法做到真正理智，把他和他的父母分开。

她脑子里浮现出无数个念头，她觉得自己矫情又做作，可偏偏无法控制。

两人无声对视了许久，她率先挪开眼，盯着客厅里还摊开的行李箱，轻声说："不行。"

博延一怔。他垂下眼，眸子里有明显的失落。有那么一瞬间，迟绿觉得他就像是被抛弃的小孩儿，可怜兮兮的。

她抿了抿唇，有些不忍："我说的不行，不是你理解的那个意思。"迟绿一鼓作气，直接道，"你让我只接受就好，我做不到。感情的事，需要双方付出，一个人付出，一个人接受，迟早都会累。"

这个道理，迟绿比任何人都清楚。她虽然自私、任性，还有些不讲理，可在某些事情上，她也有自己的底线和坚持。

她确实对博延还有些硌硬，没办法试着和他进一步发展，但……她又渴望再和他在一起。

迟绿的思想是矛盾的，行为也是。她自己都觉得别扭，更别说旁人。但没办法，现在的她就只能做到这一步。

博延愣了片刻，错愕地看着她。

迟绿看见他变了神色，低声道："你也别高兴太早。"

"嗯？"博延脸上浮现出些许笑意，喉结滚了滚，嗓音沉沉道，"什么别高兴太早？"

"……"迟绿避开他灼灼的目光，嘀咕道，"字面上的意思。"

博延挑眉，扫了她一眼："我不懂这个字面上的意思是什么意思。"

迟绿一噎，生气地瞪了他一眼："那我不跟你说了。"

说话间，她起身想走。还没站起来，人被博延抬手压了一下，猝不及防地，迟绿没站稳，往后跌了下去，半靠在沙发背上。

博延一怔，也没料到会是这样的结果。

他看迟绿惊愕的模样，有点儿想笑，但又觉得这样会让迟绿尴尬。他忍了忍，轻咳了一声："抱歉，没掌握好力度。"

迟绿瞪了他一眼，尴尬又无语："我还以为博老师要对我使用暴力。"

闻言，博延抬抬眼："嗯？不会。"他说，"我不会家暴。"

迟绿扯过一侧的抱枕放在腿上，不自在地咕哝："你怎么什么都能往这种话题上扯？"

博延笑了，说："怕你忘记。"

至于怕迟绿忘记什么，他们都心知肚明。

迟绿垂下眼，看他落在大腿外侧的手。他的手很漂亮，无论是以前拿笔写字，还是敲键盘时，动作都是迟绿喜欢的。

有一段时间，她沉迷于他这双手。这双手，甚至带她体验过不一样的快乐。

一想到这儿，迟绿突然觉得脸热。她眼睫颤了颤，悄悄地打算转开目光，还没来得及转移，博延突然抬手碰了一下她的脸颊。

迟绿蒙了，感受着脸颊上传来的触感。

博延的手指温度和她想象中不一样。她稍有错愕，拧了拧眉，看着他："你手怎么那么冷？"

"什么？"博延愣怔两秒，看着她紧张的神色，笑了笑，说，"可能是屋子

里凉。"

迟绿沉默了几秒,侧眸望着他的手指半晌,突然说:"你是不是紧张?"

如果她没记错的话,博延紧张时手就会很凉。

虽然他紧张的次数少之又少,但迟绿还是知道。

博延顿了一下,很坦然地承认:"好像是。"

"……"他直接得让迟绿还有点儿不知道该怎么接话了。

她哦了一声,慢吞吞地道:"那就是吧!"

博延看她不安的模样,唇角勾了勾,沉声说:"别太有压力。"

"我没有。"迟绿睨他一眼,"这话要送给你。"

博延颔首,从善如流:"好。"

两人对视片刻,博延到她的旁边坐下,迟绿没抗拒。

沙发上两人并排坐着,话题也没再继续。

安静了一会儿,博延看着她:"明天是不是有工作?"

"嗯。"

迟绿也没问他怎么知道的,她回国后的行程,博延只要想知道,就没人瞒得住。

博延抬眼,看了看墙上的时钟:"几点出去?"

"啊?"迟绿愣了一下,指着说,"七点吧。"

博延点点头,低声说:"我送你?"

迟绿抬眼,看着他落在光影下的神色,嗯了一声:"好。"话音落下,她顺势道,"那我回去休息了。"

博延点了点头。

迟绿起身往外走,博延跟在身后。

到门口时,迟绿看他要换鞋的架势,眼皮跳了跳:"你干吗?我就住楼上。"

博延偏头一笑,眉目舒展:"那也得送你进屋。"

在这种事情上,迟绿一般拗不过他,也不多说:"随你吧!"

两人看了看电梯,也不等了,直接走楼梯。

到家门口后,博延看她解锁开门:"早点儿休息,晚安。"

"嗯。"

迟绿推开门进去,刚想弯腰换鞋,忽然想起了点儿什么:"博延。"

博延回头看她,目光深邃。

迟绿清了清嗓,直接说:"你等会儿,我拿个东西给你。"

两分钟后,迟绿手里捧着一个双耳碗出来。

博延看了一眼，碗有些大，上面还有一个盖子，是一套的。

"晚上剩下的，不介意的话，饿了可以吃。"她垂眼看着他脚上趿拉着的拖鞋，语气平静地道，"但味道不是很好。"

博延直勾勾地望着她，没出声。

迟绿举了那么一会儿，有些累了。

她拧着眉头抬眸，刚想问你是不是嫌弃，便撞进了他的眸眼里。

在那一刻，他眸子里还没来得及藏起来的情绪全部暴露在她的面前。

迟绿怔住了。

她嘴唇动了动，斟酌着该说点儿什么，还没想出来，博延已经回过神了。

"好。"他嗓音有些沉，低低地说，"不介意。"

迟绿嗯了一声，有些受不了这样的博延。

她抿了抿唇，声音也变得轻很多："那你快回去收拾休息吧，我也进去了。"

"嗯。"博延眸子里笑意满满，"晚安。"

"晚安。"

这一夜，迟绿做了很多乱七八糟的梦。

有过去的，也有现在的，甚至有虚幻的场景，但都和博延有关。

梦里，她像一个旁观者，看完了博延这两年多的生活。

他过得不开心，甚至非常疲惫。

他并不如外人所见的那么风光，那么潇洒自在。他有很多旁人无法窥见的痛苦和煎熬。

迟绿在梦里，看到他一个人在家流露出的痛苦神色，看到了他难受的模样。

她想伸手摸摸他，想安慰安慰他，可手碰到他时，他毫无感觉。

每到深夜孤身一人时，博延才会把自己的情绪完全表现出来。

醒了之后，迟绿怔怔地望着天花板许久，眼泪从眼角滑落，滴在枕头上。

许久，她才翻了个身，埋头在枕头上尽数发泄自己压抑很久的情绪。

博延在楼下看到迟绿时，盯着她看了半晌。

迟绿推了推鼻梁上的墨镜，不自在地问："博老师，你看什么？"

博延："早上怎么戴墨镜？"

"啊？"迟绿笑了笑，道，"今天要去拍广告代言，静仪姐跟我说可能还会有粉丝，让我注意形象。"

这个理由合情合理，博延虽觉得奇怪，但也没再多问。

"嗯。"他说,"注意点儿,不行就让经纪人给你请保镖。"

"没那么夸张。"她笑了笑,托腮望着另一边说,"再说吧!"

博延点了点头。

迟绿在拍摄广告之前,要先去工作室和林静仪见面。

原本,林静仪说趁着圆圆还没回来亲自过来接她,但因为有博延送她,迟绿拒绝了。

工作室的地点距离博汇总部不是很远,博延送她过去,再去公司,时间完全来得及。

"工作室怎么选在这边?"

迟绿:"什么?"她看着窗外的景色,面不改色地说,"这边热闹。"

博延嗯了一声,淡淡地说:"这边租金高。"

迟绿:"我知道。"她挑衅似的看了一眼博延,不紧不慢道,"我有钱。"

博延看她这骄傲的模样,没忍住弯了一下唇:"嗯,小富婆。"

迟绿听着他这有点儿暧昧的昵称,不自在地说:"那好像也没到小富婆的地步。"她回敬博延,"和博总相比,我还差很远。"

博延:"……"

没多久,车便停在了迟绿的工作室外边。

她下车,回头看了一眼博延,想了想,说:"今天不太方便,下次请你进去坐坐。"

博延笑着答应:"好。"他沉思几秒,突然说,"迟绿。"

"什么?"

博延望着她,交代道:"我待会儿要出差,可能半个月才回来。"

迟绿愣了几秒,回过神来,道:"哦。"她抬起眼睑,望着他的侧脸须臾,补了一句,"知道了。"

博延还在看着她。

迟绿和他对视,问:"还要说什么?"

博延笑了一下,没再为难她:"没事,走了。"

"嗯。"迟绿想了想,又加了一句,"注意安全。"

博延颔首。

看博延驱车离开,迟绿才转身要进工作室。一转头,她便对上了林静仪打趣的眼神。

"静仪姐,你在这儿干吗?"

林静仪眨眨眼,无辜地说:"准备去工作室。"

迟绿:"哦。"她反应迟钝地说道,"那你先进去?"

林静仪一噎，哭笑不得地说："你才是老板，我先进去干什么？"

闻言，迟绿笑了一下："我也没那么像老板吧？"

听到这话，林静仪还真没否认。她点点头，直接说："这倒也是，一般的老板不可能在工作室成立那么久也不来看看的。"

迟绿："……"

林静仪调侃她，弯了弯唇："刚刚送你过来的是谁？"

迟绿愣了一下，惊讶地看着她："你刚刚没看见？"

林静仪："嗯。"

"哦。"迟绿有点儿小得意地扬了扬眉，神神秘秘地说，"那不告诉你。"

"……"

林静仪哭笑不得，被她给逗笑了。

"行，不说就不说吧！"她开玩笑地说，"反正迟早能知道。"

迟绿一时间也不知道该怎么回答。她含糊不清地嗯了一声："有可能吧，我们先进去。"

林静仪看她闪躲的模样，也不催促。

从这一天开始，迟绿进入了正式的"上班"模式。

模特的工作并不轻松，特别是像她这样的。外人对模特的认知大多数是在秀场见到她们，穿着漂亮的衣服在 T 台上给大家展示，看到她们光鲜靓丽的一面。可实际上，私底下的工作又累又苦。

迟绿新接的这个开工代言，是一个比较亲民的服装品牌。

品牌店遍布全球，是很多人会选择的平价产品。但因质量好、亲民、款式舒服等，不少艺人也会购买。

迟绿回国发展后的第一个代言，林静仪给她选了这个，一是希望更多人看到她、发现她，另一个也是因为这个品牌虽然平民化，但口碑不差，不会让迟绿掉价。

迟绿在拍摄一套又一套的主打服装，到后面林静仪都有些累了。但迟绿敬业，摄影师再怎么让她调整姿势、笑容，她都一一答应，力求做到最好。

休息的间隙，林静仪快速走了过去，看她脚上踩着的高跟鞋，有些头疼："累不累？"

"不累。"迟绿看她，"这点儿工作量怎么会累？"

林静仪无言，想想也是。

她是知道迟绿曾创下的纪录的，把手里的保温杯递给她，低声道："喝点儿水休息会儿，待会儿是不是还有两套要拍？"

"嗯。"迟绿抿了一口水，"据说是海报照，要求应该更高。"

林静仪看她淡定的神色，说："加油，等拍完请你吃好的。"

闻言，迟绿抬抬眼："那不行。"

林静仪诧异地看着她。

迟绿好笑地提醒："明天有个活动秀去帮忙，你忘啦？"

"……"

在有秀的前一天，迟绿很少吃好吃的东西，基本上是青菜、水果、麦片和酸奶，其他食物一概不碰。

林静仪："没忘，是我糊涂了。"

林静仪也不知道怎么回事，可能是之前看过迟绿悲惨的模样，所以这会儿做了她的经纪人，想要对她好一点儿，才会忽视最重要的事。

对模特来说，吃比练更重要。而她以前对自己手下的模特，也是苛刻的，但在迟绿这里，总会控制不住心软，忘了自己的职责。

迟绿笑了笑，抓紧时间休息片刻，在工作人员的呼喊中，又快速进入状态。

迟绿到傍晚才收工。

迟绿拍了秋冬款的海报，还拍了一些日常穿搭，方便品牌宣传。过几天她还要拍一段代言视频才算结束。

她回到车里，天已经黑了。

林静仪坐在副驾驶座上，回头看了看蜷缩在后座的人："晚上吃什么？"

迟绿看着她："我回去喝杯牛奶就行。"

林静仪沉默了一会儿，点点头："那也行，实在不行就吃点儿青菜。"

"知道。"迟绿望着外面的夜景，突然说，"静仪姐。"

"怎么？"

迟绿直勾勾地看着她，突然问她："你是不是以前就认识博延？"

林静仪眨眼，望着迟绿："啊？"她下意识地道，"怎么忽然这么问？"

迟绿靠在车窗上，想了想："不知道，我就突然想起，之前我回国那一次你见到博延的时候好像想说点儿什么，但又没说。"

"……"

林静仪没想到迟绿还记得这件事，清了清嗓，佯装在忙，说："是吗？我不记得了。"说完，她急急忙忙转移话题，"明天我过来接你吧？提前几个小时过去？"

迟绿看她不想提的样子，也不勉强。

"提前三四个小时过去吧，我去熟悉一下场地。"

"行。"

把迟绿送回家，林静仪叮嘱两句，便和司机走了。

迟绿望着留给自己的车尾，无声地笑了笑，抬脚往小区里走。

走到自己住的那栋楼的楼下时，她下意识地抬头张望。

七楼一边的房子亮了灯，她熟悉的那间没亮。

这会儿闲下来，迟绿才有一种博延出差的感觉。明明早上他走的时候，她还没太大感觉的。

迟绿在心底唾弃了一下自己。她的底线从来就不稳，在对博延这件事情上，立场一点儿都不坚定。

到家后，迟绿喝了小半杯水。

她担心第二天水肿，没敢多喝。喝完后，她去浴室洗漱，洗完澡出来时，手机里收到了博延发来的消息。

迟绿看了一眼时间，回复道："嗯，刚到家。"

博延："晚饭吃了什么？"

迟绿："你问这干吗？要我给你参考啊？"

博延："没吃？"

迟绿："……"

她的消息刚回过去，博延的电话便来了。

迟绿接通，也不出声。

博延对她无奈，哭笑不得地说："说话。"

迟绿看了看镜子里的自己，垂下眼睫："说什么？"

"没吃饭？"

"吃了点儿东西。"

博延眉心一跳，略显无奈："明天还有工作？"

"嗯。"

博延了然，也知道她的习惯。

他沉默了一会儿，道："准备睡觉了？"

"不是。"迟绿打开电视，道，"准备看会儿'吃播'再睡。"

博延愣了几秒，问："什么？"

"'吃播'。"迟绿重复了一句，"你是不是都不知道什么是'吃播'？"

博延："……"

他沉默三秒，哭笑不得地道："那也不至于。"

"吃播"是什么他知道，但他不知道迟绿还有这个爱好。

"看'吃播'解馋？"

"嗯。"迟绿也没瞒着,直接说,"看着别人吃,我能给自己洗脑自己也吃到了。"

博延无言半响,低声问:"喜欢哪个'吃播'?"

迟绿扫了一眼,说了两个名字:"你有兴趣也可以看看,还挺有意思的。"

博延:"好,那我挂了。"

"拜拜。"

博延看着被挂断的电话,偏头扯了一下唇角。

她这个"拜拜"说得还真有点儿没良心。

他刚想放下手机继续工作,又想到了什么,点开手机搜索了一会儿,转而退出。

迟绿看"吃播",以前是觉得解馋,后来是习惯了。

她偶尔有什么想吃不能吃的东西,也会看"吃播"。她会给自己洗脑,告诉自己看着别人吃了后她也吃了,就不会那么饿,也不会那么馋。

这个方法虽然很幼稚,但对她有用。她是爱吃的人,偏偏职业不允许,在没办法的情况下,只能用这种方法控制。

看了半个小时,迟绿差不多也看饱了。

她瞅了一眼手机的时间,正思索着是再看一会儿还是去做半小时瑜伽,门铃响了。

迟绿挑了挑眉,透过猫眼看了看外面站着的人,有些意外。

"您好,外卖。"

迟绿顿了一下,把门打开。

外卖员对她笑了笑,道:"迟小姐吗?"

迟绿点点头。

来人把手中的东西递给她,说:"这是您的外卖。"

迟绿嗯了一声,淡淡地说:"谢谢。"

拎着外卖回到客厅,迟绿看到了订单上的备注。

她不用猜,都知道点单的人是谁。

迟绿盯着外卖看了几秒,拍了一张照片发给博延。

迟绿:"博老师,你是想让我今晚不睡了吗?"

博延:"……"

迟绿:"吃完这份外卖,我起码要跑三个小时。"

博延:"热量不高,你喝点儿汤。"

迟绿没及时回复。

半小时后,博延收到了迟绿新发来的消息,是外卖吃光的照片。

/ 第五章

占我便宜

虽然要跑步三小时，但迟绿还是把外卖吃完了。

至于原因，她很清楚，不舍得在这种小事上让博延伤心，也不忍浪费粮食。

博延给她点的食物，热量确实不高，是排骨汤和营养餐，没主食，也确实不会让她发胖。

吃完，把消息发过去后，迟绿担心博延再说点儿什么，又补了一句："我去洗漱睡觉了。"

她盯着博延那边"正在输入中"看了许久，收到他的新消息。

博延："好，晚安，睡前检查好门窗。"

迟绿："嗯。"

回完消息，迟绿坐在客厅地毯上许久，又慢吞吞地站了起来。

她走到门后看了一眼，顺手把门反锁，这才回到了客厅。

这个点跑步不合适，迟绿估算了一下刚刚吃下的食物热量，点开了常做的运动视频。

自己吃下的热量，哭着也得消耗完。

翌日清晨，迟绿是被电话吵醒的。

她都没睁眼，拿起手机翻了个身接通："喂。"

陈新语："你还在睡觉？"

"嗯。"迟绿迟疑了两秒，"几点啦？"

陈新语哭笑不得，低声道："九点，昨晚几点睡的？"

"很晚。"

但具体几点，迟绿也不知道。

她昨晚做完运动，整个人很亢奋，在床上辗转了许久也没睡着。

至于后来几点才睡的，她也不是很清楚。

陈新语无奈地道："时差还没调过来？"

"不是。"迟绿缓慢地睁开眼，望着天花板半晌，打着哈欠说，"可能是太久没工作，觉得又累又困。"

陈新语想了想，也不是没这个可能。

"行吧，我就跟你说个事。"

迟绿嗯了一声，懒洋洋地道："你说。"

"周末有空没？"

闻言，迟绿忍不住笑道："你说呢？"

陈新语："……我哪儿知道，你刚恢复工作，忙起来饭都不记得吃。"

"有。"迟绿笑盈盈地说，"就算没有，我和清影也会去陪你过生日，懂吧？"

闻言，陈新语弯了弯唇："行，那周六一起吃饭？"

"好。"

挂断电话，迟绿又在床上躺了半个小时，这才掀开被子爬起来。

外面阳光明媚，蓝天白天，让人心情舒畅。

迟绿洗漱好，又做了一个简单的护肤，这才去厨房给自己做了一份早餐。

大多数时候，迟绿对午饭和晚饭不是那么在意，唯独早餐，她一定会吃。

她刚吃完早餐，林静仪便过来了。

"吃早餐了吗？"

林静仪瞅了一眼墙上的时钟，面无表情地问："你说呢？"

迟绿一噎，把杯子里的水喝下，淡淡地说："没吃也……正常吧？"

林静仪被她的强词夺理弄得苦哭笑不得，道："现在能走啦？"

"能。"

迟绿回房间换了一套衣服，出门前还不忘打哈欠。

林静仪眼皮跳了跳，看了她一眼："很困？"

"非常。"迟绿老实地道，"睡太晚了。"

林静仪沉默了一会儿，侧眸看着她："又失眠？"

"一点点。"

林静仪点点头，忽然想起点儿什么。

她看着迟绿精致的侧脸，沉吟片刻，问："我之前听你助理说，你在国外失眠很严重，回国后还会这样吗？"

"……"

圆圆还没回来，林静仪作为迟绿的经纪人，自然会过问和迟绿有关的事，无论是工作，还是生活。

圆圆在照顾迟绿这件事上尽心尽责，在林静仪接手后，便把大部分事告诉她了。其中重点强调的，便是迟绿失眠这件事。

圆圆说迟绿有轻微的神经衰弱。

迟绿在人多的地方，能几分钟入睡；一个人的时候，她反而很难睡着，甚至会彻夜失眠。

也正是因为这个，在国外时，圆圆才会搬过去和她一起住，一是为了方便，二是为了让迟绿睡得好一点儿。

迟绿愣了两秒，笑了笑说："会有一点儿，但昨晚不是因为这个。"

林静仪嗯了一声，盯着她道："看过医生吗？"

迟绿迟疑了一秒，点了点头："看过。"

她这个职业，是公众人物，也算半个艺人。在这种事情上，迟绿也不想瞒着林静仪。

她看过很多心理医生。现在，她偶尔还会和心理医生联系，甚至吃药。

林静仪领首，低声道："有问题及时看医生解决。"

"好。"迟绿失笑，"我知道。"

林静仪没再多问，甚至都没问迟绿为什么神经衰弱。

每个人都有秘密，她即便是经纪人，也没资格去窥探迟绿藏起来的所有事。

在林静仪看来，迟绿是个有故事的人，而这个故事她什么时候愿意说了，那就说，不愿意说的话，林静仪绝不会逼问。

这是她遵守的职业道德。

迟绿今天的这个活动，是之前在国外合作过的品牌秀。活动不是很大，也没太多知名模特，迟绿算是最有名气的。

她出现时，不少人觉得意外。

"迟绿怎么会来？"

"这次的展秀还请到了迟绿？"

"不知道啊，我也刚看见她。"

"迟绿都来了，那我们不是没有曝光啦？"

"不至于吧，她可能只是来看看的吧？"

"怎么可能，她刚刚去后台了，设计总监还在她旁边跟着呢！"

"……"

迟绿不是没注意到四面八方的目光，但她习惯了这种注视，很淡定地越过众人，跟旁边人聊天。

"感受到大家对你的崇拜了吗？"旁边的设计总监戴华问道。

迟绿："不是崇拜吧？"

戴华含笑看着她："这么久没见，你还是那么幽默。"

迟绿："……"

她想了想，自己刚刚的话也不怎么幽默。

戴华看了一圈，垂眸看着她："会不会觉得遗憾？"

"遗憾什么？"迟绿在化妆台前坐下，眼也没抬地问。

戴华一噎，笑着说："和前公司解约回国后的第一场秀是我们这个名不见经传的品牌，你想没想过业内人士会怎么看？"

"……"

按照迟绿现在的实力和名气，她不应该来走这种秀。

她现在走的这个品牌秀，是国内的一个传统文化的服装品牌，曾经在国际上展出过。当时很多人看好，只可惜就那么一次，之后再也没有任何水花。也因为这个，这个品牌被很多人评为昙花一现。

但设计师没有气馁，公司也没有放弃这个风格，两年下来，喜欢的人虽然不算多，但也积攒了一部分粉丝。也因为这个，才有了今天这个秋季秀展。

迟绿是国际名模，正常情况下，不可能会自降身价来这种秀场。

闻言，迟绿淡淡地说："别人怎么想是别人的事。"唇角往上牵了牵，她认真地道，"我喜欢这个秀，所以来了，有什么问题？"

戴华被她逗笑了，顿了顿说："谢谢。"

其实迟绿为什么会来，戴华比所有人都清楚。

他们以前认识，迟绿答应来，完全是为了还人情。她是个重情的人，你只要帮过她一次，她会一直记得。在你有需的时候，她会一次次地帮忙。

戴华给过她一次机会，之后只要有任何困难，不等他主动开口请求帮忙，迟绿便会主动提出自己的想法。

这一回的秋季秀也是这样。

闻言，迟绿看了他一眼："你再客气，我就走了啊！"

戴华："行，你化妆吧，我去其他地方看看。"

"嗯。"

戴华走后，迟绿让化妆师给她化妆。

戴华是专门做古风服装设计的，仙气飘飘，但喜欢的人并不多，大多数人只是欣赏，不会真的热爱。

这样的路，并不好走。迟绿看到他，会想到自己的朋友季清影，一个专注古风，一个专注旗袍。无论是谁，在自己喜欢的事情上，都有一样的坚持。

对这样的人，迟绿会给予最大的尊重。她不在意别人怎么评价她，是不是说她回国后身价骤降、不被欣赏、不被看好等，她只要做好自己想做的，就足够了。

迟绿想着，莫名想到了博延。

她想，如果换成博延，他也会和她一样选择。

正想着，那人像和她心有灵犀一样，给她发了消息。

迟绿看着亮起的屏幕点开。

博延："在秀场啦？"

迟绿："嗯。"

大概是看她消息回复及时，博延立马又回了过来："现在不忙？"

迟绿看了一眼给自己做头发的老师，回复道："还好，在弄头发。"

博延："嗯，秀几点开始？"

迟绿："三点。"

博延："没记错的话，会有直播吧？"

迟绿："你对这种秀感兴趣？"

博延："没有。"

迟绿看到他的消息，刚想回"没兴趣那你还问直播，你不就是想看吗"，消息还没来得及发出去，她又收到了博延的消息。

博延："我对什么有兴趣，你不知道？"

迟绿看到他的消息，瞬间被怼得不知道该说什么了。

这人，怎么感觉还有点儿生气了呢？

迟绿思索几秒，慢吞吞地回了个"哦"字。

博延："……"

迟绿："没事，我今天是闭场模特，你慢慢等。"

博延："行。"

林静仪从另一边回来，瞅着她脸上的笑，问道："怎么啦？"

"啊？"迟绿一怔，抬眼看着她，"什么怎么啦？"

林静仪指了指镜子里她的脸，直接道："我就走了半个小时，你这是遇到什

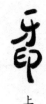

么好事了，怎么这么开心？"

"……"

迟绿愣了片刻，抬眸看着镜子里的自己。

她很开心吗？

她直勾勾地看了几秒，发现还真有点儿明显。她那双桃花眼正弯着，像小月牙，唇角也牵起了小小的弧度，是愉快的模样。

迟绿顿了顿，抿了一下唇，稍稍把脸上的笑收敛起来。

"没。"她说，"没遇到什么好事。"

林静仪挑眉看了她几秒，没再好奇。

下午三点，这场不那么受人期待的古风秋季大秀正式开始。

现场的人不是很多，甚至都没请到几个明星。大多数是一些古风爱好者，当然也有喜欢这种风格的富家千金。

为了宣传，这场大秀是有直播的，但看的人并不多。其中有一部分观众，还是冲着迟绿来的。

迟绿听林静仪在旁边说着，点了点头："很多人冲着我来的？"

"嗯。"林静仪进了直播间，看了一眼弹幕，"很多人问你什么时候出现。"

迟绿失笑，好奇地问："是真心来看我的，还是来看我笑话的？"

"……"林静仪想着自己刚刚看到的那些文字，语气平静地道，"都有呢！"

迟绿笑了，没忍住拿过她的手机看了一眼。

外面已经开始走秀了，她在最后，化妆师也在她旁边给她补妆，做最后的准备。

迟绿不紧张，看看手机还是允许的。

她看了看，弹幕很多人在问她什么时候出现，是几分几秒，说她出现了记得打电话通知一声。此外，自然也有看她笑话的弹幕。

大多数人在问，迟绿怎么沦落到来这种秀场的地步了，和前公司解约后资源竟然这么差，等等。

迟绿瞅着弹幕，觉得自己心脏还算强大。

她看着其中一条，和林静仪讨论："我资源哪里差啦？"

林静仪说："你觉得呢？"

迟绿眨眨眼："我觉得挺好的，明天不是还有个代言要拍吗？"

明天的品牌代言曝光后，迟绿的身价会继续上涨。

林静仪看着她毫不在意的模样："现在还没'官宣'，也没任何消息，网友还不清楚。"

"哦。"迟绿点点头，不紧不慢地说，"那到时候现在说我的这些人，脸会被打肿吗？"

林静仪说："有可能。"

听她这么说，迟绿放心了。

"那就好。"她沉思几秒，兴趣满满地道，"那我得更努力一点儿，争取让他们肿成大胖子。"

迟绿记仇。

她看似不怎么在意，那些话也不太能伤害到她。但她小气，只要得罪过她的，无论是行为还是语言伤害到她，她都得还回去。

对待网络黑子，最好的办法就是把他们的脸打肿，肿到没办法再开口说话。

迟绿兴致不大，看了两眼便把手机还给了林静仪。

到迟绿出场时，直播间弹幕明显比之前多了很多。

她气场强大，台步稳，每一步都踩在点上，让观看的人有种说不出的舒服感。"卡点狂魔"迟绿，不是说说而已。

"啊，迟绿还是那个迟绿！小小的秀场也压不住她的气场。"

"迟绿今天腿长一米八啊！"

"迟绿这套衣服好好看啊！"

"是谁说迟绿回国后被打垮的？就这个状态和台步，像是被打垮的样子吗？"

"走得好又怎么样，解约了还不是没资源。"

"迟绿一走，孟巧突然就崛起了。"

"是我的迟绿啊！"

…………

博延是卡着点看的直播。

他刚点开没过三分钟，便看到了从后台走出的人。

迟绿穿着一套浅色系的服装，衣服袖摆很长、很宽，随着她走路起伏，裙摆似有似无地飘了起来，仙气十足。

她脸上的妆容很淡，能让大多数人注意到她身上的衣服。

她走秀的时间很短，就那么一会儿便结束了。

模特就是这样，台下苦练十年，台上可能只有十秒钟，甚至更短。

博延看完迟绿的镜头，不经意地扫了一眼弹幕。

他眉头微蹙，沉思几秒后，拿起手机给人发了个消息。

大秀结束后，迟绿上了热搜。

虽不是前排，但也有不少人看见了。和林静仪一起回家的时候，迟绿点进去看了一眼，又退了出来。

和她有关的热搜，大多数是旧事重提，说她放弃大好资源和前程回国，沦落到给名不见经传的品牌走秀，说她回国后已经歇业一个月了，说她在模特界的身价已经被前公司模特压了过去，说她和之前的朋友相比，一个在往上升、一个在往下降，等等。

迟绿其实不看，也知道大家会说什么。

林静仪瞅着她的动作，迟疑地道："在生气吗？"

"啊？"迟绿回过神，"没有。"

她揉了揉酸涩的眼睛，心不在焉地说："我是有点儿困。"

林静仪说："送你回去睡觉，网上的消息别看，我会处理。"

"知道。"迟绿靠在车窗上望着窗外，眨了眨眼说，"静仪姐，我先睡一会儿，到家了你喊我。"

"行。"

到家后，迟绿卸了妆，洗了澡，什么也没管，什么也没看，爬床上睡了过去，再醒来时，又是被电话吵醒的。

迟绿有起床气，特别是在心情不是那么好的时候。

她接通电话，脾气很冲。

"喂。"

博延稍顿，道："在睡觉？"

迟绿一怔，睁开眼看了一眼来电，脾气往下压了压："嗯。"

博延知道她的脾气，想了想，说："是不是想对我发脾气？"

"嗯。"博延道，"那待会儿发。"

迟绿说："脾气还能待会儿再发的？"

闻言，博延想了想，说："现在发也行，但你先起床去开门，我让人给你送了点儿东西。"

"……"

迟绿眼一抬，掀开被子下床："送了什么？"她趿拉着拖鞋往外走，耷拉着眼皮道，"你别告诉我是晚饭，我今晚吃酸奶麦片，不吃饭。"

博延失笑，略显无奈地说："有晚餐。"

迟绿说："那我不开门了。"

博延噎住。

说话间，迟绿已经到了门口。她看了一眼外面站着的人，隐约觉得眼熟。

"迟小姐，"金姐站在门口，笑了笑，说，"抱歉，这时候打扰你。"

迟绿摇摇头，看着她手里拿的东西："这是给我的？"

"嗯。"金姐把手里的花和晚餐递给她，道，"博总交代我送过来的。"

迟绿抿了一下唇，看了一眼接过的花，轻声道："谢谢，这么晚让你跑一趟。"

"应该的。"金姐对她眨眨眼，开玩笑地说，"跑这一趟有加班费呢！我先走了，迟小姐慢用。"

"好，多谢。"

金姐一走，迟绿把门关上，顺势把花和晚餐拎进客厅，这才拿起一侧一直没挂断的电话。

"你怎么还让人给我送花？"

"嗯？"博延正在处理数据，刚刚也听到了她这边的对话。

"不喜欢？"

迟绿看了看刚刚放下的鲜花，闻着淡淡的花香，诚实地说道："没有。"

她很喜欢。

博延一笑，一字一句地说："庆祝你复工。"

迟绿："……"

博延感受着她的沉默，笑着问道："怎么？我说得不对？"

"不是。"迟绿想了想，说，"谢谢。"

博延笑道："你先吃饭，明天是不是还有工作？"

"嗯。"

闻言，博延没再多说："合理分配工作，别太累。"

"知道。"

要挂电话之前，博延突然说："我应该能提前回来。"

迟绿一怔，眼神落在茶几的晚餐袋上，应了一声："知道了，回来后请你吃饭。"

博延挑眉："请我吃饭？"

"嗯。"迟绿沉默了一会儿，解释说，"礼尚往来，我不喜欢欠人的。你懂吧？"

博延忍着笑，也不拆穿她："懂。"

那晚，迟绿没有失眠。

可能是因为屋子里淡淡的花香让她有安全感，也可能是别的。她甚至都没做那些时常出现在她梦里的噩梦，一夜无梦地睡到天亮。

之后几天，迟绿不是在拍代言广告，就是活跃在秀场，甚至接到了几个活动邀请，她都没再拒绝，都参加了。

国内的生活和国外终归是有些不同。但无论怎么比，迟绿都更喜欢这个生她养她的地方。

重新开始也没有那么难，更何况她也不算重新开始。

博延回来的那天，迟绿要参加个晚宴。

她刚到现场，还和几个明星见了面，是颜秋枳和沈慕晴。这两人是季清影的好友，和她之前也见过，但没有深交。

这回碰上，两人都笑盈盈地和她交流。

迟绿对爱情和友情都是迟钝的。但只要她觉得相处舒服的人，便会主动去深交。

和颜秋枳两人聊了一会儿，她心里便有了答案。季清影都能聊得好的人，人品、性格自然不会差。

"想什么呢？"颜秋枳看着她，笑道，"之前听清影说过你很多次。"

迟绿失笑，弯了弯唇，说："说我坏话了吗？"

颜秋枳："那倒没有。"她笑着说，"我之前还真不知道，你就是清影挂在嘴边的那个模特朋友。"

两人之前就见过，在国外的一个秀场上，颜秋枳和她老公陈陆南去看秀，和迟绿见过一面，交流过几句。

迟绿笑了笑，道："之前我和她联系比较少。"

颜秋枳点点头，盯着她看了半晌，说："你就是博老师的那个女朋友吧？"

迟绿："……"

她有片刻的僵硬，眨了眨眼："啊？"

颜秋枳偷偷朝她竖起大拇指，压着声道："厉害。"

"……"

这话迟绿不知道该怎么接。

她哭笑不得，想了想说："也不是……很厉害吧？"

"非常厉害。"颜秋枳毫不犹豫地说，"除了你，这个世界上没人敢甩博老师吧？"

迟绿刚想说她那也不算是甩了博延，话还没出口，宴会大厅门口传来了骚动。

两人抬眼看过去，看到出现在厅门口的两个男人。

其中一个迟绿认识，是颜秋枳的老公陈陆南，而另一位，她更熟。

她轻眨了一下眼，望着突然出现的博延，有些许诧异。

男人穿着黑色正装，没有系领带，衬衫扣子松了一粒，露出他那性感的喉结。

他像是在找人，四处张望了片刻，把目光定在迟绿的身上。

晚宴厅人多，看到博延和陈陆南出现后，不少人纷纷转头望了过去，而后窃窃私语。

迟绿和颜秋枳斜对面的几个女明星，也在讨论。

"博老师和陈老师怎么来啦？"

"陈老师来找颜秋枳的吧？"

"那博老师呢？"有人好奇，"我好久没在这种晚宴上见到他了，博老师回家继承家业后，感觉更有魅力了。"

"那当然，他那是豪门魅力，对他前仆后继的女明星更多了，好吗？"

"我们还有没有机会？"

"试试呗！"

迟绿听着钻入耳内的对话，一时不知道该如何反应。

颜秋枳也听到了，没忍住笑了一声，看着迟绿道："你介意吗？"

"介意什么？"

颜秋枳直白地道："很多女人觊觎博老师。"

"……"迟绿沉默了一会儿，问，"她们觊觎他什么？"

颜秋枳被她的问题难住，蒙了一下，说："财产？"

"哦。"迟绿不紧不慢地说，"那不介意。"

颜秋枳狐疑地看着她，还不太能跟上她的思维。

迟绿顿了一下，小声说："不是身体就行。"

财产什么的，她一点儿都不在意，但如果有人垂涎博延的身体，她可能会有点儿吃醋。

颜秋枳："……"

她忍了忍，还是没忍住笑出来："你——"

"什么？"迟绿看着她。

颜秋枳笑着点评："怪有意思的，和清影说的一样。"

迟绿弯了弯唇，心情愉悦地道："谢谢颜老师夸奖。"

"在笑什么？"

陈陆南和博延走近。

陈陆南低头看了一眼妻子，抬手捏了捏她的脸颊："这么开心？"

颜秋枳睨他一眼，转而看向博延："博老师，好久不见。"

博延颔首，看向陈陆南，指了指："迟绿。"

陈陆南笑了笑，看向博延，道："我们之前见过。"

博延："……"

颜秋枳笑了一声，解释说："去年看秀那次，博老师应该还记得吧？"

博延一怔，嗯了一声："记得。"

迟绿挑眉，诧异地看了他一眼。

注意到她的目光，博延顺势到旁边坐下，问："无不无聊？"

"还行。"

迟绿没想到他一回来问的第一句话是这个，看了一眼桌面上摆着的甜食，侧眸看着他："你从哪儿过来的？"

"机场。"

迟绿算了算时间，博延昨天给她发消息说今天回来，还问她有没有空，迟绿当时正好收到林静仪的工作安排，直接转给了他。

博延也礼尚往来，给她发了航班信息。

她哦了一声，想了想，问："吃饭了吗？"

博延稍顿，目光直直地望着她："没有。"

"那你——"迟绿想了想，指着自己拿过来的甜品，"先吃点儿这个垫垫肚？"

博延莫名笑了起来，低声道："好。"

迟绿看他不动，探出身子拿了过来，递给他。

博延接过，声音压了点儿，道："谢谢。"

迟绿别开眼，含糊地应着："不用。"

两人坐在沙发上，引人注目。

颜秋枳和陈陆南在旁边坐了一会儿，便很自觉地离开了。

这边只剩下他们两人。

迟绿看博延把甜品吃完，下意识地问了句："味道怎么样？"

博延嘴角噙着笑，垂下鸦羽似的眼睫看着她，低声道："不错。"

"不甜吗？"

"还好。"

实际上很甜。

迟绿哦了一声，自言自语地说："我还以为你吃不习惯，刚刚秋枳说这个甜品做得不好，甜腻腻的。"

博延："……"

他嗯了一声，面不改色地道："可能她运气不好，拿了加糖精的。"

闻言，迟绿抬了一下眉，没再接话。

他们坐了一会儿，开始有人频繁过来和博延打招呼。

迟绿在旁边坐着，看他挂着笑和来人打招呼，甚至来者不拒地接过一杯又一杯的酒。

迟绿眼皮跳了跳，想要阻止，又觉得不好。

她思考了几秒，思索着自己还是离开比较好。她在这儿，很多想上来攀谈的女人不敢过来。

她刚有这个想法，便听到旁边男人低低的声音。

"徐总，暂时不方便。"博延笑着拒绝一个提议谈工作的人，说，"我今天是来陪人的，不谈工作。"他抿了一口酒，礼貌又谦虚道，"工作的事，您可以直接找我助理，之后上班再谈。"

徐总愣了一下，这才注意到他身旁坐着的迟绿。

他愣了几秒，恍然大悟道："好的好的，抱歉。打扰了，那之后再谈。"

博延点了点头，把人再次打发走后，他重新坐下。

人一坐下，迟绿便站了起来。博延一怔，侧眸看着她："怎么啦？"

迟绿抿了抿唇："去一下洗手间。"

宴会厅灯光明亮，觥筹交错，推杯换盏。

大家都抱着不一样的心思出现在这里，笑容并不那么真诚。

迟绿一向不喜欢这样的场合，但今天没办法，还是来了。

她去洗手间待了一会儿，看了看手机里收到的消息。

圆圆明天的飞机回来，迟绿给她回了消息，聊了两句后才走了出去。

一转出去，迟绿便看到了靠在墙边的男人。

博延的衬衫扣子不知道什么时候扣上了。他单手插兜靠在墙边，正低垂着头在看手机。

迟绿一眼便看到了他黑色的短发。在走廊的灯光下，他的皮肤被衬得很白，有种病态的美感。再仔细一看，她看到了博延那明显的黑眼圈。

听到动静，博延抬眼看过来。

"好了？"

迟绿问："你怎么来这儿啦？"

"里面太吵。"

博延收起手机，抬手捏了捏眉骨，漫不经心地道："出来静一静。"

迟绿："……"

她瞅着博延，心想，静一静也不用到厕所门口来吧？

想归想，她还是没说出来。

博延看她的眼睛就知道她在想什么，轻勾了一下唇角，站直身体："还回去吗？"

"回哪里？"

博延说："宴会厅。"

迟绿想了想，其实也没什么大事，林静仪就想自己来露个脸，其他事她会搞定。

思及此，迟绿摇了摇头："可以不回去了。"

博延嗯了一声，垂眼看着她："那回家？"

"可以。"

跟着博延从宴会厅离开后，迟绿才发现自己完全是被他牵着走的，一点儿反抗意识都没有。

她隐约觉得不对劲，可又不愿意去多想。

上车后，迟绿给林静仪打了一个电话，简单说了一下情况。

在博延出现时，林静仪便看到了。她不管迟绿的私生活，谈恋爱什么的都无所谓，她只管工作。

两人在合作之前便谈好了，私生活自由，工作互相尊重。

"晚上吃了什么？"博延看她扣上安全带才问。

迟绿不太饿，但明天休息，今晚可以稍微放纵一点儿。

"还没吃。"

博延懂了。

他看着她，问道："想吃什么？"

迟绿歪着头思考几秒，道："有点儿想吃椰子鸡。"

博延笑道："有看好的店吗？"

"我们住的小区旁边好像有一家还不错。"

博延颔首，吩咐司机："先回去。"

司机点了点头，送他们回去。

两人坐在后排，博延和迟绿都喝了酒。

迟绿还好，就喝了两杯，博延去得虽然晚，可酒一点儿都没少喝，但他喝了酒不上脸，看不出任何迹象。

迟绿借着车窗观察了几秒，突然问："你是不是很久没好好睡觉啦？"

"嗯？"博延想了想，含糊地道，"差不多。"

他似乎是觉得这个姿势不太舒服，换了一个姿势坐着，又顺便解开了衬衫纽扣。

迟绿直直地望着他的动作，一时忘了反应。

把衬衫扣子解开两粒后，博延偏头看着她："看什么呢？"

他的声音含了笑，大概是喝了酒的缘故，他说话时有淡淡的酒香味飘入迟绿的鼻间。

他身上的酒味不难闻，和他身上的冷冽味道混在一起，很好闻。

迟绿撞进他含笑的眸子里，心跳骤然加快。

这样的博延，她很久没见了。

这次回国后，她见到的博延更多的是沉稳、成熟，那个带着点儿流氓性质，又有点儿闷，会调戏自己的博延，好像被他藏了起来。

这会儿他喝了酒，才微微显露出来。她看着他，有些说不出的怀念。

迟绿没搭腔。

博延还在看着她，眸子里只装了她一个人。

两人无声地对视着，许久，她率先开口，反问："看什么呢，博老师？"

"看你。"博延启唇，目光炙热，"很漂亮。"

迟绿一怔，心跳更快了。

博延的这个回答很直白，让她一时间没了反应。

安静了几秒，迟绿才迟缓地哦了一声："那确实。"

她低头看了一眼身上的裙子，说："好贵的裙子，能不漂亮吗？"

"……"

博延垂眼，望着她身上的裙子。迟绿今天穿的是一条剪裁得体的黑色礼服裙，款式不夸张，是知性风格。无论参加什么活动，这条裙子都合适。

裙子有小心机的设计，是斜肩款，露出了她精致的锁骨和另一侧的蝴蝶肩胛，看上去尤为性感。复古时尚又漂亮，任谁看了都会夸的。

博延的视线从下而上，停在她的脸上。

"嗯。"他笑笑，说，"我说的不是裙子。"

迟绿哦了一声，稳了稳心神，道："我漂亮也是公认的，也不用特意

夸吧？"

博延看她的脖颈红了，唇角往上牵了牵，忍着笑说："好，我下次注意。"

迟绿："……"

她沉默几秒，出尔反尔地说："你要是忍不住，也能夸。"

博延从善如流地道："好。"

两人没营养的对话说了一会儿，车子便停在了小区门口。

迟绿思索了两秒，看向博延："要不，不去吃椰子鸡了吧？"

博延抬眼："不想去了？"

"嗯。"迟绿指了指，"我们穿得太正式了，还要回家换衣服，麻烦。"

博延稍顿，垂眼看着她："想不想吃？"

迟绿说："一点点想。"

"我让人送过来，到家里吃？"博延注视着她，强调道，"只有我们俩，在我家吃。"

"……"

迟绿纠结两秒，点点头："可以。"

两人回了家。

博延叫的外卖没那么快，迟绿穿了一晚上高跟鞋也累了，和他说了一声便回家洗漱去了。

洗完澡后，迟绿才看到博延发的消息，让她去楼下吃饭。

临出门前，迟绿往手腕喷了点儿香水。

为什么喷，她到楼下了也没找到答案。

门是开着的。

迟绿一低头，看到了门口放着的米白色拖鞋。

她扬了一下眉，换了鞋进去。

博延正在煮送过来的椰子鸡，客厅有了少许的烟雾。

听到动静，博延抬眼看了过来。

空气中飘着食物的香味和她身上淡淡的香水味。

视线交会，博延目光往下，落在她的睡衣上。

原来，两人身上是同款、同色系的睡衣。他轻勾了一下唇角，说了句："挺巧。"

迟绿："……"

这句挺巧，硬生生被迟绿听出了一种她是故意的意思。

152

她噎了噎，面不改色地接话："是挺巧的。"

两人的审美和喜好一直都没多大改变。

博延看着她淡然的神色，也不逗她了。

他轻弯了一下唇，说："坐一会儿，马上可以吃了。"

"嗯。"迟绿坐下，垂眸看着他手上的动作。

博延是会做饭的，煮这些东西也很熟练。

以前两人在一起时，迟绿就是娇小姐，而博延，大概是娇小姐的保姆，什么都做。

空气中飘着的香味不断钻入鼻间。最开始，迟绿的注意力还只在他身上的冷冽清香上，再后来，她吞咽了一下口水，有点儿馋。

"还没好吗？"

博延看她嘴馋的模样，有点儿想笑。

他压了压唇角的笑，给对面的人留点儿面子。

"先喝碗汤？喝完就能吃了。"

"好吧。"迟绿勉为其难地答应道。

博延给她盛了一碗椰子鸡汤，汤是奶白色的，味道很好。

迟绿心急又饿，捧着就喝。

刚一碰到嘴，她便啊了一声。

博延："……"

他哭笑不得，看她放下碗的模样："吹一吹再喝，很烫。"

"……"迟绿舔了一下舌尖，幽怨地看着他，"博老师，你这话说得是不是有点儿晚？"

博延一顿，也不知道该解释什么。他完全没料到她会直接往嘴里送。

看着迟绿的那双桃花眼，博延甘心背锅。

"是我的错。"他抬眸看着她，"烫到舌头了？"

"嗯。"迟绿拿过一侧的水又喝了一口，总觉得嘴巴麻麻的，不是很舒服。

博延稍顿，目光直直地望着她，半晌才说："起泡啦？"

迟绿迟疑几秒，才道："应该没有吧？"

博延嗯了一声，忽然说："我看看。"

话音一落，客厅里静了那么几秒。

两人视线对上，有种说不出的暧昧和尴尬。

好半晌，迟绿才避开他的目光，低下头咕哝："不，很丢脸。"

博延无奈，偏头笑了一下："现在感觉怎么样？"

"没事了。"迟绿吹了吹面前的汤，小心翼翼地喝了一口，"可以喝了。"

博延颔首，低低地道："慢点儿，别着急。"

"哦。"迟绿是饿，但胃不大。吃了一点儿，她便饱了。

后来，她都是在小口小口地喝汤，陪着博延。

博延差不多一天没吃饭，这会儿确实饿了，更何况对面还有人陪着，不知不觉地吃饭时间便拉长了许多。

两人也不说话，就安安静静地吃着。客厅里时不时能听见窗外呼啸的风声，还有远处的汽笛声。

迟绿喝得差不多了，也停了下来。

她一会儿看看手机，一会儿盯着对面的人看。博延吃饭的姿势很优雅，即便饿，他也不会狼吞虎咽。

不知不觉，迟绿盯着他看了许久。

正看着，博延不经意地看了一眼。

几秒后，迟绿别开眼："你赶紧吃。"她语气中还有些嫌弃，"你吃完我就回去睡觉了。"

博延直直地看她半晌，眉梢稍扬，答应着："好。"

博延吃好后，便把迟绿送回了家。

迟绿也不知道是心虚还是别的，匆匆忙忙进屋，连晚安也忘了和他说。

看着关上的门，博延双手插兜，在原地站了半分钟，吹了一会儿风才清醒，然后收回目光往楼下走。

次日上午，迟绿醒来时已经十点了。她又睡了一个好觉。

手机里收到了很多消息，迟绿一一点开，有圆圆跟她说上飞机的消息，还有林静仪跟她说她上热搜的事，还有季清影和陈新语几个人的。更早一点儿的，是博延发来的。

她点开。

博延："去公司了。"

迟绿看了一眼他消息发过来的时间，他早上七点就去公司了，难怪能成功。

她想着，自己跟着笑了起来。

博延能不能成功，她不是比任何人都清楚吗？

迟绿思考了几秒，没给他回消息。

她现在要端着点儿，可不能像几年前那样。

退出微信后，迟绿去微博看了一眼。

她不算明星艺人，但有热度，加上昨天在晚宴和颜秋枳等人聊了一会儿，网友都误以为他们是好友。

迟绿看了看，有人把他们坐在沙发上聊天的照片发了上去，还是一个小动图。

那会儿时间早，沈慕晴还在旁边，三人的合照一出现，粉丝和路人都疯狂了。

"这是豪门三千金吗？"

"好好看啊！这就是豪门千金吧？"

"颜秋枳结婚后还是那么嫩，美艳少妇啊！"

"我只想说迟绿在两个女明星旁边一点儿都没被比下去，她是不是算得上模特界最美的女模特啊？"

"不是算得上，迟绿就是。"

"迟绿这颜值和气质，进演艺圈妥妥的。"

"我竟然不知道这几个人是认识的，哪位姐妹过来给我补补课。"

"说真的……我也没想到迟绿和颜秋枳认识，这动图看着还挺熟的样子。"

…………

讨论很多，猜测也很多。

迟绿刷了一会儿，没看到自己的丑照后放心了。只要是漂亮的照片，无论网友说什么对她都不会有太大的影响。

她刚打算退出微博，便收到了新消息提醒。

"@颜秋枳关注你了。"

"@沈慕晴关注你了。"

迟绿还没反应过来，又有新的提醒，这一回是陈陆南几个人的关注。

迟绿看着新增的粉丝，无声笑了一下，在第一时间一一"回关"。

"互关"后，她接到了林静仪的电话。

"你和颜秋枳他们很熟？"林静仪昨晚是看到他们有交流，但她以为那只是宴会碰见后的客套，没往深处想。

迟绿嗯了一声，想了想说："其实不算很熟，但我们之前见过，昨天是第二次见。"

林静仪挑眉，有点儿惊讶："那他们怎么还——"她停顿片刻，低声道，"颜秋枳那几个人不像自来熟的性格。"

迟绿知道她的意思。

在林静仪看来，颜秋枳等人在演艺圈的地位，如果不是很熟悉的朋友，她们一般不会关注别人，去给别人带热度。而且现在情况不同，三个人刚被送上热搜，那两个人便先主动关注迟绿，这明显是要告诉大家，她们很熟悉。

如果这个行为是迟绿先做的，网友会觉得她在抱大腿，觉得她刚回国想往上走，必然想多认识一些对自己有利的朋友。但颜秋枳和沈慕晴先关注了她，说法就不同了。

两人这样做，也确实能让迟绿更有话题度，更有关注度。

她刚回国，缺的就是这些。

虽然迟绿认为，她并不需要别人帮忙，这对她作用不大。但她们这样做了，也确实是她们的心意。

她笑了笑，道："可能是有点儿别的原因，我朋友和她们很熟。"

林静仪嗯了一声："那行，对外我们还是顺其自然。"

迟绿笑道："知道。"她又说，"我还挺喜欢她们的。"

林静仪笑笑，道："回国了，多认识些朋友也不错，有机会可以多交流。"

她也不会跟迟绿说要迟绿做什么，私生活林静仪说不管就不管。

交友也是迟绿的权利，她想交什么样的就交什么样的。

两人没多在这个话题上深聊，林静仪交代两句，便打算挂了。

"对了。"她突然想起一件事。

迟绿道："什么？"

林静仪清了清嗓，说："你有没有想过上综艺？"

"什么？"迟绿蒙了一下，"我是模特。"

林静仪："模特怎么了，模特也能上综艺参加活动。"她直言，"最近有个电视台问我，问你有没有这方面的想法。"

迟绿正要拒绝，但转念一想，又改了口："是什么类型的综艺？"

林静仪眼睛一亮，连忙道："我发你邮箱，你看看再决定。"

"好。"

五分钟后，迟绿收到了林静仪发来的综艺节目。

她万万没想到，邀请她的这个综艺是恋爱综艺。

迟绿往上看了看，发现这个节目之前做过一季，其中有一对嘉宾在节目中因为各种互动还真的产生了感情，在节目结束后正式在一起了。

节目里有很多互动，是编剧安排的，但也有给他们自由发挥的空间。总的来说，就是让观众觉得他们在谈恋爱，实际上是怎么样的，并不重要。

她在看完的第一想法是，不去。

和不认识的男人互动谈恋爱，这也太让人尴尬了。她刚想给林静仪回复，季清影的电话先来了。

"喂。"迟绿笑了一下，趴在沙发上接通，"干吗呢？"

季清影挑眉，直接问："你心情挺好？"

"还行。"迟绿眨眨眼，"有时间宠幸我啦？"

季清影被她逗笑了："有呢！"她问，"刚刚在做什么？"

迟绿笑了一声，直接道："我经纪人跟我说，有个综艺节目想请我参加。"

"什么节目？"

"谈恋爱的。"迟绿不在意地说，"就《恋爱日记》那样的，之前拍过一季，叫什么名字我忘了。"

季清影扬了扬眉，直接道："《恋爱周末》？"

"哎？"迟绿愣了一下，"好像是叫这个，你怎么知道？"

"我看过一点儿。"季清影好奇地问，"这个节目不错，怎么不想去？"

迟绿沉默几秒，道："我去跟谁谈恋爱？其他综艺可以考虑，这种就算了。"她一本正经道，"我虽然想多赚点儿钱，但应该也不差这点儿。"

闻言，季清影笑道："你说得也不是没有道理。"她想了想，突然说，"那万一男嘉宾是你感兴趣的呢，你也不去？"

"……"迟绿眉心一跳，问，"你觉得可能吗？"

季清影："也不是没有可能，如果你要去，博老师必然会去，你们去公费谈恋爱，也挺好的。"

迟绿："……"

虽然季清影这个提议让迟绿有三秒的心动，但她还是拒绝了。

她觉得博延不可能去，他没时间。而且，上节目的话，必然会被很多人看到，那么那两个人也会看到。她不想让博延为难，更不想再和他们撕破脸皮。

季清影给她打电话其实也没别的事，单纯和她说说颜秋枳几个人，问她愿不愿意私底下聚餐之类的。

"什么时间啊？"

季清影说："今天、明天都行。"

"今天不行。"迟绿直接说，"我助理今天回来，我要去接她。"

季清影："行，那就明天？"

"可以啊！"迟绿安静几秒，突然问，"那个人会去吗？"

"哪个人？"

"酒吧的那个老板，姜总是吧？"

季清影愣了一下，没忍住笑："你问他干吗？他叫姜臣，你难不成对他有兴趣？你不怕博老师把他灭口？"

"……"迟绿轻哼道，"没有。我就是问问。"

迟绿想了想，没忍住，把上次在酒吧的事告诉她。

季清影那边安静了几秒，突然笑了起来："这事我知道。"她说，"姜臣几个人在博老师那儿受挫过很多次，特别是在追人的时候，博老师嘲笑过他们。嘲笑的次数多了，他们开始反讽博老师。"

迟绿扬眉："反讽什么？"

"说他会追人又怎么样，女朋友还不是甩了他。"

迟绿："……"

她沉默了一会儿，有点儿心虚："我那也不算是甩了他吧？"

季清影挑眉，压着声音："嗯？你敢说你不是？"

迟绿沉默，不敢说。

两人聊了两句，季清影也不调侃她了。

"不过博老师好像并不怎么在意，每次在酒吧，姜臣他们这样讽刺他，他也不生气，还能淡定反击。"她想了想博延的口才，道，"博老师不愧是编剧，经常让姜臣他们无话可说。"

不知道为什么，迟绿突然很想见一见他们这群人相处时的样子，那一定是她没见过的博延，也是她不熟悉的博延。

以前谈恋爱时，博延带她见过他的室友，至于朋友，也提议过几次，可每次都因为各种事耽误。两人那个时候更多的是和对方腻在一起，不见朋友，也不聊朋友，只谈他们自己。

迟绿有些后悔。她其实应该多了解他和朋友在一起时的样子，看到他不一样的一面。博延和朋友在一起，一定是轻松自在的，是她不了解的样子。

察觉到她的沉默，季清影迟疑地道："难过啦？"

"不是。"迟绿深呼吸了一下，翻身躺着，闭了闭眼说，"其实有点儿遗憾。"

季清影怔了一下，嗯了一声，安慰她："那就早点儿找回丢失的遗憾，先不跟你说了，我要去给傅医生送饭了，挂了。"

迟绿："好。"

看着被挂断的电话，迟绿不经意地瞥了一眼时间：十一点就去送饭，是不是有点儿早？

她刚想从沙发上爬起来，手机一振，是博延的消息。

博延："还没起床？"

迟绿："起了。"

博延："吃早餐了没？"

迟绿："现在都几点了，还吃早餐？"

博延看到她的消息，大概能想象她此时的神情。他耐心地问："午饭准备吃什么？"

迟绿："外卖，还没看。"

博延看着抱着文件进来的徐铭泽，思考几秒后继续打字："想不想来公司？我们公司食堂的饭还不错。"

迟绿："你午饭是在公司食堂解决的？"

博延："差不多。"

其实不全是，但他想带迟绿去公司食堂吃饭。

迟绿："如果不好吃的话，你负责？"

博延："好，我负责，现在过来？"

迟绿："我争取十二点到。"

博延："不着急，我等你。"

看着博延最后的三个字，迟绿忽然陷入了一种莫名的情绪里。她好像让博延等了很久很久。

她甚至让两个人都陷入了难熬的阶段。这个阶段如何跨过去，迟绿不知道。她知道自己矫情，但她没办法。

她只能努力地试着往前走一走，尽量跨过横在自己面前的障碍，和障碍之外的人相遇。

她只希望，跨过障碍后，能见到彩虹。

迟绿化了个淡妆就出门了，她底子好，随便上个粉底便差不多了。

她连眼睛都没化，但看上去透亮又自然，跟素颜一样。

如果不是要去博延公司食堂吃饭，她可能连打底都不愿意用。

博延的车钥匙还在她这儿，迟绿没纠结，直接开着他的车去博汇。

迟绿开到博汇门口才想起来，应该从地下停车场上去。

正想着，博延电话先来了。

"到了？"

迟绿："嗯，但我忘了往地下停车场开，现在在门口。"

"到一楼停也一样。"博延道，"保安认识你，你下车让他去停。"

"啊？"

迟绿一愣，扭头看向车窗外站着的保安，有些茫然。

她哦了一声，挂断电话。

"迟小姐，"保安笑盈盈地问道，"是来找博总吗？"

迟绿："嗯。"她不好意思地笑了笑，"停车位在哪儿，这车停在哪里方便点儿？"

保安看着她，笑容满面地说："我来就好，迟小姐您快进去吧！"

"……"

迟绿沉默了一会儿，下了车，把车钥匙交给了他："麻烦了，谢谢。"

"迟小姐太客气了。"

迟绿点点头，没好意思在门口多待，把帽子和口罩戴上后，匆匆忙忙走了进去。

刚走进大厅，她便和从电梯里出来的男人迎面碰上。

两人对视一眼，迟绿微窘地挪开目光。

她站在原地没动，博延笑了一下，径直走了过来。

这会儿正好是午饭时间，一楼大厅全是来来往往的人。

从博延出电梯那会儿，便有不少人注意到了他，这会儿看他直直地走到一女子的面前，公司员工齐刷刷瞪直了眼。

"那是谁？"

"看不清脸啊，是博总女朋友吗？"

"不会吧，不会吧？博总不是单身吗？这要是女朋友，我们公司多少女同事得失恋啊？"

"那女生好高啊，气质也很好，就是看不见脸。"

"博总脸上的笑太温柔了，我人没了！"

"……"

四面八方都是看他们的目光，迟绿平常在T台上经常被人关注，评头论足，但那种感觉和现在完全不同。

她不自在地抿了一下嘴角，抬了抬眼看向来人。

"你怎么下来啦？"

博延挑眉："接你。"

迟绿："哦。"她隔着口罩挠了挠鼻尖，讪讪地道，"快走吧，这儿人好多。"

博延失笑，看了一圈："刚到午饭时间。"

迟绿："……"她垂下眼，嗯了一声，嘀咕着，"你工作忙完啦？"

"没有。"

迟绿："那你还叫我过来吃饭？"

博延笑着说道："没完成，也得吃饭不是吗？"

"哦。"迟绿想了想，倒也是。

两人对视几秒，博延垂眸看着她，低声问："是不是觉得不自在？"

"有一点儿。"

他沉思几秒，看她攥着包带的手，轻勾了勾唇角："那回办公室吃？"

"也行。"迟绿头一回见到这样的阵仗，还真有些不适应，"去你办公室吧！"

"好。"

看两人进了电梯，公司员工控制不住了，疯狂地在没有博延的工作群里发消息。

不出三分钟，总公司大部分人都知道了，他们博总在楼下接了一个女人回办公室了。至于是不是女朋友，大家各执一词。有人觉得是，有人觉得不是。总而言之，无论是还是不是，迟绿的身份都引起了公司员工的好奇。

徐铭泽看到群消息时，没忍住，道："看他们猜得这么辛苦，我还真有点儿想告诉他们，博总接的人是谁。"

林助理："那还是别说了。"他小声说，"待会儿迟小姐上来了，我能去要个签名吗？"

这事他已经想了很久了。

徐铭泽想了想，侧眸看着他："等博总不在的时候，你可以偷偷去。"

林助理点点头："好主意。"

两人看着时间，在电梯即将抵达时不再讨论了。

博延带着迟绿从旁边走过，迟绿一进电梯便取下了口罩，这会儿不经意地回头，还对上了徐铭泽带笑的脸。

迟绿顿了一下，和他打了一声招呼："徐助理。"她看向旁边的男人，回想了一下，"是林助理对吧？"

林助理狂点头："是的是的，迟小姐好久不见。"

迟绿弯唇笑了笑，道："好久不见。"

其实算算时间，也并没有多久。

博延站在原地没动，等着迟绿。

过了几秒，他冷冷地掀起眼皮，扫了一眼还坐在办公桌前面的两人："不去吃饭？"

两人心领神会，立马站了起来："我们马上去，博总和迟小姐用餐愉快。"

迟绿："……"

她还没来得及再说点儿什么，徐铭泽和林助理已经消失在视野里了。

"博延。"

博延回头看着她。

迟绿弯了弯眉眼，笑问："你怎么对你的助理那么凶？"

博延稍顿，掀起眼皮问："你很喜欢他们？"

这话听着，怎么酸溜溜的？

闻言，迟绿扬扬眉笑了一下："还行。"

她觉得徐铭泽和林助理都挺有意思的，确实不讨厌。

话音一落，博延脸色沉了几分。

迟绿佯装没看见他的变化，唇角往上翘了翘，淡定地道："我饿了，先吃饭吧！"

博延拿她没任何办法，只能率先往前走，还顺便帮她推开门。

一会儿工夫，食堂工作人员把饭菜给他们送了上来。

迟绿看了看，菜色看上去非常不错，干净又营养。

她抬眸看了一眼对面不说话的男人，找话题和他聊天。

"你上午很忙？"

"还好。"博延淡淡地说，"差不多忙完了。"

迟绿哦了一声，垂眸一笑："你这表情，我还以为你下午很多工作呢！"

博延瞥了她一眼："我什么表情？"

"你自己去卫生间照照镜子。"迟绿不紧不慢地补充，"看看不就知道了。"

博延一顿，直勾勾地盯着她，沉声道："不用。"

迟绿拿过一侧的杯子喝了一口水："什么不用？"

"去卫生间。"

迟绿一噎，像是想到了点儿什么，眼睛骤然瞪大，她看了一圈，把目光重新落在他的身上："你这办公桌上还放了镜子？"

"……"

博延没搭腔，看着她的眼睛。

她那双漂亮的桃花眼，此时正倒映着博延的脸，清晰到让人无法忽视，连他脸上的细微表情，仿佛都能从她的瞳眸里看见。

两人目光相撞。

男人眸眼深邃，仿若磁铁一般，吸引着她靠近。

不知道二人对视了多久，在迟绿要撑不住的时候，博延笑了一声。

迟绿眼睫一颤，还没说话，便听见了男人的声音。他慢条斯理地说："照

162

完了。"

"……"

迟绿嘴唇动了动。

博延含笑补充:"最漂亮又特别的镜子。"

迟绿就算再怎么迟钝,也知道他口中的"镜子"是自己的眼睛。

她舔了一下唇:"把我的眼睛当镜子,我是要收费的。"

博延挑了一下眉:"嗯?"

他笑着把面前的鱼肉挑到旁边的碗里:"收多少?"

迟绿看着他的动作,想了想说:"看博总诚意。"

博延拿筷子的手一顿,敛下眼睑,看着她:"一碗鱼肉够不够?"

"……"迟绿瞅着那碗白花花的鱼肉,嘴馋了,"也不是不行。"

博延失笑,把碗推到她面前:"你还挺勉强。"

"不然呢?"迟绿小声嘀咕,"也就你敢把我当镜子。"

其他人不仅不敢,就算敢,迟绿也不会答应。

博延垂眼望着她,低声道:"我的荣幸。"

他声音低沉,此刻嗓音里裹着笑,听上去尤为悦耳。

办公室内很静,迟绿的耳畔时时刻刻回响的全是他的声音。

她耳朵动了动,抿着唇,傲娇地应了一声:"你知道就好。"

两人不紧不慢地吃完一顿午饭。

最后一口吞下,迟绿难得点评了一句:"确实还挺好的。"

博延一笑,收拾着桌面,看着她:"喜欢?"

"还行。"

"喜欢以后多来。"

迟绿:"……"

她起来走动了一会儿。她有好的习惯,吃过东西一般会站半小时才坐下。

博延知道她的习惯,看了她两眼便收回了目光。

他把饭盒拎出去,回来的时候,手里拿了一杯百香果饮料。

那是迟绿喜欢的。

她喜欢喝酸酸的饮品。

看他进来,迟绿站在原地没动。

她的目光落在博延身上,上班的缘故,他穿得都很正式,着黑色衬衫和西裤,袖子挽起,露出小臂的肌肉线条。博延人高腿长,西装裤裹住了那双腿,让他像行走的男模,男模都不一定有他这样的好身材。至少,迟绿是这样认为的。

想着想着，迟绿突然觉得有点儿热。

"博延。"

博延把饮料放在桌上，侧头看着她："怎么啦？"

"你这办公室——"迟绿顿了一下，说，"有点儿热。"

博延一顿，敛眸盯着她："是吗？"

"对。"

博延直勾勾地望着她，忽然笑了一下："好像是。"

迟绿："……"

这个"好像是"是什么意思。她还没想明白，博延朝她走来，抬手蹭了一下她的脸颊，声音沉沉地道："你热到脸红了。"

"……"

他的指尖依旧很凉，不像往常那么温暖，但蹭过她的脸颊时，还是留下了些许温度。

迟绿能感受到他碰过的位置在发热，那个地方，在源源不断地散发热气，甚至可能比之前更红了。

她眼睫一颤，看他蹭了一下又松开的手。手指漂亮，骨节分明，格外引人注目。

迟绿抿了一下唇，抬起头和他对视。

几秒后，她哦了一声，淡淡地说："你热的时候难道不会脸红？"

博延："……"

说话间，她还略有嫌弃地睨他一眼："不会脸红的热，才是不正常的吧？"

博延没出声。

迟绿佯装自然地抬手扇了扇风，看着他："博老师，调一下空调温度。"

"……"博延盯着她看了半晌，笑了一下，"行。"他转身去调空调温度，调好后望着她，"沙发上有毯子，冷了记得披上。"

迟绿："……"

她剜了他一眼，很有骨气地说："我不冷。我很热。"

博延笑笑，没拆穿她。

办公室内安静了一会儿，博延回到办公桌前工作。

迟绿在原地站了一会儿，百无聊赖地去书架上找了一本书。

她看了一圈，最后还是选择了博延写的。

"博延。"

博延抬眸看着她。

迟绿提醒："你三点钟叫我一下，我要去机场接人。"

博延嗯了一声，看了一眼她手里捧着的书："不休息一会儿？"

迟绿摇摇头："我起得晚，现在还不困。你一会儿记得叫我。"

她看书很容易忘记时间。

"好。"博延说，"到时间了叫你。"

"嗯。"

迟绿没再管他，她看书，他办公。两人各自忙碌着手中的事。

徐铭泽中途进来过好几次，发现迟绿在看书，而他们的博总，时不时会把目光落在她身上。

不知道为什么，徐铭泽明明没见两人有什么暧昧行为，但就是觉得这个画面有说不出的温馨美好。

抱着一沓文件走出办公室时，他不忘嘀咕："怎么感觉怪怪的。"

金姐从旁边路过，笑着问："什么怪怪的？"

徐铭泽指了指紧闭的办公室大门："博总和迟小姐，不像男女朋友，但待在一起又很融洽，给人一种舒服感。"

闻言，金姐笑笑："习惯吧！"

徐铭泽挑眉："什么习惯？"

金姐一顿，笑着解释："他们在一起的习惯，可能以前在一起就是这样相处的。"

林助理从另一边冒出来，抓住了重点："金姐，你这话的意思是，博总和迟小姐以前在一起过？"

徐铭泽也转头盯着她。

金姐："……"

她啊了一声，开始装傻："我说过这样的话吗？"她面不改色地说，"你们一定是听错了吧？我没有说这样的话，我也不清楚博总和迟小姐是怎么回事，我还有事，先走了。"

看金姐匆匆离开的背影，徐铭泽和林助理对视一眼，异口同声地道："有问题。"

林助理："金姐是不是知道之前博总和迟小姐的事？"

徐铭泽想了想，猜测应该是这样。他沉默几秒，拍了拍林助理的肩膀："以后对迟小姐好点儿，你也别把她当偶像了，博总会吃醋。"

林助理："行吧！"他嘀咕着，"看我'女神'之前的采访，也没说过她有男朋友啊？"

徐铭泽保持沉默，抬头看了看紧闭的办公室大门，认真回忆他和迟绿第一次见面时，博延的反应。

想了几分钟，徐铭泽突然明白了点儿什么。

三点钟时，迟绿从博汇离开。

她走的时候，博延想送她下楼，被迟绿拒绝了。她不想再被围观。

博延皱了皱眉，迟绿笑道："你要是不放心，让助理送我就行。"

博延："……"

他冷冷地看了一眼站起来的徐铭泽，冷漠地道："把她送下去。"

徐铭泽："好的，博总。"他笑盈盈地望着迟绿："迟小姐，这边请。"

迟绿弯唇笑笑，道："谢谢，麻烦你了。"

"客气。"徐铭泽含笑说，"给迟小姐服务是我的荣幸。"

闻言，迟绿笑道："你这都是跟你们老板学的吗？"

徐铭泽眨眼，机灵地道："我们老板从不说这种话。他对别人都非常冷漠。"

迟绿挑眉。她听懂了这话的另一层意思。

迟绿很轻地笑了一下，低声说："博延怎么找到你当助理的？"

徐铭泽想了想，说："慧眼识珠？"

迟绿没忍住，笑出了声。

"你要是哪天被博总开了，可以来我工作室上班。"

徐铭泽含笑答应："没问题。"

两人到了楼下。

迟绿尽量避开那些目光，去了停车场。

"你任务完成了，回去吧！"

徐铭泽颔首："迟小姐注意安全，有时间多来公司玩，博总一定欢迎。"

迟绿笑道："好的，谢谢。"

徐铭泽看她驱车离开，这才回楼上汇报。

听他说完，博延什么表情也没有，只丢给了他一堆新任务。

"这些资料，明天开会用。"

徐铭泽："……"

是他表现不够好吗？为什么博总要给他加任务。

他茫然地看着博延，很是疑惑。

博延扫了他一眼，抬了一下眼睫："有问题？"

徐铭泽："没有。"他面无表情地说，"保证完成任务，博总，没其他事我就先出去了。"

"嗯。"

徐铭泽："……"

迟绿并不知道，她一走，博延的助理又遇到了新的危机。

她到机场时，圆圆的飞机刚落地。

"迟绿姐，我还得等行李。"

迟绿笑笑，对电话那边的人说："不着急，我在出口这边等你，你慢点儿。"

"好。"

迟绿站在国际到达出口这边等着，戴着帽子和口罩。

她放心地站在角落里，低头看手机，正看着，一侧忽然传来疑惑的声音："迟……迟绿？"

迟绿一怔，下意识抬头。

在看到面前站着的人后，迟绿有片刻的恍惚。

博盈瞪大眼睛望着她，张了张嘴，道："真的是你？！"

迟绿回神，轻眨了一下眼："是我。"她顿了一下，缓缓地张开手，"抱一下吗？"

博盈："抱什么？"她生气地说道，"谁想和你抱啊！我……我还在生气呢！"

说话间，她的行为倒是诚实，主动地朝迟绿走近，抱了上去。

迟绿被她撞得往后踉跄了一下。

她失笑，看着博盈："不是不要抱？"

博盈用力拍了一下她的肩膀，生气地道："你闭嘴。"

"哦。"迟绿非常听话地闭上了嘴。

两人抱了一会儿，路过的人时不时看着两人。

迟绿并不在意别人的目光，但博盈抱得太紧了，让她有点儿喘不过气来。

她想了想，小声提醒："博盈。"

"干吗？"博盈正在伤心中。

迟绿失笑，提醒道："你先松开我吧，很多人在看我们呢！"

闻言，博盈恼怒地道："他们爱看就看，你又不是丑到让人不能看。"

"……"

她们俩不愧是好友，说话的方式一模一样。

迟绿哭笑不得，低声道："我来接我助理的，她出来了，有什么待会儿上车说？"

博盈这才松开迟绿："行吧！"她又看向迟绿，"你住哪儿？"

迟绿眨眼："啊？"

博盈拍了拍行李箱，微微一笑，说："有空房间吧？"

迟绿盯着她须臾，低声问："你认真的？"

"你看我像开玩笑吗？"

"不像。"迟绿沉默了一会儿，"你不回家？"

"他们不知道我回来了，不回去。"

迟绿嗯了一声，没再问："那随你。我那儿有房间，想住多久住多久。"

"好的。"

上了车，迟绿才给两人介绍。

"我的助理圆圆，这是我朋友，博盈。"

圆圆点点头，瞪大眼说："博……盈？她和博总……"

她话还没说完，博盈就接了话："你说的博总是不是博延？"

圆圆点点头。

博盈嗯了一声："那是我哥。"

圆圆："……"

圆圆应了一声，侧眸看着她："难怪我看着有点儿像。"

多了一个人，车内气氛自然更热闹。

迟绿租房子的时候就决定了，让圆圆和自己一起住，现在多了博盈，家里也住得下。

她那冷清的屋子一下子热闹起来。

屋子里有四个房间，有一个房间被迟绿改成了衣帽间，另外两间空着，一个是留给圆圆的，另一个做客房，现在正好。

博盈进屋看了一圈，侧目看着她："我住这儿，你会不会不方便？"

迟绿连个眼神都没给她，进厨房倒了三杯水出来："你现在才问，是不是晚了点儿？"

博盈："……"

她摸了摸鼻子，笑了一下："也不晚吧，不方便我现在还能走。"

迟绿剜了她一眼："没什么不方便的，想住就住。"

"行。"博盈也不和她客气，"那我就厚脸皮住下了。"

迟绿笑笑，说："挺好的。"

她喜欢热闹，那会让她觉得她还没有被这个世界抛弃，没有被这个世界遗忘。

回国后，迟绿渐渐找回了以前所拥有的那些温暖。

她偶尔会觉得，这个世界其实还有很多人爱她。

因为博盈，晚餐很热闹。

迟绿本就打算给圆圆接风，博盈也回来了，她一时间有点儿不确定要不要把博延叫上。

她想了想，看向博盈："晚饭你想在家吃还是去外面吃？"

博盈坐了大半天飞机，累得一根手指都不想动："要不让人把火锅送来家里吃吧，舒服。"

"可以。"迟绿看着她，"我的意思是，你回来这事能不能告诉博延？"

博盈一顿，突然想到刚刚的那辆车。

"你下午接人用的那辆车，我看着有点儿眼熟。"

"嗯。"迟绿没瞒着，"你哥的。"

博盈："……"

她瞪大眼，立马从床上爬了起来："你们和好啦？"

"……"迟绿看她半晌，摇摇头，"还没有。"

"那你们现在是什么情况？"

"就这个情况。"迟绿看着她，"先别问，等和好了告诉你，我能不能告诉博延？"

博盈嗯了一声，趴在沙发上跟没骨头似的："随便吧，反正他也不会说出去。"

"行。"迟绿思忖几秒，"那我问问他要不要过来吃火锅。"

博盈的瞌睡虫在打架，她也没听清迟绿说的话，含含糊糊地应着："随你。"

"……"

晚上，外卖火锅送到了。

博盈和圆圆兴奋又激动，迟绿看了一眼手机，给博延发了一条微信。

迟绿："你到哪儿啦？"

博延："楼下，马上到。"

迟绿："好的，你待会儿不会骂博盈吧？"

博盈回国这事，虽然提前跟博延说过，但她并没有说具体的时间，博延对她今天回国一无所知。

如果不是迟绿发消息跟他说了，他可能还被蒙在鼓里。

博延停好车，看着迟绿发来的消息，觉得好笑。

他想了想，直接拿起手机发了一条语音："不会。"

迟绿听着男人言简意赅的话，放下心来。她可不想博盈第一天回国，兄妹二人就在自己这边吵架。

她怕自己成为罪魁祸首。

"我哥到啦？"

迟绿点头："到楼下了。"

博盈嗯了一声，往她身边靠，小声说："待会儿他要是凶我，你记得保护我。"

迟绿："……"

她哭笑不得："你哥凶你，我怎么保护你？"

闻言，博盈啧了一声："你是真不知道还是在装傻，我哥谁的话都不听，只听你的，你待会儿只要打打岔，他就不会记得我。"

"……"迟绿沉默几秒，慢吞吞地哦了一声，"知道了。"

没一会儿，博延便到了。

他看了一眼迟绿，偏头看了看眼神闪躲的博盈。

莫名其妙地，迟绿感受到了他身上那种长辈的气息。

"博盈。"他语气淡漠地喊了一声。

博盈心里咯噔一下，使劲朝迟绿投去求救的目光。

"哥。"她抿了一下唇，战战兢兢地道，"好久没见，你想我了没？"

博延冷笑一声，看了她一眼："胆子挺大。"

博盈："……"

迟绿咳了一声，抬手轻扯了一下他的衣服："你干吗？你要在我这儿和博盈吵架吗？"

博延一顿，垂眸看着她拉着自己的手，有些走神。

以前，博盈总是带着迟绿出去玩，带她去网吧，去看演唱会，去做很多高中生向往但又不太敢做的事。每次被他发现，训两人的时候，博盈会和他顶嘴，而迟绿，只会拉着他的衣服撒娇，喊他博老师，说她们知道错了，下次绝对不这样。可下次，两人还是如此。但偏偏，博延拿她没有任何办法。

"博延？"迟绿看他盯着自己的眼神，有些不自在地别开眼。

博延回神，喉结滚了滚："算了。"

博盈眼睛亮了亮，给了迟绿一个眼神，嚷嚷着："哥，你快点儿坐下吃饭，迟小绿等你好久了呢！"

迟绿面无表情地睨她一眼。

博盈也不怕，笑嘻嘻地道："我们都饿了。"

博延无奈，朝一侧一直没说话的圆圆颔首，自我介绍道："博延。"

圆圆结结巴巴地喊了一声："博总。"

迟绿："……"

博盈："……"

两人对视一眼，哭笑不得。

迟绿笑着说了句："不用那么拘谨，他现在就是博盈的哥哥。"

话音一落，博延和博盈突然异口同声地道："不止。"

圆圆啊了一声，茫然地问："怎么不止？"

博盈指了指，冷笑道："还是你迟绿姐的追求者，没说错吧？"

迟绿一噎，瞅了一眼没吭声的博延："你应该说——"

她的"错"这个字还没出来，博延先接了话："没有。"

他神色淡然，目光直直地看着正对面坐着的迟绿，一字一顿地说："确实算她的追求者。"

他垂眸看着迟绿，也不在意被人看着说这种话会没面子。

他直白地道："就是不知道，她让不让我追。"他停顿了一下，直直地望着她，逼问着，"让我追吗？"

客厅安静须臾，博盈和圆圆的目光都落在她身上，多了一丝探究。

博延更是没有任何躲闪地看着她，在等待她的回答。

迟绿抿了一下唇，和他的目光对上。

他的桃花眼微勾，近距离望着她的时候，让她避无可避，甚至想靠近。

他的这双眼对迟绿来说，有说不清道不明的吸引力。只要看见了，她就无法拒绝。

暧昧在发散，说不清的情绪在蔓延。

迟绿觉得自己此刻的心，就像是咕噜咕噜冒泡的火锅汤底一样，沸腾了。

她静默了几秒，拿过一侧的筷子往火锅里加菜，像是要把沸腾的汤底给压下去，让它稍微平静一点儿。

"我说不让，你就不追了吗？"迟绿抬眸看着他，"博老师。"

最后这个"博老师"让博延感受到了她的威胁。

他弯了一下唇，笑了一下："我正常走一下流程。"

迟绿："……"

她睨了他一眼，尽量让自己看起来面色如常："哦，那你最好以后每一步都按流程走。"

"……"

博延被她噎住。

博盈没忍住，在旁边哈哈大笑。

要说谁能治她哥，除了迟绿之外，再没其他人。

圆圆想笑又不敢笑，只能忍着。

迟绿和博延偏头朝她看过来，有那么几秒，博盈感受到了死亡的威胁。

她努力控制住自己，道："抱歉抱歉，我太夸张了，你们自便。"

迟绿翻了一个白眼："自便什么，快吃，这些都熟了。"

博盈："哦。"

下一秒，她看见她哥给迟绿夹菜。

博盈看了几秒，和圆圆说话。

"圆圆，你有兄弟姐妹吗？"

圆圆道："我有个弟弟。"

博盈点点头，托腮道："我也想要个弟弟。"

"为什么呀？"圆圆看着她，有些苦恼地说，"我想有个哥哥。"

闻言，博盈冷笑两声，指了指旁边的两人："这样的哥哥吗？重色轻妹的你要吗？要的话我把他送给你。"

圆圆："……"

她偷偷地瞅了一眼博延，打了一个冷战："盈盈姐，那还是不用了。"

博盈看着她的反应，笑着看向旁边的人："哥，你看你多不是人，连圆圆都不想你是她哥。"

博延连个眼神都没给她，继续给迟绿夹菜。

迟绿看着碗里堆满的东西，唇角往上牵了牵，努力控制自己。

"博延。"

博延看着她："怎么啦？"

迟绿："你给博盈弄一下，我这儿可以了。"

博延偏头，淡淡地扫了一眼博盈，道："她自己有手，她不需要。"

博盈不可置信地瞪大眼，惊呼道："哥，难道迟小绿就没手吗？"

迟绿："……"

她瞅着两人，多希望两兄妹吵架不要扯上自己。

博延看了一眼茫然的迟绿，侧眸给了博盈一个眼神："嗯，但她有追求者。"

言下之意，你没有追求者，你别想有人伺候你，你只能照顾自己。

博盈被气到吐血，看着迟绿，嚷嚷着："这火锅我不吃了啊，你叫他过来，纯粹是给我添堵的。"

迟绿哭笑不得，把装满食物的碗递给她："吃这份，可以吗？"

博盈扬扬眉，傲娇地看了一眼博延，嘚瑟道："哥，你多费费心，再给迟小绿弄点儿啊！"

夹菜这场战争，在迟绿的调和之下，歇战了。

圆圆虽不太敢说话，但博盈是活跃气氛的小能手，吃着吃着，也偶尔能从嘴里蹦出两句金句，和他们相处融洽。

他们吃完火锅，时间不早了。

博延把桌子收拾得干干净净，看向在墙边站着玩手机的人。

博盈和圆圆这会儿正盘腿坐在地毯上玩游戏。

"她们都住你这儿？"

迟绿嗯了一声，仰头看着他："怎么啦？"

博延敛眸望着她，低声问："会不会不方便？"

"不会。"迟绿好笑地道，"博盈又不是没跟我住过，圆圆在国外也一直跟我住一起。"她说，"挺方便的。"

博延没吭声。

迟绿瞅着他："你觉得我会不方便？"

博延意味深长地看了她一会儿，说："我不方便。"

"……"

迟绿一哽，瞬间明白了他的意思。

她望着他，沉默了一会儿，说："你想得太远了。"

博延扬了扬眉，抬手拍了一下她的脑袋："哪儿远？"

迟绿沉默了一会儿，咕哝道："这还没追上就想进我家，你说远不远？"

博延笑笑，也不解释。但迟绿这边人多，做什么确实有些不方便。

博延直直地看了她一会儿，低声说："我先下去，有事直接来楼下找我。"

"哦。"迟绿慢吞吞地应着，"那我不送你了。"

博延笑道："我又不是女孩子，早点儿休息，别跟博盈她们闹太晚。"

"不会。"

博延走后，圆圆突然放松下来。她直接往地毯上一躺，看着迟绿："迟绿姐，我紧绷的神经终于可以放松了。"

迟绿："……"

她往两人那边走："你这么怕他？"

"不是怕。"圆圆说，"就是博总看我和博盈姐的眼神，总像是在说，你们这两个电灯泡到底还要在这里待多久，赶紧给我滚！"

"……"

博盈打完游戏，表示认可。

"没错，我哥很明显地表达了这个意思。"她瞅着迟绿，眨了眨眼说，"要不迟小绿你去楼下住，我们霸占你这儿吧，这样你们也不会有什么不方便的。"

迟绿一噎，没好气地瞪她一眼："博盈，你是霸王吗？霸占我房间不说，还想把我这个房子全部霸占？"

博盈笑嘻嘻地道："是呀。"她说，"我现在无家可归嘛，你还不能收留我吗？"

迟绿一怔，诧异地看着她："什么叫无家可归？"

博盈一顿，眨眨眼："啊？我说了这样的话吗？我开玩笑呢！"

"……"

迟绿没吭声，直直地望着她。

博盈抿了一下唇，别开眼道："我真是开玩笑的，就是随便说说而已。"

"你不是。"迟绿认真地道，"我了解你。"

博盈挠挠头，望着她："一定要问？"

"你哥是不是也跟你一样？"

博盈沉默几秒，摇摇头："没，我们不一样。"

迟绿还想再问，博盈不愿意说，她也没辙。

两人对视了片刻，博盈转移话题："迟小绿，我好困呀，我先去洗澡睡觉了啊！"

迟绿看她进房间的背影，在原地坐了几分钟。

圆圆瞅着她，有些迟疑："迟绿姐，你脸色看着不太好。"

迟绿嗯了一声，道："没事，你要是累了也去休息，我一个人坐一会儿。"

"好。"圆圆伸手抱了抱她，"你要是不开心，记得跟我说。"

迟绿挤出一个笑容："好。"

两人都回了房间，客厅忽然静了下来。

迟绿坐了一会儿，索性拿过一侧的抱枕抱着躺了下去。

她盯着天花板上的吊灯看了一会儿，觉得有些晃眼。

博盈的话，突然间点醒了她，或者可以换个说法，应该说博盈的话让她不想再逃避了。

从回国至今，她其实能察觉到很多不对。例如，博延为什么把博汇总部搬走？为什么他一直住在外面？为什么他会去做两年编剧，又再次回公司？

她甚至从徐铭泽那儿听到，博延回公司后的第一步是把之前很多的董事和经理都开除了，连带着之前博汇的秘书团，只留下了金姐。

迟绿一直在逃避，不去深想博延这样做的意义在哪里。但现在，她又不得不去想。

其实迟绿没觉得自己多重要，也没认为她在博延心中有那么高的地位，会让他奋不顾身地做那么多事。可偏偏，事实摆在她面前，让她不得不面对。

思忖了许久，迟绿纠结了几秒，给博延发了一条微信。

迟绿："睡了吗？"

博延大概在忙，没及时给她回消息。

迟绿托腮望着两人聊天的界面，起身往博盈的房间走。

博盈刚洗完澡出来，便发现床上躺着一个人。

她一惊，拍着小心脏道："你怎么过来啦？你今晚跟我睡？"

迟绿面无表情地看了她一眼："洗好啦？"

"……"博盈眨眨眼，"你这样，让我有点儿害怕。"

迟绿睨她一眼，很是无语："我难不成还会吃了你？"

"那不会。"博盈笑着说，"你就算是想吃了我，我哥也不让啊！"

迟绿："……"

迟绿目光沉沉地望着她，认真地道："博盈，你转移话题也不能让我忘记刚刚的事。"

博盈摸了摸鼻尖道："哦。"她沉默了一会儿，边擦头发边说，"但具体的我也不清楚。"

"那你把你知道的告诉我。"迟绿看着她。

博盈哦了一声，莫名从迟绿身上感受到了她哥的那种威慑力。

她讷讷地道："吹完头发说，你让我组织一下语言。"

博盈回洗手间吹头发，迟绿手机一振，是博延回过来的消息。

博延："刚洗完澡，怎么啦？"

迟绿："没事，随便问问。"

博延："……"

下一秒，男人的电话打了过来。

迟绿跟博盈说了一声，拿着手机回了自己房间。

"喂。"

博延听她的语气，挑了挑眉："怎么啦？"

"没事啊！"迟绿拉开阳台的窗户，让风吹进来，"你怎么还给我打电话？"

博延笑了一下，说："嗯，想听听你的声音。"

"……"迟绿倏地愣了一下，忍不住想笑，"你干吗？"

博延笑笑，声音低沉又性感，通过电流传过来。

"你说我干吗？"他道，"明知故问。"

迟绿努努嘴，也不回话。

两人隔着电话，听着对方的呼吸声，久久没出声。

过了一会儿，博延才问："真没事？"

"真的。"迟绿道，"你赶紧休息吧，我也要睡了。"

博延嗯了一声，但没立刻挂断电话。

"有事随时打我电话，不关机。"

"知道了。"迟绿深呼吸了一下，轻声道，"晚安。"

"晚安。"

她刚把电话挂断，博盈拿着枕头出现在门口。

迟绿扬眉，看她把枕头放在自己床上的动作："你今晚跟我睡？"

"嗯呢。"博盈看着她，"先去洗澡吧，再来彻夜长谈。"

"行。"迟绿没拒绝，"你别给我睡着了。"

博盈："尽量。"

迟绿在洗澡，博盈躺在床上很困。

她没什么事做，正想玩手机醒神。手机一振，她收到了新消息。

博盈一点开，整个人都不好了。

她揉了揉眼睛，努力且认真地把收到的消息一字一字地小声念了一遍，然后彻底醒了。

消息是博延发过来的，警告她不要乱说话。

博盈心虚地摸了摸脖子，低头回复："哥，我怎么可能会和迟小绿乱说话，就算说也是说你的好。"

博延："不需要，你安静点儿就行。"

博盈："可我刚刚不小心说漏嘴了，说我无家可归。"

博延："自己圆过去。"

博盈："你们俩就是在为难我！你做的那些为什么不能让她知道，她知道了，说不定立马跟你和好了。"

博延："没必要。"

博盈撇撇嘴，刚想继续打字回消息，博延的消息又来了。

博延："她想和我在一起，只要想就可以，而不是因为其他附加的东西，不要对她道德绑架。我做的那些，是博家欠她的，你不要让她觉得愧疚。不该说的别说，迟绿比我们想象中的更敏感。"

从始至终，博延就没想过要用过去的事绑住她。

除了两人之间的回忆，其他的博延一概不想利用。他和迟绿的感情他比任何人都清楚，也比任何人都了解迟绿。

有些事不说会更好。他们之间的感情不需要掺杂那些乱七八糟的东西。

迟绿洗完澡出来，博盈已经睡着了。

她拍了拍博盈的手臂，咕哝道："博盈，为了逃避话题装睡，你真有出息。"

没人答应。

迟绿细细一想也能知道是怎么回事，侧头看着和博延眉眼有些像的人，没再为难她。

博盈不愿意说就算了，她自己能找到答案。

迟绿在家陪圆圆和博盈待了几天，继续工作。

圆圆回来了，林静仪便不用随时跟着迟绿。

迟绿的活动安排得很满，连轴转了好几天后，终于又有了休息时间。

圆圆看她神色疲倦的模样，有些忧心："迟绿姐，你先在车里睡一觉吧？"

迟绿嗯了一声，捧着杯子望着窗外："我还好，不是很困。"

她边说边打哈欠，眼睛都红了。

"几点能到家？"

司机看了看，低声道："刚好是下班时间，明天还是周末，堵车有点儿严重，保守估计四小时吧！"

"哦。"迟绿算了算，"那确实可以睡一觉。"

圆圆失笑："你睡吧，到家了我叫你。"

"好。"

迟绿这几天拍广告、走秀、参加各种活动。每天睡觉的时间不超过五个小时，半夜才回酒店，五六点钟就被拎起来化妆了。

她脸色很差，又瘦了两斤。

圆圆看着后面躺着的人，有些心疼。

迟绿现在的状况，和在国外第一年很像。那会儿圆圆还不是迟绿的助理，她也是在和前助理离职交接时，听前助理说的。

迟绿拼命往上爬的时候，没有借助任何人，也不攀附权贵，就一个人铆足了劲，用命在熬，一场一场的活动接着走，只要有秀，无论大小她都去。

她每天吃饭和睡觉的时间都在车里，全年无休。

用她那时候的话说，她能接到工作就不错了，哪儿敢休息。只要有一点儿机会，她都想抓住，想变得更厉害、更优秀。

后来有了名气后，她也没怎么停。

圆圆不知道迟绿为什么那么拼，问过，但迟绿没告诉她答案，只说忙一点儿自己会更开心。

现在，其实迟绿的资源不少，她虽然换了战场，可人气和名气都摆在那儿，资源也不差，也没断过，但迟绿就是跟之前一样拼。

手机一振，是博盈给她发的消息。

博盈："圆圆，你们几点到家啊？"

她们这几天都在外奔波，一直住在酒店没回家。

圆圆："可能还要四个小时，堵车很严重。"

博盈："这么久啊，那快到了你跟我说一声。"

圆圆："好。"

博盈："迟小绿在干吗？"

圆圆："她在后面睡觉。"

车子停下时，迟绿还睡眼惺忪。

她揉着眼睛，踉跄地下车。

也不知道是没吃东西还是怎么回事，迟绿踩在地上时，脚突然一软，身体往前扑了过去。

没有预想中摔在地面上的感觉，迟绿蒙了一下，感受到抓着自己的手臂的力量。

她轻眨了一下眼，仰头看向来人。

博延皱了一下眉，目光沉沉地盯着她："低血糖？"

迟绿沉默了一会儿："不知道。"

博延拧眉，看向另一侧的助理："东西能拿上吗？"

圆圆呆愣愣地点头："可以的。"

博延嗯了一声，低声道："麻烦了。"

话音刚落，迟绿被他抱了起来。

"博老师，"迟绿一惊，猝不及防地搂住他的脖颈，着急地说道，"你干吗？"

博延冷冷地睨她一眼，没说话。

迟绿挣扎两秒，无果。

"你把我放下来，我就是躺久了有点儿腿软，我没事。"

博延还是没理她。

迟绿安静了几秒，突然问："你是用这样的方式在占我便宜吗？"

博延："……"

他被她气笑了："你说什么？"

迟绿避开他的目光，舔了一下唇说："你这个脸色太严肃了，我害怕。"

"……"

迟绿最了解博延，也知道怎么治他。

这话一出，博延也不好再严肃。他深呼吸了一下，努力压了压自己的怒气："出去前怎么说的？"

"啊？"迟绿装傻，"我出去前跟你说什么了吗？"

博延看着她。

迟绿心虚，小声道："工作问题，我也没办法拒绝。"

她出去工作那天，是博延送她离开的。

临走前，博延想到她减肥的事，特意问过她，需不需要给她安排专门做饭的人。

迟绿拒绝了，还答应他会按时吃饭。

这几天下来，每天早中晚，她会收到博延提醒她吃饭、提醒她喝水的消息，迟绿也都会抽空回复，告诉他吃了、喝了，但现在看，她说谎了。

博延冷着脸没再出声。

两人进了电梯，博延看了一眼："旁边电梯下来了，我们先上去。"

"哦。"迟绿这会儿完全不敢说反驳的话。

博延没送她回家，直接抱着她去了七楼。

迟绿看了一眼，倒也没拒绝。

直到进屋坐在沙发上，她才后知后觉地发现有点儿不太对。

她抬头看着进了厨房的男人，想了想说："博老师，我们俩角色互换了吗？"

博延透过玻璃门看了她一眼，问："什么意思？"

迟绿沉默了一会儿，直接说："你现在不是追求者吗？追求者哪儿敢对被追求者那么凶的。"

有那么一瞬间，她差点儿以为自己才是追求者，而不是被追求者。

迟绿觉得自己亏了，非常亏。

博延："……"

他觉得好气又好笑，给她冲了一杯糖水递给她："我为什么对你凶，你不知道？"

"……"迟绿瞅了他一眼，"不知道。"

博延乐了。他抬手，狠狠地揉了揉她乱糟糟的头发："饿不饿？"

"饿。"迟绿很诚实，"你要做什么？"

这会儿都已经晚上十一点了。

博延轻笑了一声，低声道："你想吃什么就做什么。"

迟绿想了想，看着他："吃碗面吧，想吃西红柿鸡蛋面。"

"好。"

博延做西红柿鸡蛋面很拿手，因为这是迟绿最喜欢吃的。

男人进了厨房，迟绿给博盈和圆圆发了消息后，跟了进去。

厨房的灯是白色的，很亮，亮得有些刺眼。

迟绿看博延熟练的动作，眉梢稍扬。

"博老师，你一个人也经常做饭吗？"

博延看着她："偶尔。"

其实很少，他工作忙，一般只有深夜饿了才会亲自下厨。而他做得最多的，就是西红柿鸡蛋面，一个是因为简单，另一个原因……

他很轻地笑了一下，看了迟绿一眼。

"你这样看着我干吗？"迟绿靠在墙边问，"我很久没吃这个面了。"

博延应了一声，淡淡地说："想吃来我这边。"

"哦。"迟绿弯唇笑笑，看他，"你是不是就想骗我来你家？"

博延挑眉，目光直直地看了她几秒，不紧不慢地说："现在才发现？"

迟绿："……"

/ 第六章

多加柠檬

简简单单的一碗西红柿鸡蛋面，因为是博延做的，迟绿就觉得味道很特别，是在其他地方都吃不到的味道。

她闻着熟悉的香味，胃在抗议。

面还在散发着热气。迟绿接过博延给的筷子，垂眸看向他："你不吃？"

"嗯，不饿。"博延拿了两杯水坐下，递给她一杯，"我在这儿陪着你。"

迟绿轻眨了一下眼，没拒绝。

面和她记忆里的味道很像，几乎没有区别。

迟绿吃东西很慢，小口小口地嚼着。她低垂着眼睑，看上去像一个听话的小孩儿。

博延坐在她的对面，能把她所有细微的表情都收入眼底。他敛了敛眸，目光直直地望着她，没有半点儿闪躲。

几天没见，迟绿瘦了不少，眼底的青灰色也明显了许多。

恍然间，博延想到了以前。

两人还没认识时，博延就听博盈念叨过她的同桌。博盈是个有活力的人，每天叽叽喳喳，每天晚上在家吃饭，会说学校里的趣事。她跟家里的阿姨也能唠半个小时。

博延第一次听她说迟绿，是在一天早上，她起晚了，眼看着就要迟到了。他正好要出门，顺路送她去学校。

博盈安慰他："哥，你不用着急啦，我绝对不会是最后一个到学校的。"

博延："……"

他看了一眼时间，眉梢抬了一下："你要迟到了。"

"那也没事。"博盈昨晚熬夜看小说，这会儿困得厉害，"反正我还有同桌垫底呢，她也老迟到，我们老师都习惯了。"

博延像是听到了什么笑话一样，有些不可置信："你们现在的高中生，迟到还觉得自豪？"

"没啊！"博盈瞪大眼解释，小声说，"我就是觉得……真没必要那么着急，迟到最多就是被罚写个检讨书，保证下次不犯，或者是在教室后面罚站一节课，也不是什么大事啊！"

"……"

博延一时间接不上话。

过了一会儿，他才问："你同桌总迟到？"

博盈点点头，靠在车窗边说："她喜欢睡觉，起床气超级大，家里人一般不怎么喊她。"她想了想，转头看着博延，说，"哥，我觉得她和你其实还挺像的。"

博延挑眉："哪儿像？"

"就是有实力、有底气，但是又叛逆。"博盈说着，突然来劲了。她也不管博延想不想听，噼里啪啦地说了一堆和迟绿有关的事。

博盈说，迟绿文科成绩很好，但数学很差；说迟绿历史和政治也很好，经常考满分，但地理永远徘徊在及格线，老师对迟绿又爱又恨，还说迟绿长得很漂亮，又高又瘦，学校很多男生喜欢迟绿，还有跟迟绿表白的，可迟绿都不看人家一眼，说那些人不够帅，没资格当她男朋友。

博延那会儿没觉得这人多特别，最多觉得迟绿有些叛逆。

两人说着说着，博盈突然哎了一声，激动不已地指着窗外说："哥，你看那家小店，迟小绿还在那儿吃早餐呢！"

恰好是红灯，博延下意识地侧眸去看。

迟绿穿着校服，长发披肩，别在耳后，露出巴掌大的脸。她又高又瘦，校服穿在身上显得非常大，宽松的外套被她绑在腰间，露出了纤细的腰肢。

她慢悠悠地走着，手里还捧着一个圆白色的纸盒，里面是拌面。

她边吃边走，悠闲又自在。

绿灯亮了，后面喇叭声响起，博延驱车往前开。

博盈看了他一眼，想了想，问："哥，我能不能让迟小绿上车？"

"嗯。"博延应了一声，"这儿没地方停车，你给你同学打个电话。"

"哦哦。"博盈掏出手机给迟绿打电话，没几秒就挂断了。

她耷拉着嘴角，摊手道："她说她要再呼吸一下早上新鲜的空气，让我们先走。"

博延："……"

把博盈送回学校，博延掉头离开时，再次看到了她。

迟绿的早餐吃完了，手里的白色盒子换成了酸奶。她站在阳光下，慢吞吞地往另一边走。

那一次，博延对她最后的印象是她书包上挂着的一个小玩偶。她从旁边路过时，小玩偶一晃一晃的，晃进了后视镜，也钻进了他的视线里。

迟绿是小鸟胃，吃几口就饱了。

看着剩下的面条，她心虚地摸了摸鼻尖。一抬头，她便撞进博延深邃如潭的眸子里。

有人说，眉眼深邃的人比寻常人更深情一些。

迟绿细细想了想，好像是这样。

"博老师，"迟绿抬起手在他面前晃了晃，"回神了。"

博延一顿，神色淡淡地嗯了一声："吃好啦？"

"对。"迟绿小心翼翼地推着碗，有点儿不好意思地说，"吃不下了。"

博延看了一眼，低声问："这就饱啦？"

迟绿点点头："你煮太多了，晚上本来也不能吃太多东西。"

博延拿她没辙："下次注意分量。"

"嗯。"迟绿也缓过来不少，静坐了一会儿，看着他，"那我先上去了。"

博延："好。"

两人起身，迟绿看他要送自己的架势，也没拒绝。

反正拒绝无效，博延到最后还是会把她送到家门口。

"早点儿休息。"

"你也是。"迟绿眉眼弯了弯，笑了一下，"面很好吃，谢谢博老师。"

博延看她客套的模样，抬手揉了揉她的头发："进去吧！"

迟绿："……"

回房间洗漱时，迟绿抬手碰了碰自己的头顶。

此时，她还能感受到博延手心的温度留在上面，带着属于他的味道。

洗完澡出来，迟绿看着房间里突然出现的人，有些茫然。

"你怎么又过来啦？"

闻言，博盈抬起头看着她，打了一个哈欠，说："怎么，几天没见，还不允许人家和你联络一下感情？"

"……"

迟绿没说话，转身护肤去了。

博盈看着她的背影，忍不住吐槽："你知不知道你现在像什么？"

"像什么？"

"渣男。"博盈义正词严地道，"在外面偷吃了，回家还嫌弃老婆的渣男。"

迟绿被她的话噎住："我去哪儿偷吃啦？"

博盈指了指楼下。

迟绿："哦。"她眨眨眼，带着欠揍的小表情说，"没办法，追求者要给我做吃的，我能拒绝吗？"

博盈被她的厚脸皮惊住了，无言了半晌："迟小绿，你可以啊，脸皮变厚了。"

迟绿："哼。"迟绿睨她一眼，往床那边走，"你没睡，为什么不下去接我？"

博盈理直气壮道："我哥去了啊，我觉得比起看见我，你更想看见我哥。"

"……"这话让迟绿无法反驳。

她闷闷地嗯了一声："你赢了。"

博盈笑了，弯了弯唇，看着她："你打算让我哥追多久啊？"

迟绿一愣，狐疑地看着她："你是帮你哥来打探消息的吗？"

"不是呢！"博盈高兴地说道，"我是来让你多为难为难他，让他多追一段时间的。"

闻言，迟绿扑哧一笑："好，我会接受你的建议的。"她拍了拍博盈的脑袋，"睡觉，我困死了。"

博盈看她这样，把还想说的话给收了回去："好吧，晚安。"

次日，迟绿在家休息。

她睡醒的时候，博盈和圆圆都不在家。两人早上叫了她，说是要踩着秋天的尾巴，去赏秋。

迟绿那会儿困到极点，想也没想地把两人赶走了，但这会儿，她真有点儿无聊了。

洗漱过后，她拎起手机到沙发上躺着。

她在三人的群里发了个消息，季清影和陈新语估计在忙，没及时回复她。

迟绿沉默了一会儿，瞅了几秒博延的头像。

这时，博延的消息发了过来。

博延："醒了吗？"

迟绿："你是不是在我家装了监控？"

博延："没有，算了算你睡觉的时间，差不多要醒了。"

迟绿："哦，那你有点儿准。"

博延："打算吃点儿什么？"

迟绿："不清楚，博盈她们出去玩了，我待会儿看看冰箱里有什么。"

消息刚发出去没多久，博延的电话来了。

"喂。"迟绿懒洋洋地道，"你不忙？"

博延嗯了一声，翻看着手里的资料："还好，你想不想出门？"

迟绿挑眉："去哪儿？"

博延想了想，笑着说："看你有没有想去的地方，没有的话，我来安排？"

"现在？"迟绿有些茫然，"你不用上班吗？"

博延："周五，可以早点儿下班。"

迟绿笑了一下，低声道："你直接说你是老板，想什么时候下班就什么时候下班。"

博延道："也可以这么说。"他笑着提醒，"现在想想有没有想去的地方，我回来接你。"

"好。"

博延还没把车停好，便看到了路边站着的人。

迟绿今天特意穿了一条秋款长裙，裙子到脚踝处，穿着一双单鞋，看上去简约又漂亮。

博延在她面前停下，看她上车后，目光落在她的脸上，眉梢扬了扬。

"看什么？"迟绿低头扣安全带，很淡定地问。

博延看了看她脸上精致的妆容，笑了："很漂亮。"

"哦。"迟绿傲娇地说道，"我什么时候不漂亮啦？"

博延勾了一下唇，没回答。

"想吃什么？"

"都行。"迟绿想了想，嘀咕道，"其实有点儿想吃烤肉，但这会儿不合适。"

博延嗯了一声，垂眸看着她："先吃点儿别的，晚上带你吃烤肉？"

"也行。"

两人随便找了一家店，迟绿吃了一碗小馄饨。

吃饱后，两人去下一个地方。

迟绿很久没回来，其实也不确定哪儿比较好玩。

她回来后唯一去过的娱乐场所就是姜臣的酒吧。前几天本来约好要和季清影几个人聚一聚的，结果她临时有工作，也就耽搁了。

迟绿看向旁边的男人。

"博延。"

"怎么啦？"

迟绿托腮望着他，想了想，问："前几天你们去酒吧了吗？"

博延抬了一下眼："没有。"

迟绿啊了一声，有些惊讶："不是说好去的吗？"

"你没空。"

迟绿愣了几秒，惊讶地看着他："因为我没空，所以你们就都没去？"

博延点了点头。

迟绿有些意外，小声说："我还以为你们也会单独聚会。"

她那几天忙，也忘了问他们这件事。

博延瞅了她一眼，淡淡地说："你是主角，你不去，他们也觉得没什么意思。"

"……"

博延沉思几秒，又补充了一句："我们偶尔在酒吧会见到，不需要刻意聚会。"

只因为迟绿会去，其他人才说要去。

那是给迟绿面子，也是给博延面子。迟绿的大名，一行人都有所耳闻，只是没真正深入接触过。

迟绿哦了一声，还有些说不出的开心。她偏头笑笑，问："那明天呢，他们有空吗？"

博延看着她："想去酒吧玩？"

迟绿眨眨眼，说："一点点。"

博延："我问问。"

迟绿点点头，转头望着窗外。

道两旁的建筑都发生了不小的变化，她盯着看了一会儿，突然说："博延，你陪我去宠物店吧！"

博延一怔，诧异地看着她："想养宠物？"

"嗯。"迟绿弯唇笑笑，"我想养一只猫。"

在国外的时候，迟绿就想过很多次，但那会儿工作实在太忙了，她也不确定自己会在那边待多久，所以有想法，但一直没有行动，可现在不一样了。

博延沉思几秒，颔首道："好。"他敛眸，"有看好的宠物店吗？"

迟绿望着他："没有。"

"……"

对她没看好宠物店就想养宠物这件事，博延一点儿也不意外。

以前两人在一起时，迟绿也经常如此。她想要什么，总是突然提出来，不做任何功课，也不提前调查。

这些事，基本上都是博延做的。博延也乐意给她解决这些小事，她只管享受，其他的交给他。

博延笑了一下，低声道："我问问金姐，她养了宠物。"

"好。"

给金姐打过电话后，博延带她去了宠物店。

宠物店有很多小猫，迟绿喜欢温顺又漂亮的猫。

博延在旁边陪着，也不催促。

两人在里面转了一圈，迟绿决定得很快，要了一只白色的布偶猫妹妹。小猫长得漂亮，眼睛圆圆的，是蓝色的，看上去深邃又美丽。

迟绿看见的第一眼，就想要它。

她转头去找博延："我想要这只小猫。"

博延点头："好。"

买单的时候，迟绿立马制止了博延。

"不行，这只猫只能我花钱。"

博延不明所以地看着她："为什么？"

"没有为什么。"迟绿一本正经道，"我有钱。"

博延："……"

宠物店老板笑了一下，小声说："你们是情侣吧？"

迟绿和博延一顿，无声地对视了一眼，没承认，也没否认。对不熟悉的人，两人一般不会解释。

宠物店老板笑了笑，说："有个不太好的传言，说情侣一起养宠物，很容易分手。"她又道，"当然这只是传言，不用太相信。"

话音落下，博延立马把卡收了回去，看向迟绿："你买吧！"

迟绿忍着笑，抿了抿唇，道："好的。"

宠物店老板看两人这样，茫然了几秒，又跟着笑了起来。

订好小猫后，两人没立刻带走。

迟绿家什么都没有，买猫纯粹是一时冲动，她得先去准备些东西。

"我们明天过来接它吧！"迟绿弯了弯眉眼，"你可以给我列个清单吗？它

187

喜欢什么，不喜欢什么，我先准备好。"

"当然。"

要离开时，小猫还对迟绿有些依依不舍。

迟绿望着它，笑盈盈道："欢迎你呀，以后你就是我的家人了。"

小猫像是能听懂一样，伸出小爪子在她的手心拍了拍。

博延垂眸看着一人一猫的互动，突然有些酸涩。

如果没有那件事，迟绿应该不会想养一只小猫当自己的家人。她之所以想养猫，是因为她一个人太孤独。在她的潜意识里，她是没有家的人，想给自己重新找一个家。

他们从宠物店出来，时间还早。

迟绿也没注意到博延的情绪变化，正捧着手机在查东西，时不时还要和刚加上微信的金姐聊几句，聊关于第一次养小猫要准备什么。

把要准备的东西一一记下来后，迟绿兴致勃勃地看向博延："博老师，我们去这家宠物超市，里面的东西比较全，评价也还不错。"

博延颔首："好。"

迟绿嗯了一声，念叨着："你说它去我那边会习惯吗？我以后还要搬家，它会不会又不适应啊？"

博延沉默了一会儿，低声道："不会。"

迟绿挑眉，诧异地看着他："你怎么知道不会？"

"……"博延稍顿，望着她笑了一下，"你对它那么好，它习惯了你，无论你去哪儿，它都会跟着。"

迟绿愣了片刻，狐疑地看着他："你心情不好？"

"嗯？"博延抬了抬眼，"没有。"

迟绿目光直直地望着他，肯定地说道："你怎么忽然心情不好了，因为我养猫？"迟绿惊讶地道，"博老师，你该不会是不喜欢猫吧？"

"不是。"博延抿了一下嘴角，自嘲道，"挺喜欢的。"

迟绿看他这样，一时间还真有些不确定。

"那是公司临时有事？"不应该呀，她没看见博延接电话啊？

博延伸手拍了一下她的脑袋："别乱想，没有的事。"他沉默几秒说，"可能是人老了，多愁善感。"

迟绿："……"

她哦了一声，毫不客气地打击他："确实是，你马上就'奔四'了。"

闻言，博延不可置信地看着她："我怎么就'奔四'啦？"

"三十岁了啊！"迟绿一本正经地道，"你满了三十岁，那不就是'奔四'了嘛！"

博延沉默几秒，提醒她："迟绿，我三十岁生日还没到。"

"下个月就到了。"迟绿理直气壮地说，"就一个月，跟满了没多大区别。"

博延沉默了一会儿，说："那我说你二十五岁，你乐意吗？"

"乐意啊！"迟绿眼睫毛轻眨了一下，又长又翘，像是小扇子一样刷过他的心尖。

她得意扬扬地说："反正我外表看着永远十八岁。"

博延："……"

他被她强词夺理逗笑了，还真说不出反驳的话。

"你这是什么表情？"迟绿一脸严肃，"难道我看着不像十八岁吗？"

博延嗯了一声："不像。"

在迟绿的死亡注视下，他含笑改口："说十六岁才对。"

"……"

迟绿有些不自在。

她眼珠子转了转，耳郭渐渐红了。她能自夸，但被博延这么一说，又有点儿不好意思。

迟绿调整了一下情绪，抿唇说："好吧，既然你这样说了，那我也不说你'奔四'了，怎么样？"

博延挑眉，被气乐了。

"那我要谢谢你吗？"

"要。"迟绿毫不犹豫地说，"但不能口头感谢。"

博延看着她。

迟绿指着旁边的小店："博老师，我想喝柠檬茶。"

"……"

博延下车。

迟绿不敢在人这么多的地方明目张胆地下去。她坐在车内，望着往奶茶店走的男人。

博延今天穿的依旧是衬衫和西裤，车里、车外温度都不低，他下去时也没拿外套。他的袖子被挽起到小臂处，衬衫纽扣也随意地松了两粒，从背影看，身姿挺拔。

迟绿看了一会儿，不得不承认，博延无论什么样，依旧让她心动，是避无可避的那种悸动，让她无处可逃。

他排在一群女人身后，周围人的目光落在他的身上，他也毫无察觉。可能是脸太出众了，也可能是身材，迟绿还看见有人上前和他搭话了。

有那么一瞬间，她有点儿后悔没跟着他下车。

博延手机一振，他笑了一下，看向旁边的女生："抱歉，我先回个信息。"

旁边的女生点点头，激动得脸都红了。

"博老师，没想到会在这儿遇见你啊！我好喜欢你的书，可以给我签个名吗？"

博延稍顿，回头往车停着的地方看了一眼，淡淡地说："带书了吗？"

"带了带了，我刚刚从书店出来，正好买了新的。"

博延失笑，接过女生递过来的笔，利落地签了名。

"博老师，能不能跟我们合张影啊？"

"不太方便。"博延看了一眼手机里收到的消息，道，"我追的女孩儿会吃醋。"

"啊？"小女生愣住了，随即惊呼道，"博老师，你还用得着追人？"

博延颔首。

小女生蒙了下，顺着博延看的方向看了一眼，默默收回了目光。

"那不打扰博老师了。"

"好，谢谢。"博延客套又礼貌。

旁边的女生退开几步，他才给迟绿回消息。

迟绿："博老师，让老板多加点儿柠檬。"

博延："买几杯？"

迟绿："一杯。"

博延："好。"

迟绿看他回过来的消息，有种挫败感。

她轻哼了一声，有些别扭。

迟绿瞅了一眼还在排队的人，无聊了。

她想了想，拍了一张博延的背影发给博盈。

博盈："干吗？"

迟绿："你哥在女人堆里。"

博盈："当着你的面这样啊？你等等啊，等我回家帮你教训他，这个花心浪子，吃着碗里的，瞧着锅里的。"

迟绿："好，等你哦。"

博盈："OK（好的）。"

没一会儿，博延捧着她要的柠檬茶回来了。

迟绿看了一眼，里面还真多了几片柠檬。

"你喝还是我喝？"迟绿抬眸。

博延垂下眼望着她，问："多加柠檬，不是为了给我喝？"

"不呢！"迟绿从他手里接过，喝了一口，说，"是我想喝酸的了，你知道吧？"

博延："……"

博延没说话，就这么目光沉沉地望着她，一瞬间也不知道该说点儿什么好。

柠檬茶是真加了不少柠檬，光看着就让人觉得酸。

迟绿喝了两口，眉头都拧在一起了。

"这老板是不是太实诚啦？"她看向博延，"怎么会这么酸？"

博延看着她："酸？"他语气平静，让人听不出多余的情绪。

迟绿沉默了一会儿，点点头："嗯呢。"她抬眼看着他，"你不信啊？不信的话——"后面那句"你再去买一杯试试"还没说出口，博延忽然低头凑了过来。男人就着她的手，柔软的嘴唇碰到了柠檬茶的吸管，是她刚刚咬过的地方。

迟绿有个有点儿幼稚的习惯，无论喝什么，都很喜欢咬吸管。

她总觉得只有咬了吸管，东西才会更好喝。小时候爸妈让她改，但她长大后，他们也不说了。

她渐渐地把思绪收回来，看着偶尔会蹭到自己脸颊的柔软发丝。

男人的头发不短不长，是纯黑色的，没有染色，蹭到自己的脸颊时，有些痒。

迟绿有点儿不自在。

博延靠得太近了，近到他喝柠檬茶的时候，呼吸全落在自己的手指上，近到她能清晰地听见他吞咽的声音。

就着声音，她甚至能想象到他喉结滚动的模样，是性感的，让人看见便无法把控的。迟绿的耳郭温度在逐渐上升。

她舔了一下唇，忽然也有些渴了。

她的思绪正在飘散，博延突然动了一下。他起身，近距离望着迟绿。

两人的目光交会，暗流涌动。

几秒后，博延淡淡地说："还好。"

迟绿眼皮一跳，还没回过神来。

博延看着她，低声道："喝不惯我喝？"

"……"

迟绿眨眨眼，望着他嘴唇上还残留的水珠，努力拉回自己飘散的思绪。

"你想得美！"她别开眼道，"博老师，你现在越来越抠门了，自己想喝，不知道多买一杯吗？"

博延垂下眼，望着她红了的耳郭，弯了一下唇："嗯，我比较穷。"

迟绿："……"

她扭头看着他。

博延坐回自己的位置，慢条斯理道："要存钱娶老婆，所以生活上要对自己抠一点儿。"

话题突然岔到了这上面，迟绿一时间也不知道要说什么。

她发现了，博延现在就像抓住了她的命门，时不时要往这上面扯。

她噎了几秒，话在嘴边转了好几圈，压住了。

"哦。"她看着被他喝了一大半的柠檬茶，"你能不能……收敛点儿，博老师？"

博延看她低头的模样，也不继续逼她。

他含笑应着："好。"

两人从奶茶店离开，去了宠物超市。

迟绿对需要买什么很清楚，在来的路上她已经列好了清单。

只是，到了超市后，她看着那些摆放整齐的小玩意儿就全想买。

"这个猫窝是不是很可爱？"她回头看向博延，"买这个吧！"

博延看了一眼，点了点头："好。"

他没提醒她，她在三分钟前已经选了一个她认为最可爱的猫窝了。

迟绿眉眼弯了弯，很是开心。

除了猫窝之外，她还买了一堆玩具，至于那些猫砂盆、猫粮等物品，她都按照金姐和宠物店老板说的，对比后再购买。

两人走出宠物超市时，收获满满，此时，时间也不早了。

博延侧眸看着她："有没有别的想去的地方？"

"啊？"迟绿看了一眼时间，"好像不早了，都傍晚了。"

博延嗯了一声："差不多可以吃晚饭了。"

迟绿噎了噎，点开手机道："我先看看附近有什么吃的，顺便玩玩。"

"好。"

迟绿点开看了看，有个新开的店环境看着还不错，而且在那个商场楼上，还有个电玩城，她有些蠢蠢欲动。她看向旁边的男人，沉思了几秒，道："博老师。"

"嗯？"

"你能不能先去换套衣服？"

博延失笑，看了一眼自己身上的衣服："嫌弃我？"

"不是。"

迟绿倒是诚实："就是太正式了，待会儿进去后不好行动。"

还有句话迟绿没说，除了正式之外，还很招摇。博延这一身会有源源不断的目光落在他的身上。

她不想承认自己吃醋。

看着博延的眸子，她想了想，又一脸无辜且真诚地补了一句："我还担心自己上热搜。"

这段时间，她上过好几次热搜。有夸她的，也有贬她的，更多的是说没想到她回国后资源差了那么多，还说她现在什么活动都接，抹黑了国际名模的身份，太掉价了。

迟绿对这种评论，一般都不在意。

她很少去看别人的评价，但她真的不太愿意频繁上热搜。

"……"

博延看她欲盖弥彰的模样，唇角往上，牵了一下："好。"他看了一圈，"那先买衣服？"

"嗯。"

两人去了最近的商场，一楼全是她熟悉的品牌，一应俱全。

迟绿看了一会儿，转头看着他："你喜欢什么样的？"

博延扬了一下眉，道："你挑。"

迟绿哦了一声，不紧不慢地说："不太合适吧？"

"哪儿不合适？"博延看着她，笑了一下，"请你帮我挑，不愿意？"

迟绿眨了一下眼，得寸进尺地说："既然博老师都这么说了，那我就勉为其难地给你挑一下吧！"

博延目光直直地看着她，弯了一下唇："好。"

对迟绿，他向来纵容。

迟绿扫了一圈，找了一家最适合博延的店进去。

她一进去，里面的店员便认出了她。

"迟小姐？"

迟绿微微一笑，嗯了一声："你好。"

柜姐愣了几秒，又看向她身后的男人，瞳眸里有了茫然，但好在职业素质在，很快便恢复如常。

"这边请，是有看好的款式吗？"

迟绿想了想，看向她："你们今年秋季主打的那款风衣，有货吗？"

柜姐面带微笑："店里刚好还剩最后一件现货。"

迟绿嗯了一声，淡淡地说："把那款拿过来试试。"

"稍等。"

除了风衣，迟绿还给博延选了一套看上去休闲点儿的黑裤白衣。

博延是典型的衣架子身材，穿什么都好看，更别说迟绿给他选的还都是特别好的。

他把一整套换完，出来后，迟绿沉默了。

"怎么？"博延看她落在自己身上的眼神，有一丝意外，"不好看？"

迟绿："不是。"

她忽然有些后悔，为什么要提议来买衣服。博延穿这身出去，她敢肯定会比之前那一身更引人关注。

博延挑眉，含笑望着她："脸上什么表情？"

迟绿回神："没什么。"她立马调整情绪，低声道，"挺好看的，就这套吧，你觉得呢？"

博延颔首："好。"

买单的时候，柜姐有些迟疑。

"迟小姐，你是我们品牌的代言人……"

迟绿不仅仅是这个品牌的代言人，还跟品牌总监很熟，之前品牌总监便交代过，只要是迟绿进店，无论买什么，都不收费。

迟绿弯了一下唇，指了指博延："没关系，博老师不差钱，这也不是我买的，按正常流程走。"

闻言，柜姐有些尴尬地看着博延。

博延倒是没觉得意外，迟绿不爱占便宜，就算是她要给博延买，也不需要免费。

"听她的。"博延道，"麻烦了。"

柜姐摆摆手，一脸紧张地说道："应该的，博老师。"

给两人签完单，柜姐望着两人，欲言又止。

迟绿了然，低声问："你是想要博老师的签名吗？"

大多数关注娱乐新闻和财经新闻的人是认识博延的，更别说柜姐。柜姐这个工作看似简单，但因为她们接触客人的层面，对圈内艺人都认识。

柜姐也看过博延的电影，还买过他的书，自然也认识他。

她也确实算他的粉丝。

她点点头，低声道："但不太合适。"

迟绿笑道："这有什么不合适的？店里这会儿人少，让博老师签个名很快的。"

听到两人的对话，博延看了一眼迟绿，应了一声："要签哪里？"

"这里吧！"柜姐立马掏出自己的小本子，眼睛亮了亮，说，"日常的小笔记本，能激励我前进。"

博延一笑，低头签了名，说："谢谢。"

柜姐摇摇头，激动得脸都红了。她捧着小本子看向迟绿："迟小姐，可以帮忙签一个吗？"

迟绿点头："当然。"

她低头签名，柜姐在旁边看了一眼，突然说："迟小姐的字形和博老师的好像啊！"

迟绿拿笔的手一顿，嗯了一声："漂亮的字都相似。"

柜姐："……"

迟绿把本子递给她，弯唇笑笑："谢谢你喜欢。"

她看着迟绿："我超喜欢你的。"

"好。"

他们从店里离开。

博延低头看了她一眼，突然问："为什么否认？"

"否认什么？"

博延看着她，不紧不慢地说："字。"他顿了一下，弯腰问道，"你的字难道不是博老师教的？"

迟绿一噎，没好气地瞪他一眼："你哪儿有教，你最多就是监督我练字而已。"

迟绿小时候就学过书法，但她是那种三天打鱼两天晒网的类型，到高中阶段，字写得一般。

那会儿博延当她的家教老师，字写得很漂亮，迟绿就蠢蠢欲动。

再之后，博延给她买了几本字帖，每天监督她练字。

她模仿过博延的字，久而久之，两人的字自然也就相似了。

博延听她强词夺理，也不生气："是吗？"他开始翻旧账，"我怎么记得，我还手把手教过你握笔？"

迟绿哽了一下，小小地翻了一个白眼："你现在是要跟我算账了吗？"

"不是。"博延一顿，认真地说，"单纯帮你回忆。"

迟绿一怔，诧异地看着他。

博延叹了一口气，很委屈的模样："免得你把我这个博老师忘得一干二净。"

迟绿噎住，没好气地问："你是戏精吗？"

博延笑笑，看着她："迟小姐。"

"干吗？"迟绿瞪他。

博延一顿，朝她张开手说："能麻烦你给我签个名吗？"

他掌心的纹路有点儿乱。

迟绿看着，忽然想起不知道谁说过，掌心纹路过乱的人，这一生注定不会太顺遂。蓦地，她想到了发生在博延身上的那些事。

虽然说不该信这些子虚乌有的东西，可偏偏事实摆在面前，又让人不得不信。

迟绿久久没说话，博延敛眸望着她，声音放轻了不少："怎么啦？"

"没有。"迟绿回神，抿了下唇角看他，"带笔了？"

博延一怔，笑了笑，收回手："回去补给我。"

迟绿："可以。"

博延愣了一下，有些意外。

迟绿这么听话，还让他有些不适应了。

他盯着迟绿看了一会儿，低声问："没遇到什么事吧？"

迟绿啊了一声，茫然地看着他："我能遇到什么事？"她睨他一眼，眸子里有些许嫌弃，"走了，我饿了。"

博延："……"

两人往楼上的屋顶花园走，商场楼上位置宽敞，有咖啡厅、餐厅，也有甜品店。

迟绿推了推鼻梁上的墨镜，和博延并排走着。

两人气质出众，即便是在商场里，也有不少人注意到了他们，迟绿默默地往前挪了两步。

博延看着她的动作，眉心突地一跳："跑什么？"

"没跑。"迟绿一本正经地说，"博老师你太招蜂引蝶了，我离你远点儿。"

博延差点儿没被她给气着。他看了一圈，不远处正有几位男士望着迟绿，目光赤裸，没有半点儿掩饰。

他们眸子里散发出来的意思，让博延有些不爽。

他拧了一下眉，看向迟绿："帽子呢？"

"什么？"迟绿愣了一下，"在车里没拿。"

刚刚下来时，她确实没拿帽子。

博延嗯了一声，安静几秒，说："要买吗？"

迟绿没说话，盯着博延看了几秒，忽然笑了。

"你要？"

博延："可以。"

迟绿哦了一声，慢悠悠地道："我不要，我有很多帽子，不用买。"

博延目光直直地望着她，也不吱声。

迟绿被他看得不自在，含糊地道："戴了也有人看。"

博延抬了一下眼："嗯。"

他看着迟绿露出来的红唇和侧脸，表示认可。

即便是没有迟绿这张脸，就她的身段和气质，也会有人关注她。

她的光芒是任何东西都无法掩盖的。

迟绿瞅了他一眼，也不跑了。

两人尽量忽视周围的目光，进了餐厅。

迟绿对吃的一会儿一个主意，到最后还是决定吃烤肉。

店里人多，考虑到迟绿的身份，博延要了一个小包间。

坐下后，迟绿才觉得自在了。刚刚两人进来时，外头有不少人盯着他们在打量、议论。

她刚坐下，还没来得及看手机，手机先振动了。

圆圆："迟绿姐，你和博总约会去了啊？"

圆圆："博总今天穿得好帅啊！'男友力'太强了。"

圆圆："你们看上去太般配了吧！"

这段时间圆圆和她们住在一起，听了不少迟绿和博延的故事。

大多数的事，她是从博盈那儿听来的，知道两人之前是男女朋友，现在是分手后追求者和被追求者的关系。她还知道，迟绿也挺喜欢博总的，而博总，爱迟绿爱到无法自拔。

虽然迟绿并没有这样认为，但圆圆这个旁观者觉得是。

迟绿看到她的消息，抽空回复道："哪儿看到的？"

圆圆："微博，还没上热搜，但你的超话里有粉丝发了你们俩的合照。"

迟绿："拍得漂亮吗？"

圆圆："漂亮，我转给你。"

圆圆跟着迟绿一年多了，知道她是什么性格。

她不怕被人偷拍，也不怕上热搜被人议论，但是呢，她介意别人把她拍得不好看。

曾经有一次，迟绿因为工作过于繁忙，好长一段时间都没睡好，导致脸和身体都有些浮肿。

那天正赶上她和圆圆出了门，她也没化妆，被人偷拍后上了娱乐新闻。标题写的是"名模脸和身材都垮了，疑似整容失败"。

迟绿被气得不轻。

她不在乎别人说她整容失败，她在乎的是那几张照片里，偷拍者把她拍得又丑又矮。

那一天，迟绿生气地把拍照的那家媒体拉黑了。从此以后，只要是那家媒体采访，迟绿态度都不怎么好。

她甚至在人家拍照之前，会重点提醒他们，把她拍得好看点儿。

迟绿看了看圆圆转发过来的照片，不得不承认路人拍的照片都挺好看的。而且她和博延站在一起，也确确实实有点儿般配。

博延穿着深色系风衣，身姿挺拔，模样俊朗。她穿着一条长裙，也没过多的装扮，但迟绿搭配了一条比较吸睛的项链，像是点睛之笔。

两人站在一起，颜值和身材都让人挑不出任何毛病。

迟绿看了几张，甚至发现，这几张照片里，博延几乎都在看她。

他的目光从始至终都落在自己的身上。其中有几张，他在跟自己说话，眼尾往下弯着，有少许的笑意。

迟绿怔了一下。

博延看着她："在看什么？"

"没。"迟绿想了想，看他，"你跟我被人拍了，你介意吗？"

博延盯着她须臾，问："你觉得我会介意吗？"

"……"迟绿抿了一下唇角，咕哝道，"我怕有人会看见啊！"

"……"

这话一出来，两人都知道指的是谁。

博延沉默了半晌，给她倒了一杯水，说："嗯，没关系。"

他语气平静，像是随口说的一样。

"看到也没事。"

迟绿愣了片刻，诧异地看着他："为什么看到也没事？他们不管你？"

闻言，博延像是听到了什么笑话一样，挑眉看着她："我多大了。"他云淡风轻地说，"你不用管别人，对你没影响就行。如果对你有不好的影响，我让人处理。"

他说这话的时候，像是在评价今晚这顿饭不怎么好吃一样。

迟绿听着有些想笑，但又笑不出来。

她嗯了一声，垂下眼，点开微博："我没关系，迟早会被拍的。"

博延颔首。

微博上果然有和两人相关的新闻。

之前两人也一起出去过，但博延一次也没被媒体认出来。偶尔有新闻出来，也都只是说迟绿身边有男士出现，疑似男朋友。今天，两人被拍到了正脸。

迟绿的粉丝不少，博延的更多。他虽然退圈不做编剧了，可之前有不少"女友粉"。

两人的照片最开始只发在迟绿的超话里，渐渐地开始有营销号转发，说是国际名模携男友逛街，甚至有人猜测迟绿回国就因为这个男友。

营销号转发出去没多久，便有网友认出了博延。

"女友粉"看到合照后，瞬间蒙了。

"国际名模的男友是博老师？！"

"这两人是一对？"

"是我刚联上网吗？这两人为什么会是一对啊？"

"我失恋了！"

"虽然这样说会被骂，但我还是要说这两个人看上去太般配了吧？迟绿长得真美啊！模特界的'神颜'，没的说。博老师更是，编剧界的男模。"

"如果这两个人是真的，那我也有点儿想追。"

"如果这两个人不是一对，那么希望某个正在筹备的节目@恋爱周末，我希望你们马上邀请这两位参加！"

"楼上姐妹也太机敏了吧。@恋爱周末，只要你们能邀请他们去上节目谈恋爱，假的我也看呢！"

"握紧拳头期待！"

....

迟绿在看到热评上的"恋爱周末"四个字时才想起，还没给林静仪答复上不上这个综艺，甚至，她不知道网友怎么会从她和博延这儿联想到这个综艺。

迟绿看了几秒，想了想，看向对面的男人。

"博延。"

"嗯？"

服务员刚刚把两人点的食物送上来，他正在专心烤肉。

迟绿看着他说："你最近忙吗？"

"还好。"博延淡淡地说，"下个月会忙起来，到年底。"

每年年底，他们是最忙的，要做工作总结，还要处理很多遗留下来的问题，甚至要做新一年的规划。

博延最近的时间，基本上是之前攒下来的。若非如此，他也不可能在周五下午陪迟绿出来逛街。

迟绿哦了一声。

博延看着她，低声问："有什么事？"

"没有啊！"迟绿把两人的照片保存好，退出微博，"就随口问问而已，我过完这个周末也要忙起来了。"

博延嗯了一声，道："别太累。"

"不会。"迟绿弯了弯唇，一笑，"我有分寸。"

迟绿没吃几口烤肉，她吃了很多青菜。

博延知道她的习惯，也不强迫她，但也确实让迟绿多吃了几口东西。

两人从烤肉店离开时，博延的手机响了。

迟绿眼皮跳了一下，往他那边看。

博延看了一眼，挂断。

"怎么不接？"

"徐铭泽的电话。"博延淡淡地说，"不是什么急事。"

话音落下，手机铃声第二次响起。

迟绿笑了一下，指着不远处的洗手间："你接吧，我去一下洗手间。"

博延点了点头："好，我在这边等你。"

"嗯。"

看着迟绿的身影消失在视线里，博延才接通电话。

"什么事？"

他语气淡漠，和平常无异，但徐铭泽就是听出了点儿别的意思。

他有些无奈地说："博总，您和迟小姐上微博热搜了。"

博延应了一声："不用管。"

徐铭泽："……"

徐铭泽知道不用管，之前博延就交代过，他和迟绿如果一起被拍了，只要对迟绿没有影响，一律不管。可现在的问题，不单单是管不管的事。

"老博总给我打了电话。"他迟疑几秒，低声问，"您是不是把他们电话拉黑了？"

问出这个问题时，徐铭泽忐忑地摸了摸脖子。

他不知道博延为什么要把自己父母的电话拉黑，但从老博总刚刚打电话说的那些话里猜测，是这样没错了。不然那几个无关痛痒的电话，也不至于打到他这边。

博延神色寡淡，站在走廊的透明玻璃扶手处，淡淡地问："让你转告什么？"

徐铭泽一惊，低声道："他们让你回家一趟。"

闻言，博延淡淡地笑了一下。

隔着电话，徐铭泽感受到了博延的嘲讽，虽然莫名其妙，但他就是有这样的感觉。

"哦。"

徐铭泽眉心跳了跳，总觉得博延现在说话有点儿像迟绿。

"你会回去吧？"徐铭泽忐忑道，"老博总那边让我问过你之后给他们回话。"

"不会。"博延毫不犹豫地说，"就这么告诉他们。"说完，他看到迟绿从洗手间出来后站在原地没动。

博延顿了一下，说："以后他们给你打电话，无论说什么，你当没听见就行。挂了，没急事别给我打电话。"

徐铭泽："……"

他对着被挂断的电话茫然了十秒钟，泄气了。

他要怎么回复啊？

老板不能为了恋爱，什么都不管不顾吧？他这个小助理真的好难啊！

迟绿站在原地，博延走过来时，恰好打了一个喷嚏。

她眉梢扬了扬，狐疑地看着他："感冒啦？"

"没有。"博延一脸平静，"还想去哪儿玩？"

迟绿目光直直地盯着他看了一会儿："徐助理给你打电话，有急事吗？"

博延摇头。他垂眸望着她，主动说："隔壁商场楼上有个电玩城，想不想去那边转转？"

迟绿看他平静的模样，迟疑几秒，道："你如果真没事的话，那就去吧！"

博延点头："嗯。"

电玩城人多，晚上更多。

迟绿和博延出现在这儿，没太多人注意到他们。

迟绿扬扬眉，还有点儿开心。她转头看着旁边的男人，低声问："你想玩什么？"

博延笑了笑，看着她："得问你想玩什么。"

迟绿有些茫然，很久没来这种地方玩了，也不知道有什么新出的小游戏。

"不知道。"她说，"好久没玩了，你给我介绍一下？"

博延："我也不清楚。"

年轻人的喜好，他是真不知道。以前了解，是迟绿和博盈爱玩，且玩过后迟绿会找他说。

偶尔在游戏里遇到了骂自己的队友，她会让博延去帮她报仇。

久而久之，博延习惯性地玩她爱玩的所有游戏，还玩得非常好，就为了有机会给她报仇，让她觉得痛快。

两人无声地对视几秒。

迟绿先笑了出来，摸了摸鼻尖，弯着唇角说："那我们这算不算是被孤立啦？"

博延抬眼："不至于。"他看了一圈，"先看看对什么感兴趣，慢慢学。今天不行，还有下次。"

迟绿想想，也确实是这么回事。她眼珠子转了转，指着其中一个看着很漂亮的游戏机，道："去看看那个？"

"好。"

五分钟后，迟绿看到游戏界面出现的"失败"二字，转头和博延小声讨论："我觉得这个游戏不太适合我们。"

博延勾了一下唇："再试试别的？"

"嗯嗯。"

两人又去玩了一会儿别的。

迟绿头一回在游戏上被人碾压得如此彻底。

她站在原地沉思了许久，指着不远处的娃娃机："博老师。"

博延抬眼。

迟绿看着他，一本正经地道："要不我们还是抓娃娃吧！"她说，"我觉得这个比较好玩，其他的都一般，你觉得呢？"

博延抬眸看了她一眼，道："嗯，你说得对。"

其实抓娃娃，迟绿也很久很久没玩了，但这种游戏讲究概率，她就算没抓到也不丢脸，更何况，她旁边还有一位高手。

两人充钱，迟绿抬起眼睫，看着他："博老师，我们来比赛吧？"

博延挑眉："比什么？"

"比谁用最少的钱先抓到，怎么样？"

博延垂眸看着她，笑了一下："你确定？"

迟绿点头，得意扬扬地看着他："怎么，不敢比？"

"然后呢？"

迟绿想了想，笑着说："赢了的人可以向输的人提一个要求。无论是什么，输的人都必须答应且必须做到。"

博延目光直直地望着她半响，笑了笑："可以。"他看着迟绿自信的眉眼，低声问，"这么自信？"

"啊？"迟绿眉梢稍扬，唇角往上牵了牵，笑盈盈地说，"那当然。"

博延看了她几秒，转开了目光。

两人找了两台靠在一起的娃娃机，比赛正式开始。

迟绿在博延这儿的好胜心并不是很强，大多数时候她是随便的态度，但博延相对比较认真。

第一局，两人大概是手生，都没抓到。

第二局，两人调整状态，重新来过。

…………

他们站在原地不动，也总是能吸引人，更何况还有网上的热搜，一时间，两人旁边围了不少路人，其中还有粉丝。

有粉丝尖叫着："博老师，你好帅！"

迟绿手一抖，幽怨地看了一眼旁边的人："博老师。"她一字一顿地说道，"你好帅啊！"

博延哭笑不得："说什么呢？"

迟绿指了指，一脸傲娇地说："他们这样喊的。"

博延回头看了一眼，不远处真有粉丝在大声尖叫。商场保安大概是得到了

消息，第一时间赶到这边，围成了一个小圈，两人没有和任何粉丝、路人有亲密接触。

他看着躁动的粉丝，有些许忧心："还玩吗？"

迟绿看了看，低声道："商场保安都来了，我们得再待一会儿。"

博延抬眸。

迟绿一本正经地道："要给人家做宣传吧？保安都出动了，不回馈是不是有点儿不道德？"

有公众人物出现在商场里，对商场而言，是有利的。

至少，人员增多，就有曝光度。

博延愣了一下，倒是有些意外。他盯着迟绿看了几秒，没说话。

"怎么？"迟绿看他，"是不是觉得我什么都懂？"

博延："嗯。"他抿了一下嘴角，轻声说，"成长了。"

但迟绿的这种成长，让博延觉得失落。

在他这儿，他宁愿她永远都不长大。

因为人越来越多，两人没再多交流，认真在进行抓娃娃比赛。

五分钟后，博延先抓到了娃娃。

外边尖叫声连连。

"博老师好厉害！"

"迟绿加油！"

"……"

迟绿听着粉丝的呐喊声，忽然觉得有点儿悲伤。

博延的粉丝是故意来给自己添堵的吧？

她正想着，余光看到博延弯腰拿出了刚刚抓到的娃娃。

那个娃娃被塞进迟绿的怀里。

瞬间，传入迟绿耳朵里的尖叫声更甚。

"啊，我没了。"

"博老师'好会'啊！"

"博老师，我也想要娃娃。"

迟绿看着手里丑丑的皮卡丘，一瞬间不知道该说点儿什么。

博延很轻地笑了一下，看向那边一直在呐喊的粉丝，淡淡地说道："没有。"

粉丝："……"

路人："……"

博延指了指，含笑说："特意给她抓的。"说完，他看向迟绿，低声问，

"走吗？"

迟绿点了一下头。

下一秒，她的手腕被人抓住，她被带着往另一边的出口跑去。

博延像是提前就看好了路，拉着迟绿跑的时候，一路顺畅无阻。

迟绿不知道他们跑了多久，等她回过神来的时候，他们已经出了商场。

他们停下来时，身后隐约还能听见粉丝尖叫的声音。

迟绿眉心一跳。

博延握着她手腕的力量加大了些许，声音也因为奔跑变得急促，听上去低沉性感。

"还能跑吗？"

迟绿眼睛一弯，仰头看着他："当然。"

回到车内，迟绿才有时间喘息。

车内空间逼仄，窗户紧闭的时候，两人的喘息声特别明显。

有那么一瞬间，迟绿觉得自己的耳朵和脸都红了。

不是因为奔跑，是因为旁边人的声音。她不用看，似乎都能想象到博延喘息时的模样。

男人的喉结会滚动，眉梢、眼角会往下垂，嘴唇还会微微张开些许。

从哪个方向看，他都无比吸引人。

迟绿抬手拍了拍胸口，试图冷静几分。

旁边人的声音也轻了很多，她刚想抬头，面前有一杯水递了过来。

迟绿一怔，抬眸看着他。

"喝点儿水缓缓。"博延的脸还有一点点红，神色已经恢复自然了。

迟绿："哦。"

她接过，小小地抿了一口，润了润嗓子。

"谢谢。"

博延看着她，又伸手拿了回去。

迟绿一怔，还没来得及说什么，便注意到他就着自己喝过的位置仰头喝了两口。

"……"

博延把剩下一小半的矿泉水盖好，放在一侧。

倏地，他注意到了迟绿的目光。

"怎么啦？"

博延看着她。

迟绿舔了一下刚刚被水润过的唇，指了指，问："博老师，你怎么……"

博延看着旁边的矿泉水，解释道："车里就一瓶水。"

"……"迟绿没吱声。

博延一脸平静地道："嫌弃我？"

迟绿一噎，睨他一眼："没有。"她揉了揉耳朵，小声嘀咕着，"你车里怎么那么穷，就不能多放几瓶水吗？"

迟绿也不知道怎么回事，明明以前两人别说接吻，就连那件事也做了无数次。她这会儿竟然会因为两人共喝一瓶水，间接接吻而感到害羞和不适应。

她想了想，可能是因为太久没做过这样的事了，生疏了。

博延被她的话逗笑了，故意问："真这么嫌弃我？"

"也不是。"迟绿看着他，"我就觉得你是故意的。"

闻言，博延也不否认。他喉结轻滚了一下，驱车带她离开，含笑道："确实有这方面的想法。"

但车里真的只剩一瓶水了。

迟绿撇撇嘴，小声道："行吧！"

博延失笑："还挺委屈？"他问，"不是让你先喝了吗？"

"那我怎么就不能委屈啦？"她傲娇道，"你也没问过我呀？"

博延一顿，忽然停了下来。

"迟绿？"

迟绿看着他："干吗？"

博延指了指她手里的娃娃，低声问："我把这娃娃送给你，你要吗？"

迟绿："……"

话音落下三秒，迟绿反应过来。

她想也没想，一把将那丑兮兮的皮卡丘丢在博延的身上。

"不要！"迟绿非常有骨气地说，"博老师，你还是拿去送给你的粉丝吧！"

博延把皮卡丘放在旁边，忍着笑："真不要？"

"嗯。"迟绿往车窗边挪了挪，像是要和他划清界限一般，"谁喜欢谁要，反正我不喜欢。"

闻言，博延抬了抬眉梢，也不拆穿她。

他沉默了须臾，低声道："抱歉。"

"……"迟绿有点儿蒙，狐疑地看着他，"你道歉干吗？"

博延目光灼灼地看着她，低声问："生气啦？"

迟绿一噎，小小地翻了一个白眼："我是那么小气的人吗？"

说话间，她把皮卡丘重新拿在手里，戳了戳它的脸颊，说："把你救出来的人嫌弃你呢，我勉为其难地把你收下吧！"

博延听她自言自语，笑着摇了摇头。

"回家？"

"嗯。"迟绿揉了揉眼睛，"玩了大半天，我累了。"

博延笑笑，低声道："休息一会儿，到了叫你。"

"好。"

迟绿没和博延客气，回家的路不远，三十分钟就到了。

她刚想闭眼休息一会儿，手机持续不断地振动起来。

迟绿想关掉，又担心有什么急事。

她戳开，看到了一列新消息，有林静仪的、圆圆的、博盈的，还有季清影和陈新语的，甚至有徐清妍几个圈内好友的。

迟绿点开，先给林静仪回了消息。

林静仪今天没上班，难得和家人度假，大半天没看手机，不看不知道，一看吓一跳。

在看到迟绿和博延上热搜的新闻后，她倒是不怎么慌乱。之前在知道迟绿和博延的关系后，她便预想到了会有这样的突发事件。不过，看着网上说两人是男女朋友的关系，她有些存疑。

林静仪："你和博总在一起啦？"

林静仪："你回家了没？"

…………

迟绿："正在回家的路上，我们还没在一起。"

林静仪："之前不是说不介意吗？"

看林静仪的消息，迟绿借着透过车窗的光，看了看旁边开车的男人。

博延开车的时候很专注，除了在红灯或者堵车时会跟自己调侃几句之外，其他时间基本不怎么说话。

在博延这儿，开车就要全神贯注，自己和旁人的生命安全都无比重要。

他侧脸的轮廓清晰地倒映在车窗上，随着街道上忽明忽暗的灯光，让迟绿能看清他此刻的神情。

她盯着看了一会儿，思绪渐渐回到林静仪的问题上。

没别的，她不可能不为博延考虑，即便她讨厌那两个人，可她也舍不得让

他在中间难受。

迟绿："嗯，突然觉得还是不太好。"

林静仪："行。对了，那个综艺你想好了没？我看热搜评论了，不少人@恋爱周末的官博，说希望他们邀请你们参加。"

迟绿："不去吧，我探过博延的口风，他接下来一段时间会很忙。"

林静仪："行，那我周一给那边回复。"

迟绿回了个"好"，没再和她多聊。

至于季清影等人的消息，大多也是对她和博延表示好奇。

她低头笑笑，一一回了过去。

她回完一群人的消息，两人也到了小区。

迟绿看了一眼漆黑的停车场，眨了眨眼："这么快？"

博延嗯了一声，解开安全带："还好。"他敛眸看着她，"和博盈她们聊天？"

迟绿点点头："差不多。她们已经回来了。"

博延颔首。

她买的东西有点儿多，博延把她送回了家。

她一进屋，博盈便拿着手机跑了过来："终于回来了，你们没被粉丝围堵吧？"

"没。"迟绿好笑道，"你没看见我们矫健的身姿？"

博盈翻了一个白眼："没有。"她瞅了一眼迟绿，再看了看地上放着的东西，眼皮跳了跳，"怎么买那么多？"

迟绿啊了一声，茫然地问："多吗，还好吧？"

博盈："……"

圆圆跟着过来瞅了一眼，说了句："第一次养宠物的人都这样。"

看到什么都觉得漂亮，想把宠物超市给搬回家。

迟绿瞪了两人一眼，回头看向博延："你回去休息吧。"

博延点点头，忽然喊了一声："博盈。"

"啊？"

博盈如临大敌一样看着他。

博延稍顿，低声道："跟我下楼拿点儿东西。"

兄妹二人对视一眼，博盈认命地点点头："好的。"

博延嗯了一声，看了一眼迟绿："早点儿休息，明天陪你去接小猫。"

"好。"

两人离开后，迟绿跟圆圆把东西拆开，放在角落里。

客厅很安静，圆圆觉得迟绿这会儿心情不是很好。

想了想，圆圆主动和她聊天。

"迟绿姐，你们今天去电玩城都玩了什么啊？"

迟绿拆着手里的包装盒，说："玩了一会儿游戏机。"

说到这儿，她情绪又亢奋了："现在的游戏机和以前的完全不同，我摸索了好久也没摸清。"

圆圆扑哧一笑："然后呢？"

"然后我和博延抓娃娃去了。"她弯唇笑了笑，指着刚刚放在沙发上的皮卡丘，"就那个，可爱吧？"

圆圆看了看，笑着点头："可爱。"她瞅着迟绿的神色，小声问，"迟绿姐，你心情不太好啊？"

迟绿一怔，抿了一下唇角："没有。"她安静几秒，又突然补充了一句，"有一点儿吧。"

圆圆沉默了一会儿："是因为热搜吗？"

"是，也不全是。"迟绿笑着说，"不说这个了，你和博盈今天玩得怎么样？"

"还不错。"

圆圆兴奋地跟她说两人今天的行程。

说到最后，圆圆有些泄气："不过晚上的时候，博盈姐接了一个电话，心情也好像差了很多。"

迟绿愣住："问她了吗？"

"问了。"圆圆说，"但她说没什么大事。"

闻言，迟绿转头，盯着紧闭的大门，也不知道博盈和博延现在在说什么。

博盈跟着博延去了他那边，她住迟绿那里住得自在，反而在自己亲哥这里不适应。

他们兄妹的感情，说好不是别人家的那种好，可说差也并不差。

博盈习惯性地有事找博延，而博延也习惯性地会给她解决所有困难。从小到大，博盈很少找父母，遇到问题大多数时候是找博延帮忙。

久而久之，兄妹二人有种无法形容的默契。

跟着他下楼进屋后，博延也不着急。

他看了一眼博盈，回国这段时间，她气色好了不少，和刚回国时相比，看上去健康了许多。

"喝水还是喝牛奶？"

博盈扬扬眉，靠在沙发上问："能喝果汁吗？"

博延给她一个眼神自我体会。

博盈摸了摸鼻尖说："牛奶吧，待会儿洗漱睡觉了。"

"嗯。"博延进了厨房，给她热了一杯牛奶，端出来。

博盈吹了吹，也不着急喝。

"哥，你找我什么事？"

博延到不远处坐下，抿了一口温水，润了润嗓子，低声问："你打算在迟绿这儿住多久？"

博盈沉默了一会儿，瞅着他问："我耽误你们俩发展啦？"

博延没说话。

安静了几秒后，他抬起眼睫，望着博盈，问："他们是不是知道你回国啦？"

话题一下子变得正经了不少，在博延的注视下，博盈弱弱地点了点头："嗯，晚上给我打电话了。"

"说了什么？"

博盈不自在地摸了摸鼻子，低垂着眼睫，道："他们能说什么，就是说我跟你一样没良心呗，有家不回，是不是也想跟你一样和他们断绝关系之类的。"

对父母的话，博盈说不放在心上，又不可能不放在心上，但这么多年，她也确实有点儿习惯了。

她习惯了他们对自己的冷漠和不在意，也习惯了他们训斥自己。

听到熟悉的言论，博延脸色没变，连眼也没抬。他淡淡地嗯了一声，低低地道："有没有让你回去？"

"有。"博盈说，"还让我把你带回家。"

博延轻哂了一声。

博盈听出了他的嘲讽，道："我没答应，但我觉得……他们可能会去公司找你。"

"嗯。"博延看着她，"这些不用你考虑，我能应付。"

博盈沉默须臾，直勾勾地望着他："哥。"

博延抬眼："什么？"

"你后悔过吗？"博盈认真地问，"你觉得值吗？"

闻言，博延盯着她看了几秒，说："你觉得呢？"

"……"博盈想了想，应该是不后悔。无论是哪一次的决定，他们俩其实都不后悔。

而且从她这个角度来看，她也不希望博延后悔。亲情固然重要，可博盈了解迟绿，如果不是她值得，自己也不会回国了也不回家，直接住迟绿这儿。

他们兄妹对迟绿的态度都是一样的，区别只在于一个是爱情、一个是友情。

博盈想着，摇了摇头。

博延笑了一下，淡淡地说："再给你打电话的话，跟我说一声，我来解决。"

"嗯。"博盈弯唇笑了笑，抬眸看着他，"哥，我打算去找工作了。"

博延诧异地看着她。

博盈心虚地摸了摸鼻尖，道："我不能总是吃你和迟绿的啊，总要长大的。"

"随你。"博延道，"需要帮忙找我。"

"知道了。"

临走前，博盈突然问了一句："对了，哥，你和迟小绿要去参加恋爱综艺吗？"

博延不明所以地看着她："什么恋爱综艺？"

博盈瞪大眼，有些意外："你不知道？"

博延摇头。

博盈看他有兴趣的样子，掏出手机道："就今天热搜评论里网友说的这个啊，迟小绿那边其实收到了邀请函，但她没说去还是不去，是要和节目组邀请的嘉宾组队谈恋爱，算是假的吧！"她叽叽喳喳道，"就是有一部分剧本在手里，给观众营造一种美好的爱情的感觉，让他们多一些向往啥的。"

博延接过她的手机看了看，扫了一眼名字。

"这个怎么会邀请迟绿？"

博盈眼珠子转了转，踮着脚道："那我怎么知道，可能是觉得迟绿漂亮又没男朋友吧？到节目里谈个恋爱，也挺好的。"

博延冷冷地睨她一眼。

博盈一噎，无语地说："当然，今天过后大家会知道她有男朋友，虽然是假的。"

博延又给了她一个眼神。

博盈也不怕，看他道："看完没？我要回去睡觉了，待会儿迟小绿会起疑心的。"

博延把手机还给她："去吧！"

博盈眼皮跳跳，看他站在原地不动："哥，你不送我？"

博延："多大了还要人送？"

闻言，博盈了然地点点头："行吧，我就知道。"

她和迟小绿享受的待遇果然不同。

"你去那个综艺吗？"临走前，博盈好奇地问道。

博延没给她肯定的答案，说："看情况，最近忙。"

"哦。"博盈摆摆手，看他要出门的架势，"不用送我，我走了。哥，你也早点儿休息。"

博延看她快速跑远的背影，无声地笑了一下。

一分钟后，博盈手机里收到她亲哥的消息。

博延："进屋啦？"

博盈："对。"

博延："别拉着迟绿熬夜，早点儿睡。"

博盈："知道了。"

反正，她可以一个人熬夜，但不能拉着迟小绿熬夜。

这样的文字暗示，博盈看得懂。

次日，四个人去宠物店接小猫。

关于小猫的名字，昨晚睡前，迟绿、博盈、圆圆想了好多，都没定下来。

最后决定，等把小猫接回家几天再看看，它适合叫什么名字。

一看到猫，博盈兴奋了。

"怎么这么可爱！"她抬手轻轻地摸了摸小猫的脑袋，笑盈盈地说，"漂亮的小可爱，你要跟我们回家了哦！"

小猫像是能听懂一样，蹭着她的手心撒娇。

博盈心都要被猫融化了。

迟绿被她逗笑了，戳了戳小猫的毛说："确实比你可爱一点点。"

博盈表示不服："哪儿有？"

话音落下，博延淡淡地说："哪儿都有。"

"……"

第七章

恋爱周末

从宠物店出来后，四人也没去外面乱逛，直接回家。

他们一进屋，圆圆便进了厨房，看似要给他们做午饭。

迟绿也没问，和博盈两人在旁边抱着小猫玩，博延负责听两人指挥，把猫窝等东西整整齐齐地拿出来。

"它是不是有点儿怕我们啊？"迟绿瞅着一直没敢乱动的小猫。

博盈点点头，低声道："到新家了肯定怕生，我还听人说小猫到家的前三天都会闹腾。"

迟绿眨眨眼："我也看到这样说的，但它这么可爱，估计不会吧？"

"不确定。"

两人在旁边叽叽喳喳地说着，博延看了一眼两人，低声道："你们先弄，我下楼换一套衣服。"

两人连个眼神也没给他，摆摆手让他走了。

博延瞅了一眼被两人捧在手心里的小猫，一时也不知道该说点儿什么。

"要不要先把它放进猫窝里？"

迟绿想了想："可以。"

她把怀里的小猫放下，小猫没动，就这么趴在地上看着两人，那双眼睛望着两人，格外深邃。

"太好看了。"

博盈忍不住感慨："我拍几张照片。"

迟绿点头，握着小猫的爪子说："给我们拍合照。"

"OK。"

两人在旁边折腾，时间不知不觉过去。

突然，圆圆捧着碗站在旁边。

"迟绿姐，看看小猫吃不吃这个？"

迟绿愣了片刻，抬头望着圆圆手里的碗，眼皮跳了跳。她往亮着灯的厨房看了看，好奇地问："你刚刚是去给小猫做吃的？"

"对啊！"圆圆看着她，"怎么啦？"

博盈和迟绿对视一眼，异口同声地说："我们以为你在给我们做饭呢！"

圆圆："……"

三人对视着，没忍住笑了出来。

小猫一接回来，所有人都失宠了。

圆圆担心小猫不吃猫粮，特意给小猫做了它能吃的食物。但这会儿小猫什么都不吃。

博延去楼下换了一身衣服，还给徐铭泽打了电话，交代了几件事。再折返回楼上时，他看到三颗脑袋凑在一起，而小猫被她们围在中间，看上去略显可怜。

博延看着，头疼地揉了揉眉头。

他抬头看了看墙上的时钟，进了厨房。

迟绿休息完，周末又要继续忙，不能吃太油的食物，所以只要圆圆在，她都不点外卖。

圆圆这会儿罢工，做饭这件事只能博延接手。

博延的厨艺还不错，加上他对迟绿的喜好一清二楚，只要他做的，迟绿就没有不喜欢的。

迟绿三人闻到厨房里传来香味后，才渐渐回了神。

"谁在做饭？"

博盈无语地睨她一眼："圆圆在你旁边，你说这儿还有谁会做饭？"

迟绿回头看了看厨房里的背影，爬了起来："你们陪它玩，我去厨房打下手。"

圆圆啊了一声，刚想说要不她去吧，被博盈拦住了。

"圆圆，不用去，迟绿也不是去打下手的。"

"什么？"

博盈看她一脸不懂的模样，耐心地说道："迟绿去呢，只是去调情，你懂吧？"

"……"

圆圆沉默须臾，认真地点了点头："我懂。"

博盈："别管他们，我们玩自己的。"

"好。"

听到声音，博延回头看了一眼。

"怎么过来了？"

迟绿笑了，看了看他准备的东西，弯了弯唇，道："不能让博老师一个人在厨房孤孤单单的吧，这有点儿不厚道。"

闻言，博延抬了抬眼："也不差这一次。"

迟绿噎住。她瞪他，佯装生气地说道："你说什么？"

博延在这种小事上，也乐于和她开玩笑。

"没听清？"

迟绿轻哼一声，理直气壮地说："那也是你心甘情愿的啊！"

博延勾了一下唇："嗯，你说得对。"

"……"

他这样，反而让迟绿不知道要说点儿什么。

她抿了抿唇，双手放在背后，像领导视察一样："有什么需要我帮忙的吗？我可以打下手。"

博延指了指："把西红柿洗了。"

"哦。"迟绿乖乖照做。

洗干净后，她看了一眼，有点儿饿了。

"需要切吗？"

博延沉思几秒："也可以。想吃西红柿炒蛋还是西红柿鸡蛋汤？"

迟绿扬扬眉："汤吧，酸酸的开胃。"

"好。"

两人在厨房合作，做了几道简单的家常菜。

饭菜上桌时，博盈意味深长地感慨："唉，我已经好久没吃我哥做的饭了，吃这么一次还是沾了迟小绿的光。"

迟绿连个眼神也没给她，面不改色地夹起一块排骨，塞进了她嘴里。

博盈呜了一声，不满地看着她。

圆圆在旁边笑道："博盈姐，多吃点儿啊！"

博盈："……"

她把嘴里的排骨啃完，无语地道："现在是连圆圆也开始欺负我了，我成了这里的底层吗？"

博延抬抬眼，道："自己反省。"

四个人凑在一起，其乐融融。

吃过午饭，博盈和圆圆主动收拾、洗碗，迟绿和博延也没管，两人往小猫那边凑。

"想好名字啦？"

"没有。"迟绿有点儿纠结，"有好多名字觉得不错，但又没有特别适合它的。"

博延不太明白她纠结的点在哪儿，沉默了一会儿，问："要我给你选选吗？"

"不要。"迟绿想也不想地拒绝他，"我自己再想想，明天就定下来。"

博延颔首。

"晚上还去酒吧吗？"

博延失笑，低头看着她："不想去了？"

"想啊！"迟绿笑笑，揉着小猫咪的小脑袋说，"我是怕你临时有事。"

"不会，能去。"

"嗯嗯。"

晚上去酒吧，博盈和圆圆都不想动，也就没跟着。

迟绿和季清影许久没见，两人凑在一起，她便开始给季清影分享她买的小猫咪。

"怎么这么漂亮？"季清影蠢蠢欲动，看向傅言致，"傅医生，我们要不要也养只猫？"

傅言致沉默了一会儿，思忖道："我们家可能不太适合。"

季清影看着他："为什么？"

颜秋枳刚到，看了看照片，说："小猫会挠东西，你那些布料放在家里，可能真不合适。"

季清影想了想，也确实如此。

"那也有不会挠的吧？"

"肯定有。"颜秋枳好笑地说道，"但你和傅医生太忙了，估计没时间照顾。"

闻言，迟绿笑着说："想看猫的时候来我这儿。"

季清影笑道："好啊！"

没一会儿，沈慕晴也到了。

四个女人凑在一起，基本上没男人什么事。

看她们四个人把那几十张照片反反复复地讨论，姜臣有些不懂。

"几张差不多的照片，她们为什么能聊那么长时间？"

博延看了他一眼，没说话。

傅言致同样保持沉默，陈陆南瞅了他一眼，不紧不慢地说："知道沈慕晴为什么总和你吵架吗？"

姜臣："……"

陈陆南："因为你不懂女人不说，还总用男人的思维去揣摩女人的心思。"

"……"

姜臣噎了噎，很是无语。

他确实不懂，几张照片到底能有多好看。她们为什么可以从什么品种的猫颜值最高，说到猫窝、猫玩具，甚至开始聊到自己喜欢的类型。最后，话题发散到自己身上，开始聊过段时间的时装秀，聊今年流行的趋势。

"时装秀你会去吗？"颜秋枳看向迟绿。

迟绿笑了笑，点头说："静仪姐那边收到了邀请，不过还没定下来。"

时装周还要两个月，暂时不着急。

迟绿回国后，依旧有邀请。只是少了几个大品牌，位置可能也会弱一点儿。

季清影看着她，低声道："你去的话，我们有空也去。"

迟绿笑道："去看我走秀吗？"

季清影点头："欢迎吗？"

迟绿弯了弯唇，眼睛里笑意明显，毫不犹豫地说："当然欢迎。"

四个人说说笑笑的。

沈慕晴突然想到了什么，哎哟了一声："迟绿，你和博老师去上综艺吗？"

"啊？"迟绿蒙了一下，诧异地看着她，"《恋爱周末》？"

沈慕晴点头："去不去啊？我正好跟《恋爱周末》的导演认识，他知道我跟你认识，特意让我问问你。"

迟绿："不去吧，没时间。"

颜秋枳挑眉："是你没时间，还是博老师没时间？"

迟绿算了算自己的工作档期："博老师。"

"那你问问博老师，只要你去，他绝对会去。"

迟绿："不一定吧？"她说，"我感觉博老师不是很喜欢镜头。"

闻言，沈慕晴毫不犹豫地拆台："男人都这样，说不喜欢镜头，也不喜欢秀恩爱什么的，可一旦有机会，他们抓得比谁都紧，是吧，颜颜？"

颜秋枳："……"

迟绿没懂两人的意思。

季清影在旁边笑，给迟绿科普："之前陈老师也说不爱上综艺，结果有个新婚综艺邀请颜颜，颜颜还没答应，他先答应了。"

"……"

提起这事，颜秋枳就想笑。她点点头，看着迟绿说："是的，他还很积极地跟我说，要参加，去留个回忆。"

迟绿忍着笑道："真的啊？那我有空去看看你们俩的综艺。"

颜秋枳沉默了一会儿，一本正经道："这也不用吧？"她说，"我现在看，觉得还挺幼稚的。"

沈慕晴翻了一个白眼，指着她脸上的笑，说："你的表情可不是这样说的啊！"

颜秋枳："……"

和朋友的聚会，就算随便吃点儿东西、聊聊天，也是快乐的。

从酒吧离开的时候，迟绿还是很开心。

两人上车，博延侧眸盯着她看了一会儿，低声地问："很开心？"

"有点儿。"迟绿喝了点儿酒，脑袋有点儿晕乎乎的。

"他们人都挺好的。"

博延嗯了一声："喜欢他们？"

迟绿点头。

博延看她这样，想说什么，但想了想，又觉得不太厚道。

他在迟绿喝醉了的时候问，不合适。

他抬手，揉了揉她的头发。

"要不要睡会儿？"

迟绿这一天都没怎么睡，这会儿还真有点儿困了。

她乖巧地点点头："那我眯一会儿，到家了喊我。"

博延笑笑："好。"

车内有淡淡的酒味。

司机是姜臣安排送两人的，他偷偷看了一眼后座的两人，在看到博延的手停在迟绿眼睫上方的时候，快速地收回了目光。

博延在帮她挡住车窗外照进来的忽明忽暗的灯光。

车到小区门口停下，迟绿也恰好醒了。

"到了啊？"

迟绿踉跄地跟着他往里走，拧了拧眉，有点儿不开心。

"博老师。"

"嗯？"博延抓着她的手臂，低声问，"头疼了？"

"有一点儿。"迟绿皱眉，"可我没喝什么酒啊！"

她就喝了三杯。

博延看她这样，想到临走前她面前摆着的空杯子。

那杯酒，原本是他点的，度数比较高，后劲比较足。迟绿不小心拿错，喝完了。

一想到这儿，博延还有些头疼。

他哭笑不得，拉着她进电梯："给你煮醒酒茶，喝不喝？"

迟绿靠在电梯角落里，闷闷地嗯了一声："不难喝就喝。"

电梯在七楼停下，博延带她进屋。

"迟绿。"

"干吗？"迟绿往沙发上走，半躺下去。

博延看她这样，捏了捏眉骨，往厨房走。

几分钟后，他端了醒酒茶出来。

"喝点儿。"

迟绿勉强睁开眼看了看，目光直直地望着他。

"博老师。"

博延抬了抬眼睫，低声答应着："我在。"

迟绿一顿，想了想，朝他伸出手。博延猝不及防，她搂住了他的脖颈，整个人往前靠。

她的呼吸落在博延的耳后，裹了一丝酒味，醉人醉己。

博延喉结轻轻滚动，没阻止她的动作。

"想说什么？"他放低声音，循循善诱。

迟绿迷糊地嗯了一声，蹭着他的耳朵，小声嘟囔着："我想……"

迟绿的酒量一般，即便是这两年应酬多了，也没什么长进。

她对酒说不上喜欢，但也不讨厌。她清楚自己的酒量，在不熟悉的人面前，鲜少喝多，都是浅尝辄止。但今天在她旁边是季清影，是博延等人，她也就没控制。

客厅开了灯，灯光有些晃眼。

迟绿忽然觉得有点儿冷，旁边有个温热的物体，让她下意识地想靠近。

博延身体绷紧，许久都没说话。

他没看迟绿在做什么，但能感受到她的一举一动。

深夜，人的感观被放大，许多细微的举动，都能被清晰地感知。

博延知道迟绿在蹭他的耳朵，能感受到她有酒香味的呼吸落在那个位置。

他耳郭后的温度在逐渐上升。

他喉结轻轻滚动，想制止她，可又有些贪恋。

客厅内静了许久，在迟绿要睡着的时候，她突然又嘀咕了一声："渴。"

"博老师……"她口齿不清，含含糊糊地说，"我想喝水。"

博延回神，压下眸子里翻涌的情绪，低低应着："好。"

他看了看迟绿迷糊的模样，把杯子送到她的唇边。

迟绿这会儿大概清醒了几分，垂着眼睫，咕噜咕噜地喝了大半杯才松开。

博延看她沾了水珠的柔软的唇瓣，偏头笑了一下："好了？"

"嗯。"迟绿轻轻地应着，"够了，我想睡觉。"

博延眉心一跳，还没来得及反应，她便就着沙发躺了下去。

"……"

博延盯着她的睡颜看了几秒，抬手捏了捏她的脸颊，失笑道："小酒鬼。"

迟绿像能听见一样，拍了拍他的手背，咕哝着："别吵。"

博延笑笑，捧着杯子回了厨房。

他再出来时，迟绿已经自觉地扯过旁边的小毯子盖上了。

他弯了一下唇，盯着她脸上蹭得有些花的妆容看了看，给博盈打了个电话，而后弯腰把人抱了起来。

迟绿醒来时，头痛欲裂。

她在床上躺了三分钟，才清醒了一点儿。

迟绿揉了揉眼睛，翻身下床往浴室走。走到镜子面前，她脚步一滞，下意识转头看向镜子里的自己。

迟绿愣了须臾，抬手摸了摸白白净净的脸，有些茫然。

她的妆什么时候卸的？

"博盈。"

博盈正在客厅里看剧，听到迟绿的声音后，抬眸看了一眼："怎么啦？"

迟绿看着她，沉默几秒后，问："你给我卸的妆吗？"

博盈直勾勾地盯着迟绿看了一眼，笑着道："你觉得呢？有我哥在，这种事怎么可能轮到我？"

迟绿一噎，断片儿后的脑子并不怎么清醒。

"那我昨晚怎么回来的？"

博盈知道她有醉酒断片儿的小毛病，一点儿也没客气地说："我哥抱回来的。"

她笑盈盈地拖着腔调："公主抱哦。"

迟绿面无表情地哦了一声，淡定地说："又不是没被公主抱过，有什么惊讶的！"

博盈沉默了几秒，目光直直地看着迟绿："我怀疑你在说我。"

迟绿扑哧一笑，扬扬眉说："那我没，你不要自作多情。"

博盈轻哼。

她起身往厨房走："你头还痛不痛？"

"不痛了。"迟绿打了一个哈欠，"我去刷牙。"

"尽快，我给你热一下粥。"

"好。"

喝完粥，迟绿和博盈躺在沙发上看剧。

"今天打算做什么？"

迟绿看着她："躺着。"

博盈哭笑不得地看着她："圆圆去工作室了，说是跟你经纪人有事交接。"

迟绿嗯了一声，神色倦倦地说道："我看到她给我留的微信消息了。"

她边看电视边刷手机，瞅着博盈问："隔壁有个健身房你知道吗？"

博盈："然后呢？"

迟绿刷着手机，淡淡地说："我打算去报个名，我最近好像有点儿长胖了。"

闻言，博盈上下打量她片刻，摸了摸小肚子："给我也报一个吧！"

"好。"

博盈靠在一侧叹气："我打算找工作了。"

迟绿挑眉，惊讶地看着她："有看好的公司吗？"

"嗯。"博盈笑笑，"有看上觉得不错的，我投了简历，其他的等消息吧！"

迟绿点了点头，没再多问。

"慢慢找，选个自己满意的。"

"那当然。"在这方面，博盈从不委屈自己。

她的第一份工作，一定要慢慢找，要找符合自己心意的。

在这方面，迟绿也不用多说，只让她有事随时说。

博盈也不会和她客气。

两人在家里待了半天，中午时迟绿还主动下厨做了一顿饭。

吃饭的间隙，博盈想起了点儿什么。

"我哥不在家吗？"

迟绿点了一下头："他公司有事。"

她醒来后就看到了博延给她留的微信消息，说公司临时有事，要加班。

博盈挑挑眉，笑着说："老板也不好当。"

迟绿很赞同。她弯唇笑笑，道："这倒是。"

吃过饭，两人也没什么事，继续坐在地毯上打游戏。

迟绿玩游戏的技术还不错，但偶尔也会坑队友。而博盈，基本上只坑队友。

两人被骂了后，默默"双排"打游戏去了。

"唉，我们能'吃鸡'吗？"

迟绿："躲一躲，有希望进前五。"

博盈："哦。"

玩了一会儿，两人也觉得没什么意思。

博盈盯着迟绿看了一会儿，突然说："迟绿。"

"嗯？"迟绿昏昏欲睡，勉强睁开眼，看着她，"怎么啦？"

博盈望着她几秒，低声道："我想去看看叔叔阿姨，可以吗？"

迟绿怔了片刻，盯着她看了一会儿："今天吗？"

"嗯。"博盈说，"明天就周一了，我可能得去面试，你也要忙了。今天去看看吧，我回国后还没去看他们。"

迟绿没拒绝。

两人收拾完出了门，到墓园的时候，迟绿和博盈一起走了上去。

天气凉了，一夜之间，墓园两边绿意盎然的叶子也都被风吹落，还悬挂在上面的叶子也渐渐变黄了。

时间悄悄溜走，转眼秋天便要过了，寒冷的冬天即将到来。

博盈不是第一次来这里，算上这一回，她是第三次来了，只不过每次的情况都不同。

她看了看旁边没说话的迟绿，有些难受，又满腔歉意。

博盈把花放下，和长埋于此的两位长辈打了招呼，这才看向迟绿。

"我先下去，你陪叔叔阿姨说说话？"

迟绿看了看墓碑上的两张照片，点了点头："嗯。"

博盈伸手抱了抱她，低低地道："抱歉。"

迟绿扯着唇笑了一下，拍了拍她的后背。

博盈走后，迟绿才弯腰摸了摸照片里的人。

她很轻地笑了一下，轻声道："爸妈，我又来了。是不是很意外我最近来得这么频繁呀？"她弯了一下唇，低声地说，"主要是回来了，总想你们，我前几天晚上好像又梦见你们了。"

墓园里无人回应。话音落下的时候，只有呼啸而过的风声。

迟绿打了一个冷战，敛下瞳仁，望着他们半响，忽然说："博盈也来看你们了，你们不会介意的吧？"

答案到底是会还是不会，迟绿其实不清楚。但她想，她爸妈那么善良，一定不会介意的。他们也一直都喜欢博盈。

迟绿没在墓园逗留很久，待了十几分钟便和博盈走了。

"现在去哪儿？"

"回家看我们的小猫咪。"

博盈刚想说话，迟绿的手机响了。

迟绿看了看，示意道："帮我接一下。"

电话刚接通，林静仪的声音便传了出来。

"迟绿。"

"嗯？"迟绿看着路况，"怎么啦？"

林静仪笑了笑，道："你答应去《恋爱周末》？"

迟绿一怔，有点儿蒙："啊？"

林静仪挑眉，略显诧异："我这边收到导演的消息，说你答应去《恋爱周末》了，你没答应吗？"

迟绿愣了须臾，想起了昨晚在酒吧沈慕晴和她说的话。

她啊了一声，一时间也不太确定自己到底有没有答应。她喝了酒说的话，有时候是没经过大脑的。

"我不太确定，我得问问。"

林静仪："什么？"

迟绿有点儿不好意思地说："我可能昨晚喝醉后答应了。"

博盈没忍住，在旁边笑出了声。

林静仪一噎，没想到她还有这个毛病。

"那你以后少喝酒，喝酒误事。"

迟绿答应着："嗯，不会。"

挂了电话，迟绿思索了一会儿，给沈慕晴打电话问问。

博盈没等她打，便在一旁鼓励她："去吧，迟小绿。"

迟绿眉梢稍扬："为什么？"

"我觉得这个综艺挺有意思的。"博盈直言，"你去玩一玩啊，放松一下。"她笑笑，"反正也只有周末两天录制，你回国了，这种邀请不会少。"

模特也是艺人，也是公众人物。一般小有名气的都会被邀请，更何况是迟绿这种国际名模，简直是香饽饽。即便是她推掉了这一次，也还有下一次的邀请。

迟绿狐疑地看着她，猜测道："你是不是知道什么？"

博盈装傻："我什么都不知道啊，我就是挺希望你去参加，反正也算是工作，无所谓嘛。"

迟绿沉默了一会儿，问："你哥知道你说这话吗？"

闻言，博盈好笑地道："他巴不得你去。"

迟绿听着，和她无声地对视须臾。

"他会去？"

博盈眨眨眼，别开脑袋，说："那我不知道。"

迟绿："……"

几天后，迟绿收到了节目合同。

林静仪看她拿笔的姿势，敲了敲桌面，道："签了就不能反悔了，违约金很贵。"

迟绿失笑，敛眸写下自己的名字。

"我知道。"她淡淡地一笑说，"不会反悔的。"

林静仪嗯了一声，狐疑地看着她："怎么突然就答应啦？"

迟绿啊了一声，笑笑说："无论真假，其实都挺想再谈一个不一样的恋爱。"

特别是，那个人是博延。

如果现实里还不允许她往前迈，那在综艺里，总可以偷点儿时光，偷点儿和他在一起的岁月吧！

林静仪盯着她看了几秒，小声问："那博总知道吗？"

"……"迟绿看着她，转了转手里的笔，指着不知道什么时候出现在门口的男人，抬了抬下巴，"你问他。"

林静仪转头，和博延对上了目光。

她一凛，惊讶地道："博总。"

博延颔首，语气平静地说："我来接她。"

林静仪点点头，笑着说："马上就好，我还有点儿事跟迟绿交代。"

博延了然，道："不着急。"他说着，便想去外面等着。

迟绿哎了一声，看着他："就在这儿等吧，也没什么不能听的。"

博延稍顿，顺势坐下。

林静仪要和迟绿说的，也就是工作，关于过段时间的时装周。

"现在收到几家邀请，你看看有没有想法？"林静仪看着她，"我的意思是先不着急定下来，我们想要的还没来。"

迟绿也是一样的意思。她笑笑："我不需要帮忙，不自降身价。"

林静仪点头："我也是这个意思。"她说，"实在不行，我们明年再去。"

迟绿笑笑："嗯。"

除了时装周，林静仪又给她安排了不少事，采访、慈善晚会等，一个都没少。越到年底，活动越多。

迟绿看着，也没提出异议。反正她更忙碌的生活也经历过，这点儿不算什么。

从工作室离开，她跟着博延上了车。

"博老师，你今天来得有点儿早。"

博延侧眸看着她："没什么事，提前走了。"

迟绿挑眉："你签合同啦？"

"嗯。"博延顿了一下，望着她笑了笑，说，"迟绿。"

"什么？"

博延稍顿，目光直直地望着她，一字一顿地说："提前打个招呼吧！"

"啊？"

迟绿没反应过来，博延朝她伸出手，笑了笑："我是你的男朋友，博延。"

"……"

两人目光交会，无声对视着。

迟绿坐在他的旁边，能清晰地看到他脸上的神情和瞳仁里自己的倒影。

男人的眼睛深邃、勾人，勾得她有些走神。

好半晌，迟绿才回过神："什么男朋友？"她抬手碰了一下博延的手指，佯装淡定地说，"还不一定呢！"

博延抬眼："嗯？什么不一定？"

迟绿："……"

她听出了警告的意思。

她舔了一下唇，解释道："万一节目组不做人，不把我们分一起呢？"

闻言，博延自信地笑了一下："不会。"他目光灼灼地望着她，一字一顿地说，"我的女朋友只会是你。"看迟绿脸热的模样，他又故意补充了一句，"我现在指的是节目里。"

"……"迟绿一噎，瞪了他一眼，"博老师，你的意思是你节目外会有很多女朋友？"

博延也不怕她说这种话。

他轻笑了一声，抬手拍了拍她的脑袋，淡淡地问："我节目外有没有女朋

友，你不是最清楚？"

迟绿气啊！

她发现，她现在怎么都说不过博延了。要不是顾忌着某些事，她真想回击的。但她被博延看了半晌，沉默了一会儿，道："节目外再说。"

博延笑笑："好，我继续努力。"

迟绿勾了一下唇，催促道："走了，回家，我要回去休息。"

博延嗯了一声，把她送回家又走了。他公司还有点儿事，之所以能抽出时间去接迟绿，完全是因为他想。

之后他要陪迟绿参加《恋爱周末》的综艺，时间上必然会压缩许多。

博延要趁着现在把紧急的事处理完。

迟绿回到家，脸还是热的。

她觉得自己退步了，以前任凭博延怎么挑逗，她都能不动声色地挑逗回去，甚至能做到面不改色。今天怎么就因为他一句"我是你男朋友"而脸热了大半天？

她踱步到客厅里，在全身镜前照了照，看着镜子里的自己。

她的脸还是红的。

圆圆神不知鬼不觉地站在她身后，有些茫然："迟绿姐，你看什么呢？"

迟绿脸不红心不跳地撒谎："没。"她淡定地说道，"看我最近好像又瘦了点儿。"

刚胖了五斤的圆圆："……"

她不太想和迟绿说话了。

她扫了一眼迟绿的身材，再看了看自己，有些不解："同样是回国，我们大多数时候吃的东西也一样，为什么迟绿姐你就瘦啦？"

迟绿轻飘飘地睨她一眼，往猫窝那边走："你反省一下昨晚的一大碗米饭。"

"……"圆圆一噎，突然不想想了。胖就胖吧，她以后稍微克制点儿就行。

迟绿蹲在猫窝边上，望着里面正在睡觉的小猫咪，有些不解："它怎么白天老是睡觉？"

圆圆眨眨眼，想了想，说："可能是为了晚上闹你。"

迟绿一噎，想着小猫这几天的举动，有些无奈："你说的也不是没有道理。"

她正说着话，小猫咪醒了。

一人一猫瞪眼对视，迟绿笑着把它从窝里抱了出来，往阳台边上走："走，我们晒晒太阳，好不好呀？"

圆圆看她这样，忍不住笑了一下："迟绿姐，要不要喝点儿什么？"

迟绿："给我一杯水就好，不用别的。"她看了一眼，"博盈还没回来？"

"没。"圆圆说，"要不要问问她今天面试顺不顺利？"

"可以。"

博盈这几天都在面试，早出晚归。

圆圆转身去打了一个电话，被博盈挂了。

她有些诧异地看了看墙上的时钟："这会儿不会还在面试吧？"

迟绿挑眉："应该没有。"她说，"这个点儿不都在休息吗？"

"对。"圆圆说，"她挂了我电话。"

迟绿嗯了一声，没放在心上："她可能有什么急事，我发消息问问。"

"好。"

看到圆圆来电的时候，博盈正坐在一个喝下午茶的包间里。

她脸色有些难看，对面还坐着一个熟悉的人。

听到她的手机铃声，对面的人眼神一顿，直直地看了过来："谁的电话？"

"没谁。"博盈直接挂断，淡淡地说，"您现在是连我的交友也要管？"

闻言，对面的人冷笑了一声："博盈，我管你什么了？你和你哥都一样，翅膀硬了，我管都管不住。你回国了不跟我和你爸说一声，你哥更是，给他打电话，他把我们号码拉黑。"

对面的人是博延和博盈的母亲，说起这些的时候，她优雅的形象瞬间没了。

她盯着博盈，恼怒地道："你们到底有没有把我和你爸放在眼里？"

"……"博盈没吭声。

"说话！"对面的人突然厉声道。

博盈一惊，小时候的恐惧突然又回来了。她垂下眼，望着面前摆着的咖啡，道："我有没有把你们放在眼里，你们清楚。"

她的喉咙突然有些干，眼睛也变得酸涩。

"妈，迟叔叔、迟阿姨对我们多好，对你们多真诚，你们怎么对他们的呢？"

如非必要，博盈一点儿都不想去回忆过去的事。

她吞咽了一下口水，艰难地道："你们觉得，你们当时的做法对吗？"

裴婉玉没说话。她皱了皱眉，看着博盈："我听不懂你在说什么。"

博盈扯了扯唇，嘲讽地一笑："是啊，您听不懂。您一直都这样，从不承认自己的错误，也不觉得愧疚，可我和我哥不行。"

说话间，博盈情绪激动到了极点，控制不住地掉眼泪。

"如果不是你们出尔反尔，迟叔叔和迟阿姨不会死，我哥和迟绿也不会分

227

手。我和我哥也不可能不回家，我们两家还亲亲热热的，时不时会凑在一起聚会，聊天吃饭，可现在呢？"她直直地逼问，"你们想过是为什么吗？你们后悔过吗？"

裴婉玉脸色变了变，从博盈的话说出来后，她的脸便直接沉了下来。

她紧盯着博盈，冷声问道："博盈，你知不知道你在说什么？我之前就跟你说过，迟绿父母的事，和我们无关。"

闻言，博盈冷笑两声。

她抹掉脸上的眼泪，拎过旁边的包："是啊，几年前你们也这样告诉我，可事实呢？"她站起来，居高临下地望着裴婉玉，"你们别把所有人都当傻子。就算我傻，我哥也不傻。"

博盈咬着唇角，尽量不让自己再在她面前掉眼泪。

她深呼吸了一下，哽咽着道："您就当我没回国吧，反正我在国外您也从不过问。我还有事，先走了。"说完，她急匆匆地从包间里跑了出去。

博盈一出去，眼泪就有些控制不住。在这些事情上，她比任何人都难受。

有时候，博盈还会想，她其实是整件事的罪魁祸首。如果不是她和迟绿认识，后面的那些事，应该就不会发生。

从里面走出来时，博盈不小心撞到了人。

她也没看，嗓音沙哑地说了句"对不起"，就匆匆走了。

贺景修站在原地没动，盯着她消失的背影看了几秒，被人提醒后才回了神。

"贺总，看什么？看美女应该往我这边看。"

贺景修掀起眼皮，看向出来的人："妈。"

贺母轻哼，上下看了他一眼："快点儿，待会儿小姑娘就要来了。"

说话间，她看着他衣服上的痕迹，惊讶地道："你这衣服上沾了什么？赶紧去洗手间收拾一下，待会儿别给你妈我丢脸。"

贺景修垂眸看了一下衣服上蹭到的粉底，有些头疼："我待会儿还要回公司。"

贺母："我知道啊，所以我让你中午休息时过来相亲，我考虑得不周到吗？"

"……"

闻言，贺景修无言以对。

他拒绝过无数次相亲，到最后他妈已经直接把相亲地址定在公司附近，还因为他多次找借口说没时间，又把时间定在了工作日的午休时间，让他避无可逃。

他叹了一口气，妥协道："说好的，待半小时就能走。"

贺母瞪他一眼："行，赶紧去收拾一下。"

贺景修没辙，推开包间门去了洗手间。

从包间出来后，博盈找了一个角落缓了缓，才点开迟绿给她发的消息。

迟绿除了问她吃午饭了没，还发了几个表情包，让她面试别紧张，问她几点结束，她们可以过来接她。

博盈笑了一下，低头回复："我补补妆就去公司了，希望人不多。"

迟绿："人多他们也赢不了你。你是最棒的。"

博盈："行，过了你请吃饭。"

迟绿："好。加油。"

博盈笑笑，坏心情一扫而空。

她一直认为，友情和其他情谊一样重要。

迟绿对着和博盈的聊天界面沉思了许久。

她揉了揉小猫的脑袋，咕哝道："小猫咪，你博盈姐姐是不是心情不好啊？"

不知道为什么，迟绿就是有这种感知能力。

她能第一时间察觉出谁的情绪不对，即便隔着屏幕，也能感觉到。

圆圆在不远处听着，有些诧异："迟绿姐，博盈姐心情不好啊？为什么？她不是还没面试吗？"

"嗯。"

迟绿也不懂。她翻了翻两人的聊天记录，看向圆圆："我们今晚去吃火锅吧！"

圆圆："啊？"

"顺便带博盈玩玩，我还没和你们出去玩呢，她上次不是说想去一个新开的蹦迪酒吧吗？去看看？"

圆圆眼睛一亮："好啊！"

看圆圆一脸兴奋地回房间选衣服，迟绿迟疑几秒，还是没给博延发消息。

她猜测，博延可能也不太知道是怎么回事。反正，她装作不知道就行了。

快乐的时光总是过得很快。

在家懒了两天，迟绿恢复了繁忙的工作状态。除了日常的 T 台和秀场活动，

上

册

她还应邀出席了不少晚会。

一晃，便到了《恋爱周末》录制的时候。

《恋爱周末》这个节目，之所以叫这个名字，是因为嘉宾只需要在周末谈恋爱。

节目是直播，周末两天摄像头跟着他们一群人，让观众近距离看他们谈恋爱。

等播出结束后，节目组会剪辑成十二期播出。这个节目录制的时间不长，总共就六个周末。

恋爱综艺有剧本，但剧本不包括所有。

他们有时候会按照编导给的资料做事，但更多的需要他们自由发挥。

除了迟绿和博延之外，还有另外两对嘉宾。这两对嘉宾有演员、有歌手。相比较而言，迟绿和博延反倒是演艺圈边缘人物。可博延参加的消息一曝光，就上了热搜。

看着热搜上的消息，迟绿莫名感慨："博老师，你好红啊！"

博延眼皮一跳，瞅了她一眼："说什么呢？"

迟绿撇撇嘴，眨眼说："是事实啊！待会儿节目组的人过来接我们，节目还没官宣，粉丝就知道你参加了。"

博延嗯了一声，对这些不怎么在意。但听到迟绿的话后，他还是点开微博看了一眼。他有个两千多万粉丝的微博，但不怎么用。

之前他做编剧时，偶尔会转发一点儿宣传内容，但次数少之又少。

博延看了看，他还真在热搜上，说《恋爱周末》明天开始直播，博延确定会参加。

这消息一出来，网友纷纷在问——是他们知道的那个博延吗？为什么他突然参加这种节目？他是要跟谁组队谈恋爱？

博延往下看了看，还看到有人回复那些问号。

他很轻地笑了一下，突然说："迟绿。"

"什么？"

他看着迟绿的眼睛，开玩笑似的说："我们的关系就算公开了。"

迟绿："这不是假的吗？"

博延笑而不语，垂眼把几张照片存下来。上了这个节目，他和迟绿就彻底绑在一起了，挺好的。

就算是她再次不告而别，也会有人帮他找到她吧！

《恋爱周末》正式录制。

迟绿和博延虽住在一个小区，但上车的时候两人是分开的。

两人私底下再怎么熟，在节目第一期录制时，也得装作没那么熟。至少，他们不能一起出现在镜头前，还得正正经经地走个流程。

上车后，迟绿和身边接洽的工作人员打了招呼。

跟着她的编导是一个小女生，看见她就脸红。

"迟老师，你长得好漂亮呀！"

迟绿失笑，弯了弯唇："谢谢，你也很漂亮。"

编导摇摇头，咬着唇说："是真的，你这长相可以当明星了。"

闻言，迟绿开玩笑地问："我现在不是吗？"

编导一愣，连忙道："是是是，当然是了。我就是……"她结结巴巴地道，"我不是那个意思。"

迟绿看她紧张的模样，唇角往上牵了牵："我知道。"她淡淡一笑，"别紧张，我应该不凶的。"

编导被她逗笑了："那当然，迟老师最温柔。"

迟绿笑笑。

两人在车内聊了一会儿，很快便熟悉了。

跟在迟绿身边的，除了编导便是摄影师，跟几个人都聊了一会儿，迟绿收到了编导给她的剧本。

迟绿低头看了一眼，有些意外："周末两天都要按照这个发展吗？"

编导沉默了一会儿，想着导演的交代："也可以不用，如果你和你的恋爱对象很熟悉的话，可以按照你们的方式走，但基本的流程要差不多。"

导演给她的剧本，只是安排了一些必做的事。像男女之间的互动、尺度，偶尔还有几句台词，有两个固定的约会地点。

迟绿点点头，表示了解。她低头看了看，轻声问："那我今晚住哪儿？"

"酒店。"编导说，"明天节目组会有任务卡给你，让你和你的恋爱对象见面。"

闻言，迟绿似懂非懂地点点头："那其他两组嘉宾呢？"

"录制地点不会一样。"编导耐心地说，"你们都有单独的直播间，前期录制如果没有意外的话，应该不会碰面。"

迟绿懂了。

所以周末这两天，就是她和博延单独相处。除了身边有跟着的摄影师和编导，以及导演组的部分人员之外，没有旁人。

迟绿有点儿说不出的开心。不知道为什么，她刚开始对这个节目期待值不高，但现在，还挺期盼明天正式开始的。

次日清晨，迟绿醒来便收到了节目组给的任务卡，让她去某个地方。

迟绿垂眸看了一眼上面飘逸的字，无声地笑了。那是博延写的。

迟绿偏头，看着房间里摆着的镜头，一时间也不确定有没有开始直播。

她笑了笑，拿着床上的一套衣服进了浴室。

直播间这会儿已经开始了，观众一进来，看到的便是长腿。

迟绿穿了一条深色的修身牛仔裤，搭配了一件短款斜肩的针织衫，腰肢看上去盈盈一握，腿很长。

她身材比例好，虽不丰满，但穿衣服是真的好看。

"我进来看谈恋爱的，为什么会先被迟绿的身材暴击？"

"今天不吃早餐了吧！"

"迟绿这身材……国际名模，名不虚传啊！"

"老婆，我来了！"

迟绿浑然不知，照了照镜子，打量了一会儿，自言自语地道："好像还不错。"

观众："……"

姐姐，这不仅仅是还不错！

换好衣服，迟绿还顺手拿了一件旁边挂着的浅色系风衣。

她个子高，穿上风衣知性又有气场。但脱下，里面又是性感的小针织衫。在穿搭方面，迟绿很有心得。

出门前，她跟旁边的摄影师小声说："现在直播是开了吗？"

摄影师点点头。

迟绿一顿，望着面前的镜头笑了笑："大家早上好，我是迟绿。"她心情愉快地眨了眨眼，"现在带大家去找我弄丢了的对象，你们期待吗？"

她这反应和说话的方式，让导演组一行人都觉得意外。

"迟绿这么会说话？"

"弄丢的对象……这话说得不错，到时候可以做宣传用。"

在导演旁边的编剧跟着点头："记下来。"

除了导演组，连观众也开始玩梗。

"姐姐要去找弄丢的对象了，那我弄丢的对象去哪里找啊！"

"不瞒大家说，我对象弄丢已经二十五年了，现在还不知道在哪儿呢！"

232

"姐姐去找的对象就是我对象。"

"请我弄丢的对象现在过来找我！"

迟绿并不知道自己随便一句话能让观众有这么大的反应。

她坐上节目组安排的车，出发去和恋爱对象第一次见面的地方。

恋爱对象邀请她第一次见面的地方是书店。

车子停下，迟绿仰头看了看面前这家有些陈旧的书店，有种说不清道不明的情绪涌上心头。

书店不大，门也是开着的。

迟绿看了一眼，门上还挂了个小小的牌子，上面写着——最漂亮的女孩儿允许入内。

迟绿低头笑了一下，转头看向镜头："那我要是觉得自己不漂亮，我是不是就不能进去啊？"

直播间的观众被她逗笑了。

她笑盈盈地说道："我首先要说一说啊，我不是自恋，是不得不进去，所以我就把自己当作是最漂亮的女孩儿了。"

她的唇角往上牵着，眼睛弯成月牙，瞳眸勾人："但我要告诉大家，每一个女孩儿都是这个世界上最漂亮的。"她说完，推开了玻璃门。

门内挂了风铃，她一走进去，风铃便随着她的动作碰撞在一起，发出了清脆悦耳的声音。

摄影师很会取景，特意拍了拍晃动的风铃。

这个镜头，看着梦幻又唯美。

推开门进去，迟绿张望了一下。

她视野范围内，没有人。她站在原地看了看，抬脚往楼上走。

书店有两层，一楼是宽敞的大厅，二楼有很多小角落，也有凳子和桌子，方便书友看书。

镜头跟着迟绿往前，到二楼后，她抬脚往窗边的一个小角落走。

在她看见博延的时候，观众也第一时间看见博延。

博延坐在一张小书桌边，早上的阳光从窗外洒进，落在他英俊的脸颊上。

他穿着白色衬衫，坐在那儿，旁边摆着几本书，他面前有摊开的一本书和笔记。而无人坐着的对面，和他这边一样，摆着书和笔记，还有一杯咖啡。

这一幕，被无数网友疯狂转发，称他为书店最帅学长。

每一帧画面都像是刻意调配的一般，非常唯美。

博延安排的这个初见，是无数人心中幻想过的场景。

也是他和迟绿经历过的。他们虽不是初见，但迟绿说过，她是因为在这家书店，看到了这样的博延，才开始对他有心动的感觉。

在那之前，他真的只是迟绿的家教老师。

听到声音，博延抬起眼睑，朝她这边看了过来。

两人目光交会，他的视线落在她的身上，最后停在她的脸颊上。

忽地，博延起身朝她走近。

男人神色淡然，看上去沉稳有气势。他望着迟绿的时候，那双眼睛里像是藏着所有的深情，光是看着便让人觉得不自在。

迟绿轻抿了一下唇，站在原地等他过来。

在博延要靠近的时候，她又很小很小地往前迈了一步。

博延注意到她的举动，轻笑了一声，朝她伸出手说："你好，我是博延，你的恋爱对象。"

男人声音低沉，裹了些许的笑意。迟绿听着是宠溺的语调。

轰地一下，她觉得自己的心不再是自己的。她的心脏跳动得比当年还快。

她垂下眼睑，望着他的手，手指修长、骨节分明，手比例好，漂亮得让人看一眼就会喜欢。

迟绿顿了一下，才抬手和他碰上。

"你好。"她顿了一下，"我是迟绿，来找你的恋爱对象。"

两人这个互动，让直播间观看的网友尖叫。

"博延真有你的哈。"

"对不起，对不起，这两人只是握手，我感觉可以脑补……"

"黄色警告。"

"这位同学注意自己的脑洞。"

"你别说，我觉得他们对视的眼神已经进入状态了，准备进行下一步了。"

"这两人是不是有点儿太会了！握个手我心情激动，感觉下一秒我也要恋爱了。"

…………

弹幕多到让人看不过来。

迟绿和博延完全不知道，两人在直播间，甚至被热情的粉丝送上了热搜。

见面后，博延垂眸看着她："吃早餐了吗？"

迟绿摇了摇头："没。"

博延一笑，往另一边看了看："想吃什么？"

迟绿指了指那杯咖啡："咖啡是空的吗？"

"满的。"博延说，"给你准备的。"

闻言，迟绿勾了一下唇："随便吃点儿就行，我喝美式的。"

博延知道她的习惯，要上镜的早上一般不喝那些热量高的东西。只要不出意外，她都是喝美式咖啡。

博延颔首，不紧不慢地说："不能随便。"

看着迟绿好奇的目光，他慢条斯理地说："找到对象的第一顿饭，要吃好点儿。"

迟绿："……"

书店里自带的小厨房，可以做甜品和饮品。博延给迟绿做了一块瑞士卷。

迟绿看了看，转头看着他："那我是不是也要给你做点儿什么？"

"嗯？"博延抬了抬眼睫，"不用。"

迟绿："那会不会不太好？"

"不会。"

博延把装着瑞士卷的小盘子放在她面前，道："你在我旁边就行。"

"……"

迟绿一噎，真觉得这人有些犯规。

这些话，应该不是剧本吧？

粉丝因为他们的这番对话，已经疯狂地在弹幕上发送"柠檬"了。

吃过早餐，两人在书店逗留了一会儿。

迟绿还认认真真地看了一会儿书，是博延写的。

要离开时，她还有些依依不舍："我能把这本书买了吗？"

博延眸看了一眼，问："现在想看？"

"对。"迟绿看着他，"可以吗？"

"可以。"博延顿了一下，突然说，"要给你签个名吗？"

迟绿莞尔，把书递到他的面前："那就麻烦博老师了。"

博延接过，给了她最特别的签名。

除了名字之外，他还送了迟绿一句话。

镜头扫到那句话的时候，弹幕更是疯狂。

"看了另外两对，再来看这一对，这对真的是一点儿都不尴尬，也没有不自在，全程甜得我现在就想去抓个人来谈恋爱。"

"博老师写了什么？我没看清楚。"

"博老师写的好像是——To（给）迟小绿，把书带走的时候，也把我带走

行吗？"

"……"

"博老师不愧是编剧，太会了吧？"

"博老师，迟小绿不带你走的话，我带你走吧！"

"我今天再一次谈恋爱了。"

"我溺死在两位老师手里了。"

…………

迟绿看着博延的字，有些无语。她张了张嘴，小声嘟囔了一句："我什么时候没带你走？"

博延抬眼，也不在意镜头，直接和她算账："很多。"

迟绿："……"

她一噎，娇嗔地睨他一眼："你这话说得好像我是个渣女。"

博延笑而不语。

两人从书店离开，去下一个地方。

上车后，迟绿还在看书。

博延试图和她交流，她都含含糊糊地应着，仿佛书里的内容比博延重要。

一时间，博延感受到了不可说的挫败感。

他看着那本自己写出的书，被气笑了。什么时候，他还要和自己做比较、吃醋。

"博延。"迟绿突然出声。

博延嗯了一声，侧眸看着她："怎么啦？"

迟绿举着书给他看，好奇地问："你这里怎么会这么写，是给后面埋了伏笔吗？"

"……"博延深呼吸了一下，让自己稍稍冷静，"嗯。"

迟绿哦了一声，认真地道："我就说，怎么看着怪怪的。"

博延看她精致的侧脸，稍稍顿了顿，问："之前没看？"

"看了。"迟绿道，"但我忘得差不多了。"

博延喉结滚了滚，忽然松了一口气，她看了就好。

他盯着她看了几秒，偏头笑了一下，突然就不想和自己计较了。

两人坐在车内，画面温馨且美好。

观众看着，莫名觉得舒服。明明两个人什么都没做，可看着就是融洽。

不少人还说，他们幻想的恋爱就是这样的。

第二个地点是剧本安排好的。

迟绿和博延都觉得意义不大，在里面转了一圈后又出来了。

吃午饭的地点是博延安排的，在郊区的果园里。

他们过去的时候，迟绿还有些好奇："你去过很多次？"

博延嗯了一声，看着她："之前颜秋枳拍部戏的时候，我在那边待过一段时间。"

那部戏，博延是编剧。

闻言，迟绿眼睛亮了亮，有了点儿兴趣："味道怎么样？"

"还不错。"博延说，"你应该会喜欢。"

迟绿点点头，好奇地道："果园怎么会变成餐厅？"

博延嗯了一声，给她解释："颜秋枳喜欢那家果园，拍戏结束后陈陆南把那一片买下来送给她了，之后两人交给一个朋友管理，变成了餐厅。"

餐厅里用的所有食材，无论是水果还是蔬菜，全是果园里种的，是有机的。

迟绿第一次听说这个，兴致勃勃地道："这样啊，那我待会儿要多吃一点儿。"

"好。"博延看她，补充道，"果园那边能玩得久一点儿，那边有客房可以休息。"

迟绿点头："好。"

到果园后，果然和博延所说的那样。

果园里什么都有，有梨、柚子等水果，蔬菜也全有。

一眼望过去，景色非常好，迟绿看着便高兴。

观众也是第一次见着这家传说中的果园。果园有不少盈利，但每一年赚到的钱，颜秋枳和陈陆南都会捐出去。

这家果园和其他果园也有些不同，这个地方每天来吃饭的人不多，接待条件有限，大多数是熟人过来度假，或是一些不想曝光关系的艺人来这边约会。

总而言之，这地方需要提前一个月预约。有时候，预约也不一定能约上。

除了能吃饭、能摘果子，体验不一样的生活之外，里面还有民宿，他们能入住，还有少许的拍照地点。

"博老师不愧是博老师，这地方都能借来拍摄。"

"果然是传说中的果园！是不是有点儿太漂亮了，那些花都是自然生长的吗？"

"这家果园餐厅的菜真的好吃！我有幸跟爸妈去吃过一次，念念不忘。"

"忽然再次被颜秋枳和陈陆南的爱情感动。"

"只有我想问，博延和迟绿这到底是上恋爱真人秀呢，还是在真人恋爱啊？"

"看综艺管那么多干什么，看得开心就行了啊，姐妹！"

······

进了果园，迟绿像是个好奇宝宝，对什么都感兴趣。

博延也有耐心，一一给她解说。

说累了，迟绿才小声说："有点儿饿了。"

博延一笑："没那么快，先去餐厅。"

"哦。"迟绿抿了一下唇，诧异地看着他，"为什么没那么快？"

博延瞅着她，面无表情地问："点菜了吗，迟小姐？"

迟绿："……"

她摸了摸鼻子："没有。"

两人进去，一个人也没有。

迟绿看了一圈，看向博延："你是把这儿都包场了吗？"

博延："嗯。"

"……"

这云淡风轻的语调，让迟绿一时间不知道要说点儿什么。

博延刚刚的态度就像在说——就这么点儿地方，我一个霸道总裁不能包场吗？

"那谁给我们做饭？"

迟绿总算是想到了重点。

博延低低笑了一下，无奈地问："怎么那么傻？"

迟绿愣了片刻，指了指他，再反手指了指自己："我们自己做？"

"嗯。"博延面不改色地说，"愿意吗？"

"愿意啊！"迟绿笑道，"我做你想吃的，你做我想吃的吧！"

博延："……"

看博延的神色，迟绿不太确定地问："我说得不对吗？恋爱综艺不是都这样拍的吗？"

博延一噎，忽然觉得不仅他这个编剧用不上，连导演组的编剧也用不上。迟绿好像比任何人都懂恋爱综艺的流程。

他沉默了一会儿，问："你很熟悉恋爱综艺的流程？"

迟绿眨眨眼，细细品味着他这句话到底有没有别的意思。

"还……还行？"她忐忑地说，"应该没你了解吧？"

· 238 ·

博延噎住。

观众听着两人的对话，差不多要笑晕过去了。

"迟小绿，你怎么那么不解风情！听不出博老师在吃醋吗，你还反问？"

"哈哈哈，博老师的表情太好笑了。"

"博老师的内心：我恋爱对象怎么回事，把我的话全抢走了。"

"这一对太好笑了，一点儿都不像第一次见面然后就恋爱的模样。"

"偷偷说……他们本身就是一对吧？"

"不是一对吧？上次热搜出来后，两边都没承认啊！"

"没承认但也没否认，所以就是默认！"

…………

迟绿并不知道自己和博延的关系已经被网友确认了。

她和博延各自给对方做菜。

两人做饭都很熟练，让观众很意外。

许多人没想到，他们会做饭。

两人耳机里有导演的暗示，让他们做饭也多交流交流。

迟绿觉得好笑，她和博延在一起，不需要太多的交流。

"什么时候学的做饭？"

果不其然，旁边传来了博延低沉的声音。

迟绿看着他："在国外的时候。"

博延目光直直地看着她，低声问："第一次做的能吃吗？"

闻言，迟绿睨他一眼："不能。"

她笑笑，知道他是在借这样的方式问那些和他没有牵扯的时光，他想知道那些他没有参与的时光，她是怎么过的。

"第一次做的时候青菜都炒焦了，特别难吃，还烫到了手。"迟绿回忆着，"我那是第一次知道，油溅到手会那么痛。"

"哪只手？"

迟绿一怔，仰头看着他："什么？"

博延耐心地重复："哪只手？右手吗？"

"嗯。"

话音一落，博延忽然拉起了她的手，认真打量着。

她手白，已经看不出任何被烫伤过的痕迹了。

两人无声地对视着。

博延的手指在她手腕处摩挲着，给她带来阵阵酥酥麻麻的触感。

迟绿有些紧张地抿了抿唇，仰头望着他："博老师，你——"

"这儿？"她话还没说完，被博延打断了。

迟绿看他指腹停留的位置，眨了眨眼："差不多。"

话音一落，博延忽然低下头，对着那个位置吹了吹。

迟绿的感官像是被按了暂停键一样，所有的感觉都集中在手腕处。

她依稀能感受到博延吹在上面的风，感受到他温热的呼吸，以及他炙热的眼神。

她嘴唇翕动，好半天没能说出话。而观众，已经因为博延这一举动沸腾了。

博延似乎没觉得自己这个举动越界了。

做完后，他说："还疼吗？"

迟绿眼睫一颤，咬着唇道："你再吹一下，就不疼了。"

博延望着她，很轻地笑了一下："好。"

两人这旁若无人的互动，让直播间的观众差不多疯了。

"看别人的恋爱为什么也可以那么甜？"

"我没了，我没了，我酸死了。"

"众所周知，博延是一个编剧。"

"博老师！我也被烫手了，我也要吹吹！"

"想要博老师吹吹的姐妹，首先你要有迟绿的身材和长相，再者，你要和迟绿一样会撒娇。"

…………

不仅是观众，连一直注意着三对嘉宾的导演组，也纷纷感慨。

"这对完全不需要操心。"

"别说了。"导演点了一根烟，感慨道，"邀请迟绿的时候，我也没想到能顺带来一个博延。"他看了一眼屏幕上两人相处的画面，转头看向旁边坐着的编剧，"你们编剧，日常生活都如此梦幻？"

《恋爱周末》的编剧沉默了一会儿，喝了一口奶茶，说："也不是，主要是博老师比较'会'。"

导演："这恋爱的酸臭味。"

编剧："我感觉下一期录制，我不需要给这一对剧本了。"

"……"

厨房里的两人还在继续，吹过后迟绿也没再矫情，熟练地切菜、炒菜。

博延垂着眼看了看，没再出声。

两人站在一起，般配且赏心悦目。

即便是做菜，看上去也是一幅美好的画面，更何况，他们动作还很熟练。

没多久，迟绿和博延的菜便出锅了。

两人做了四菜一汤，不算特别丰盛，但也不差，摆上桌的时候，让人看着分外有食欲，糖醋排骨、红烧肉、清蒸鱼以及迟绿必吃的白灼青菜，还有博延炖的鸡汤。

迟绿还没坐下，闻着味道便觉得饿了。

"我饿了。"

博延笑了一下，把筷子递给她："要米饭吗？"

迟绿想了想："吃了的话，晚上要去跑步。"

博延嗯了一声，不在意地说："吃一点儿，晚上我陪你跑。"

"好。"

在饮食方面，迟绿一般控制得都不错。

她一天，也就早上和中午会吃少许的主食，其他时间大多数只吃菜和水果，或是少许的没味道的燕麦片。

虽然对身体健康有影响，但她的职业需要这样，没办法。

博延给她盛了一小碗。

迟绿也没客气，慢悠悠地吃了起来。她吃东西很慢，但看着舒服。

饭桌上，两人闲聊了几句，但都不是什么重要话题。

博延看着她做的红烧肉，低声问："第一次学的菜是什么？"

迟绿啊了一声，反应迟钝地说道："青菜。"

"……"

博延点点头，表示了然。

迟绿瞅着他，沉默了一会儿说："其实也试过红烧肉，但是失败了。"

她做出来后完全不能吃，让她丢进了垃圾桶。

闻言，博延脸上有了明显的笑意。

"嗯，现在的很好。"

"那当然。"迟绿自信满满地道，"我后来做过很多次。"

博延一顿，敛眸盯着她许久："这样啊！"

"嗯。"迟绿没觉得有什么，很自然地和他聊天，"主要是那会儿吃不惯那边的东西，感觉自己做的最好吃。"

博延勾了一下唇，颔首，道："我赞同。"

吃过饭，果园这边有地方休息。

迟绿对着镜头靠墙站了一会儿，又到果园外转了一圈，把吃下的午饭消化了一小半后，才返回里面的小屋。

"博延。"

"嗯？"博延看着她，"困不困？"

"有一点儿。"

迟绿张望着："我去休息啦？"

博延点头："好，我带你去房间。"

果园里的房间不大，但每一间看上去都很温馨，很有设计感。迟绿选了有小阳台的房间。

"你不午睡吗？"

博延垂眼盯着她："一会儿再休息，你先休息。"

"哦。"迟绿仰头看着他，"博老师午安。"

博延："午安。"

迟绿睡觉了，直播间的观众便下意识地觉得没什么好看的了。

但有人只是为了博延来的。他那张脸出现在镜头前，即便什么也不做，也让人舍不得挪眼，何况是周末，大家无聊，也就一直开着。

博延走出她休息的房间，顺手帮她把门关上。

下了楼，博延看了看屋子里的摄像头，无奈地问："摄像头要一直开着？"

没有人回答他。

博延笑笑，抬脚往后面的果园那边走。

这片果园还有一个花园，刚刚迟绿没发现。

这儿姹紫嫣红，什么品种的花都有。

博延在里面转了一圈，手里拿了好几朵不一样的花。

摄影师跟在他的旁边，还有些好奇。

莫非博延还会插花？

博延倒是不会插花，但把花扎成一束，是没问题的。

回到小屋，博延找了个角落把花插好，而后藏了起来。

观众看着他这一连串的动作，已经无法用言语表达自己内心的激动了。

谁不想找个博延这样的男朋友呢？谁都想。

迟绿这一觉睡醒，已经是下午三点了。

窗外阳光明媚，透着窗帘缝照进来，略微有些刺眼。

迟绿眨了眨眼，爬起来坐了半分钟，又躺了下去。她还是好困。

她摸着旁边的手机看了一眼，给博延发了消息，这才看其他人给她发的信息。

博盈给她发的，除了"啊啊啊"，还是"啊啊啊"。

迟绿忍俊不禁，一个问号回了过去。

除了博盈，连徐清妍也给她发了消息。

徐清妍："你怎么回国后参加综艺啦？！我上网看了一些，你这也太幸福了吧，和那么帅的男人谈恋爱！"

迟绿："嗯？难道不是他更幸福吗？女朋友这么漂亮。"

徐清妍："你说得对，我就是想说，这男人好'会'啊！"

迟绿想了想博延做的那些，笑了笑，低头回复："是挺'会'的。"

从以前到现在，她一直都觉得博延是恋爱高手。但这个高手，并不承认自己就是高手。

博延和她在一起，是第一次谈恋爱。迟绿那会儿就问过他，怎么和其他人不一样。

博延怎么回答她的？她躺在床上认真想了想，博延当时跟她说，因为看见她就会。

很多事，只要是和迟绿一起做，他便无师自通。

她正想着，敲门声响起。

迟绿应了一声："门没锁。"

博延站在门口，垂眼盯着她看了一会儿："醒啦？"

迟绿点点头，小声道："你明知故问。"

博延："……"

他抬手，把她盖在摄像头上面的毛巾拿开，让观众能看清房间里的东西。

"还困吗？"

"有一点儿。"迟绿望着窗外的阳光，"我不想起来了。"

她前几天比较累，这会儿难得有休息的时间，是真不想动。

博延抬抬眼，笑了一下："一直躺着？"

迟绿沉默了一会儿，瞅着他道："看电影吗，博老师？"

"……"

下午看电影，大概也就只有博延和迟绿了。

原本，编剧给两人下午安排的行程是围着果园外骑自行车，但太阳太大，迟绿觉得现在出去不是个正确的决定。

"想看什么？"

迟绿拿着他的手机看了看，侧眸看着他："看你是编剧的就行。"

闻言，博延笑了一下："好。"

博延选了一部迟绿会喜欢的。两人看着，还觉得挺有意思。

看着看着，迟绿突然想到了之前在网上看的一些谣言。

她抬手，戳了戳博延的手臂："博老师。"

房间内灯光昏暗，只有大屏幕上的光折射出来，让直播间的观众能模糊地看清些许东西。

"嗯。"博延应了一声，"怎么啦？"

迟绿身上戴着麦，也没在意。

她笑盈盈地道："我之前看到网上有很多消息。"

博延挑眉："例如。"

"大家都说你，为了编剧这个职业，体验了很多真实的生活，这是真的吗？"

博延抬抬眼，问："我有没有做过，你不是最清楚？"

"……"迟绿一噎，睨他一眼，"我说的是这两年。"

"没有。"博延回答得很干脆利落，"偶尔会实地考察，体验也有，但不是一个性质。"

"哦。"迟绿小声咕哝了一句，"网上还说你写了一本你和前女友的书呢！"

电影恰好播放到精彩片段，音量也大了不少，博延没听清她说的话。

"你说什么？"

迟绿借着微弱的光看着他，摇了摇头："没什么。"她抿唇，"没听清就算了。"

博延对她无奈，抬手想揉揉她的脑袋，最后顾忌着镜头，只好作罢。

他垂下眼，看迟绿放在沙发上的手，眼皮抬了抬。

一分钟后，观众看见博延给迟绿拿了一条毯子给她盖上。

在他们看不见的地方，两人的手在毯子下无意识地握在了一起。

博延的掌心温热，和上次的冰凉不同。

他的掌心和她贴合，有源源不断的热量传递过来，让她很舒服。

有那么一瞬间，迟绿的心跳快了几分。

她不知道为什么，明明以前和博延做过更多亲密的事，可这会儿光是牵手，她都有些心跳如擂鼓，像是青春期少女心萌动的小女孩儿一样，小鹿乱撞。

至于手为什么会牵在一起，到电影结束后，迟绿也没想明白。

从博延给她盖上毯子，再到他手越过界限的时候，迟绿其实是有所察觉的，但她没躲。

在她的私心里，她是渴望和博延亲近的。

她其实，非常非常想博延。

他们看完电影，时间也差不多了。

博延带她去果园周边转了一圈，两人这一天过得很像是普通小情侣的日常生活。

晚饭是博延做的。

他做饭的时候，迟绿被编导叫出去做了几个采访。

她再返回小屋的时候，屋内点燃了蜡烛，地上还有鲜花花瓣。

迟绿挑眉笑了笑，抬眸看向不远处站着的人。

"博老师？"

博延哭笑不得地说道："你别拆台。"

迟绿："哦。"她的唇角往上翘了翘，她有些说不出的开心，"这是给我准备的？"

"嗯。"

迟绿刚想说话，手里又被塞了一束花。她一怔，望着怀里的花，愣住了。

"这花……哪儿来的？"

博延："后面有个花园，你没发现。"

迟绿一顿，娇嗔地瞪他一眼："那你不带我去看看吗？"

博延瞅着她，无奈地说："待会儿吃完饭带你去。"

"好。"迟绿低头嗅了嗅手里的鲜花，喜笑颜开道，"很漂亮，谢谢博老师。"

博延嗯了一声，低声道："上面有卡片。"

迟绿一怔，避开镜头打开。

在看到上面写的内容后，她立马把卡片合了起来。

摄影机和直播间的观众一头雾水。

"写的什么啊？"

"迟绿手速怎么那么快，给我看看博老师写的啥！"

"没人发现迟绿的神色变了吗？"

"有有有，所以我很好奇博老师写的到底是什么。"

…………

迟绿抿了一下嘴角，抬眸看着他："你怎么，突然想给我这个？"

博延给她拉开椅子，让她坐下："不是突然。"他语气平静地说，"一直都想，但没找到机会。"

迟绿没吭声。

博延看着她："坐下吃饭。"

迟绿嗯了一声，走到旁边坐下，低声道："谢谢。"

博延抬眸看着她，顿了一下说："欠你的，都会给你补上。"

"……"

闻言，迟绿眼睫一颤，声音变得很轻："谢谢博老师。"

博延给她的卡片，写的其实是之前说给她送的毕业语录。

大学毕业那年，迟绿缺席了毕业合照，缺席了很多很多活动。

所有人在欢乐拍毕业照的时候，她已经孤身一人在国外了。她在朋友圈、在微博刷着同学们的合照，看他们发表毕业感言，有说不出的难过。

无意间，她还刷到了博延的微博。

那时候，博延已经小有名气。他的微博粉丝不少，迟绿看到他在自己毕业那天发了一条微博。

上面只有四个字："毕业快乐。"配图是一束花。

思及此，迟绿眼睛一亮，抬眸看着他："那束花……是不是和这束一样？"

博延稍顿，没想到她会想起这个细节。

他笑笑，看了一眼她一直捧着没撒手的花，轻声道："你看看。"

迟绿想也没想，摸出手机熟练地点开他的微博。

镜头在拍，她也顾不上了。

而直播间的观众，看得一头雾水。

迟绿点开博延的微博后，眼尖的人跟着戳开微博，然后搜索。

搜到"毕业快乐"这条微博时，迟绿定定地看着上面那束花，再转头望着手里的，一模一样。

他把两年前没送给她的花，补给她了，一朵不少。就像他自己一样，即便隔了两年，他也没任何变化，还在原地等她回来。

所有的喜欢和爱意，也和以往一样，甚至，可能更多。

/ 第八章

补偿礼物

看着她的神情，博延淡淡地笑了一下，低声问："喜欢吗？"

"嗯，喜欢。"

迟绿抿了一下嘴角，突然仰头看着他："还有呢？"

博延一怔："什么？"

看着他眸子里浮现的身影，迟绿理直气壮地说："毕业那天你给我准备的礼物，肯定不只是一束花和一张卡片，其他的呢？"

闻言，博延觉得有点儿想笑。

他望着这样的迟绿，有些恍惚。以前的迟绿，也会这么厚脸皮地找他要礼物。

她和博延之间，鲜少扭扭捏捏，她就直接要，从不客气。

他没忍住，睨她一眼说："怎么还有人主动要礼物的？"

"嗯。"迟绿指了指自己，"你之前没见过的话，那现在给你见见呗。"

博延无奈地一笑。

"有。"他目光灼灼地望着她，轻声说，"之后会给你补上。"

迟绿挑了一下眉："为什么不能现在给？"

博延安静了须臾，道："还没到时候。"

迟绿愣了几秒，忽然明白过来。

她抿了一下嘴角，说："好像也是……那以后再说吧，你记着就行。"

博延好脾气地答应："好。"

吃过晚饭，博延带她去她没发现的小花园。

逛了两圈后，两人回家换衣服出门锻炼。

"待会儿你跑五千米，我跑两千米吧！"

迟绿和博延商量着。

博延："谁五千米？"

"你。"迟绿一点儿也不心虚，瞅着他说，"博老师，你再不锻炼就会胖，知道吗？"

博延被她给气乐了。

"那你怎么只跑两千米？"他眸子里压着笑，灼灼地望着她，"不怕胖？"

迟绿眨眨眼，拖着腔调说："怕呀，但我下午看到了静仪姐的消息，她说我也不用对自己那么苛刻。"

"……"

博延沉默几秒，问："那我要对自己苛刻点儿？"

迟绿认真地点头："对啊！"她望着他，"你不对自己苛刻点儿，女朋友有可能被别人抢走。"

闻言，博延很认真地想了想她这句话。

在迟绿要忍不住笑的时候，他点点头，表示赞同："你说得对，我今天跑十千米，你五千米。"

迟绿不满地道："为什么？"

博延道："陪我，不愿意？"

迟绿一噎，嘴唇张了张，好像有很多话想说，可到最后只化成两个字："愿意。"

博老师都打暧昧牌了，她能说不行吗？

最后迟绿老老实实跑完了五千米。

她运动细胞还不错，五千米下来也没感觉多累。博延还没跑完，她看了看，决定去旁边的小卖部买两瓶水。

果园虽然偏僻，但周围还是有居民的。

走到小卖部时，迟绿才发现她没带手机，也没带钱。

她眨了眨眼，转头看向后面的摄影师："老师，你带钱了吗？可以借我五块钱吗？"

摄影师刚想答应，耳麦里传来导演的声音："不要借给她！看她怎么想办法，或者让博老师来英雄救美！"

摄影师顿了一下，看着迟绿说："抱歉啊，迟小姐，我身上也没带钱。"

迟绿愣了一下，笑了笑，说："好的，没关系。"她舔了一下唇，望着一侧的矿泉水，"老板，我可以先要一瓶矿泉水吗？待会儿有人过来买单，我不走的。"

老板看了她一眼，又看了看她后面跟着的人，笑着说："当然可以。"

迟绿弯唇笑笑："谢谢，待会儿会有人过来买单的，不会赖账。"

"那我们不担心。"老板也是会说话的，望着她说，"你长这么漂亮，送给你也可以。"

"……"

小卖部旁边有一张桌子和四个凳子，上面还贴着某品牌的广告。

迟绿没在意，直接坐了过去。

她喝了小半杯水缓了缓，也不着急离开，甚至都没和摄影师说让他跟博延说一声，她在这儿。

观众看她这样，更是一头雾水。

"迟绿在这儿，博老师还在跑步呢，她也没带手机，博老师怎么找得到她？"

"这是个谜！"

"博老师那边好像第九圈了，待会儿看看能不能找到吧？"

"这一对真的好甜啊，我看一天了！"

"迟绿真好看，穿运动服也漂亮。"

"我只想问问这一对到底什么时候结婚。"

"姐妹们，去细扒博老师的微博，能发现好多糖啊！"

…………

迟绿坐在小凳子上，百无聊赖。她托腮望着远处。

这时，旁边塞过来一张纸。她低头一看，是节目组的提示，让她和观众互动。

迟绿笑了，扬了扬手里的纸，望着对着脸的摄影机。

"大家晚上好，吃晚饭了吗？"迟绿自来熟地说道，"能不能告诉我，博老师跑完步了没，他什么时候才能把我从这儿赎回去。"

"……"

没有人回答她。

迟绿叹了一口气，想了想，说："我第一次录这类节目，如果有哪里表现不好，大家多多包涵。"

她笑盈盈地说道："我争取下次改正，谢谢看我们的观众朋友。"

她一个人在角落絮絮叨叨了许久，从最开始的聊天，说到饮食，说到减肥，在即将要说美妆的时候，博延过来了。

听到声音，迟绿侧眸看了过去。

"博老师，你怎么才来？"

博延嗯了一声，抬手拍了一下她的脑袋："无聊了？"

"有点儿。"迟绿指了指,"去买单。"

博延无奈,到一侧付账。

他买完单,迟绿拿着一瓶矿泉水,献宝一样递给他。

"请你喝的哦,我贴心吧?"

博延抬抬眼:"谁买的?"

"你花钱,但这是我拿的,所以是我买的。"

博延向来在这种事情上说不过她,也不会和她计较。

他勾了一下唇,盯着她看了片刻,点点头说:"你说得有道理。"

"是吧!"迟绿得意扬扬地说,"要不要休息会儿?"

"喜欢在这儿待着?"

迟绿点头:"很舒服,风很舒服,这里的人也很舒服。"

在这儿,迟绿能忘记很多烦恼。

博延没出声。

两人安静地在原地待了一会儿,才慢悠悠地回去。

迟绿没忘记节目组交代的事,转头看向博延:"你怎么知道我在那边?"

"猜的。"博延淡淡地说,"我们来的时候路过了那家店。"

迟绿笑:"这样啊!"

博延敛眸看着她:"和以前一样。"

迟绿怔了一下,不由自主地笑了出来。

是啊,和以前一样。

以前她偶尔会陪博延出门锻炼,或是陪他去打球,但迟绿不是能在一个地方待很久的人,经常会在他锻炼的时候往外跑。

大多数时候,她会找个小店坐着,买点儿吃的等他。

基本上每一次,博延都能找到她,但有一次,她找的店偏僻,又没带手机。博延找了很久才找到她。

他找到她的时候,她也不发脾气,就委屈地望着他:"博老师,你怎么现在才找到我啊?"

博延把她拉起来:"抱歉,是我的问题。"

迟绿抱着他撒娇,小声道:"你以后记得,我要是不见了,肯定是在我们来的路上的小店,不会跑远的。"

她看到了博延额间的汗。

博延嗯了一声,低头亲了亲她的额头,安抚道:"走了,回家。"

迟绿唇角往上翘着，主动拉着他的手，晃啊晃，很高兴地说道："好。"

两人曾经的习惯，谁都没忘。

迟绿是这样，博延也一样。

回到小屋后，迟绿受不了自己一身汗，快速跑回房间洗澡去了。

博延看了看时间，直播也差不多要结束了。

他在椅子上坐了一会儿，等迟绿洗完澡出来，才去了自己的房间。

"直播是不是要结束啦？"迟绿好奇地问，"那大家晚安了，明天见哦！"

跟观众道别后，迟绿又回了房间收拾。

这一天，两人都过得很充实。

躺下后，迟绿还接到了博盈的电话。

"迟小绿我正式通知你，我也要去找个男朋友谈恋爱了！"

迟绿蒙了一下，笑着问："怎么了呢？"

博盈恼怒地说道："看你和我哥谈恋爱太甜了，气死我了。"

闻言，迟绿抬抬眼说："嗯，这话你几年前也说过，男朋友也找了几年了，找到了吗？"

博盈一哽，气势汹汹道："我明天就去找，你信吗？"

迟绿沉默了一会儿："明天周日，你去大街上找一个吗？"

"不行吗？"

迟绿思忖了一会儿，好心道："也不是不行，你后天不是开始上班了吗？到公司找一个吧！"

博盈："哇！你在鼓励我谈办公室恋情吗？"

迟绿扑哧一笑，听出了她的兴奋："你以前就喜欢看这类故事，不是吗？"

两人高中的时候，博盈很喜欢看小说，看的大多数是少女时期的梦幻爱情，什么和霸道总裁、演艺圈男明星谈恋爱等。

那时候，博盈时不时还会跟迟绿分享，叽叽喳喳说她要跟谁谁谁谈恋爱。她的恋爱对象，换一本书换一个人。

博盈："过去的事不要再提。"她沉默几秒，自言自语地说，"但我觉得你的提议不错，等我上班了，我第一时间打听我们公司有什么黄金单身汉。"

"好。"迟绿鼓励道，"有优秀的你先下手为强。"

"没问题。"

两人瞎扯了几句，迟绿突然岔开话题。

"博盈。"

"什么？"

迟绿沉默了一会儿，低声问："你回来后，一次也没跟你爸妈联系吗？"

博盈啊了一声，开始装傻："你说什么？"她举着手机远离自己，声音像是从远处传来的一样，"迟绿，我这边信号突然不太好了，挂了啊！你们早点儿休息，晚安哦！"

"……"

迟绿看着被挂断的电话，有些无奈。

敲门声响起。迟绿起身，拉开门看着门口站着的男人。

博延穿着一套深色的睡衣，和上次看见的有点儿像。他手里还拿着一个杯子，正目光炙热地望着她。

"怎么还没睡？"

"嗯。"迟绿抿了一下唇，"跟博盈打了一个电话。"

闻言，博延似有些不解。他拧了一下眉，看着她："她怎么又拉着你熬夜？"

"……"迟绿一噎，睨他一眼，"博老师，你不也熬夜吗？"

博延看着她近在咫尺的脸，目光从上而下，落在她没有涂任何东西的唇上。

迟绿的唇色偏红，即便不上妆，也很吸引人。

他喉结轻滚，解释说："刚刚在忙点儿公司的事。"

迟绿哦了一声："好吧，那你现在要睡了吗？"

博延嗯了一声："你呢？"

"我也差不多了吧！"

博延一听这话，就知道她还不困。

他稍顿，把手里的杯子递给她，问："有没有想去的地方？"

迟绿眼睛晶亮，雀跃道："你要带我去？"

"嗯。"博延慢条斯理地说道，"你一个人去的话，博老师之后照样要去把你赎回来。"

录节目的半夜私自出去，如果不是有博延在，节目组大概率不会允许。

两人还是从节目组那儿借了车离开的。

上车一会儿后，迟绿没忍住笑了出来。

博延侧眸看着她，嗓音低沉："笑什么？"

"你有没有觉得我们现在像……"话说一半，迟绿有点儿说不下去了。

博延挑眉道："像什么？"

迟绿嘴唇动了动，清了清嗓："没什么。"

博延好笑地看着她："怎么话不说完，故意的？"

"……"

迟绿知道他是在逗自己，但偏偏她又不禁逗。

她睨了博延一眼，含糊不清道："私奔。"

博延唇角轻勾，笑而不语。

迟绿瞅着他的神情，恼怒地问："听清楚了吗？"

博延低低一笑，没忍住，捏了捏她的脸："怎么这么可爱？"

在迟绿的死亡眼神下，他改口道："听清楚了。"

也不知道想到了什么，他淡淡地笑了一下，说："是有点儿像。"

大半夜出门，连车也是借的，两人穿的还是家居服。

博延想了想，垂眸看着她："带东西了吗？"

迟绿一脸蒙地望着他，不可思议地说道："什么？"

博延一本正经道："私奔不带家产？"

迟绿噎了一下，想了想："你说得有点儿道理，那回去再多拿点儿东西？"

"不行。"博延认真地说，"再回去容易打草惊蛇。"

"……"

迟绿终归是没忍住笑了出来。她压了压自己的唇角，控制不住上翘。好一会儿，她才笑道："博老师，你好幼稚。"

博延抬抬眼："嗯。"

"带我去哪儿啊？"

博延看着她，笑笑："去山顶看看？"

迟绿眼睛一亮，毫不犹豫地说："好呀！"

她望着夜空，郊区风景好，漆黑的夜空上还挂着三两颗星星，弯弯的月亮正随着时间流逝缓缓挪动。

光影掠过，透过车窗照在他们的身上，静谧又温馨。

博延一直往前开，颇有一种带迟绿私奔的错觉。

迟绿开始还很精神，絮絮叨叨地和博延说话。最后不确定是困了，还是因为身边的人是博延，她不知不觉地睡了过去。

她再醒来时候，车已经停下。

迟绿抬手揉了揉眼，往车窗外看，博延正站在不远处。

她愣了片刻，望着他留给自己的背影，有种说不出的孤独。在深夜，人的情绪容易爆发，很多深藏心底的东西，好像也会不经意间流露出来。

博延此刻的样子，她从未见过。

迟绿抿了一下唇，有些不确定和他出来到底是对还是错。

她看了须臾，收回目光，看向夜空，星星还在。

这时，车窗被人敲了一下。

她降下车窗，和外面的男人对上目光。

"醒了怎么不出声？"博延垂眼看着她，"还困不困？要不要再睡一会儿？"

"不要。"迟绿推开车门下去，"你怎么都不叫我？"

博延握着她的手腕，等她落地后才放开。

他嗯了一声，淡淡地说："看你睡得香。"

闻言，迟绿还有些不好意思。她抿了一下嘴角："我这是不是有点儿矫情？"

"嗯？"博延没懂。

迟绿笑道："半夜跟你出来，自己睡着了。"

博延抬抬眼，领着她往另一边走："不矫情。"他抬手，轻拍了一下她的脑袋，"在我这儿，想做什么做什么，不用觉得不好意思。"

迟绿弯了一下唇，笑盈盈地哦了一声："好。"她转头看着博延，"谢谢博老师。"

博延看了她一眼，收回目光："看那边。"

迟绿顺着他指的方向看，他们站着的位置，能看到整座城市的风景。

深夜，灯光依旧。

城市里的霓虹灯被连成了一排又一排，像是有根线在牵引着一样。它们一直在亮着，不会熄灭。

半夜俯瞰整座城市的风景，这是迟绿之前没做过的事，晚风吹过，有丝丝的凉意。

她觉得冷，可又觉得自己身处温暖之中。旁边是熟悉的人，身上有她熟悉的味道，裹着风吹进她的鼻间，让她安心。

有时候，博延什么都不做，依旧能让迟绿有安全感。

这种安全感，是任何人都无法给她的。

这一晚上，两人什么也没做，更没多少暧昧行为。除了看风景，还是看风景，困了两人会在车里睡觉。

迟绿再被叫醒时，是看日出。看着晨光一点点从山的那端冒出头的时候，她有种说不出的感觉，好像，有些东西，确实该获得新生了。

在节目录制前，两人回了小屋。

周日这天的录制，直播间的观众只看到两位主角困倦的模样。

早餐，两人也没多少兴致互动了。

吃过早餐，两人躺在沙发上休息，电视开着，让观众陪着一起看电视。

一时间，观众满脑袋问号。

"这两人在直播结束后，是做了什么不可说的事吗？"

"我真的不想多想，可我控制不住啊！他们俩这样，像不像是精力耗尽的样子？"

"说实话，有点儿像。"

"不是吧？不是吧？录节目呢，你们俩也不克制克制自己吗？"

"所以今天两位没有任何活动，就让我们陪着看电视吗？"

"博老师被榨干了吗？"

"我真的好想知道这两位在直播结束后偷偷做了什么。"

"节目组出来说句话呀！"

…………

可惜的是，任凭观众怎么喊，都没人回应。

节目组不会告诉他们，嘉宾半夜偷偷出去看日出了。博延和迟绿对这种话题更是不会回应。

傍晚时，录制结束。

迟绿和博延总算精神了些，笑盈盈地和观众说再见。

"下周见哦！"迟绿笑着说，"谢谢大家这个周末的陪伴。"说完，她戳了戳博延的手臂，"博老师，和大家说再见。"

博延："再见。"

迟绿："多说一句。"

博延失笑，改口道："下周见，谢谢。"

直播关闭，但节目录制还没结束，迟绿被叫去做了个专访，之后回房间收拾东西，博延又去做专访了。

这些专访是会在剪辑后，放在每一期里送给大家当福利的。

节目组在这方面是懂得怎么吸引观众的。

专访结束，两人被节目组送回了小区。

往里走的时候，迟绿回头看了看离开的工作人员，转头和旁边的人说话。

"博延。"

"嗯？"博延侧眸看着她，"怎么啦？"

"你专访都说了什么？"她好奇不已，"为什么你的专访结束后，工作人员看我的眼神都怪怪的。"

闻言，博延好笑地问："哪里怪了？"

"就是很怪。"迟绿对别人的目光很敏感，稍微有点儿不对劲第一时间就能察觉到。

她也不知道怎么说，工作人员看她的眼神不能用怪来形容，就是和之前对比有些不对劲。

博延笑了一下，说："你的错觉。"

迟绿睨他一眼："你不能跟我说一下吗？"

"说什么？"

"你跟他们说了什么。"

博延想了想，很坦然地道："节目播出后就知道了。"

"……"

这话说了跟没说一样，迟绿翻了一个白眼，轻哼道："哦，你不说就算了。"她酸溜溜道，"我也没有真的很好奇。"

博延失笑。

他知道她想听，但有些话，现在也不适合说。

他笑笑，道："好，你不好奇。"

迟绿噎住。

到进电梯，迟绿也没再和他说话。

已经到晚上了，博盈和圆圆在家做好饭等着两人。

他们到家后，博盈激动地扑了过来。

迟绿躲开她，快速往另一边跑："我的小猫咪呢？"

博盈愣在原地，看向博延："哥，你需要一个温暖的拥抱吗？"

博延看了她一眼，眼里多了些许嫌弃："不用。"

博盈抱了抱可怜的自己。

"好的。"她转身，机械性地回到餐桌边。

两天没见到小猫，迟绿一过去，它还有点儿警惕地望着她。

迟绿眨了眨眼，朝它友善地伸出手："你不认识姐姐了吗？"

听到这个称呼，博延抬了抬眼："姐姐？"

"对啊！"迟绿指了指说，"我给我的猫取好名字了。"

"叫什么？"

"迟小迟。"

博延："……"

看着他脸上的神情，迟绿一本正经地问："这个名字不好听吗？"

有那么一瞬间，博延还真不知道该如何点评。

他说好听，说不出；说不好听，好像也能接受。

"挺好的。"他淡淡地点评，"很有意思。"

"是吧。"迟绿戳了戳它的小脑袋，高兴地说道，"它是我妹妹。"

博延一怔，敛眸盯着小猫看了一会儿，轻声道："嗯，记住了。"

迟绿和迟小迟玩了一会儿，四个人上桌吃饭。

博盈对他们这个节目很好奇，虽看完了直播，但还是有很多问题想问。

"你们昨晚偷偷做什么去啦？"

迟绿一天没看手机，这会儿有些蒙："什么做什么去啦？"

博盈："你们俩今天录节目时状态非常不对，难道昨晚没偷偷去干坏事吗？"

迟绿一噎，瞪了她一眼："什么叫干坏事？"她小声嘀咕着，"我们是光明正大出去的。"

博盈哼哼两声："出去做什么啦？"

"没做什么，就去吹了吹风。"

博盈满脑袋问号，不可置信地望着两人："什么都没做，就去吹了吹风？"

迟绿点头。

博延没说话，但默认了。

博盈眨了眨眼，沉默了几秒，语出惊人地道："哥，你是不是不行啊？"

三人："……"

看着三个人转过来的目光，博盈后知后觉地解释："不是不是，我不是那个意思。"她哎哟了一声，"就是，大家都懂吧。"

圆圆在旁边一直安安静静，这会儿突然道："博盈姐，我不是很懂。"

博盈："……"

她避开她亲哥的目光，摸了摸鼻子道："这两位懂就行了，快点儿吃饭。"说完，她自顾自地埋头苦吃起来。

迟绿瞅了一眼博延脸色铁青的样子，努力收敛自己唇角的笑，不能笑出声，会让博老师丢脸的。

她正想着，桌下放着的手突然被人捏了一下。

迟绿身子一僵，脸上的笑僵住了。

她偷偷垂下眼，看着博延的目光，看清了他说的话——需要我证明？

吃过晚饭，博延被迟绿赶回了楼下。

临走前，博延还偷偷地抓了一下她的手指，暗示意味十足，像是在问——真不用我证明一下？

一想到这儿，迟绿脸就在发热。

博盈围着她转了几圈，眼神充满了打量。

"迟小绿。"

"干吗？"迟绿瞪了她一眼，抬手揉了揉她的脑袋，"你刚刚吃饭时说的都是什么？"

博盈眨眨眼："怎么，我说错了吗？"她理直气壮地嘀咕，"半夜出去什么也不干，这是成年人的爱情吗？"

迟绿沉默了一会儿，瞅着她说："我会把这话转告你未来男朋友的。"

博盈一噎。她眼珠子转了转，聪明地岔开话题："录制的感觉怎么样？"

"挺好的。"迟绿去拿充电的手机，问，"网上有说什么不好的吗？"

博盈摇摇头，跟在她旁边说："全是羡慕你的，还有人深扒你们之前的那些事。"

迟绿扬扬眉，笑了一下："扒出什么了吗？"

"没呢！"博盈说，"你们俩当时恋爱很多人不知道，怎么可能扒出来？除了少部分同学之外，也就我哥之前的微博留下了部分你们恩爱的痕迹。"

闻言，迟绿安静了几秒，说："不止。"

"什么不止？"

迟绿看了她一眼，笑而不语。

其实除了博延的微博之外，她也有个微博，从高中时便开始记录两人之间的事，只不过这个微博，连博延都不知道。

当然，他也可能只是假装不知道。

博盈看她神神秘秘的样子，也没打破砂锅问到底。

她瘫倒在沙发上，看迟绿玩手机的模样，戳了戳迟绿的手臂问："你觉得综艺恋爱和真实恋爱有什么区别吗？"

"当然有。"迟绿心不在焉地说，"真实恋爱哪儿会这么纯！"

她和博延真实恋爱的时候，恨不得时时刻刻和他黏在一起，亲亲抱抱。而现在的他们，连牵手都很克制。

博盈想了想，觉得她说得有点儿道理。

她嗯了一声，追问："那你什么时候和我哥重新谈真正的恋爱。"

迟绿刷手机的手指一顿，她敛下眸子，说："不知道。"

博盈看她半晌，靠着她的肩膀蹭了蹭。

"迟绿。"

"嗯？"迟绿推了推她的脑袋，"你干吗，占我便宜呢？"

博盈摇摇头："我今晚跟你睡吧？"

迟绿笑了一下，第一时间察觉到她的情绪不对，答应着："行，我勉为其难地召你侍寝。"

"……"

周一上午，迟绿在家逗了一会儿小猫，便和圆圆出门了。

她今天有个杂志封面拍摄和采访，折腾下来估计要一天。

这个杂志，是迟绿刚回国便定下来的。

很多人好奇，她为什么回国，回国又是因为什么。

杂志拍摄间隙，主编过来和她见面。

"迟老师，好久不见。"

迟绿笑笑："主编说笑了，和之前一样，叫我迟绿就行。"

她和主编认识，在国外时有过两次接触。

主编笑盈盈地说："那不行，该有的称呼不能少。"

迟绿不太习惯别人叫自己老师，但也不勉强。

"先简单做个采访？"主编问，"待会儿还要拍是吗？"

"对。"迟绿接过圆圆递过来的咖啡，"我都随意，你方便就行。"

主编也没和她客气，道："我们这一回的采访，有点儿犀利，要先看看问题吗？"

迟绿扑哧一笑："看了的话，那不是让我提前做了准备吗？"她眨眨眼，心情地愉快说道，"今天怎么这么善良？"

一般而言，杂志采访要的就是猝不及防的回答。

主编无奈，笑看着手里的资料，深呼吸了一下，说："那我们就不客气了。"

迟绿看了一眼旁边的镜头，含笑答应："好。"

采访正式开始。

最开始的问题，和迟绿想的差不多，主要是问她的事业规划，问她回国的原因。

迟绿没犹豫，一个一个回答，从容且淡定。

"事业方面有想法，但具体怎么样，我没有给自己限定条条框框，当然作为模特，是希望能越走越好的。至于回国的原因——"迟绿看了看对着自己的摄

像头，说，"怎么说呢，就是想回来了。"

主编哭笑不得，问："只有这个答案吗？"

迟绿嗯了一声，平静地道："真的就只是想回来了，所以我回来了，没有乱七八糟的因素，仅仅是我想了。"

她眉目专注且认真，是在认真回答问题。

她回国，不是外界所传闻的那样，和前公司闹掰了，更不是因为林静仪给她开出了多好的条件，也不是答应了某品牌合作等，当然也不是因为和之前的同行有矛盾。

她回来，就只是想回来了。

主编一怔，有些意外。

"那有什么促使你回国的原因吗？"

迟绿笑笑："有的。"

她像是在透过镜头看谁一样，轻声说："合约到期是一个因素，另一个是——"她抿着唇，一点儿也没遮掩，"我有些想一个人了，想回来看看他。"

主编怔了片刻，打探道："方便问问这个人是谁吗？"

迟绿眨眨眼："这个问题，留到下次回答行吗？"

主编没再为难她。

采访断断续续，忽然又跳到了别的地方。

最后，迟绿还回答了几个私人问题。杂志不会现在就发行，所以她比较肆无忌惮。

结束的时候已是傍晚，林静仪亲自过来接她。

"累不累？"

迟绿揉了揉脖颈，点了点头："有一点儿，但也还好。"

林静仪笑笑，道："我刚刚进去时听他们说，你镜头感很强，拍一两次就过了。"

迟绿看了她一眼："模特镜头感不好，那我可能都不配做模特了。"

林静仪一噎："送你回去？"

"嗯。"迟绿看着她，"今天怎么过来接我啦？"

"跟你说点儿工作上的事。"林静仪笑笑说，"你想要的品牌给我发邮件了。"

闻言，迟绿抬了抬眼："嗯？"

"时装周的。"林静仪把资料递给她，道："你看看吧，他们给出的条件不错。"

迟绿嗯了一声，低头翻看着："怎么比我预期的快？"

"不清楚。"林静仪说，"可能是因为你和博延的综艺吧！"

迟绿眨眨眼，有些蒙："什么意思？"

林静仪好笑地道："我也没想到，你上综艺会有这种效果。"她点了点手边的资料，扬扬眉说，"这些，全是今天早上我看到的邀请，有品牌代言的，有常驻综艺和客串综艺的，甚至有邀请你去拍戏的。"林静仪看着迟绿，"你这综艺太受欢迎了。"

别说林静仪没想到，就连迟绿自己也没料到。她能有这么多资源。

迟绿随手翻了翻林静仪打印出来的资料，有运动品牌的代言，有其他服装品牌的代言，高跟鞋的，甚至有大大小小秀场的邀请，连护肤品、美妆产品的代言也不少，综艺也有不少。

林静仪看她认真的模样，好奇地问："有兴趣吗？"

"一般。"迟绿看了看，"你先筛选，觉得不错的我再看看。"

"嗯。"林静仪了然，看着她，"那接下来这段时间估计会很忙。"

迟绿点头："知道，没问题的。"

林静仪说忙，那便是真的忙。

那天过后，除了周末两天的综艺录制迟绿能有喘息的时间，其他时间要么是在拍摄的路上，要么就是在活动现场。

一晃，一个月便过去了。

这一个月下来，迟绿和博延见面的时间除了综艺录制，便没有了。

周日下午录制完，她便跟着林静仪安排过来的车去了其他地方，忙到脚不沾地。

博延也一样。

博延周末录制节目，完全是挤出来的时间。

如果不是为了陪迟绿，在年底这么重要的时候，他不可能浪费时间去参加综艺。

公司年底事多，各种状况层出不穷。

明天是第五期的录制，博延此刻还在江城机场。

徐铭泽看他神色疲倦的模样，特意去买了两杯咖啡。

他回来时，博延正在接电话，神色看上去冷峻了许多。

徐铭泽狐疑地看了看，给旁边的工作人员使了个眼色。

工作人员也很茫然，不知道出了什么事。

博延说的话少，基本上那边说了很多，他才会懒散地应一句。

"还有什么要说的？"

徐铭泽往前走近一点儿，恰好听到那边传来的怒吼声："你是不是一定要将我们置于尴尬的境地？"

博延眼也没抬，冷冷淡淡地说道："你觉得是就是。"

"博延，我命令你，你明天再去那个节目，公司你也别回了。"

闻言，博延轻哂了一声，淡漠地反问："那挺好，我正有此意。"

"你——你——"那端的人气到不行，呼吸忽然变得急促。

徐铭泽注意到博延的眉头皱了一下，但很快又恢复了往日的冷漠。

紧跟着，那边换了一个声音。

"博延，你知不知道你在说什么？"女声着急地说道，"你是不是一定要气死我们才甘心？"

博延没吱声。

裴婉玉愤愤地道："你不回家、你妹妹不回家也就算了，你还和迟绿一起上节目，你到底是想打我们的脸，还是想怎样？你知不知道，你这样做会把我们置于何地？！"

"……"

博延面色依旧沉静，安安静静地听着电话那头的骂声。

徐铭泽听着那些话，有些于心不忍。

他之前接过博延父母几个电话，在他这儿他们还算客气，可这会儿骂博延的话，是一点儿也没客气。

他们说他没良心，是白眼狼，被女人迷了心窍，等等。

听到后面，徐铭泽都有些听不下去了，可博延依旧没把电话挂断。

有那么一瞬间，徐铭泽其实很好奇——那个人如果是他，能这样坚持吗？

他知道一点儿博延和迟绿的事，换位思考了几分钟，他觉得他不能，他应该做不到博延这样。

又过了几分钟，那边大概是骂累了，声音渐渐小了。

博延敛下眸，面不改色地挂了电话。

徐铭泽正在走神，耳边传来熟悉的声音："咖啡。"

"……"

看着博延淡漠的目光，徐铭泽愣了一下："什么？"

博延："徐助理，咖啡。"

徐铭泽连忙把咖啡递过去，轻咳了一声，问道："博总，需要吃点儿东西吗？"

"不用。"博延垂下眼，抿了一口咖啡，"还有多久？"

徐铭泽看了看时间："十几分钟就可以上飞机了。"

"嗯。"

博延没再说话。

徐铭泽偷偷观察了一下，一时间也不确定要不要再说点儿什么。

没等徐铭泽想好怎么安慰他们高高在上的博总，一行人便上了飞机。

"徐助理，"他刚坐下，旁边的同事便喊了一声，"博总的心情看着很差啊？"

他们刚才坐得稍微远一点儿，没听到博延电话里的内容。

徐铭泽嗯了一声，沉默了一会儿，道："过完这个周末就好了。"

同事："……"

上飞机后，博延的脸依旧是冷的。

他不会摆脸色，但全身上下就是写着——生人勿近。

这让以前对他热情的空姐也没敢靠近。

下了飞机，徐铭泽看向博延："博总，是回家后再去录制现场，还是直接去录制现场？"

博延刚想说话，手机响了。

他低头看了看，是迟绿的。

"喂。"

耳边传来迟绿的声音："博老师，下飞机了吧？"

博延顿了一下："嗯。"

迟绿一怔，略微意外地说道："你心情不好？那边的事没处理好吗？"

博延安静了须臾，突然承认了。

"有点儿。"

迟绿啊了一声，想了想说："那我陪你吃点儿好吃的吧？"

闻言，博延垂下眼，轻笑了一声："陪我吃点儿好吃的？"

"对啊！"迟绿理直气壮地说："吃点儿好吃的心情就好了，女人都是用美食安慰自己的。"

"我是女人？"

迟绿噎了噎，无语地道："男女都一样，你要是吃好吃的不行的话，那你说要怎么样？"

"……"

听她这语调，博延紧绷的神经忽然放松了一点儿。

他笑笑，一时间不知道谁才是哄人的，谁才是被哄的。

"不怎么样。"博延问，"到录制现场了？"

"没呢！"

迟绿这会儿正站在角落里，直勾勾地盯着来来往往的人。

博延挑眉："明天过去？"

"不是啊！"迟绿弯唇一笑，看到了另一边走出来的男人。

男人身姿挺拔，模样俊朗。似乎是注意到了这边的躁动，博延掀起眼皮看了过来。

隔着人流，两人目光相撞。

看着他诧异的目光，迟绿举着手机，慢悠悠道："我等我男朋友一起过去呢！"

很奇怪，博延的心情忽然好了。

他望着不远处的女人，眉目舒展，唇角也似有似无地往上牵了牵。

"嗯。"他答应了一声，缓缓道，"你男朋友来了，走吧！"

"……"

迟绿睨他一眼，收起手机："你还当真啦？"

博延面不改色地提醒："你先说的。"

迟绿一噎，娇嗔地瞪了他一眼："好吧，是我先说的。"她笑笑，和一侧的工作人员打了声招呼，看向徐铭泽："徐助理，好久不见。"

徐铭泽淡淡一笑，客套说道："迟小姐，我每周都能看见你。"

迟绿沉默了一会儿，笑着说："我的荣幸。"

博延听着两人的对话，沉默了几秒问："还不走？"

徐铭泽懂得看人脸色，立马警觉起来："博总，既然迟小姐来接你了，那我们就先回去了。"

博延面无表情道："嗯。"

迟绿扬扬眉，看向旁边的一群人："有司机过来接吗？如果没有的话……"

她后面的话还没说出来，就被博延打断了。

"他们有。"

迟绿眨了一下眼，总算发觉了旁边的人不对劲了。

她扬了扬眉，意味深长地看了看博延，含笑和旁边一群人道别。

从机场离开后，迟绿跟在博延旁边，脸上的笑一直就没收敛。

也不知道想到了什么，她突然扑哧笑出声来。

博延眉心突地一跳，侧眸看着她："自己开车过来的？"

"嗯。"迟绿眼睛亮晶晶，仿若夜空中最亮的星星。她望着博延，伸手指了指："停那边了。"

博延嗯了一声，敛眸看着她："笑什么？"

"没什么呀！"迟绿看着他，"就是觉得，挺好笑的。"

博延："……"

他深深怀疑，迟绿在说自己。

上车后，迟绿扣紧安全带，看向旁边的人。

"确定你开？"

"嗯。"

迟绿看着他："你那么久没休息，这算不算疲劳驾驶，要不还是我来？"

博延瞥了她一眼，道："在飞机上睡了一会儿，不算疲劳驾驶。"他顿了一下，补充道，"即便疲劳驾驶，也不会让你出事。"

"……"

迟绿没想到他这种事也能扯到这个话题上。

她伸出手指摸了摸鼻尖："哦，那走吧，早点儿过去，早点儿休息。"

博延一笑："好。"

两人几天没见了，迟绿忙，博延也忙。有时候一天下来，他们也聊不上几句，但很奇怪，两人又习惯这样的相处模式。

迟绿目光直直地盯着路，思绪飘飞。

博延这会儿，看着心情好像挺好。

她借着车窗倒影，偷偷打量了他一会儿，才收回目光。

"这几天在忙什么？"

耳边传来男人的声音，低沉有磁性，每次都让迟绿耳热。她啊了一声，眨眨眼说："就是广告拍摄、杂志拍摄。"

博延嗯了一声，看了她一眼："累不累？"

"不累。"迟绿笑道，"我很喜欢这种忙碌的生活。"

博延挑挑眉，没跟她翻旧账。

也不知道是谁，在几年前抱着他撒娇，让他养她，说什么她不想努力了，这辈子最大的愿望就是希望博老师能养她。

思及此，博延无奈地笑了一下。

"笑什么？"

迟绿狐疑地看着他。

博延盯着她看了一眼，低声问："结束后就来机场啦？"

"没。"迟绿说，"我把行李先放那边了，跟工作人员说了一声才来的。"

博延点点头，表示了然。

车内安静了一会儿，博延不说话，迟绿也有些不知道该说什么。

她百无聊赖地玩了一会儿手机，思忖了一会儿后，给徐铭泽发了一个消息。

迟绿："徐助理，你们江城的事没搞定吗？"

博延这回去江城，是那边的项目出了点儿问题，他亲自过去处理。

迟绿知道得不多，只从博盈口中知道，好像是下面的经理做了什么事，影响很大。

徐铭泽："解决了。"

徐铭泽："怎么了，是博总那边还有事要交代吗？"

迟绿："没事，随便问问，麻烦徐助理了。"

徐铭泽一头雾水，但细细一想，又隐约能猜到迟绿这样问的原因，纠结了几秒，他还是给迟绿多发了一条消息。

徐铭泽："博总接了一个电话，心情不是很好，如果有什么事，迟小姐多担待。"

迟绿："好，谢谢。"

她退出微信，心不在焉地戳着手机屏幕。

如果不是公司的事，那只有一件事会让博延心情这么差。

迟绿看着手机，一时也不知道该如何是好。

她深呼吸了一下，有些无奈，又有些无措。

正想着，旁边传来男人的声音："迟绿。"

"什么？"迟绿应了一声。

博延侧目看着她，淡淡地问："和我坐一起这么难受？"

迟绿眨眼看着他："啊？"

"叹气做什么？"博延淡淡地问，"工作上有困难？"

迟绿摇摇头，好笑地道："没有，就是在想事。"

"嗯。"博延没多说，只交代了一句，"做得不开心就不做，别勉强自己。"

闻言，迟绿笑道："好，我知道的。"她想了想，认真说道，"我挺喜欢现在的工作。"

博延看见她眼睛里的光芒，没再问下去。

他们到小屋时，已是深夜。

迟绿困到极点，和博延说了一声便进房间休息了。

次日，新一轮录制开始。

经过前面几期，网友都知道两人的直播间是甜死人不偿命。

一大清早，大家便纷纷刷起了弹幕。

"让我们看看这对'延迟'情侣今天要给大家带来什么样的惊喜。"

"一个星期没见了，博老师想我们了吗？"

"博老师有没有想你我们不知道，但博老师一定想他女朋友了。"

"看这一对谈恋爱，真是甜死我了。"

"你们这周继续把我甜晕吧！"

"怎么还不起来啊？"

…………

在网友激动的时候，博延和迟绿还在睡觉。

听到敲门声，迟绿才反应迟缓地爬了起来。

她拉开门，望着站在面前的工作人员，眨了眨眼："到时间啦？"

编导笑道："对，还很困？"

"有点儿。"

编导说："我把你房间的镜头打开，你想睡也能睡。"

刚睡醒的时候，迟绿的脑子是蒙的，她应着："好。"

编导还没把摄影机前盖的东西拿开，她又回了床上，所以镜头一开，网友先看到的是她的睡颜。

"迟绿竟然还在睡觉？"

"睡觉姿势也这么优美，是摆拍吧？"

"迟绿是真的累吧？我看了看网友曝光的行程，她是真的忙。"

"跪求迟绿出个时间管理给大家吧！"

"迟绿是素颜吧，皮肤状态真的好啊！"

…………

迟绿是真困，有点儿起不来的感觉。

她睡着睡着，有熟悉的味道钻入鼻间。迟绿皱了一下眉，刚想挥开，耳边传来男人熟悉的声音："还很困？"

"……"

迟绿眼皮动了一下，迷迷糊糊地应着："嗯，别吵。"

话音落下，她拉了拉被子，翻了一个身。

博延看她这样，笑了一下："迟绿。"

迟绿没应话。

博延看了看不远处的镜头，有些头疼。如果是在家，他必然不会叫她，但现在时间、地点都不对，不得不喊。

他抬手，拍了拍她的脑袋："起床了。"博延自顾自地说，"已经九点了。"

按照规定时间，他们是八点开始直播的。

迟绿皱眉，拉着被子盖住自己："困。"

博延失笑，低声问："昨晚几点睡的？"

上
册

"不记得了。"

原本，迟绿想着回房间洗澡后就睡觉。可躺下后，她感觉好多事冲到她脑海里，让她怎么都睡不着。再后来，她折腾到外面晨光浮现，才睡了过去。

博延嗯了一声，想了想，说："那起来吃了早餐再睡？"

"吃什么？"

博延笑道："你想吃什么？"

迟绿："西红柿鸡蛋面。"

"好。"

博延抬手揉了揉她的脑袋，语气温和："我去给你做，你随便收拾一下。"

"嗯。"

话虽如此，迟绿依旧没动。

博延抬抬眼，倒也没勉强她。

"我下楼了。"

迟绿没应。

观众看着他们互动，酸成了柠檬精。

"说真的……如果有这么帅的男人叫我起床，那我一定会立马起来的。"

"为什么没有人这么温柔地叫我起床？"

"我妈今天早上叫我起床，直接掀我被子，在这种寒冷的冬天。"

"我妈不掀被子，我妈拉窗帘。"

"谁可以给我一个博老师！"

"我要看看，迟绿到底起不起。"

…………

在大家讨论正激烈的时候，迟绿突然从床上坐了起来。

她眼神呆呆地盯着不远处的镜头看了一会儿，有点儿头疼。

"困。"她看着镜头，想了想说，"我在这儿给博老师道个歉，实在是太困了，我要继续睡。"

众人："……"

大家还没反应过来，迟绿又躺下了。

观众被她弄得一时间没反应过来。

"这……不太好吧？博老师在做早餐呢？"

"姐妹们，看看博老师那边，他没做。"

"我为什么在这两人的这种事情上也能嗑到糖。"

"去看看博老师那边，我酸死了。"

....

下了楼，博延还真没去厨房。

他去了楼下，直接出了门。

跟着他的摄影师一头雾水，接到导演暗示，问了一声："博老师，你不是说去给迟老师做早餐吗？"

博延嗯了一声，道："她起不来，一会儿做。"

摄影师顿了一下，惊讶道："你怎么知道？"

博延也不知道想到了什么，笑了笑说："习惯了。"

摄影师："……"

观众："……"

他们怎么在这种地方也感觉到了甜？！

一个小时后，迟绿才慢悠悠地从床上爬起来。

她进浴室洗漱，这才往楼下走。

观众看着她素颜的模样，已经不想夸了。

迟绿仗着自己漂亮，经常在节目里不化妆，他们不是第一次知道。

她下楼的时候，博延抬起眼睫看了她一眼："醒啦？"

"嗯。"迟绿看着他，"你在做什么？"

博延笑笑，说："处理点儿公司的事，现在给你做早餐？"

迟绿看了他一眼："忙的话我自己来。"

"不忙。"博延淡淡道，"有时间给你做早餐。"

迟绿挑挑眉，没再拒绝。

进厨房后，博延给她倒了一杯水。

迟绿喝完，又自顾自地喝了一杯蜂蜜水。这是她的习惯，起来后必须要先喝两杯水再吃别的东西。

博延给她做早餐，她就在旁边待着。

两人在厨房里闲聊，她时不时还能帮帮忙。

看博延做了两碗面后，迟绿诧异道："你也还没吃？"

"你不在，怎么吃？"博延淡淡地说，"出去等着。"

迟绿愣了一下，垂下眼睫盯着他看了几秒，忽而扬起笑容："谢谢博老师。"

博延瞥了她一眼，不太清楚她在打什么主意。

两人面对面坐着吃早餐。

吃过后，迟绿揽下洗碗的工作，博延也不拦着。

收拾好后，迟绿看着他："今天没有任务卡吗？"

"有。"博延指了指，"在那边，你看看。"

迟绿接过看了看，编剧让两人去动物园约会。

迟绿看着，笑道："让我们出去约会，那我先去化妆。"

博延点头："去吧！"

两人收拾了一通，再出门的时候，观众一下子又议论开了。

"我一直以为这两位打扮和不打扮差不多，因为不打扮已经够美了，可现在一看，才发现是我错了。"

"呜，迟绿的身材到底怎么保持的，太绝了吧？"

"迟绿不穿高跟鞋也很有气质啊！"

"博老师多高啊？和迟绿站在一起竟然还能高小半个头。"

"博老师一米八八吧，没记错的话，正好比迟绿高十厘米。"

"看到他们俩，我也想找个对象谈恋爱了。"

"'延迟'全世界最甜！"

…………

迟绿和博延以前去过动物园，是迟绿高中的时候，不过那会儿不是两个人，他们身边还有博盈。

想到这里，迟绿没忍住笑了。

博延看了她一眼，低低地问道："笑什么？"

"就想到上一次和你去动物园的时候。"迟绿看着他，感慨道，"那次过后，我们就没去过了。"

博延嗯了一声："想去？"

"一般。"迟绿沉思几秒，认真地说道，"可能是人年纪大了，总会控制不住想过去的事。"

她昨晚想了一整夜，今天依旧在回忆。

迟绿也不知道该怎么形容自己的心境。她现在就是稍微碰到一点儿和过去有关的事，都能激起很多回忆。

博延盯着她看了一会儿，没应声。

两人去到动物园时，时间已经不早了。

迟绿在车里眯了一会儿，这会儿精神饱满。她兴致勃勃地往里走，手里还拿着刚刚博延买的食物。

博延看她这架势，有点儿想笑。

"别跑那么快，待会儿找不到你。"

迟绿睨他一眼："找不到的话，那就是博老师你退步了。"

以前无论她在哪儿，他都能第一时间找到她。

博延笑而不语，抓住了她的手。

众目睽睽之下，他的手从上而下，顺着她的手腕往下挤入她的掌心，和她十指相扣。

博延的手掌宽厚温热，手指有力。

他手指插进来时候，还故意捏了捏她的手指，引起她的注意。

迟绿愣了几秒，有片刻的别扭，但很快又适应了。

恋爱综艺，总会有这些互动的。

她给自己洗脑，让自己稍稍冷静下来。

而观众，已经因为两人牵手自我高潮了。

前面几期两人虽然也有互动，也有暧昧的行为，但是肌肤接触其实很少。

最多是博延主动捏迟绿的脸，揉一揉她的头发，偶尔会牵手，也就是博延抓住迟绿的手腕。

"啊，牵手了！"

"四舍五入，这两人那啥了哈！"

"我脑海里这两位现在已经在激吻了，姐妹们。"

"受不了了，十指相扣呢！"

"就牵个手，我已经脑补了……谢谢。"

"请问迟绿的腰还好吗？"

"这个直播间都是什么观众啊，说的是什么虎狼之词？"

…………

无论观众怎么调侃，博延和迟绿一无所知。

最开始，迟绿有点儿不适应，但后来她就习惯了。

只不过她总会控制不住往前跑，没一会儿便把博延给甩开。对此，博延颇为无奈。

"博老师，我想去看看长颈鹿。"迟绿看向身后的人，皱了一下眉，"你怎么那么慢？"

博延默默应着，道："嗯，去吧！"

迟绿哦了一声，也没和他客气，径直往前跑了。

博延看着她的背影，叹了一口气，对着镜头道："各位观众朋友出门的话，千万别像迟老师这样一个人瞎跑，很容易找不到。"

观众没忍住，发了一连串的"哈哈哈哈"。

隔着屏幕，他们也感受到了博延的无奈。

博延跟了上去，一路都护在迟绿左右。

迟绿累了，两人才进了旁边的店休息，顺便吃点儿东西。

迟绿开始活力满满，这会儿确实有点儿跑不动了。

她坐在店外休息，连博延问她吃什么也没精神。

博延觉得好笑："在这儿等我。"

迟绿乖巧地点头："好，博老师辛苦啦！"她向来知道怎么让博延开心，眨眨眼道，"博老师是全世界最帅的男人。"

博延面无表情地睨她一眼，起身离开。

没一会儿，博延不仅给她拿了热咖啡和食物，手里还多了个东西。

迟绿好奇地看了一眼："这是什么？"

博延："牵引绳。"

迟绿："……"

她一脸蒙地望着他，在脑海里搜索牵引绳这种东西是做什么用的，迟疑地问道："你买这个做什么？送给金姐？"

博延买的这个牵引绳明显是防止小孩儿走丢用的，她印象里博延身边的朋友和工作人员，只有金姐有孩子。

博延顿了一下，看着她，道："手。"

迟绿蒙蒙地眨眼："什么？"

博延没等她举手，弯腰拿过了她的左手，而后把牵引绳打开，给她扣了上去。

"……"

迟绿就这么直愣愣地看着，满头问号。

"博老师，你这牵引绳给我用的啊？"

博延嗯了一声，面无表情地把另一头扣在自己的手腕上，道："免得你乱跑。"

迟绿一噎，哭笑不得："我哪儿有乱跑。"她小声说，"我就算乱跑了，你不是也能找到吗？"

"能。"博延沉思几秒，抬手拉了拉系在两人手上的绳子，一本正经道，"但这样更放心，免得把你弄丢。"

迟绿看他这样，知道他是认真的。

她看着旁边粉红色的绳子，没忍住笑了出来。

她指了指，看着他："你拿着粉色的绳子，有没有觉得自己不 man（男人）啦？"

博延眼也没抬,说:"没有。"

迟绿噎住。

她直勾勾地盯着他半晌,小声嘀咕:"男人不是都很介意粉色吗?"

"看人。"

迟绿也不知道是太久没谈恋爱,还是和博延分开太久了,一瞬间没跟上他的思维。

"什么看人?"

博延抿了一下嘴角,收回落在她身上的目光:"没什么。"

直播间的观众要被两人笑死了。

"迟老师!博老师的意思是,如果对面拉着的人是你,那粉色他也不介意的。"

"博延是什么恋爱高手?"

"牵引绳防止女朋友走丢,博延有你的。"

"受不了,受不了了!博老师太'会'了。"

"请我未来的男朋友,好好看看这个综艺,跟博老师学习,行吗?"

"博老师,教科书级别的恋爱模板。"

…………

一点儿也不意外,两人没费吹灰之力,又霸占了热搜。

热搜上甚至出现了一个新话题,叫"防止女友走丢,男友都做过什么"。

迟绿和博延从动物园回去的路上,恰好刷到了。

她看了看网友对博延的评价,点进去瞅了一眼,笑着退出了微博。

在恋爱这方面,她不得不承认,博延好像确实天生就会。

很多东西,他不是刻意的,但就是无形中能戳中迟绿的少女心,能让她心跳加速,能让她的心冲破阻碍,奋力朝他靠近。

想到这儿,迟绿忽然陷入了沉思。

她回国这么长时间,该逃避的逃避了,该面对的她却没去面对。

她面色沉静地望着窗外许久,翻出很久没有联系的人,发了一条消息过去。

综艺录制很快便过去了。

这期录完,只剩最后一期了。

临走前,工作人员和两人开玩笑:"下周就是最后一期了,两位老师有没有想过要给大家惊喜呀?"

迟绿扬扬眉:"下周再说,现在暂时保密。"

博延跟着点头。

工作人员笑道："好的，下周见。"

从现场离开，两人回了家。

博延还有些公事要处理，把迟绿送进屋后便下了楼，没在八楼这边多停留。

迟绿进屋时，屋子里静悄悄的。

圆圆家里有点儿事回去了，博盈因为刚去新公司上班没多久，对很多东西还不熟悉，正在房间里挑灯夜战。

听到动静，迟小迟不知道从哪儿钻了出来，围在迟绿脚边转了一圈后，撒娇似的蹭了蹭她的裤脚。

她弯唇一笑，把迟小迟抱了起来。

"想姐姐了吗？"

迟小迟像是能听懂一样，瞪大眼睛望着她。

迟绿笑了，看着它就觉得心情好。

她抬手给它抓了抓，握着它的小爪子和它说话。

"两天没见，肯定想姐姐了是不是？"她蹲在地上，也不着急去休息，"饿不饿，姐姐给你找吃的好不好？"

博盈从房间里出来，看到的便是这一人一猫蹲在地上的样子。

她看着迟绿脸上的笑容，有片刻的恍惚。迟绿此时此刻的神情，让博盈觉得久违而又熟悉。

其实重逢以来，她好像第一次看到迟绿这样的眼神。

一时间，博盈没敢打破这个氛围。

"博盈，站在那儿干吗？"

迟绿发现了她。

博盈啊了一声，挠了挠头回神："没啊，我就是听到声音出来看看，你怎么和迟小迟蹲在地上，腿不麻吗？"

迟绿："麻。"她慢吞吞起地身，面无表情地说，"是迟小迟勾引我，不让我走。"

博盈哭笑不得，岔开话题："饿不饿？要不要我给你弄点儿吃的？"

"不要。"迟绿疲倦地道，"不想吃东西，我待会儿洗洗就睡了。"

博盈点点头："行。"

她跟着迟绿往沙发那边走，问道："录节目那么累？"

"也不是累。"迟绿侧眸看着她，"可能是天冷了，想冬眠。"

博盈噎住，不想和她说话了。

她安静几秒，看着迟绿："那你明天好好休息，我记得你明天没安排工作吧？"

"嗯。"迟绿刚想答应，蓦地想到了什么，趴在沙发上说，"但我明天有点儿事，得出去一趟。"

博盈扬眉："和清影她们见面？"

迟绿迟疑几秒，还是没瞒着她："不是。"迟绿看着她，道，"我约了其他人。"

闻言，博盈没再好奇："那我先回房间了，你也早点儿休息。"

"好，晚安。"

次日上午，迟绿和博盈差不多时间出门。

看博盈一脸生无可恋，迟绿觉得好笑。

"上班这么痛苦？"

博盈睨她一眼："上班是不痛苦，但上班遇到某些人很痛苦。"

闻言，迟绿挑了挑眉："谁？你准备谈办公室恋情的对象？"

博盈噎住。

"胡说八道什么呢，谁会和那种人谈办公室恋情啊？"她激动地说道，"我博盈就算这辈子都不恋爱，也不会和他谈。"

"……"

迟绿沉默几秒，默默地道："博盈，说这种话的人，很容易打脸。"

话音刚落，博盈闭上了嘴。

"你去哪儿啊？"博盈看着她，"要不要我送你？"

因为上班，博延送了她一台车。他本意是让博盈随便选，博盈倒好，不知道是为了低调还是别的，选了一台二十多万的车。

迟绿摇摇头，看着她："我不要，我嫌弃你的车。"

博盈："你们这些可恶的有钱人，我的车多可爱啊！"

迟绿扑哧一笑："我和你方向相反，会耽误你上班。"

"哦！"博盈叹气，"行吧，那你一个人出门注意安全，碰到粉丝也别跑，实在不行跟大家合影留念，安全离开。"

迟绿笑："好。"

看博盈先离开车库，迟绿才慢悠悠地跟在后边。

她确实和博盈方向相反。

迟绿驱车离开，往墓园那边走。

她到的时候，那里已经有人在等着她了。

迟绿怔了一下，有些意外。

"刘叔叔。"她加快脚步走了过去，看着在旁边等着的中年男人。

刘叔叔温和一笑，望着她道："长大了啊，我们小迟。"

迟绿笑笑，看着他："谢谢刘叔叔，好久没见了。"

刘华点点头，握了握她的手："确实是，一眨眼你都长成大姑娘了。"他往另一边看了看，叹息道，"走吧，去看看你爸妈，我很久没来了。"

迟绿嗯了一声，喉咙有些酸涩："好。"

两人往上走，到墓碑前停下的时候，刘华才说："上次来看你爸妈，还是年初的时候。"

迟绿抿了一下唇角，低声道："难得刘叔叔还记挂着他们。"

刘华笑了一下，道："当年要不是你爸妈，你刘叔叔也没有今天。雪中送炭的恩人怎么能忘？"

迟绿怔住了。

刘华看着她，又看了看墓碑上两人的照片，笑着说："你长得越来越像你妈妈了。"

迟绿莞看了看，说："是有点儿。"

两人静静地站在原地，刘华看着她："在国外辛苦了吧？"

"不辛苦。"迟绿含笑看着他，"挺开心的。"

刘华睨她一眼，训斥道："乱说，你刘叔叔看到了关于你的报道。"他叹息一声，低低地道，"你爸妈要是还在，一定舍不得你这么辛苦。"

迟绿垂下眼，苦涩地一笑："我爸妈太宠我了，什么都不舍得让我做。"

父母还活着的时候，迟绿就是他们捧在掌心的小公主，用衣来伸手、饭来张口形容，一点儿都不为过。

他们从不给迟绿任何压力，无论是生活还是学习，都秉承着她开心快乐就好的态度。她想做什么就做什么，不想做就不做。他们从不会凶她，从不会拒绝她任何请求。

刘华看着她，沉默了一会儿，问："这次找刘叔叔，是想通什么啦？"

迟绿点了一下头，看着他："刘叔叔，你还记得博延吗？"

刘华一愣，随即道："怎么不记得？刘叔叔这段时间刷新闻的时候还时不时能看到你们。"他笑着道，"博延这孩子不错。"

迟绿抿唇，没说话。

她也没说自己和博延到底有没有在一起。她敛下眸子半晌，突然问道："你说我爸妈会怪我吗？"

刘华愣住。他细细品味迟绿的话，无奈地摇头："怎么会？"他说，"他们最大的心愿就是希望你开心快乐，只要你高兴，无论你做什么，他们都不会怪你。你怎么连这个都忘啦？"

"……"

话虽如此，可迟绿终归难以迈过那道坎。

她嗯了一声，不肯相信："真的吗？"

刘华点点头："真的，你不相信自己，总要相信爱你的爸爸妈妈，不是吗？"他思考了一下，看着她，"所以你和博延那孩子没谈恋爱？真的只是节目效果？"

迟绿点头。

刘华盯着她看了一会儿，无奈地说道："你呀，小孩子心思怎么那么重？"

迟绿不吭声。

刘华："你出国这两年，知道博延的事吗？"

迟绿仰头看着他，瞳仁里满是迷茫："他做编剧的事吗？这个我知道。"

"不是。"

迟绿："还有什么？"

刘华猜测，估计博延从未和她提起过。他叹了一口气，问："他为什么去做编剧，你知道吗？"

迟绿沉默片刻，不是很确定地说："因为我？"

"一部分是。"刘华看着她，"另一部分是因为除了做编剧，当时的他无路可走。"

迟绿彻底顿住，有些疑惑地问道："什么意思？"

当年迟绿离开后，博延的日子并没有想象中好。

知道内幕的人都知道迟绿为什么离开，也知道她父母离世的真相。

博延比任何人都清楚。他在知道所有真相后，和家里人闹了一场。

他从小沉静内敛，在父母那儿，虽冷漠，却是别人口中的榜样，是别人家夸赞的孩子。

那是头一回，博延和家里闹翻。

刘华知道的也只是细枝末节，具体的不清楚。

他也只是依稀听说，博延和家里闹翻后，博家突然给很多朋友传了消息。

博延要离家可以，他们这个圈子的人，任何人都不可以给他帮助，连工作也不允许给他。

在博家父母看来，博延现在所拥有的一切，都是他们给的。他凭什么因为一个女人而不管不顾，甚至指责他们。他们做的一切，不都是为了他吗？

博延当时写了几本书，反响还不错。但对他来说，那不是他想要的，更何况，博家只要稍加干涉，他写的书就难以上市。

后来刘华听到他消息的时候，是他用"博钰"这个名字以编剧的身份出现在电影银幕里。

上

册

刘华当时还惊讶了一下，以为不是同一个人，后来打探了一番才知道，博延在没有消息的那段时间，一直都在跟组写剧本。

至于他为什么会去写剧本，刘华觉得他除了无路可走，应该没有别的原因。

他垂眸看着面前的迟绿，叹息道："他也不容易。"

迟绿抿着唇角没说话。

她可以想象，博延是怎么过的。

她不敢去想，当时他是下了多大的决心，又是遇到了什么，才会去做编剧。

迟绿接触演艺圈子虽少，但也知道编剧最开始并不好做，可以说是在剧组会遭受攻击的工作。

而博延，那么骄傲。她不确定他那段时间到底有多难熬，才会去做编剧。

安静了许久，刘华听见她问："他们就舍得吗？"

刘华摇头笑了一下，低声问："除了博延和博盈，博家哪个人不是利益至上？亲情对他们来说可有可无。"他看着她，轻声道，"之前送你出国，刘叔叔就跟你说过一句话。父母的债父母偿，不要连带，博延和博盈都是好孩子，你们那么多年一起走过来，比刘叔叔更了解他们。"

迟绿没吱声。

她何尝没这样想过，只是要迈出那一步，终归需要很多勇气。

这样的勇气，迟绿不知道自己还有没有。

"我爸妈……"她再开口时，嗓子有些哑，"我爸妈会安息吗？"

刘华抬手拍了拍她的肩膀，无奈地道："你这孩子心思怎么那么重？你爸妈都是明事理的人，怎么不会？他们以前就盼着你和博延能好好的，他们是什么样的人，你比我清楚吧？"

迟绿知道，她爸妈一直都喜欢博延。其实如果不是她和博延他们关系好，是不会有后面那些事的。

有时候迟绿也在想，当初如果自己没和博盈做同桌，没有跟着去她家，没有博延来给自己做家教老师该多好。可她私心里又不希望有这个如果。

如果没有认识他们，她不会有那么多快乐的时光，不会过得那么精彩，不会有那么刻骨铭心的回忆。

刘华看她沉思的模样，拍了拍她的脑袋："好好想想，一辈子还很长，不要折磨自己。"

他是过来人，也是看着迟绿长大的，知道她的为难。

他重复道："实在想不通，去找博延问问。"

· 278 ·

迟绿嗯了一声，嗓音沙哑地说道："好，谢谢刘叔叔。"

刘华笑笑，忽然道："对了，你还记得林宿吗？"

迟绿一怔，仰头看着他："当然。刘叔叔知道他在哪儿吗？"

刘华点点头，望着她说："你关心的人，你说会在哪儿？"

闻言，迟绿脑子里第一时间蹦出了线索。

她抿了一下唇，不太相信地问："在博延那边？"

刘华看着她："自己去问，去找答案。"

迟绿点点头。

两人从墓园离开，到下面的时候，迟绿看着他："刘叔叔，我还想知道一件事。"

"你说。"

迟绿看着他，想了想，说："当初博延和父母闹崩了，现在怎么又回公司啦？"

闻言，刘华看了她一眼："我还以为你不会问。"

迟绿看着他："你知道情况？"

"知道一点儿。"他笑笑说，"一年前的金融危机听说了吧？"

迟绿嗯了一声："知道一点儿。"

但她避开了和博家有关的所有消息，只偶尔会搜一搜博延做编剧的事。

迟绿不想让自己时刻处于痛苦中，最好的办法便是努力逃避。看不见，她就不会痛苦。

"博家不仅遇到了金融危机，还遇到了和你爸妈当初遭遇的同类事件。"他扯了一下唇，低声道，"可能这就是报应吧！合作团队撤资，带走了所有骨干，让博汇处于不进不退的地步，曾经合作过的朋友给博汇挖下了深坑……"

刘华没细说，只挑了些关键的。

"博家那位被气到住院。"他笑笑，看着迟绿，"博延是他们求着回去救命的。"

迟绿沉默了一会儿，小声问："博延就这么回去啦？"

这不像博延的性格。

"当然不是。"刘华看着她，"哪儿那么轻松，博延开出了一系列条件，他们答应了，他便接手了博汇。"

迟绿眼皮一跳，抬眸看着他："是什么？"

刘华也不是很清楚，但知道一点儿。

"他接手公司后，那两位双双卸任，不再干预公司任何事。我听说，他们的所有股权也都转到了博延名下，博汇和他们再无任何关系。"

"……"

"他们舍得？"

刘华耸肩道："不舍得博汇就垮了，你说呢？他们没有选择，博延也不知道是抓住了他们命脉还是什么，很顺利地从他们手里拿到了博汇的所有权。"

"之后呢？"

"之后？"刘华回忆了一下，"他好像还聘请了团队，让博汇渡过难关。不过很多新闻当时也压下来了，我们也只是听到些传闻，知道些表面的东西。"

迟绿点点头，表示了然。

刘华说得很平静，可细细去想，她又知道，事情绝不是刘华所说的那样平静。其中有多少波折和困难，迟绿不知道，其他人也不知道。

她忽然想到了徐铭泽说过的一番话，跟在博延旁边的助理和秘书，除了金姐之外，之前给博汇工作很多年的人，全被开除了。

迟绿到博汇的时候，还不到午饭时间。

她的车刚开到门口，保安认出了她，笑盈盈地和她打招呼。

"迟小姐来了。"

迟绿嗯了一声，不知道想到了什么，看着面前对自己热情的保安道："你之前看过我的秀吗？"

保安愣愣地道："什么？"

迟绿看他这个反应，心里有了答案。

她笑笑，看着他："你们博总是不是跟你们交代过什么？"

保安点头，笑着说："迟小姐过来，无论什么时候都能直接进去。"

他看向迟绿："需要我帮忙停车吗？"

"不用。"迟绿敛下眼眸，道，"谢谢。"

"应该的。"

停好车，迟绿直接进了博汇。

她一出现，大厅里不少人齐刷刷地转头望着她，眼神里全是探究。

迟绿当没看见，径直往里走。

她手里有博延给的电梯卡，能畅通无阻地到他办公室的楼层。

接到下面人的消息，徐铭泽还有些惊讶："迟小姐来啦？"

前台嗯嗯两声，快速道："她已经进电梯了。"

徐铭泽："行，我知道了。"

在知道迟绿和博延有暧昧关系后，徐铭泽便给前台交代过，只要迟绿过来，一定要提前通知，做好准备。

虽然迟绿很少来，但只要有一次，徐铭泽就觉得自己的交代是对的。

因此，电梯门一开，迟绿先看到了徐铭泽。

两人对视一眼，她先笑了一下："徐助理，等我？"

徐铭泽颔首："迟小姐这边请。"

迟绿有些想笑："谢谢。"

徐铭泽领着她往博延的办公室走，道："博总还在会议室那边开会，我现在去跟他汇报一声。"

"不用。"迟绿想也没想地拒绝，"我等一会儿，不着急的。"她诧异地问，"你怎么没去开会？"

徐铭泽道："金姐和林助理进去了，我有其他事。"

迟绿点点头。

"要喝点儿什么？"

"白开水就行。"迟绿沉默了一会儿，看向他，"徐助理，我能不能跟你打听个人？"

徐铭泽抬眼："迟小姐你说。"

"林宿，你们公司有这个人吗？"

徐铭泽："……"

看到徐铭泽的表情，迟绿知道自己猜中了。

"他现在在公司吗？"

徐铭泽啊了一声，开始装傻："迟小姐，博汇下面的员工多，有没有这个人我不清楚，我去帮你问问人力？"

迟绿哽了一下，有些无语地望着他："你的表情出卖了你。"

徐铭泽可怜兮兮地看着迟绿，央求道："迟小姐，你要不去问博总吧？"

迟绿轻笑了一声："我确实会问你们博总，但他现在不是还在开会吗？"

徐铭泽看了一眼时间："应该马上结束了。"

迟绿扬扬眉，意味深长地道："这样啊？那行吧，我也不为难你。去忙吧，徐助理，我这边不用人。"

"行。"徐铭泽也没和她客气，直接道，"有需要随时叫我。"

"谢谢。"

徐铭泽出去后，迟绿才再次认真地打量起这间办公室。

她来的次数不少，可好像还是漏掉了很多细节。

迟绿坐了一会儿，起身围着办公室转了一圈。

她停在博延日常办公的地方，这才注意到他的电脑旁放着一个相框，相框里的人是她。

迟绿怔了一下，还没来得及去拿，办公室的门被人推开。

她抬头，和站在门口的人对视。

博延刚想说话，目光稍稍一滞，停在她的手上。

安静几秒，他反手把门关上，敛眸望着她："怎么过来啦？"

迟绿嗯了一声，拿着相框看了看，抬眸看着他："这张照片是什么时候的？"

她怎么有点儿记不清了。

博延走到她的旁边，低头看了一会儿，低声道："你高中毕业那天。"

"哦。"迟绿抿了一下唇，看着他，"你偷拍的吗？"

博延："嗯。"

迟绿："……"

办公室内陷入了安静。

博延侧眸看着她，总觉得她今天过来有些不对劲。他想了想，低声问："工作上有事？"

"……"迟绿摇头，"没有。"她好笑地问，"没事的时候，我不能过来给博总探班？"

博延一噎，拍了拍她的脑袋说："可以。"

迟绿眉梢稍扬，自然而然地道："那就对了，我只是单纯地想来看看博老师，这个理由行吗？"

博延目光灼灼地盯着她看了一会儿，笑了笑："行，没有理由也行。"

迟绿嗯了一声，看着他："今天很忙吗？"

"有点儿。"博延看她，"怎么，有事找我帮忙？"

迟绿没好气地瞪了他一眼："没有，你忙你的吧，我在旁边看电影。"

博延："好。"他失笑，看了一眼说，"要不要吃点儿什么？"

"不用。"迟绿睨他一眼，"你赶紧忙吧，别管我。"

博延无奈地一笑，哪能真的不管她。

迟绿真的开始看电影。

她把声音调到最小，整个人蜷缩在沙发上，低头刷手机。

刘华和她说的那些事，她不知道要怎么问博延，也不知道怎么让他开口。她直接问，博延不一定会说，甚至可能会省去很多重要的东西。

一时间，迟绿还真有点儿为难。

她想了想，搜索和博汇有关的事。

她能搜到的信息少之又少。

迟绿盯着看了一会儿，想到了博延的那群朋友。

博延当初做编剧，应该是有朋友搭线，不是陈陆南便是程湛，只有这两个人和演艺圈联系比较密切。

迟绿搜了搜，发现博延做编剧的第一部电影，便是陈陆南拍的。

她纠结着，到底要不要问颜秋枳，打探一下具体情况。

消息还没发出去，博延突然走了过来。

"电影很无聊？"

迟绿一惊，收起了手机："啊？"

她根本就没看。

博延看她惊慌失措的模样，挑了一下眉头，把目光落在她的手机上："在看什么？"

迟绿眨眼："什么？"

博延指了指她的手机，云淡风轻地问："看什么，我一过来就紧张？"

"……"

两人对视须臾，迟绿率先挪开目光。

"谁紧张啦？"她看着博延，面不改色地说，"那是因为我有不想你看到的消息。"

博延："……"

他仿佛能看见一把又一把的刀朝他丢了过来。

瞅着博延的表情，迟绿抿唇笑了一下："怎么，不可以吗？"

"……"博延沉默了一会儿，道，"可以。"

迟绿嗯了一声，没再说话。

她看着还站在旁边的男人，回头往办公桌那边看了看，好奇地问："你不是说很忙？"

博延在她旁边坐下，看向面前的电影："休息一会儿。"

"哦。"迟绿沉默了，盯着他的侧脸看了一会儿，突然喊道，"博延。"

"嗯？"博延正拿着遥控器给她选电影，"怎么啦？"

他留给迟绿一个侧脸。

迟绿垂下眼，轻声问："做博总累吗？"

博延一怔，诧异地看着她："怎么突然这样问？"

"随便问问。"迟绿直直地看着他，"对了，我其实还挺好奇，博汇怎么搬来这边啦？之前那个地方风水不是很好吗？"

博延沉默了一会儿，扭头看向她。

他眼神直白，很多东西迟绿一看便懂。

"今天怎么问这个？"

"不能问吗？"迟绿装傻，"就随便聊聊。"

博延皱了一下眉，隐约觉得迟绿的情绪不太对。

他太了解迟绿了，她稍微有些不对，博延就能第一时间察觉出来。

他顿了一下："能问。"博延随口道，"这边大楼比较新，那边在翻新，需要时间。而且这边也处于市中心，更方便员工上下班。"

闻言，迟绿哦了一声："这样啊！"

"嗯。"

"没别的原因啦？"

博延拿着遥控的手一顿，他偏头看着她："迟绿。"

"嗯？"

博延好笑地道："想问什么直接问，你想知道的我都能说。"

迟绿愣了一下，眼睛忽然亮了。

"你确定？"

看她这样的反应，博延忽然有些后悔，但从始至终，他们都是这样过来的。

在他们两人之间，很少有秘密，也很少有隐瞒。

只要对方想知道，问什么都会说。

博延对迟绿是这样，迟绿对他也是。

迟绿直勾勾地望着他，这会儿也不掩饰了。

她看着博延，抿着唇角问："林宿是不是在你这儿？"

博延一顿，没说话。

迟绿目光直直地盯着他，确定了。

"他现在怎么样？"

博延没正面回答，转而问："谁跟你说的？"

"刘叔叔。"迟绿没瞒着，想了想，说，"他还跟我说了不少和你有关的事，但他知道得少，所以我想直接问你。"

博延眼睫垂下，盯着她抱着双膝的手半晌，语气平静地道："问我什么？"

"刘叔叔说，我出国后你找过他是吗？"

"嗯。"博延道，"找过几次。"

迟绿抿了抿唇，望着他："你后来为什么去做了编剧，我能知道吗？"

博延没吭声。

迟绿继续问："换个问法，他们都说你跟家里吵架了，吵架之后呢，去了哪儿？"她看着沉默的男人，直接道，"博延，我想知道，能告诉我吗？"

"……"

办公室内陷入了长久的沉默。

博延看着她那熟悉的眉眼，有些不知道该怎么开口。

很多事，他不说是不想让迟绿陷入两难的境地。

他知道迟绿在纠结什么，知道她停止前进是为什么。博延想和她在一起，但从不想利用自己的一些事博得她的同情，然后让她和自己在一起。

这就不是博延的想法。

从迟绿出国，再到回国，他想的都是，希望她做的所有决定都是遵循自己的内心，都是她心甘情愿的，不是因为任何外界的因素。可现在，好像又不得不重提旧事。

迟绿离开后，博延试图找过她，但无果。

她有刘华帮忙，出国后便再无行踪。博延只知道她去了某个国家。

博延很少跟父母生气，即便他们因为工作忙很少回家，会忘记他和博盈的生日，会忘记两人读几年级，甚至会忘了给两人开家长会。

这些小事博延从不在意。

他一直觉得，自己是哥哥，是男人，父母没办法做到的，他会去做。

他给博盈开家长会，照顾她长大，这些都是理所应当的。

博延和迟绿谈恋爱后，重心转移到了迟绿身上，但该给博盈的关怀也没少过。

博延不是个话多的人，沉静内敛，也很低调。他和迟绿谈恋爱，是他做得最让人大跌眼镜的事，唯一让他叛逆的大概就是和迟绿有关的事。

当时迟绿离开，他在知道事情真相后，回了家。

他回家问过两人后，两人不仅没任何悔意，甚至觉得理所应当。

他们不觉得自己做错了什么，不认为迟绿父母的死和他们有关，甚至命令博延，不要再和迟绿有任何联系。他再去找她，走出了那个家门，他就和博家没有任何关系。

博延觉得他们说的那些话，仿佛是个笑话。

他走了。

博延走的当天，他所有的卡都被停了。他当时刚从江城回来，还没来得及回总部上班。再之后，姜臣给他带来了消息。

博家那两人请了不少朋友吃饭，对外交代，只要他一天不回家，他们就不会给他任何工作机会。

博延对这种手段，其实不太看得上。

他从来就没想过要依附博家，他有才华、有能力。即便是大公司不行，他也能去小公司上班，甚至写书。

只是，在经历过几次莫名其妙的辞退后，博延后知后觉地意识到，博家的手伸得比他想象中还要长。

当然，这些并不至于让博延走投无路。

他只是不想连累其他人，恰好陈陆南说他之前卖出去的一部小说在改编，问他愿不愿意自己做编剧。博延没多想，直接答应了。

他当时想的是，找不到人没关系，希望有一天电影上映，她能看见。

也是从那时候开始，博延忽然找到了做编剧的乐趣。虽然累，但充实的生活，一遍一遍改稿的生活，能让他短暂地忘记很多东西。

后来，博钰这个名字越来越有名。

他接了很多戏，每一部只要他做编剧，一定会火。

他和博家没任何联系，甚至从头到尾，双方都在僵持。

转折点便是公司出事，他们让人求他回去。后来，博延拿到了他想要的东西，回了博汇。

故事其实很简单。

他没有迟绿想象中过得那样艰难，但确实过得没那么顺遂。

相比之前的博家大少爷，只是累了点儿、苦了点儿罢了。

思绪拉回。

博延敛眸看着她，喉咙发涩："能说。"他看着迟绿，笑了笑，"就是刘叔叔告诉你的那样，其实没太大的差别。"

"你跟他们吵架，然后做了编剧？"

"嗯。"博延淡淡地说，"其实当编剧挺好的，你不是喜欢我写故事？"

迟绿抿唇。她是喜欢，可她不想她喜欢的那个意气风发、才华横溢的男人，只单单是写故事而已。他不仅可以把故事写好，他还有很多才华。

她喜欢的男人应该在他更擅长的领域里闪闪发光。

/ 第 九 章

无处可躲

看迟绿沉默的模样，博延有些无措。他仔细想了想，低声道："真没遇到什么事，我过得很好。"

"真的？"

迟绿仰头看着他，那双漂亮的桃花眼直勾勾地望着他，让他无处可逃。

在这一刹那，博延忽而不忍了。

他看了片刻，嗯了一声："真的，不骗你。"

迟绿目光直直地望着他，观察他脸上的细微表情，一点儿也没漏掉。

她知道，博延是骗她的，可偏偏她又没有任何办法。

博延看她耷拉着嘴角的模样，觉得好笑："跑过来就为了问我这个？"

迟绿嗯了一声："算是吧！"

博延抬手，揉了揉她的脑袋："别多想，我一个大男人，能过得多差？博老师的能力，你不是很清楚吗？"

正是因为清楚，迟绿才无法想象他当时受的委屈。

她几乎可以想象，博延去公司上班后被辞退的模样。他或许不会表现得颓然，可内心一定是有感觉的，可能是伤心，可能是不甘，也可能是其他的。

迟绿甚至都不敢去想，当他被公司辞退，收拾东西离开时，其他同事看他的眼神，可能是充满同情的，或许还有看戏。无论哪种，迟绿都不忍去想象。

迟绿没说话。

博延敛眸望着她，低低地问："还不开心？"

"不是。"迟绿看着他，轻声道，"对不起。"

博延一怔，一瞬间没反应过来。

"跟我道什么歉？"

"如果不是我，"迟绿有些艰难地开口，嗓音有些发涩，"你也不会遇到那些事。"

闻言，博延稍稍一顿，看着她："迟绿。"他认真地道，"没有如果。我也不希望有这样的如果。"

从头到尾，博延就没后悔遇见她、认识她。无论发生多少事，和她认识、相恋这件事，博延从来就没后悔过。

迟绿抿着嘴角，没出声。

博延看着她的眼睛，轻声道："还想问什么？"

迟绿摇了摇头，也不知道自己还想知道什么。

其实来的路上，她就猜过，就算直白地去问，博延也不一定会告诉她。他就算说，也会省去很多细节，他不会用自己吃过的苦，来博得她的同情。

博延嗯了一声，拍了拍她的脑袋："那你先想想，有什么想知道的直接问我，我先去忙？"

迟绿点头："好。"

博延看她这样，还真有些不放心。他沉默了一会儿，低声道："我让林宿上来？想不想见见他？"

迟绿怔了一下，纠结了几秒："好，不要到办公室，我去隔壁的咖啡厅。"

博延目光沉沉地盯着她看了须臾，点了头。

"好，我跟他说一声，让他过去。"

"嗯。"

从博延的办公室离开后，迟绿才觉得自己呼吸顺畅了些。

她进了电梯，怔怔地望着电梯里的倒影，很熟悉，又有点儿陌生。

有时候，迟绿觉得自己也很矛盾，她舍不得博延，所以回来了。可回来后，她又不太敢和他走得太近。

她很害怕，怕他们会再分开，怕她爸妈不开心，还怕很多外界因素。

她正想着，电梯门开了。

迟绿怔了一下，下意识地抬眼。在看到门口站着的人后，她缓慢地眨了一下眼。

"林宿？"

外面的人盯着她，表情看着还有些委屈。

"是我。"

迟绿粲然一笑，收拾好自己那些乱七八糟的情绪："快进来，你怎么在这儿等电梯？"

"博总让我来的，我猜你应该是这趟电梯。"

迟绿挑眉，想了想问："这不是他的专属电梯吗？"

"嗯。"林宿有些不好意思，挠了挠头，道，"我也有卡。"

闻言，迟绿扬扬眉，开玩笑地说："这样啊，原来我不是唯一。"

林宿："姐，你怎么还这样？"

"我哪样啊？"

两人斗着嘴，那些距离和时间产生的隔阂，好像瞬间消失不见了。

从博汇离开后，正好也到了午饭时间。

迟绿问过林宿的意见，两人也没去咖啡厅，而是去了旁边的一家私人菜馆。

"迟绿姐，这家店的味道不错，博总也特别喜欢。"

迟绿看了他一眼，笑笑："好，那我尝尝。"

两人找了一个角落坐下。

点好菜后，迟绿才抬头看着他，低声问："你怎么会去博汇？"

林宿看着她，安静了几秒，说："博总找我去的。"

迟绿愣住了。

林宿不太好意思地说道："迟绿姐，你也知道，我之前早早地辍学，也不太听话。我爸去世后，我也没人照顾，工作能找到，可做得不怎么样。"

"嗯。"迟绿低头抿了一口面前的茶，眼睫轻颤，"然后呢？"

"我有次跟人打架，是博总找人把我保释出来的。"

迟绿看着他，沉默了一会儿："然后呢？"

林宿挠挠头，嘀咕道："然后我就跟着博总了。"

迟绿愣了一下，略微意外："这么简单？"

林宿含糊地道："差不多。"

事实上，没有这么简单。

只是相比较而言，这样说更好。

迟绿侧眸望着他："你不是这么听话的人吧？"

林宿："……"

他确实不是听话的人，但博延有办法让他听话。人长大后，思想也会变得成熟，有些话总能听得进去，更何况博延不是说教的那种人。他有方法让林宿听话。

"姐，我在你眼里就这么叛逆吗？"

迟绿给他一个自我体会的眼神："你觉得呢？"

林宿不吭声。

安静了一会儿，迟绿问："你怨过我和他吗？"

林宿怔住，然后笑了笑："迟绿姐，这话应该我问你，你怨过我吗？"

林宿是迟绿家司机的儿子，他爸妈很早便离婚了，他跟着他爸。

迟绿认识他的时候，他还很小。

林宿很叛逆，因为他爸忙，也没人照看，从小就和邻居小孩儿打架。

迟绿偶尔见到他，要么鼻青脸肿，要么灰头土脸，每天也不知道在哪儿玩。

两人联系不算密切，但偶尔见面也会打招呼。

林宿对迟绿挺好的，见面就喊姐姐，比对他爸还要好一点儿。

后来他长大了点儿，迟绿就很少见他了。

她偶尔会从林叔叔口中听到他的消息，但少之又少。

两人再见面，是在迟绿父母的葬礼上。

迟绿的父母去世，和博家有间接关系，直接原因其实是车祸。可如果没有那个间接原因，就不会有后面的车祸。这一点，迟绿比任何人都清楚。

当年，迟绿和博延谈恋爱，迟家和博家的关系也越发密切。

两家都是生意人，虽然是不同的项目，主攻方向也不同，但偶尔也会有利益牵扯。

迟绿爸妈一直都想往一个方面尝试，想扩大自己的事业，而博家是最好的合作伙伴，他们比迟绿父母更了解。

渐渐地，两边人经常凑在一起谈项目合作。

之前，他们其实也有过两次合作，效果都不错，更何况，迟绿和博延在谈恋爱，迟绿父母没想过博家会坑自己。

如同刘华所说的那样，博家突然出尔反尔，不想合作了，不仅撤资，还带走了精英团队。

迟绿父母那段时间每天都在奔波，找新的合作伙伴。只是事与愿违，他们没有找到合作伙伴，公司还有了新的危机。后来，项目被博家拿到了。

迟绿父母知道的时候，为时已晚。

他们分身乏术，因为公司的其他问题，根本顾不上那件事。

那天晚上，迟绿父母赶着去见博延父母，结果发生了车祸。林宿的爸爸是司机。

她和林宿在葬礼上见了面。迟绿也从刘华和其他认识的叔叔伯伯口中得知了事情真相。

博家设下一个又一个陷阱，等着迟家往里跳。

项目撤资、公司出事，大多是博家那两位做的，甚至很多在迟绿家公司工作的老人，也全被博延父母用高薪挖走了。

在迟绿父母还没发生意外之前，公司就已经要破产了。

有时候迟绿想一想，也算不清到底谁对谁错。可能是她爸妈还不够敏锐，没有察觉出任何问题，也可能是对手太强大，他们根本防不胜防。

无论是哪种，迟绿其实都可以接受。她甚至连车祸都没怪过林宿的爸爸。

她没了父母，林宿也没了爸爸。他们俩都成了孤儿，谁又忍心指责谁。

也因为这样，迟绿下意识地把所有怨气都撒在了博延父母身上。

如果不是他们，就不会有后续那一连串的事；如果不是他们，她爸妈还好好活着，即便公司破产了，可活着就好。

她的爸爸妈妈，因为意外永远离开了她。

迟绿之所以迈不过那道坎，是因为她一直认为，如果不是她和博延谈恋爱，她爸妈不会对博家不设防，不会和他们走得那么近，更不会试尝新项目。

他们固然贪心，想更上一层楼，想让迟绿未来能过得更好。但她和博延没有谈恋爱的话，他们是不是就不会去尝试，就不会遇到后面那些坑？

这两年多以来，迟绿一直都在问自己同样的问题。

与其说她怪博延，怪他父母，倒不如说她在怪自己。

"迟绿姐？"林宿看她垂下眼的模样，有些不忍。

迟绿回神，拉回了自己飘走的思绪："嗯。"她抬眸看着他，笑了笑，"没有。"

林宿一怔，望着她："对不起。"

"不是你的问题。"迟绿好笑道，"意外谁都不想发生，你也是受害者。"

林宿愣了愣，看着她："迟绿姐，你这话也对博总说过吗？"

"啊？"迟绿神色稍顿，诧异地看着他，"什么？"

"受害者言论。"他有些为难，小声说，"我知道你和博总分手是因为什么，那你有没有想过，博总其实也是受害者？"

"……"

迟绿顿住，没来得及出声。

林宿边吃边说："我知道博总父母做得很过分，可博总是不知情的呀！"

其实林宿一直都觉得，长辈的那些事，无论怎么样都不应该牵扯后辈。

迟绿嗯了一声，敛了敛眸："我知道。"

可她还是控制不住自己。

林宿看着她，眼睛一亮："那你要和博总重新谈恋爱了吗？"

迟绿一噎，哭笑不得地道："小孩子打听那么多做什么？"

林宿："我不是小孩子了，我已经二十岁了。"

"哦。"迟绿慢悠悠道，"比我小的都是小孩儿。"

林宿无言，也不和她在这种事情上争辩。他叹了一口气，望着她说："迟绿姐，你是不是还没想通啊？"

迟绿看着他："想通什么？"

"就是想通你和博总之间的事啊！"他小声咕哝着，"可博总说，你想通了就回来了。那你们为什么还不在一起？"

迟绿愣了一下，目光直直地看着他："博延跟你说我想通了就会回来？什么时候？"

林宿啊了一声，回忆了一下："好像是去年，我们俩在路边吃饭，他喝醉了说的。"

迟绿眼皮一跳，不敢相信地问："博延喝醉啦？"

"嗯。"林宿说，"怎么？"

迟绿摇摇头，有些意外。在她的记忆里，博延从不会把自己灌醉。

他曾经和迟绿说过，会永远保持清醒的头脑，喝酒可以，但不能喝醉，喝醉了容易坏事，从没醉过。

"然后呢？"迟绿看着他，"他说了什么？"

林宿看她好奇的样子，倒也没瞒着。

"我问他，你什么时候回来，他说你想通了就会回家。"

迟绿眼睫一颤，轻声道："我没家了。"

"你有啊！"林宿瞪大眼看着她，"迟绿姐，你说的家是之前住的地方吧？"

迟绿皱眉。

林宿也没注意到她的表情，直接道："那个房子一直都在啊！"

迟绿顿住，拧起眉头看着他："那套房子……还在？"

她没记错的话，当时因为公司破产，迟家所有的不动产全被查封了。那套房子也在其中，后来迟绿听说被卖了。

林宿点头："对啊，就喝醉酒那回，我问博总送他回哪里，他跟我说的那儿。"说到后面，林宿还有点儿不好意思，道："我当时懒得走了，还在那儿住了一晚上。"

怕迟绿不高兴，林宿举着手发誓："迟绿姐，我当时睡的沙发，没有进房间的。"

迟绿眼眸闪了闪，直勾勾地望着他："你说的都是真的？"

林宿："你不知道？"

"……"迟绿知道才怪，博延从不会拿这种事来她面前邀功。

"不知道。"她深呼吸了一下，望着他，"还有呢，他还说了什么？"

林宿仔细回忆了一下，摇摇头："我问他为什么不去找你，他就说等你想通了你会回家，他出去的话，怕你找不到回来的路什么的。"

所以他一直都在原地没走，甚至站在了最高处，期待迟绿一眼就能看见，然后回来找他。

林宿咕哝道："反正说得还有点儿矫情，喝醉酒说的，醒来后我问他，他也不承认。"

迟绿抿了一下唇，垂下眼应了一声："这样啊！"

难怪博盈说他这两年很少离开这儿，偶尔去国外看博盈，也是当晚去次日回，很少停留。难怪他会跟她说，想回来了要告诉他，他接她回家。

和林宿吃完饭，迟绿没再回博汇。

她漫无目的地走在街上，也不知道该去哪儿。

午后的阳光很刺眼，来来往往都是不熟悉的人，和她刚到国外时很像。

那时，迟绿面对一个一个陌生的面孔，以及钻入耳内的陌生语言，觉得无措。

那时，她刚下飞机听着司机说的话，发现自己根本听不懂。

她根本不知道司机在说什么，会带她去哪里。最后两人沟通无果，司机把她送回机场。

那次，迟绿在机场哭得一塌糊涂。

那时，周围所有人都望着她。

每个人的眼神里，都带着些她无法形容的意思。迟绿不知道是什么，也不想去懂。

后来，还是一个中国游客看不下去，问她需不需要帮助。

迟绿哭红了鼻子，摇着头拒绝。

即便到了陌生的地方，她依旧倔强。

折腾了几个小时后，迟绿终于找到住的地方。

原本以为，所有的一切都会顺利，可陌生的国度，让她害怕。

无数次，迟绿都想回国。可又不想那样挫败地回来，她害怕回来后会忍不住，会忍不住地找博延，然后跟他在一起。

她刚到国外的时候，刘华托朋友给她租的房子，那里治安还可以。迟绿运气不好，遇到了经常喝醉酒的邻居。

她经常在半夜被敲门声和骂声吓醒。

周围都是不认识的邻居，从没见过面，她根本不知道该找谁求助。

她也曾报过警，可根本没有任何效果。那些人对她并没有任何实质性的伤害。但她就是无法睡熟。

圆圆总说她怪怪的，在人多的地方能睡着，人少的地方反而总是会失眠。

迟绿总是笑笑，不解释。

手机铃声响起，迟绿的思绪被拉了回来。

她垂眸看了一眼，是博延的电话。

"喂。"

"在哪儿？"博延刚忙完公事，这才看到她说不过来博汇的消息。

迟绿低头看着脚边的落叶，低垂着眼睑，道："在马路上，准备回家。"

博延嗯了一声，神色稍稍一顿："我送你回去？"

"不用。"迟绿沉默了一会儿，低声道，"车还停在公司那边，我忘了开。"她揉了揉眼，轻声道，"不想开车了。"

博延愣怔片刻，沉沉地应着："好，打车了吗？"

迟绿仰头看着不远处的红绿灯路口，眨了一下眼："马上打，你好好工作吧！"

博延皱眉，第一时间察觉到她的情绪不对。他敛了敛眸，站在落地窗边看着脚下，低声道："和林宿聊了什么？"

"没什么，就问了问他怎么会在你公司上班。"迟绿尽量让自己的语气听上去自然，轻声道，"谢谢。"

博延："说什么？"

迟绿莞尔："林宿的事，你知道我在谢你什么。"

博延没吭声。

迟绿想了想，忽然说："博老师。"

"你说。"

迟绿沉吟了一会儿，低声问："如果我十年都不回来，你会怎么样？"

"不会。"博延顿了顿，自信地说，"你不会。"

他这个肯定的语气，反而让迟绿不知道该说什么了。

迟绿认真想了想，好像确实不会。

"我说的是假如。"迟绿认真地说道，"你的不会暂时不成立。"

闻言，博延很轻地笑了一下，慢条斯理道："你说我会怎么样？"

"不知道。"

这是迟绿的真心话。

她其实不太敢想，自己没回来博延会怎么样。或者说，她不敢去想那个万一。

很多时候，没有人会在原地等你，更何况是她和博延的这种情况。其实博延能做到现在这一步，已经够了。

换作平常人，迟绿和博延早就已经分道扬镳，这辈子可能也就这样了，不会再有后续。或许在很多年后再遇见，两人平静地打声招呼，已是难得。

迟绿抿了一下唇，低声道："其实你可以走的。"

她说的走是什么意思，博延清楚。

他笑笑，语气平静地道："我走了的话，谁来等你回家？"

迟绿脚步一滞，停了下来。

她一直觉得自己是个没有家的人，可博延一次又一次告诉她，她有家，有人在等她回家。

迟绿深呼吸了一下，压了压自己涌上来的情绪，咬着唇道："可万一我不回家了呢？"

"你不会。"博延再次重复，"迟绿，林宿是不是跟你说了什么？"

迟绿眼睫一颤，擦掉脸颊上的泪水，低声说道："没有。"

博延不再出声。

两人听着对方的呼吸声，安静了片刻后，迟绿往斑马线那边走，轻声道："博老师，我先回去了，电话先挂了。"

博延应着："好，到家跟我说一声。"

"知道。"

挂了电话，迟绿捏着手机，站在人来人往的马路边，泪流满面。

迟绿回了原来的家。

她站在生活了多年的别墅外，看着墙内探出的蔷薇花。它们迎着风，像是在欢迎她回家。

迟绿抿了抿唇走近，站在大门一侧。她盯着面前的密码看了许久，手指颤抖地输下熟悉的数字。

最后她按下＃号键，门顺利开了。

迟绿看着敞开的大门，脚突然像被灌了铅一样，挪不动了。

屋子里的家具、小物件和迟绿记忆里的一模一样。鞋柜里甚至有她以前穿的鞋。

迟绿像个木偶一样，在屋子里走着。

她看到了很多记忆里的东西。

有一瞬间，迟绿忽然觉得她爸妈还活着，她和博延还在一起。在餐厅，她依稀还能看见他们四个人吃饭的样子。

迟绿仰头看着不远处的楼梯，脚步顿了顿，还是没忍住往上走去。

博延今天恰好有些忙，有很多事需要他处理。

要到新的一年了，公司的事稍微多了点儿。等把紧急事情处理完，他拿过椅背上的衣服往外走，跟徐铭泽交代："有急事打我电话。"

徐铭泽："好的。"

博延颔首，头也不回地离开了公司。

到停车场时，博延给迟绿打了一个电话，无人接听。他皱了皱眉，驱车回家。

到迟家别墅外的时候，博延看了看里面的情况。没有灯光，他一时间也不确定迟绿到底在不在。

正想着，手机铃声响起。

"什么事。"

"哥，你们还没回家啊？"博盈刚下班到家，屋子里空荡荡的。

博延嗯了一声，道："有事。"

博盈扬扬眉："今晚还回来吗？"

博延："自己找点儿吃的。"

"哦。"博盈嘀咕道，"迟小绿和你在一起啊？"

博延顿了一下，应了一声："嗯。"

闻言，博盈了然地不再多问。

"行吧行吧，那我就不管你们了，挂了。"

博延看了一眼暗下去的屏幕，给迟绿重新拨了一个电话，依旧无人接听。

他站在原地沉思几秒，抬脚往里走。

博延知道迟家的密码，全是迟绿告诉的。那会儿，她有点儿得意地告诉他，她把密码告诉他了，以后他可以去她家给她惊喜。

博延哭笑不得，只觉得她想法简单。

迟父、迟母都在家，他怎么可能偷偷输入密码进去。但迟绿愿意告诉他，博延是高兴的。

他们还在的时候，博延每次来都是按门铃。

博延找到迟绿的时候，她正躺在房间里睡觉。

屋子里一片漆黑，只有窗外的月光和路灯照进来。博延看她熟睡的模样，蓦地松了一口气。

他抬手碰了碰她的脸颊，没敢用力。

博延借着光盯着迟绿看了几秒，绷了一下午的神经彻底放松下来。

"怎么又乱跑？"

他抬手松了松衬衫纽扣，深呼吸了一下。

迟绿没反应。

博延盯着她看了一会儿，也没忍心把她吵醒。

迟绿为什么会在这儿，答案不言而喻。博延其实想带她过来，但之前一直没找到机会。

这个房子，也是他给迟绿准备的惊喜。

她一直心心念念让他来这儿给她惊喜，博延准备过几次，但每次不是被迟父迟母说漏嘴，就是被她提前察觉到了。所以这一回才算真正意义上的惊喜。

他轻扯着唇笑了一下。只是他不知道，她会不会喜欢这样的惊喜；他也不确定这样的惊喜，是不是会给她带来压力。

迟绿醒来的时候，博延趴在她床边睡着了。

她愣了一下，有些意外他会找到自己，但转念一想，又觉得也没那么意外。

她无论走到哪里，博延都能找到自己。迟绿一直觉得，有一条线把他们绑在了一起。

博延大概是累了，眼底黑眼圈很明显。

她怔怔地盯着他的侧脸看了一会儿，小心翼翼地爬起来，趴着靠近。

她刚趴下，手还没来得及碰到他的脸颊，突然就被他抓住了。

她错愕地望着他："你……"

博延睁开眼看着她，近距离地和她对视。

两人怔怔地望着对方，谁也没舍得眨眼。

迟绿看着他近在咫尺的脸，此时此刻看自己的模样，心跳快得不像自己的。

看到男人瞳仁里她的模样，迟绿后知后觉地发现，其实她放不下博延。

即便出了那样的事，博延在她这儿依旧那么重要。这辈子，她好像都没办法再把这个人放开。

就算她爸妈会怪她，她也没办法和博延分道扬镳。

即便过了两年，她依旧想和他在一起，很想很想。

房间内静了许久，久到迟绿忍不住想眨眼，博延突然问："睡好了？"

迟绿看着他："你就只想问这个？"

博延顿了一下，眸子里闪过一丝诧异。

"什么意思？"

迟绿没动，就这么直直地望着他，她所有的情绪都在眼睛里，博延能看懂。

二人沉默几秒后，她的手腕被人拉住，迟绿被他抱着，压在了他的身下。

她一顿，刚想开口说话，男人便捏着她的下巴吻了下来。

迟绿蒙了，刚想挣扎，男人便撬开了她的贝齿，长驱直入。

他身上的气息铺天盖地落下，让迟绿无处可躲。

他太霸道了。

迟绿有些喘不上气，所有的注意力全在男人的一举一动上。

似乎是察觉到她的不专心，博延还一点儿没客气地咬了她一下。

迟绿吃痛，抬手想把他推开，他忽而摁住了她不安分的手。

无处可躲。

柔软的床上，迟绿呼吸变得不顺畅。可面前的男人好像没有察觉。

在即将缺氧的时候，迟绿推了推博延的手臂："等……"

"等什么？"男人气息逼近，声音低哑，他吻着她的唇，低低地说，"等不了。"

"……"

迟绿有些无言，掀起眼睑看向他："喘不上气了。"

博延抬了一下眼，和她近距离对视。

他安静了片刻，喉结滚了滚，嗓音沙哑地问："想好了？"

迟绿顿了一下，挣开他按住自己的手，抬手搂住了他的脖子，轻声道："你说呢？"

"不后悔？"

迟绿："不——"

后面的话还没说出来，博延再次欺身而上，堵住了她的唇。

两人呼吸缠绕在一起，唇舌交缠。

迟绿能感受到男人坚硬的身躯，能感受到他呼吸的变化，还能感受到很多东西，但这些，她好像都顾不上了。

她也想这个人。

在这种事上，迟绿从来不是闪躲的人。

她闭着眼，回应着他。

有那么一瞬间，迟绿觉得自己仅仅是和他接了一个吻，便耗尽了全身的力气。

她的身体已经有些不受控了。

窗外的月亮好像在缓慢地移动。

笼罩在两人身上的月光消失了，迟绿看不清男人此刻的神情，只能感受到他的气息，感受到他的唇停留在自己的唇角，像是要吞噬她一般。

迟绿感觉自己的身体在发烫，如果后面不是床，她可能早就倒下了。

迟绿也不知道过了多久，亲吻了多久，房间里，只能听见喘息声和因为亲吻而发出的暧昧的声音。

在迟绿再一次觉得自己要窒息的时候，博延总算把她放开了。

两人靠得极近，近到能清晰地看清对方此刻所有细微的表情，能听到对方的呼吸声。

博延的呼吸落在她的脸颊上，有些痒。

迟绿抿了一下唇，卷翘的眼睫毛微微抬起，直直地看向他。男人瞳仁深邃，桃花眼此刻无比勾人，所有的情绪都在瞬间暴露。

博延的目光直白，仿佛要把她看透一样。

他目光赤裸，让迟绿有种说不出的窘迫感。

迟绿有些不适，刚想避开，男人便扣住了她的后颈，不让她乱动。

"躲什么？"他嗓音有些哑，像是含了东西一样，低沉沉地在她耳畔响起。

迟绿："我哪儿有躲？"

她有些心虚。

博延轻笑了一声，垂眼打量着她："嗯？"

迟绿不想和他在这种事上纠结，仰头和他对上视线。

她抿了一下发痛的唇，大概能察觉到自己的嘴巴肿了。

博延的目光往下，落在她凌乱的发丝上，落在她潋滟的桃花眼上，最后停在她被自己亲得红肿的唇上。

安静了几秒，他低头，想再次亲吻迟绿。

蓦地，一道不合时宜的声音响起。

迟绿身子一僵，博延动作一顿，含着她的唇亲了一下，低低地笑了一声。

迟绿的脸更热了。她抬眸睨他一眼，有些无地自容："笑什么？我不能饿吗？"

中午她就没吃什么东西，因为心思不宁，喝了几口汤便放下了。

博延笑笑，一把将她抱住，翻了个身："能。"他问，"想吃什么？"

迟绿看了他一眼，沉默了一会儿，道："回去吃。"

博延嗯了一声，但没动。

迟绿看着他，刚想撑着身子起来，被男人重新摁了下去。

"别动。"他喉结轻轻滚动，目光炙热地看着她，"让我再抱一会儿。"

"……"

迟绿一顿，隐约察觉到了哪儿不对劲。

她神色僵硬了三秒，没忍住道："博老师，你自制力不行。"

"嗯。"博延懒散地应着，意味深长地看了她一眼，"你才知道？"

迟绿："……"

她早就知道了。

"那演艺圈对你前仆后继的女明星，你……"

话还没说完，博延抬手捏了捏她的脸颊，语气平静地道："只对你。"

从头到尾，他只对迟绿没有自制力。

听到这个答案，迟绿哦了一声。

博延看她安静的模样，盯着她："就这样？"

迟绿看着他："什么？"

她开始装傻。

博延笑了一下，倒也没想和她计较。

窗外月色很好，风也温柔了许多。

两人相拥，什么也没说，只想享受这难得的静谧时光。

在迟绿肚子第二次唱交响曲的时候，博延才抬手把她拉了起来，带她回家。

迟绿直接去了七楼，进屋后，博延也没问她想吃什么，直接进了厨房。

她跟过去看了一眼，望着男人挺拔的背影，有些走神。

蓦地，博延回头。

两人视线撞上，他垂眼看了看她："不去休息一会儿？"

迟绿摇头："不去，我在这儿站着。"

博延应了一声："好。"

盯着他的动作看了一会儿，迟绿忽然问："博老师，那房子你什么时候买回来的？"

博延神色稍顿，低声道："你走后不久。"

当时也是因为这个，他的生活才会变得有些窘迫。

迟绿哦了一声，低头笑笑："多少钱？"

博延侧眸看着她。

迟绿抿了一下唇，直接道："我想自己买回来。"

她知道博延买下来是给她的，那是博延的心意。可迟绿能接受博延很多东西，唯独那套房子，想自己买下来。

其实在回来的时候，迟绿就有这样的打算。只不过一直没找到合适的机会，她也不想去触景生情，便一直耽搁了下来。

博延盯着她看了一会儿，问："为什么？"

"意义不同。"迟绿看着他，"无论我们的关系怎么样，那套房子我都想自己买回来。"

博延没说话。

迟绿瞅着他的侧脸看了看，往里走了两步。她抬手，从后面抱住博延："生气啦？"

博延低头看着环在自己小腹位置的手，无奈地一笑："没有。"

他早就料到迟绿会有这样的想法，只是没想到她会这么快做决定。

迟绿嗯了一声，想了想，说："那你就是同意啦？"

博延睨她一眼，淡淡地问："你觉得呢？"

迟绿弯唇一笑，扬起眉头看着他："那就是同意了，什么时候办手续啊？"

"……"博延一噎，抬手用力揉了揉她的脑袋，凶巴巴地说道，"再说。"

迟绿："……"

坐在餐桌前，迟绿看了看面条，往博延的碗里夹过去一些。

"不能吃那么多。"她深呼吸了一下说，"明天有工作。"

博延看了她几秒，挪开目光。

"吃吧！"

"嗯。"

两人安静地用餐。

他们吃过面条、收拾好后，迟绿看了看时间，已经差不多十点了。

她算了算，两个人醒来后在别墅那边逗留了两个多小时。

一想到这儿，迟绿觉得自己从头到脚都是烫的。

她正想着，男人身上清冽的味道传来。

迟绿回头。

博延垂眸看着她，问："看什么？"

"看时间。"迟绿看着他，说，"我该回去了。"

博延眉梢稍扬，不紧不慢地问："什么？"

迟绿道："我明天有工作，我得回去早点儿休息。"

话音落下后，没有人回应。

博延盯着她看了一会儿，进了房间。

看着他的背影，迟绿一时间不确定自己走还是不走。她走了的话，博延会不会生气？

她想了想，跟着男人进了房间。

博延背对着她站在衣柜前，像是在拿睡衣去洗漱。

迟绿沉默了几秒，喊了一声："博老师。"

博延侧眸。

看着他赤裸的目光，迟绿小声道："我回楼上了啊！"

博延掀起眼皮看着她，目光温柔，眼底有抹不开的浓烈欲望，好像迟绿刚和他做过什么不可描述的事情一样。

迟绿被他的眼神看得羞涩感油然而生。

她闭了闭眼，自暴自弃道："我的意思是，我回楼上洗个澡再下来。"

听到这话，博延总算应了一声："不用。"

迟绿怔怔地看着他。

博延从衣柜里拿出一件衣服，垂眼看着她："在这儿洗吧！"

"……"

有那么一瞬间，迟绿是蒙的。

她看着博延淡定的模样，抿了一下嘴角："你是认真的？"

博延看着她，挑了一下眉头。他似乎是在说——我像是和你开玩笑吗？

迟绿噎了噎，小声嘀咕道："我又不会跑。"

"嗯。"博延提醒她，"跑过。"

迟绿："……"

一瞬间，她也不知道该说什么了。

两人对视好半晌，迟绿小声解释："护肤品还在楼上，我保证会下来。"她仰头，亲了亲博延的唇角哄道，"一定下来，一小时以内。"

博延顿了一下："半小时。"

"那不行。"迟绿说，"我还要洗头。"

最后，迟绿把人哄了半个小时，才争取到一个小时回楼上的时间。

她深深觉得，现在的博延比之前要霸道很多。

迟绿小心翼翼地进屋，一进去，便和博盈撞上了。

两人对视一眼，都有些愣神。

博盈看着她，挑了挑眉："你干吗？"

迟绿被博盈看得有点儿心虚。虽然她也不知道自己为什么要心虚。

她抿了一下唇，眼睫一颤："什么我干吗？我还想问你干吗呢？"

博盈："我来厨房倒水，倒是你……"她故意停顿了一下，上下打量了迟绿一眼，不解地问道，"回家怎么跟做贼一样？"

"……"迟绿噎住，没好气地睨她一眼，"我哪儿有，是你突然间冒出来吓人。"

博盈："你要是不心虚，怎么会被我吓着？"

迟绿不想理她。

她低头换鞋，想避开博盈回房间。她刚走两步，博盈忽然说："迟小绿等一下。"

迟绿脚步一滞，偏头看着她："什么？"

博盈目光戏谑地望着她，笑盈盈地道："你跟我哥干什么去了呀？"

"……"迟绿，"别管。"

博盈意味深长地哦了一声，故意道："为什么别管？"

"大人的事小孩儿别参与。"迟绿轻哼，"我回房间洗澡了，你早点儿睡。"

博盈："我不。"

她跟着迟绿往房间里走，得意扬扬地说："我今晚跟你睡。"

迟绿沉默了一会儿，回头望着博盈："你确定吗？"

"确定啊！"博盈经常和她睡，这有什么不确定的。博盈打了一个哈欠说："你快去洗澡，我待会儿要跟你说说我在公司上班的事。"

博盈是个有什么事都喜欢和好友分享的人，好的坏的，她都习惯性在睡前说出来。

她性格如此，迟绿也习惯了。但今晚，明显不是好时机。

迟绿拿过一侧的睡衣，侧眸瞅了一眼爬上自己床的人，忽然有些头疼。

博盈这会儿也不知道在跟谁发消息，完全没注意到她的不对劲。

纠结了几秒，迟绿索性不想了，洗完澡再说，指不定博盈睡着了呢！

迟绿洗完澡出来，博盈还半躺在床上刷手机，很是开心。

她放在桌面的手机振了一下，是博延发来的消息。

博延："还没好？"

迟绿："可能下不去了。"

博延："……"

迟绿："博盈说今晚要和我睡。"

博延："……"

迟绿看到他的消息，也不知道该怎么回。

她想了想，索性把手机放在了一旁。

没一会儿，博盈的手机响了。

迟绿明显察觉到博盈的语气有些不对劲。

她回头看了一眼，对上博盈的目光，听到博盈的话，想找个地缝钻进去。

博盈："什么？"

博盈："啊？那我立马走。"

博盈："知道了知道了，不打扰你们，行了吧！"

博盈："无语。"

"……"

迟绿慢吞吞地往脸上涂东西，看到博盈挂断电话，气鼓鼓地掀开被子下床。

"迟小绿。"

"啊？"迟绿抬头看着她，"怎么啦？"

博盈："你跟我哥和好啦？"

迟绿眨眨眼："你猜？"

博盈噎住，瞪了她一眼："我不猜。"她生气地说，"你们和好了竟然不告诉我。"

"……"

迟绿忍笑，连忙道："刚和好，还没来得及说。"

博盈："真的？"

"当然，你是第一个知道的。"迟绿点点手机，"就今晚。"

闻言，博盈总算开心了点儿。

她看了一眼迟绿，很是勉强地说道："那好吧，暂时原谅你了。"

迟绿笑了。

博盈瞅着她半晌，趴在一侧，嘿嘿了一声，猥琐得让迟绿无语。

她哭笑不得，嘴角弯了弯："你干吗？"

博盈扬眉："没干吗！"她轻哼，"既然这样，我就不打扰你们了，我回去睡觉了。"

"哦。"迟绿看着她，"你哥跟你说什么啦？"

博盈冷笑："倒也没说什么，只是警告我，不要缠着你，我是个成年人。"

迟绿："……"

从博盈的语气里，她感受到了博盈的怨气。她安抚似的拍了拍博盈的肩膀。

"那你乖点儿，回去睡觉。"

博盈不可置信地看着迟绿："我还以为你打算安慰我的，你就不能不下去？"

迟绿："不能。"她慢悠悠地道，"我先答应博老师的，你要是想跟我睡，下回早点儿预约。"

博盈："……"

迟绿到楼下时，门是开着的。

听到声音，博延抬眼看了过来。他目光从上而下，落在她手里抱着的迟小迟身上，皱了皱眉头："怎么把它带下来啦？"

迟绿嗯了一声："一天没见，它黏我。"

她刚刚下来时，迟小迟抱着她的腿撒娇，那软萌的模样让迟绿根本没办法拒绝，只能抱着它下来了。

看到博延的表情，迟绿好笑地问："你不喜欢它？"

"没有。"博延沉默了一会儿，道，"把它放下吧，抱着不重？"

闻言，迟绿哭笑不得地看着他："这有什么重的呀，它很轻的。"

像是能听懂博延的话，迟小迟略微委屈地看了他一眼。

接收到小猫的视线，博延偏头笑了一下："算了。"

迟绿挑眉，大概能理解他说的算了是什么意思。

她弯唇笑笑，道："陪它玩一会儿吧！"

"嗯。"

迟绿养的小猫，比其他的小猫更黏人一些。

她也不知道是什么原因，反正迟小迟就挺喜欢黏着她。

逗了一会儿迟小迟，迟绿也困了。

她揉着它的小脑袋，轻声哄着："睡觉吧，你姐姐我要去睡觉了。"

迟小迟蹭了蹭她的掌心，在撒娇。

迟绿瞅了一眼在不远处看文件的男人，小声道："不能再哄你了。"不然待会儿另一个更难哄。

迟小迟听不懂，反正就赖在她的身上不走。

迟绿无声地弯了弯唇："乖一点儿哦，睡觉，明天再陪你玩。"

迟小迟看了她一眼，露出委屈的神色。

迟绿笑着看向博延："我把它抱回去？"

博延敛眸看了看她，道："放客厅吧！"

"哦。"迟绿扬眉，"你不讨厌它了啊？"

博延："说什么呢？"

他什么时候讨厌她的猫了。他只是单纯不喜欢它这时候来打扰。

迟绿忍着笑，故意问："那我睡哪儿？"

博延盯着她看了一会儿，像是在说：你明知故问吗？

迟绿也不矫情了。

她起身往主卧走，看到里面放着的两个枕头后，忽然有些紧张。

虽然，她也不知道自己为什么要紧张。

她正想着，身后传来男人熟悉的声音："怎么不动啦？"

博延离她很近，呼吸从她的耳畔拂过。他身上的味道也钻入了迟绿的鼻息，是沐浴露的味道，有点儿清冽，但又有点儿说不出的温柔。

迟绿僵了一下，没回头。

"在思考睡左边还是右边。"

博延嗯了一声，从旁边绕过，掀开被子上床。

迟绿眼皮一跳，看着男人意味深长的目光，去了最里面。

她刚掀开被子，还没来得及躺下，手腕就被人抓住，整个人往前倾，扑在了博延的身上。

男人似乎是无法再忍耐，寻着她的唇吻了过来。

迟绿呜咽了一声。

博延不仅把她的心搅乱，舌尖也没安分。

迟绿被他亲着，只感觉背脊有股酥麻感从脚底蔓延，直至大脑，这种感觉让她全身发软，身体不受控地往他那边靠近。

她迷迷糊糊间，博延的吻从她的唇上挪动，渐渐地往旁边亲。

迟绿能感觉到他的舌尖在自己的脸颊、耳垂流连。察觉到她的不专心，博延轻咬了一下她的耳垂以示惩罚。

迟绿吃痛，娇嗔地瞪了他一眼。

博延喉结滚了滚，低低地道："专心点儿。"

迟绿："……"

她全身热得像煮熟的鸭子，根本不知道自己要怎么专心。可能是太久没和他有这么亲密的举动了，也可能是别的原因，她觉得自己整个人羞耻到了极点，身体的反应更是让她不受控。

温热的触感从上而下，密密麻麻的吻落在她身上。

除了亲，博延没有再进一步的行为。可光是亲吻，迟绿就已经受不住了。

她的手被男人按住，无法动弹。

迟绿不知道过了多久，耳边濡湿的触感让她回神。

"迟绿。"

"嗯？"迟绿睁开眼看着他，双眸潋滟，格外勾人。

博延眼神直白地看着她，嗓音沙哑："明天几点出门？"

迟绿想了想："八点。"

话音落下，男人沉默了许久，才从鼻腔中回应道："嗯。"

迟绿眼皮一跳，看他继续往下亲的样子，忍不住提醒："八点出门，我明天要拍广告。穿裙子。"

博延顿了一下，声音沉沉道："知道了。"

"……"

最后，博延确实没在她身上明显的地方留下痕迹，可在看不见的地方，几乎都有。

他也没有太折腾迟绿，可就是一直在亲她，从上而下，她的每一寸肌肤他都没放过。

她身上全是他留下的痕迹。

时星草 著　下　册

长江出版社
CHANGJIANGPRESS

/ 第十章
给你撑腰

次日，迟绿要拍摄一个美妆品牌的广告。

品牌有百年历史。口碑各方面都非常不错，而迟绿也是他们选中的第一个亚洲面孔的全球代言人。

广告拍摄除了国内，国外也安排了地方。所以迟绿拍完，下周还得去一趟国外，这是之前定下来的行程。

考虑到品牌的重要性，林静仪今天也特意过来陪着她。

上车后，她看了一眼疲倦的迟绿，有些诧异："昨晚没睡好？"

"……"

"不是。"昨晚迟绿，根本就没怎么睡。

一晚上，博延是没怎么着她，可也没安分。他一会儿亲她一下，手也不怎么老实。

迟绿不讨厌他的靠近，也很喜欢。可偏偏就是，能摸能看，但又不能真实感受，让她非常不爽。

她必须要承认，她其实还挺想和博延做那件事的，可惜今天有重要的广告要拍摄。

一想到这儿，迟绿就有些说不清的情绪。她想了想，大概是遗憾吧！

林静仪挑眉，瞅着圆圆问："她昨晚几点睡的？"

圆圆："我不知道。"

她只知道早上起来去厨房做早餐的时候，恰好碰到迟绿一脸心虚地从外面回来，全身包裹得严严实实，脸色颓然。

林静仪一噎，无言地道："你们是不是住在一起？"

"那我们又不是一个房间。"迟绿想也不想地岔开话题，小声咕哝，"昨晚做了好多梦，有些累。"

闻言，林静仪没再多问。

"那你好好睡一会儿，到了我们叫你。"

迟绿揉了揉眼睛，轻轻答应了一声："谢谢静仪姐。"

林静仪看了她一眼："别客气，快睡吧！"

迟绿嗯了一声，还真闭着眼睡了过去。

到目的地的时候，林静仪才把她叫醒。

再醒来的时候，迟绿精神饱满。

林静仪看着她，笑了笑："这就可以啦？"

"嗯。"迟绿低头看了一下手机，有博延发来的消息，问她到了没。

迟绿："到了。"

博延："快拍完跟我说一声，我去接你。"

迟绿："不用，你安心上班吧，我晚上要和静仪姐他们一起吃饭。"

博延："……"

隔着屏幕，迟绿隐约能察觉到博延的委屈。

她低头笑笑，收起手机。

她刚收起手机，便对上了林静仪探究的目光。

两人对视一眼，林静仪盯着她看了几秒，平静地问："谈恋爱啦？"

迟绿淡定地嗯了一声，笑笑："这么明显吗？"

林静仪点头："明显。"

人恋爱的时候，是没办法掩饰的。

迟绿摸了摸鼻尖，道："我还打算过段时间再告诉你。"

林静仪看了她一眼："为什么？"

"还没想好怎么说。"迟绿弯了一下嘴角，"而且刚在一起，也怕有不稳定因素。"

闻言，林静仪抬抬眼，揶揄道："这话你敢让博总听见吗？"

"……"那迟绿自然是不敢的，她要是说不稳定之类的话，博延会立马把她绑在家里。

她看向林静仪，笑盈盈地道："静仪姐给我保密。"

林静仪看了她一眼："行，给我好好工作，私生活给你保密。"

迟绿爽快地答应着："没问题。"

两人往里走，边走林静仪边和她说工作上的事。

"你拿下的这个代言，有不少人眼红，你稍微注意点儿。"

迟绿挑了一下眉，好奇地看着她："同行？"

"嗯。"林静仪认识的人多，稍微打探便能知道不少。她淡淡地说道："总有人想办法拉你下来的。"

原本很多人并不看好迟绿回国后的发展，她刚回来那会儿，也确实什么秀都去走，什么活动都参加，大家也就自然而然地认为，她的资源变差了。

结果她一转头，拿下全球知名品牌代言，甚至收到了几大奢侈品牌大秀的邀请。

这些消息暂时还没公开，但圈内的人稍稍打探，便会知道。

迟绿笑笑，没把这事放在心上。

她不是第一次遇到同行竞争了，如果真的那么容易把她拉下来，那她也不会走到现在。

拍摄前，迟绿换上了品牌方提供的衣服，是一条深色的裙子。

迟绿身材好，无论什么样的衣服都撑得起来。

总监之前和她聊过，也见过面，看她出来后，笑着道："还是那么漂亮。"

迟绿弯唇笑笑："您怎么过来啦？"

总监看了她一眼，含笑道："你来拍摄，我怎么可能不来看看？"

迟绿失笑，语气温柔地说道："辛苦。"

总监是真喜欢她，也欣赏她。

"要过去化妆了吧？我顺便跟你聊聊。"

迟绿点点头："好。"

两人聊的也是和品牌有关的。

品牌一旦官宣后，迟绿需要配合他们宣传。

年底，每家都在铆足了劲儿冲刺，希望给来年开个好头。

"元旦那天的活动，你看能定下来吗？"

迟绿算了算时间，嗯了一声："我这边没什么问题。"

"行。"总监和她聊完行程安排，笑着说，"你综艺录制是不是还剩最后一期？"

迟绿一怔，诧异地看着她："您也看啦？"

"当然。"总监望着迟绿笑道，"我们国际名模第一次上综艺，我怎么可能不看？"她笑着说，"我们品牌打算赞助一个综艺活动，想问问你这边方不方便参加？"

品牌赞助，很多时候是能往综艺里塞人的。

当然，这也是因为迟绿的身份地位摆在那儿，她无论去什么综艺，都不会违和。

迟绿愣了一下，有些意外。

"什么类型的综艺，我经纪人知道吗？"

"嗯。"总监笑笑，"你换衣服的时候我和她聊了两句，她说主要看你。"

迟绿沉思了一下，没答应，但也没直接拒绝："我考虑考虑？"

"行。"总监看着她，"不用勉强，也不用太有压力。"

"好。"

化好妆，迟绿去拍摄宣传海报。

她在拍摄方面一直都很配合，无论多高的要求，都能第一时间呈现出来，表现得让人挑不出任何问题。

拍摄中场休息，林静仪也和她聊了聊关于再上综艺的事。

迟绿其实对上综艺兴趣不大，但如果是品牌方希望她去，她也会去。

林静仪意外地看着她，低声道："我还以为你会拒绝。"

她感觉，迟绿是不喜欢上综艺的。

迟绿嗯了一声，直接道："我要赚钱嘛，上综艺能给自己宣传，还能赚钱，何乐而不为？"

林静仪噎了噎，有些无语："你是欠了上亿的债吗？"

她和迟绿合作以来，已经不是第一次听迟绿说这么直白的话了。迟绿每次都说想赚钱，想多赚点儿钱。

有时候林静仪都不忍给她安排工作，她反倒要求多安排点儿。

闻言，迟绿扬扬眉："差不多。"

林静仪："……"

她根本不想听迟绿瞎扯："行，那我先看看综艺内容，再给你做决定。"

"嗯。"

拍摄结束，迟绿让圆圆帮忙买了咖啡以及甜品送到现场。

在这方面，迟绿向来都比别人做得更好一些。

"大家辛苦了。"她笑盈盈地说道，"我们下周见。"

下周去国外拍摄，这里有部分人也会去。

工作人员笑着和她挥手："谢谢迟绿的咖啡。"

"下周见。"

"……"

从现场离开，林静仪看她捧着手机的样子，轻笑了一声。

"给博总回消息？"

"嗯。"迟绿刚看到博延给她发的消息，问她结束了没。

迟绿："结束了，你是不是要下班啦？"

博延："原本是这样打算的。"

迟绿："临时有事？"

博延："不是。"

迟绿挑眉，还没来得及回复，博延的消息又来了。

博延："但女朋友要和朋友去吃饭，我还是加会儿班再回家。"

迟绿："……"

她没忍住，低头笑了笑。

博延在某些时候，还跟以前一样。

她想了想，和他和好的第一天就丢下他出门和朋友聚餐，确实有些不厚道。

思及此，迟绿给他发消息哄道："我这边结束后你还没回家的话，我去公司找你？"

博延："那我在这儿等你。"

迟绿："你那么多事要忙？"

博延："不是。"

迟绿不解，刚想问，他的消息又来了。

博延："我在等女朋友救我回家。"

迟绿看他这一条又一条的信息，明显察觉到博延在调戏自己。

她有些无语，但又没有办法。说实话，她还挺喜欢博延这个状态的，这个状态，似乎能把那分开的两年多抹平，拉近他们的距离，让他们没有任何隔阂。

她弯唇笑笑，回了个"好"字。

迟绿去聚餐，博延留在公司加班。

其实加班对博延而言已经习惯了。很多时候，与其一个人回空荡荡的屋子，倒不如留在公司做点儿事。

他正忙着，陈陆南的电话来了。

"出来喝酒？"

博延看了一眼时间，挑挑眉，问："你老婆呢？"

陈陆南："忙。"

"这样。"博延低头翻看着手里的文件，直接拒绝，"不去。"

陈陆南不解："你有事？"

"没什么事。"

陈陆南："不想喝酒？"

"也不是。"博延不紧不慢地说，"你老婆忙，我女朋友不忙，我要陪女朋友。"

"……"

陈陆南那边静了几秒，轻哂了一声："你承认的女朋友，迟绿同意了吗？"

博延自信满满地说道："巧了，我们都同意。"

陈陆南噎住。

他忽然觉得自己今天这个电话就不该打。

"行，挂了。"

"就这样？"博延揶揄道，"你不试着说服一下我？"

"不了。"陈陆南面无表情道，"没想过。"

博延笑了一声，看了看一侧的文件："算了，陪你这个可怜人喝一杯，在哪儿？"

陈陆南："姜臣这边。"

"行，马上过去。"

过去之前，博延特意给迟绿说了一声。

博延到的时候，陈陆南和姜臣已经在那里了。

他看了一眼桌上空了的酒瓶，扬了扬眉："怎么，借酒消愁？"

两人动作一致地给了他一个眼神。

博延轻笑，拿过旁边的酒喝下，道："我说得不对？"

陈陆南没说话。

姜臣沉默了一会儿，掏出手机看了一眼："演唱会一般几点结束？"

陈陆南冷漠地道："最快十点。"

姜臣："哦。"

博延勾了一下唇，跟着点开手机看了看，故意说："现在已经开始了，颜秋枳她们找谁拿的票？"

颜秋枳和沈慕晴两人并不是真的忙，两人是忙着看小明星的演唱会。

前段时间，几个人迷上了新出道的一个组合，不仅把手机壁纸换成他们，聊天背景也是，还时不时在网上给他们投票。

小鲜肉组合今天开演唱会，她们早早约好要一起去看。

只不过季清影忙，向月明在拍戏，最后只有颜秋枳和沈慕晴去了。

闻言，姜臣冷笑了一声："你说呢？"

博延了然地一笑："程湛今天不来喝酒？"

"他不敢来。"

程湛不仅给两人拿到了票，还是最前排的票，位置极佳，能让两人近距离地看到她们喜欢的小明星。

闻言，博延没再戳两人的心窝子。

他低头喝了一会儿酒，和陈陆南聊了两句。他之所以过来，一个是因为陈陆南叫他，另一个则是有点儿事和陈陆南商量。

"想让我介绍人？"陈陆南侧眸看着他，有些意外，"确定要拍？"

"嗯。"博延淡淡一笑，"怎么，投资很大？"

陈陆南想了想，摇了摇头："倒也不是，但合适的人有点儿难，还要入你的眼。"

博延道："不然我找你做什么？"

他之前虽然是编剧，认识的圈内人也多，但还是没有陈陆南多。

陈陆南颔首，调侃道："你就不担心有意外？"

"什么意外？"博延语气平静地说道，"意外在我这儿，从来都有。"但他从不畏惧。

即便有意外，结局必然是好的。在这件事上，他就是有这样的自信。

陈陆南了然，想了想说："其实向月明不错。"

博延笑笑："向月明应该不会答应。"

他手里的那个剧本，感情戏偏多，吻戏、亲密戏也比一般剧本要多一些，即便程湛同意，向月明应该也不会答应。

她不太爱接感情戏。虽然是演员，但她有自己的思量和偏好。

陈陆南想想，倒也是。他嗯了一声，笑笑："行，找到跟你说。"

"谢了。"

陈陆南睨他一眼，没再出声。

陪两人喝了几杯，博延便收到了迟绿的信息。

她过来了。

他没在酒吧多停留，跟两人打过招呼后便走了。

迟绿是打车过来的，还没下车便看到了路边站着的男人。

博延里面还穿着西装，外面套了一件长款的同色系风衣，身材挺拔。

他站在路灯下，什么也不做，就是一道风景。

迟绿盯着看了两眼，忍不住感慨。博延的身材比例是真的好。

"看什么？"

博延走到她面前。

迟绿眨了一下眼，一脸正经道："看帅哥。"

博延笑笑，捏了一下她的手。在感受到她指尖的温度后，他皱起了眉头："手怎么这么冷？"

迟绿嗯了一声，吸了吸鼻子道："风大，冷。"

博延抬手，揉了揉她的脑袋："喝酒了吗？"

"没呢！"

"那开车回去？"

"好。"

迟绿坐上驾驶座，依稀能闻到博延身上淡淡的酒味。

蓦地，她想到了林宿和她说的那番话。

"博老师。"

"嗯？"博延侧眸看着她，道，"开车认真点儿。"

迟绿一噎，道："我哪儿没认真？"

博延笑笑，低声道："可以再认真点儿，有什么我们回家说。"

"怎么？"迟绿不紧不慢地问，"你怕受伤啊？"

"我不怕。"博延淡淡地说，"我怕你受伤。"

迟绿："……"

瞬间，迟绿不皮了。她目光专注地看着前方的路，看着红色的车灯，神色也变得严肃。

迟绿开车其实很稳。可能是过去那些事的缘故，她开车其实比大多数人要专注。

她开车很慢，别人插队她也无所谓，能安静地靠在一旁等，从不发脾气，也不催促。

她一直都认为，等一等没有太大关系，莽撞才会出事。

到停车场，迟绿才偏头看向旁边的人。

"可以说话了吧？"

博延笑笑，捏了捏她的脸颊："回家。"

"哦。"

两人往电梯那边走，迟绿的手刚晃了晃，便被他抓住了。

他掌心温热，从上至下，和她十指相扣。

"出汗啦？"

"有一点。"迟绿抿唇说，"其实内心还是会恐惧。"

博延了然，应着："那以后尽量我开。"

迟绿答应着："也行。"

进了电梯，迟绿闻着他身上的酒味，问道："晚上喝了多少啊？"

"没多少。"博延看着她，"四五杯。"

"……"

迟绿沉默。

博延看着她的侧脸，有些不确定地问道："生气啦？"

"没有。"迟绿道，"我生什么气啊？"

"你不喜欢的话，我以后少喝。"

迟绿摇摇头："我也没有那么霸道，当然能喝，尽量别喝出毛病就行。"她想了想，旁敲侧击问，"你喝多少会醉？"

闻言，博延随口道："不知道。"

他是真的没数。

迟绿："最近没喝醉过？"

博延嗯了一声："我什么时候喝醉过？"

迟绿："……"

她纠结了两秒，还是没告诉他，林宿已经把他喝醉酒这事告诉自己了。

迟绿撇撇嘴，道："我就问问。"

博延弯唇一笑，轻声道："我知道。"

到家后，迟绿看博延坐在沙发上揉太阳穴，去厨房给他弄了一杯醒酒茶。

她端出来的时候，男人已经闭上了眼。

迟绿看他疲倦的模样，决定把他灌醉这件事推迟。今天不太适合。

"博老师，把这个喝了。"

博延睁开眼看着她，眼神变得迷离，像蒙上了一层雾气，让她想拨开。

他目光灼灼地盯着迟绿，却没有伸手接的意思。

不知道为什么，迟绿总觉得自己像是被他的目光在"凌迟"。

她抿了一下唇，垂下眼道："喝醒酒茶。"

博延反应迟钝了几秒，这才把目光从她脸上挪开，落在她的手中。

"嗯。"他喉结轻轻滚动，"不想喝。"

迟绿："……"

她不可置信地看着他，略感意外："博老师，你是在撒娇吗？"

博延没搭腔。

迟绿哭笑不得，往前走了几步。

她在博延的旁边坐下，端到他嘴边，催促着："快点儿喝，我手累了。"

话一出口，迟绿明显察觉到博延的眼神有了变化。

他眉梢稍挑了一下，目光温柔地望着她："手累？"

迟绿恼羞成怒，凶巴巴地说："不行吗？"

博延笑笑，没应话。

迟绿看他这样，也不想给他举着了。她刚想走开，博延先抬手抓住了她的手腕，低下了头。

"……"

客厅里静谧，迟绿觉得自己的手腕在发烫。

男人就着她的手喝了一口茶。

两人靠得太近，她能听见他吞咽的声音，能想象出他喉结滚动的模样，能感受到他掌心的炙热，正源源不断地传递到她这儿，从手抵达心口。

迟绿眼睫一颤，觉得气氛变得暧昧了些。

不到半分钟的时间，她却感觉像过了一年，甚至更久。

博延把她的手放开时，迟绿下意识松了一口气。

突然，手里的杯子被拿走，下一秒她被男人拉了一下，跌在他的大腿上。

两人的这个姿势，引人遐想。

迟绿蒙了三秒，仰头和他对视。

在看到他眼底浮现的欲望后，她下意识地说了句："我还没……洗澡。"

"嗯？"博延低头，寻着她的唇吻下，嗓音低沉地说道，"先练练手。"

迟绿："……"

迟绿的脸通红了，耳根子在发烫，手在发热，似是难耐，她呼吸变得急促。

博延的唇落在她的唇上、脸颊、耳后，一路往下。

博延闭着眼，眼睫长且翘，拂过她的脸颊，轻轻用鼻尖蹭了蹭她。

迟绿："……"

迟绿清晰地听见男人的呼吸声，落在她的耳后，有些痒。

她轻咬了一下唇，唇就被男人吸吮了一下。

迟绿仰起头，承受着他的亲吻。

不知道过了多久，迟绿觉得自己好像出汗了。

她身上黏黏糊糊的，不太舒服。

博延感受着她的反应，低低地笑出声。他声音低沉，笑起来的时候酥酥麻麻的，格外撩人。

迟绿娇嗔地瞪了他一眼。

他低头，安抚似的吻了吻她的唇角，喉结轻轻滚动。

她这会儿也不扭捏了，索性在他这边洗了澡。

逃得过昨晚，逃不过今夜。

博延看她视死如归的模样，有些好笑："迟绿。"

"干吗？"

博延低头，钩着她的舌尖缠绵："不愿意？"

"……"

迟绿其实也不是不愿意，就是有点儿不好意思。

可能是太久没有这么亲密的行为，也可能是别的原因，但绝对没有不愿意。

她睁开眼望着他，看着他近在咫尺的眉眼，有些走神。

忽而，博延咬了一下她的唇珠，拉着她渐渐飘走的思绪回来。

"专心点儿。"他好像有点儿生气。

迟绿一笑，主动搂着他的肩膀，仰头回应。

她一回应，博延的亲吻就变得温柔了。

两人没在浴室里闹腾多久，博延没吃晚饭，亲了迟绿一会儿就被她赶出了浴室。

他看着关上的浴室门，低头笑笑，进了厨房。

厨房里灯光明亮，有些刺眼。

迟绿磨蹭了大半个小时，才洗好。

她套了一件博延的衣服，白色的衬衫。

以前两人在一起时，她很喜欢穿博延的衣服，他好像也喜欢迟绿穿他的衣服。

迟绿总觉得，穿着他的衣服，会有种他时时刻刻都和自己在一起的感觉。

身上全是他的味道，让她有安全感。

她洗好出来的时候，博延刚做好饭。

"煮了什么？"

"面。"博延回头看着她，在看到她身上穿的衣服后，眼眸微微闪了闪。

迟绿瘦，但身材很好。

因为她是模特，身材比例很好。

她皮肤白，在灯光下，更是惹眼。

博延的目光从上而下，看着她露出来的腿，眼眸里有化不开的雾。

"看什么呢，博老师？"迟绿明知故问，随即转移话题，"我有点儿饿了。"

博延回神，瞥了她一眼："晚上没吃好？"

"吃好了。"迟绿往客厅走，道，"但我没吃饱。"

明天虽然依旧有工作，但影响不会很大。

而且更重要的是，迟绿觉得自己待会儿就能把吃下的那些热量全部消耗完。

两人安静用餐，听着外面的风声。

迟绿吃东西很慢，慢悠悠地吃了一会儿，忍不住晃了一下腿，还不小心蹭到了博延。

博延动作一顿，掀起眼皮看向她，眉梢微挑，像是在问——等不及啦？

迟绿噎了一下，咕哝道："不小心的。"

博延莞尔，勾了勾唇："嗯。"

"对了，你怎么去酒吧啦？"迟绿问。

博延嗯了一声，说了两句："找陈陆南有点儿事，正好他们都在。"

迟绿点点头："颜颜她们不是去看演唱会了吗？"

博延挑眉一笑："是。"

听着他的笑声，迟绿好像明白了点儿什么。

她弯了弯唇，揶揄道："所以他们是被抛弃啦？"

"不是他们。"博延顿了一下，慢条斯理和她算账，"是我们都被抛弃了。"

迟绿静默几秒，没忍住，笑了笑："哪有，我那是太久没和静仪姐她们一起吃饭了，而且是早就说好的。"

博延淡定不已："嗯，我就是随便说说。"

"……"迟绿无言，斜睨他一眼，不想和他继续交流了。

吃过面，时间已经不早了。

迟绿看了一眼博延："我来收拾吧，你去洗澡。"

"不用。"博延看了她一眼，"去坐着休息一会儿。"

迟绿哦了一声，刚想挣扎，博延便意味深长地看了她一眼。

迟绿好像看懂了他眼神表达的意思。她摸着鼻尖，到了沙发上："那我刷一会儿微博，看看电视。"

"嗯。"

博延把厨房收拾好，进了浴室。

浴室里弥漫着淡淡的香味，是沐浴露和洗发水混合在一起的味道，很好闻。

博延一直用这两款产品，从和迟绿在一起后，就再也没换过。

她不在的时候，也一样。

偶尔闻到这个味道，博延会有一种错觉，好像她还黏在自己的身边，和自己在一起。

博延自嘲地一笑。

什么时候，他也变得如此卑微了。

迟绿点开微博看了看，搜索自己的名字，果然看到了不少爆料。有好的，也有黑她的，各种乱七八糟的言论都不少，但目前还没大面积传播。

她扫了一眼，不太在意地去看其他的东西。

颜秋枳和沈慕晴去看小明星的演唱会，两人在演唱会很疯狂，结果被粉丝拍到了，上了热搜。

迟绿没忍住，看了看沈慕晴发的两人合照，点了一个赞，在下面留言："弟弟们有点儿帅，下次记得带我一起去。"

其实两人问过她，但她之前有工作。

留完言，迟绿也没在意，看了看其他关注的微博，在刷到徐清妍的微博内容后，愣了几秒，退出，给她发了一条信息。

迟绿："怎么啦？"

徐清妍："啊？"

迟绿："我刚忙完，看到你的微博，你打算和公司解约啦？"

徐清妍："对，我也打算回国了，欢迎吗？"

迟绿有些不解，徐清妍在公司的待遇其实还不错，在国外也很有名气，比自己进公司时间还早。明明她去年刚续约，怎么突然要解约啦？

迟绿："为什么，是不是发生了什么事？"

徐清妍："不是什么大事，就是不想干了。我这边还在忙，之后空了跟你说。"

迟绿："行。"

她想了想，给之前公司的朋友发了信息询问。她刚发出去，博延便出来了。

他没吹头发，还湿漉漉的。察觉到她的目光，博延把手里的毛巾递给她。

迟绿弯唇笑笑，跪坐在沙发上给他擦头发，揶揄道："博老师，我这要收费的。"

"嗯？收多少？"

迟绿想了想，觉得自己身价还挺高的，收费标准应该也高。

"一次一万元，应该不算特别高吧？"

博延抬眼："不高。"

迟绿挑眉："然后呢？"

博延感受着她手上的力度，道："但博老师没钱，怎么办？"

迟绿一噎，刚想问他哪儿没钱了，博延忽然问："用别的偿还行不行？"

迟绿蒙了两秒，下一瞬，男人拉下了她的手，还有些湿润的头发蹭过她的掌心，低头吻了下来。

刚从浴室出来，他的身体是热的，唇是软的，在迟绿的身上亲着。

迟绿的身上像着了火，被男人点燃的。

她感受着他，感受着他的双手掠过的地方。好像只要被他碰过的地方，都有了不一样的温度。

两人靠得很近，迟绿整个人被压在沙发上，根本无法动弹。

迟绿全身都在发烫，能清楚地感受到男人的欲望。

她的呼吸变得急促，男人的呼吸变得很重很重，落在她柔软的肌肤上，让她痒得难耐。

灯光下，迟绿偶尔睁眼，能清楚地看到他眼底的情绪。

他的眸色幽深，像是化不开的墨，和她相似的那双眼格外勾人，仿若妖孽，勾走了她所有的注意力。

迟绿的目光从上而下，落在他的肌肤上。

她正看着，博延的唇忽而回到了她的唇边，他顺势将她整个人抱了起来。

几秒后，迟绿躺在了柔软的大床上。

这一下，博延好像比刚刚在沙发上更放肆一些。

他在她的锁骨上吮吸着、咬着，他落下的每一个吻都让房间内的温度在升高。

不知道过了多久，迟绿身上染上了红晕，思绪也变得迷离。

男人的掌心滚烫，所过之处让人轻颤。她控制不住地往他身上贴，搂住了他。

"放轻松。"他低低的声音在她耳畔响起，沙哑性感。

迟绿眼睫一颤，感受着他所有的动作。

博延做了很多取悦她的事，没让迟绿感受到太多的不舒服。

他的吻从头到尾就没停，每一个地方都亲。

迟绿只能依靠本能去回应他，回应他所做的一切。

房间内的灯依旧没关。

在某个时刻，迟绿甚至能感受到博延炙热的目光，在一寸一寸地扫过她，一点儿也没放过。

后来，她的呜咽声被男人吞下，她再说不出一句完整的话。

窗外不知何时下起了雨，雨声打在玻璃上，渐渐掩盖了房间内暧昧的声音。

迟绿觉得自己就像砧板上的鱼，承受着博延翻来覆去的折腾。

雨下了大半夜，停下的时候，低吟声、喘息声还未停下，好像，他们就没打算停。

真正停下的时候，迟绿觉得她的身体已经不再是自己的了。

博延低头吻了吻她的唇，抱她进了浴室。

迟绿的眼尾有些红，脸颊绯红，被博延放进了浴缸。

从浴室出来时，博延敛下眼睑看着她，嗓音低沉："累啦？"

"你说呢？"

一开口，迟绿就想把嘴巴闭上。她的声音好像也不是自己的了。

似乎是察觉到了她的窘迫，博延低低笑了一下，吻了吻她的眼角，哄着："我去给你倒杯水。"

迟绿："嗯。"

两人看了看凌乱的主卧，博延也懒得收拾，抱着她去了客房。

喝完小半杯水，迟绿才觉得自己重新活了过来。

博延抱着她躺下："睡吧！"

"嗯。"

迟绿是真累了，也不想陪他再折腾。她怕自己不睡，博延又来。

想到这儿，迟绿张嘴咬了他一下。

博延："……"

他喉结滚动，沉沉地问："还想继续？"

迟绿松开，立马闭上了眼："我下午有工作。"

"……"

博延笑笑，撩开她脸上的头发，轻声哄着："睡吧！"

"晚安。"

"嗯。"博延应着，拥着她的手臂渐渐收紧。好像只有这样，他才觉得她是真实的，回到了自己的身边。

这一夜，迟绿睡得很沉。

博延反倒没怎么睡，早早地便醒了。

他在看到怀里躺着的人后，眉眼间的紧张倏地舒展，无声地笑了笑。

他看了看迟绿的睡颜，低头含着她的唇亲了一会儿，才放开她下了床。

博延上午有个会议，不得不去。

迟绿醒来的时候，屋子里已经没人了。

她在床上缓了缓，稍稍有点儿力气后才爬了起来。

洗漱后，迟绿在厨房发现了早餐，旁边还有一张博延留下的便笺，上面叮嘱她吃东西。

她弯了一下唇，捧着早餐去了客厅。

迟绿的腿太酸了，她一点儿都不想动。

把早餐放在茶几上，她又躺下了。

博延来电话的时候，迟绿正心不在焉地吃着。

"刚醒？"男人声音传入耳内，好像还含着一抹昨夜的沙哑。

迟绿眼睫一颤，一想到那些旖旎的画面，脸就有些热。

她嗯了一声，抿了一下唇："你几点走的？"

博延："八点。"

迟绿："……"

她算了算时间，小声咕哝着："你体力还挺好。"

八点走的，起码七点就起来了。

迟绿看了看面前的早餐，有些不知道该说什么。

博延听着她的话，勾了一下唇角，一点儿也不害臊地说道："嗯，我体力好不好你应该很清楚。"

迟绿噎住。

在博延看不见的地方，她小小地翻了一个白眼："大白天的，别跟我说这些好吗，博老师？"

后面三个字，是从牙缝中挤出来的。

博延低低一笑，眉眼舒展，由内而外地让人感受到他愉悦的心情。

"好。"他答应着，"早餐吃啦？"

"正在吃。"迟绿沉默了一会儿，抱怨道，"我不想出门了。"

太累了，她今天只想在家躺一天。

博延挑眉，顿了一下，问："下午不是有工作？"

"有啊！"迟绿愤愤地说道，"你知道还那样。"

博延抬眼，沉沉地道："哪样？"

迟绿沉默了一会儿，嘟囔着："都说不要了，你还来。"

"……"

博延沉默几秒，轻咳了一声，道："抱歉，我的错。"

他认错这么快，反倒让迟绿不知道要说什么了。

她轻哼，小声道："算了，不跟你计较。"

博延一笑，低声道："午饭想吃什么？我让人送过去。"

"不用。"迟绿想着醒来时看到的消息，"圆圆会做，我待会儿吃了回楼上。"

博延嗯了一声，安静了会儿道："迟绿。"

"什么？"

博延顿了一下，淡淡地说："要不要搬下来？"

迟绿："……"

她扬扬眉，倒是没太在意："现在这样住不行？"

博延："可以。"他故意停顿了一下，补充道，"但我想让你搬下来。"

迟绿想了想，他去楼上确实也不是很方便。

"再说吧！反正距离近，我搬下来也就收拾点儿衣服。"

博延："好。"

挂了电话，迟绿慢悠悠把早餐吃完，又缓了大半个小时，才回了楼上。

圆圆正在做饭，听到声音，看了她一眼，倒也没说什么。

对迟绿睡哪儿这件事，大家心照不宣。

吃过饭，迟绿和圆圆一同出门。

临近年底，迟绿的工作也安排得很满。

刚上车，她就收到了好友的消息，说徐清妍的事情的。

迟绿看了看，眉头拧了起来。

迟绿："真是这样？闻昊什么时候这么没脑子？"

"他有脑子，但也没办法，上面的人要捧人，闻总再争取也没太大效果。"

迟绿："行，我知道了，谢谢。"

"客气，清妍已经有好几场秀都被临时换了人，这几天没出现在秀场，也没出现在公司。"

迟绿："好，我给她打电话问问。"

"行，有需要联系。"

看迟绿的模样，圆圆不太放心地问："迟绿姐，是出什么事了吗？"

"没。"迟绿想了想，看着她，"圆圆，你好像和闻总助理关系不错对吧？"

闻言，圆圆如临大敌，瞪大眼睛看着她："啊？"她抿着嘴角，慌忙解释，"迟绿姐，我就是之前闻总追你的时候和他联系多点儿。"

迟绿看她紧张的样子，忍不住笑道："我没别的意思，我就是问问，现在还有联系吗？"

圆圆点头："偶尔会聊两句，但很少。"她好奇地看着迟绿，"是有什么事要和他联系吗？"

迟绿想了想："你跟他打探个事？"

圆圆啊了一声："那我问问，是什么呀？"

迟绿把徐清妍的事说了一下，其实很简单，同在一个公司总会有竞争，但

只要是正当竞争，大家也都无所谓。

人都往高处走，谁有实力，谁资源多点儿、好点儿，非常正常。

可现在问题是，公司的所有资源在不合理地偏移到孟巧身上。

如果只是小打小闹，迟绿其实不愿意多管闲事。她也觉得如果徐清妍在那儿干得不开心，解约就行了。但现在的这种偏移，不是小打小闹。

徐清妍的资源全给了孟巧不说，她拿下的代言，也都被公司上层以各种理由给了孟巧。

这换作是任何一个人都无法忍受。

迟绿虽然不喜欢闻昊，但初到国外那会儿，闻昊帮过她很多，徐清妍也帮了她很多。所以这两个人，一个能提醒就提醒，另一个如果愿意回国，迟绿也想她有自己的工作室。

圆圆听着，不可置信地问："啊？闻总疯了吗？"

"……"迟绿和她对视一眼，无奈地道，"可能闻昊也没办法，是上面的人干的。"

圆圆沉默了一会儿，想到了迟绿那次开场模特被换给了孟巧，不开心地说道："现在有些资本，是真的可以为所欲为。"

"嗯。"

迟绿笑笑，不对这种事发表看法。

孟巧有资本撑腰是她的本事，自己管不着，也不会去点评别人的生活。

圆圆："那我给他发消息问问。"

迟绿点头："好，不要问太深，随便打探一下就行。"

"知道。"

迟绿一天都在关注着这件事。

晚上博延过来接她回到家，她也有点儿心不在焉，坐在饭桌边还在看手机。

"在看什么？"

"啊？"迟绿捧着手机，诧异地看了他一眼，"什么？"

博延扬了扬眉，指着她的手机说："一直在看手机，有什么事？"

"不算大事。"迟绿跟他简单说了一下，淡淡地说，"清妍到现在还没回我消息，我有点儿担心。"

博延沉默几秒，知道她和徐清妍关系好，也知道徐清妍给过她不少帮助。

他垂眼看着迟绿，低声问："要不我找人帮你问问？"

迟绿一怔，意外地道："你在这个圈子里还有认识的人？"

博延："……"

他抬手，捏了捏她的脸，问："你说呢？"

迟绿眨了一下眼，狐疑地看着他："是因为我？"

按理来说，模特和演员其实差不多，但实际上工作内容不同，联系也少。博延认识的大多是演员和导演。

博延没说话，默认了。

迟绿眼睛一亮，猜测了一下："你认识谁？"

博延笑而不语，往她嘴里塞了一块肉。

迟绿皱眉："你干吗？"

"吃点儿肉。"

迟绿："会长胖。"

闻言，博延意味深长地看了她一眼："不会。"

"……"

迟绿秒懂。

她噎了一下，把嘴里的肉吞下，开始吃青菜："我腿还很酸。"

博延："……"

迟绿轻哼，小声道："我希望你今晚做个人。"

安静了几秒，就在迟绿以为这个话题即将过去的时候，对面响起博延慢条斯理的声音。

"做个人？"他问，"你确定？"

迟绿狐疑地看着他："确定啊！"她有些茫然，不能理解博延的意思，小声咕哝道，"不然你想怎么样？"

博延笑笑，点评道："挺好，我听你的。"

迟绿："……"

她看着博延脸上的笑，觉得他整个人都怪怪的。

按照他以前的性格，他可不是这么听自己话的人。

当然，其他时候都听，唯独在床上，他是真的知道怎么折腾迟绿。

迟绿瞅了他几秒，隐约觉得哪儿不对，但一时间又想不到重点。

她低头吃饭，吃着吃着，错愕地抬起了头："你——"

博延看着她嘴角的沙拉，用指腹蹭了蹭，帮她擦掉，饶有兴致地说道："我什么？我听你的。"

——今晚做个人！

两人对视须臾，迟绿瞪圆了眼望着他，半天说不出话。

博延指腹间的温度还留在她的嘴角，让她觉得那个位置在发烫。

她眼睫轻颤了一下，娇嗔地睨他一眼，不想再和他继续聊下去了。

博延看着她低头吃饭的模样，摇头笑了一下。

吃过饭，迟绿回了一趟楼上。

临走前，博延意味深长地看了她一眼："还下来吗？"

迟绿："再说。"她面无表情地道，"博盈说找我谈心，我问问她是不是遇到什么事了。"

博延抬抬眼，道："嗯。"

迟绿瞅了他几秒，深深怀疑博延觉得她在找借口。

她想了想，凑到他的旁边，亲了亲他的嘴角，哄道："我是真去和博盈聊天。"

博延笑笑，一把将人拉入怀里："我知道。"他低头，吻了吻她的嘴角，"聊完早点儿下来。"

迟绿被他亲得腿有些发软，搂着他的腰，含含糊糊地答应着："知道了。"

亲了好一会儿，博延才终于让她回去。

进屋时，博盈正瘫在沙发上看电视，眼神没有焦点，估摸是在想事。

迟绿挑了挑眉，走到她的旁边。

"博小姐，看什么呢？"

博盈睨她一眼，冷哼了一声："终于想起你还有我这个小姐妹啦？"

迟绿："我一直都记得啊！"

博盈起身，给她挪了一个位置："最好是，你每次和我哥一恋爱，就会忘了所有人，包括我。"

迟绿："……"

这话她反驳不了，毕竟有前科。

她侧眸，盯着博盈："怎么啦？"

"啊？"博盈拿着遥控器瞎按，"什么怎么啦？"

迟绿抬手，揉了揉她的脑袋，问："不是说要找我谈心？"

博盈叹息一声，把头靠在她的肩上："其实也没什么可谈的，就是觉得上班烦。"

迟绿哭笑不得，拍了拍她的脑袋："怎么烦，因为你的老板，还是同事？"

"都有吧！"

博盈没怎么接触过社会，之前也一直被养在温室里。虽然说她的父母可能没有那么爱她、宠她，也不会经常陪着她，可博盈有哥哥。

博延是个很好的哥哥，虽然他性格冷，和博盈在一起的时间也不算多，可只要博盈有什么事，他会第一时间维护她。

博盈地好奇看着她："迟绿，我一直都没敢问你，你刚到国外的时候，觉得难熬吗？"

"难。"迟绿没瞒着她，挑了部分内容说，"有种自己活不下去的感觉。"

博盈安静了几秒，伸手抱了抱迟绿："对不起。"

迟绿回抱着她，笑着问："对不起什么啊？出国是我自己选择的，不过也感谢自己过去坚持下来的时光，不然也没有现在的我。"

"嗯。"博盈轻轻答应着。

迟绿一顿，皱了一下眉："博盈，你该不会真把那事放心上了吧？"

博盈没说话，埋头在她的肩膀上，深呼吸了一下，转移话题："我们公司的同事好烦，每天说我是空降，他们也不看看我是哪儿毕业的，之前拿了多少奖……"她小声咕哝着，有些愤愤不平，"还说我穿的衣服、背的包包都是假货！我博盈用得着买假货吗？"

迟绿知道自己不该笑，可又有点儿忍不住。她抬手，拍了拍博盈的后背："然后呢？他们还说你什么？"

博盈："说我的金主其实对我也就一般般，只给我买一辆二十多万元的车。"

迟绿扑哧笑出了声。

"这个金主确实对你不怎么样。"

"那能怎么办？"博盈轻哼，"我的金主要养女朋友，我只是个小可怜。"

闻言，迟绿也不放在心上。她摸了摸博盈的脑袋，笑着说："那金主的女朋友养你吧，明天就带你去买豪车怎么样？"

博盈在她的肩上蹭了一下，闭了闭眼，把自己涌上来的情绪压下去，才小声咕哝着："也不是不行，我想买新衣服了。"

迟绿点头："好，带你去买衣服。"

"再买个包包。"

"买十个都行。"

"那可以。"博盈瞬间开心了，"给我多买点儿，不准给我哥买。"

迟绿沉默了一会儿："拿你哥的卡，一点儿都不给他买，是不是不太厚道？"

博盈想了想，倒也是。

"那好吧！"她勉为其难道，"给他买一件衣服吧！"

"行。"

把博盈的情绪安抚好，迟绿才去了楼下。

她下来的时候，博延在书房开会。

书房门没关，迟绿在门口和博延对视了一会儿，默默回了房间。

洗漱过后，迟绿半躺在床上玩手机。

玩着玩着，她便想到了博盈的话。

迟绿有些不知道该怎么开导博盈，很多事迟绿能说服自己，可没办法说服旁人。她不能把自己的思想强加在别人身上，即便是好友也不行。

博盈担心什么、不开心是因为什么，迟绿一清二楚。

她叹息一声，也有些难受。

其实她想过很多如果，也想过自己不和博盈认识的话，就不会有后来的事。可仔细想想，迟绿又觉得自己是自私的。因为即便此刻，她好像还是渴望和博盈认识、和博延恋爱的。

博延开完会回到房间，迟绿正在发呆，连他什么时候进去的也没发现。

博延侧眸盯着她看了一会儿，眉头紧蹙。

"博盈遇到什么事啦？"

迟绿一怔，抬眼看着他："说实话，我也不知道，她跟我瞎扯了一堆，但我觉得那些她其实没放在心上。"

就博盈说同事议论她的话，她其实是没放在心上才会说的。

一般而言，博盈要真放在心上，觉得硌硬的事儿，她会自己消化，不会告诉迟绿。

她不想让迟绿为她担心，也不希望他们因为自己的事不开心。

博延拧眉："这样？"

"嗯。"迟绿笑笑，看着他，"你偶尔也多关心关心她，好吗？"

博延把人从床上拉了起来，道："你关心就行。"

迟绿无奈，好笑地道："不一样的。"

博延亲了亲她的嘴角："哪儿不一样？"

迟绿瞪他一眼："反正就是不一样。"

博延没再说话，低头吻着她的唇角。男人眉眼温柔，目光缱绻。

他含着她的唇，手在她的后背游走。明明也没做多过分的事，可迟绿就觉得自己的尾椎骨都是麻的。他掌心所过之处，都被点了火。

两人亲了许久，但博延一直没有进一步的动作。

在迟绿被亲得迷迷糊糊的时候，他突然松开了她。

两人一上一下对视着。

迟绿轻眨了一下眼，那双漂亮的桃花眼里有了水雾，有种朦胧感。

博延看着，眸色沉了沉，喉结上下滚动，在她额间落下了一个吻："别这样看我。"

迟绿一怔，没忍住笑了一下："哦。"

她轻勾了一下唇角，好奇地问："会怎么样？"

其实她懂博延的意思。

刚刚吃饭时候，他调侃自己，说"今晚做个人"。可实际上，博延又比任何人都更在乎她的身体。

虽然大多数时，博延在床上不会听迟绿的求饶，但他是有分寸的。

他知道什么样迟绿会喜欢、能承受。

现在，明显是他今晚没打算做什么。

博延一顿，警告地看了她一眼："明天不想出门了？"

迟绿一笑，仰头吻了吻他的下巴，故意说："你轻点儿的话，应该也能出门。"

次日，迟绿倒是准时醒来了。

博延正好在穿衣服，她便睁开了眼。被子从她身上滑落，博延目光稍顿，停在她满是痕迹的锁骨上。

他顿了一下，走到她的旁边，把手里的领带递给她。

迟绿看了他一眼，黑色衬衫和同色系西装将他整个人衬得格外冷肃，可五官又精致得像男明星，勾人而不自知。

她扬扬眉，倒是没拒绝。

"弯腰。"

博延笑笑，弯腰让她折腾："起来吃点儿早餐？"

迟绿看着他："不了，我晚点儿去楼上吃。"

闻言，博延也不勉强。

迟绿是会系领带的，之前还特意学过。可这会儿不知道是太久没系了，还是怎么回事，手有些抖，弄了好一会儿也没弄好。

她拧眉，有些恼怒。

"这领带怎么那么难系？"

博延双眼含笑地望着她，看了看她的手，低低地问："很难？"

"嗯。"迟绿不会说自己是被他看紧张了，抿着唇角，嫌弃地道，"你自己系吧！"

博延："……"

他勾了一下唇，三两下把领带系好，捞着躺下的人亲了亲，低低地说道：

"我去公司了。"

"嗯。"迟绿闭着眼，眼睫颤了颤，"赶紧走吧，博老师。"

博延捏了捏她的脸颊，有些无奈："走了，我晚上可能不会那么早回来。"

他有个饭局，之前便定下来的。

迟绿嗯了一声，睁开眼看着他："知道了，别喝太多酒。"

"不会。"

博延走后，迟绿躺了一会儿，也觉得没什么意思。

这房间里到处都充满了他的味道，让她控制不住地想他。

他们忙了几天，又到了周末。

迟绿和博延的《恋爱周末》也迎来了最后一期的录制。

直播分为六个周末，到时候剪辑后有十二期。

周五晚上，两人一同飞去录制的地点。

在飞机上，两人还遇到了一起录制的两组嘉宾。

最后一期，他们是在同一个地方录制，也算是满足了观众的愿望，把六个人凑在一起。

迟绿和这几个人都不熟，博延反倒是认识。

"博老师，迟老师。"

面前的人是一个新晋的"小花旦"演员，参加这个节目是为了提高曝光度，正好也有一部戏在播出，很提热度。

迟绿微微一笑，点头："白老师好，叫我迟绿就行。"

白岚弯了弯唇，热情地道："好啊！"她跟迟绿打过招呼，转头看向博延，"博老师，好久不见。"

博延神色淡淡的，点了点头："嗯。"

白岚一怔，笑笑道："总算在一起录制了，博老师是刚下班赶过来的吧？"

博延眼也没抬，心不在焉地应了一声。

白岚站在过道处，和博延叙旧。

她说了不少和博延的旧事，大多数是之前在剧组的事，说话的时候，她还会时不时地夸一夸博延。

迟绿在旁边听着，虽有些不舒服，但也没打断。

她挑了一下眉毛，低头和博盈聊天。

迟绿："吃饭了吗？"

博盈："还在吃。"

迟绿："别喝酒，你给圆圆发个定位，要回去了给圆圆打电话。"

博盈进公司后，他们部门便嚷嚷着要办迎新聚餐，但因为那段时间太忙了，一直没定下来。

这周总算定了地方，她这会儿正在日式餐厅里聚餐。

博盈："知道，你现在怎么有空给我发消息？还没上飞机吗？"

迟绿："上了，还没飞。"

博盈："我哥呢？"

迟绿抬眼看了看旁边的两人，敲下"在和美女聊天"几个字。

博盈："……"

她发着消息，一侧的同事凑了过来。

"博盈，给谁发消息呀？"

博盈摁熄屏幕，微笑着，看向旁边的女同事："朋友。"

同事笑笑，看了一圈，问道："什么朋友？男朋友吗？"

博盈握着手机的手一顿，她敏锐地察觉到落在身上的目光。她抬眸往主位那边看了一眼，云淡风轻地收回目光，不冷不热地说道："不是。"

"不是啊？"女同事继续调侃，"是就是，也没关系的。"她笑盈盈道，"趁着年轻，谈谈恋爱挺好的，好好享受现在这个年龄的待遇。"

闻言，博盈抬了一下眼，冷漠地说道："什么叫这个年龄的待遇？"

女同事一愣，眨了一下眼，无辜地说："青春的待遇呀，像我快三十岁了，就没人要了。"

博盈抿着唇角，垂眼看着她，没吱声。

周围的同事愣了几秒，也察觉到了不对劲。一行人相互看了看，有人打岔："博盈，杜楠的意思是她羡慕你这样的年纪，像我们都出社会好几年了，还真有些想念在学校的感觉。"

"是啊，是啊，年轻真好。"

"来来来，让我们一起喝一杯，欢迎博盈，也敬一敬我们那逝去的青春。"

"……"

旁边有另一同事拉了拉博盈的衣服。

博盈回神，朝她温柔地笑笑，倒是没再和杜楠计较。

她是任性，但也不是那么不讲理的人。

当然，和杜楠这种人没什么好说的，这是部门给自己办的迎新聚餐，博盈不好把所有人都得罪。

喝完酒后，博盈找了一个借口去洗手间。

进洗手间后，她没忍住，按着说话键给迟绿发了消息。她不找个人吐槽一下，怕撑不到这顿饭结束就揍人了。

吐槽完，博盈面色如常地从洗手间出来。

一出来，她便看到了在中间洗手台边的男人。

博盈身子一僵，一时间也不能确定洗手间隔音好不好，贺景修又在这儿待了多久。

似乎是察觉到了旁边有人，贺景修扯过纸擦了擦手，才垂眸看了看博盈。

两人对视一眼，博盈憋了憋，喊了句："贺总。"

贺景修颔首。

博盈沉默了一会儿，往旁边挪了一下脚步去洗手。

她刚把水龙头打开，身后传来熟悉的声音："以后要骂人，别在有可能碰到同事的地方。"

"……"

博盈闭了闭眼，心如死灰。

她上下唇动了动，试图解释。还没等她说话，贺景修已经走了。

听完博盈发来的语音，迟绿戳了戳旁边人的手臂。

"一会儿我让圆圆去接博盈。"

博延点头："嗯。"

"我们那边是不是停了你以前的一辆车？"

博延挑眉看着她："怎么啦？"

迟绿说的那辆车，是博延前几年买的限量版，还是改造过的。

男人都爱车，博延也不例外。

他车库里车很多，很多是限量版。但因为平时上班，他大多数时候是等司机过来接，车相对沉稳一点儿。但偶尔他带迟绿出去，或是和朋友聚餐，大多数会开自己限量版的车。

迟绿想了想："我想让圆圆开着去接博盈。"

博延一怔，笑道："跟你诉苦啦？"

"算是吧！"迟绿不解，"你听听她这段语音。"

博延接过她的耳机，听完后拿出了自己的手机。

迟绿看着他这举动，眼皮跳了跳："你干吗？"

"程湛他们今天应该有空，让他们去吧！"

迟绿蒙了几秒，没忍住，笑了出来："行，你快点儿说，待会儿要没信号了。"

"嗯。"

迟绿想了想，道："如果程总去的话，最好让他带上向月明吧，免得那群人又误会盈盈。"

"知道。"

在这种事上，博延和迟绿一样考虑得很周到。

他给程湛打完电话，飞机起飞，两人都自觉地把手机调成了飞行模式。

而站在过道上和博延说话的白岚，也不知道什么时候回到了自己的位置上。

迟绿没把这事放在心上，但她承认自己是有些不舒服的。在自己没有参与过的那段时光里，博延认识了很多人，遇到过很多事。

这些，是他的回忆，但这段回忆里没有她。

她想起来，总会有点儿遗憾。

飞机落地后，已经深夜了。

一行人被节目组安排入住，一人一间。在综艺里，他们虽然扮演情侣，可实际上并不是。

迟绿手机没电了，也没太管，回房间洗漱后便躺下睡了，连博盈发来的消息都忘了回。

第二天早上八点，直播正式开始。

迟绿早早地起来了，和观众打招呼："大家早上好。"

直播间的观众看到她，纷纷发弹幕。

"一周没见了！我怎么觉得迟绿又漂亮了啊！"

"迟绿大美女啊！"

"迟绿今天怎么起得那么早，不赖床了吗？"

"迟绿迟绿，博老师在厨房呢！"

…………

迟绿看不到弹幕，拿着手机往楼下走，笑着说："我们这是最后一期，所以起早点儿，珍惜和大家在一起的时间。"她探了探头，忍不住感慨，"博老师还是起得比我早。我又输了。"

观众哈哈大笑。

听到声音后，博延回头看着她："起来了？"

"嗯嗯。"迟绿看了看，"做这么多早餐？"

博延看着她："忘了？"

迟绿愣了一下，这才想起："哦，对不起。"她笑笑，看着镜头说，"我们最后一期是三组嘉宾一起的，不过没住在一起，待会儿要一起吃早餐。"

他们这回住的地方是小木屋。

他们一起录制，可住宿分开，吃饭随意。

博延做好早餐，其他两组的嘉宾也起来了。

另外两组嘉宾都是演员，只是类型不一样。迟绿偶尔听颜秋枳他们说过，但没深入了解。

"博老师做的早餐？"白岚一进屋，便高兴地说，"谢谢博老师，辛苦了。"

博延："……"

迟绿："……"

另一位跟着进门的女演员邓蔓菁笑了笑，客套道："博老师辛苦，之前我看直播就一直馋，终于有机会能尝到了。"她笑着说，"这样吧，中午我和林泽做。"

林泽是她综艺里的恋爱对象，一个比博延小一点儿的男演员。

林泽点头答应："对对对，轮着来吧，正好一日三餐。"

博延倒是没拒绝："可以。"

迟绿弯了一下唇："先坐下吃吧！"

六个人坐下，镜头就在他们旁边。

迟绿坐在博延左边，邓蔓菁在她旁边。而博延的旁边，是白岚，紧跟着是白岚的恋爱对象。

这个位置算是乱坐的，但又好像有些讲究。

"白岚为什么要坐博老师的旁边啊？"

"我以为是女嘉宾一边男嘉宾一边，他们这样坐，是什么意思，我没看懂。"

"不都是瞎坐吗？粉丝管得真多。"

"六个人在一起也太养眼了吧？"

"不得不说，迟绿和博延两个不靠颜值吃饭的人，在其他四个人面前一点儿没输。"

…………

在观众热烈讨论的时候，饭桌上的六个人也在说话。

邓蔓菁和迟绿边吃边聊，说的都是日常。

说着说着，邓蔓菁突然推了一下迟绿的手臂，示意桌下。

迟绿一愣，还没来得及反应，博延忽然站了起来。

她抬头，错愕地看着他。

博延稍顿，抬手捏了捏她的脸，看向邓蔓菁："方便换个位置吗？"

两人换了位置，其他几个嘉宾沉默不语，不敢说话。

迟绿其实有点儿蒙，但她好像又知道点儿什么。

而直播间，此刻已经炸了。

"白岚做什么啦？"

"白岚是什么什么啊，她竟然能逼得博老师换位置，厉害啊！"

"白岚完了。"

"我就喜欢博老师这样的男人，快速和其他女人划清界限。我之前也遇到过这样的女人，吃饭的时候一直和我前男友聊，还矫揉造作地让我男朋友帮她挪菜，呵呵。"

"还好变成了前男友，姐妹。"

"她是不是当迟绿不存在啊？就算是假恋爱，做得也太明目张胆了吧？"

"白岚是不是不知道……这两年对博老师投怀送抱的女人都是什么下场啊？"

"什么下场？我看综艺才入圈的，之前只知道博老师是博钰编剧，其他的不了解。"

"不知道的姐妹要利用搜索啊！"

"看白岚的脸色，气死了吧？"

"迟小绿，你怎么这么能忍，给我手撕她。"

"不是，没有人觉得博延这样做很不礼貌吗？"

"呵呵，说他这样做不礼貌的时候，怎么不说白岚做得让他忍无可忍呢？"

………………

和直播间的热闹不同，饭桌上比以往更安静。

迟绿正在走神，旁边传来博延的说话声："先吃饭。"

迟绿啊了一声，抬起眼睫看着他："我吃不完。"

博延看了看她碗里的食物，忍不住笑道："早上多吃一点儿，实在吃不下了给我。"

他其实盛饭的时候特意给迟绿盛得少了很多，他知道迟绿的胃多小。

迟绿嗯了一声："好。"

邓蔓菁在旁边看着，笑道："吃不完给博老师，你这是要吃迟绿剩下的啊？"

博延："浪费食物不太好。"

林泽在旁边搭话："博老师，你这样让我怎么办？"

另一位男演员，也就是白岚的搭档姚望，也顺势道："是啊，博老师稍微克制点儿，给我们这群男人留点儿活路行吗？"

几个人开始聊起其他话题，氛围总算比之前好了一点儿。

迟绿侧眸看了看旁边的男人，桌下的手被他握住，轻轻地捏了捏，似是安抚。

在这种事情上，博延从不会让迟绿难受。

吃过早餐，编剧把剧本发给他们。

最后一期，三组嘉宾的目的地一样，都是游乐园。

这座城市有一个很大的游乐园，有很多好玩的项目。

迟绿之前没来过，拿到剧本后在网上搜了搜，还挺有兴趣的。

"博延，待会儿我们玩这个吧？"她指着其中一个项目说，"我喜欢这个。"

博延看了看，轻声道："行，玩什么都可以。"

迟绿瞥了他一眼，笑着说："好。那你别害怕。"

博延："……"

他突然有种不太好的预感。

博延有点儿恐高，这点迟绿是知道的。

他沉默几秒，盯着她看了一会儿："想做什么？"

"没有呀！"迟绿笑盈盈的，像一只小狐狸，"我就随便说说，到了再决定。"

车内安静了一会儿，迟绿避开不远处的镜头，低头刷手机。

她发现白岚和博延上热搜了，下面有骂白岚的，也有说博延不尊重女性、不给女性面子的，吵得不算激烈，但看着骂博延的那些话，迟绿非常不舒服。

她抿了一下唇，给博延发消息。

迟绿："刚刚饭桌上怎么回事？"

博延手机一振，收到迟绿的暗示后，拿出看了看："没什么事。"

迟绿："那你为什么换位置？"

博延："离你近点儿。"

迟绿："不换也很近。"

博延："嗯，但那样的话，我离另外一个女嘉宾也很近，怕你吃醋。"

迟绿："……"

她看着两人的聊天界面，有些无奈。她其实知道问博延问不出什么，他不会说别人的坏话，即便别人做了什么，博延只会远离，或用其他的手段打压，但他不爱告状，特别是对女人，他更不会说。

两人旁若无人地捧着手机聊天，观众隐隐约约发现了些猫腻。

"没有人觉得最后一期博老师和迟绿的状态有些不对吗？"

"这两人是不是真的谈恋爱了啊？"

"博老师对迟绿真的好宠啊！"

"这两人看对方的眼神，不仅是谈恋爱了吧……"

"观众都是火眼金睛吗？为什么我看不出任何东西啊？"

"希望是真的。"

到游乐园后，两人下车。

三组嘉宾一起到了，迟绿和邓蔓菁聊了两句，便凑在了一起。

"待会儿想去哪儿玩？"

迟绿想了想，指着一个地方说："我们先去这儿。"

邓蔓菁点头："我们去另一边。"

迟绿笑道："节目组应该也不想我们凑在一起。"

"是的。"

三组嘉宾分散开进了游乐园，迟绿已经有段时间没来了，这会儿看着哪儿都觉得新奇，眼睛里有掩饰不住的兴奋。

"博老师，我想去玩过山车。"

博延："……"

他无奈地睨她一眼，低声问："真想去？"

"想啊！"迟绿笑道，"你陪我排队就行，别上去了。"

博延："去吧，没事。"

"你不是恐高吗？"迟绿说，"还是别了，我一个人也可以。实在不行找个工作人员陪我。"

博延没答应，盯着迟绿看了一眼，问："工作人员不是你男朋友。"

"……"

迟绿一噎，好笑地瞪了他一眼："那你待会儿别腿软，你得陪我玩一天呢！"

博延嗯了一声："不会。"

游乐园人多，知道他们在录节目，路边还有很多游客拍照。

游乐园这种大地方，节目组不可能清场，而且清场了也会变得没意思，但相比之前，还是控制了人数。

冬日的阳光很好，晴空万里。

天气正好，不算太冷。迟绿被博延拉着，往过山车那边走。

他们来得比较晚，队伍已经有些长了。

迟绿看了看，有些心累："好多人啊！"

博延笑道："不会排很久，慢慢等。"

"嗯。"

两人随着队伍缓慢往前挪动，迟绿想到了什么，转头和博延道："我刚刚在车里看到了博盈给我发的消息。"

博延抬抬眼："嗯？"

想着博盈说的那些，迟绿忍不住笑说道："她说昨晚太爽了，有几个同事脸色铁青地看着她上了陈老师的车，一路都在给她发消息问她和陈老师是什么关系，还让她要签名照。"

昨晚在飞机上，博延其实让程湛去接人，但打电话的时候，好几个男人都凑在了一起，听说要去给博盈撑腰，都幼稚地表示有兴趣。

最后，连带着傅言致，四个人都去了。

博盈从日料店出来，同事正好奇地打探她要怎么回去、要不要送的时候，那四个人的车正好到了。

还没等博盈看见，先有人惊呼说有限量版豪车。

大家齐刷刷转头去看，正议论着不远处停着的两辆车的时候，里面的人出来了。

众目睽睽之下，四个人就像保镖一样看向博盈。

博盈在原地起码愣了一分钟，笑了起来。

"博盈，你笑什么？"

有同事好奇地问："刚刚那个谁说这两辆车都是限量版，价值三千万元以上，你说真的假的啊，你认识吗？"

博盈："认识。"

同事一怔，杜楠站在她旁边，更是意外："你真认识？"

"嗯。"

杜楠沉默了一会儿，直接说："我也想起来了，这车之前是不是上过新闻啊？说是从美国运回来的，每个款式只一辆。"

博盈微微一笑，看他们走近的身影，唇角轻勾道："不是。"

众人一愣。

她笑笑，看向望着她的同事，说："是德国改装送回来的，也不止三千万元。"

杜楠一顿，上下唇动了动："你怎么知道？你瞎说的吧？"

博盈挑挑眉，看向一侧安静着的男人："贺总，我是瞎说的吗？"

贺景修盯着她看了几秒，道："不是。"

众人愣住。

下一秒，他们听见了熟悉的名字。

"盈盈。"

其中一个男人走近，是陈陆南，所有人都认识陈陆南。

他们还没反应过来，博盈便笑着挥了挥手，语气轻盈地说道："这儿呢！"

她转头，看向呆若木鸡的同事，笑着说，"各位，有人来接我了，我先走了。"

说话间，她往陈陆南他们那边跑。

程湛瞥了她一眼，抬手拍了一下她的额头，皱眉道："喝了多少？"

博盈眨眨眼："程湛哥哥，我没喝多少。"

"一会儿告诉你哥，让他跟你算账。"

博盈看向姜臣："姜臣哥哥，我真没喝多少。"

"是吗？"

姜臣笑道："你不是不爱喝酒？"

博盈愣了一下，小声道："迎新呢，总不能不喝吧？"

程湛挑眉，往前走了两步，看向站着没动的贺景修，微微颔首："贺总，好久没见。"

贺景修一点儿也不意外，道："程总今天怎么有空过来？"

程湛扬眉，明白了他这话的意思。

他看着旁边那群探究的目光，直接道："她哥在忙，让我们过来接博盈回去。"他笑笑，道，"毕竟是小女生，喝了酒，家人不太放心。"

"嗯。"贺景修静默几秒，沉沉地说道，"抱歉，今天是我这边考虑不周，有时间我去博家登门道歉。"

"那倒不用。"程湛笑笑说，"只希望贺总多关照关照，她性格倔，有什么也不爱跟我们这群一起长大的哥哥说，我们也比较忙，要有什么事，希望贺总多担待。"

贺景修了然，答应着："放心。"他抬起眼睫看向只留给自己侧脸的人，眸子里闪过一丝异样的情绪。他笑笑，低低地道："这个程总不用担心。"

"行。"程湛看着一声也没敢吭的那群人，没再多言，"先走了。"

一众同事只能看着博盈站在四个男人中间被护送离开。

看着两辆豪车离开后，才有人回神。

"刚刚那是陈陆南？"

"和贺总说话的是程湛吧，近程的总裁对吧？"

"博盈和他们是什么关系啊？"

和博盈关系好点儿的女同事听着，幽幽地说了一句："不是都说了吗？他们是一起长大的兄妹。"

众人："……"

迟绿想着博盈给自己转述的那些话，都能联想到当时的画面。

她控制不住地想笑，戳着博延的手臂道："你下次什么时候让他们也去给我撑腰？"

博延挑眉，垂眼看着她："在哪儿受委屈啦？"

迟绿："我说未来。"

"嗯。"博延笑笑，淡淡地说，"到时候我亲自去给你撑腰，行吗？"

闻言，迟绿瞪大眼："就你一个啊？"

她语气怎么好像不是很满意？

博延低头，蹭了蹭她的鼻尖，亲昵地道："我一个还不够？"

迟绿听出了他语气里的醋味，笑着说："确实不太够，我想要多点儿帅哥。"

博延："……"

他捏了捏她的脸，冷漠地道："没有。"

迟绿一噎，小声咕哝着："你这是不是太霸道了点儿？"

"嗯？"博延像是听不懂的样子，不紧不慢地说，"我还担心自己这样让你察觉不到呢！"

迟绿："……"

"哦。"她笑道，"察觉到了，醋王。"

博延看她得意的模样，没忍住，低头亲了一下她的唇角。

这一亲，直播间的观众疯了。

"……"

"假对象是不会亲嘴的吧？"

"博老师别那么快松开，继续给我亲呀！"

"甜死我了，甜死我了。"

"'延迟'是真的！"

"不行了不行了，我这个老阿姨看个综艺笑得好猥琐啊！我好想把博老师的头按下去，让他们亲个天昏地暗。"

"我觉得这是剧本吧……其实这个恋爱综艺对他们来说就跟拍戏一样啊！"

"前面的闭嘴！他们不是演员，不需要拍戏。"

"……"

迟绿也有些愣了，感受着唇上的温度，眨了眨眼，看着博延，在问——你干吗？现在还在录综艺。

博延没吭声，目光温柔地望着她，让人无法抵抗。

迟绿被他看了一会儿，脸开始发热。

她抿了一下唇，自暴自弃地想，算了，反正大家迟早会知道。

正想着，博延又亲了她一下，声音低沉，带着蛊惑："不能亲？"

迟绿："……"

她现在深深怀疑，博延是故意的。

"能。"迟绿没好气地觑他一眼，"你随便亲。"

博延低低一笑，捏着她的手说："那不太好，还有人在看。"

迟绿噎住，在心底想着，你刚刚亲的时候怎么没想到这个。

当然，这些她只敢在心里说。她感觉自己一旦说出口，叛逆的博老师可能会给大家表演个十分钟亲吻什么的。

她虽然喜欢和他亲吻，但也不能在众目睽睽下表演。

博延看她心虚的小表情，勾唇笑了一下，没再得寸进尺。

在把握分寸这件事上，他向来做得很好。

轮到两人上去的时候，迟绿转头看了看旁边的男人，主动牵过了他的手。

博延失笑，看着她握着自己的手："没那么害怕。"

"嗯。"迟绿说，"那也要握着。"

博延笑："好。"

过山车对迟绿来说是刺激，对博延来说是煎熬。

他不太喜欢，但迟绿喜欢的话，他愿意尝试。

博延从过山车上下来，脸色确实难看了很多。

迟绿有些不忍，拿过一侧的水让他喝两口缓缓："还好吗？"

博延嗯了一声，喉结上下滚动："还好，不用担心。"

迟绿看着他："真的？"

博延点头，握着她的手说："你在旁边，没什么担心的。"

闻言，迟绿扬眉一笑，轻声道："这两年来过吗？"

"没有。"博延知道她问什么，"不对，拍戏来过两次。"

之前他当编剧时来过。博延虽然不会每天都在剧组，但大多数时候是在的，会跟着剧组奔波。

有部戏拍过游乐园的戏，他当时也在。那时候，博延想了想，看着男女主角在游乐园里嬉闹，有种想去把迟绿绑回来的冲动。

迟绿一抬头，就对上了他晦暗不明的眼神。她怔了一下，轻声问："怎么啦？"

"没事。"博延收回思绪，抬手抱了抱她，低低地说道，"迟绿。"

"啊？"

博延顿了一下，还是没把"以后如果还走，顺便把我带上"说出来。

他怕给迟绿压力，也怕她自责。

博延笑着捏了捏她的脸颊："去玩其他项目。"

迟绿嗯了一声："玩点儿轻松的吧！"

"好。"

两人在游乐园里玩着，除了最开始的过山车之外，迟绿没再选任何刺激的高空项目，基本上都在地面，最高也不会超过十米。

博延知道她在考虑自己，但也没拦着。

其实两人去游乐园次数不少，很多项目也体验过很多次，不在乎这一次。

后来，三组会合。

博延让迟绿和邓蔓菁去玩了玩别的高空项目，他在下面等她。

迟绿也没拒绝。

游乐园游玩结束后，三组嘉宾回了小屋。

考虑到早餐是博延和迟绿做的，午饭也是在外解决的，所以晚餐邓蔓菁提议由他们两组嘉宾完成。

迟绿和博延倒是无所谓，也不在意这点儿细节，但邓蔓菁觉得不能占便宜，还是要分工合作。

迟绿笑道："行，那有什么需要帮忙的直接说。"

"好。"

白岚看了两人一眼，在镜头看不见的地方撇了撇嘴，轻哂了一声。

迟绿和邓蔓菁听着，也不想和她计较。还在直播，有什么事等直播结束后再说。至少，迟绿是这样打算的。

迟绿和博延虽不用动手，但两人也没离开，时不时还会择菜、拿点儿东西什么的。

节目组准备的东西很多，因为有六个人，做菜比较麻烦，大家都提议简单点儿，吃火锅和烧烤。

食材都有。

博延主动揽下烧烤的活，迟绿拿着自己洗好的肉和菜走过去。

"现在就烤吗？"

博延嗯了一声，垂眼看着她："饿不饿？"

迟绿："还好。"她笑了一下，低声道，"我的别放太多油和盐。"

"知道。"

两人聊着，也没人过来打扰。

火锅快好的时候，博延也烤好了一大半。

"可以吃了。"

"博老师、迟绿快过来。"

"来了。"

六个人上桌，看着面前的食物，迟绿笑盈盈道："各位老师辛苦了。"

林泽笑笑："大家都辛苦了，这应该是在这儿的最后一顿晚饭吧？"

邓蔓菁道："是吧，吃得开心点儿。"

姚望笑道："多吃点儿，我先尝尝博老师的烧烤。"

博延颔首。

"哇。"邓蔓菁吃了一串，惊讶地说道，"博老师之前是不是开过烧烤店？"

博延挑眉。

迟绿扑哧一笑："邓老师夸张了。"

林泽几个人也跟着尝了尝，开玩笑地说："没夸张，味道真不错。"

迟绿扬扬眉，听着他们夸博延的话，有点儿开心，甚至比他们夸她还要开心。

大家其乐融融地吃着晚餐，和早上相比，白岚话少了一点儿，但她还是会和博延偶尔说句话。

其实他们说说话，迟绿是不在意的，但如果太过了，她当然会不舒服。

在白岚第 N 次让博延帮忙递东西的时候，迟绿掀了掀眼皮，淡淡地说："白老师。"

白岚一愣，茫然地看着她："怎么啦？"

迟绿笑笑，温柔地说："没事，我吃饱了，我去给你拿吧，博老师还没吃呢，让他先吃点儿东西。"

白岚愣住。

博延笑笑，把站起来的迟绿重新按回座位上，说："那我不允许。"

迟绿："……"

博延侧眸看着她，温声道："你只能服务我。"

"……"

迟绿噎住，没好气地看他一眼。

博延在桌下拉着迟绿的手，抬起眼看向白岚，把她要的东西递给她，道："白老师不方便，我帮帮忙是正常的。"他侧目看向白岚的恋爱对象，笑着说，"不过我女朋友醋意大，之后帮忙这事还是让姚老师来。"

姚望也不想把氛围弄得太僵，虽然他恨不得立马和白岚撇清关系。他笑笑，说："是我还不够努力，我立马改正。"说着，他问："白老师还要什么？我来弄。"

白岚沉默了一会儿，小声道："抱歉，我主要是看博老师离得比较近。"

没人说话。

白岚自顾自地圆了过去："姚望，我想要那个烧烤，帮我烤一点儿吧！"

姚望："没问题。"

六个人的这一段，让直播间再次热闹起来。

不出意外，白岚再次上了热搜。

热度比迟绿和博延在游乐园接吻，还要让人兴奋。

录制已经结束了，她回房间休息时看到的。

博盈休息时也看了直播，已经给她发了几十条消息骂白岚。

迟绿看着想笑，刚想回，博盈电话又来了。

"气死我了，气死我了！"博盈恼怒地道，"迟小绿，你打算就这样放过她吗？"

迟绿挑眉，疑惑地问道："你觉得我是这么好的人？"

博盈："……"

她沉默几秒，面无表情地道："当然不是，你是有仇必报的人。"

"这就对了。"迟绿弯唇笑笑，"再说了，其实这事我不做什么，你哥也会解决。"

就博延在圈子里的人脉，想让一个演员无路可走，真的非常容易。

只不过封杀的话，会显得他们太过火了，所以给点儿警告，也就算了。

博盈啊了一声："对哦，我哥最讨厌别人投怀送抱了。"

迟绿："那也没有吧？"她轻哼，"我看他还挺享受的。"

博盈眨眨眼，为她亲哥默哀了三秒钟，助力道："对，他真的太享受了，渣男。"

迟绿："……"

博盈继续道："这种男人就不该再交往下去，你把他甩了吧，我给你介绍更好的。"

迟绿："……"

她安静几秒，反问："你上司吗？"

博盈："……"

看着被挂断的电话，迟绿弯了弯唇。

她手机一振，是博盈发来的消息。

博盈："你如果再跟我提我的上司，我们就绝交！"

迟绿扬了扬眉，弯了一下眼："好，不说了，消气消气哦！"

两人闲扯了几句，迟绿刚想去充电，然后洗澡，忽然发现充电器还在博延的包里。

她叹息了一声，给博延发了一条信息，等了几分钟他也没回。

迟绿扬扬眉，拿着手机往外走。

她刚想去博延的房间，便听到了楼下传来的声音。

迟绿稍顿，转身往楼梯那边走。

门口，正站着两个人。

博延刚洗完澡出来，头发还湿漉漉的，他眉眼间满是不耐，望着出现的女人："有事？"

白岚抿唇，轻声道："博老师，我是过来道歉的。"

博延："不用。"

他看着她扒着门的手，皱了皱眉："还有事？"

白岚一顿，一鼓作气地说道："博老师，其实我也不差劲吧？"

闻言，博延总算给了她一个眼神："什么不差劲？"

白岚眼睛一亮，感觉看到了希望。

她直接说："博老师，大家都是聪明人，你肯定能听懂。"

博延轻哂："是吗？"他淡淡地道，"你这么聪明，为什么不去细想一下我听懂了还反问这件事？"

白岚愣住了，诧异地看着他："什么意思？"

博延冷笑，上下打量了她一眼："你想拿你和迟绿比？"

白岚上下唇动了一下，刚想说话，博延便冷冷地丢下一句："你也配？"

"……"

白岚瞪圆了眼睛，似乎没想到博延会说这种话。

"博老师，你……"

"博老师什么？"看够戏的迟绿站在楼梯口，道，"你是不是真以为博老师是温柔的绅士？"

迟绿走到博延的旁边，抬了抬下巴，道："白老师，不要给你台阶你不下。录节目时你勾引我男朋友的账还没算，现在送上门来把我和你比，你怎么不回去照照镜子？"她微微一笑，温柔地问道，"人心不足蛇吞象听过吗？"

第十一章 ／
"延迟" CP

迟绿和博延在某些地方，是相似的。

对外来者，从始至终都是冷血无情的。

白岚落荒而逃后，迟绿瞅着旁边穿着睡衣的男人，嘀咕了一声："招蜂引蝶。"

闻言，博延失笑："什么？"

迟绿轻哼："你听见了，还要我重复一遍吗？"

博延抓着她的手，勾了一下唇："讲讲理，我哪儿招蜂引蝶啦？"

迟绿顿了一下，想了想，博延这一天下来的举动，确实没给白岚多余的暗示，基本上是那个女人自己想出来的。

她可能以为，博延和他们圈子里部分男明星、部分导演一样。但在博延这儿，迟绿不打算认输。

她哦了一声，瞅着他，上下打量："你这张脸就很招蜂引蝶。"

博延："……"

他似有些无奈，低头蹭了蹭她的鼻尖，近距离和她对视，两人的呼吸似有似无地交缠在一起。

"好，怪我。"

迟绿："……"

他认错这么快，反而让她没有得意感。她抿了一下唇，仰头看了他一会儿，说："而且，你还不是只招了一个。"

"……"

女人要真的翻旧账，无论多小的事，过去了多久，她都能翻出来。

博延看着她的模样，大概能猜出她说的是什么时候的事。

他清了清嗓子，连忙岔开话题："还不困？"

"不困。"迟绿忽然好奇，"你们还有联系吗？"

博延抬抬眼，睨她一眼："你觉得呢？"

迟绿撇嘴，咕哝着："那我怎么知道？"

她眉眼耷拉下来，看着不怎么高兴。

博延稍顿，耐着性子，弯腰哄她："没有，一直都没有。"他含着她的唇亲了亲，低低地说道，"还记着呢？"

迟绿沉默了一会儿，摇了摇头。

其实她也不是记着，就是这件事对当时的迟绿而言，其实是有威胁的。

他们说的人，是博延的一个女同学，很喜欢他，也很优秀，长得漂亮，又有手段。

那时候对刚进大学的迟绿来说，其实是很有威胁的。那个女同学成熟又漂亮，举止优雅，各方面都很优秀。

她的出现，还一度让迟绿自卑过。

她羡慕他们同年级，羡慕他们有共同的话题。

虽然，博延好像也不爱和别人讨论什么，可她还是羡慕。

有时候她想，如果她和博延同年级的话，两个人的共同话题肯定会更多。

当时迟绿还跟他说过自己的想法，博延当时怎么说的来着。

她盯着博延，想起了他当时说的话。

"你想知道我跟你讨论，是不是同年级不是最重要的，我想不想和你讨论，才是最重要的。"博延哄她，认真地说道，"他们和我一样大，即便可能有共同面对的难题，但那些都和我无关。我们不会一起讨论，更不会一起商量。他们不是你。"

很神奇，迟绿当时就被哄好了。

博延懂得和那些人划清界限，她比任何人都清楚。

只是，她还是有点儿吃醋。

博延看着她安安静静的模样，柔声问："真介意？"他想了想，"那我以后不跟她们说话了。"

迟绿扑哧一笑，看他一眼："那你也太没礼貌了吧？"

"嗯？"博延挑挑眉，慢条斯理地道，"那怎么办？我女朋友是小醋王，看见我和其他女人说话就不开心，我不能让她不开心，至于礼貌问题，没有就没有吧，我女朋友不嫌弃就行。"

"……"

迟绿噎住，那点儿酸溜溜的感觉一扫而空。

她无奈地一笑，抬头望着他，亲了亲他的唇角："行，以后就这样做。"

博延答应着："好。"

博延看着她："回去休息？明天最后一天录制。"

"好。"迟绿看着他，"我们的关系，差不多算曝光了。"

博延抬眼："对你工作有影响吗？"

"没有太大的影响，我又不是明星。"迟绿在这件事上从不在意。

博延颔首："有影响跟我说。"

"知道。"

回到房间休息后，迟绿躺在床上想着刚刚发生的事。

其实迟绿没把白岚放在心上，就白岚那点儿手段，还不至于让她有威胁。但是，她一想到自己和博延分开的两年多，就有些难受。

她有些难受没有和他一起度过那段艰难的时光。

迟绿不怀疑博延对自己的感情。两人在奔赴对方的路上，想法一定是一致的，但她就是遗憾。

遗憾自己错过太多了。

当然，这也不是因为白岚出现才引发的。

无论是在和博延和好之前，还是现在，迟绿心底一直都藏着这件事，也一直在想，无数次后悔过，可又无力改变，甚至她觉得再重来一遍，她还是会错过。

迟绿真正睡着后，她好像做了很长很长的梦。

梦里有爸爸妈妈，有博延、博盈，还有很多好朋友，他们全在。

在看到他们出现后，迟绿奋力朝他们跑去，想和他们拥抱。可她一跑过去，他们便都消失了。

迟绿站在原地，只剩下她一人。

她错愕地看着周围。不仅人消失不见了，周围连一棵树都没有，是一片沙漠。

风呼啦啦刮过，模糊了她的双眼。

她开始在沙漠里奔跑，在沙漠里寻找。

筋疲力尽的时候，她好像听见了水声。她循着水声往前走啊走，看见了绿洲。

紧跟着，她的爸爸妈妈再次出现，和博延一起在那边等她。还没等迟绿走近，博延便朝她走了过来。

视线模糊地抬头的时候，她看到了父母望着两人在笑。

两人走近，站在他们的面前。

她听见了父母的声音："小延，以后迟绿就交给你照顾了。"

迟绿还没反应过来，还没来得及答应，他们再次消失了。

"妈！"迟绿大声喊着。

惊醒的时候，迟绿怔怔地看着天花板许久。她眨了一下眼，抬手拉了拉被子，把整个人都埋进了里面，试图逃避。

她不知道他们是不是真的放心把自己交给博延，可无论怎样，她都舍不得和博延分开。

梦里的那些画面，仿佛给了她真实的感受。

如果她一个人在沙漠里行走，她会很绝望，好像永远看不见尽头，可如果和博延一起，她不会。

即便是再也无法从沙漠离开，只要是和博延在一起，她好像也是愿意的。

人的一生，总要为自己努力一次。

敲门声响起，迟绿还蒙了一下："怎么啦？"

博延的声音从门外传来，他低低地问："醒了？"

迟绿起身开门，抬眸看向他："你怎么知道？"她揉了揉眼睛，不确定地问，"现在几点？"

"五点。"

迟绿："……"

她瞪大眼看着博延："啊？五点你就起来啦？"

博延敛目看着她，嗯了一声："是不是做噩梦啦？"

迟绿愣了须臾，讶异地看着他："你怎么知道？"

这屋子的隔音效果这么不好吗？

博延目光直直地盯着她看了一会儿，把人拥入怀里："嗯，猜的。"

迟绿："……"

她这会儿脑子还没太清醒，眨了眨眼问："这也能猜中？"

博延颔首，低低地问："还困不困？"

"困。"

博延了然，低声说："那再睡会儿，我在旁边陪你。"

"啊？"迟绿望着他，"八点不是还会直播吗？"

"不会让人发现。"博延捏了捏她的手心，牵着她往床边走，"安心睡。你睡着了我就走。"

迟绿虽还有些茫然，但也没多问。等她睡醒了再说，不急于一时。

两人掀开被子躺下，她看了看旁边的男人，轻声说："那我真的睡了啊？"

"嗯。"博延亲了一下她的额头，"睡吧，我在旁边。"

迟绿还真闭眼睡了。

旁边有热源，有熟悉的味道，她确实能睡得更安心一些。

没一会儿，迟绿便沉沉地睡了过去。

博延听着旁边人均匀的呼吸声，眉眼舒展了些许，他抬手，轻轻地碰了碰她拧在一起的眉头，叹息了一声。

也不知道看了多久，手有些发麻后，他才回过神。

他其实是真的听到了一点儿动静，房子的隔音效果一般，迟绿梦中惊醒，他恰好听到了。

至于为什么确信她做了噩梦，是因为博延也一样，做了噩梦。

他梦见，迟绿不见了。

思及此，博延轻哂了一声，有些看不起自己。

什么时候，他还会为这种事忧心到做噩梦。

迟绿再醒来的时候，房间里没有人了。

她伸手摸了摸，旁边的位置早已没了温度，但空气中还飘着男人的专属味道，让迟绿确信，博延的出现不是做梦。

最后一天录制，大家都很懒散，也不太能提起兴致。

编剧没再给剧本，也没让六个人凑在一起。

迟绿和博延起来吃了顿早饭，便约会去了。

这座城市在海边，两人去海边吹了一会儿冷风，骑了一会儿自行车，到外面吃了一顿午餐，又回到了小屋。

"还有最后半天。"迟绿看着镜头，想了想，说，"之后就在活动场上见了。"

她站在镜头前，笑盈盈地说："大家会想我吗？"

观众疯狂发弹幕。

"想啊，迟小绿，你和博老师一直录下去吧！"

"'延迟'到底是不是真的？能不能给个回应啊？"

"姐妹们，下周就有剪辑版播出了，肯定会有个人专访，我觉得节目组为了点击率和播放量，一定会在专访搞事情的。"

"蹲专访。"

"迟小绿是不是要去参加时装周了啊？"

"说真的，看这个综艺，我总觉得看到了博老师和迟小绿的婚后生活。"

"太甜了，甜到我想找博老师谈恋爱。"

"不，你不想，迟小绿是博老师的。"

…………

观众热烈地讨论着。

她和博延在沙发上坐了一会儿，忽然有任务了。

"这是什么？"

"快问快答啊？"

迟绿看了看，有些无语："我和博老师互相问吗？"

不远处的工作人员点头。

迟绿："……"

她沉默了一会儿："我们很多事情彼此知道。"

工作人员："观众不知道。"

迟绿噎住。

她和博延对视了一眼："你那边都是什么问题？"

博延刚想说，工作人员便说道："看了就不算快问快答。"

两人对视一眼，在彼此的眼底看到了无奈。

行吧，反正也不担心什么。

快问快答的问题，其实是和他们这个综艺有关的。

问答正式开始。

迟绿先问博延："第一个问题，博老师看到我的第一时间是什么感觉？"

博延："小。"

迟绿："……"

观众："……"

工作人员："……"

两人对视一眼，博延坦荡荡地说："当时就是这个感觉。"

迟绿哽了一下，意识到他说的是当年第一次见到她的时候。

她哦了一声，慢吞吞地往下问："接触过后觉得我怎么样？"

博延敛目看着她，很轻地笑了一下，像是在回忆："漂亮、胆大、机灵。"

"……"

观众和工作人员一脸蒙，你们到底在说什么？为什么和他们看到的迟绿不

一样?

博延但笑不语,迟绿当年是真的漂亮又胆大,还有点儿鬼机灵。

和博盈藏在被子里看男明星,两人偷偷出去上网,还去酒吧,被他当场逮住的时候,迟绿一脸无辜地望着他:"博老师,我不知道这儿是酒吧,我就是看外面装潢得特别漂亮,想进来看一眼。我看看就走,没有要喝酒的。"

博延拿她根本没办法,只能叹气。

他偶尔抓到她逃课,她也会理直气壮地告诉他:"我旷课是因为我真的有点儿心烦,想出门散散心。我要是不出门散心,我就可能会和老师吵架,与其两败俱伤,倒不如我牺牲就好。"

偶尔,她的理由多到让博延无话可说。

他是真的拿她没办法。

迟绿看着他的眼神,也想到了自己以前的那些事。她拿过一侧的杯子喝了一口水,道:"下一个问题。"

博延:"好。"

问题不算多,到最后一个的时候,是节目组问的,问博延对迟绿是什么时候心动的、因为什么。

恋爱综艺都喜欢这样。

听到问题,博延笑了笑,目光直直地看着迟绿,想了想,说:"具体时间忘了,具体因为什么也忘了。"

迟绿:"你必须说。"

博延看向不远处的镜头说:"是真的忘了什么时候心动的。"

迟绿:"……"

观众也觉得这个回答不怎么样。

大家正打算鄙视博延的时候,他又说了一句:"但对她心动后,就再也看不上其他人。"

他的世界里只剩下她在拨乱他的心弦。

观众静默几秒,开始疯狂发弹幕。

"我死了,我死了。"

"博老师不愧是编剧啊!"

"呜呜呜,对她心动后,再也看不上其他人。"

"博老师的这个意思是,只对迟绿心动过?"

…………

迟绿眼睫一颤，抿唇笑了一下："好，谢谢博老师的回答。"

博延看着她："换我了？"

"嗯。"

问题差不多，迟绿的回答，和博延很相似，但又有些不一样。

最后一个问题，一模一样。

迟绿失笑，看向镜头，问道："能不能多点儿创意呀？这问题博老师回答过，我的答案和他一样。"

众人："……"

很好，不仅仅博老师"会"，迟小绿也很"会"。

她想了想，看向镜头说："被博老师喜欢，是让我随时随地窃喜的一件事。"

这是真的。

只要想到博延喜欢自己，她就很开心。以前这是她藏起来的秘密，但现在，她愿意和大家分享。

博延一怔，轻笑了一声："我也是。"

综艺录制结束，两人第一时间上了热搜。

回去的路上，迟绿看了看微博，全是在说两人最后的眼神，以及各种问答，他们甚至被粉丝称为是神仙爱情。

博盈还给她发了个"超话"过来，是"延迟CP"的。

迟绿："……"

博盈："我是小主持人，终于申请到了。"

迟绿："你怎么那么闲？"

博盈："周日啊，我好羡慕你啊！"

迟绿："羡慕我什么？"

博盈："你们什么时候结婚？"

迟绿："……"

迟绿看着博盈的消息，觉得她莫名其妙。

她怎么就忽然扯到结婚这件事上啦？

下一秒，博盈给她发来了"超话"截图，全是粉丝问的——两位到底什么时候结婚？

迟绿没忍住，轻笑了一声。

博延侧目："笑什么？"

迟绿没多想，举着手机给他看："粉丝也太有意思了吧！"

博延嗯了一声，接过她的手机盯着看了一会儿。

迟绿看他专注的模样，挑了一下眉："你看什么？"

博延把手机还给她，道："没什么。"

迟绿刚想说话，博延忽然问："不回答吗？"

"回答什么？"迟绿去看其他两组嘉宾的热搜，随口道。

"回答，"博延靠在椅背上望着她，"我们什么时候结婚。"

迟绿脸上的笑一滞，她惊讶地望着他："你说什么？"

博延垂眼看着她，一字一顿地说："我们什么时候结婚？"

"……"

迟绿安静了三秒，眨了眨眼睛："你认真的？"

博延颔首。

迟绿蒙了几秒，有些扛不住他灼灼的目光。

她有点儿怀疑，自己此刻要是拒绝的话，博延是不是会把她谋杀，或者是把她绑着去结婚。

迟绿想了想，望着他："太早了吧？"

博延："哪儿早？"

"我们才刚和好呢！"

博延："嗯，我们谈恋爱已经近七年了。"

迟绿一愣，有些意外。

七年，博延是把分开的两年多也算了进去。

她怔了须臾，垂下眼，说："那也有点儿早，我不想那么早结婚。"

闻言，博延倒也没勉强。

"行。"

他答应得太爽快，反而让迟绿不知道说点儿什么。以她对博延的了解，他不是这么容易松口的人。

"看什么？"

博延抬手揉了揉她的脑袋："要不要睡会儿？"

"不是很困。"

博延嗯了一声，拿出手机问："待会儿飞机上睡？"

"好。"

到机场后，迟绿还没想通博延松口的原因。

博延看她思索的模样，觉得好笑。其实他松口真没有什么别的原因，他只是觉得无论结不结婚，迟绿都跑不掉了。

她对婚姻、对未来有恐惧，不想那么早决定，那他就再等等。

在这件事上，博延的耐心比他自己想象中要好很多。

未来几十年，无论等多久，只要最后迟绿选择的人是他，那就够了。

博延要求不多，仅此而已。

回去的路上，迟绿一直都没想明白，索性不想了。

两人下飞机后，是徐铭泽过来接他们。

"博总，迟小姐。"

迟绿笑笑，亲切地和他打招呼："徐助理辛苦了。"

徐铭泽："不辛苦，应该的。"

迟绿扬扬眉，看向博延："你怎么也不说话？"

"说什么。"博延冷漠地说道，"你说就行了。"

迟绿："……"

醋王。

两人上车，徐铭泽很知趣地没和迟绿多聊。

他老板在对迟绿这件事上，比谁都小气，他可不敢拔老虎毛。

车内安静了一会儿，迟绿戳了戳旁边人的手臂："博老师。"

博延垂眼看着她，低低地问："怎么啦？"

迟绿想了想，看着他："你是不是生气啦？"

博延："生什么气？"

迟绿："就那个事。"

博延："没有。"他哭笑不得，"我生什么气？"

迟绿抿了一下唇，狐疑地看着他："那你怎么这么快放过我？"

博延一噎，无奈地问："我是那么小气的人？"

"也不是。"

博延嗯了一声，淡淡地说："反正你也跑不掉，你想恋爱就恋爱，想结婚就结婚，对我而言都一样。"

"……"

他说到这儿，迟绿才发现，果然是自己想多了。

博延没给自己挖坑。

她咕哝道："再等等吧，我刚回国呢，恋爱的事已经让静仪姐头疼了。"

博延失笑，轻声答应着："好。"他低头，亲了亲她的唇角，"不要给自己压力，我等得起。"

迟绿睨他一眼，小声说："你说得我像是渣女。"

博延挑眉，意味深长地看了她一眼，似乎是在问——难道你不是？

迟绿摸了摸鼻尖，不说话。

好吧，算起来她确实像渣女。

两人下车，进了电梯，迟绿看了看，说："博老师。"

"嗯？"博延刚要说话，他的手机响了起来。

迟绿指了指："你先接电话。"

"好。"

博延低头看了一眼，是博盈的。

"博盈的。"

"啊？"迟绿有些蒙，"那你要接吗？"

"信号不好，出去接。"

话音刚落，电梯到了七楼。

门打开，博延推着行李往外走，顺势拉着她。

蓦地，他脚步停下。迟绿跟着停下，一抬头，便看到了博延家门口站着的三个人。

走廊上的自动感应灯忽然暗了下去，让迟绿看不清他们的模样，也让她看不见未来。

迟绿下意识地想往后退，想从博延掌心撤离。

她的手指还没来得及有动作，只轻轻地动了一下，男人便像懂了一样，把她的手握得更紧了。

迟绿一怔，抬眸看向他。

没有人出声，也没有脚步声，走廊的灯光一直没亮。只有另一边高高的窗外，月光洒了进来。可这点儿光，不能让迟绿看清他此刻的神情。

正当迟绿想这个僵局要如何打破的时候，博延率先出声，语气冷漠地问："你们来这里做什么？"

他偏头看向博盈。

博盈腿一软，举着双手摇摆："不是我，不是我，我没说。"

她也不知道父母怎么知道他们住这儿的。现在，博盈都无比后悔刚刚在楼上为什么不问一声就开了门。

当然，即便她不开门，他们也知道博延住在楼下。可此时此刻这样的场景，她就觉得又是自己做错了。

走廊的灯亮了。

裴婉玉盯着迟绿看了许久，压了压怒火，转向博延："你打算让我们站在这儿说话？"

博延敛下眉眼，侧眸看向迟绿："先去楼上休息？"

迟绿怔了一下，看着他："你确定？"

"嗯。"博延捏了捏她的掌心，"把这里交给我，你和博盈回去睡觉。"

迟绿哦了一声，反应迟缓了几秒："那我走了。"

博延的家事，她无法插手。

迟绿担心自己看见那两个人，又会动摇。她不想，也不愿意。

博盈默默地往他们这边挪动，小声说："哥，那我们先上去了。"

博延颔首，看着她："照顾一下她。"

博盈："知道。"

从头到尾，迟绿都没正眼看那两个人，更没打招呼。

她觉得自己现在还没那么大度，能和他们打招呼。

两人走后，走廊又安静了下来。

博延抬了一下眼，漠然地问："你们想去哪儿谈？"

裴婉玉愣了须臾，错愕地看着他："你问我们？"

博延低头看了一眼腕表，面无表情地说道："家里没收拾，不太方便请两位进去，外面谈？"

裴婉玉被他气得火冒三丈，当即便忍不住朝他骂道："博延，我是养了个白眼狼吧！你现在胳膊肘往外拐，是真的不需要你爸妈了，是吗？"

"……"

博延站在原地，任凭她骂。

裴婉玉骂了好几句，才停下。

"说话，你是哑巴吗？"

博延轻哂，自嘲地一笑："我是不是白眼狼，您不是早就知道？"

裴婉玉："你真是疯了，鬼迷心窍了是吧！我当初就不该让你和迟绿接触，就不该同意你们在一起！"

闻言，博延掀起眼皮，眼神凌厉地看着她："您也记得当初？"他讥讽道，"我还以为您忘了呢！"

裴婉玉："你……"

"好了。"一直没说话的博华出声，看向两人，"都别吵了。"他闭了闭眼，看向博延，"真不打算请我们进去？"

博延顿了一下，敛下眸子看了两人一眼，终归是开了门。

夜深了，他们出去也没地方。

他看了一眼身后的两人，还是拿了两双鞋出来。

两人换上，往屋子里看了一眼。

屋子里很干净，也很敞亮。但看着不像是常年居住的样子，很多东西的摆放也比较随意。

裴婉玉看了一圈，冷嘲道："为了她，你愿意蜗居在这种地方？"

博延没理会，转身进了厨房。

他给两人倒了水。

放下后，博延也没坐下。

他靠墙站着，垂下眼问："有什么想说的一次说完，想骂的也一次骂完。"

裴婉玉瞪圆了眼睛，不可置信地看着他："你什么意思？"

博延抬抬眼，看向博华："您让我回公司接手的时候答应过什么，博总还记得吗？"

"……"

博华没吭声。

他当然记得，可就是不太愿意承认。

"你一定要和迟绿在一起？"

博延："这个问题，您很早就问过了。"

博华："你就不担心，迟绿是回来找你报仇的？"

闻言，博延笑笑，唇角轻勾，问道："报什么仇？"

博华老脸被他气得通红，话到了嘴边，却无论如何都说不出。

"你自己心里清楚。"他厉声道，"迟绿和你在一起，目的绝对不单纯。"

博延挑挑眉，语气平静地道："是吗？"他不紧不慢地道，"那挺好。"

裴婉玉："你知不知道我们在说什么？她和你在一起，不是真的还爱你，她只是想从你这儿拿到公司的股权，给她爸妈出口气。"

博延听着想笑，真觉得这两人被别人洗脑了。

他笑着问道："那又如何？"博延看着两人，"如果她要，我现在就能把公司全转到她名下。"

"你……你是不是疯啦？"没等博华开口，裴婉玉立马站起来骂道，"那是你爷爷、你爸爸他们一辈子的心血。"

博延："哦。"他轻声提醒，"你是不是忘了一件事？一年前如果不是你们求着我回公司，这份心血已经早就宣告破产了。"

博延没想和两人多说什么，冷冷地说道："如果你们现在想收回给我的权力，可以，我现在立马从公司走，不然就按照之前答应的，永远不要干涉我做的任何决定。"他深呼吸了一下，一字一顿道，"我之所以请你们进来，是因为我觉得你们没到不可救药的地步。"他垂眼看着博华，"您考虑清楚。"

屋子里安静了许久。

博华手里捧着博延刚刚端出来的水杯，水是温热的。他暖了一下手，抬起眼看着博延："就一定要这样？"

博延没吭声，默认了。

博华轻哂："我们做错过一次事，即便改了，也再无法被原谅是吗？"

"如果他们还活着，你们还有机会。"

裴婉玉听到这话，火冒三丈。

她刚想训博延，被博华拉住了。他淡淡地点了一下头，倒是没太勉强。

"我今天和你妈过来，并不是为了把你和迟绿强硬地分开，也不是为了拿回公司的所有权，我们只是单纯地过来看看博盈和你。"

博延依旧不说话。

博华叹息了一声，淡淡地说："人老了，可能才会去反省自己曾经做过的事到底对不对。"他苦涩地一笑，"那件事是我们对不起迟绿和你，也是我和你妈太急功近利了。"

他们当时，只想着赚钱，抓住机会，让博汇更上一层楼。

其他的，无论是亲情友情，还是合作伙伴，全丢掉了。

在当时而言，他们确实是不后悔的。兵不厌诈，商场也是战场，很正常。

但对博延和迟绿来说，他们看不上这种手段。

博延不想听他这样的忏悔，也觉得没有任何意义。

他直接打断："还有什么事？"

博华顿了一下，淡淡地说："没什么事，我和你妈过来还想说一声，公司交给你就是交给你了，我们打算出国住一段时间。"

博延一怔，有些意外。

博华笑笑："明天就走，不出意外的话，这几年应该都不会回来。你也不用担心迟绿见到我们会不开心。"

博延敛下瞳眸，看向他："医生怎么说？"

"瑞士那边适合休养，我和你妈从决定让你回公司的那天，就已经放手了。你说我们虚伪也好，其他的也罢，总而言之，我们是真放手了。你也不要在意你妈说的那些话，她向来嘴硬心软。"

博延不太喜欢他们说这些话，做了就是做了，现在忏悔有什么用？

博华看他沉默不语的样子，也不再多说。

"不打扰你们了。"他顿了一下，低声道，"替我们和迟绿说声抱歉。"

"不用。"博延毫不犹豫地拒绝。

博华沉默了半晌，叹息一声。

"行，你多看着点儿博盈。"

博延颔首，这事不用他们交代，他也会做好。

门打开，外面的冷风灌进来。

博延混沌的脑子好像清醒了两秒，看向他们："谁送你们过来的？"

"司机在外面等着。"

博延了然，没再多问。

他抬手按下电梯，闭了闭眼说："注意安全。"

得到博延这句话，博华忽然觉得这一趟值了。他嗯了一声："知道。"

进电梯后，他抬眸看着博延，上下唇翕动了一会儿，终归把到嘴边的话换成了："走了。"

博延应了一声。

电梯门关上，他看着缓缓下降的楼层，有些走神。

他正想着，身后传来脚步声。

博延一回头，便看到了从安全通道那边下来的迟绿。

"怎么没去休息？"

迟绿看着他："嗯。"她抿了一下唇，侧眸看着他，"他们骂你啦？"

博延看她担心的神色，好笑地道："没有。"他抬手，用力捏了捏她的脸，"进屋，跟你算账。"

"啊？"迟绿蒙了一下，眨了眨眼睛，"为什么要跟我算账？"

博延敛下眼看着她："刚刚看见他们，是不是想躲？"

迟绿："……"

她眼神乱晃，并不承认："我哪儿有，我就是觉得我们在你爸妈面前明目张胆地牵手，怕把他们气进医院。"

博延一噎，差点儿被她说服了。

"是吗？"

迟绿理直气壮："对啊，他们看到我难道不气吗？"

博延："也没有那么夸张。"

迟绿轻哼，小声道："感觉你妈都想过来把我杀了。"

"……"博延稍顿，低低地道，"抱歉。"

迟绿一顿，没好气地瞪了他一眼："再道歉我就生气了啊！"

博延笑笑，低头亲了亲她的唇角："那不道歉。"

迟绿嗯了一声，看向他："真的没骂你？"

"没有。"

"那他们过来干吗？不是来拆散我们这对苦命鸳鸯的吗？"

听着迟绿这话，博延那点儿坏心情一扫而空。他弯唇笑笑，低声问："不介意啦？"

"介意啊！"迟绿认真地说，"但我知道，他们是他们，你是你，你和博盈跟他们不一样。"

其实很早之前，她就明白这个道理，只是过不去心里那一关罢了。

博延颔首，揉了揉她的脑袋："谢谢。"

迟绿斜睨他一眼："你还没说呢，他们过来干吗？"

"说点儿事。"博延顿了一下，道，"以后不用担心碰见他们。"

迟绿一怔，诧异地看着他："为什么？"她瞅着博延的神色，细想了一下，想到了之前刘华说博华身体不好，静默了几秒，"他们是打算离开这儿？"

博延颔首："瑞士那边有专业的医生，也比较适合休养，他们去那边。"

迟绿哦了一声，敛下眸，看着两人碰在一起的脚尖，轻声问："什么时候走？"

"明天。"

迟绿点点头，看向他。

博延和她对视，蹭了蹭她的鼻尖，低声问："看我做什么？"

"你不告诉博盈？"

博延微怔，喉结轻轻滚了一下："在想。"

"说一声吧！"迟绿轻声道，"你去楼上说一句，我先去洗个澡。"

博延："好。"

等迟绿洗漱完，博延打完了电话，甚至在次卧洗了澡。

两人对视一眼，博延朝她招了招手："头发是不是又没吹干？"

迟绿："差不多可以了。"

博延没说话，拿着吹风机往她那边走："不吹干容易头疼。"

"哦。"

房间内很安静，只有吹风机的声音在耳边不断响起。

迟绿感受着吹风机的温度，眼睫低垂，也不知道在想些什么。

到收拾好躺下，迟绿看了看旁边的人："晚安。"

博延吻了吻她的唇角，把人拥入怀里："晚安。"

迟绿闭上眼，可一闭上眼，脑海里全是博延和那两个人的神情。

她内心是讨厌他们，甚至有些恨他们。可迟绿又清楚，他们对博延而言意味着什么。

在对博延这件事上，其实他们没有太大的过错。即便有，好像也并不是完完全全不可原谅。

迟绿没有了亲人，不想让博延也变得和自己一样，很多东西失去后才深觉后悔。

即便，他可能不会表现出来。可迟绿知道，站在他的角度而言，他是难做的。

他就算再讨厌他们，他们只要是没有虐待过他，他心里还是给他们留了一个位置的。亲情不是那么容易断的。

他们对博延，没有大的过错。她也不希望博延在未来几十年后悔。

有时候很多事，能释怀尽量释怀，放过自己，也放过其他人。

她正想着，旁边有声音传来。

"睡不着？"

迟绿睁开眼，看向他："你不也是？"

博延轻笑了一声，低声道："是有点儿。"

迟绿张开手，抱了抱他："博老师，你是不是没打算去送他们？"

博延顿住，轻轻地应了一声："有人会送。"

迟绿静默了一会儿，轻声道："那不一样的。"

"他们今晚过来亲自跟你说，是希望你去送的。"

博延自然也清楚，可他又觉得，送和不送没有太大区别。

"不用。"他亲了亲她的唇角，"他们没有这个意思。"

迟绿仰头看着他："他们有，你自己也知道。"

博延："……"

迟绿望着他，眼睛明亮："去送送吧，说不定他们几年都不回来了。"

博延垂眼看着她，低声问："不介意？"

迟绿想了想："会有点儿，但我不想让你遗憾和后悔。"

她即便恨他们，也不希望博延被自己同化。

博延是他们的孩子。

博延看着她，有些于心不忍。

"怕你不开心。"

迟绿扑哧一笑，蹭了蹭他的脖颈："是会有点儿，所以你把他们送走后，回来记得哄哄我。”

博延顿住，喉咙发涩，轻声答应着："好。"

迟绿并不是什么善良大度的人，只是不希望博延有遗憾。

万一有什么事，她不敢去想，博延是不是会后悔。

次日清晨，博延醒来时，迟绿还在睡。

听到声音，迟绿迷迷糊糊地睁开眼："这么早？"

"嗯。"博延低头吻了吻她的唇角，低声道："你再睡一会儿。"

迟绿睡眼惺忪地答应着，轻声道："那你注意安全。"

"知道。"

"记得把博盈叫上。"

博延笑笑，揉了揉她的头发："好，安心睡吧！"

"嗯嗯。"

没一会儿博延便出去了，还顺手给她带上了房门。

屋子里忽然安静了下来，迟绿盯着紧闭的房门，其实有点儿闷，不是很开心。

她深深地叹了一口气，把手臂压在眼睛的上方，深呼吸了一下，压了压那些烦闷的想法。

几秒后，迟绿睁开眼看了看旁边空着的位置，也没心思继续睡下去。

她掀开被子起床，直接上了楼。

圆圆诧异地看着她："迟绿姐，你怎么这么早起来？"

迟绿嗯了一声，笑了笑说："有点儿饿了。"

圆圆眨眨眼，连忙说："可我还没做早餐呢！"

"不做早餐了。"迟绿想了想，眉眼弯弯地看着她，"我们今天出去吃。"

两人收拾好，出了小区。

迟绿住的小区地理位置好，四通八达，去哪儿都很方便。周围有高档的餐厅，也有路边摊。

她很喜欢小区左边的一家小笼包，只是职业原因不能吃太多，经常只能吃一两个解解馋。但今天，她突然想放纵了。

"去吃小笼包吧！"

圆圆看着她，迟疑地道："确定吗？那个热量很高。"

迟绿："现在才早上，我吃完了今天就运动消化掉。"

圆圆纠结两秒，提醒她："过不久要去时装周了。"

迟绿嗯了一声："我知道。"

看她这样，圆圆也不敢多说："好，那去吧！"

迟绿也不在乎店内环境，找了个位置背对着大门坐下。

点好她要吃的，圆圆坐在了她的对面。

两人对视了一眼，圆圆托腮望着她，想了想问："迟绿姐，你是不是心情不太好？"

迟绿挑了一下眉："没有呀！"

圆圆："你有。"她静默了一会儿，低声说，"你要是有什么不开心的，可以说出来，这样心里会好受一点儿。"

闻言，迟绿笑："好。"她轻勾了一下唇，"今天没有，纯粹是早上被博老师吵醒了，有点儿烦。"

圆圆点点头，笑着说："可是你跟博老师在一起后，睡眠质量变好了啊！"

迟绿："……"

她眨了眨眼，道："从哪里看出来的？"

"气色，你也不怎么在车里睡觉了。"

"……"

迟绿回忆了一下，好像还真是这样。

以前她在家睡不好，跑活动的路上经常在后座睡得东倒西歪。

迟绿幽幽地叹了一口气。

圆圆不解地看着她："叹什么气？"

迟绿沉吟两秒，望着她说："我怀疑博老师给我下蛊了。"

不然怎么能让她这么痴迷呢？

圆圆："……"

她隐约觉得，自己在吃"狗粮"。

小笼包味道特别好，刚出锅，迟绿蘸着辣椒吃得很开心。

不知不觉，迟绿便吃了五个。

她看着还剩下的三个，依依不舍地放下了筷子："圆圆你吃吧！"

圆圆："记得运动。"

迟绿："知道。待会儿我不跟你一起回去了，我去找清影，之前她说给我做旗袍，让我自己去选料子，我一直都没去。"

"好。"

和圆圆分开后，迟绿去了季清影那边。

季清影和傅医生住对门，迟绿问过季清影后，还特意给她带了一份小笼包。

"傅医生上班去啦？"

季清影回头睨她一眼，说："不去上班我哪儿有空陪你。"

迟绿："……"

她翻了一个白眼说："你倒也不用把重色轻友说得那么理直气壮。"

季清影挑眉："嗯？难道你不是？"

两人对视了几秒，相视一笑。

迟绿噎了噎，把小笼包递给她："凉了，热热吃。"

季清影笑："行。"

两人进了厨房。

季清影侧眸盯着她看了一会儿，什么也没问。

"待会儿试试我新设计的旗袍？"

"我能穿？"

"你的身材什么旗袍不能穿？"

迟绿听着，眉梢稍扬："这倒是，我就喜欢听你这种大实话。"

季清影睨她一眼。

季清影吃完东西，迟绿去试旗袍。

她身材好，也适合穿旗袍，不会因为太瘦而有违和感。

季清影看了看，点评道："还不错。"

迟绿扬扬眉："真的？"

"你照镜子。"

迟绿笑了，看了看镜子里的自己，回头望着她："给客人做的还是给我做的？"

季清影回到工作台那边，淡淡地说："你想要就拿走。"

迟绿啊了一声，纠结了几秒："有点儿想，但我又想要你专门给我做的。"

季清影："……"

最后，迟绿在季清影这儿不仅要到了已经做好的旗袍，还另外订了一套专属自己的。

"最近忙不忙？"

季清影看着她："我还好，你呢？"

"半个月后时装周，得过去。"

季清影了然，点点头说："博老师陪你去吗？"

"应该不会。"迟绿趴在她对面的桌上，叹息道，"他很忙。"

闻言，季清影抬起眼看了看她，笑了笑："那也不一定。"

迟绿眼珠子转了一下，没反驳。

他去不去暂时都还不确定。

中午吃饭时，两人都懒，直接点了外卖火锅。

季清影看她这架势，就知道她的心情是坏到了极点，不然她不会这样放纵自己。

"心情不好？"

迟绿啊了一声，抬眼看着她："什么？"

季清影拍了拍旁边的位置："聊聊天？"

迟绿一笑，坐过去靠在她的肩膀上："也不是不行，傅医生会吃醋吗？"

"女人的醋有什么好吃的？"

迟绿挑眉："是吗？"

季清影睨她一眼，笑着说："别转移话题，说吧，跟博老师闹矛盾啦？"

迟绿摇头。

季清影安静三秒，低声问："因为他爸妈？"

迟绿点了点头："有一点点，他们今天走。"

季清影愣了一下，倒是不知道这个事。

"出国？"

"好像是说去那边定居，环境好，适合休养。"

季清影点点头，表示了然："你让博老师去送人啦？"

迟绿："……"

她狐疑地看着季清影，还没问你怎么知道，季清影便笑着道："你可能自己没发现，在很多事情上，博老师其实是把你的感受放在第一位的。他知道你必然会不开心，即便是内心觉得自己应该尽一尽责任去送送，可只要考虑到你，他就不会去，除非你开口了。"

迟绿无言，季清影猜对了。

她也正是因为知道这个，才会让博延去送的。

"嗯，是我说的。"她轻叹了一口气，"我知道他们不好，可不想博老师未来后悔。"

季清影揉了揉她的头发，轻声道："我知道，但你也会不开心。"

迟绿点头。

"唉，我感觉自己也很矛盾。"

"有什么可矛盾的，你这种心理很正常。"季清影好笑地看着她，"要是还觉得不开心，待会儿吃完饭我陪你去逛街吧！"她眨眨眼，"刷博老师的卡，购物绝对能让你开心。"

迟绿："也不是不行。"

她其实就是有点儿闷，想找人说说话。但有些话和博盈说不太好，陈新语也在上班，她只能找会开导人的季清影。

吃过午饭，两人在家睡了一个午觉，然后去了商场。

六点多，博延过来接她。

他看了一眼她旁边放置的东西，扬了扬眉："还有什么要买的？"

迟绿沉默了一会儿，瞅着他道："想买的都买了。"

博延嗯了一声："真没有啦？"

迟绿："没了。"她仰头看着他，忍不住问，"你什么毛病，这些还不够吗？"

博延应了一声，把她拉起来，笑着说："怕你还没刷开心，要不再去多买点儿？"

"……"

迟绿噎住，睨他一眼："不要，走了，回去吧！清影知道你要来接我，先走了。"

博延颔首，上车后，侧眸看向她。

"先不系安全带。"

迟绿一愣："为什么？"

下一秒，博延伸手把她抱了过去。

迟绿一怔，和他对视："你干吗？"

这个姿势，稍微有点儿让她不自在。

博延敛眸看着她，捏了捏她的脸颊："今天都做了什么？"

迟绿："……"

她看着他的瞳仁，知道他不是开玩笑。

"吃饭逛街。"

博延："中午吃了什么？"

"火锅外卖。"想到这儿，她有些难受，"早上还吃了小笼包，我逛了一下午，应该消化了吧？"

博延抬抬眼，算了算："应该没有。"

迟绿："……"

她瞪了他一眼，咕哝着："你就不能骗我一下？"

"不行。"博延笑，低头亲了亲她的唇角，低声道，"我在想一件事。"

"什么？"

"我们家生了一天闷气的小姑娘，我要怎么哄才能哄好？"

迟绿抿了一下嘴角，耳朵热了热，看着他的眼睛说："自己想。"

博延笑笑，蹭了蹭她的鼻尖，温热的呼吸落在她的脸颊上，声音忽然放低，轻声问："我献身怎么样？"

"……"

迟绿一脸蒙，不敢相信自己听到了什么。

"你说什么？"

博延看着她讶异的神色，慢条斯理地说："我想了想，你喜欢的东西，除了逛街刷卡之外，就只剩我了。"他继续道，"把我送给你，能哄好吗？"

迟绿："……"

有那么一瞬间，迟绿怀疑自己的耳朵出现了问题。

她应该是幻听了，可一抬眼对上博延瞳仁里的笑，她知道，自己没听错。

她噎了噎，一时间完全不知道该如何反驳拒绝。

博延含笑看着她，低头蹭了蹭她的鼻尖："怎么不说话？"

迟绿："……"

她无话可说好吗？

"你怎么……"她没好气地睨他一眼，咕哝着，"不要脸。"

博延勾了一下唇角，嗯了一声："不喜欢我这样？"

"……"

迟绿静默了一会儿，没说话。

两人目光相撞，深深地吸引着对方。他的眼睛里像有磁铁一样，让她舍不得挪开目光。

停车场很安静，只有偶尔响起的引擎声和轮胎与地面摩擦的声音。但因为车窗隔音效果还不错，那些听得也不怎么真切。

灯光不是很明亮，稀疏地分散在各个角落。有光从窗外洒进来，影影绰绰地让她能看清他的模样。

不知道过了多久，博延忽而低下头，目光灼灼地看着她，声音压低，带着一丝说不清道不明的诱惑："真不要我这样哄你？"

"……"

迟绿眨了眨眼，在博延的注视下，大概是鬼迷心窍了，竟点了点头。

"也不是不行。"她小声说，"那看博老师今晚的表现。"

博延挑了一下眉，顺势亲了下来，含糊不清地说道："嗯，那先让博老师表现一下吻技。"

话音落下，他便捏着她的后颈低头亲了下来。

迟绿就坐在他的身上，正好方便了他的动作。

他的手指在她后颈处游走，指腹粗糙，让她细腻的肌肤有些不适，酥麻感遍布全身。

她张嘴，承受着他的亲吻。

两人鼻尖偶尔会亲昵地蹭在一起，博延舌尖往里探，她不由自主地回应。

做这些的时候，他温柔又不急躁，像是真的在给迟绿表演他的吻技。

光是亲吻，迟绿便已经有些热了。

她感觉自己被他亲着，尾椎骨都在发麻，有电流流过一样。

他一只手在她的后颈处游走，另一只手顺着后背往上，触碰她的肌肤。

迟绿眼睫一颤，身子往他那边靠："博……"

"嗯。"博延低沉地应了一声，嗓音沙哑，"怎么？"

迟绿晃了晃脚，咬了一下他的唇提醒："在车里。"

博延蹙眉。他顿了一下，忽而咬了咬她的鼻尖，声音像是裹了水，沙哑地问："车里怎么了？"

"……"

看迟绿惊恐的表情，博延继续往下亲着她的唇角，轻咬了一下，暗示意味十足："不是更刺激吗？"

迟绿瞪大眼睛看着博延。

博延一笑："没有？还是不敢？"

迟绿没忍住，抬手拍了他一下："你别乱来，我不想上热搜。"

她怕明天有什么不堪入目的热搜，迟绿觉得如果那样，自己可以去跳江自尽了。

博延轻笑了一声："就只担心这个？"他想了想，"那我尽量轻点儿？"

迟绿："……"

他垂着眼看着她，轻哄着说："你不出声，就不会有人拍。"

"……"

迟绿的脸开始发热，全身像是煮熟的一样。她正在思考的时候，忽然对上了博延的笑。

几秒后，她生气地起来离开。

博延忍着笑："怎么了？"

迟绿瞪了他一眼。

博延笑笑，靠在她的脖颈处忍不住笑了。

他弯了弯唇，逗着她："真相信了？"

迟绿："……"

她没忍住，推了推他的脑袋："你好烦。"

亏她还真的认真思考了一下，这件事的可行性到底有多少。

博延低低地笑出声，让迟绿更为窘迫。

她没好气地看他一眼，张嘴咬了一下他的肩膀，道："硬邦邦的。"

博延挑眉："嗯？"他把人往下压了压，低声道，"你不是正好喜欢？"

"……"

察觉到博延在做什么后，迟绿想立马跳车。

这个人现在为什么变成这样啦？

"回家。"迟绿瞅着他，"快点儿，我没吃晚饭，饿了。"

博延笑笑，没再继续："行，回家先把你喂饱。"

后面一句话还没说，迟绿就知道他要说什么。她斜睨了他一眼："你把最后一句话收回去。"

博延笑道："行，听你的。"

晚上有些堵车，迟绿托腮望着窗外，嘴唇还有些麻。但莫名其妙，她又有点儿期待和紧张。

她不说话，博延一时间也无法确定她的心情好不好。

安静了一会儿，他侧眸看了看迟绿："都买了些什么？"

迟绿啊了一声，看着他："衣服和包。"

"没啦？"

"鞋子，还有一些饰品。"

博延颔首，挑眉问："没我的？"

迟绿："没有。"

实际上她买了。

博延扬眉，开玩笑地说："真的啊？那博老师有点儿伤心。"

迟绿："你是女人吗？"

博延侧眸看着她。

迟绿小声咕哝着："没给你买东西就伤心，男人都不会在意这种小细节。"

博延笑道："别人我不在意，我女朋友也不给我买，那我在意。"

"……"

他说得理直气壮，反而让迟绿不知道该说什么好了。

她瞥了他一眼，轻哼道："哦。"她摸了摸眉毛，说，"可我不开心啊，为什么还要给你买东西？"

博延无话可说。

迟绿看他被自己噎住的表情，感觉报仇了。

她弯了弯唇："生气啦？"

博延："没有。"

他还不至于因为这点儿小事跟她生气。

迟绿笑着拉了拉安全带，转头望着窗外说："博老师。"

"嗯？"博延应着，"怎么？"

"你难过吗？"迟绿直勾勾地盯着外面掠过的景物，轻声说，"要是难过的话，待会儿我也哄哄你吧！"

博延一怔，笑了笑："行，待会儿等你哄我。"

借着红灯，他勾了勾迟绿的手指，动作亲昵，让迟绿能感受到他的温度。

迟绿垂眼看着，心跟着怦怦跳动。

她很喜欢和博延这样靠近，也很喜欢他对自己做的这些小动作。

很奇怪，这会儿让她有一种，他们的心无时无刻不连在一起的感觉。

到家后，迟绿转头看着他："博盈还好吗？"

博延："应该还好。"

迟绿哦了一声，眨了眨眼："她们应该也没吃饭吧，你多做点儿？我让她们下来一起吃？"

博延："……"他想了三秒，颔首道，"可以，你早点儿下来。"

迟绿忍不住问："怎么，你担心我不下来？"

博延坦然地承认："嗯，确实有这方面的担心。"

迟绿噎住，无话可说。

她到楼上的时候，博盈正在房间里睡觉。

"圆圆，晚上打算吃什么？"

圆圆看着她："迟绿姐，博盈姐心情不太好，说不吃。"

迟绿笑道："行，你去做两个菜吧，待会儿端下去，我们一起吃。"

圆圆点头："好，那你想吃什么？"

迟绿想了想："博盈喜欢吃酸菜鱼，家里有鱼吗？"

"有。"

"那就做酸菜鱼吧，做两个肉菜，她喜欢吃。"

"好。"

跟圆圆交代完，迟绿去了博盈的房间。她敲了敲门，里面传来闷闷的声音：

"圆圆，我不饿。"

迟绿挑眉，直接推开了门。

听到声音，博盈掀开被子看了一眼。

看到迟绿，她愣了一下："你怎么上来啦？"

闻言，迟绿开玩笑地问："我不能上来？"

迟绿到博盈的旁边坐下，戳了戳她的脸颊："我回来看看迟小迟。"

博盈撇撇嘴，指着一侧一直在闹的小猫说："迟小迟在那儿，你把它抱走吧！我要睡觉，它一直在这里吵我。"

迟绿笑道："真的是吵你？"

她看着迟小迟的动作，弯了弯唇："它在陪你。"

迟小迟跟其他的小猫有点儿不同，乖顺又温柔，还能听得懂人话、感受到人的情绪变化。

有时候小动物比人更懂得交流，更暖心。

迟小迟大概是察觉到了博盈低落的心情，一直趴在她的床边，安安静静地陪着她。

听到迟绿的话，迟小迟抬起小脑袋看了她一眼，往她这边走了过来。

迟绿一笑，一把将小猫抱了起来。

她伸手，揉了揉它的小脑袋，温声道："迟小迟，我们的博盈姐姐不开心，你快点儿哄哄她。"

博盈："它听不懂啊！"

"它听得懂。"迟绿轻哼，举着迟小迟的爪子晃了晃，"来，跟我们博盈姐姐握个手，告诉她要开心一点儿，好不好？"

博盈刚想拒绝这么白痴的动作，迟小迟忽然从迟绿手里挣脱出来，往她这边走过来。

它踩在她的被子上，深邃的蓝眼睛望着她，然后趴下，朝她伸出了爪子。

动作定格了几秒，博盈不可置信地瞪大眼："它……也太聪明了吧？"

迟绿轻哼，骄傲地说道："那当然，它可是迟小迟呢！"

博盈扑哧一笑，幼稚地跟迟小迟握了握手，轻声道："谢谢你呀！"

迟小迟像是听懂了一样，伸出脑袋蹭了蹭她的掌心。

毛茸茸的触感，让博盈的心情也瞬间好转。

两人在房间里逗了一会儿猫，迟绿观察着她脸上的笑，别开眼笑了笑："怎么样，心情好点儿了吗？"

博盈："是迟小迟哄好的，不是你。"

闻言，迟绿也不和她争辩："是是是，那迟小迟是我买的呢，也代表了我。"

博盈噎住。

迟绿好笑地揉了揉她的脑袋，低声道："你还有哥哥呢！"

哪儿像她，一个亲人都没有了。

博盈一怔，小声道："你还有男朋友和妹妹呢！"

迟绿："哪个是妹妹？"

博盈瞪大眼看着她，反手指了指自己："难道我不是吗？"她生气地说道，"哇，迟小绿，你是不是从没把我当妹妹？"

迟绿笑了，认真提醒她："博盈，我没记错的话，我们一样大。"

"差几天也是妹妹呀！"博盈得意扬扬道，"反正我比你小。"

迟绿："……"

她无话可说，也不想辩驳："快点儿起来，下楼吃饭。"

博盈："我哥下厨？"

"嗯。"

博盈眼睛一亮，立马爬了起来："那我马上去，沾你光啊，又可以吃到我哥亲手做的菜了。"

迟绿："……"

是不是沾她光她不知道，但她可以确定，即便没有自己，博延今晚也会亲自下厨。

博延不是一个喜欢把很多话挂在嘴边的人，除了跟迟绿偶尔会说得多点儿，逗逗她之外，对博盈他一直都是在用别的方式维护的。

他对博盈的感情，是迟绿羡慕的。

以前迟绿就一直很羡慕这两个人。

她是独生女，虽然有表弟表妹，但隔得太远了，基本上没什么交流。偶尔爸妈回老家，迟绿也不爱和那些人玩。所以她对博延和博盈的这种兄妹之情，很羡慕。

三人下了楼。

圆圆做了酸菜鱼和红烧肉，博延也做了红烧鱼、排骨和里脊，还有汤和小菜，都是博盈喜欢的。

迟绿看着，忍不住笑道："吃饭吃饭，我要饿死了。"

博盈眼睛开始放光："哇，今天好丰盛啊！"

博延看了她一眼："洗手了没？"

刚打算拉开椅子坐下的博盈动作一顿，道："立刻去。"

博延扫了她一眼，问："要不要喝点儿什么？"

博盈惊奇地看着他："可乐可以吗？"

博延："不可以。"

博盈噎住，无语地道："那你还问？"

"大冬天喝可乐，你觉得合适吗？"博延冷声道，"奶茶喝不喝？"

博盈："喝。"她转头看向迟绿，小声说，"我哥今晚不正常啊，竟然允许我喝奶茶。"

迟绿："……"

她瞅了博盈一眼，无奈地说："嗯，可能是今天签了一笔大单子吧！"

博延听着两人的讨论，有点儿不知道该说什么。

奶茶送得很快，他们吃到一半，便送了过来。

博盈吃得很开心，瞬间觉得什么都不是事了。

博延看了她一会儿，收回了目光。

迟绿低头笑了笑，只觉得有趣。她正想着，手被人握了一下，碗里也多了一块排骨。

她对上博延的目光，他低低地说道："多吃点儿。"

迟绿弯了弯唇："好。"

听到两人的咕哝声，博盈也热情地说："迟小绿今晚别减肥了，多吃点儿，实在不行一会儿你拉着我哥去跑步。"

最后，胃口都不是很大的四个人，几乎把全部食物都消灭了。

博盈和圆圆走的时候，两人撑得扶着墙离开了。

迟绿觉得好笑："真那么夸张？"

博盈回头看了她一眼，认真地点头："真的，太撑了。我们回去了，你们早点儿休息。"

博延应了一声，看着她："锁好门。"

"知道。"

把残局收拾好，迟绿往墙边站着，是真的有点儿吃多了。

博延洗好碗出来，她正举着手机在看。

他站在原地盯着她看了一会儿，忍俊不禁。

"还站？"

迟绿点点头，耷拉着嘴角说："真吃多了。"

博延笑着盯着她看了一会儿："我先去洗澡。"

迟绿哦了一声："你去吧！"

博延往前走了两步，忽然又停了下来。

"迟绿。"

"啊？"迟绿把注意力从手机上转移到他的身上，"怎么啦？"

博延顿了一下，走到她的面前问："要不要一起？"

话音一落，没等迟绿反应过来，她的手机被男人拿走，人被带进了浴室。

浴室里水温升高，玻璃门被氤氲的雾气弥漫，看不清外边，外边也看不清里边。

她的衣服被水打湿，紧紧地贴在身上。

她能感受到男人的手，能听见他的呼吸声拂过耳畔。

哗啦啦的水声和低吟声混在一起，在夜色下悦耳又动听，让人有些难耐。

博延喉结滚动着，压着她的双手往下亲。

迟绿有点儿发软，有些受不住他这样的撩拨。

有那么一瞬间，她觉得身体已经不再是自己的，也不听自己掌控了。她明明有些想拒绝，有些受不住，可又主动地在承受他给予的一切，甚至回应他。

"博老师……"她轻声喊着，声音呜呜咽咽的，像是小猫的叫声一样。

男人低沉沉地答应着，喉结上下滚动，眼眸里是化不开的浓墨，看得她心尖发颤。

"我在。"他答应着，让迟绿很有安全感。

浴室里的水声不知何时停了下来，周围的一切都被放大。

呼吸声，还有身边人的触感，所有的一切，都在耳边放大。

迟绿控制不住想挣扎，可又舍不得。她被博延亲着，根本说不出话。

两人在浴室折腾了许久，浴缸里的水打湿了地面。

迟绿觉得，博延这回真的有些狠了。

回到床上，迟绿闭着眼，感觉到天花板下的灯在晃。

她嗓子已经哑了，都不想说话了。

忽然间，博延轻咬了她一下。

迟绿一怔，瞪大眼看向他："你……你……在干吗？"

博延含糊不清地应着，眼眸深得像化不开的墨，低低地说："哄你。"

"……"

博延低头吻着她，密密麻麻的吻落下，让她无法抵抗。

"不要……"她轻哼。

"什么不要？"他慢条斯理道。

"……"

迟绿眼睫轻颤，像小扇子一样。

之后，她闭着眼，感受着他给的一切，感受着他的温度，他对自己的取悦。

卧室里有暧昧的声音传出，让人听得面红耳赤。

迟绿把手挡在眼睛的上方，咬着唇尽量不让自己出声。

窗外风停了，灯光好像也变得模糊。

迟绿的视野范围变得模糊不清，整个人像是在海里漂浮的船一样，浮浮沉沉。

也不知道过了多久，迟绿身体到达某个点后，博延才放过她，换了一种方式哄她。

他低头吻着她的唇，沙哑地问："累了？"

迟绿："……"

她不想说话，一想到博延刚刚做的那些，既觉得羞耻，又很享受，隐约地还有点儿自豪感。

自豪感是怎么来的，她也很莫名其妙。

大概是因为，这个男人愿意这样取悦自己，愿意那样哄自己。

"你怎么……？"迟绿想着，突然说了一句。

闻言，博延咬了一下她的下巴，低低地说道："没良心。"

迟绿："……"

她觉得自己挺有良心的。

博延亲着她，继续自己的动作。他温柔，但并不节制。

最后，迟绿感受着他的力度，听着他的呼吸声以及他给自己的一切。

折腾了不知道几回，等迟绿真的沾床就睡的时候，博延还在动。

她有些无奈，睁开眼："你干吗？我真的好累好困了。"

"不动你。"博延亲了亲她的脸颊，低声说，"你睡吧！"

迟绿："……"

可是博延的手还在她的身上啊！她要怎么睡？

她睁开眼，和他深邃的桃花眼对上。

安静了三秒，迟绿抬手主动抱了抱他，轻声哄着："好了啊，博老师！"她小声说，"他们不爱你，但我爱你啊！"

博延一怔，敛下眸子看着她。

迟绿小声咕哝着："你再来，我就不爱你了。"

博延低低一笑，吻了吻她的唇角，含笑问："真的？"

"嗯。"迟绿感觉自己要累死了，郑重其事地点点头，"真的，睡觉吧！"

博延："好。"他喉结上下轻轻地滚动，在她的耳边落下一个吻，"我也爱你。"

他非常非常爱迟绿，是那种这辈子都无法割舍的爱。

迟绿笑笑，主动往他怀里靠了靠："我知道。"她闭着眼，嘟囔着，"睡觉了，明天我也还在。"

她知道博延不开心，父母去国外对他而言，其实是有影响的。即便他们对他并不是很好，也没有很爱他，可终归那是生他养他的亲人。

迟绿能理解他的感受，也能理解他的心情。

其实有时候，她觉得自己是幸运的。

父母虽然不在了，可他们始终是爱她的。和博延、博盈不一样，他们渴望爱，却一直未曾得到。

在他们的内心世界里，一直都是患得患失。

博延笑笑，把人拥得更紧了些。

"好。"他拉了拉迟绿的手，轻声说，"要每天都在。"

次日醒来，迟绿以为博延不在家。

她在床上缓了缓，等身体稍稍适应了些许才艰难地爬了起来。

她的脚刚踩到地毯，房门被人推开。

迟绿动作一僵，抬头看向门口出现的人。

博延还穿着家居服，神色慵懒地望着她，眉眼舒展，瞳眸里漾着笑。

注意到迟绿的动作，他勾了一下唇，朝她走来："不睡了？"

"……"

迟绿眨眨眼，嗯了一声："你没去公司？现在几点啦？"

"十点。"博延淡淡地说，"一会儿去。"

迟绿："……"

她被他抱进了浴室，看博延把挤好牙膏的牙刷递给她后，迟绿慢吞吞接了过来，含糊不清问："那你在家干吗？为了等我起来？"

"嗯。"博延抬抬眼说，"怕你骂我没良心。"

迟绿一噎，娇嗔地看了他一眼："我什么时候说过？"

博延笑笑，看她心虚的模样，也不拆穿她。

刷完牙，迟绿刚把牙刷放好，博延便拧开了洗脸巾。

她眉眼弯了弯，也不接，主动把脸凑了过去："你给我洗。"

博延弯了一下唇，答应着。

在服务迟绿这件事上，他很顺手，也很乐意。

伺候她，对博延而言是他的荣幸。

他很喜欢宠着迟绿，在允许的范围内，希望她把所有的一切都交给自己。

那会让他有自豪感。

洗漱过后，两人往餐厅走。

"你做了早餐啊？"

"嗯。"博延看着她，"喝粥还是喝豆浆？"

迟绿眼睛一亮："豆浆吧！"

博延打了豆浆，从厨房里端了一直热着的小笼包。

迟绿愣了一下，惊讶地道："你去门口那边买的？"

博延颔首。

迟绿狐疑地看他，想了想，问："你想吃啦？"

"你不是喜欢？"博延淡淡地说，"吃一点儿，早上没事。"

迟绿想了想，自己昨晚体力消耗也挺大的，吃点儿确实不算什么大事。

她嗯了一声，倒也没客气。

博延也还没吃，在对面陪着她吃完，收拾好，才准备去公司。

迟绿下午要去工作室，自然没办法跟着他去博汇。

"和助理一起出门？"

迟绿点头："嗯。"

她看着博延："你干吗？我又不是没有一个人出过门，你快去公司吧！"

博延应着，垂眼看着她："注意安全。"

"好。"迟绿仰头盯着他看了一会儿，主动亲了亲他的唇角，哄着，"博老师快去上班吧！"

博延笑笑，低头轻吻了一下她的唇角，才轻声答应着："好。"

博延走后，迟绿在家磨蹭了一会儿才回了楼上。

她开门的时候，圆圆正在看走秀视频。

迟绿扬扬眉，凑过去一起看。

"迟绿姐，静仪姐跟我说，我们今年可能要提前过去。"

迟绿愣了一下："那边还有其他工作？"

"好像是。"圆圆也不是很清楚，轻声道，"反正她跟我说让我提前做准备。"

闻言，迟绿也没太大意见："好。"她笑笑，"那就早点儿过去吧！"

两人收拾完，去了工作室。

林静仪看了看她，笑笑说："越来越漂亮了。"

迟绿挑眉："静仪姐，我哪天不漂亮？"

林静仪拍了拍她的肩膀，笑着道："我说的是你被爱情滋润得越来越漂亮了。"

迟绿眨眨眼，但笑不语。

林静仪笑着看向她："和博总的事不打算公布一下？"

"公布什么？"迟绿下意识地问，"我们的关系，不是都默认了吗？"

林静仪想了想，确实是这样，但还是会有人问——他们是不是演的。

"你说得有道理，但网上和圈内总有人怀疑你们拿了恋爱综艺剧本。"

迟绿："……"

她哭笑不得，趴在桌上思考了几秒："那随意吧，主要是这突然说自己恋爱了有点儿怪，以后如果有记者问到了或者是其他的，我再回应怎么样？"

林静仪点头："行。"

两人开始聊关于不久后的时装周，迟绿已经定了几大品牌的走秀。

林静仪在和她协调时间："赶得过来吗？"

迟绿点点头，认真地说道："没太大问题，之前比今年还要多两场也试过。"

林静仪失笑，看着她："怎么还这么拼？"

迟绿啊了一声，想了想，说："因为还有个需要花钱的愿望没实现。"

林静仪一怔，顺口问："是什么？能说说吗？"

迟绿沉吟了半晌，道："包养博老师。"

林静仪："……"

迟绿看她噎住的表情，笑盈盈地说："我没开玩笑。"

她一直都有这个愿望。只不过以前和现在相比，好像更难了一点儿。

林静仪没把她的话当真，和她聊其他的。

"对了，徐清妍那事你问过她了吗？"

迟绿点头："她说休息一段时间，回来再找我谈，她愿意来我们工作室就来，不愿意也不勉强。"

林静仪颔首，盯着她看了一会儿："你一直这样？"

"什么？"迟绿看着她。

两人对视一眼，她才明白林静仪的意思。

她想了想，轻声道："能帮就帮，就像你当年帮我那样，不是吗？如果当时你没帮我忙，说不定我也不会有今天。"

迟绿一直信奉的理念都是——举手之劳，能帮则帮。

林静仪静默一会儿，嘴唇翕动："迟绿，当年我帮你那次，其实最开始我没有……"

后面的话还没说出口，迟绿的手机响了。

"啊？"她看向林静仪，又看了看来电显示，"清妍的，我先接电话。"

林静仪颔首："接吧，一会儿说。"

迟绿到一侧接电话，林静仪盯着她看了一会儿，有点儿纠结到底要不要把事情的真相告诉她。

当年她帮迟绿，确实是真的帮了忙。但如果不是旁边有人暗示，林静仪是不会注意到迟绿的。

她那会儿没觉得多奇怪，可前段时间见到博延，很多事好像就有了根据。

当时她为什么会听到那几句话，为什么会注意到迟绿，其实都是有人故意制造出来的。

很多事情，没有那么多意外。意外大多数是有人为你精心策划的。

接完电话，林静仪看着她："徐清妍回来啦？"

她听到了迟绿说的话。

迟绿点头，无奈地道："我得去机场接她，她现在还在机场。"

林静仪颔首："行，你去吧，让圆圆送你过去。"

迟绿嗯了一声，看着她："对了，静仪姐，你刚刚要跟我说什么？"

林静仪沉默了一会儿，直勾勾地看了她几秒："没事没事，不是什么大事，下次跟你说，顺便给你介绍我们工作室新签的模特。"

"好。"迟绿拿过一侧的包，眼睛弯弯地说道，"静仪姐辛苦。"

从工作室离开，迟绿和圆圆去机场。

她看了看，博延给她发了好几条消息。

迟绿挑眉，慢吞吞地回了过去："博总上班怎么也'摸鱼'？"

博延："忙完了？"

迟绿："暂时是。"

博延："要不要来公司看电影？"

迟绿："可能去不了，我约了其他人。"

博延："……"

看博延的省略号，迟绿有点儿想笑。

她还没想好要回什么，博延电话先来了。

"博老师，下午刚开始上班。"迟绿提醒，"你怎么就开始'摸鱼'啦？"

博延："我是老板。"

迟绿一噎，小声咕哝着："老板就这么明目张胆吗？"

博延笑了一下，低声问："约了人？"

"嗯，准备去吃点儿东西。"

博延应了一声："行，在哪儿吃？"

迟绿道："干吗？你还想要来偶遇吗？"

博延思索了一下她这个提议，含笑道："应该可以。"

迟绿笑着，无奈地道："那你可能赶不上，是清妍回来了，我去机场接她，肯定要和她一起吃饭。"

闻言，博延抬了抬眼："自己开车？"

"圆圆。"

博延了然，没再多问："注意安全，有事给我打电话。"

"知道。"

安静了一会儿，两人都没把电话挂断。

迟绿忍笑，轻声问："你怎么不挂电话？"

博延："在等你挂。"

迟绿哦了一声，压了压自己那上翘的嘴角，有些说不出的开心。她嗯了一声，想了想说："那我挂了啊，博老师记得专心工作。"

"好。"博延喉结轻轻滚动，答应着，"空了可以找我聊天，我今天不忙。"

迟绿："……"

挂了电话，圆圆侧头看着她。

"迟绿姐。"

"怎么啦？"迟绿惊讶地看着她，"你这眼神是干吗？"

圆圆笑着说："我感觉博总和之前我见到的一点儿都不一样。"

迟绿扬眉，笑着问："你之前见到的他，感觉什么样？"

"就特别高高在上，气场十足，很高冷。"

迟绿："有吗？"

她一直都没觉得博延高高在上。

圆圆思索了一下："我也不确定这个形容对不对，我的意思就是……博老师之前感觉很有距离感，但现在我发现也还好。"

而且，博延在恋爱这方面，甚至比普通人要更黏人。他会经常给迟绿打电话，就是寻常的聊天，偶尔会开玩笑，我给你打电话就是为了提醒你，在外面玩也要记得想你男朋友……总而言之，圆圆就是觉得他和其他人非常不同。

迟绿忍着笑，想了想说："他一直这样。"

圆圆狐疑地看着她，小声问："博盈姐说你们很早之前就在一起了，以前也这样吗？"

迟绿点头，也不知道想到了什么，忍俊不禁地道："以前更幼稚。"

以前她和博延在一起的时候，博延有过更幼稚的行为。

因为迟绿年纪小，刚上大学那会儿，博延就对她千叮咛万嘱咐，让她别看到年轻的就跟人跑了，还跟她说她不适合跟同龄人谈恋爱。

迟绿当时觉得好笑，还特意问他："那我适合跟什么年龄的人谈恋爱？"

博延非常厚脸皮地指了指自己："你只适合跟我谈恋爱。"

迟绿又好气又好笑，觉得他对自己真是自信到了极点。

现在想想，她又觉得博延当时的说法是对的。

迟绿不适合跟同龄人谈恋爱，就适合和博延谈恋爱。

她就应该和博延在一起。

两个人的缘分，很多东西，好像早就有了剧本，被冥冥之中绑在了一起，任谁也无法挣开。

圆圆看着她脸上的笑，也颇为感慨。她必须承认，回国后，迟绿比在国外开心多了。

两人到机场，徐清妍已经在快餐店里等着了。

她看着慢吞吞的两人，指了指自己桌上的东西："你们再不来，我要把这些吃完了。"

迟绿挑眉，笑了笑说："吃完也没事，反正你没工作。"

徐清妍噎住。她瞪了一眼迟绿，没好气地问："你是故意来气我的吗？"

迟绿耸肩，笑盈盈地说："我是来戳你心窝子的。"

徐清妍翻了一个白眼。

迟绿笑笑，也不和她继续这个话题："走吧？"

徐清妍点头："嗯呢！"她看了一圈，低声道，"有人在看你，我是不是得跟你一起上热搜？"

迟绿："热搜哪有那么容易上？"她并不在意旁人的目光和那些举起的相机、手机，淡定地说道，"要拍就拍，反正我今天化妆了。"

徐清妍："……"

她无言以对。

把徐清妍接上，三人也不是很饿，直接回了家。

"迟小迟呢？"

迟绿："……"

她张望了一下，猜测道："可能在我房间睡觉。"

徐清妍震惊地看着她："你竟然允许你的猫上你的床睡觉？"

迟绿："嗯。"

徐清妍沉默了一会儿，好奇地问："博总不生气？"

迟绿还没来得及解释，路过的圆圆毫不客气地说道："迟绿姐不睡她的房间，她在楼下睡。"

迟绿："……"

徐清妍："……"

她眉梢稍扬，意味深长道："原来如此。"

"……"

迟绿其实觉得，她和博延是男女朋友，睡在一起很正常。但不知道为什么，被这两人揶揄，让她觉得自己做的是什么见不得人的事。

她想了想，把脑海里的念头清除出去，理直气壮地问："我们在谈恋爱，不能睡一起吗？"

两人："……"

迟绿轻哼："我们又不是谈柏拉图式的恋爱。"

徐清妍忍着笑，搂着她的肩膀道："你变了啊，迟小绿。"

迟绿睨她一眼："没有啊，我谈恋爱一直这么厚脸皮的。"

徐清妍无言，叹了一口气说："我也想谈恋爱。"

"怎么？"迟绿好笑地问，"你出门旅游那么多天，没遇到对象？"

徐清妍脸上的笑一滞，她顿了顿，说："对象没有。"

迟绿听着，觉得这话说得有点儿怪。她刚想追问，迟小迟就从另一边走了出来。

瞬间，徐清妍的眼睛亮了。

博延今天不算忙，但临到下班，遇到了点儿事，忙完到家的时候，已经九点多了。

他开门，屋子里一片漆黑，没有一点儿人气。

博延站在原地几秒，给迟绿打了一个电话。

"喂。"那边传来喧闹的声音，"博老师，怎么啦？"

博延："……"

他安静三秒，低声问："在哪儿？"

迟绿没听清，提高音量问道："你说什么？"

博延："你现在在哪儿？"

"在外面。"

博延挑眉，刚想问地址，迟绿先把他的电话挂了。

几分钟后，博延收到了迟绿发过来的地址。

"博老师，我在这儿。"

博延："……"

博延找到迟绿的时候，她正蹲在马路边上。

旁边还站着她的小助理圆圆，正一脸无措地望着他："博总，你来了啊！"

博延颔首，神色如常："喝多啦？"

圆圆点头，有点儿为难地说："她跟清妍姐拼酒，有点儿喝醉了。"

博延头疼，点点头说："好。"他看向圆圆，问了一声，"她那个朋友呢？"

"在里面。"

博延蹙眉，看向她："她一个人？"

"没有没有。"圆圆叹气说，"刚刚静仪姐和她老公过来了，现在在里面。"

博延嗯了一声，放下心来。

他看了一眼蹲在地上的人，有点儿生气，但又觉得好笑。他抬手揉了揉迟绿头发，轻声问："你蹲在地上做什么？"

闻言，迟绿抬起头看着他。

她的脸颊酡红，是喝醉酒后的那种红晕，也有可能是吹了冷风被冻红的。

博延拧了拧眉，下意识问了一声："怎么不在里面等我？"

圆圆还站在旁边，啊了一声，说："迟绿姐说到里面怕你找不到，她要在这儿等你。"

博延一怔，低声道："怎么会？"

圆圆看着两人，想了想，说："博总，迟绿姐就交给你了，我去看看清妍姐那边的情况。"

博延颔首，看向她："让林静仪他们送你们回去，两个女孩子别乱跑，到家了给迟绿发个消息。"

"好的，谢谢博总。"

圆圆一溜烟跑了，一下子，路边除了陌生人，便只剩下他们俩。

博延看了看还没动的人，捏了捏她的脸颊，试图让她清醒。

"迟绿。"

"干吗？"迟绿没好气地问，"你是谁啊？"

博延："你男朋友。"

闻言，迟绿努力睁开眼看他，总觉得视线模糊，有些看不真切。她眯了眯眼，认真看了看博延，摇头说："你不是我男朋友。"

博延："……"

他被气笑了，声音低沉地问她："我怎么不是你男朋友啦？"

迟绿呀了一声，拉长尾音，道："我男朋友不会像你这样凶我。"

博延闭了闭眼，有点儿不太想和这个酒鬼计较。他喉结滚了滚，放轻了声音："抱歉，那我温柔点儿。"

迟绿嘟着嘴点头："好。"

博延看她呆萌的模样，觉得好笑："然后呢？要不要跟我回家？"

"可以。"迟绿安静了三秒，刚想站起来，动了一下，又蹲了下去。

博延看着她的动作，不明所以。

下一秒，迟绿抬着泪汪汪的双眼看着他，委屈不已："腿麻了。"

"……"

博延忍着笑，低声问："要抱还是要背？"

迟绿认真思考了一会儿，张开手说："想要你背。"

博延应着，背对着她蹲下，叹息道："上来。"

"哦。"迟绿爬上他的后背，觉得有点儿冷。她埋头在博延的后颈处蹭了蹭，轻声道："你身上的味道跟我男朋友的好像啊！"

博延脚步一滞，差点儿没把人丢出去。

"嗯？"他抿了一下嘴角，"我还不是你的男朋友？"

迟绿闷闷地嗯了一声，小声嘟囔："我男朋友不在这儿。"

博延一怔，顺着酒鬼的话往下问："那他在哪儿？"

"他在国内。"迟绿搂着他的脖颈回答。

博延愣了须臾，明白了。

他沉默了一会儿，深呼吸，问道："那你在哪儿？"

"在巴黎啊！"迟绿应着，嫌弃地说道，"你都不知道你在哪儿吗？还问我。"

博延："……"

很好，喝醉酒也能这么理直气壮，是迟绿，灵魂没换。

博延背着她往另一边的停车场走，迟绿在他后背安静了一会儿，又开始了新一轮的絮絮叨叨："你有没有觉得巴黎的冬天好冷啊？"

博延垂下眼，感受着迎面吹过来的风，轻声问："很冷吗？"

"嗯。"迟绿点点头，认真地说，"超级超级冷，比国内冷多了，我这个冬天都感冒好多次了。"

博延停在原地没动，托着她的手渐渐收紧，有种要把她和自己融为一体的感觉。

他喉咙发涩，垂眼看着她搂着自己的两只手，低低地问："那你怎么不回国？"

迟绿沉默了一会儿，在博延以为她不会回答的时候，才慢吞吞地说："我害怕。"

"害怕什么？"

她害怕什么？

迟绿晕乎乎的脑子缓慢地转动着，眼睫轻颤了颤，轻声说："怕见到我男朋友。"

她怕见到博延。

她怕他质问自己为什么要走，她也怕自己会说出口不择言的话，怕伤害到他，也害怕在自己没想好的时候，做更狠的决定。

她怕。她有很多很害怕的东西，没办法去面对，迟绿只能像鸵鸟一样，先选择逃避。

博延眼神一顿，紧抿着嘴角，道："为什么怕见到你男朋友？你不想他吗？"

"想啊！"迟绿鼻尖发酸，搂着他脖颈的手收紧，埋头在他衣服上蹭了蹭，无意识地道，"好想的。"

博延深呼吸了一下，许久都没能说出话。他觉得喉咙里像是有东西卡住了一样，让他不知道要说什么。

"可是我不知道他想不想我。"

博延背着她往车里走，把人放下后，才擦了擦她哭红的眼角，低低地说："想的。"

"真的吗？"

博延应着："嗯。"

迟绿哦了一声，慢吞吞地说道："可是他为什么都不来找我啊？"

博延稍顿，没理会她说话逻辑不通这件事，低头吻了吻她的嘴角，说："他有来，他有来找你。"

/ 第十二章
你哄哄我

博延是一个比较认死理的人，认定了，这辈子好像就没办法再换了，所以说他卑微也好，其他的也罢，他确实从没想过要放开迟绿。

即便她一声不吭地丢下自己走了。

他最开始漫无目的地满世界寻找迟绿，从国内到国外。博延那会儿做过规划，从哪里开始找，去什么地方找。

最初，确实连人影都没有。除了当时航班信息显示她飞往哪个国家之外，之后的所有行程完全没有。

博延在她最初飞去的那座城市找了许久，并没找到人。

后来，他开始往周边的城市寻找。

找到她的第一时间，博延松了一口气。

他想找到她，不是为了要让她跟自己回家，他单纯地想知道，她是不是安全的。

只要她平安，无论是和自己分开还是在一起，都可以。

听到博延的话后，车里的人安静了下来。

她眼睫轻颤，感受着他指间的温度，不自觉地蹭了蹭，咕哝着："博老师。"

"我在。"博延垂眸看着她，"怎么啦？"

迟绿摇摇头，往他怀里钻，鼻尖开始发酸："陌生人好凶啊！"

博延一怔，抬手摸了摸她的脑袋："他们凶你？"

"嗯。"迟绿闷闷不乐地道，"好凶好凶，总是敲我的门，大半夜骂我。"

博延顿住，喉咙里像是有什么东西卡住了一样，让他说不出话。

他闭了闭眼，压下那些翻涌的情绪，低声道："好，博老师知道了，博老师给你找他们算账好不好？"

迟绿含含糊糊地答应着："好。"她攥着他的衣服，泪眼婆婆地抬头，"我好想你。"

博延敛了敛眸，侧头亲了亲她的耳朵，喉结滚动："我知道。"

迟绿喝醉酒后，会絮絮叨叨地说一些乱七八糟的话。

博延也没急着带她离开，安安静静地陪在旁边听着，偶尔还会给她回应。

等她沉沉入睡后，他才去了驾驶座，驱车带她回家。

迟绿是被渴醒的，口干舌燥，觉得非常不舒服。

她往旁边靠了靠，刚想跟博延说自己渴了，一伸手发现旁边没人。

迟绿怔了几秒，忽然注意到门缝处有灯光渗进来。

她坐了起来，转头看着旁边的空位置，这才拿过放在床头柜上的手机看了看时间，凌晨两点了。

迟绿的头还有些晕，她从床上起来，拉开房门往外走。

她一出来，博延便听到了动静。

两人一站一坐，无声地对视了一会儿。

迟绿眨了眨眼："你还在忙？"

博延面前还摆着一台电脑。

博延嗯了一声，合上电脑，看着她："怎么起来啦？"

"渴了。"

博延失笑，看着她："床头给你放了水，没看见？"

迟绿点点头："我没注意。"

博延了然，起身进厨房给她倒了一杯温水。

迟绿接过，顺势到一侧坐下。

坐下后，她看了看博延合上的电脑，有点儿好奇。至于好奇心从哪儿来的，迟绿自己也不清楚。

博延注意着她的目光，眸色一暗，低声问："喝了继续睡。"

"你还不睡啊？"迟绿抬手点了点他的电脑，意外地道，"你明天不用上班吗？"

"要。"博延稍顿，揉了揉她睡乱的头发，低声说，"睡，等你喝完陪你一起睡。"

迟绿缓慢地嗯了一声："好。"

迟绿还没太睡醒，脑子是蒙的。

至于那些喝醉酒说的话，在这会儿更是早忘了。

她喝完水，博延拉着她进了房间。

重新躺下后，迟绿隐约觉得哪儿不太对劲，可又找不出缘由。

她闭上眼，旁边的人还没睡着。

迟绿又重新睁开眼，抬起手戳了戳博延的手臂，喊了一声："博老师。"

博延敛目，把人拉入怀里："怎么啦？"他亲了亲她的脸颊，耐心地问，"睡不着了？"

"不是。"迟绿借着窗外洒进来的月光直勾勾地盯着他，小心翼翼地问，"你是不是生气啦？"

博延挑眉："生什么气？"

"我和清妍去喝酒啊！"迟绿窝在他的怀里解释，"我开始其实没想喝，只是想陪她，可后来看她一个人喝太孤单了，我才陪她一起喝的。"

闻言，博延笑笑："我知道，我没生气。"

"真的啊？"迟绿诧异地看着他，主动亲了亲他的下巴，眼睛明亮地问，"那你怎么看着心情不是很好的样子？"

博延顿了一下，喉结滚了滚，说："有吗？"

"有。"迟绿直勾勾地盯着他，"很明显。"

她想了想，如果不是因为自己的话，那估计是公司的事。

"难不成公司出什么事啦？"迟绿看着他，"项目出问题了，还是资金不够周转啊？"

博延："……"

迟绿算了算自己的存款，小声说："要是不够的话，我有的。"

博延一怔，好笑地问："有多少？"

迟绿："挺多的吧！"

她这两年赚了不少钱。

博延哭笑不得，捏了捏她的脸，有些无奈："不是。"

迟绿哦了一声，笑盈盈地说道："反正你别因为公司的事不开心，要是项目没抓住、没把握好也没关系，破产了我养你。"

博延忍着笑，突然抓住了点儿什么。

他看着迟绿，想了想问："所以赚钱就为了包养我？"

迟绿点头："对啊！"她坦然承认，"我一直都有这个想法。"

博延："……"

他摇头，低低地说："不是因为公司的事。"

"那就是因为我？"迟绿毫不犹豫地道，"是不是？"

她认真想了想，会让博延这么不开心的人，除了自己好像也没有了。

虽然，她也不知道自己为什么还会因为这样的事而感到自豪。

博延没说话，拥着她的手紧了紧。

迟绿也猜不出他心情到底有多不好，但大半夜不睡觉在客厅看电脑，确实有一点点诡异。

她主动道："对了，清妍暂时要住在楼上。"

博延抬眼："然后呢？"

迟绿委屈巴巴地望着他，撒娇道："然后你要收留我，我租的房子已经被她们霸占了，我无处可去。"

"好。"博延好脾气地答应着，"我收留你。"

"嗯，不能跟我吵架。"

博延听着，觉得有点儿生气："博老师什么时候跟你吵过架？"

迟绿眨眨眼："怕万一嘛，万一你跟我吵架，那我不是没地方去啦？"她可怜兮兮地道，"楼上被人霸占，男朋友跟我吵架，到时候我只能去大街上哭。"

"……"

博延听她这语调，觉得好笑。

他知道迟绿什么意思，也知道她说这些是为了让自己心情好一点儿。

他安静了几秒，想了想说："迟绿，如果我没记错的话，我们吵架的时候，是你把我赶出去。"

迟绿："……"

"你记错了。"她毫不犹豫地说，"我什么时候做过这种事？"

博延睨她一眼，认真地和她翻旧账："你大二那年，在江城……"

博延一说，迟绿也想起来了。

迟绿很少和博延吵架，她的那些小脾气，博延从来不嫌弃。

大二那次他们吵架，是在迟绿的寒假。

博延当时在底层工作，工作多，放假晚，要到腊月二十八才放假。迟绿去陪他，当时迟绿父母也知道两人走得近，但也没拦着她。

他们对迟绿一直都是如此，只要她喜欢的事，一直都支持。

那天他们也忘了是因为什么吵架，反正是因为一点儿小事。二人吵着吵着，迟绿说要走，博延不让。

最后僵持着，她瞪着博延："我不走可以，那你走。"

博延："……"

他垂眼看着她，抿了一下唇，问："那我什么时候可以回来？"

"等我消气了才可以。"迟绿理直气壮地说，"你现在别出现在我的面前，我看到你就生气。"

博延无奈地点点头："行。"

这个回答，让迟绿更气了。

她自己赶人走的，但又控制不住地想生闷气。实际上，她好像也不是那么想让博延走，但他哄自己，迟绿也不想听。

有时候，女人气到某个极点，是听不进任何话的，矫情又做作，让人无法招架。

博延说着要走，但还是很好地安抚了她的情绪，临走前甚至给迟绿做了点儿吃的。

"记得吃饭。"

迟绿当时觉得好气又好笑，看着他拿着羽绒服出去。

门关上后，她看着不远处放着的食物，根本吃不下。

迟绿听到下楼的动静，立马跑去阳台上看，一探头便和到了楼下的男人撞上目光。

她来不及躲，手机里传来博延的消息。

博延："我现在能回来了吗？外面好冷。"

迟绿："不行。"

博延："行，什么时候能回来了，给我发个消息。"

迟绿："今晚都别想。"

两人就这么聊着天，迟绿看博延走得越来越远，失落感越来越重，她甚至越来越气。

这人就不能再多哄哄自己吗？说不定自己就被哄好了呢！

后来，迟绿生气地把他给自己做的饭吃完，回房睡觉。

她知道，博延不会走远，也不会因为这个真的跟自己生气，所以有些肆无忌惮。

她睡醒的时候，博延还没回来。

迟绿生气地给他打电话，凶巴巴地问道："博老师，你现在在哪儿？"

博延："怎么了？"

他语气平静，听不出任何波澜。

迟绿气啊，怎么感觉只有自己在生气，他根本没把自己生气当回事。她闭了闭眼，气冲冲地下床往外面走："你还不回来的话，就别回来了。"

博延："……"

迟绿边说边到门口换鞋，嘀咕着："你就不能再多哄哄我吗？"

说话间，她换好鞋，顺势把门打开，一打开便看到了站在门口的男人。

当时博延住的地方，环境很差，小区没有电梯，走廊风很大，窗户也是破的，冷风从那边灌进来，凉飕飕的。

迟绿蒙了几秒，看着脸和鼻子都被冻红的男人，错愕不已："你怎么站在这儿？"

博延嗯了一声，委屈地说道："你让我出来的。"

迟绿："你不是下去了吗？"

博延应着，举起手给她看："给你买奶茶去了，之前不是说想喝？"

"……"迟绿又气又心疼，侧着身子问，"那你回来了怎么不敲门？"

博延挑了挑眉，委屈巴巴地望着她："你没让我回来。"

迟绿："……"

想到这事，迟绿忍不住咬了一下博延的手臂："你当时太气人了。"

博延挑眉："嗯？"

迟绿看着他："我让你走，你就走吗？"

博延哭笑不得，也不说她当时有多生气，还打开门让自己走。

他捏了捏眉骨，认真地说："嗯，我的错。"

迟绿听着，忍不住笑道："对不起。"

博延看着她："道歉做什么？"

"现在想，我当时的脾气真的好大。"

博延弯了弯唇，亲了亲她的嘴角道："确实。"

迟绿噎住。

"我们后来怎么和好的？"

博延想了想："你喝了我买的奶茶，说暂时原谅我。"

迟绿："我那么幼稚的吗？"

"嗯。"博延捏了捏她的脸，"就是那么幼稚。"

迟绿看他一眼，轻哼道："那还不是因为你当时惹我生气了。"

博延失笑，轻声道："以后不会了。"

迟绿点头，抱着他撒娇："其实也没事，吵架肯定会吵的，我就是希望你多点儿耐心哄我。"

博延应着："好。"他喉结滚动，寻着她的唇吻下，低低地说道，"会的。"

迟绿仰头，搂着他的脖颈，主动回应他。

两人的气息混在一起，让人分不清到底是谁的。

博延亲得很凶，密密麻麻的吻落在她的脸颊，让她无力招架。

事情为什么会演变到这一步，迟绿不知道。她只知道，自己所有的思绪和反应都被男人牵引着，自觉地给他回应，鼓励着他。

一切结束再回到床上，迟绿累得已经不想说话了。她闭着眼，沉沉地睡了过去。

折腾了一番，博延也有了些倦意，他看着怀里的人，轻笑了一声，拥着人入眠。

之后的几天，迟绿都在忙工作。

博延也一样，两人忙起来后，除了能知道晚上和对方睡在一张床上之外，基本见不着。

迟绿早出晚归，博延也早出晚归，两人的时间大多数时候是错开的。

有时候博延起来，迟绿还没醒，他回来的时候，迟绿已经睡了。

一晃，便到了出发去时装周这天。

迟绿是晚上的飞机，博延送她过去。

早上，博延出门前，迟绿还在睡觉。

她的事告一段落，能好好睡个懒觉了。

博延低头亲了亲她的唇角，低声问："我下班后回来送你。"

迟绿笑，仰头看着他："行。"她弯了弯唇，主动亲了亲他，"快去上班吧，今天会不会很忙？"

博延嗯了一声："还好，有时间送你。"

迟绿点头："行，你去吧！"

博延揉了揉她的脑袋，依依不舍地离开。

等博延走后，迟绿也睡不着了。她回了楼上，徐清妍和圆圆正在收拾东西。

迟绿看了看，又加了几件东西。

"你怎么这么早起来？"徐清妍看着她，"不多睡一会儿？"

迟绿摇头："睡不着了，反正到飞机上也能睡。"

徐清妍失笑："这倒是。"她把箱子合上，和迟绿到沙发上坐下，问，"紧张吗？"

迟绿啊了一声，好笑地看着她："紧张什么？"

迟绿瞅着她问："你紧张吗？要回到熟悉的战场了。"

徐清妍一噎，撩了撩头发，说："我紧张什么？我这一回又不上台。"

她虽然也接到了部分品牌的邀请，但因为之前和公司解约，很多品牌的邀请没给她，也没第一时间回复，所以错过了不少。

至于其他的，徐清妍也没太大兴趣，休息一年也不错。

只是相比较而言，模特这个行业，你只要稍微沉寂一段时间，大家便会忘记你。

原本，这次时装周她都不太愿意去的，但迟绿坚持要她一起去，她便没再拒绝。

迟绿睨她一眼，无奈地说："是不上台，但我们会遇到很多老朋友。"

徐清妍挑眉，笑笑说："那我不紧张，怕什么？"她托腮道，"他们最多也就是看看我笑话罢了。"

迟绿耸肩："谁看谁笑话还不一定呢！"

闻言，徐清妍眼睛亮了亮，惊讶地道："怎么，你知道内幕？"

"不知道啊！"迟绿勾了一下唇，盈盈一笑说，"但夜路走多的人肯定会遇见鬼。"

徐清妍："……"

迟绿侧眸看着她，拍了拍她的肩膀，道："反正别担心，有什么事我会搞定。"她说着，往厨房走，"我先做饭，我今晚要去给博老师送饭。"

闻言，徐清妍跟了进去。

她有些受不了地说："你们能不能别那么腻，每天在我们面前秀恩爱。"

"不能哦。"迟绿很欠揍地说，"我们就这么腻，不行吗？"

徐清妍翻了一个白眼，道："我给你洗菜。"她想了想，看向迟绿，"你这回出国得半个月，博总不陪你？"

迟绿："他太忙了。"她摇头说，"没时间陪我。"

徐清妍叹息一声，感慨道："也是，那就只有我和圆圆陪你了。"

迟绿笑着点头。

做好饭，迟绿也没和圆圆她们一起吃，装到保温盒后，开车去了博汇。

她的这张脸对门口保安而言，就是通行证。

一路畅通无阻到了博延办公室门口，迟绿敲了敲门，和里面的人对视了一眼。

博延在打电话，朝她招了招手。

迟绿笑着走了过去。她也不出声，把东西放在一侧，便围在博延身边转悠着。

迟绿看了一眼他的桌面，上面摆着一张她的照片，那是前段时间拍的。

"嗯。"博延语调沉稳,道,"尽快把资料拿过来。"

他抬手,捏了捏迟绿的手腕,指腹在上面摩挲,不急不缓地说:"其他的再说。"

那边不知道说了什么,博延皱了皱眉,道:"知道了。"

挂断电话,他转头看向迟绿,一把将人拉到自己的腿上坐下。

迟绿下意识搂住了他的脖颈:"你干吗?"

博延看她惊慌失措的模样,觉得好笑:"吓到了?"

迟绿顿了一下,调整自己的位置:"也没有,就是没想到你会拉我。"

"嗯。"博延垂眼看着她,目光深邃且勾人,"怎么过来了?"

迟绿搂着他脖颈,主动亲了亲他的下巴,笑着说:"得和我的博老师分开半个月呢,我过来看看他。"

博延一笑,捏了捏她的脸颊。

迟绿瞅着他,笑着问道:"心情怎么样,还好吗?"

这两天博延的情绪,她是有所察觉的。

博延抬抬眼,道:"还好。"

迟绿扬眉:"这样啊?"她笑着说,"那其实你不需要我来给你探班是不是?"

"需要。"博延求生欲极强,含着她的唇吮了一口,声音低哑地说道,"非常欢迎。"

迟绿搂着他的脖颈,笑了。

"那行吧,以后我多来。"她在他身上乱晃,一点儿也不注意。

博延感受着她的动作,手掌往下。

迟绿今天穿得很简单,进办公室后,把大衣脱下,里面是短款针织衫和牛仔裤,很简单的搭配。但她腿长腰细,这身打扮也很好看。

博延感受着她的温度,有些不舍。

这几天两人都忙,已经有段时间没过情侣生活了。

他低头看着怀里的人,想了想问:"一会儿还要去其他地方吗?"

迟绿啊了一声:"不用啊!"她瞅着博延,生气地道,"除了来看你,我还能去看谁?"

博延弯了一下唇:"嗯,我的荣幸。"他低头,寻着她的唇吻下。

迟绿刚开始还回应了一会儿,渐渐地,她思绪回笼,意识到了些许不对劲。

她感受着博延掌心摩挲过的地方,开始发热。

"吃饭。"迟绿眼睫轻颤。她是过来陪他吃饭的。

博延眼眸深邃,喉结微动,含糊不清地说道:"先吃你。"

迟绿蒙了一下，刚想提醒他这是办公室，男人便先堵住了她的唇，让她根本没有开口的机会。

迟绿眨了眨眼，没一会儿便被博延亲得找不着方向，主动搂着他的脖颈回应他。

她坐在他的身上，更方便了他的动作。

无处可躲。

迟绿呜咽了一声，吃痛地想把人推开，博延稍稍往后退了些许，一把将她抱上了办公桌。

办公桌冰冰凉凉的，迟绿觉得不太舒服。

她蹙眉，含糊地道："凉。"

博延喉结上下滑动，低沉地答应着："嗯。"

下一秒，他的手垫在了下面。男人掌心宽厚且温热，让迟绿不再觉得凉。

她不自然地动了动，抬眼看着他："你……"

"什么？"博延低头，碰了碰她的唇，不紧不慢地亲吻着，"还凉？"

"不是。"迟绿脸涨红，有些不适，"你的手能不能拿开？"

博延盯着她红了的耳郭看了几秒，笑了一下："不能。"

他张嘴，从她的唇边吻过，往一侧亲着，最后落在她的耳边，伸出舌尖舔了一下。

迟绿身子一僵，感受着他舌尖的温度，尾椎骨有股麻意涌了上来，让她差点儿往下扑倒。

"别亲那里。"

她越这样说，博延越要在那一处流连。

他含着她的耳垂吮着，像是逗弄一般，让她紧张。迟绿眼睫轻颤，身体发软，手紧紧地攥住他的衣服，防止自己掉下去。

不知道亲了多久，他才勉强放过迟绿。

迟绿蒙了几秒，眨了眨眼，看向他："不……不继续啦？"

博延一顿，目光沉沉地望着她，低声问："能让我继续？"

"……"

迟绿一顿，娇嗔地瞪了他一眼。

博延勾了一下唇，一把将她抱起来，道："下回。"他看了看迟绿身上穿的衣服，喉结微动，低沉地说："你没衣服放在这儿。"

如果是晚上或周末，博延绝对会继续下去，但今天不行。

助理都知道迟绿来了，一会儿迟绿出去也会碰到别人。博延倒是不介意自己被人讨论，但他要考虑迟绿的名声。

迟绿被他的话弄得面红耳赤，没忍住捶了他两下："这里又不是我办公室。"

她为什么要放衣服在这里？

博延很轻地笑了一下，碰了碰她的唇："我的错，下次我准备。"

"……"

这种话题，迟绿觉得尽快结束比较好。

她睨他一眼，有些无语："那你……去里面洗个脸吧！"

博延意味深长地挑了一下眉，看着她。

迟绿也不怕他，大大咧咧地和他对视，而后垂下眼睛。

他们俩抱得这么紧，他身体有什么反应，她一清二楚。

"你还真是……"迟绿想了想，不知道该怎么点评。

博延低头，蹭了蹭她的鼻子，低低问："真是什么？"

"色令智昏。"

博延笑着含住她的唇亲吻，坦然地承认："嗯。"

"……"

两人在办公室内的浴室折腾了一会儿，再出来的时候，迟绿脸和耳朵都是红的。

她明明是过来陪博延吃饭的，为什么要干这么少儿不宜的事？

博延看她嫌弃的模样，勾了勾唇："这么嫌弃？"

迟绿小声道："以后不来给你送饭了。"

"行。"博延从善如流地答应了，"以后你人来就行。"

迟绿："……"

她明明不是这个意思。

两人吃饭。

博延一看菜色，就知道是迟绿亲手做的。他盯着她看了一会儿，眉眼间染上了笑："在厨房忙了很久？"

"也没有。"迟绿看他，笑盈盈地说，"你快试试吧，我感觉我今天厨艺达到了巅峰。"

博延笑道："好。"

吃饭的时候，迟绿偶尔话比较多，特别是要和博延分开之前，她都是絮絮叨叨地说很多没用的东西。

博延一直安静地听着，附和几句，配合她。

他吃完饭，迟绿也没走。

博延还有工作要忙，她搬了一把椅子到他的旁边坐着，安安静静地玩手机。

博延觉得好笑，看了一眼旁边无聊的人，有些头疼。

"要不要去睡一会儿？"

迟绿趴在桌上拒绝："不了，我就在这儿玩一会儿。"说完，她抬起眼看他，问，"我打扰到你啦？"

博延摇头："没有。"他认真沉思了几秒，"但你有影响我。"

迟绿："……"

她静默了一会儿，认真地问："这两句话有什么区别吗？"

博延一笑："有。"他侧眸望着她，低声道，"你在旁边，就算什么都不做，我也会受影响。"

迟绿怔了一下，明白了他的意思。她抿了一下唇，眼睫轻颤，哦了一声，理直气壮地道："那不怪我，那是你的问题。"

博延弯了一下唇："嗯，是我自制力不行。"

迟绿："……"

她瞥了他一眼，不想和他废话了。

"你快点儿工作，晚上要去机场了。"

"行。"

办公室内再次静了下来，迟绿玩了一会儿手机，也觉得良心过不去，默默地起身走了出去，给博延泡咖啡。

她还在茶水间碰到了金姐，两人就小猫的问题聊了一会儿，徐铭泽也加入了讨论。

三个人聊着，等迟绿手里的咖啡凉了，她也没太注意。

最后，还是博延出来找人，她才恋恋不舍地跟着他进了办公室。

"你忙完了啊？"

博延回头看了她一眼："没有。"他垂下眼，盯着她手里的东西看了一会儿，问，"这是给我的？"

"是啊！"迟绿摸了一下，眨眨眼说，"冷了，还喝吗？"

博延："……"

他面无表情地道："可以喝。"

说话间，他从迟绿手里把咖啡拿了过去。

迟绿眨眨眼望着他，看他仰头喝下后，好奇地问："苦不苦？"

博延："不苦。"

迟绿讶异地挑眉："真的吗？"她小声嘀咕道，"我之前怎么感觉冷了的咖啡好难喝。"

博延面不改色地说："习惯了。"

"……"

迟绿安静了三秒，突然明白他表达的另一层意思。

她弯了一下唇，靠在博延的肩膀上笑道："博老师，你好阴阳怪气啊！"

博延拍了拍她的脑袋，睨她一眼："谁阴阳怪气？"

"你呀。"迟绿眼睛弯了弯，笑盈盈地说，"别生气了，我那不是跟金姐讨论迟小迟忘了送进来嘛！"她笑着，抱住他的手臂撒娇，"怎么，你连这个也要吃醋？"

博延："我没吃醋。"他说，"我刚喝的是咖啡。"

迟绿忍俊不禁。看博延委屈的神色，迟绿没忍住，凑过去亲了亲他，哄道："博总别生气了，生气有损你霸道总裁的形象。"

博延看了她一眼。

迟绿拽着他的手臂晃悠着，笑着说："等我回来给你带礼物啊！"

博延笑笑："随你。"

迟绿："必须带。"

两人在办公室腻着，为防止某些人醋意横生，迟绿没再往外跑，就算跑，也最多不超过五分钟，又回到办公室陪他。

下班时间，两人才从公司一起离开。

看两人离开的背影，林助理忍不住感慨："我们是不是要有总裁夫人啦？"

徐助："才看出来？"

林助理愣了一下，托腮道："这不是没想到吗？我们博总这算是第一次恋爱吧？这就绑上啦？"

金姐看了一眼两人，笑着摇头："怎么，第一次恋爱就不能结婚？"

林助理："不不不，金姐，我不是这个意思，我的意思就是没看出来博总是这么专情的人。"

金姐笑笑，说："博总比你们了解的更专情。"

闻言，林助理讶异地看着她："金姐，你是不是知道内幕啊？"

金姐挑眉："嗯？什么内幕？不知道哦，下班了，你们也早点儿回家吧！"

两人："……"

进了电梯，金姐忍不住想了想刚刚的问题，蓦地笑了一下。

她算是最早知道博延和迟绿恋爱的人，自然知道得比其他人更清楚一点儿。

迟绿到国外那段时间，她还帮忙找过好几次，又怎么会不知道博延对迟绿的感情？

回家吃过饭，博延便送几个人去了机场。

机场人不少，还有来送自己偶像的粉丝。

迟绿看了看，特意避开了那些人。

这会儿，她才有种自己真的要出国、要和博延分开半个月的感觉。

他们以前也不是没分开过，还分开过那么长时间，但迟绿感触没那么深，也不像现在这样依依不舍。

博延看她耷拉着嘴角，把手里拿着的证件交给她，低声道："安排好了，待会儿进去就行。"

迟绿点点头，仰头看着他："博老师。"

"嗯？"博延垂眼看着她，轻声问，"怎么啦？"

"没怎么，我就是有点儿不想走了。"

博延失笑，提醒她："一会儿林静仪会过来，她应该会把你绑走。"

闻言，迟绿瞪大眼睛问："那你不能把我抢回来吗？"

博延思考了一下这件事的可行性，摇头说："不太好。"

迟绿："……"

她轻哼，傲娇地道："我知道了，你就巴不得我走，你才有男人的自由是不是？"

博延："……"

他抬手，捏了捏她的脸说："没良心。"

迟绿笑着，抱住他的腰撒娇："博老师，我真不想去参加活动了。"

博延挑眉："那就不去了。"

迟绿："……"

她刚想说博延意志一点儿都不坚定，刚刚还说不行，还没开口，一侧传来了林静仪阴恻恻的声音："迟绿，你说什么？"

"……"

上了飞机，迟绿还在认错。她晃了晃林静仪的手臂，一脸乖巧："静仪姐，我刚才开玩笑的呢！"

林静仪冷哼了一声，别开眼说："我看你就是不想去了。"

迟绿眨眨眼，确实有这种想法，但也没敢承认。

她摇摇头："没呀,我那不是为了哄博老师嘛!"

林静仪接话："嗯,现在就为了哄我说谎。"

迟绿噎住。她瞅了林静仪一眼,安静了几秒说："好吧,你要这样想那就是这样。"

林静仪:"……"

她好笑又好气,瞪了迟绿一眼。

林静仪点了点迟绿的脑袋,看向外面:"真这么舍不得啊?"

迟绿点头:"是啊!"

对舍不得这件事,她没觉得有什么不好意思承认的。

林静仪笑笑,看向她:"搞不懂你们现在谈恋爱的小年轻。"

迟绿笑,靠在窗边说:"我也搞不懂。"

两人相视一笑。

其实林静仪也不是真的生气,她知道迟绿有分寸,但同样也会担心迟绿没分寸。

怎么说呢?人总会有任性的时候。她有时候就担心一直都有分寸的迟绿会任性,迟绿一旦任性,那谁也拦不住。

思及此,林静仪侧目看着她:"迟绿,我问你一个问题。"

迟绿嗯了一声,低头看手机,跟博延说自己上飞机了:"静仪姐,你说,要问什么?"

林静仪思索了一会儿,又放弃了:"算了,感觉这个问题没有意义。"

迟绿:"……"

她翻了一个小小的白眼,威胁道:"不行,你还是要问,刚把我好奇心吊起来。"

这感觉像是有东西在自己嘴边却没吃到。

林静仪无奈,倒也没多纠结,直接说:"我之前想问,是想要个答案,但刚刚细细想了一下,这个问题有点儿蠢。"

"嗯?"

林静仪说:"本来想问,如果博总不让你干这一行了,你会怎么处理?"

迟绿:"……"

她没想到是这么没营养的问题。她笑笑,看着博延给她回过来的消息,轻声问:"你觉得博老师会说这种话吗?"

林静仪耸肩:"不会,所以我说自己想了一个蠢问题。"

迟绿点头,认真地说:"他不会说这种话。"

即便博延不喜欢,他也绝不会拦着迟绿去追求自己的梦想。

林静仪点头附和："我也是想到才反应过来，博总和大多数男人不同。"

迟绿弯唇笑笑，表示认同。

在她这里，没有任何人能和博延相比。

飞机起飞，迟绿看了一会儿资料便沉沉地睡了过去。她睡着的时候，唇角往上翘了翘。

迟绿突然梦到了上一回飞巴黎的事。

当时，她孤身一人，飞机也是在深夜起飞的，周围虽然都是熟悉的语言，可她觉得很孤单。

迟绿在飞机上哭了一整夜，哭得眼睛都红了，也不愿意露出来。那时候，她的位置靠窗边，她也庆幸自己坐在靠窗的位置，这才没有让任何人发现她的胆怯。

一路哭到巴黎，她又经历听不懂任何话的时候。她在机场折腾了许久，等真正到达住的地方，已经是晚上了。

迟绿身上的钱不多，之前的卡也全部停用。

到刘华安排的住处后，她开始了不一样的生活。

每一天，迟绿都在努力地融入这座陌生的城市，面对那些陌生的面孔。

有很长一段时间，迟绿都不想活了。

有时候，她觉得自己就像行尸走肉一样活着，孤零零地在这个世界上，没有任何人陪她。

迟绿脑海里无数次涌出了那样的想法，可最后她还是克制住了。

她醒来的时候，飞机上很安静，也很黑，只有微微的亮光方便乘客和乘务员行走。

迟绿侧头看了看沉睡的林静仪，眨了眨眼。

她走神地想着事，前面有工作人员端着东西走到斜侧方的位置上。

迟绿认真看了看，发现是一个小蛋糕。飞机上有人过生日，航空公司准备了礼物和惊喜。

看着那根点燃的小蜡烛，迟绿算了算时间。

几天后就是博延的生日了，她今年好像还是不能陪他过生日。想到这儿，迟绿还有些难受，不仅没办法陪博延过生日，甚至也没办法陪他过元旦。

看着不远处陌生人脸上的笑，她忽然很想博延。

她盯着不远处的人看了一会儿，这才拿出手机看了看。

飞机上有信号，只不过太弱了。而且这会儿国内也是深夜，她估计博延已经睡了。

迟绿纠结了几秒，还是放下了手机，没给博延发消息。

恰好林静仪醒了，她起身去上了厕所，再回来的时候，徐清妍拉着迟绿到自己的旁边坐下，瞅着迟绿："我看你刚刚就醒了，心情看着不是很好，怎么啦？"

迟绿没说话，看了一下："圆圆呢？"

"在那边。"

"哦。"迟绿答应着，侧头看着她，"你还记不记得，我以前住院的事？"

徐清妍愣了一下，点了点头："记得啊，怎么啦？"

当时圆圆还不在她的身边，是另外一个助理。但那个助理正好请假了，迟绿那段时间都一个人在忙碌。

那场病来势汹汹，迟绿撑不住了。

她发烧，好几天也退不下去。当时迟绿还真有种自己好像就要死的感觉。

那会儿她钱不算多，刚刚成为模特，徐清妍已经是公司前辈了。

迟绿带病上场后，徐清妍强行带她去了医院。国外看病很贵，迟绿那会儿总担心自己住一天明天可能就破产了。

徐清妍一下子给她交了一个星期的费用，让她安心养病，甚至安排助理照顾她，自己也在走完秀第一时间赶到医院，陪她过夜。

两人的友谊也是那时候结下的。

徐清妍狐疑地看着她："你怎么突然提这个，要给我报恩？"

迟绿翻了一个白眼，被她逗笑了："什么年代了，还要报恩啊？我不是请你吃饭了吗？"

徐清妍轻哼："那不够啊！"她笑笑说，"这次回去后，再请一顿。"

"行。"迟绿毫无怨言，"请。"

"最贵的。"

迟绿点头："可以。"

徐清妍打了个岔，迟绿的心情没有那么沉重。她笑笑，说："其实在那场病之前，我还挺想死的。"

"……"

徐清妍顿了一下，没说话。

她比迟绿大三岁，自然看得出迟绿那时候的情绪。

"然后呢？"她顺着迟绿的话往下问道。

迟绿认真想了想，叹息道："但那场病来得太突然了，我一个人躺在病床上的时候经常在想，其实我还是不舍得死的。就算死，我也不能死在国外，身边

一个朋友都没有，以前的同学啊、朋友啊，都不知道我死了，好像有点儿亏。"

徐清妍："……"

她抿了一下唇，侧目看着迟绿："我不是你朋友啊？"

迟绿一噎，睨她一眼："别打岔。"

徐清妍失笑，拍了拍她的肩膀道："行吧，我后来才是你的朋友。"

迟绿扑哧一笑，不再伤感了。

"我就是想说，还是很谢谢你当时拉了我一把。"

徐清妍翻了一个白眼，无语地道："你当时给我打电话，难不成我要看着你晕在家里啊？"

迟绿嗯了一声，想了想说："其实我还给其他人打过电话。"

徐清妍一怔，诧异地看着她："谁？"

"闻昊。"她认真地说，"当时他是第一个拉我进公司的，相比较而言，我和他更熟悉一点儿嘛！"

那会儿她和徐清妍、孟巧都不是很熟，仅仅有对方的联系方式。

徐清妍愣了一下，惊讶地道："所以你是因为那件事，才一直不答应闻昊的？"

"这倒不是。"迟绿说，"他就算接了我的电话，送我去了医院，我也不会和他在一起，但我可能会愿意再给他卖几年命，帮他赚钱。"

在迟绿这里，再大的恩情都不是可以用爱情来回报的，但她可以用其他方式回报。

也是那件事，让迟绿大概了解了闻昊这个人，他确实喜欢自己，但在闻昊那里，工作是第一位的。

迟绿是个自私的人，如果是她喜欢的人，那必须把她放在第一位。有些事可以互相理解，但有些不行。

徐清妍点点头，松了一口气："还好他没接，你顺利回国了。"

迟绿笑笑，点头说："是啊！"

她现在觉得，很多事真是冥冥之中注定了一样。

"怎么突然想说这个事？"

迟绿沉吟片刻，轻声说："也没人可以说，我也不想让其他人担心，就只能找你说说了。"

其实她还有句话没说，除了闻昊之外，她第一个拨通的是刻在脑子里的那一串熟悉的号码。

她给博延打了电话，只是刚拨出，还没等拨通，她就心虚又害怕地挂掉了。

今晚她想到了博延，恰好也想到了这件事。

迟绿也不知道自己为什么想说，就是想提一提，可能是因为要旧地重游，有些感触罢了。

徐清妍了然，温柔地摸了摸迟绿的脑袋，轻声道："现在就很好。"她说，"现在很多人爱你。"

迟绿眉眼弯弯地看着她："嗯，所以你也要这样想。"迟绿歪着头说，"我让你来我工作室，对你来说不是雪中送炭，但你愿意来我这里，对我工作室来说是如虎添翼，你懂吧？"

徐清妍怎么会不懂她的意思？

她从巴黎落败而归，这次再回来，是借了迟绿的面子。

至少，很多人会这样觉得。但迟绿怕她多想，迟绿不想让她这样觉得。迟绿一直都没这样想过。

她不觉得自己给徐清妍的是施舍，反倒觉得徐清妍愿意相信她，是给她面子，是看得起她。

"行了。"徐清妍不爱说这些话，总觉得矫情，"我知道了。"她看着迟绿，"不再睡一会儿吗？"

"睡。"迟绿笑眯眯地说，"希望睡醒后就落地了。"

徐清妍嗯了一声："会的。"

落地后，迟绿第一时间接到了博延的电话。

她的唇角弯了弯，心情很是愉快。

"到啦？"

迟绿应着："对。"

博延笑笑，说："行李拿上了吗？"

迟绿看了一圈："还没有，在等呢！"她安静了几秒，说，"博老师，下次来巴黎的时候你陪我吧！"

博延一怔，垂下眼说："好。"

迟绿挑了挑眉："那说好了哦，万一我下次来你还有工作，怎么办？"

"推了。"

迟绿："那也不行，要是有工作的话，就再下次吧！"

博延嗯了一声，轻声道："好，都听你的。"

迟绿沉默了一会儿，笑着说："那等你下次有空陪我的时候，我带你去我之前住过的地方逛逛吧！"

她想告诉博延，在没有他陪伴的那些时光里，自己是怎么生活的。她想对他再次展露属于她的那个小世界。

博延眉眼微动，低低地答应着："好。"

迟绿扬眉："就这样啊？"她问，"你不带我去体验你之前的生活吗？"

"带。"博延安静了须臾，承诺道，"回来就去。"

"好。"

两人聊了两句，迟绿挂了电话。

到巴黎的第一天，迟绿休息了一天。第二天，她开始忙碌，和品牌方见面，见记者。

她回国半年多，再回到这熟悉的地方，有很多东西好像变了，但又好像没有。

迟绿应对媒体，应对各种刁钻问题的时候，更得心应手。

这天，她刚结束和一个品牌方设计师的见面，出去时恰好和孟巧碰上。

两人冤家路窄。

迟绿本想当没看见，但孟巧先主动和她打了招呼。

"迟绿，好久不见。"

迟绿微微一笑，颔首道："是挺久的。"她看了看孟巧身后带着的人，勾了一下唇，说，"一段时间不见，孟巧姐身边的人越来越多了。"

孟巧一顿，知道她在暗讽自己架子大，挑挑眉，笑着说："没办法，公司安排的，总不能拒绝吧？"

迟绿点头："这倒是，公司就是考虑周到。"

孟巧没听出这话的另一层意思，一时间也不知道迟绿是什么意思。她看向迟绿："听说徐清妍跟你一起来的？"

迟绿应了一声。

孟巧一笑，嘲讽道："徐清妍还真是运气好，早早地抱上你这条大腿。"

闻言，迟绿皱了一下眉。她冷冷淡淡地看了孟巧一眼，道："孟巧姐，你这话有些伤人了。我和清妍姐平等，我们是合作关系。"

孟巧讥讽地一笑："迟绿，你这话是骗我还是骗你自己呢？"孟巧扯了一下唇，"就徐清妍那样的，没有你帮她，她回国后能有公司签她？"

"是吗？"迟绿敛下眼底的思绪，看向她，"孟巧姐，我没记错的话，之前有家媒体曾报道过，你和清妍姐在走秀场上，像是同胞姐妹。"迟绿微微一笑，"你这是在贬低清妍姐，还是贬低你自己呀？"

"你……"孟巧被她呛住，没料到迟绿还会拿过往媒体的报道来说事。

以前，媒体确实曾这样评价过两人。

孟巧和徐清妍是一前一后出道的，她先起来，但徐清妍后来居上。当时媒体还说，两人的路子很像，类型也很像，而徐清妍是长江后浪推前浪，更胜一筹。所以在贬低徐清妍这件事上，谁都有资格，唯独孟巧没有。

她怎么抢到现在的位置的，她清楚，别人也清楚。她可以看不起其他人，但不能看不起徐清妍。

迟绿不想和孟巧在这种场合多说，浪费时间和精力。她耸耸肩，漠然地道："我还有事，孟巧姐，你忙，我们先走了。"说完，她也不等孟巧反应，侧头看向圆圆和林静仪，"走吧，回酒店。"

看着三人离开的背影，孟巧在原地恼怒地跺了跺脚。

她一回头，便对上了几个助理打量的目光，瞬间更恼了。

"看什么？刚刚哑巴了，话都不会说？"

几个助理很安静，根本不知道说什么，也不敢说什么。

孟巧看她们这样，更气了。

她就不懂，为什么迟绿和徐清妍运气总是那么好，身边跟着的人也永远比她的优秀、聪明。

想到这儿，她瞪了一眼面前的几个助理，嫌弃地说道："一群蠢货。"

"……"

怼完孟巧，迟绿心情很好。

上车后，林静仪看了她一眼："你还挺会戳人心窝子的。"

迟绿斜睨她一眼，笑着说："我哪有，我说的都是实话。"

林静仪看着她摇头，觉得好笑："孟巧被你气死了。"

迟绿撇嘴："是她自己主动找来的。"

林静仪点头，看向她："下回还是要注意，万一她助理录音了呢？"

"她不敢。"迟绿弯了弯唇，说，"她没那个胆子。"

毕竟挑事的人是孟巧。

林静仪叹息一声，瞅着她："防止有媒体，下次能忍就忍。"

"嗯。"迟绿心虚地道，"知道了。"

林静仪看她的表情就知道她不是真的知道了，也不再多说，转而道："待会儿回酒店总算可以好好休息了。"

迟绿嗯了一声，揉了揉酸涩的眼睛："我这几天没睡好，一会儿我不跟你们去吃饭了，我回酒店睡觉。"

"随你。"

回到酒店后，迟绿看了看时间，国内已经是晚上了。她扬扬眉，掏出手机给博延打电话。

这几天两人都忙，她忙，博延比她更忙，迟绿早上给他发消息，他半夜才回。要不是知道他没别的心思，迟绿差点儿要怀疑他了。

这回电话过去，也是过了许久博延才接。

迟绿有点儿生气，凶巴巴地问："博老师，你还在忙吗？"

博延失笑，听着她的声音，紧绷的神经放松了不少："刚忙完。"

迟绿眼睛一亮："真的吗？那你回家了吗？"

"还没有。"博延说的是实话，"刚上车。"

迟绿哦了一声，撇撇嘴说："今晚又跟合作方见面了吗？"

博延想了想："不是。"

迟绿："那你在公司加班呀？"

"差不多。"

迟绿一噎，有些无言："什么叫差不多？"她躺在床上翻了一个身，委屈巴巴地问，"你什么时候到家呀，我要跟你打视频电话。"

博延失笑："等会儿就到了，别急。"

迟绿轻哼："我急，我困了。"

"那先去睡一会儿？"博延提议，"我待会儿给你打回去。"

迟绿思考了几秒，毫不犹豫地答应："行吧，那我真去睡了，你到家了给我打电话，记得吵醒我。"

博延："好。"

看着被挂断的电话，博延转头看向窗外。

他无奈地一笑，手机里恰好进来一条信息，是迟绿的，让他一小时内到家，然后吵醒她。

博延勾了一下唇，回了一个"好"。

迟绿是被门铃声吵醒的，而不是博延的电话。

她还没彻底清醒，直接问了一句："谁呀？"

外面没有声音。

迟绿揉了揉乱糟糟的头发，纠结自己是起来开门还是继续睡。

她是真的困。这几天应付媒体，还要摆出各种标准的笑脸拍照，偶尔还要参加宴会，这些活动都非常耗费精力，甚至比走秀还累。

如果她不是困到了极点，其实是不太愿意挂断博延的电话的。

迟绿正想着，外面传来陌生的声音："您好，我是酒店工作人员，过来给您送餐的。"

迟绿愣了一下，有些不确定。

她下床往门口走，确定门口是酒店工作人员，才开门。

"迟小姐晚上好。"

迟绿点点头，看了看工作人员推进屋摆上桌的食物，猜测可能是林静仪或者徐清妍给她叫的。

那都是她喜欢的。

没一会儿，东西全部上桌。

工作人员跟她说了一声："迟小姐慢用。"

迟绿颔首，看工作人员走到门口，下意识跟过去打算锁门。

她的手刚碰到门，视线里便出现了一双大长腿。

迟绿蒙了一下，还没来得及做出反应，来人先说了话："怎么不抬头看看？"

迟绿听话地抬头，看向来人。她眨了眨眼，有些不敢相信："你……"

"我什么？"博延伸出手指刮了刮她的鼻尖，眉眼含笑地问，"几天没见，不认识你男朋友啦？"

迟绿："……"

她回神，错愕不已："你怎么来啦？"

博延嗯了一声，笑了一下，说："听说有人想我了。"

迟绿忍俊不禁，一把将人抱住，惊喜不已："你怎么也不跟我说一声啊？"

"想给你个惊喜。"博延低低地一笑，看她高兴的神色，自己心情也很好。

他垂眸看着怀里的人，好笑地问："不让我进去？"

"……"

迟绿沉默了一会儿，刚想松开他往后退让他进来，博延一把拉住了她的手，低低地说道："不松。"

迟绿静默了两秒，有点儿想笑。

"哦。"

她弯了弯唇，就这么抱着他往后退了两步。

两人进房，门关上。

听到落锁的声音，迟绿下意识地抬起了头。她的头刚抬起，博延便寻着她的唇吻了下来。迟绿顺势张嘴，感受着他给自己准备的惊喜。

不知道过了多久，博延忽然想起了正事。

"饿不饿？"

他声音沙哑，在迟绿的耳边响起时让她有一种说不出的酥麻感。

迟绿眼睫一颤，搂着他的脖颈说："不饿。"

博延一笑，直接将人抱了起来。

迟绿住的房间是商务套间，分客厅和房间，很宽敞，里面也很干净。

回到房间，她身上的衣服不知何时被掀了起来，她感受到了不属于自己的温度。

屋子里的温度好像上升了不少，惹得人控制不住地发热。

迟绿有些无力。她闭着眼睛，感受着他给自己的温暖。

最后，考虑到她没吃晚饭，博延稍微收敛了一点儿，但即便如此，迟绿也还是蛮惨的。

博延抱着她进了浴室。

"头发也湿了。"迟绿摸了摸头发，小声嘟囔着，"要洗。"

博延喉结微动，低沉地答应着："好。"

他动作笨拙，给她弄水洗头。

迟绿低着头，感受着他的动作，无声地勾了一下唇。

现在送来的晚饭已经不能吃了，食物已经凉了。

迟绿看向他："还吃吗？"

博延看着她："想在酒店吃还是出去？"

迟绿想了想，看了一眼窗外："酒店吧，我们明天再出去吃。"

"好。"博延把凉了的食物重新热了热，两人也没挑剔，将就着吃了。

吃过饭，迟绿才找他算账。

她和博延窝在沙发上，电视里在播放之前的走秀视频。

迟绿瞥了一眼，戳了戳男人的胸膛，凶巴巴地问："你骗我。"

博延："……"

他失笑，知道她在说什么。

"抱歉，我的错。"他低头，亲了亲她的脸颊，温声道，"想给你个惊喜。"

迟绿轻哼，想了想说："所以你前段时间忙，都是为了来巴黎？"

"嗯。"

博延不否认。

他之前便决定了要过来陪她，只不过有些工作再怎么排都排不开，只能尽量早点儿弄好，他才能挤出几天假期过来陪她。

听他这么说，迟绿想到了博延加班的那几天，一时间又有些心软，舍不得和他生气。

她埋头在他的脖颈处蹭了一下，咕哝着："那好吧，今天就原谅你了。"说完，她对着博延的下巴咬了一口，警告说，"但是下次要提前告诉我。"

亏她还因为不能和博延过元旦、过生日这事难受了好几天。

虽然这一回她身边有朋友，可朋友和博延不一样，他们都很重要。但和博延和好的第一年，迟绿是想和他一起过元旦的。

博延知道她在想什么，抬手揉了揉她的头发，轻声说："好，答应你，下次提前告诉你。"

迟绿点头："你累不累啊？"

博延摇头："在飞机上睡了一会儿。"

迟绿哦了一声，整个人撒娇似的跨坐在他的身上："博老师。"

"嗯？"博延垂眼看着她，张嘴咬了咬她的唇角，嗓音沙哑，"明天不用工作？"

迟绿听懂了他的暗示，抿了一下唇角，眨了眨眼说："要，就亲一下。"

博延没说话，用行动告诉她，亲一下的代价。

两人在沙发上亲着，差点儿擦枪走火。好在最后，博延还是稍稍克制了些许。

迟绿也不知道怎么回事，总觉得和博延分开的这几天，过得比之前两年多还煎熬。

在跟他和好之后，她现在一点儿都不想跟他分开了。就算是一天，好像也变得无比想念。

博延自然察觉到了迟绿的黏人，但他什么也没说，她想做什么，他都纵容着。

两人在沙发上亲了大半个小时，迟绿又开始犯困。

博延觉得好笑，把人抱回了房间。

"睡觉。"

"还没刷牙。"迟绿仰头望着他。

博延挑眉，捏了捏她的脸，问："要博老师抱你去？"

迟绿点头，厚脸皮地说："嗯，腿酸，走不动。"

博延："……"

他倒是不介意迟绿这样，相反，他很喜欢迟绿依赖自己，这让他有自豪感。

洗漱过后，两人重新回到床上。

迟绿很困，但也没忘记和博延分享这几天发生的事。

博延安静地听着，偶尔还会给她几句回应和点评。

夜渐渐深了。

迟绿蜷缩在他的怀里，说着说着，声音越来越小，最后声音转换为绵长的呼吸声，睡着了。

博延垂眸盯着她的睡颜看了许久，把人往自己怀里拉了拉，低头亲了一下，这才把灯关了。

迟绿不想和他分开，他又何尝不是呢？

博延来的消息，林静仪是知道的，甚至连迟绿在房间睡觉，也是她告诉博延的。

次日上午，几个人都默契地没去叫人。

中午时，林静仪才看了看圆圆，鼓励道："给你迟绿姐打电话，下午我们要去品牌活动现场。"

这边有个品牌开分店，邀请迟绿去露个脸，礼服也早早地送了过来。

圆圆眨眼，小声说："我先发消息吧，不回再去。"

林静仪："行吧！"

徐清妍在一旁觉得好笑，勾了勾唇，问："博总也没有那么恐怖吧？"

"不恐怖，"圆圆回答，"但迟绿姐恐怖。"

她如果打断迟绿和博延亲热，最生气的是迟绿。

徐清妍："……"

还没等圆圆的消息发出去，迟绿和博延先出现在了三人的视线里。

迟绿精神饱满，双颊酡红，一看就像是被滋润过的模样。

徐清妍扬扬眉，给她一个眼神。

"我们是不是来晚啦？"迟绿看向三人，"你们看我干吗？"

林静仪摇头："没事，我们刚点了餐，你和博总看看还要不要加点儿什么？"

"哦。"迟绿拉着博延坐下，多加了两个博延喜欢的菜，便安心等待了。

"待会儿你去参加活动，博总要过去吗？"

博延看了看迟绿，问："会有影响吗？"

林静仪想了想，道："一起去的话，你们俩的关系应该就算正式公开了。"

虽然两人的关系从之前的综艺里就能看出来，但到现在为止，他们也没正面回应过，加上国外的很多粉丝并不看综艺，不知道也很正常。所以这回博延一旦陪迟绿出席了活动，两人的关系算是公开了。

迟绿倒是不在意这些。

她之前签约的代言和各种活动，也没有说不允许谈恋爱。

她看向博延："博老师，介意吗？"

博延挑眉，问："介意什么？"

迟绿睨他一眼。

博延在桌下捏了捏她的手，道："不介意，我随意，需要我做什么随时说。"

林静仪颔首："也不需要做什么，迟绿又不是'小花旦'。"

徐清妍听着，开玩笑地说："她确实不是'小花旦'，但她的男粉丝确实比女粉丝多啊！"

众人："……"

迟绿一噎，瞪了她一眼："哪有，我没有男粉丝。"说着，她偷偷瞥了一眼博延。

在粉丝这件事上，她不确定博延会不会吃醋。

博延意味深长地和她对视一眼，倒是没说什么。

恰好服务员把饭菜送了过来，这个话题打住。

迟绿和博延在三人面前还算正常，但无形中又给人一种他们真的密不可分的感觉。

吃完饭，徐清妍感慨了一声："我感觉自己不是吃饭吃饱的。"

圆圆表示赞同，小声说："我感觉迟绿姐和博总好像有点儿改变了。"

林静仪看了看两人："哪儿改变啦？"

"说不上来。"圆圆说，"我就觉得迟绿姐好像更依赖博总了。"

徐清妍点头附和："确实。"

三人讨论了几句，看了看时间，收起了玩笑的心思开始忙碌。

活动是下午三点。

这会儿国内正好是晚上九点，正是大家闲下来的时候。

品牌新店开张，出席活动的不仅是迟绿这样的模特，还有几位国际知名艺人。

这家店是全球高奢品牌之一，迟绿和他们经常合作，关系很好。

现场的媒体和粉丝都不少。

迟绿在中间时段出现，她一出现，旁边便有人大声喊她的名字。

迟绿微微笑了一下，举起手跟大家打招呼。

她一出现，国内不少网友也关注了这个活动。

迟绿今天穿的是品牌送过去的礼服，明年春夏新款，一条浅金色的礼服裙，在闪光灯下，耀眼又夺目。

迟绿白，加上裙子，一下便吸引了所有人的目光。

"迟绿，我爱你！"

"迟绿，你好美啊！"

不知道是国内的粉丝还是媒体记者，在大声喊着。

迟绿有点儿想笑。她弯了一下嘴角，微微颔首，跟着工作人员往里走。

博延没和她一起走红毯，他拿到了林静仪给的工作证，等迟绿走完红毯之后便跟在她旁边。

国外很多人不认识博延，这个很正常。他偶尔出席的活动也是商业活动，之前做编剧也不经常露脸，大家不会太关注一个编剧。

也因为这个，不少人误以为博延是迟绿的保镖。

拍完照，迟绿进去了。

店里有很多同行，迟绿跟熟悉的几个人打过招呼，便想着休息一会儿。

博延垂眼看着她："累啦？"

迟绿摇头："还好。"她指了指脚上的鞋，小声说，"这双鞋是新的，穿着有点儿不舒服。"

博延蹙眉："没有换的？"

"不能换。"迟绿失笑，"这是品牌方搭配好的。"

博延了然，看向她："抓着我的手臂靠一会儿。"

迟绿沉默了一会儿，往他那边靠近，小声问："那样会不会不太好？"

"什么不好？"博延语气平静地问，"怕被人拍？"

迟绿想了想："不怕。"

说话间，她整个人靠在了博延的手臂上，借着他的力量休息。

两人安静了一会儿，迟绿抬眼看着他："博老师。"

博延敛目。

迟绿瞅着他半晌，柔声问："你是不是心情不太好？"

博延挑挑眉："有吗？"

"有啊！"迟绿认真回忆了一下，好像他从吃过午饭后就没怎么说话了，她想，该不会是因为徐清妍说的男粉丝吧？

迟绿解释道："我真的没有男粉丝。"

"……"

博延："嗯？没有吗？"他故意说道，"刚刚外面说爱你的那个，好像就是男的。"

那粗犷的声音，周围人都听见了。

迟绿一哽，连忙解释："哪有，那个人可能是记者吧，为了业绩才喊的。"

博延被她的解释逗笑了："真的？"

"真的啊！"迟绿直勾勾地望着他，就差举着手指发誓了，"我真的没有男粉丝。"她委屈巴巴地说，"不对，我连女粉丝都没有。"

博延静默了一会儿，拿下她举着的手，道："说错了。"

"啊？"迟绿蒙了，"哪儿说错啦？"她有点儿心虚，"我是真的没有啊，那些都是假的粉丝，他们不是真的喜欢我的。"

"……"

博延哭笑不得："你的粉丝听到了会伤心。"

"……"迟绿眨眨眼，"好吧，那我没有男粉丝，这是真的，你别不高兴。"

博延想说自己并不介意，但看她这样，又想逗逗她。

"你有。"他语气平静地说。

迟绿一愣，瞪大眼看着他："哪儿？"

博延看她呆萌的模样，没忍住亲了亲她的唇，含笑说："我不是？"

被博延这么一说，迟绿没忍住笑，抓着博延的手指晃了晃。

博延垂眸看着她的举动，脾气很好地跟她握了握手。

"真不生气？"

博延嗯了一声："没有。"

怎么说呢，介意自然是有一点儿。没有男人喜欢听其他男人对自己的女朋友喊"我爱你""喜欢你"之类的。但博延清楚，这是迟绿的魅力，其实他还有些说不清道不明的自豪感。

他的女朋友这么有魅力，这么让大家喜欢，是他的幸运。

迟绿抬起眼看着他，瞳仁里浮现笑意。她安静了几秒，忽而仰头在他耳边说："博老师。"

"嗯？"博延目光直直地看着她。

迟绿抿了一下唇，一字一顿地说："没事，我就是想说，我也是你的粉丝。"

"……"

博延笑了，克制地揉了揉她的手指，没再亲她。

两人旁若无人地在一侧聊天，不少人时不时会把目光转到这边，这些自然也落入了媒体的镜头里。

开店活动持续的时间不长，大多数是艺人到店带带人气，接受几个采访，宣传品牌。

他们的作用是宣传，提高热度。

没待多久，迟绿等人便走了。

她刚上车，手机便疯狂地振动起来。迟绿低头一看，是博盈的消息。

她挑挑眉，点开一看，扑哧笑出声来。

博延扬了扬眉，敛目看着她："怎么？"

"博老师，你上热搜了。"

博延："……"

他扫了一眼博盈发过来的消息，静默了几秒，问："我看起来像保镖？"

"……"

博盈发来的是热搜上的消息。

国外的很多行程活动，国内会转播。而迟绿今天参加的这个活动自然有人关注。

博延一直都跟在她的旁边，穿得不是特别正式，但也很正经，是黑色西裤，里面是同色系衬衫，外面被迟绿搭配了一件大衣，看上去很俊朗。

迟绿很喜欢他这样穿，博延也随她了，她喜欢就行，穿什么不重要。

国内大多数人认识他们，即便不认识，也会有热心网友科普，但国外不同。

国外很多记者和网友，只认识迟绿，不认识博延，在看到两人一起出现后，认为博延是迟绿的保镖。

此刻网上，还有不少关于博延是最帅保镖的言论。

"迟绿身边的男人是保镖啊？这是不是太帅了点儿？"

"迟绿不愧是最美女模特，选的保镖都是看脸的！"

"为什么迟绿和她的保镖关系那么亲密？"

"迟绿的保镖太帅了！"

"迟绿今天真的美炸了！"

"不说了，姐妹们，我先冲向保镖了。"

"大家醒醒啊，那不是保镖，那是博汇集团的博总啊！"

"……"

这番言论瞬间被国内的网友发现，搬到了微博。

一时间，大家当笑话一样。

"我博总那么帅，那么有气场，竟然有人会觉得他是保镖？"

"哈哈，这是什么天大的笑话！"

"就算是保镖，那也是迟绿一个人的专属保镖吧？"

"我博总竟然被人评价是保镖？博总心里那个气啊！"

"你们的关注点为什么会是保镖，你们的关注点不应该是为什么博总会陪迟绿去时装周吗？还充当了保镖的角色！"

"这还不明显吗？这两人在谈恋爱啊，男朋友陪女朋友工作呢！"

"好甜好甜。"

…………

迟绿看了看微博评论，想着博延刚刚的问话，摇头说："怎么？不愿意做我的保镖啊？"

博延："……"

"没有。"他淡淡地道，"你的保镖可以。"

迟绿勾了一下唇，当着他的面给博盈回消息。

迟绿："嗯，外国人都不认识你哥。"

博盈："啧！太没出息了吧，我哥都不认识。"

迟绿："是，这届媒体和粉丝都不行。"

博盈："对对对！我刚看到网上的人还说，我哥跟你去了国外，就不是博汇的博总了，而是迟绿保镖、迟绿男朋友。"

看着博盈的消息，迟绿想了想，转头看向博延："你介意吗？"

"介意什么？"

迟绿指了指手机屏幕，笑着说："介意别人说你是迟绿的男朋友啊？"

在现实生活里，有部分自尊心强的男人，不喜欢别人把自己称为某某的男朋友，就好像是女方更厉害，男方只是依附她一样。

博延对这种事一点儿不介意，语气平静地道："我难道不是？"

"……"

迟绿噎住。

博延笑笑，看着她说："我女朋友比我出名，挺好的。"

他喜欢看着她被众人追捧，喜欢看着她站在灯光下闪闪发光。回家了，却只属于他一个人。

迟绿忍着笑，知道他真不介意媒体这样说，倒也放下心来。

"那女朋友努力赚钱养你。"迟绿笑盈盈地道，"怎么样？"

博延颔首，一点儿也没吃软饭的感觉，很坦然地说道："好。"

林静仪听着两人的对话，觉得欣慰又好笑。她回头看了看两人，道："工作室要正面回应吗？"

迟绿摇头："不了吧，顺其自然。反正大家都知道我们在一起了，没必要刻意回应。"

林静仪看向博延。

博延嗯了一声，道："听她的。"

一行人回了酒店。

迟绿今天的工作完成，换了衣服后便跟博延又出了酒店。

他们俩要去约会了。

"先吃东西？"

迟绿点点头，看着路边的冰淇淋店："要吃冰淇淋。"

博延："……"

两人对视一眼，迟绿小声说："只吃这一次。"

博延没辙，只能给她买。

大冬天吃冰淇淋，有不一样的感觉。

迟绿拿着博延买的甜筒，咬了一口递到他的面前，眼睛明亮地望着他："尝一口。"

博延稍顿，敛下眸子看了她咬过的地方，伸出舌尖舔了一下。

不知道为什么，明明是很正常的举动，可迟绿就是觉得他做得有点儿过。

她脸一热，下意识地抿了一下唇角。

"好吃吗？"

"很甜。"博延目光沉沉地望着她。

迟绿哦了一声，眼睫轻颤："确实有点儿甜。"

博延看她躲闪的目光，轻勾了一下唇角。

两人边吃边走，迟绿对街边小吃感兴趣。大多数时候，她一停下脚步，博延就知道是什么意思。

迟绿爱吃，但每一样都吃得不多，吃不完的博延会帮忙解决。

两人走了一会儿，迟绿突然停下脚步，看着他："这条路，我之前一个人走过很多次。"

博延一怔，回头看了看他们刚刚走过的这条路，沉沉地应了一声。

迟绿看他的表情，开玩笑地说："今天最开心。"

博延看着她，抬头揉了揉她的脑袋："再带我去其他地方看看？"

"那去我住过的那儿吧！不过我退租了，也不知道房子重新租出去了没。"

博延颔首："去那儿附近转转。"

"好。"

迟绿带着博延去了她曾经住过的地方，两人没进去，就在周围转了一圈。她絮絮叨叨地说着话，有很多事不刻意去回忆的话，其实迟绿也会忘记。但这会儿回忆起来了，她才发现，其实自己一个人也经历了很多。

去了曾经住过的地方，迟绿还带着博延去了她第一次登台的小地方。

"我当时可害怕了。"迟绿看着他，笑着说，"全身僵硬，腿也发软。"

那时候，她第一次走秀。

虽然在家里、在公司里，她提前演练过很多次，也给自己做过无数次的心理建设，可一想到台下有人在看着她，她就紧张到手心冒汗，腿发软。但幸运的是，她顺利完成了。

"然后呢？"

迟绿笑道："然后就是闭着眼上去，想着绝对不能出错，要是出错了，我就没饭吃了。"

博延眼睫垂下，望着她，没吱声。

现在，他其实都能回忆起她当时在 T 台上的一举一动。

迟绿看着他，戳了戳他的脸颊："别这么严肃嘛，其实经历了那些对我是有好处的。"她故作轻松地问，"对了，你知道我当时穿的什么衣服吗？"

博延挑眉："颜色？"

"嗯。"

博延故作沉思："白色。"

迟绿眼睛一亮，惊喜地道："对。"

她晃着博延的手臂，笑盈盈地说："博老师真聪明。"

博延笑而不语。

他拍了拍她的脑袋，笑着问道："还有呢，第二次是在哪儿？"

"也在这儿。"

迟绿笑道："当时闻昊安排我来的，他看我紧张，让我先在一个地方熟悉熟悉。"

博延了然。

迟绿瞅着他，好奇地问："你现在还吃闻昊的醋吗？"

"……"博延捏了捏她的脸，"不吃。"

其实博延一直都不是很介意闻昊的存在，相反，他很感谢闻昊。

如果不是他帮了迟绿一把，迟绿在这个圈子里不会那么顺利。这一点，博延不得不承认。

他找过迟绿，一直都在找。

最开始迟绿没工作之前，博延根本毫无头绪。

博延知道她消息的时候，是她和闻昊的公司签约，成为签约模特时。他第一时间赶了过来，也恰好碰上了她的一场 T 台秀。

那个秀，是一个小众品牌，不算出名。台下人少，上台的模特也大多数是没有名气的。

那场秀，博延回忆着，其实迟绿表现得不算好，但对比其他模特而言，她是最亮眼的。

她骨架小，人瘦且白，模样也精致。她穿着白色礼服裙，全身僵硬地上台的时候，像一个玻璃橱窗里的瓷娃娃，精致漂亮得让人挪不开眼。

至少，博延是没舍得眨眼，唯恐一闭上眼，她就在自己的面前消失。

那之后，博延也深入了解了一番。他知道当时对迟绿而言，闻昊那家公司是最好的选择。

他没办法插手太多，也怕她察觉，怕她不高兴。

那场秀结束后，第二场秀，博延依旧在现场。他发现，迟绿自然了很多。

她性格倔强，第一场表现不好，只要再给她一个机会，她一定能做好。

迟绿看他一本正经的模样，知道他说的是实话。

她点点头："那就好。"

博延眉心一跳，忽然有一种不太好的预感。

果然，下一秒迟绿便开口了。"我明天和闻昊约了吃饭。"说着，迟绿眨巴着大眼睛看着他，"你应该也不介意的吧？"

博延："……"

他噎了噎，瞅着她："铺垫了那么多，就为了说这个？"

迟绿："也不是，我就是刚想起来嘛！"

博延失笑，捏了捏她的脸，道："和陌生男人吃饭，迟老师应该需要保镖吧？"

/ 第十三章
他的印记

听到"陌生男人"这四个字，迟绿忍不住笑了。

她眉眼含笑地睨他一眼，追问："谁是陌生男人？"

博延警告似的看了她一眼。

迟绿轻笑出声，点点头说："好几个月没见，确实算得上是陌生人了。"

"……"

不知怎么，博延觉得她意有所指。

提到这儿，迟绿开始找他算账。

"你还记不记得我回国参加活动那次。"她眼神灼灼地看着他，微微一笑，"落了东西在你那儿，你跟我说了什么？"

博延："……"

他沉默三秒，道："对不起。"

迟绿一噎，看他这么迅速地道歉，忽而没有半点儿成就感。

"一句对不起就行了吗？"她轻哼，"我当时可伤心了。"

博延嗯了一声，低低地说："我也挺伤心的。"

"……"

迟绿顿了一下，和他目光对视了几秒。

她看着博延深邃的瞳眸，蓦地明白了他的意思。如果不是被她伤害得太深，博延是舍不得对她说重话的。

两人的感情世界里，总免不了有口不对心的时候。

两人无声地对视了一会儿，博延率先出声："想什么呢？"

· 423 ·

"没。"迟绿眨眨眼，"你去给我买杯奶茶吧，我就原谅你了。"

博延失笑："这么容易啊？"

迟绿看着他，自言自语地说："好像是哦，那你再带我去吃顿好吃的，行吧？"

"好。"他哑然失笑，"带你去。"

他给迟绿买了奶茶，又带她去逛了街，去了她以前常去的餐厅吃饭。

夜幕降临，路灯亮起，橘色的光照着路面，让人感觉温暖而舒适。

即便是有晚间凉风，也不会觉得寒冷。

有时候，迟绿还挺喜欢和博延过这种平淡又温馨的生活的，平平淡淡，但又充满了爱。

次日，迟绿和闻昊见面。

博延嘴里说着要当她的保镖，实际上还是放心地让她一个人去了。他跟着不太好。

闻昊看到她一个人的时候，还有些意外："你一个人？"

迟绿："……"

她嗯了一声，抬眼问："还能有谁？"

闻昊笑笑，把面前的咖啡往她那边推了过去，道："博总不是来了吗？"

迟绿点头。

闻昊看了她一眼，说："他放心你单独跟我吃饭？"

"……"

迟绿噎了噎，觑了他一眼说："闻总未免把我男朋友想得太小气了。"

闻昊扬扬眉，没再多说。

"想吃点儿什么？"

"你点吧。"迟绿笑笑，"我随便吃点儿。"

闻昊也知道她的习惯，了然地点了两个她能吃的低热量食物，这才和她聊了起来。

"这次回来感觉怎么样？"

"没太大感觉。"迟绿静默了一会儿，诚实地道，"和之前差不多。"

闻昊轻笑，敛目看着她："我听说你前两天跟孟巧吵了一架？"

"……"

迟绿抿了一口咖啡，忽然有些不习惯美式的味道了。

可能是最近生活太甜了，她一点儿苦都不想再尝试。

"听谁说的？"她平静地抬头看着他。

闻昊盯着她看了几眼，问："你觉得呢？"

迟绿："不知道。"

闻昊沉默了一会儿，忽然说："我发现，我好像一直都没怎么认识过你。"

迟绿怔住，思考了那么几秒，想了想，道："可能吧！"

两人相对无言。

闻昊岔开话题，不再跟她在这件事上多纠结。有很多事过去就是过去了，再提其实没有任何意义。

闻昊清楚，迟绿也知道。

"听公司员工说的。"他低声道，"公司里传得沸沸扬扬。"

迟绿哦了一声，态度冷淡："没事，圈子里估计也传开了吧？"

"你们俩不和的消息，圈内一直都知道。"

迟绿笑笑："挺好。"

不和就是不和，她可不愿意假装和孟巧关系好。

闻昊被她噎住，有些无奈。

他看着她："知道我今天为什么约你吃饭吗？"

"当说客？"迟绿一猜便能猜中。

闻昊点头，笑着说："代表公司来的，孟巧现在算是公司的顶梁柱，徐清妍和你都是从公司离开的，自然不希望你们三人闹得太僵。"他继续道，"过两天时装周你们必然会碰面，无论是在后台还是在媒体前，提到对方的话，还希望你能口下留情。"

"……"

迟绿没说话。她知道闻昊的为难，沉思了须臾，抬起眼睫看向他："你的意思是如果媒体问到刁钻的问题，我要帮她圆过去？"

闻昊颔首。

"做不到。"迟绿毫不犹豫地说，"媒体不问，我不会主动提，但媒体问了，我会实话实说。"她看向闻昊，平静地道，"你不是不知道她怎么对我，怎么对清妍的。"

话说到这份儿上，闻昊也不好再说什么。

其实他今天来之前，就猜到了迟绿不会答应。

"你的回答，还真在我的意料之中。"

迟绿扬眉："你都知道我的答案还问。"

"没办法。"闻昊笑笑，故作轻松地说道，"上头的任务，总归要走走流程的。"

迟绿毫不客气地翻了一个白眼。

菜送上来，迟绿低头吃着。

两人聊了一点儿其他的事，正聊着，闻昊突然笑了一下。

迟绿一脸莫名。

"你男朋友来了。"闻昊提醒，"看来博总还是不放心。"

迟绿："……"

她一转头，便看到了出现在视野里的博延。男人模样英俊，身形挺拔，正不紧不慢地往他们这边走。

博延走到了她的旁边。

"博总，"闻昊率先出声，"好久不见。"

博延颔首，神色冷淡。

"坐吧！"

迟绿一点儿没客气，仰头看向他："不是在忙吗？忙完啦？"

其实出门前，博延是要陪她的，但徐铭泽给他打了一个电话，他需要开一个临时会议，便让迟绿一个人先来了。

博延嗯了一声，看了一眼闻昊："打扰了。"

闻昊："……"

他失笑，知道博延对他的态度是因为什么。

三个人坐下，迟绿看着他："想吃什么？"

博延看了看："你看着点。"

"哦。"

一时间，氛围很是诡异。

博延和闻昊聊了两句，但男人间的话题除了公事之外，也没别的，更何况这两人之前还勉强算得上是情敌，更没话说了。

迟绿在旁边坐着，感受到了一*丝丝*的尴尬。

好在尴尬没有延续很久，等吃过东西后，闻昊便离开了。

看着闻昊的背影，迟绿没忍住，戳了戳旁边人的手臂："你干吗？真放心不下？"

博延面不改色地说："没有。"

迟绿挑眉，明显不信："你开完会啦？"

"嗯。"博延捏着她的手，"我开了一个多小时。"

言下之意是，你们吃个饭吃了一个多小时都没吃完。

迟绿忍着笑，弯了弯唇说："高峰期呢，服务员上菜慢，我也没办法。"

博延看她嘚瑟的模样，眼神微暗，没忍住碰了碰她的唇，酸溜溜地问："和他吃饭这么开心？"

"……"

迟绿觉得他真是冤枉自己了，她哪有很开心。

"我哪有？"她搂着他的脖颈撒娇，"我是因为你来了才这么开心的。"

博延看她这样，没再和她计较。

本来，他也不是真的介意。

"现在去哪儿？"

"陪我去逛街吧，要给清影她们买礼物，明天我又要忙了。"

"好。"

一晃，到了时装周正式开始的这天。

这一季时装周，迟绿收到的品牌邀请依旧不少。

从第一天开始，她便开始连轴转，各大品牌秀场都有她的身影。

原本，很多人并不看好她回国发展，可这一次回来，许多圈内朋友以及秀场爱好者发现，迟绿回国后资源不仅没变差，甚至比上一次时装周多拿到了几大品牌的通行证。

此外，几大杂志也纷纷向她发出了邀约。

她在T台上，亮眼又迷人，无论什么风格，都能轻松驾驭。

每一场秀，博延都在现场陪着。

最后一场，林静仪也跟着放松下来。

她和博延坐在一起，盯着从里面走出来的人。

最后一场，是时尚圈一个高定品牌，礼服基本上七位数起步，迟绿是他们家的宠儿，一直备受品牌方喜爱，只要迟绿在，他们家的开场模特就必然是她，也正是因为这样，迟绿才更招人妒忌。

她一出现，所有灯光和所有人的目光都落在了她的身上。没有人舍得眨眼。

迟绿走秀气场向来强大，卡点也准到可怕，无论是现场的观众，还是屏幕前的观众，都喜欢她。

在灯光的照耀下，她耀眼又迷人。

她穿着璀璨银河系列的礼服裙朝观众走来时，博延忽然发现，如果是迟绿，他愿意一辈子做她的裙下之臣。

最后一场秀落下帷幕，迟绿也成功地刷新了圈内人对她的认识。

她国际名模的地位，好像比之前更稳固了。

结束后，迟绿还有几个采访。

她拿到自己的手机，迫不及待地给博延发消息。

迟绿："最后这场秀是不是很好看？"

博延："嗯。"

迟绿："衣服好看还是我好看？"

透过屏幕，博延能感受到她的威胁，他一点儿也没吝啬自己对迟绿的夸赞，毫不犹豫地回复："你最好看。"

迟绿捧着手机，无声地弯了弯唇。

圆圆在旁边看着，也不知道该说点儿什么。迟绿恋爱的酸臭味，真的太浓了，浓到她怎么都避免不了。

"迟绿姐，该去换衣服了。"圆圆在旁边提醒，"有位置了。"

迟绿颔首："好。"她把手机塞给圆圆，说，"采访是几点开始？"

"还有十五分钟。"

迟绿嗯了一声，从她手里接过之前准备好的衣服，去换衣服。

她刚过去，便碰到了从另一边过来的孟巧。最后这场秀，孟巧不是秀场模特，但她拿到了看秀的邀请函。

两人打了一个照面。

孟巧抬眸看了她一眼，眸子里的妒忌一闪而过。

她微微一笑，亲切地说道："迟绿，今天表现不错。"

迟绿面无表情地看着她，没应话。

孟巧被迟绿忽视，心里不舒服。她抿了一下唇："跟你说话呢，你怎么越来越没礼貌？"

迟绿抬了抬眼，语气平静地道："你跟我说话，我就要回吗？"

孟巧："你……"

迟绿侧目，看向一侧的工作人员："我记得不是这场秀的模特和有工作证的工作人员，是不能随便进出后台的吧？"

工作人员一愣，连忙道："抱歉。"他看向孟巧，做了一个请的姿势："孟老师，这边请。"

一般后台比较乱，之前管控没有那么严格，出过几次事，后来便强制性要求，非相关人员不允许入内。

孟巧虽有名气，但也只是个模特，没有通行证，是不允许在后台的。

孟巧看着工作人员，不敢相信地瞪圆了眼："你说什么？"

工作人员歉意满满地说道："孟老师，这是我们品牌的规定。"

孟巧气不打一处来，但她没走："迟绿，你可以啊！"

迟绿掀了掀眼皮，没理她。

她进去换衣服，没料到再出来时，孟巧还在原地。

"你是不是故意针对我？"

迟绿轻哂，淡淡地问："才看出来吗？"

孟巧："……"

"你……"她冷笑了一声，高高在上地看了迟绿一眼，"你别以为自己这一回拿到了不错的资源，之后就能一帆风顺，迟绿，你已经回国了。"

迟绿微微一笑，问："那又如何？"她慢条斯理地道，"即便我不在这边，我在这儿的资源和影响力依旧比你好那么一点儿，有什么问题吗？"

这句话，可谓是戳中了孟巧的心窝子。

孟巧不懂，为什么她经常送礼的人，会对迟绿这个没礼貌的人那么好。

她时常参加各个聚会，就为了多认识人。有时候她为了一张邀请函费尽心思，可迟绿倒好，不仅从不奉承旁人，甚至能轻而易举拿到想要的东西。

这怎么能不让人生气。

她就没发现，迟绿到底有哪里值得那群人喜欢。

孟巧咬碎了牙，恶狠狠地瞪着她："你别太过分。"

迟绿扯了扯唇，一点儿都没想和她在这儿浪费时间："哦，我就这么过分。"

话音刚落，后面传来声音："怎么回事？"

看戏的众人一惊，纷纷回头看向来人。

来人是品牌方的设计总监，旁边站着的是品牌方的老总。

孟巧看见两人，眼睛亮了亮，主动打了声招呼。

设计总监看了她一眼，看向迟绿："我听说你们起了争执，怎么回事？"

迟绿嗯了一声，笑笑说："也不算争执。"

孟巧一顿，抓住机会道："安总，我是孟巧，好久不见。我们上一回在……"

她话还没说完，安总便拧了拧眉，看向一侧的工作人员："她是秀场模特？"

工作人员摇头。

闻言，安总淡淡地问："后台什么规矩？"

众人愣住，忽而明白过来。

孟巧还没反应过来，不远处过来几个穿着黑衣服的保镖。

"安总。"

安总点点头，看了看，说："把这位小姐请出去。"

孟巧不可置信地看着她："安总，我是孟巧，我们见过的。"

闻言，安总轻笑了一声，侧眸看向她："孟小姐，我们品牌后台无关人员不允许入内，这点还望孟小姐理解。"

"……"

孟巧出去后，众人脸色各异。

他们都没想到安总会这么狠，直接叫保镖过来请人离开。

迟绿一直没说话，安总瞅了她一眼，轻笑了一声："迟绿。"

"啊？"迟绿回神，看向她，"谢谢。"

安总眉梢稍扬，不紧不慢地问："谢什么？"

迟绿笑而不语："怎么过来这边啦？"

安总淡淡地道："过来看你，听说你工作安排满，我这不过来亲自约你，你待会儿就跑了吧？"

迟绿眨眨眼，笑盈盈地说："哪有啊，我怎么也要去看看您啊！"

安总斜睨她一眼："最好是。"

迟绿弯了弯唇："这一季的礼服不错。"她看向一侧的设计总监，"我很喜欢。"

"真的？"安总笑道，"那等你结婚的时候，我送你一件。"

迟绿："……"

安总非常八卦地问："我听说你这回带了个男朋友过来，不打算介绍我们认识？"

"介绍。"迟绿笑道，"我之前就打算明天去看你和小安安，既然你都这样说了，那我把我男朋友带上。"

"行。"

安总还有别的事："记着啊，我要看你男朋友，先走了，你也去忙吧！"

"嗯。"

在圈子里，有点儿大小事都能第一时间传播开，这一点，迟绿早就知道了。但她没料到的是，她和孟巧的事刚过去不到二十分钟，媒体就已经知晓了。

采访的时候，除了前面几个问题，后面开始逐渐跑偏。

"迟绿，听说你在后台跟一位同行起了争执，是真的吗？"

迟绿："没有争执，只是意见不同，说了两句。"

记者穷追不舍："这样啊？之前圈内一直传闻，你和孟老师关系不太好……"

闻言，迟绿微微一笑："在工作上我们有竞争关系，私底下不是很熟。"

至于好不好，用不熟就可以概括。

记者还想继续追问，迟绿这边的工作人员提醒道："今天是工作采访。"

迟绿微微一笑，看着不远处的闪光灯。灯光一闪一闪的，她依旧面带微笑，没让自己出现一点儿不好的表情。

后来，话题回到正轨。

迟绿回答了几个问题，便匆匆赶往下一个场地。

全部结束的时候，迟绿已经累瘫了。

她揉了揉自己僵硬的脸，抱着圆圆叹息："好累。"

圆圆哭笑不得："迟绿姐，博总来了，你去抱博总吧！"

迟绿："……"

她抬眼，看着走到自己面前的男人。

两人对视一眼，迟绿眨了眨眼，小声说："我今天好像惹麻烦了。"

其实在后台的事，她能忍，但一想到徐清妍那些事，她又觉得没必要忍。

她在心里衡量了一下事情的严重性之后，还是没忍住和孟巧怼了起来。

博延看她认错的模样，嗯了一声："错哪儿啦？"

迟绿："……"

这怎么和她想好的剧本不太一样？

她沉默了一会儿，小声说："错在我不该怼孟巧？"

博延轻笑："先上车，上车说。"

"哦。"

迟绿把手给他，撒娇道："你牵着我走。"

博延垂下眼，握着她的手往前走。

上车后，迟绿主动往他的怀里靠，小声问："静仪姐有没有说，一会儿怎么收拾我呀？"

博延："……"

他捏了捏她的脸，失笑地问："就担心这个？"

"有点儿。"迟绿笑道，"主要是我怕她的心脏承受能力不行。"

林静仪和徐清妍参加宴会去了，迟绿这边有博延，她也就没过来。

博延笑道："不至于。"他靠在椅背上，慢条斯理地说，"做你的经纪人，应该早就有心理准备了。"

迟绿噎住，瞪大眼看着他："你这话什么意思？"她没忍住，也跟着捏了捏他的脸颊问，"博老师，你今天必须给我说出个一二三四五来。"

博延看她这样，没忍住低头亲了一口："嗯。"他沉沉地笑了笑，"给你说。"

迟绿轻哼。

博延沉思了一会儿，给她分析："没什么大问题，也不算麻烦。"他说，"相

反，媒体很喜欢你的真性情。"

闻言，迟绿扬扬眉："这个我知道。"

她也不知道是什么体质，相比较而言，很受媒体喜欢爱。他们喜欢采访她，很多稿子也大多是偏向她这边的。

博延嗯了一声，说："我刚来的时候，你们这个小圈子已经传开了。"

迟绿眨眼："我和孟巧吵架的事。"

"还有更多。"

迟绿一怔，讶异地道："还有什么？"

博延想到自己听到的那些传闻，摸了摸她的脑袋安抚："明天你会知道。"

迟绿："现在不能说？"

博延："我不知道怎么说。"

他一个大男人去说女人的八卦，有点儿不太合适吧？

迟绿静默了一会儿，猜到了他的为难。她哦了一声，抱着他蹭了蹭："反正不管我怎么为难她，你都不能觉得我凶、不讲理就行了。"

博延勾唇笑笑，碰了碰她的唇："不会。"

迟绿开心了。

回到酒店后，迟绿也没心思和博延过二人世界。

她累到一进屋就躺在了沙发上，连往房间里挪动的力气都没了。

博延盯着她看了一眼，看了看时间："不去洗澡？"

"不想动。"迟绿看着他，"还要卸妆。"

博延领悟了她的意思："我给你卸？"

"可以。"

博延了然，进房间给她拿出卸妆纸和卸妆水。他在这方面动作不是很熟练，迟绿也不嫌弃，闭着眼享受着他的服务，偶尔还睁开眼指点一下："眼睛和嘴巴不能用这个。"

她戳了戳博延的手臂："那边还有一瓶小的，要用那个。"

博延："……"

他给迟绿卸完妆后，迟绿还是没动。

他看了她一会儿，敛下眸子问："还要我做什么？"

迟绿沉默三秒，朝他张开手："抱我去浴室。"

博延没拒绝，将她抱进了浴室。

迟绿看着他："顺便帮我拿一下睡衣。"

博延转身去拿，给她放在了浴室的一侧。

莫名其妙，房间内好像变得更静了。

迟绿刚洗过脸，转身想脱衣服洗澡时，发现博延还在原地站着。

她眼睫一颤，脸上的水珠滚落，滴在地上。

"博老师？"

博延站在一侧，垂眼看着她："不用我帮你洗澡？"

"……"

两人对视半晌，迟绿耳朵开始发红。

她上下唇动了动，在博延的注视下憋出一句："你要是能忍住的话，也不是不行。"

话音一落，博延朝她走来，一把将她抱上洗漱台。

他双手撑在她的两侧，目光灼灼地望着她，喉结轻滚："不能忍住就不能给你洗？"

"……"

迟绿脸涨红，不太敢看他深如大海的瞳仁。

她眨了眨眼，小声解释："我好累。"

"嗯。不用你动。"

迟绿："……"

最后，迟绿败下阵来。她仰头，主动亲了亲他的唇，博延顺势往下，吻着她的舌尖，慢慢侵占。

浴室里有了氤氲的雾气，浴缸里的水也满了。

浴室内，时不时还有暧昧的声音传出。

迟绿感觉自己生活在水深火热之中，冷热交替。

她被男人亲着，舌尖发麻。

意乱情迷间，男人的声音在她耳畔响起。

"不想让你出去了。"

"……"

每一次看迟绿走秀，博延都有这样的想法。

他想把她藏起来，只给自己一个人看，想建一座城堡，藏着她，让她在城堡里，做他一个人的公主、一个人的女王。

两人在浴室里折腾了一番，回到床上，博延倒是稍微克制了一下自己。他低头亲了亲怀里人，起身进浴室拿了吹风机出来："困啦？"

迟绿脸颊酡红，锁骨处也全是他留下的痕迹。

印

下
册

她闭着眼，就感觉自己的生命到了尽头，太累了。

虽然，刚刚她也挺享受的。

"困。"迟绿挥了挥手，借机打了他一下，"你快点儿，我要睡觉。"

博延："……"

什么叫不讲理，就是迟绿这种。

他无奈，坐在一侧给她吹头发。

在吹风机嗡嗡嗡的声音中，迟绿睡着了。

博延看着她的睡颜，在她唇上落下一个吻："晚安。"

次日，迟绿醒来时候，博延已经在客厅里和他的下属开会了。

她听了一会儿，没出去打扰。

迟绿拿过一侧的手机看了一眼，一点开便看到了圆圆她们几个人在群里发的消息。

林静仪："你们在国外玩得这么开的？"

徐清妍："不要把我和迟绿加进去，是部分人。"

圆圆："我一直以为她只是和公司老板有一腿，没想到还和那么多人在一起过啊！"

徐清妍："纠正，不是在一起，是睡一起。"

林静仪："大尺度照片，惊呆我了。"

徐清妍："这不会是博总帮忙的吧？孟巧这模特之路，没希望了吧？"

…………

迟绿看了看，往上翻了翻，翻到了她们发的链接。

她点开，恰好看到了国外媒体的报道，是和孟巧有关的。

他们这个圈子里，每个人都有自己上位的手段，如果都是单身，各取所需的话，她不鄙视任何人。但就她之前知道的，孟巧已经搅和过不少家庭了。也正因为这个，迟绿才一直和孟巧保持着一定的距离。

她可以接受各取所需，但不能接受破坏别人家庭。

媒体的新报道，是昨晚的几张照片。

照片主人公是孟巧，除了她之外，还有一个他们都认识的圈内人，一个品牌方的副总。这位副总对外一直是好男人的"人设"。可在媒体的镜头里，他的手已经伸到孟巧的衣服里了，两人在地下停车场，就已经在一起激吻了。

此外，网上还有各方圈内人的爆料。

孟巧和已婚男人来往，可不止这一个。国外在很多事情比较开放，特别是

• 434 •

情爱这种事，你情我愿别人也不会说什么。但他们也有底线。刻意勾引，刻意破坏人家庭的，大家不能接受。

再加上她在圈内得罪的人多。她一出事，便有各种有凭有据的爆料。

她用不正常手段抢资源，打压新人，甚至辱骂工作人员、欺压工作人员。她之前做过的很多事，也在一夜之间被人翻了出来。

迟绿正看着，博延不知何时出现在了门口。

"看什么？"

迟绿抬起眼睫，也没心思再看下去。她望着博延几秒，小声问："孟巧的事，你有插手吗？"

博延顿了一下，走到她的旁边："怎么会认为我插手了？"

"嗯。"迟绿分析，"因为之前很多人知道这些事，但她认识的人多，另一方势力也大。"

这时候曝光出来，除非有人做了手脚，不然不太可能。

博延挑眉，揉了揉她的脑袋说："我只是跟熟悉的朋友提了两句。"

迟绿："……"

她好奇地看着他："哪个熟悉的朋友？"

博延沉默了一会儿，说了个名字。

迟绿大惊，意外地道："你还跟他认识啊？"

博延颔首："之前见过几次。"

"……"迟绿直勾勾地瞅着他，想了想，问，"那你之前，来过这边吗？"

博延说的人，是某高奢品牌的老板。这个老板前几年刚接手家族企业，迟绿还有幸见过一面。

博延稍顿，盯着她看了一会儿，依旧点头。

迟绿愣住了："来过？"

"嗯。"

"那你……"她抿了一下唇，忽然有些猜想，"是不是之前就看过我走秀？"

不是迟绿自恋，是她了解博延，清楚两人的感情。

博延嗯了一声，揉了揉她的头发，说："回国了后带你去个地方。"

迟绿眨眼："去哪儿？"

"回去了说。"

"那你现在不能说吗？"

博延看了看时间，提醒她："你不是还跟安总约了吃饭？再不起床要迟到了。"

迟绿："……"

"我和安总私底下关系还不错。"迟绿上车后和他说,"你知道我们怎么认识的吗?"

博延挑眉:"怎么认识的?"

"她是华裔啊!"她沉默了一会儿,小声说,"她儿子很喜欢我,我们第一次见的时候,是在她丈夫的葬礼上。"

安总全名叫安欣,是华裔。她很早就到了国外,也在研究生毕业时和她丈夫结了婚。

她昨天走的高定品牌,是她丈夫家创下的品牌。安欣的丈夫不到四十岁的时候便得了癌症,去世了。

迟绿第一次见安欣,是在她丈夫的葬礼上。

她之前和安欣的丈夫见过一次,当时也只是礼貌性地去祭拜。

博延一怔,垂眸看着她:"然后呢?"

"我安慰了她两句。"迟绿笑笑,"我当时就觉得我们俩还挺像的,所以陪了她一会儿。"

博延了然:"后来就熟悉啦?"

"嗯。"迟绿笑笑,"主要是她儿子喜欢我。她儿子长得超级可爱。"

说到安欣的儿子,迟绿有了兴趣:"待会儿我们到那边停车,给他买个小礼物。"

博延扬扬眉,问:"多大啦?"

"今年应该十岁了。"她笑盈盈地说,"他真的超级帅,待会儿你看了就知道。"

博延:"……"

他不想看。

两人到的时候,安欣和她儿子还没来。

迟绿和博延坐在一侧等了一会儿,两人总算到了。

博延还没看清楚,便有一个小萝卜头朝他女朋友跑过来,嘴里用不是很正宗的中文说着:"迟绿姐姐。"

迟绿张开手,一把将他抱了起来。

"哇,小安安又长高变帅了啊!"

小安安格外开心,抱着她,甜甜地道:"迟绿姐姐也是,变漂亮了。"

被小孩儿这么一夸,迟绿心花怒放。

"还是我们小安安会说话。"

安欣哭笑不得地看了看两人:"你俩收敛点儿,在外面呢!"

"怕什么?"迟绿不在意地摸了摸他的脑袋,哄道,"我们小安安这段时间有没有听妈妈的话呀？"

小安安点头，望着她："有，对不对呀，妈妈？"

安欣笑着点头。她侧目，看向博延："博总，久仰大名。"

博延淡淡一笑："您好。"

打过招呼，小安安瞅着博延，好奇不已："迟绿姐姐，这位哥哥是谁呀？"

"我男朋友。"

话音一落，小安安瞬间大哭。

三人："……"

迟绿看着他，想了想问："怎么了，我男朋友不够帅吗？"

小安安泪眼婆娑地看着她，委屈巴巴地控诉："迟绿姐姐，你不是说等我长大做我女朋友吗？"

迟绿："……"

迟绿看着博延意味深长的笑，有种突如其来的心虚感。她思忖了几秒，看了看还在哭的安安，决定先哄小孩儿。

博延看她和小孩儿相处的模式，眼里闪过一丝异样。

迟绿对孩子有耐心，可能和她没有兄弟姐妹有关。无论是林宿，还是安安，都一样。

迟绿跟安安解释了一下他们俩之间的差异，才勉强把他哄好："以后我们安安会遇到更漂亮的女孩子的。"

小安安泪眼婆娑地看着她，摇摇头说："迟绿姐姐是最漂亮的。"

闻言，迟绿心花怒放。她朝博延了一眼，像是在说"你看小朋友都比你嘴甜，比你会说话"。

博延接收着她的暗示，无声地勾了一下唇："嗯，哥哥也赞同。"

小安安："……"

他盯着博延看了一会儿，小声说："哥哥，你也还挺帅的。"他很为难地说，"那好吧！"

迟绿笑："那好吧什么？"她抬手，捏了捏他肉嘟嘟的脸，"我们小帅哥看着好委屈啊！"

小安安眨巴着大眼睛望着她，委屈地道："哥哥这么帅，我只能勉强同意你做他女朋友。"

迟绿扑哧一笑。她笑盈盈地道："行，那先谢过我们小安安了。"

小安安喜极而泣，抱着她撒娇："迟绿姐姐，你好久都没来看我了，不想我吗？"

"想的啊！"迟绿笑着摸了摸他的脑袋，哄道："以后迟绿姐姐多来找你玩，好不好？"

安安点头："好呀，妈妈说你回国了，回国好玩吗？"

"好玩。"迟绿目光柔和地看着他，"下次迟绿姐姐带你回国玩好不好？"

安安眼睛一亮，毫不犹豫地道："好呀好呀，妈妈也要一起。"

安欣失笑："行，过段时间就说带你去。"

"你给博盈买礼物了吗？"

迟绿转头看着他。

博延挑了一下眉，垂眼看着她："你买了就行。"

"那不行。"迟绿笑道，"你也买一个，女人都喜欢收礼物，越多越好。"

博延失笑，点点头："给她买什么？"

迟绿想了想："买包吧，反正她喜欢。"

迟绿给博盈选好包，让博延付款。

"这就行了？"

迟绿茫然地看着他："不然呢？"

最后，迟绿拗不过博延，又多给自己添了两个小包。说是给博盈买礼物，最后，迟绿的礼物最多。

博延在这种事情上，不是特别会听她的话。很多时候，女人说不要，并非真的不喜欢，只是她们考虑的因素较多。

博延了解迟绿，也知道她是什么样的人，自然知道她所说的不要，是觉得多了浪费，但并不是不喜欢。

逛完街，迟绿又拉着博延去了几个小地方逛了逛。

这一次回来，她的孤独感少了很多，也很乐意跟博延分享很多她这两年的生活。

两人和普通情侣无异，牵着手逛马路，到路边买小吃，吹着冷风拥抱。

迟绿被博延抱在怀里，闭着眼感受着他的存在："博老师。"

"怎么了？"博延低头看着肩膀上的人。

迟绿笑笑，说："我刚刚看了微信，博盈问我们是不是明天回去。"

博延挑眉："然后呢？"

"她说想给你补办一个生日，问你愿不愿意。"

博延前两天过生日，但迟绿正好在各大秀场走秀，除了早起给博延送了个吻和生日祝福之外，再没有其他的。

那天她回到酒店已经凌晨一点了，两人连蛋糕都没吃。

博延："……"

他其实对生日并不怎么看重，只要和迟绿在一起，怎么过都行。他思忖须臾，看着她："你也想给我办？"

迟绿点头："你不想？"

博延嗯了一声，说："一个生日而已，过去就过去了。"

闻言，迟绿想了想也是："好吧，那争取明年给你过。"

博延一笑："好。"他低头，含着她的唇亲吻，"下回补上。"

两人在大街上亲吻，旁若无人。

周围都是陌生的面孔，陌生的声音，两人肆无忌惮地表露自己的感情。

不知道亲了多久，博延才把她放开。

迟绿仰头望着他，突然笑了。

"笑什么？"

博延嗓音低沉，低头碰了一下她的嘴角。

迟绿摇头，弯了弯唇说："我跟你说，外国人特别开放，我有一次和圆圆去景点打卡，那个地方风景特别美，一转头就看到好几对情侣在接吻。"

博延稍顿，捏了捏她的掌心："然后呢？"

迟绿想了想，看着他："然后也挺想体验一次，不在意别人的目光，和男朋友在大庭广众下接吻。"

博延应了一下，问道："那再体验一下？"

迟绿眨眼，还没来得及反应，他又亲了下来。

和喜欢的人在一起，做什么都是开心的。

迟绿头一回体验到了别人艳羡的目光和惊呼声，但她和博延都不在意。

回国后，博延变得越发忙碌，迟绿也一样。

两人的生活好像有了些许改变，但又好像没有。

徐清妍也进入了正轨，休息过后开始了工作。

博盈在新公司上班，也越来越适应，除了偶尔跟迟绿吐槽她的老板之外，一切都挺好的。

到农历新年前，迟绿的工作告一段落，总算能好好休息了。

这一个多月以来，圈子里发生的事不少。孟巧和公司解约，接二连三爆出丑闻，再之后她的微博和其他社交账号的所有内容也全部清空了。

人去了哪里，迟绿没问，也不好奇。她做的那些事，得到了应有的惩罚，已经足够了。

这天，迟绿刚忙完便和博延去了酒吧。

季清影和傅言致领证了，约在一起吃饭。

她和博延到的时候，包间里的人已经闹了一轮。

"哟，迟到了啊！"

沈慕晴起哄道："罚酒罚酒。"

迟绿眨眨眼，笑着说："他们呢？"

颜秋枳笑道："在你们来之前，已经罚一轮了。"

"怎么罚的？"迟绿笑盈盈地问，"就这样喝酒啊？"

"对啊！"季清影看着她，"怎么，你还有别的主意？"

迟绿眨眨眼，和博延对视一眼，眼睛弯得像是月牙："那当然了。"她笑盈盈地说，"就这样喝是不是有点儿没意思啊？"

众人："……"

她看向傅言致，礼貌地询问："傅医生还能喝吗？"

傅言致领首。他和季清影领证，自然能喝。

迟绿笑道："行，那再来杯交杯酒吧！"

众人大笑。

沈慕晴不得不给她点赞："果然是在国外待了两年的人，还是我们国际名模会玩。"

"……"

迟绿一点儿也不谦虚，很是愉快地道："客气客气，这都是最基本的。"

博延在旁边笑道："来吧！"

季清影："……"

她瞅了一眼迟绿，说："你和博老师什么时候领证，给我等着啊！"

迟绿耸肩："那我不怕。"

几个人玩得开，也爱闹，给季清影和傅言致都灌了几杯酒后，也稍稍收敛了些许。

季清影对傅言致维护有加，迟绿也不好多刁难，更重要的是，她和博延还没领证，不敢太过火。

博延借着包间里的光看着她，眉眼含笑："哪儿学的？"

迟绿抿了一口面前的酒，抬起眼睫看着他："什么？"

博延捏了捏她的脸颊，问："你说呢？"

迟绿眨眨眼："你说交杯酒啊？"

"嗯。"

迟绿笑道："之前参加一个朋友婚礼学的。"她看向另外几对，心情很好，"真好。"

博延嗯了一声，握着她的手把玩着，低声问："羡慕啦？"

"羡慕什么呀？"迟绿好笑地问，"我们不是也挺好的吗？"

博延应着，顿了一下，问："明年工作安排得紧吗？"

迟绿点头："还行，静仪姐说趁我还有人气，接得到工作的时候，多接点儿，万一过气了也能吃老本。"

当然，这是玩笑话。

博延："……"

他失笑，有些无奈："不至于。"

迟绿弯了弯眉眼，看着他，靠在他的身上问："怎么不至于啦？"

"博老师养我吗？"

"养。"

博延瞥了她一眼。

迟绿和他开玩笑："那我很难养的。"

"嗯。"博延笑笑，"我知道。"

他低头碰了碰她的唇，瞳仁里倒映出她浅笑盈盈的模样，璀璨又亮眼："再难养博老师也养一辈子。"

迟绿跟博延闹了一会儿，他便被其他几个人叫走了。

迟绿扬扬眉，去找季清影聊天。

她趴在桌子上，晃悠着手里的高脚杯，瞅了一眼旁边的人。

注意到她的目光，季清影好笑地问："你干吗？"

"没呢！"迟绿盯着她看了一会儿，笑着说，"和傅医生要一直幸福啊！"

季清影笑着和她碰了碰杯子，唇角弯弯地道："收到祝福了。"她垂眸看着迟绿，故意问道，"你和博老师什么时候领证？"

迟绿："……"

她第一时间想到了自己刚刚对季清影和傅言致的刁难。她眨眨眼，慢条斯理地说："不知道呢！"

"什么叫不知道？"季清影不满地说，"只要你想，我觉得博老师现在就能带你去。"

"……"迟绿点开手机看了看时间，一本正经地说，"不行哦，现在人家下班了呢！"

季清影噎住。

迟绿开玩笑地说："我还是不婚主义。"

闻言，季清影冷笑。她抿了一口酒，掀了掀眼皮，问："这话说出来，你自己相信吗？"

迟绿微顿，有些无言。好吧，她不相信。安静了一会儿，她又转头看向季清影："但我很害怕。"

"害怕什么？"季清影盯着她看了一会儿，低声问，"还在担心他们会不开心？"

迟绿沉默了一会儿，盯着面前的杯子。

杯子里装着酒，在灯光下折射出不一样的光。不远处的朋友们在玩闹，博延和傅言致他们几个大男人在角落里品酒聊天，氛围温馨美好。她走神地看了一会儿，轻声问："如果我说是，是不是显得矫情了点儿？"

季清影点头："是吧！"她侧眸看着迟绿，"但我理解你的为难。"有时候，她也不知道怎么安慰迟绿。她想了想，问："你和博老师在一起后，是开心更多吧？"这是肯定语气。

迟绿睨她一眼，毫不犹豫地说："那当然了。"

季清影耸肩，笑笑说："那你看，你自己都知道答案，还问我做什么？"

迟绿："……"好吧，她反省了一下，自己确实问了个愚蠢的问题。

季清影笑看着她，轻声说："你要相信博老师，你担心的那些事，他会全部处理好。"

"哦。"迟绿失笑，安静了一会儿说，"有时候我觉得，你好像比我还不了解博老师。"

"……"

"别这样说。"季清影开玩笑地说道，"我老公听到这话会吃醋。"

迟绿小小地翻了一个白眼，酸溜溜地说道："就你有老公啊？"

季清影扑哧一笑，故意逗她："也不是就我有，但你确实没有。"

迟绿噎住。

散场的时候，迟绿喝了不少酒，脑袋昏昏沉沉的，特别想睡觉。

博延敛目看着她，把人揽入怀里："喝多了？"

"有一点点。"迟绿闭着眼在他怀里下意识地往他那边蹭着。

博延看着她，抬手揉了揉她的脑袋："怎么了？"他感觉迟绿今晚比往常更黏人。

"没有呀！"迟绿闭着眼说话，"就是感觉我们都老了。"

博延："……"他哭笑不得，低声问道："你在说我？"

"……"迟绿一笑道，"也可以这么说吧！"

博延捏了捏她的脸颊，警告似的看了她一眼。

迟绿轻声道："当然，老了你也是我最喜欢的博老师。"

"嗯。"

迟绿安静了一会儿，睁开眼望着窗外掠过的景色。

深夜了，街道安静了许多，马路上的车辆也少了点儿，整个城市都变得空旷了些。

迟绿盯着窗外看了一会儿，看向博延："博老师，你想吗？"

博延一怔，一时间没反应过来她的问话。

"问你呢？"

博延失笑，说："看你。"

迟绿哦了一声，沉思了一会儿说："那就过段时间再说吧！"

博延点头，揉了揉她的脑袋："别给自己太大压力。"对博延来说，只要那个人是迟绿，无论是恋爱还是结婚，都一样。

迟绿眼睫一颤，侧头亲了他一下："那我再想想。"

"不着急。"博延轻笑了一声，捏着她的手心，"人不跑就行。"

迟绿："好。"她无奈地一笑，"我不跑了，赖着博老师一辈子。"

新年的前两天，博延还在上班，买年货这件事落在了迟绿和博盈的身上。

两人查过后，列了一个超市购物清单。但时间还早，她们也不喜欢去跟别人挤，讨论了一番后，决定先去逛街。

"买点儿礼物吧！"博盈兴致勃勃地说，"我给你买新年礼物，想要什么？"

闻言，迟绿扬扬眉："你确定？我要的礼物可不便宜啊！"

博盈："……"

她看了迟绿一眼："我工资就那么点儿，你稍微克制一点儿吧！"

迟绿笑道："行啊，我尽量吧！"

两人去逛街，结果碰到了博盈的老板。

迟绿在看到人出现的时候，眼睛亮了亮，和博盈讨论："你老板今天更帅了。"

她之前见过贺景修，但都是打了个照面就走了。

博盈面无表情地冷哼一声："你再说一遍，我把这句话录下来给我哥听。"

迟绿一点儿也不怕，唇角弯弯地说道："本来就很帅啊，这你还不承认？"

博盈："没觉得。"

迟绿瞅了她一眼，笑着问道："你不过去打个招呼？"

博盈没动。

蓦地，迟绿勾了一下唇说："你老板看到我们了。"

话音落下的瞬间，贺景修确实转身朝她们这边看了过来。他看了博盈几秒，朝一侧的女人说了一句话，而后朝她们走来。

"贺总，"迟绿笑着和他打招呼，"这么巧。"

贺景修颔首，转头看向一侧的博盈："来很久啦？"

博盈瞥了他一眼，勉强喊了一句："贺总。"

贺景修应了一声。

迟绿自然知道博盈的反应是为什么，轻挑了一下眉头，看向另一边："贺总陪女朋友逛街啊？"

贺景修一怔，摇了摇头："不是。"他顿了一下，补充道，"我姐。"

迟绿了然，笑笑说："这样啊，那我和盈盈不打扰了。"

贺景修颔首："好。"

两人没聊几句，转身往另一边走去。

迟绿瞟了一眼旁边的人，哎哟了一声："贺总真不错，还陪姐姐逛街，看来以后也是个能陪女朋友逛街的男人。"

博盈翻了一个白眼："我会把你的怨言转告给我哥的。"

迟绿噎住。她没忍住笑，拍了一下博延的肩膀："干吗呢？我说认真的。"她睨了博盈一眼，道，"人不错，好好把握。"

博盈没理会，拉着她往前走。两人进店开始选衣服，在迟绿去试衣服的间隙，博盈脑海里蹦出了迟绿的话。贺景修不错吗？她想了想，好像确实还可以。想到这儿，博盈连忙给自己催眠了一下，呸呸呸，好什么，贺景修就是个奸商！她正自我想象着，一侧有人走了过来。

"你在做什么？"

博盈身子一僵，抬头看向来人。

"你怎么在这儿？"

贺景修抬起下巴指了指，博盈顺着看过去。他姐和他妈进店选衣服了。

博盈静默了一会儿，说："你不用陪她们吗？"

"不用。"贺景修淡淡地说道，"我的意见不重要。"

他只是一个提款机和苦力。

博盈："……"她有点儿同情贺景修。

两人对视一眼，对上他的目光，博盈忽然有些心虚。她刚别开眼，贺景修便问了一声："没看好的？"

"等迟绿试好了再说。"博盈语气平静地说，"我不着急。"

贺景修蹙眉，看了她一眼，但也没多说什么。

没一会儿，迟绿便出来了。

"盈盈。"

"来了。"博盈加快脚步走了过去，瞅着她身上的裙子道，"好看。"

迟绿弯唇一笑："行，那就这个？"

博盈点头。

迟绿看着她："我给你挑两件？"

"好啊！"

两人在店里逛了一会儿，选了几套。

买单的时候，博盈抢着付钱。

迟绿哭笑不得："你干吗呢？"她无奈地说，"我来。"

"不。"博盈一本正经道，"这是我给你买的新年礼物。"

迟绿拗不过她，只能随她去了。迟绿有些不解："你为什么只抢着付买衣服的钱？"

刚刚她们也买了别的，博盈反应明显没有现在激烈。

博盈啊了一声，随口说道："因为这是大年三十要穿的衣服啊！"

迟绿失笑："我又不是小孩子。"

"大人也是小孩儿。"博盈侧眸看着她，"如果叔叔阿姨——"

话说到一半，博盈意识到了什么，立马停了下来。

迟绿顿了顿，敛目看着她："我爸妈在的话，怎么样？"她想了想，笑道，"也是，如果我爸妈还在的话，我多大了都会给我准备新年礼物。"

以前，无论是小学、初中，还是大学，每一个新年，迟绿的父母都会抽出一天时间陪她买礼物。他们一直说，大人也是小孩儿，只要他们还在，迟绿就永远是他们家的小孩儿。

博盈嗯了一声，抿了抿唇，有些不自然地道："我替叔叔阿姨补上，你总不会嫌弃吧？"

迟绿一笑："不会。"她鼻子一酸，也没顾忌商场里的人来人往，抬手抱了一下博盈，"谢谢。"

博盈被她弄得也有点儿想哭，吸了吸鼻子，嫌弃地道："别矫情啊，我要是把你弄哭了，我哥得骂死我。"

迟绿："……"好好的气氛，就这样被博盈破坏了。

她失笑："行，那礼尚往来，我也给你买。"

闻言，博盈一点儿也没客气："行啊，我要多买点儿。"

"没问题，反正是刷你哥的卡。"

博延下班过来的时候，两人推着两个推车，已经堆满了。他拧了拧眉，有些不敢相信："怎么买这么多东西？"

迟绿看了他一眼："新年啊，这些都是必备的。"

博延："我们就三个人。"

"那也是。"迟绿说，"家里什么都没有呀，好多要买的。"

这虽然不是他们三个第一次过新年，却是只有他们三个的新年。

博延看了看，点点头："还有什么要买的？"

迟绿又拿了两个小东西，眉眼弯弯地看着他："走吧走吧，博老师，回家了。"

博延颔首。

迟绿笑着和博盈说："你哥来得刚刚好，正好结账。"

博盈："男人也就这个作用了。"

博延："……"他挺想提醒旁边的两位，他都听见了。

回家后，三个人忙着收拾。他们去的是博延的另一个房子，在别墅区，面积很大。后天才是新年，他们还来得及。三人兴致勃勃地重新收拾了一番，甚至把买回来的东西都标了序号，看上去整齐又漂亮。

迟绿看着，有种自豪感。他们真厉害。

注意到她的笑容，博延轻笑了一声："这么开心？"

"对啊！"迟绿仰头望着他，眼睛弯了弯，"你不开心？"

"开心。"博延敛目看着她，重复了一遍，"很开心。"他是真的很开心。只要和迟绿在一起，无论遇到什么事，在博延这儿就没有不开心的，更何况是和她一起过新年，这个新年对他、对迟绿来说，都是不一样的。这是他们真正意义上一起度过的第一个新年。

两人无声地对视片刻，博盈在门口站了一会儿，弱弱地说道："我不得不打断一下，我饿了，想吃消夜。"

迟绿："……"

博延掀起眼皮看着她，问："想吃什么？"

"烧烤吧！"他嗯了一声，看着迟绿，"你们去洗澡，我来点。"

"行。"

两人回房间洗澡，直接在这边住下了。

阿姨前两天便过来打扫了卫生，床什么的也全铺好了。

博延以前就在这边住过一段时间，什么东西都有。迟绿和博盈都拿了衣服，倒也方便。

迟绿回房间洗了澡。她洗澡磨蹭，没有人催的话，能在浴缸里泡一个小时，总觉得泡澡的时候身体和神经都跟着放松。逛街一天，她也有些累了。迟绿正闭着眼休憩，门外传来了脚步声。

"迟绿。"

"啊？"迟绿应了一声，"博老师，怎么啦？"

博延看了一眼浴室的门，问："还没好？"

"马上。"

博延没走，在门口等了两分钟，迟绿便顶着湿漉漉的头发出来了。

他拧眉，走过去："怎么不吹头发？"

迟绿看他，理直气壮地说："等你给我吹啊！"

博延："……"

他睨她一眼，问："不饿？"

"不是很饿，你快帮我把头发吹了，我们下去。"

"好。"

两人折腾好下去的时候，博盈已经一个人边吃边看没营养的综艺了。

迟绿瞥了一眼，忽而想到了什么。她戳了戳旁边人的手臂，笑着问道："博老师，你还记不记得综艺专访说的话？"

"……"

综艺播出后，迟绿虽然没有全部追完，但也真的看了不少。她看了自己和博延的专访，发现了不少细节。编导在问到两人认识的时候，博延也没有说谎，说迟绿读高中时他们就认识了。至于其他的，他也说了不少。因为专访和国外走秀事件，全网都知道两人是真的在谈恋爱，但也好奇他们到底是怎么在一起的。这个问题，编导没问，两人自然也没说。网上有各种爆料，但都没证实。迟绿到现在都清楚地记得，编导问博延：如果没有迟绿的话，会来参加这个节目吗？博延说不会。在节目最后，编导询问到两人有没有对对方藏着什么秘密的时候，博延沉默了许久，说了句有。

此刻，迟绿还挺好奇那个秘密是什么。她瞅着博延："之前忙也一直没问，你对我藏着的秘密是什么啊？"

博延看了她一眼："怎么现在想起来问？"

"就刚想起来嘛！"迟绿笑盈盈地说，"是打算告诉我的，还是不打算告诉我的？"

"不打算。"博延毫不犹豫地说。

迟绿噎住，道："真的啊？"

"嗯。"博延把一侧的东西往她嘴里塞，说，"过去的事。"

迟绿："……"她眼珠子转了转，盯着博延看了须臾，点点头，没再追问。

她不追问，反倒是博延觉得奇怪了。他狐疑地看了她几秒，抬手揉了揉她的脑袋："不是什么大事，说出来好像也有点儿矫情。"

迟绿哦了一声，慢条斯理地道："那好吧！"

博延应了一声："吃东西吧！"

"好。"

博盈在旁边听着两人的对话，也不知道想到了什么。她瞅了一眼两人，默默地往嘴里塞东西。

"迟小绿，"借着博延去厨房给两人倒水的时候，她快速地说道，"我哥不止这儿一处房产，你知道吗？"

迟绿点头："知道啊！"博延这种人怎么可能只有一套房子？

博盈点点头，小声说："虽然我不知道你们说的秘密是什么，但我知道我哥藏着一个地方。"

迟绿怔住，眼睛亮了起来："是什么？"

博盈摇头："就是他的一个房子，在公司旁边的那个公馆。"

迟绿愣了一下，想了想说："那个有身份职业限制的公馆？"

"对对对。"博盈说，"能一眼看到江景的那个，超级漂亮，又超级大，住那里的人除了明星、艺人，就是他们这种大老板了。"

那个公馆，购买要求很严格。不单单是有钱就可以买到的，博盈一直很喜欢。她之前还想去那边住，但她买不起，也不够资格。一次，她知道博延在那儿有一套房子，还特意去找博延要密码，想过去住两晚，被她哥毫不犹豫地拒绝了。博盈觉得莫名其妙。她哥不是这么小气的人，除了不能和她分享迟小绿之外，博盈要什么他都会答应。别说她只是去住几天，就算她想要一套房，博延也会送给她。所以博盈很好奇，但磨了他几天，他也没松口。最后，博盈是从徐铭泽的口中知道，那儿是禁地，除了博延之外，谁都不能去。博盈打听了好几次都无果，后来也把这事忘了。要不是两人说秘密，她根本没想起来。

博盈蹭了蹭她，笑嘻嘻地道："你问到了，记得带我去。"

迟绿好笑地看着她："为什么？还惦记着到那边睡一觉啊？"

"对啊！"博盈认真地说，"那地方看江景真的好美，还能俯瞰这座城市，能看到这座城市最漂亮的地方。"说话间，她突然想起来，"你之前是不是就说过，要有一套那样的房子？"

迟绿一怔，嗯了一声："好像是。"

"……"她静默了一会儿，和迟绿对视，嘀咕道，"我哥那房子该不会是给你们准备的婚房吧？"

"……"

吃过消夜，三人收拾着上楼睡觉。

迟绿和博延住在二楼，博盈去了三楼。上楼前，她还冲迟绿眨眼睛："这房子隔音超好的，我晚上绝不下楼。"

迟绿："……"

看两人神神秘秘的，博延扫了她一眼："怎么啦？"

"没事。"博盈一秒正经，"我睡觉了，明天别叫我起床，我要自然醒。"

看她跑走的背影，迟绿摸了摸发烫的耳朵，回头看向博延："明天还要去公司吗？"

博延颔首："最后办些事，应该能早点儿回来。"

迟绿扬扬眉，表示了然。

两人回房间休息。

博延去洗澡，迟绿躺在床上想了想，博延到底有什么秘密呢，这个秘密难不成真的会藏在那个公馆里吗？她不确定。而且就博延这性格，他要真不想说的事，迟绿怎么问他都不会说的。她有点儿为难。这要怎么问，问徐铭泽估计他也不会说。她瞅了一眼时间，往她和季清影、陈新语的小群发了一条信息。

迟绿："问你们一个问题。"

季清影："什么问题？"

迟绿："你还没睡觉啊？"

季清影："傅医生在上班，我独守空房呢！"

迟绿："……"

季清影："说呀，要问我什么？"

迟绿："假设傅医生有瞒着你的事，你又很想知道，你会怎么让他开口？"

季清影还没回答，陈新语先回答了。

陈新语："色诱啊！"

陈新语："这还不简单吗？对傅医生和博老师这种妻管严，色诱最有用了。"

季清影："好像有点儿道理。"

迟绿："那要是还不说呢？"

陈新语："他不想要你了。"

迟绿："我怀疑你在开黄腔且有证据。"

季清影："这句话还能这么理解？"

陈新语："你们两个是不是太纯了点儿！"

聊了两句，迟绿不想和她们说下去了。

恰好博延从浴室出来，他穿着和她同色系的睡衣，一看就是情侣款。扣子没有扣严实，露出了锁骨，说不出地性感。

迟绿也不知道在想什么，盯着他看了几秒，从床上爬了起来。

博延看着她的动作，挑了挑眉："怎么了？"

"我给你擦头发。"迟绿眼睛亮亮的，跪在床上，"快点儿。"

博延："……"

两人一跪一坐，说不出地暧昧。

迟绿给博延擦头发的时候，手时不时拂过他的后颈。她的手凉凉的。

博延拧了一下眉，有些诧异，但又没往那个方向去想。

博延头发短，没一会儿就不滴水了。

迟绿看了看，说："要吹吗？"

"还想给我吹头发？"

"也不是不行。"迟绿眨巴着眼睛望着他，"但让我吹头发要付出代价的。"

"……"

博延稍顿，敛目看了看她，转身低头亲了一下她的唇："要什么？"

迟绿顺势搂住他的脖颈，仰头亲了亲他的脸颊，瞳仁明亮："你猜？"

"不猜。"

博延一把将毛巾丢在一侧，将人压了下去。他的吻密密麻麻地落在她的脸颊上，迟绿也不反抗，甚至有些主动。两人在床上玩着亲吻游戏，身上的衣服不知何时被丢在了床尾。迟绿的双手被男人压住，她感受着他的气息。房间内温度逐渐升高，暧昧在滋生，偶尔还有旖旎的声音。

不知道过了多久，在博延没注意到的时候，他突然被迟绿推了一下。

他眼皮跳跳，看着迟绿的动作。

迟绿翻身，她肌肤雪白，在暖黄色的灯光下看着惹眼又暧昧。

博延眼眸暗了暗，喉结微动，目光沉沉地望着她。

"迟绿。"

"嗯？"

博延没吱声。

迟绿趴在他的身上，低头对着他的眼睛、唇，有一下没一下地亲着，像是挠痒痒一样，让博延心痒难耐。

两人拥吻。

画面旖旎。房间内没开灯，亲着亲着，两人身上都有了些许的热意。

博延正想反客为主的时候，迟绿突然笑了一下。

"博老师，这么心急做什么？"

博延眉心一跳，直直地望着她。

迟绿一脸无辜，亲了亲他的下巴。

他嗓音变得沙哑了几分，低声问："想知道什么？"

"……"她看着他，"你知道的。"

"秘密？"

"嗯。"迟绿边说边亲，但亲了没一会儿，她就觉得累了。

博延感受着她趴在自己身上的一举一动，连呼吸起伏都有些勾人。他闭了闭眼，低声说："告诉你。"

"你反悔了怎么办？"

"不会。"

迟绿并不太相信他说的，咬了一下他的唇角："可我除了想知道秘密，还想知道你公馆那边的房子藏了什么。"

博延怔住。

迟绿看着他："这个也告诉我吗？"

博延嗯了一声。

迟绿嘴唇翕动，有些无语，紧跟着一阵晕眩，被人抱着换了一个位置。

"别……"

迟绿受不住他这样，总觉得他是在折腾自己。她闭了闭眼，眼睫轻颤，脸颊绯红："博老师……"

博延根本不听她说，故意折腾她，反反复复。

迟绿被他弄得连一句完整的话也说不出来。

"还玩吗？"

迟绿还没反应过来，博延忽然重复她之前对他做的事。她眼皮一跳，还没来得及问。

博延的声音在她耳边响起，沙哑性感，还带着不可言说的哄骗："博老师继续陪你玩。"

男人的花样总是比女人多，且会玩。想到这儿，她忍不住戳了戳他的手臂："你这两年，是不是在哪儿进修过？"

博延偏头看着她："什么意思？"

迟绿突然想到了网上的传闻，再联想到他刚刚做那些的熟练程度，不得不多想。

她认真地说："网上说你做编剧的时候，找了很多人，为了写剧本找灵感，还说你当编剧的时候，很多人敲你的房门，为了改剧本角色。"

博延："……"

迟绿笑盈盈地说："哦，还有你接手公司后，对你前仆后继的女人也不少。"她眼睛亮了亮地问，"真的假的啊？"

博延顿了一下，垂眼看着她。

他那双漂亮的桃花眼里，只倒映出她一个人的脸庞。

"你相信这些？"

迟绿自然是不信的，但看博延这样，她又想逗他。

"那谁知道呀？"她一脸无辜地说，"我出国两年多，对你前仆后继的女人长得漂亮、身材又好的肯定不少，谁知道你有没有金屋藏娇？"

博延挑眉，低头吻着她的唇角。她身上有颗痣，他张嘴，轻轻地磨了磨，留下一小圈牙印，最后又回到她的唇上。

"没有。"博延在她的脸上落下一个又一个的吻，温柔地说，"我这一辈子，只会藏你。"

从看见她的那天开始，他就想建一座城堡，把她藏在里面。

迟绿醒来时，博延已经不在房间了。昨晚被两人弄乱弄脏的房间，也已经进行过简单的清扫。她毫无察觉。迟绿看了一眼房间，拿过一侧的手机看了看，已经上午十一点了。她看了一眼博延给自己留的微信消息，是早上九点，说他到公司了，让她起来记得吃早饭。

迟绿沉默了一会儿，回了一个句号。这男人到底哪儿来的精力，昨晚折腾到凌晨三四点，为什么还能这么准时地去上班？对此，迟绿非常好奇。

她的句号刚回过去，博延的电话来了。

"醒了？"不知道是不是昨晚的缘故，迟绿听着他声音，总觉得还有些性感。

她耳朵一热，伸手揉了揉："嗯，刚醒，你一直在看手机？"

博延失笑："正好看到。"

迟绿撇撇嘴："老板也上班不专心哦！"

"嗯。"博延笑了一下，"今天能早点儿下班。"

"……"

博延看了一眼时间："到家了带你去个地方。"博延也不多问，叮嘱了两句后挂了电话。

迟绿掀开被子下床，进浴室洗漱下楼后，博盈已经捧着手机在楼下玩游戏了。

"快快快，我这边有人。"

迟绿："……"

博盈戴着耳机，小声撒娇："有没有药呀，我没有药。"

"人在左边，在左边，我看到他了。"

"……"

迟绿听了一会儿，走近看了看。

注意到旁边有人，博盈抬起头看了一眼："醒了啊？"

"嗯。"她对博盈道，"你玩你的。"

博盈哦了一声，还有点儿不好意思："我是'菜鸡'呢！"

迟绿弯唇一笑："我知道啊！"她看了看队友那一栏，"你跟同学还是同事玩？"

"同事。"

刚把饭煮好，菜还没来得及弄，博盈忽然站在了后面。

"你不玩游戏啦？"

博盈点头："我来给你打下手啊，需要我做什么？"

迟绿好笑地看着她："不用帮忙，你陪你同事玩游戏去吧！"

"不用不用。"博盈高兴地说道，"我同事也要吃饭了。"

"这样啊！"迟绿看着她脸上的笑，挑挑眉问，"跟你玩游戏的同事，是我认识的吗？"

博盈手一顿，说："我老板。"

"……"

迟绿了然地一笑："这样啊，你老板也玩游戏？"

"嗯呢，他说偶尔会玩两把放松一下。"

迟绿看博盈垂下眼心虚的模样，没再问下去。她怕自己继续问，博盈得躲进龟壳里去。

两人合作，做了三个简单的家常菜。

"好像还差点儿东西，一会儿我和你哥会出去一趟，你想不想去？"

博盈瞥了她一眼："我去干吗，当电灯泡呢？"她看了一眼睡醒的迟小迟，说，"我在家陪它。"

迟绿瞥了一眼，酸溜溜地说："迟小迟现在跟你越来越熟了。"

闻言，博盈哭笑不得："怎么，你还吃迟小迟的醋啊？"

迟绿轻哼："那我没有。"

她绝不会承认，自己觉得迟小迟没良心。现在她回家了也不黏着她，总是跟在博盈屁股后面。

博盈笑着捏了捏迟小迟的爪子，把它抱到一侧的椅子上放着："迟小迟是知道我没男朋友，特意陪我的。"

迟绿笑："那它还挺懂事的。"

博盈为迟小迟说话："那当然，对吧，迟小迟？"

迟小迟像是能听懂一样，睁着眼睛看着两人，又转开头，从椅子上爬了下去。

它怕摔跤，很少跳，一般都是借助外力慢悠悠地往下滑。

迟绿欣赏了一会儿，不得不承认她养的猫就是聪明。

两人出发去公馆那边。

公馆里的房子数量不多，地理位置优越。

博延带着迟绿过去的时候，她看了看低调又奢华的大门，转头看向旁边的男人："你什么时候买的这边的房子？"

博延握着方向盘的手一顿，他低声说："你毕业的时候。"

"……"

迟绿怔了一下，看着他的侧脸半晌，笑了笑："这不会真是你准备的婚房吧？"

博延："嗯。"

迟绿说不出话了。她嘴唇翕动，沉思了几秒说："那你现在带我来干吗？不打算藏到结婚后吗？"

博延掀了掀眼皮，道："昨晚是谁想要来的？"

迟绿一噎，摸了摸鼻尖说："那我不是好奇嘛，你连博盈都不让来。"

"嗯。"博延笑笑，坦然道，"确实在这边藏了点儿东西。"

没一会儿，车停下了。迟绿抬头看了一眼，这房子很大，前面有阳光房，还有一个很大的花园，里面种了很多漂亮的鲜花。她抿了一下唇，突然问："这就是你准备藏我的地方？"

博延愣了一下，被她逗笑了："有这样想过。"他下车，看向迟绿，"下车看看，满不满意？”

迟绿笑道：“不满意的话能换吗？”

“能。”博延回答得毫不犹豫。除了他这个人不能换，其他的只要迟绿不喜欢，都能换。当然，博延没说这话。

迟绿看了看院子，转头看向外面：“从二楼就能看到江景了吗？”

“嗯。”博延说，“晚上这边很舒服，现在会有点儿冷。”

迟绿点头。她侧眸看向他：“你之前会经常来吗？”

博延顿了一下，点了点头：“会。”

推开门，里面明亮又宽敞。这会儿外面有太阳，屋子面对江边，是很大的一个落地窗，窗帘全部拉开，阳光从外面洒进来。她一抬眼，就能看到光，能看到院子里开得姹紫嫣红的花。被风一吹，花儿耀武扬威，像是在跟她打招呼。

博延看她目光盯着的方向，淡淡地提醒：“看前面。”

迟绿转头，一抬眼便看到了客厅正中间摆着的画。她怔了几秒，不可置信地望着他：“这是照片还是画？”

“画。”博延看着她，“你走近看看。”

迟绿走近，这才发现是一幅油画，上面的人是她。但重点不是这个，重点是——这身上的装扮她特别熟悉，是她第一次走秀的时候穿的。她侧眸去看旁边的男人：“这幅画……是你买的吗？”

博延瞥了她一眼：“你觉得呢？”

“……”迟绿喉咙有些酸涩，“你什么时候画的？”

“睡不着的时候。”博延云淡风轻地说。

他一字一字，砸在她的心底。

“不是。”迟绿启唇，眼睛明亮地看着他，“我的意思是……网上好像找不到我这个造型的照片，你是在哪里看到的？”她脑海里有一个不可思议的猜想，可又不敢确定。

博延盯着她看了半晌，低声道：“上楼吧！”

“嗯？”

“楼上有你想知道的答案。”

迟绿眼睫一颤，跟着他上楼。

博延直接带她去了三楼。

一踏进三楼，迟绿便有些蒙了。

这些东西之所以熟悉，并不是因为它们是各大品牌新出的款式，这些包和衣服，全是她在各大秀场穿过的。有上百万元的礼服，有简单的休闲装，有秀场提的包，有鞋，还有一些配饰。

迟绿认真回忆着，每一场秀，好看的不好看的，暴露的不暴露的，有名气的没名气的，好像全在这儿。此外，包包那边，还有一面柜子全是同一个品牌的包。迟绿直勾勾地看着那边。

博延顺着她的目光看去，低声道："那是这两年出的，之前的一些找不齐了。"

"我知道。"迟绿重复，"我知道。"她看着那些熟悉的包，脑海里浮现出一个画面，是她大学时被博延宠到无法无天的时候。她很喜欢一个品牌的包，当时跟博延说，以后每一个季度他们出的新品，都要把最好看的三个收藏。博延那会儿取笑她，说三个怎么够。

迟绿眨眨眼，一本正经地告诉他："够了，一个季度新品太多了，总不能全部买回来，浪费钱，也没地方放。"

他当时摸了摸迟绿的脑袋，平静地道："这个不用你担心。"

现在，他买回来的，都是她喜欢的款式。迟绿不知道该说什么。眼前这个人，好像一直如此。她骄纵任性时随便说的一句话，他不仅会牢记，甚至会把她的玩笑话给她一一实现，把她想要的，全部亲手奉上。

注意到她的情绪变化，博延突然问了一声："那边有个丑的，发现了吗？"

迟绿顺着他指的方向去看，没出声。

博延解释："是看了你一个采访后买的。"

那个采访里，国外记者问迟绿前男友的事，迟绿对外从未否认有过男朋友这事，但也对外说目前单身。

当时是一个情人节，记者问她，有没有祝福或者有什么话想对前男友说。迟绿毫不犹豫地说，没有。她那时候，一个字都不想说。她不想祝福博延任何事，无论是事业、感情，还是其他，她都不想。

博延忘了自己当时是什么心情，总而言之，就是有些生气。冲动之下，他恰好看到了迟绿喜欢的品牌包。进去后，他没买漂亮的，反倒是买了一个难看的。他买回来后，也就一直放在了这儿。

博延现在想起，都觉得自己有些幼稚。但当时对他而言，这好像是最好的发泄方式。

"也不是很丑。"迟绿盯着看了一会儿，喉咙酸涩地说，"挺好看的，我背的话，就没有难看的包。"

闻言，博延笑了一声："嗯。"他眉眼柔和地望着她，"是这么个道理。"

迟绿轻眨了眨眼，抿了一下唇，问："你……之前去看过我的秀？"

"嗯。"

博延直白地承认。

"什么时候知道我在哪儿的？"

"你和闻昊签约后。"

迟绿怔住，有些意外："那你第一次看我走秀……"

"是你的第一场秀。"博延垂下眼笑了笑，"我很幸运。"

他一直都觉得自己是幸运的。迟绿所有的成长，他其实都在。无论是念书，还是工作的时候，她的第一次他都在。虽然没有想象中那么完美，但至少他在看着她，陪伴她成长。

"所以那幅画也是？"

博延颔首，淡淡地说："看完你第一场秀回来后画的。"他说，"画废了很多。"

后来渐渐熟练了，才有了客厅那一幅。那是博延送给她的成长纪念礼物。

迟绿咬着唇，眼睛湿润。

博延最看不得她哭，也不喜欢她哭。他抬手，一把将人拥入怀里："带你过来看这些，不是想让你哭，也不想让你感动。"博延顿了顿，低声说，"你想知道我就带你过来看看。"

"那我要是没问呢？"迟绿哽咽道，"你是不是就打算一辈子都不说？"

"不会。"博延也不知道想到了什么，笑了一下，"可能求婚的时候会带你来。"

迟绿："为什么？"

博延沉思了几秒，认真地说："怕你不答应我，用这个做求婚聘礼的话，你应该会比较容易松口。"

迟绿听着，心里又酸又痛。

博延多骄傲的一个人啊，是被其他人仰望的对象。可在迟绿面前，他却愿意把自己的所有摊开，一一摆在她面前。无论是卑微的，还是其他的，他都愿意如实告知。

这就是博延。这就是博延对迟绿的纵容。人的一辈子，说长不长，说短不短。他们已经浪费了那么多时间，博延不想再浪费下去。他只希望，能和迟绿好好在一起，一辈子都在一起。

博延等她情绪稳定了，低声问："好点儿了吗？"

"嗯。"迟绿拉着他的衣服，说，"对不起。"

博延一怔，无奈地一笑："这话应该我说。"

迟绿摇头。

两人安静地拥抱了一会儿。

迟绿抬起眼看着他："你有没有想过，我要是不回来呢？"

"不会。"

"假设。"

"那就等。"博延说，"我等得起。"

迟绿眼眶一热："那你有没有后悔过？"

"后悔什么？"博延眼神深邃地望着她，"没有。"

无论是离开家，还是等迟绿，抑或是做其他的，博延从未后悔过。

"你怎么就……"迟绿想了想，"这么固执。"

"嗯？"博延挑了一下眉，其实她也是固执的人。

他安静地想了想，笑着说："因为我知道，你只有我。"他比任何人都清楚，从那一天开始，迟绿的世界崩塌，她身边就再也没有别人了，只有他。博延有时候想，如果他都不等她，那就没有人等她了。他的迟绿不能那么孤单。他不能让她一个人孤零零地生活。博延曾经在书中写过一句话："时间兜转，相偕到老。灵魂予她，今生结案。"

无论时间怎么流逝，活着的时候，他会陪着她相偕到老，陪她走过完整的今生。至于来世，来世再谈。他一直都相信，他们会再遇见。只是他想，来世的话，不要让他们的爱情再有延迟。他更希望，迟绿一生顺遂无忧。如果可以，他愿意替她承担所有的痛苦。

在公馆哭了一场，再离开的时候，迟绿还有些依依不舍。

"这就回去了吗？"

博延好笑地看着她："六点了，不想走？"他想了想，"那过完年我们搬来这边住？"

迟绿纠结了两秒："还是算了吧！"她回头看了看，"这儿当作是我们的秘密吧！"

博延笑笑："好。"他抓着她的手，紧紧握着，"不要多想，也不要有压力。我做的所有事，都是我想。"

迟绿嗯了一声，嗓音沙哑："博老师。"

"怎么？"

迟绿侧眸看着他，轻声说："初一那天，我们先去看我爸妈，然后去一趟庙里吧！"

博延怔了一下，笑了："好。"

迟绿想带他去，再一次正式地给她的父母介绍博延。安静了一会儿，迟绿突然道："博老师。"

"嗯？"

"你刚刚为什么不趁机求婚啊？"

"……"他一顿，挑眉问，"求婚你答应吗？"

迟绿含笑看着他："不一定啊，你好歹也试试嘛！"

博延噎住。他回头看了一眼，问："我现在带你回去，还来得及吗？"

迟绿笑："你带戒指和鲜花了吗？"

"那里有。"

迟绿嫌弃道："我不要自己戴过的。"她知道博延说的是秀场那些。

博延："行，那下回。"

迟绿弯唇笑笑："但我等不及了，怎么办？"

两人对视一眼，博延毫不犹豫地掉头，带她回了公馆。他拉着迟绿去了二楼。

在迟绿错愕的目光下，博延从里面拿出了丝绒盒子。

"你……"

"你毕业之前准备的。"博延垂眼望着她，在她的注视下单膝跪下，认真地问，"迟绿，愿不愿意让我陪你走完这一生？"他目光直直地盯着她，一字一句地道，"嫁给我好吗？"

没有鲜花，没有亲朋好友。可迟绿觉得，这是她最渴望的求婚仪式。她嘴里嚷嚷着不婚主义，没有想好，也怕父母责怪，可到了这个时候，迟绿发现，其实非常非常想嫁给博延。她想和他有个家，想和他一辈子走下去。

迟绿热泪盈眶地点头，把手递给他："好。"

博延把戒指给她戴上，尺寸正好合适。他低头，寻着她的唇吻了下去，哑声说："我不会失约。"

"我知道。"

两人回到家，已经很晚了。

博盈眼尖地看到她手上的戒指，兴奋地抱着迟绿。

"太好了，以后我哥就是迟家的人了。"

迟绿："……"

她忍着笑，回头看了看博延："也行，以后就叫迟博延吧，也挺好听的。"

"什么时候去领证啊？"

迟绿沉默了一会儿："到时候再说。"

这一晚，迟绿和博延早早回房间休息。两人相拥而眠，也没做什么少儿不宜的事。迟绿拉着博延说曾经去找自己的那些时光，有没有趣事什么之类的。她想听，博延就告诉她。说到最后，她沉沉地睡了过去。

次日是大年三十。

三个人早早便起来布置，贴对联，弄年夜饭。晚上三个人包饺子，吃了东西，博延给两人一人一个红包。博盈笑嘻嘻地跑了，和朋友过年去了。家里只剩下博延和迟绿。

"想不想出去走走？"

"不想。"迟绿看着他，"我们去院子里玩仙女棒吧！"

博延："好。"

两人在院子里玩着，迟绿兴奋不已。

博延看着她脸上的笑，唇角往上翘了翘。快要到零点的时候，迟绿把仙女棒放下，催促博延："博老师，待会儿要记得许愿啊！"

"好。"

钟声响起，新的一年来了。迟绿和博延站在院子里，看着夜空绽放的烟火许愿。两人动作一致。

睁开眼的时候，迟绿抬起眼看着他。博延顺势亲了亲她的唇角，低声道："新年快乐。"

迟绿笑着搂住他的脖颈回应着："博老师新年好。"她歪着头，笑盈盈地说，"你许了什么愿？"

博延挑眉："说出来是不是就不灵啦？"

"啊？"迟绿迟疑了一下，"好像是，那你别说了吧！"

博延笑道："好。"

迟绿看他这样，又有点儿纠结："可我还是想知道，可以说两个吧？"

"……"他嗯了一声，低头蹭了蹭她的鼻尖，嗓音沉沉地说，"第一个愿望，希望年年岁岁有今日。"他希望以后的每一个新年，都像现在这样。

他们两人能在一起，度过往后的每一个新年，希望他们这一辈子，再也不要分开，也希望无论命运如何兜转，他们都能在一起。其实博延想过，如果迟绿真的不回来他要怎么办。他没有想出答案。

他唯一肯定的是，他要等她，等她回来。如果她找到了自己的幸福，那他祝福；如果没有，那他就努努力，让她再次爱上自己。无论是过去还是现在，他内心的想法从未改变。他这一辈子，只会爱她，也只想爱她。谢谢你，让我看见，让我闯进你的世界，参与你的人生。

第十四章

别无所求

　　新年第一天，迟绿和博延去了趟墓园。这个点来墓园的人很少，雾气弥漫。两侧的树枝光秃秃的，路面也没了落叶。两人手里捧着花和祭拜品。

　　博延侧眸看向她，问道："累不累？"

　　"不累。"迟绿微微一笑，"来看我爸妈怎么会累？"

　　两人往上走，到墓碑前停下。不知道是不是迟绿的错觉，她总觉得她爸妈的照片看上去温和了许多，温和到让她觉得，他们对博延也是和善的。不过她转念一想，好像也正常，他们以前就很喜欢博延，即便出了那样的事，迟绿也相信她爸妈是喜欢他的，不会迁怒他。想到这儿，她瞥了一眼旁边的人。

　　"不打招呼吗，博老师？"

　　博延抬抬眼，脸上有淡淡的笑容："在等你介绍。"

　　迟绿哦了一声，倒也没和他客气。她喊了一声："爸、妈，我又来看你们了。"她顿了顿，看向博延，"博老师也来了。"

　　"……"他挑了挑眉，问，"就这样？"

　　"啊？"迟绿茫然地看着他，"不然呢？"

　　"不介绍一下？"博延慢条斯理地提醒，"身份。"

　　"……"

　　迟绿噎了噎，有些无言。她失笑："哦，博老师现在还是我男朋友。"

　　话音一落，博延拍了一下她的脑袋："错了。"

　　迟绿扑哧一笑，这才正经起来。她知道博延的暗示，也知道他想自己介绍什么。看着博延的目光，她稍稍正经了一点儿："博老师，我的未婚夫？"说话间，她看了博延一眼，笑盈盈地问，"这样介绍？"

博延捏了捏她的脸，知道她是在调皮。他应了一声，看向墓碑上的两张照片，正式打了一个招呼。

"伯父伯母，我是博延。"

迟绿弯唇一笑，听他说出那句——迟绿的未婚夫时，她了然地勾了一下唇角。

博延什么意思，她很清楚。

两人认真祭拜过后，博延看着她："要不要和他们单独聊一会儿？"

"好。"

博延额首："我去那边等你。"

迟绿嗯了一声，还特意说了一句："别偷听。"

"……"

迟绿看着他走远，才收回目光。她眉眼含笑，看着也是真的开心。她敛了敛眸，轻轻喊了一声："好久没来看你们，想我了吗？"

迟绿蹲在墓碑前，絮絮叨叨说了点儿这段时间发生的事。她在他们面前说话很没有逻辑，通常是想到什么是什么。有时候，她会说自己吃了什么，最近迷上了什么，爱上了什么，还会分享自己生活里的趣事和工作上遇到的难题。说了好一会儿，迟绿看时间差不多了，认真地告诉他们："博老师跟我求婚了，我答应了。"她举起手，在他们面前晃了晃戒指，"爸、妈，这个戒指应该还算漂亮吧？我很喜欢。我觉得你们也会喜欢。"她笑笑，认真地说，"我想了很久，如果错过了博老师，我这辈子可能都不会再爱上别人了。"她停顿了一下，轻声道，"我想和他走下去，走一辈子。你们应该会支持我这个决定吧？"

没有人回答。风轻轻拂过，像是在给予她温柔的答案。

迟绿弯了弯唇："我会好好生活的。"她侧眸去看另一边的博延，"博老师也会把我照顾好，你们放心吧！"

迟绿抬手，摸了摸他们的照片："要是不放心的话，我让博老师过来给你们发誓好不好？"

发誓是迟绿开玩笑的，但她知道博延有话和他们说。她说完，往博延那边走。

"好了？"博延看着她，抬手拿走吹到她头发上的东西。

"什么？"

"不知道。"博延看了看，手里有一点儿白色的东西，可能是风从哪儿带过来的。

迟绿点点头，没太在意："走了吗？"

博延摇头："去车里等我？我和他们说两句。"

迟绿点点头，转身往下面走。

博延在原地停顿了须臾，这才抬脚往墓碑那边走。他认认真真地给两人磕了头，才说话。风裹杂着他的声音，飘散开来，像是要把他的那些话带给两位已经离开的人。博延的头发被吹乱了。他在原地没待太久，简单说了两句话后便离开了。

他下去时，迟绿在外面等他。

博延蹙眉，快步走向她："怎么不去车里等着？"

"不着急啊！"迟绿仰头看着他，"好啦？"

博延点头，抓着她的手捏了捏，低声道："冷不冷？先上车。"

"不冷。"

迟绿被他牵着往车里走。

上车后，博延把空调打开。刚刚在外面吹了一会儿风，迟绿脸其实冻僵了。但她心里暖和，也没察觉到什么不对劲。

"空调合适吗？"

迟绿嗯了一声，好笑地看着他："你怎么那么紧张，我真没事。"

博延瞥了她一眼："新年第一天，别感冒了。"

"……"

当地人大年初一这天都会去庙里。迟绿和博延过去的时候，博盈他们一行人已经在那边等着了。这一回过来，是大家一起来的。

迟绿和博延要去墓园，所以起得早了点儿。

"等很久了吗？"

把车停好，两人朝另一边走去。

"不久。"季清影看向两人，"现在上去吧，要爬楼梯。人还有点儿多。"

迟绿点头："行啊！"她跟大家打招呼，笑着聊天。

一行人往里走，因为是大年初一，大家都专注着自己的事，就算是发现他们一行人，也没造成多大的轰动。

"下次抽个时间，我们也去看看叔叔阿姨吧！"

"忌日吧！"

迟绿笑着说："他们喜欢热闹，看到你们肯定高兴。"

季清影点头："好。"

几个大男人在她们后面排队，跟着她们的队伍往前挪动。

这会儿时间还早，也才八点多，但人真的很多。迟绿一行人跟着慢吞吞的队伍挪动了近一个小时才进去。进去后，几个人凑在一起也不太方便，便先后分开了，出去后再会合。

迟绿和博延往另一边走。其实她没太多想求的东西，该有的都拥有了，除了平安健康之外，其他的她都不太奢求。

她就希望——她的博老师一生顺遂无忧，也希望那些痛苦的事，不要再落在博延的身上。如果可以，她愿意替他分担。

博延抓着她的手："时间还早，想不想在这儿逛逛？"

迟绿挑挑眉，说："那么多人，我们逛什么？"

博延："……"

两人相视一笑，决定往外走。

他们出去没多久，其他几个人也陆陆续续出来了。

颜秋枳拉着陈陆南跑得气喘吁吁的。

迟绿好笑地看着两人："遇到粉丝啦？"

"对。"颜秋枳笑着说，"一群阿姨，硬拉着陈陆南拍照。"

迟绿扑哧一笑："陈老师好受欢迎啊！"

颜秋枳扬眉，跟着揶揄自己的老公："这倒是，老少通吃呢，我们陈老师。"

陈陆南："……"

他看了一眼自己的老婆，淡淡地说："还好。"

颜秋枳被他的厚脸皮惊住了，睐他一眼。

"先上车吧，我怕遇到粉丝。"

"待会儿去哪儿啊？"

"去山脚下吃顿饭，我们就回去？"

"行。"

山脚下很热闹。

每年初一都这样，迟绿已经习惯了。

山脚下卖东西的很多，还有各种锦囊什么的，就为了让大家求个心安。

迟绿本身没兴趣，但听着摊贩的叫卖，又有点儿心动。

博延看她这样，觉得好笑："想要？"

迟绿："买一个给你，算是我送给你的新年礼物怎么样？"

说话间，两人走到了摊子前。

"阿姨，这个怎么卖？"

迟绿拿起一个平安健康的锦囊。

阿姨看着两人，笑笑说："小的十五元，大的二十五元。"

迟绿扬眉，看向博延："要吗？"

博延看着这些小玩意儿，低声道："你喜欢就买。"

迟绿说："买一个给你吧！"

"好。"

迟绿自己掏钱，买了一个，转头就给了博延。

十五元的小东西，博延也不嫌弃，当着迟绿的面放进了钱夹里。

迟绿看着，唇角的笑意加大。她拉着他往前走："再去那边看看，我要不要再给你求个签啊？"

博延："不用。"

"为什么？"迟绿看着他，"一年就一次呢！"

博延沉思了一会儿："没什么可求的。"

闻言，迟绿不可置信地问："什么叫没什么可求的？新年没有目标和愿望吗？"

"有。"

一侧有人过来，博延拉着迟绿躲开，把人护在怀里。

等人走开后，他才说："都实现了。"

迟绿怔住。

博延脸上挂着淡淡的笑，目光柔和地望着她："我所求的已经在我身边了。"

其他的，他别无所求。

这一世，博延只求迟绿。

两人对视一眼，迟绿没忍住笑。她弯了弯唇，回握着博延的手，轻声说："好巧，我也是。"

博延捏了捏她的掌心："带你去吃饭。"

"嗯。"

一群人凑在一起，吃了一顿饭。

饭味道不错。

吃完后，几个人也都还有事，得回家接待亲戚、走亲戚什么的。

一下子，博延、迟绿、博盈三个人倒是有些无聊了。

"那我们回家休息？"

博盈兴致勃勃道："好啊好啊，迟小绿，我们回去看电影。"

迟绿笑："行。"

博延瞥了一眼后面的两人，也不介意她们把自己当司机。回到家后，博盈拉着迟绿看电影，博延再次被抛弃。别墅这边有很大的星空电影房，能坐四个人。两人去了电影房，博延去了书房。

"看什么电影？"

"都行啊！"迟绿说，"看轻松点儿的。"

"行。"

博盈找着，两人凑在一起看。迟绿昨天睡得晚，早上起来得早，看了没几分钟就开始打瞌睡。不知不觉中，她便在电影的声音和博盈吃东西的声音中睡了过去。

博盈看到精彩处，正想找她讨论，一转头就看到了闭着眼的迟绿。她顿了一下，拿过一侧的毯子给迟绿盖上，顺势把电影的声音调小了很多。

博延看了一眼站在书房门口的人，有些意外："不看啦？"

博盈点头："迟小绿睡着了，我也回房间去睡个午觉。"

博延无言："去吧！"

博盈嗯了一声，看向他："你明天要去拜年吗？"

两人还有亲戚在这边，只不过关系并不亲近。他们的父母只顾着事业，在亲情方面很淡漠，也很少和亲戚来往，特别是在两人的爷爷奶奶都去世后，更是来往得少了。

博延沉思了几秒，看着她："你想去吗？"

博盈摇头："我和他们又不熟。"

博延笑笑，低声道："那就不去。"

闻言，博盈眼睛亮了起来："那好，我想出去玩几天。"

博延蹙眉，看着她："一个人？"

"不是呀！"博盈说，"和大学同学。"

博延没多问："注意安全，有事情给我们打电话。"

"知道。"博盈也不会去很远，就是想借着新年假期到外面走走，在家里她总觉得自己是一颗闪闪发光的电灯泡。他们虽然不嫌弃，但她嫌弃自己。

迟绿醒来的时候，外面天色都暗了下来。电影房更是安静到了极点。她揉了揉眼睛，注意到了旁边坐着的人。

博延穿着黑色毛衣坐在她旁边，手里还拿着一本书。他侧脸清俊，垂眼看书的时候，有种说不出的斯文感。

迟绿盯着看了一会儿，伸长脖子去看他手里拿着的书："看什么书？"

博延一怔，掀起眼皮看着她："醒了。"

"嗯。"迟绿揉了揉脖颈，往他的肩膀上靠，闭着眼睛，慵懒地说道，"我睡了多久啊？"

博延敛目看了她一会儿，轻声说："不久。"

迟绿笑："几点啦？"

"五点多。"

"怎么就天黑了啊？"迟绿转头看向外面。

因为看电影，窗帘拉上了。但下午那会儿，依旧能看到光穿过窗帘透进来，而此时此刻，外面却是一片漆黑。

博延嗯了一声，解释道："下雨了。"

迟绿眨眨眼："等会儿不会下雪吧？"

"有可能。"博延淡淡道，"挺好的。"

迟绿眼睛亮了亮，和他商量着："要是下雪了，我们明天就出去堆雪人吧？"

"……"他看她高兴的模样，点了点头："可以。"

两人在电影房待了一会儿，下楼准备晚餐。博延和迟绿在厨房忙碌着，博盈在客厅逗着迟小迟，很是欢乐。她偶尔往厨房看的时候，都能看到她哥和迟小绿脸上的笑。博盈看着，有一丝羡慕。

吃过晚饭，博盈很有自知之明地回了房间。迟绿和博延在客厅待了一会儿，也不做什么，就看看电视、看看书，偶尔看看窗外的景色。两人这样过着，迟绿忽然就有种他们在过老夫老妻的生活，平淡但温馨。

迟绿坐了一会儿，觉得累，顺势躺在了博延的腿上。

他好笑地看着她的动作，扬扬眉问："又困啦？"

"不是。"迟绿说，"躺会儿舒服。"

博延无言。

迟绿捧着手机玩，刷了一会儿说："博老师，你们有同学聚会吗？"

博延诧异地道："怎么突然这样问？"

迟绿扳着手指给他算了算，好奇不已："你们毕业十年，不聚会吗？"

博延捏了捏她的脸："好好说话。"

迟绿笑道："难道你高中毕业还没十年吗？"

博延噎住。他敛目看着她，安静了几秒问："你在嘲笑我老？"

"我没有。"迟绿调皮说,"我只是实事求是地提醒你。"

博延微顿,不想说话。

迟绿笑着戳了戳他的手臂:"问你呢,有没有?"

博延应了一声:"有。"

"那你去过吗?"

"去过两次。"博延说,"没什么意思。"

迟绿好笑地看着他:"真的啊?"

"嗯。"博延对同学聚会这种事向来不感兴趣,他的高中生活还挺枯燥乏味的。

当然,大学也差不太多。

"怎么突然问这个?"

迟绿看了他一眼,举着手机给他看:"我们的高中群有发消息,说过几天想聚一聚。"

博延看了一眼上面的时间,是初六。

"想去?"

迟绿沉思了一会儿:"不是想不想的问题,以前的班长已经私聊我了,说希望我去。"高中时,迟绿其实不算合群的人。她朋友不多,只和博盈比较好,但和大家也还是有点儿感情的。而且高中毕业之后,迟绿就没和他们见过了。

博延嗯了一声:"想去就去。"

"我问问博盈去不去。"

"行。"

也不知道是不是迟绿提了同学聚会,睡觉前,博延也看了一眼微信消息。他们的班级群,还是前几年才建的。他对各种群一般都是屏蔽,也不爱聊天。除了和迟绿聊天会用微信之外,其他人基本上都是电话联系。博延不经意地扫了一眼,还真看到了群里在提同学聚会这件事,还有人单独@他了。博延挑挑眉,没太在意。

迟绿看他看得专注,凑过去看了一眼,在看到内容后,忍不住笑了,说道:"我是不是有预知能力?"

博延低头亲了亲她的嘴角,沉沉地应着:"有。"

迟绿笑道:"要去吗?"

博延看着她:"你想我去?"

"可以呀!"迟绿说,"去看看嘛,顺便给我看看你们班有没有美女。"

博延:"……"

两人年龄相差大，迟绿认识博延的时候，他大学都要毕业了，对他的高中生活、高中同学，一无所知。所以这会儿，她是真有点儿好奇。她其实挺想知道，博延的高中时候是怎么过的。博盈虽然和她提过，但博盈知道得也不多。

博延对她的好奇心表示无奈："没有。"

"什么？"她愣了一下，没反应过来。

博延拉着她睡觉，淡淡地说："没有美女。"

闻言，迟绿扑哧一笑。她窝在他的怀里，伸手戳了戳他的手臂："博老师，你这样不行，你们班女生会讨厌你的。"

"嗯。"博延含着她的唇亲了亲，含糊不清地道，"随她们。"他吻着她的唇角，顺势把她的手压过了头顶。

迟绿被他亲得头晕目眩，瞬间忘了自己要问什么。后面，迟绿清楚地听到他在自己的耳边说了一句："没你漂亮。"

他们折腾了好几个小时，再躺下时，迟绿精神不济。她整个人安安静静地躺在博延的怀里。

"我们明天去做什么？"

"不是想堆雪人？"

迟绿眼睛一亮，惊喜地道："下雪了吗？"

"嗯。"

博延刚刚把她抱回床上的时候，迟绿嚷嚷着要喝水，他下楼倒水的时候看见的。

"现在还在下？"

博延点头。

迟绿看着他，掀开被子往下走："那我要看看。"

博延看她这架势，眉心跳了跳："不是说没力气了？"

"……"

迟绿脚刚着地，便软了。

博延顺势把人接住，没忍住笑了一声。

迟绿微窘，有点儿不好意思，咬了咬他的肩膀："你笑什么，都是因为你。"

博延笑笑，主动承认："嗯，怪我。"他一把将人抱了起来，拉开窗帘，"往外看。"

迟绿看向窗外。深夜了，无论是屋内还是屋外，都静悄悄的，不远处有路灯，看上去明亮且温暖。鹅毛般的大雪从夜空中飘落，洁白无瑕，在夜色下尤为漂亮。

"喜欢？"

迟绿点头："好看，明天陪我堆雪人吧！"

博延："好。"他看着趴在窗边的人，提醒道，"该睡觉了。"

迟绿摆摆手："再看一会儿，你别吵我。"

博延："……"也不知道刚刚是谁，嚷嚷着没力气了，要睡觉了。但迟绿要看，他就陪着。

博延在旁边陪了她一会儿，看着时间差不多了，又提醒了一句。迟绿还是没动。她也不知道为什么大半夜的想在这儿看雪。

博延静默了几秒，然后一把将人抱了起来。

迟绿惊呼了一声，反应过来的时候，人已经被丢在了床上。

"你……干吗？"

博延目光灼灼地看着她："睡觉。"

迟绿："我还不困，白天的时候没有这么大的雪。"

闻言，博延敛了敛眸，看着她："还有精神？"

"……"她盯着博延看了几秒，看懂了他眼睛里的暗示。她张了张嘴，下意识地解释："不……我……"

"困"这个字还没说出来，博延再次覆了上来。

次日醒来，外面已是白茫茫一片了。

迟绿很喜欢下雪天，她所在的城市每年也都会下雪，按理来说应该早就对雪见怪不怪了。但迟绿没有，依旧很喜欢下雪。望着路面上的雪，望着院子里、树枝上挂着的雪，她会觉得心情很好。

博延已经不在房间了，迟绿也没去管。她拉开窗帘，靠在落地窗下的沙发上，望着外面，唇角微微往上翘着，心情特别好。

博延从外面进来，看到的便是这样一幅美景。背景是茫茫白雪，一个长发披肩的大美人坐在窗前看着外面，唇角微扬，目光柔和。他看了一会儿，神情微动："怎么不披一件衣服？"博延拿过一侧椅子上放着的衣服，朝迟绿走了过去，"不冷？"

迟绿好笑地看着他："你自己感受一下房间里多热。"因为她怕冷，房间里一直开着暖气。

博延嗯了一声，看了看她没穿袜子的脚，先把衣服丢给她，又起身进了另一边的衣帽间，拿了一双长袜出来。

迟绿看他这架势，无声地弯了弯唇，主动把脚伸了过去："麻烦博老师了。"

博延："……"他敛眸看着她调皮的脚丫子，也不嫌弃，直接半蹲在她的面前，把她的一只脚搭在自己的大腿上，给她穿袜子。

他动作不算温柔，但也不粗鲁。迟绿垂眸看着他，瞳仁里漾开了笑。突然，她觉得这样的生活真的很好。和博延这样在一起，她这一生也别无所求了。

他给她穿好袜子，迟绿看了看，笑着点评："博老师眼光不错。"

博延睨她一眼："饿不饿？"

"有一点点。"迟绿站起来，看向外面，"我们先去吃早餐，再出去堆雪人吧？"

博延点头。

"盈盈呢，已经走了吗？"

昨晚她就知道博盈要出去玩。

博延应着，说："我送她去的车站。"

迟绿挑挑眉，看了一眼时间："这会儿应该到了吧？"

博盈去的地方不远，高铁一个小时就到了。

"差不多，待会儿问问。"

"好。"

下楼时，博延已经把早餐弄好了。迟绿安心享受，同样用行动对博延表示了感谢。

"谢谢博老师。"她侧头，亲了亲博延的脸颊。

"……"他瞥了她一眼，扯过一侧的纸巾给她擦了擦嘴。

迟绿一哽，感受着他的动作，面无表情地说："你现在已经嫌弃我了吗？"

博延挑眉，不明所以。

迟绿指了指他的动作，冷静地提醒："一点儿油你也嫌弃成这样？"

博延哭笑不得，无奈地问："要这样顶着？"

"……"

迟绿立马恢复笑脸，笑盈盈地说："那也没有，我就随口一说。"

博延给她擦好嘴，温声说："吃吧！"

迟绿眼珠子转了转，答应着："好。"

吃过早餐，迟绿开始往外跑。人还没出去，就被博延逮住了。

"去穿羽绒服。"博延不赞同地看着她，"再把厚的那双靴子穿上再出去。"

"……"她和博延对视一眼，忍不住嘀咕，"你在养女儿吗？"

博延无奈地一笑:"我未来的女儿可能都不至于让我这么担心。"

"……"迟绿默默地上楼拿羽绒服。

"给你也拿一件?"

博延颔首:"嗯,好。"他提醒,"手套和帽子要记得戴。"

"……"

回衣帽间拿上博延要求的衣服、套和手帽子之后,迟绿才下楼。穿戴整齐,她才被允许出去。

昨晚的雪下得很厚,路面积雪很深。迟绿轻轻地碰了碰,还有些不舍得踩下去。迟绿弯腰,在地上开始玩雪。她感受着雪在手中融化的感觉,乐此不疲,开心到了极点。

博延进厨房收拾好,再出来的时候,迟绿的手已经冻僵了。他眼皮跳了跳,用不赞同的目光看向她。

两人对视一眼,相对无言。迟绿默默地把手往身后藏,抿了抿唇,喊:"博老师。"

有一瞬间,博延也不知道该做出什么反应。他颇为无奈:"过来。"

迟绿:"还没堆雪人呢,你昨晚答应的。"

博延头疼:"手不冷?"

"不冷啊!"迟绿眼睛弯弯地望着他,发出邀请,"你快过来,和我一起堆吧!"

"等会儿。"

博延转身,再次进了屋。

迟绿伸着脑袋看着他:"你要拿东西吗?"她把刚刚博延说她的话还给他,提醒道,"博老师记得穿厚衣服啊,给你放沙发上了。"

"……"

十分钟后,博延出来了。

迟绿还没来得及回头,手里就被塞了一个东西。她一碰,是热的。瞬间,迟绿眉梢眼角都有了笑:"谢谢博老师。"

博延睨她一眼:"在旁边站着,想在哪儿堆雪人?"

迟绿抱着他给的热水袋,笑盈盈地指挥:"那边那边,那个地方我刚刚在房间里就看好了,堆好后我们在房间里也能看见。"

博延嗯了一声,拿着堆雪人的工具往另一边走。博延的动作有点儿生疏。以前他和迟绿在一起时,经常堆雪人、打雪仗。博延虽然不懂为什么迟绿会这么喜欢玩雪,但他从不拦着迟绿。她开心就行。一年也就那么几次。

"博老师，去年堆雪人了吗？"

"没有。"

迟绿忍着笑，问道："去年没下雪吗？"

博延看着她，睨了她一眼，问："除了你，谁会叫我堆雪人？"

闻言，迟绿扬扬眉："这是你的荣幸，别人我都不叫呢！"

博延面无表情地道："嗯。"

迟绿笑："你不想要这份殊荣吗？"

博延顿了一下，配合着她："还好。"

两人相视一笑。

迟绿看着他冻红的手，连忙把热水袋递给他："快，先暖暖，我来弄一下。"

博延刚想阻止，被迟绿瞪了一眼："我想玩，别拦着我，我保证不把自己弄感冒。"

博延只能随她去。

迟绿接住他手里的工具，喜笑颜开。她就很喜欢做这种幼稚又无聊的事，其中的乐趣只有自己懂。

两人在外面待了一个小时左右，堆了一个漂亮的雪人。迟绿让博延给她拍了好几张照片，才依依不舍地跟他回了屋。

她一进去，博延便握了握她冰冷的手："去暖暖。"

"哪儿？"

博延看着她："先把湿掉的衣服脱下来，去那儿待着，我给你弄点儿热水。"

"哦。"

迟绿不敢反驳，只能接受。她知道博延担心什么。迟绿听话地把衣服脱下，鞋子里刚刚弄进雪了，袜子有些湿。

博延倒是没生气，看她这样，直接把人赶去房间洗澡。泡了个澡，迟绿也确实觉得暖了很多。

"你去隔壁洗澡了吗？"她看向头发半湿的博延。

博延颔首："过来坐一会儿。"

迟绿哦了一声，看了一眼桌面上摆着的东西："姜茶？"

"嗯，喝了。"

迟绿乖乖喝下："你喝了吗？"

"喝了。"

迟绿玩了一个多小时，这会儿也有些疲倦了。她把姜茶喝完，窝在博延的怀里休息："我发个朋友圈。"

博延看着她，拿过了一侧的手机。

迟绿挑了好一会儿照片，才发了出去。

迟绿："堆雪人啦！"她一发出去，便看到博延点了一个赞。迟绿勾了一下唇，抱着他的腰蹭了蹭，撒娇地问道："你刚刚是不是挺想生气的？"

博延："生什么气？"

"堆雪人啊！"迟绿躺在他的腿上，睁开眼看向他。

"没有。"这是事实，但博延不至于因为这点儿小事和迟绿生气。他拨弄了一下迟绿的头发，提醒道："不过今天别出去玩了，外面冷。"

迟绿眨眨眼："好，不去了，我今天就在家陪你吧！"

博延："嗯。"他看了看时间，"想几点吃午饭？"

"还不饿，一会儿再说吧！"迟绿拿过手机，很随性地说道，"反正今天就我们在家。"

博延没意见。

迟绿点开微信，刚刚发的朋友圈下已经有很多朋友点赞了。季清影他们估计也是无聊，迅速地留下一排赞，还有夸她堆的雪人可爱的。群里也开始活跃起来。

颜秋枳："巧了，我们刚刚也去外面堆了雪人。"

沈慕晴："哈哈哈，我也是！"

季清影："图片展示。"

向月明："同上。"

迟绿看着几个人晒出的照片，忍不住笑了。

沈慕晴："姜臣说我们好幼稚，这么大年纪了还堆雪人。"

向月明："谁年纪大，你问问他。"

颜秋枳："对，问问他。"

季清影："姜总和程总谁年纪大点儿？"

迟绿："我也好奇。"

颜秋枳："我老公年纪最大哈！"

不经意间看到颜秋枳微信界面的陈陆南，在旁边沉默了一会儿，问："你现在已经嫌弃我年纪大啦？"

颜秋枳："……"她瞥了他一眼，淡定地说道，"没有啊，我就是在告诉她们事实而已。"

陈陆南："哦。"

颜秋枳看着他，眨眨眼说："难道我说的不是事实吗？"

陈陆南颔首："是。"他默默地记下，意味深长地看了她一眼。

颜秋枳："……"

手机一振，是迟绿发的消息。

迟绿："那又有什么关系！反正他老婆貌美如花，永远十八。"

颜秋枳："对呀！"

向月明："嗯，我永远十六。"

季清影："……"

迟绿捧着手机笑，博延接过她的手机，看了一眼几个人的聊天内容，扬了扬眉："没事就说这些？"

"对啊！"迟绿笑，"闲聊嘛，你不喜欢？"

"没有。"博延摸了摸她的脑袋，"挺好的。"

迟绿也不管他，和季清影几个人聊得很开心。从年龄说到八卦，女人只要在一个群，只要凑在一起，永远有话聊。

新年的那几天，迟绿和博延都在家。偶尔无聊的时候，两人会出去走走，但大多数时间两人还是在家里，看电影、看书，偶尔一起做顿饭，生活平淡温馨。一转眼，到了初六这天。

博盈昨晚回来了，就为了和迟绿去参加同学聚会。同学聚会是晚上，迟绿和博盈从中午吃饭就开始讨论。

"晚上穿什么衣服呀？"

"不知道呀！"博盈也有些头疼，"太隆重了不太好，但是太低调了也不行。"

迟绿："是吧！"

博盈点头："对，这么多年没见，一定要惊艳他们。"

博延在旁边听着，掀了掀眼皮，看向两人。

"同学聚会上有你们的仇人？"

"没有啊！"

迟绿说："怎么啦？"

博盈哎哟了一声，拉着迟绿道："你别和我哥说，他这种'直男'是不懂的。女人在一起，除了真正的好姐妹之外，'塑料'友谊凑一起，哪个不想争奇斗艳啊！"

"……"

博延确实不懂。

博盈说得头头是道："我们要是低调了，别人还说我们寒酸呢！"

迟绿点头："我赞同。"

"而且而且……"博盈轻哼道，"我们还真的有仇人。"

迟绿茫然地看着她："谁？"

"就是那个啊，我们的宣传委员，你还记得吗？成绩很好的那个。"博盈哼哼，小声说，"她之前不是跟你不对付吗？后面迟叔叔、迟阿姨出事，他们也不知道真相，还在背后编派你。"这些事，博盈没跟迟绿提过。但事情已经过去了，她觉得提一提也没关系，更何况，谁知道那几人今晚会不会出现，继续编派迟绿。她要做的，就是要让迟小绿打那几个人的脸。迟绿家破产怎么了，破产了她依旧是高高在上的大小姐。

迟绿听着，扬了扬眉："这样啊？"

"对啊！"博盈，"今晚去报仇。"

迟绿点头："可以。"

博延看着旁边的两人，一时也不知道该说点儿什么。他不太能理解女人的一些思想，自然没办法产生共鸣。但迟绿如果喜欢，要做什么，他又是支持的。

"哥，你们今晚的聚会在哪里啊？"

博延他们的聚会也是定在今天晚上。

没等博延回答，迟绿就开始笑道："和我们一家店。"

博盈意外不已："真的啊？"

"嗯。"博延淡淡地说，"就去吃顿饭。"

"那我们还有活动的。"博盈连忙说，"我们吃完饭，可能还去 KTV 唱歌。"说到这儿，博盈感慨着，"我都好多年没去 KTV 唱歌了。"

迟绿："我也是。"

对去同学聚会这件事，博延兴趣不大，但在知道地点后，还是答应了。他可以送迟绿和博盈过去，顺便接两人回来。

吃过午饭，迟绿回房间睡了一个午觉，颇有种养足精神去战斗的感觉。

博延觉得好笑。

迟绿睡到四点才起来，开始化妆选衣服。

博延在书房处理一点儿事，偶尔能听见隔壁两人说话的声音。

"这件好看，还是这件？"

"我这个妆怎么样？像御姐吗？"

"御姐。"

博盈说："我觉得这几件都还不错。"

迟绿有些为难："我也这样觉得。"

"那你问问我哥。"

迟绿眼睛一亮，拿着两条裙子往博延那边跑。

"博老师，这两条裙子哪一条更好看？"

博延抬眼看向门口的人。

他看了看那两条裙子，而后把目光转到她的脸颊上。

迟绿化好了妆，妆容精致。她长得就漂亮，加上化了妆，更是美艳。

他顿了一下，敛下目光："都不错。"

"不行，要选一条出来。"

博延沉思了几秒，说："黑色的吧！"

迟绿看了一眼，有点儿纠结："会不会太低调了点儿？"

"不会。"博延说，"只是同学聚会，也不用太夸张。"

迟绿纠结了两秒，决定听博延的。

"嗯。你说得对。"

选好裙子后，她又开始纠结外套。

博延也耐着性子给她挑，到最后挑项链的时候，她索性把人从书房拉到衣帽间。

"项链呢？"迟绿看着他，"还有耳环。"

"……"他哭笑不得，捏了捏她的脸颊，问："你是要去约会吗？"

迟绿扬扬眉，弯唇笑道："同学聚会后就跟你去约会啊，怎么样？"

闻言，博延才有了一点儿兴趣。他扫了一圈，给迟绿选了一条带蓝色吊坠的项链，搭配了同款耳环。和迟绿的黑裙子搭配，显得不再那么单调，但又不会过分隆重，正好适合同学聚会。

迟绿也觉得不错，博延的眼光果然好。

博延看着她："我给你戴上？"

"好。"

博延拿过一侧的项链，和她一起站在全身镜前，他站在她后面，手指拂过她脖颈处的肌肤，给她戴上。

迟绿眼睫微颤，有些不受控。她抬起眼看着镜子里的两人，脸开始发热。

察觉到她的反应，博延挑眉笑了笑："身体怎么那么僵硬？"

"……"她翻了一个白眼："你快点儿，还有耳环，我们要出发了呢！"

博延一笑，没故意逗她。

她戴好后就想走。博延瞥了一眼她空空如也的手，一把抓住她："不戴戒指？"

下

册

"……"

最后，迟绿和博延协商，戴了一个看上去不那么高调的戒指。

"为什么不戴那个？"

迟绿侧头看着他："太高调了，我和博盈是有仇人的，万一有人看上我的戒指，把我的手剁掉了呢？"

听到这个回答，博延无言半晌。

博盈在后面扑哧一笑："迟小绿，你就算不戴戒指，也有人抢，看看你的项链和耳环！"

迟绿眨眨眼："项链是看不见的。"

博盈："那你为什么要戴？"

迟绿啊了一声，故意刺激她："为了聚会后和你哥约会啊！"她瞥了博盈一眼，"我是戴给你哥看的。"

吃了一吨"狗粮"的博盈，翻了一个白眼，不想说话。

到达聚餐地点，博盈拉着迟绿就跑。

"哥，你好好玩吧，我会帮你看好迟小绿的。"

博延："……"

同学聚会的地点比较豪华，除了一楼之外，楼上全是包间。迟绿这群高中同学，家境都不差，选的地方自然也不会差。她和博盈找到包间进去的时候，里面已经全是人了。她一出现，包间里的人愣了一下，然后开始起哄。

"我们班的名人来了啊！"

"迟绿、博盈来这边吧，特意给你们留的位置。"

博盈和大家熟一点儿，笑盈盈地说："好啊，谢谢啊！"她拉着迟绿过去。

迟绿一坐下，便有人调侃："迟绿，我看了你前段时间时装周的走秀，太厉害了啊！"

"对对对，我们都没想到你会当模特呢！"

"是啊，你大学刚开始的时候不是学设计吗？"

"……"

迟绿念大学的时候，学的是设计。也正是因为这样，她才会和季清影、陈新语认识。但念了没多久，迟绿就办了转专业手续。她对设计兴趣不大，之前报考仅仅是因为喜欢那些漂亮的衣服，不是喜欢设计。迟绿笑笑，和大家聊着。

"嗯，后来转了专业。"

"你是出国后才做的模特吧？"有人插话，笑着说，"迟绿，你出国怎么也不告诉我们这群同学一声啊？"

有人附和："是啊，我在网上看到你的时候，还以为是同名同姓呢！"

"……"

迟绿微微一笑，道："嗯，走得急。"

博盈蹭了一下她的手臂，暗示道："她就是我说的那个。"

迟绿刚刚已经认出来了，看向那个人，察觉到她的不善。

"这倒是。"附和的人说了句，"当时你家出了那种事，走得急也正常。"

迟绿抿了一口茶，抬起眼看着她："我没太懂你的意思。"

听到这个对话，众人一愣。班长意识到不太对，连忙岔开话题："都是过去的事，大家说这些做什么？"

"对对对，你们哪天开始上班啊，各位？"

"这个话题也不行啊，要不问问班长，什么时候和我们的学习委员结婚？"

迟绿一愣，诧异地道："班长和学习委员？"

"对啊！"

有同学笑道："这两人是一对，你是不是没发现？"

迟绿点头。

大家正说着，话题莫名又扯到了迟绿身上。

"迟绿，你和你那个男朋友什么时候结婚呀？"

迟绿："……"

一时间，包间里所有的注意力又到了迟绿的身上。迟绿看着众人探究的目光，觉得还挺好笑的。她还有点儿说不出的高兴，怎么自己到哪儿都是焦点呢？

博盈听到这儿，和迟绿对视一眼，笑盈盈地说："迟绿现在正在事业巅峰，结婚还早呢！"

一侧的学习委员打岔，笑着说："对对对，好好享受恋爱，结婚了可没恋爱那么自由。"

旁边人起哄："班长，学委这话是说给你听的吧？"

班长应着："有可能，等晚上回去，我和你们学委好好探讨一下。"

大家附和地笑了起来，气氛缓和了些许。

迟绿抿了一口冰果汁，在家的时候博延会管着她和博盈，冬天不让喝冷的。喝了几口后，她才解馋。

"我问迟绿呢，博盈你现在是迟绿的经纪人吗？"那个人的言下之意是，迟绿不能回答吗，要你代劳？

博盈刚想怼回去，被迟绿拉住了。她挑眉一笑，看向那个人："我还请不动盈盈来当我的经纪人。"她笑笑，"不过还是谢谢你这么关心我的私生活，媒体应该都不至于问这么多。"

　　那人的脸色僵了僵。迟绿面不改色地说道："结婚的事还不着急，想什么时候结就什么时候结，就不劳烦大家操心了。"

　　学委应着："不操心不操心，到时候记得请我们啊！"

　　迟绿笑，温声道："那必须的。"

　　"……"

　　话题被岔开，这里头大部分也是聪明人，知道什么该说什么不该说。

　　迟绿和博盈在里面待了一会儿，便借机去洗手间透气。

　　"迟绿，你刚刚干吗拉着我？"博盈翻了一个白眼，生气地道，"她就是欠收拾。"

　　迟绿笑了笑，扯过一侧的纸巾递给她："洗一下手，你和那种人计较什么？"

　　博盈睨她一眼："你真不生气？"

　　"生气啊！"迟绿抬眸看向镜子里的自己，眉眼含笑地道，"但没必要把她放在心上。"

　　博盈细细品味了一下她这句话的意思，忽而明白过来。

　　"这倒是，没你漂亮、身材没你好、没你有钱……"她数了一下，"也就只能用语言来酸酸你了。"

　　迟绿笑着拍了一下她的脑袋："是这个道理。"

　　博盈："但还是很不爽。"

　　"嗯。"迟绿说，"那待会儿让你怼回去？"

　　博盈："……"

　　两人在洗手间待了一会儿，又去外面转了一圈，才回到包间。

　　大家吃得其实差不多了，开始提议去 KTV 唱歌。

　　迟绿手机一振，是博延发来的消息。

　　博延："结束了吗？"

　　迟绿："他们说想去 KTV 唱歌，那你边结束啦？"

　　博延："差不多，想去吗？"

　　迟绿："不想去，我想跟你回家。"

　　博延："好，我到门口等你。"

　　迟绿："嗯。"

在大家讨论热闹的时候，迟绿笑着说："抱歉啊，我就不跟大家去 KTV 了，我还有点儿事。"

"什么事啊？"有人问。

迟绿弯了弯唇，笑着说："跟我男朋友约会。"

众人听着，一脸惊呼："约什么会啊，要不让你男朋友一起过来吧，我们这才刚吃了一顿饭呢！"

迟绿顿了一下："不了吧，我们打算早点儿回家。"

宣传委员，也就是林雪，看了她一眼："迟绿，不想去 KTV，也不用找借口吧？"她说，"既然都是你男朋友了，那迟早都要见的嘛，你就让人过来玩玩呗。"

闻言，迟绿掀了掀眼皮，冷漠地看向林雪："什么叫迟早都要见的？"她微微一笑，"我男朋友我想让他来就让他来，我不想让他来就不让他来，他没有必要出现在这儿让大家观赏。"

林雪脸色一僵，嘀咕着："你是不敢吧？"

迟绿轻哂。

"抱歉。"她看向班长，"我先走了，一会儿过来接盈盈。"

博盈点点头："行，你去吧！"

学委愣了一下，有些意外："为什么迟绿待会儿要来接你啊？"

博盈扬扬眉，笑着说："秘密。"

这群人虽然知道博盈家境好，但并不知道博延是她的哥哥。高中的时候，博延去过学校几次，但基本上没和同学碰上。除了一次家长会，他出现时引起了轰动。但时间过去太久了，博延也有了些许变化，大家就算有印象，也不深了。所以他们自然不知道，博盈的哥哥是博延，更不知道她的哥哥就是迟绿的男朋友。

一行人从包间离开。到外面后，迟绿一眼便看到了不远处停着的车。她眼睛亮了亮，还没来得及说话，学委问了一声："迟绿，你男朋友到了吗？需要我们陪你等一会儿吗？"

"不用。"迟绿笑笑，"已经到了。"

众人一愣，班长已经看到了不远处停着的豪车。

"是那辆车吧？"班长问了一声，"你男朋友是之前上恋爱综艺的那个博汇总裁对吧？"

迟绿点了一下头。

"嗯，有机会介绍你们认识。"她看那边的车门打开，笑着和大家道别，"我先过去了，大家玩得开心。"

林雪看着，酸溜溜地说道："谁知道是不是真的啊？"

"……"迟绿停下脚步，抬起眼看着她："林雪，你把刚刚的话重复一遍。"

林雪看向她："我也没说错什么呀？"

迟绿勾了一下唇："是吗？"

忽而，博盈对另一边扬了扬手："博总。"

博延脚步一顿，瞥了她一眼。

博盈朝他眨眨眼，指了指旁边的人。

博延稍顿，走了过来。

"还不走？"

迟绿嗯了一声，笑了笑说："等你过来，跟大家打声招呼。这是我们班的班长。"

博延颔首，倒是没太大意见。他看向面前这群人，神色寡淡："你好，博延，迟绿的男朋友。"

班长看他伸出的手，有片刻的紧张。他们这群人，虽然也在各自的领域里有不错的成绩，可和博延相比，还是差得很远。博延身上有种说不出的气场，能第一时间把大家镇住。

班长连忙道："你好你好。"

博延朝其他人颔首，算是打过招呼。他敛目看着迟绿："冷不冷？"

"有一点点。"迟绿看着他，"对了，我刚才听了一个笑话。"

博延捏着她的手，把她的手插进自己的衣服口袋里，随口问道："什么笑话？"

"有人说你不是我的男朋友。"

博延挑了一下眉，顺着她的视线往林雪那边看了看，笑着说："她也没说错。"

闻言，林雪眼睛一亮："看吧，我就说她是……"

话还没说完，博延淡淡的声音再次响起："我难道不是已经进阶到未婚夫了？"

"……"

众人僵住。

迟绿瞥了他一眼："哦，忘了呢！"

博延应了一声，倒是不在意："下次记得，你没有男朋友，你有未婚夫。"

迟绿扬唇一笑："好的。"

博延没和这群人计较，扫了一圈，笑笑说："迟绿我先带走了，她不爱参加人多的活动，你们大家玩得开心。"说话间，他看了一眼博盈，"你要去唱歌？"

博盈点头："你们俩去约会吧，我一会儿自己回去。"

博延颔首："要回家了给我打电话。"

"知道。"

看两人手牵着手离去，众人还没从刚刚的对话中回过神来。过了片刻，有人道："博汇的总裁和迟绿订婚啦？"

"博盈你和他们什么关系？"

"博总真人比电视上还要帅啊！身材好、长相佳，迟绿命也太好了吧？"

"最重要的是他对迟绿很好啊！"

"你们记不记得，迟绿高中还是大学时也有个男朋友吧，长得好像也特别帅。"

"……"

听到这儿，博盈出声了："就是这个啊！"

众人："啊？"

博盈："你们没看他们的恋爱综艺吗？他们以前就在一起了啊！"

"你怎么知道？"

闻言，博盈微微一笑说："你觉得呢？"

学委看了她一会儿，猜测道："你和博总……"

"哦，我哥呢！"她云淡风轻地说，"迟小绿是我嫂子。"

听她这么一说，众人神色各异。

"什么？"

博盈微微一笑，并不愿意和这群人多解释："就是这样，迟绿以前的男朋友也是我哥。"

上车后，迟绿收到博盈发来的消息。

博盈："这群人被吓傻了，哈哈哈哈。"

迟绿："什么？"

博盈："林雪大概是没想到你能和博汇总裁订婚吧？"

迟绿："哦，很无聊。"

博盈："是啊，他们还说你高中还是大学交了男朋友。我好心地告诉他们，你那会儿交的男朋友就是现在这个，是我哥。"

迟绿:"现在呢?"

博盈:"刚刚到 KTV 后好几个人拉着我说话,我现在才脱身。"

迟绿捧着手机,笑着和她聊天。其实她能理解部分人的心思,大家以前觉得她太高冷,后来父母去世,家里破产,不少人当时都在看笑话。这些,她是知道的。只不过迟绿一直都觉得这些不重要,从不把这些人放在眼里,不是看不起他们,是不想把自己宝贵的时间浪费在他们身上。但有时候她又觉得,越是不把他们放心上,他们越想挑衅自己,就像孟巧一样。

既然如此,那就满足一下他们的好奇心。

"你和博盈的高中同学……"旁边传来男人声音。

迟绿侧眸看着他:"怎么啦?"

"不怎么样。"博延淡淡地说,"女人多的地方斗争多。"

迟绿扑哧一笑,觑他一眼:"那你别找女朋友。"

博延无言:"我不是说你,我说部分。"

迟绿笑道:"男人不也一样吗?人都有妒忌心。"

这个博延倒是赞同。他嗯了一声:"很无聊。"

迟绿笑着看向他:"你也感觉到啦?"

博延瞥了她一眼:"太明显。"

迟绿弯弯唇,笑着说:"谢谢你啊,博老师,给我长脸了。"她开玩笑说,"如果我男朋友不是博汇老板的话,他们可能要说我光有一张脸有什么用,男朋友还不是就那样。"

博延:"……"对此,他无话可说。人的思想不在一条线上,是无法沟通的。

"你呢,今天聚会感觉怎么样?"

博延看着她:"还好,就那样。"

"你没被灌酒啊?"迟绿觉得惊奇。

博延嗯了一声,道:"我说要去接我未婚妻,他们就散了。"

听到"未婚妻"三个字,迟绿无声地弯了弯唇。她看向窗外,别开眼,笑着:"我们现在去哪儿?"

博延看了一眼时间,低声问:"想不想去看电影?"

迟绿眼睛明亮,来了兴趣:"想。"

两人票买得晚,只剩下前排的位置了。坐下后,迟绿往后面看了看,小声说:"这个电影上座率不错。"

博延颔首:"还不错。"

迟绿瞅着他，有一丝意外："你和电影导演认识？"

"嗯。"博延没瞒着她，"合作过一次。"

迟绿沉默了一会儿，戳了戳他的手臂问："我问你一个问题。"

博延抬眼。

电影院里灯光昏暗，只有大屏幕上的光照出来，落在两人的眉梢眼角。迟绿直勾勾地望着他，撞进他深邃的瞳仁里。她抿了一下唇，轻声问："现在的博总和博老师，你更喜欢做哪份工作？"

博延微怔，似乎是没想到迟绿会问这种问题。博延认真想了想："不一样。"

"怎么不一样啦？"

"认真来说都喜欢，但一个是爱好，一个是责任。"

迟绿了然。

对博延而言，编剧是他的爱好，而博汇的总裁是他必须承担的责任。他两份工作都喜欢，也都做得很好。

迟绿哦了一声，想了想问："那你以后还写剧本吗？"

"有时间的话会。"博延看着她，"最近，有个想写的故事。"

"什么呀？"迟绿随口问道。

博延没说话，目光沉沉地看了她一眼。

迟绿愣了几秒，蓦地反应了过来。

"你想写……那个吗？"

博延："有这个想法。"

迟绿眼神明亮，迫不及待地问："有想法啦？"

"嗯。"

迟绿追问："那……什么时候能完工啊？我想看。"

博延失笑，低声道："好了告诉你。"

"行吧！"迟绿也不勉强，"我要第一个看。"

"好。"

电影正式开始。

迟绿专注看电影，但时不时会去看旁边的人。

察觉到她的目光，博延看着她："怎么了？"

迟绿压着声音："我们的故事对吗？"

博延愣了一下，点了点头："算，但也是全新的故事。"只不过其中有他们最深的回忆。

得到肯定的答案，迟绿放心了。她小声说："那你快点儿写，拍出来上映我给你宣传。"

博延笑笑，挠了挠她的掌心。

从电影院出来后，两人去接博盈回家。晚上睡觉前，迟绿缠着博延要到了写了一大半的剧本。拿到剧本后，她让博延别吵她，一个人看了起来。

博延无奈，只能随她。

迟绿看到半夜才看完。看完后，她抱着博延撒娇："博老师，我决定了，从明天开始我就监督你写剧本。"

博延垂眼看着她："这是重要决定？"

"对。"迟绿想尽快看到这部电影，"你心里有看好的演员吗？"

博延看她有兴趣的样子，也没瞒着："暂时没有。"

迟绿："……"

博延笑道："陈陆南在帮忙找，我暂时没看到满意的。"

闻言，迟绿自告奋勇地说："这样吧，我明天开始就给你找。"

"行。"博延笑道，"你慢慢找。不着急。"

"好。"

次日醒来，她就开始在网上看新人，只不过看了许久，也和博延一样，没看到特别喜欢和满意的。

新年假期过后，博延和博盈都回公司上班了。

迟绿也忙了起来。

圆圆和徐清妍也过完假期回来了，大家重新步入正轨。

迟绿和博延的生活没太大变化，只不过两人正式搬进了别墅这边，而博盈为了方便，在公司附近租了房子，没再和他们住在一起。她出去租房，迟绿和博延都不是特别放心，但博盈再三保证，自己没问题，两人才没反对。

博盈搬出去后，两人的生活如常。

迟绿忙的时候，不经常回家。博延偶尔也会出差，每次他出差，都会让博盈回他们这边。

为此，博盈背地里吐槽她哥重色轻妹几千次。迟绿每次听着都想笑，但她知道博延这样做是因为什么。

春去秋来，一眨眼工夫，两人携手走过了春天、夏天，转眼便入秋了。

季清影和傅言致的婚礼就在这个秋天。

婚礼当天，迟绿皮了一下，给好几对情侣、夫妻都送了礼物。送完后，她和博延赶着去婚礼现场。

　　博延知道她买的是什么，侧眸看着她："没有我的？"

　　迟绿："你要什么？"

　　博延挑眉，揽着她的腰道："你说呢？"

　　迟绿笑："好吧，还剩一套，晚上穿给你看。"

　　博延面不改色地应了一声。

　　季清影和傅言致的婚礼浪漫又温馨。

　　看着台上的两人，迟绿有说不出的羡慕。她和季清影性格不同，经历也不同，但在一些事情上又是相似的。她从小受苦，现在被很多人爱着，迟绿为她高兴。看着两人交换戒指，迟绿凑到博延的耳边咕哝："待会儿我不去抢捧花了。"

　　博延侧目看着她："为什么？"

　　"给新语啊！"迟绿理直气壮地说，"我有男朋友了，新语还没有呢！"

　　博延："嗯。"他盯着她看了一会儿，忽然说，"迟绿。"

　　"啊？"

　　"明天去领证吧！"博延低头，碰了碰她的唇角，低声道，"我不想等了。"

　　迟绿一怔，笑了笑："好啊！"她没半点儿犹豫，主动亲了他一下，"你待会儿也上台发个誓吧！"

　　博延扬眉。

　　迟绿说："傅医生都给清影发誓了，你不给我发个誓吗？"

　　博延："行。"

　　看他答应了，迟绿又想了想："算了算了，你回房间给我发誓。"

　　博延："确定？"

　　"嗯。"迟绿唇角弯弯地笑着，轻声说，"只给我听就好了，不和别人分享。"

　　对她的要求，博延很少拒绝。他抓着她的手，喉结微动："好。"婚礼结束，晚宴上，迟绿和几个人闹了一会儿，到深夜才回房。她刚进房间，博延便催她去换衣服。

　　"你怎么这么迫不及待？"

　　"嗯。"博延目光灼灼地望着她，坦然地道，"是有点儿。"

　　迟绿噎住，看了看旁边的袋子，说："其实这个不是买的。"

　　博延敛目看着她："校服？"

　　迟绿不可置信地看着他："你怎么知道？"

"……"博延想了想说，"猜的。"

迟绿无言。

两人对视一眼，迟绿不得不去把校服换上，是迟绿高中时的校服，博延很喜欢。

听到声音，博延抬眼看向她。这么多年过去了，迟绿穿上校服，和最初他看见的无异。

察觉到他的目光，迟绿还有些不适应。他的目光太赤裸了。

迟绿抿了一下唇，有些不自在："博老师。"她看向他，问道："今天准备教我什么？"

博延微顿，朝她走了过去，嗓音沉沉地说道："博老师今天教你点儿不一样的。"

迟绿还没来得及反应，他便低头吻了下来。

"……"

迟绿和博延领证，比她想象中还要快。拿到结婚证出来的时候，迟绿还有点儿蒙。

博延侧眸看着她，轻声问："发什么呆？"

迟绿看了他一眼，又看了看自己手里的结婚证，咕哝着："比我想象中要快好多。"

博延失笑："怎么说？"

迟绿想了想，轻声说："不知道，就是感觉流程好快，我还有点儿没适应。"

博延嗯了一声，温声道："那就慢慢适应，不着急。"他顿了一下，贴在迟绿的耳边喊了一声，"博太太。"

迟绿眼睫一颤，抬起眼看着他。

博延看她这样，心念一动，没忍住亲了亲她，低声说："谢谢。"谢谢你，让我这一生得偿所愿。

迟绿笑着抬手搂住他的脖颈，一点儿也不害羞地和他接吻。考虑到还在外面，两人稍稍克制了一点儿。

回到车内，迟绿转头看着他："我发个微博？"

博延颔首："随你。"

迟绿笑着拍了两人的结婚证发了朋友圈和微博，文案都是一样的："忘了是哪一年许下的愿望实现了。"她也一样，在很早很早之前，就渴望嫁给博延，成为他的太太。

朋友圈和微博一发，好友、粉丝纷纷发来祝贺。

"我死了我死了！这也太甜了吧？"

"是博总吧？是博总吧？为什么不给我们看看里面的照片？"

"恭喜啊！"

"我的'延迟'太甜。"

"我今天是'柠檬精'。"

"喜极而泣了，一定要幸福。"

在粉丝猜测的时候，博延第一时间转发。

博钰："梦想成真。"

两人的互动让粉丝很激动。他们有了好结局，怎么能不让粉丝激动呢？

迟绿看着两人微博下的粉丝留言，唇角一直挂着笑。她弯了弯唇，很是开心："粉丝真可爱。"

博延笑笑："过两天叫他们一起吃饭。"

"等清影和傅医生回来吧！"迟绿说。

博延没意见："好。"

他刚说完，手机响了。他看了一眼，下意识转头看了看迟绿。在博延要挂断之前，迟绿说了句："接吧！"

电话是博延父母打来的。博延看着她："不着急。"他淡淡地说，"应该是看到了网上的消息。"

迟绿："嗯。"

其实经过这大半年的时间，她的怨好像又少了很多。迟绿不知道自己这样是对还是错，总而言之，她不想用仇恨绑住自己。她不会限制博延和他们来往，说到底，终归是有血缘关系的父母。他们生下他、养大他，这份恩情，是永远存在的。他挂断后，迟绿就没再管。

博盈看到她发的朋友圈，立马给她打了电话过来："你们去领证怎么都不说一声？"

迟绿笑道："现在告诉你了呀！"

博盈："哼，我竟然不是第一个知道的。太过分了。"

迟绿弯了弯唇："你是小学生吗？"

博盈："是啊！"

"……"

迟绿无言，扶额道："晚上有没有时间一起吃饭？"

博盈："有啊！"

迟绿嗯了一声："贺总和你一起来吗？"

博盈静默了一会儿："我问问，我不知道他有没有时间。"

迟绿："行。"挂了电话，迟绿微信里也收到了很多祝福。她脸上挂着笑，耐心地给大家回复。她回得差不多时，两人也到家了。

"你快去回电话吧！"迟绿催促着，"我去楼上。"

博延点点头："好。"看着迟绿跑上楼，博延才拨通了刚刚的电话号码。

"喂。"他语气平静，应了一声。

"你们领证啦？"那边传来博华的声音。

博延应了一声："嗯。"

博华顿了一下，低声道："挺好的。"

博延挑了一下眉，单手插兜往阳台那边走，问："是挺好的。"

那边无言。安静了一会儿，博延主动问了一声："最近身体怎么样？"

"挺好的。"博华咳嗽了一声，"这边空气好。"

"嗯。"

父子俩相对无言。博延本身就话少，而博华是不知道该怎么和自己这个儿子交流。他安静了一会儿，低声道："结婚了，对迟绿好点儿。"

"我知道。"

"你们打算什么时候办婚礼？"

"不着急。"博延淡淡地说，"年底她工作多，最快也要明年。"

博华嗯了一声："别拖太久，显得你不重视。"

"不会。"

两人简单地聊了几句，博延让他们注意身体，很快便挂了电话。他在原地站了一会儿，望着窗外明媚的阳光，不由自主地笑了笑。

看着进来的人，迟绿诧异地道："这么快打完啦？"

"嗯。"博延到她的旁边坐下，看着她，"在做什么？"

"给静仪姐回消息。"

迟绿不解地看向他："她问我明年的工作安排。"

博延："……"

两人无声地对视了须臾，迟绿忽然明白了林静仪问这个的原因。看着她发来的消息，迟绿很无奈地回复："没那么快，照常安排吧！"

林静仪："博总说的？"

迟绿："他听我的。"

博延看了看她和林静仪的对话，眉峰挑了一下，倒是没提出异议。迟绿说得不错，在办婚礼和生孩子这件事上，他听迟绿的。

婚礼要办，但怎么办，都会按照迟绿的喜好和想法来。至于孩子，博延自然想早点儿要，可如果迟绿不愿意的话，那也可以等等，甚至不要都行。在这些事情上，他不会勉强迟绿。感情是他们的，多个孩子锦上添花，没有也很完美。

迟绿跟林静仪说了一会儿，才放下了手机。她靠在博延身上："好累。"

博延失笑："这就累啦？"

"嗯。"迟绿闭着眼，蹭着他的脖颈，小声咕哝，"你爸妈说什么了吗？"

博延一怔，低声道："没说什么，简单问了两句。"

迟绿挑了挑眉："就没啦？"

"问我们打算什么时候办婚礼，不要亏待你。"

迟绿沉默了一会儿，笑了笑："再说吧，今年肯定不办，对吧？"

博延看着她："嗯，听你的。"

领证后，两人的生活还是和往常差不多。其实对他们来说，无论是恋爱还是结婚，都是一样的。只是偶尔迟绿在面对媒体提问时，会后知后觉地想起，博延已经不是她的男朋友了，他早就成了她老公。他们已经是一家人了。每一天，迟绿都过得幸福又充实。她的事业越来越好，并没有因为结婚而停下来。代言越来越多，接到的活动也越来越多，不知不觉中，还挤入了模特收入排行榜的前排。

这一年的新年，他们依旧是三个人一起过的。吃完年夜饭没多久，博盈的男朋友来了，博延陪着喝了几杯酒。日子温馨又快乐。新年过后，迟绿和博延又开始忙碌。博延的剧本在去年就已经完工了，还找到了合适的演员，年后开机。

开机当天，迟绿和博延一起去了现场。

男演员是颜秋枳推荐的，长相和气质绝佳。迟绿之前也看过他的戏，原本以为他不会答应，但看完剧本后，他接了。女演员是一个大学生，高高瘦瘦的，很漂亮。迟绿第一眼看到她的"出圈"照片时，就让人去联系了她。

两人的年龄差和迟绿、博延一样，正好六岁。看着不远处的两人，迟绿转头和博延说："他们看着好般配啊！"

博延失笑，摸了摸她的脑袋说："我们也很般配。"

迟绿觑他一眼，直勾勾地看着另一边的两位演员，小声问："你说他们会不会入戏太深？"

"……"

这个问题，博延没办法回答。他思忖了一会儿，低声道："不至于。"

"我觉得有可能。"迟绿也不知道哪儿来的自信，总觉得拍了这个剧本的男女演员，只要是单身，百分之九十会沦陷其中。

博延提醒她："你别忘了，男演员不是新人。"博延的意思是，他拍了很多戏，如果每一部都入戏那么深的话，那得谈多少恋爱。

迟绿一噎，瞅着两人说："我也不知道为什么会有这种自信，可我看着两人就觉得般配。"

博延笑笑。

迟绿听着他的笑声，总觉得他在嘲讽自己。她想了想，扭头看着他："要不我们打个赌吧？"

博延挑眉："赌什么？"

"赌他们拍完这部戏会不会在一起。"

博延微顿，敛目看着迟绿："认真的？"

"嗯。"迟绿弯唇笑笑，"非常认真。"

"赌注是什么？"

迟绿歪着头想了想："到时候想到再说，反正我说什么你都得答应。"

博延勾了一下唇，眉眼柔和地望着她："这么自信？"

"那当然。"迟绿信心满满说，"我看人的眼光不会错。"

即便是两位演员现在还不熟，可她看了博延的剧本，写的确实是她和博延的故事，但其中的部分剧情还是不一样的，不是完全按照两人的生活轨迹来的。但无论是不是百分之百一样，她都有这个自信。她就觉得，只要认真拍了这部戏，他们一定会在一起。迟绿要赌，博延自然奉陪。无论是输还是赢，对两人来说都只是乐趣。

开机仪式过后，导演带着两位演员过来。

"这是博老师，博老师的太太。"

两人颔首，打了声招呼。迟绿看着两人，越看越满意："你们好，叫我迟绿就好。"

打过招呼后，导演领着人去另一边了。迟绿看着两人的背影，不忘扯着博延的手臂咕哝："之后他们拍戏，我没工作的话，能去探班吗？"

博延："可以。"他笑道，"真这么喜欢？"

"你不喜欢？"迟绿觑他一眼，"你对他们也是满意的吧？"

博延稍顿，应了一声："还不错。"

迟绿轻哼："我眼光很好的，我有预感，他们会大火。"

闻言，博延提醒她："男演员去年已经拿了最佳男演员奖了。"言下之意是，他已经火了。

迟绿顿了一下，瞪了博延一眼："他会更火。"

博延对男演员熟一点儿，女演员是第一次接触，迟绿喜欢，在某些地方她也确实像迟绿，博延看过她试镜后便答应了。他不得不承认，这两人是最合适的。

开机仪式过后，迟绿和博延没在剧组多待。迟绿还有工作，博延也有其他的安排，只不过他是这部电影的编剧，时不时还要来剧组看看。

电影开机后，迟绿偶尔会关心一下进度。拍摄到中期时，她还特意和博延一起去了剧组。迟绿脑子里有了想法。她看着不远处穿着校服的女演员，扯了扯博延的手："博老师。"

博延看着她："怎么啦？"

迟绿仰头看着他，抿了抿唇说："我有个婚礼的想法。"

博延盯着她看了须臾，再看看不远处正在拍戏的演员，低声问："你确定？"

"嗯。"迟绿眼睛明亮，笑着说，"还能给电影制造话题热度呢，你觉得怎么样？"

"这样会不会很亏？"

"不亏啊！"迟绿看着他，"和你在一起就不亏。"

博延对她的想法向来没办法。关于婚礼，两人也讨论过很多次。迟绿总不是太满意，她没什么亲人了，也就几个朋友，与其大办，倒不如留个纪念。博延想了想，低声说："好，听你的。"

迟绿抱着他撒娇："谢谢老公！爱你哦！"

博延："……"

第十五章 /

婚礼彩蛋

　　婚礼定下来后，迟绿也不在这件事上多费心思了。

　　电影在转场拍摄，迟绿和博延也跟着去了不少地方。

　　这一年，林静仪给迟绿安排的工作并不多，她有时间多享受生活。听到两人的婚礼创意后，林静仪愣了一下，不可置信地看向她："你确定？"

　　迟绿笑道："确定啊，你那么惊讶做什么？"

　　林静仪皱了皱眉："你们这样拍婚纱照、办婚礼，博总那边没意见吗？"

　　迟绿点头："没有。"她淡淡道，"生活是我们的，其他人有意见也没用。"

　　"不觉得亏？"林静仪打趣她，"其他女人都渴望全世界最豪华、最浪漫的婚礼，你不想？"

　　闻言，迟绿弯唇笑笑，认真地说："我和博延这样的，也是全世界最浪漫的。"

　　林静仪一噎，竟无法反驳。迟绿的创意是，和博延参与电影拍摄，在电影后期的"彩蛋"里办婚礼。男女演员在电影里会办婚礼，他们也一起办。

　　迟绿、博延和导演等工作人员商量过后，他们也都觉得这个想法不错。迟绿觉得，这才有纪念意义。她和博延在后期"彩蛋"出现，办一个独一无二的婚礼。虽然出现的时间只有两三分钟，但对他们而言也够了。这会成为他们一辈子最珍贵的记忆，那些浪漫的婚礼，迟绿自然也想过，但比起浪漫，她更喜欢这样有纪念意义的。

　　林静仪听她这么说，也觉得有点儿道理。

　　"创意是好的。"

　　迟绿笑笑："嗯。"

林静仪看着她，想了想问："宝宝呢？"

"什么？"

"婚礼办了，宝宝什么时候生？"

迟绿："再说吧，不着急。"她和博延在生孩子这件事上意见一致，并不着急。他们想好好享受二人世界，更何况现在还养着迟小迟，也不觉得孤单。

博延过来接她的时候，迟绿正低头站在路旁等他。他一抬眼便看到了她。这么多年过去了，迟绿和以前没有太大差别，依旧有些孩子气，也依旧有些任性，同样，也和最初一样，让他看一眼便沦陷。

听到声音，迟绿抬头看了过来。她上车，转头看向旁边的人："晚了五分钟。"

博延笑笑："回家给你赔罪。"

迟绿扯着安全带，眉眼弯弯地笑着："好啊，那我不会客气的。"

博延颔首。

两人聊了一会儿，博延侧眸看着她："他们过几天拍高中毕业的戏份，想不想去看看？"

迟绿一怔，眼睛亮了起来："只是去看？"

"顺便拍一组照片。"

迟绿："好。"她毫不犹豫地说，"那你呢，你也穿校服吗？"

"……"博延静默两秒，睨了她一眼，"我不能穿校服？"

"能。"迟绿弱弱地道，"我没说不能。"她说着，自己先笑了起来，打趣道，"我就是觉得……会有点儿违和？"

闻言，博延不咸不淡地看了她一眼。

瞬间，迟绿闭嘴了。她觉得她还是不要得罪这个记仇的人好。

前几天，她只是说了一句拍这部电影的男主角比博延更帅，就被他记了下来。最后，迟绿被他折腾得受不了，不得不改口，说他更帅，她更爱他，除了他，她眼睛里再也容不下其他人，他才罢休。

回家后，两人进厨房做饭。

迟绿很享受他们这种温馨的小生活，迟小迟在两人脚边转悠，时不时还闯祸。

外面传来声音。迟绿震惊两秒，立马跑了出去。一走出去，她先看到迟小迟趴在地板上，一脸委屈地看着她。它仿佛在说——这个杯子不是我打碎的。

迟绿转头看向博延："博老师，来管管你们家迟小迟。"

博延瞥了一眼，笑着说："你先把它抱走，别扎到了，我来收拾。"

迟绿："它最近越来越调皮了，不打它吗？"

博延："哪有家长打孩子的？"

迟绿轻哼："那它不听话呀，老是闯祸。"

博延嗯了一声，揉了揉她的脑袋："待会儿好好跟它说，下次就不会犯了。"

迟绿翻了一个白眼，小声嘟囔："迟小迟要是能听懂就好了。"

博延笑笑："先别去那边，我把猫抱给你。"

"哦。"

博延把残局收拾好后，迟绿直直地看着一侧蹲在角落里的迟小迟。她抬手，戳了戳它的脑袋："你知不知道自己闯祸啦？"

迟小迟抬起脑袋看着她。迟绿一对上它那双漂亮的眼睛就没辙了，哽了一下："你别卖惨啊，我买的杯子已经被你打碎两个了呢，迟小迟。"

迟小迟听着她的训话，抬起爪子放在她的手上。

迟绿看它这样，突然就不忍心训下去了。她幽幽地叹了一口气："算了，这次原谅你，下次再犯，你就去阳台罚站。"

博延听着她自言自语，无声地勾了一下唇。迟绿在一些事情上，像个没长大的小孩儿。

教育完迟小迟后，迟绿进了厨房。她盯着博延的后背看了一会儿，伸手把人抱住："博老师。"

"嗯？"

博延看她扣在自己腰间的手，回头亲了亲她："不开心啦？"

"不是。"迟绿叹了一口气说，"今天静仪姐问我，我们打算什么时候要孩子。"

博延挑挑眉，垂眼看着她："你怎么说的？"

"我说不急。"迟绿抬头看他，感慨地道，"我现在觉得，我应该做不了一个好妈妈。"

博延哭笑不得，捏了捏她的脸颊："怎么突然这样说？"

"我连凶迟小迟都不舍得，那万一以后我们的宝宝犯错了，我都不会教育他。"迟绿是个对自己人心软的人，无论是对谁，她都很难狠下心来。

博延失笑，低头吻了吻她的唇角，低沉地道："嗯，那交给我。"他柔声说，"我来教育他。"

"那万一是女儿，你也舍不得吧？"

话音落下，两人大眼瞪小眼地看着对方。

博延认真想了想，蹭了蹭她的鼻尖说："那耐心教。"

迟绿扑哧一笑，仰头看着他："你是不是很想要宝宝啦？"

博延稍顿，低声道："和你的宝宝的话，一直都想要。"

闻言，迟绿扬了扬眉。她抱着博延撒娇，温声道："明年再说吧！"

博延："好。"他低声道，"别有压力，不想生也没关系。"

"我想。"迟绿诚实地道，"我想要宝宝的。"

她喜欢孩子，也希望家里更热闹一点儿。迟绿小时候很孤独，所以希望有个宝宝，能和颜秋枳家的小星星、季清影他们家的宝宝一起长大。想到这儿，迟绿说："清影前几天跟我说她和傅医生打算要宝宝了。"

博延挑眉："然后呢？"

迟绿看着他："我决定等他们家宝宝出生，我们就计划生宝宝。这样的话，清影家的宝宝还能帮忙带一带，还有小星星也可以。"

"……"博延听着，哭笑不得，"小算盘打得不错。"

迟绿得意扬扬地道："那当然，让他们一起玩，宝宝才不会孤单。"

博延表示赞同："嗯，希望我们能按计划进行。"

迟绿："……"

两人对视须臾，话题突然就歪了。博延亲了亲她的唇角："先出去等一会儿，马上吃饭。"

"哦。"迟绿压了压唇角的笑，"老公辛苦了。"

博延侧头看着她，对她的古灵精怪没任何办法。

拍摄高中毕业戏份这天，迟绿和博延去了现场。迟绿和博延还带了他们那个时候的校服，这么多年下来，学校的校服一直都没变。其实说起来，博延算是迟绿的学长，他也是这所学校毕业的，只是比她大了很多届。学校风景很好，五月的天气，晴空万里，云朵层层叠叠地堆积在一起，像是棉花城堡一样，格外漂亮。

摄影师看着两人，忍不住说："今天天气太好了，感觉这个色调都不用我们调。"

迟绿笑了笑："真的吗？那我们日子选得不错。"

摄影师是颜秋枳和陈陆南常合作的，在圈内特别有名气，无论是拍摄还是取景，他都特别擅长。圈内有传闻，说这位摄影师特别擅长挖掘每一个人的美。两人穿着蓝白相间的校服，一点儿也不违和。

圆圆在旁边看着，小声说："太好看了吧？"

"你们什么时候也谈个校园恋爱？"

"我们大学谈了啊！"

"不是不是。"圆圆说，"我的意思是要是你们是高中同学，那多好呀！"

迟绿挑眉:"你别这样说,我老公会生气的。"

圆圆:"……"明明迟绿姐你也经常这样说。

迟绿感受着她带着怨气的眼神,理直气壮道:"我能说,你不行。"

圆圆噎住:"行。"

迟绿笑了,想象了一下博延如果是她高中同学的话会如何。她想了好一会儿,也没想出来。

"想不出。"迟绿说,"我们现在这样就好,不奢求是高中同学。"即便博延和她不是同龄人,不是高中同学,可他依旧是陪着迟绿走过高中岁月的人。他见证了迟绿的成长,也陪伴她度过了很多难熬的日子。

圆圆点头:"那也是。"她这两年一直跟在迟绿身边,知道博延对迟绿多宠。这样的爱情,没有人不羡慕。

两人拍完校服的照片,迟绿去换了一套婚纱,博延换了西装。剧组的导演和演员都在等他们,配合他们拍摄。两人一过去,那边的人便开始起哄。

"迟老师和博老师也太好看了。"

"我们的男女主角也很好看啊!"

"这两对绝了。"

有工作人员开玩笑:"你们今天是一起结婚了啊!"

迟绿笑了笑,看向旁边不说话的男女演员,道:"稚意感觉怎么样?"

许稚意一怔,下意识去看另一边在和导演说话的周砚。周砚和导演正说到什么,恰好往她这边看了过来。周围人多,喧闹声不绝于耳。午后的阳光刺目,让人下意识地躲藏。两人在人群中对望,眼底有压抑的情愫在涌动。无声无息,风过无痕,心底却泛起了波澜。

迟绿没听到回答,又问了一遍。

许稚意回神,轻声说:"嗯。"

迟绿扬扬眉,目光在两人身上转了转,了然地一笑。

她看向走过来的博延,无声地说了句:"我赢了。"

博延挑眉。

迟绿笑而不语,和他十指相扣,得意扬扬道:"回去告诉你。"

"好。"博延勾了勾唇。

在校园里拍完后,两人回了家。他们的婚纱照和视频,都不急于一时。

电影杀青之前,迟绿和博延又去了剧组,全组一起,陪他们拍完了最特别的婚礼。

除了两人，他们的好友也纷纷出镜。这与其说是迟绿和博延的婚礼，不如说是他们在这个年纪的纪念，有爱人，有朋友，有亲人，全在一起。

在电影里，他们的生活有了结局，但在现实里，他们的生活还未落幕，一直都在前行。

夏天到来的时候，电影正式杀青。

之后一段时间，迟绿和博延都没去追问进度。

第二年情人节，电影上映。上映当天，迟绿和博延一起去了电影院。

故事迟绿很熟悉，她甚至可以倒背如流，可看着拍出来的一幕一幕，她依旧有说不出的感动。

里面的主角像是在说他们的故事，又像是在说迟绿和博延的故事。两人分开时，迟绿听到了抽泣声。变故来得毫无预兆，没有人会料到是这样的结果。后来，两人朝对方奔赴。他们为之付出的努力，眼里的爱意，都让现场的人动容。

迟绿看着，也红了眼眶。

博延抓着她的手，似是安抚。

"彩蛋"出来时，现场人开始惊呼。

"天哪，是博老师和迟绿。"

"这是他们的故事啊！"

"不对不对，你们认真看，这难道是两个人的婚礼吗？"

"彩蛋"里，开始两人穿着校服，从教学楼上往下奔跑。镜头一转，迟绿穿着婚纱，从T台上跳下，往观众席奔跑。每一帧都牵引着观众的情绪。再往后，是他们一群人站在操场上临时布置出来的婚礼舞台上。博延和迟绿交换戒指、亲吻，好友把他们围在中间，鼓掌。最后，每个人送上祝福语。他们希望看完这部电影的所有人，永远不要放弃自己所爱。喜欢，那就奔赴，时间会给你最好的答案。

迟绿爱博延，从不迟疑。

博延爱迟绿，比生命更长。

电影上映后的前几天，全是迟绿和博延的热搜，还有男女演员的。无论是剧情还是他们当事人，都被拉出来议论了一番。演员演技好，能带着观众入戏，而博延和迟绿的故事精彩，更是让人难以忘怀。

颜秋枳一行人看完电影，和迟绿说的第一句话就是——男女演员会火，不出意外的话，这部电影能拿不少奖。

事实证明，也确是如此。电影最后的票房破了二十亿元，这是爱情文艺片少有的票房。

庆祝的那晚，迟绿和博延也参加了。两人是真的很开心，不仅仅是因为票房，也因为大家的喜爱。这份喜爱，他们会一直珍藏。

电影上映之后，迟绿和博延恢复了平淡的日常生活。两人偶尔会抽时间出去度假，去以前没走过的地方，也会在家里陪着迟小迟，一起看电视、看电影。

年底，迟绿和博延搬了家。之前念书时，迟绿就和季清影约定，以后如果可以，两人要做邻居。博延知道她想和季清影做邻居，也为了方便，和傅言致商量过后，两家的房子还真买到了一起。两栋别墅挨着，经过沟通，直接把围墙打通了，有一个能通向两边的门。季清影和傅言致早早搬了过去，迟绿和博延稍微晚了一些。

搬家这天，大家都来了。

博盈兴致勃勃，在屋子里转了一圈后哀号："我也想住在这里。"

迟绿好笑地看着她："那你搬过来。"

博盈沉思了几秒，摇摇头："那还是算了吧，我怕我哥。"

迟绿扬眉笑笑，淡淡地问："他有什么可怕的？"

"那太多了。"博盈理直气壮地说，"他会把我当作电灯泡，我每次出现他都想把我赶走。"

迟绿噎住，瞥了一眼博盈，开玩笑地说："你倒不如说，贺总不允许。"

闻言，博盈嘻嘻一笑："那也是。"她说，"你们秀恩爱会影响我们，我们秀恩爱也会影响你们，还是分开比较好。"

迟绿翻了一个白眼。两人在房间里待了一会儿，这才出去。

为庆祝搬家，几个大男人已经在外面开始弄烧烤了。外面的院子很大，有一个大草坪，正好方便他们活动。

迟绿往博延那边走，问："好了吗？"

博延笑笑，敛目看着她："饿了？"

迟绿点头："是啊！"她转头看他，眉眼弯弯地道，"真好。"身边都是熟悉的朋友，大家热热闹闹地在一起，真的很开心。

博延揉了揉她的脑袋："开心就好。"

迟绿点头。

两人旁若无人地交流，其他人也不过来打扰。

和博延腻了一会儿，迟绿往季清影那边走。

"不跟博老师腻啦？"

迟绿一点儿也不害羞，直白地道："一会儿。"她眨眨眼，开玩笑说，"客人都来了，我得先招待客人。"

陈新语睨了她一眼。

迟绿看着旁边的小星星，张开手道："小星星，迟绿阿姨抱抱你行吗？"

小星星是颜秋枳和陈陆南的女儿，长得像小仙女，特别漂亮。

小星星主动抱了抱她，奶声奶气道："迟绿阿姨身上好香呀！"

迟绿挑眉，捏了捏她的脸颊："你认真的吗？"

小星星点头："对呀，对呀！"

颜秋枳睨她一眼，啧了一声说："她现在越来越聪明了，见人说人话，见鬼说鬼话。"

季清影扑哧一笑："哪有你这样说女儿的？"

颜秋枳："这是事实，是不是啊，小星星？"

小星星眨眨眼，看向她："妈妈，你今天好漂亮。"

颜秋枳静默了两秒，改口道："我女儿眼光真好。"

众人："……"

迟绿跟小星星玩了一会儿，看向季清影："你们家宝宝还在睡觉？"

季清影点头："你想看他？"

"不着急。"迟绿说，"明天再去看他。"

几个人凑在一起聊着，话题乱七八糟，什么都能扯。看迟绿和小星星玩得好，颜秋枳笑着问道："你自己生一个玩吧！"

迟绿失笑，看向他们："你们怎么回事，我最近怎么总是收到催生的消息。"

向月明看着她："还有谁？"

"静仪姐和圆圆，也问我什么时候生孩子。"

博盈在旁边应着："她们得给你排工作，当然要关心关心。"

迟绿无言。生孩子这件事，她和博延是有计划的。但怎么说呢，有时候计划赶不上变化。或者说，宝宝不按计划来。最近这段时间，迟绿和博延也不避孕了。只可惜小宝贝不听话，还不太想来他们家。

迟绿托腮，跟小星星玩着，趴在桌面说："要宝宝这事，不是我想要有的。"

闻言，季清影扬扬眉："可能搬新家就有了。"

迟绿："……"

下
册

"借你吉言。"她抱着季清影蹭了蹭，笑着说，"沾点儿喜气。"

季清影哭笑不得："你怎么这么迷信？"

迟绿轻哼："我就是。"

小星星在旁边听着两人的对话，奶声奶气地问："迟绿阿姨，你不抱抱我吗？"

迟绿眼睛一亮，笑着说："抱啊，迟绿阿姨也想要一个小公主呢，和我们小星星一样漂亮的小公主。以后我们小星星带着妹妹玩好不好？"

小星星："好呀好呀，迟绿阿姨，你快生妹妹跟我玩。"

颜秋枳噎住。她看向迟绿，认真地道："你准备好吧！"

"什么？"

"接受小星星的妹妹轰炸。"

迟绿："……"

小星星很喜欢妹妹，虽然季清影家的弟弟她也喜欢，但相比较而言，她觉得妹妹和她会更有话题。她爸爸妈妈也一直说给她生个妹妹，但这都过去一年了，还是没有妹妹，小星星觉得他们都是骗子。这会儿她听迟绿这样说，只能把全部希望都寄托在迟绿身上。

吃过晚饭，大家也没离开，直接在这边住下。睡觉前，迟绿和博延聊天。这是他们的日常，只要其中一个没睡死，每天睡前他们都会聊一聊这一天发生的事，高兴的、不高兴的都会说。

迟绿觉得这个聊天方式，其实还挺有助于夫妻生活。他们的工作不同，每天聊两句，能更方便了解对方。

"我今天抱了小星星。"

博延嗯了一声，把人揽入怀里："我知道，她跟我说她很喜欢你。"

闻言，迟绿笑道："那当然，我很受孩子欢迎的。"

博延笑笑，低声问："然后呢？"

迟绿："我蹭了蹭她的喜气呢！"她窝在博延的怀里，摸了摸自己平坦的小腹，叹了一口气，"你说，我们的宝宝什么时候能来啊？"

博延哭笑不得，沉思了一会儿，低声道："别太有压力，该来的时候自然会来。"

迟绿撇嘴："我之前吧，觉得还可以再玩玩，但现在看着小星星和清影家的小宝宝，我又特别渴望我们家的宝宝也早点儿来。"

博延知道她的心思，尽量安抚："嗯，我知道你在想什么。"他低头，亲了亲迟绿唇角，"这种事急不得，他想来了就来了。"

迟绿看着他："你喜欢男孩儿还是女孩儿？"

博延："都喜欢。"

迟绿噎住，觑他一眼："必须选一个。"

博延顿了一下："感情上来说，喜欢女孩儿，但理智上来说，更希望是男孩儿。"

"为什么？"

博延笑笑，把人拥入怀里，轻声说："男孩儿可以保护妈妈。"

迟绿失笑，低声道："不要重女轻男，我们有你保护就行。"

博延一笑："也是，都行。"他说，"你生的我都喜欢。"

两人聊着天，不知不觉地睡了过去。

这天过后，大概是知道迟绿想要宝宝，博延在生孩子这事上，比以前更努力了。每当迟绿累瘫的时候，她就会想，宝宝还没来，她可能要先没了。又一个深夜，迟绿累得一根手指都不想动。她戳了戳旁边男人的手臂，嗓音沙哑地问："老公，你老实说，你是不是不想要宝宝，你只是想折腾我？"

博延无奈地一笑，敛目看着她："你说什么？"

迟绿觑他一眼，揉了揉自己的腰："我感觉我要累死了。"

博延无奈地道："抱你去洗澡？"

"待会儿去吧！"迟绿趴在他的怀里，小声说，"我听人说这样更容易怀孕。"

博延："……"

这天，迟绿刚拍完一个广告便觉得不舒服。中午吃饭时，她看着餐桌上摆着的食物，有些反胃。

还没等圆圆反应过来，迟绿便往洗手间跑去。圆圆愣住，连忙跟了过去。

"迟绿姐，还好吗？"她看着迟绿脸色惨白的模样，有些担心。

迟绿嗯了一声，闭了闭眼，压下那股不适的感觉，低声道："还好。"她深呼吸了一下，看向圆圆，"一会儿陪我去一趟医院。"

"啊？"圆圆愣了一下，跟着反应过来，"有啦？"

"不确定呢！"迟绿笑着说，"希望是吧！"

圆圆猛地点头："肯定是的，那我去重新下单，让服务员送点儿没有腥味的过来。"

"好。"

其实迟绿不饿，但她担心肚子里真的有宝宝了，还是吃点儿好。

圆圆喜笑颜开，吃饭的时候都掩饰不住唇角的笑意。

去医院之前，迟绿先跟季清影说了一声。她和圆圆吃过午饭到医院的时候，

季清影和傅言致已经在那儿等她了。

"清影，傅医生。"她失笑，低声道，"麻烦傅医生了。"

傅言致看了她一眼，淡淡地说："应该的。"

迟绿点头。

季清影抬眸看着他，笑了笑："你去上班吧，一会儿我陪迟绿检查完了去找你。"

傅言致颔首。他静默了两秒，看向迟绿："你跟博延说了吗？"

迟绿："还没。"

傅言致嗯了一声，提醒道："告诉他一声吧，他应该会想过来陪你做检查。"

迟绿愣了一下，了然地一笑："好，谢谢傅医生提醒。"

傅言致没在这边多待，很快便走了。

迟绿和季清影对视一眼，季清影催促道："还没到医院下午的上班时间，我给你买了验孕棒，先去验验，然后给博老师打电话。"

迟绿还有点儿蒙，全程听季清影的安排。没一会儿，她把验孕棒给季清影，季清影看着验孕棒上是两道杠，就让迟绿给博延打了电话。

博延接到电话，立刻放下手里的工作赶来了医院。等博延的时候，季清影带她去了医生那边。

刚轮到迟绿的时候，博延便来了。他步履匆匆，还穿着正装，一看就是从重要的场合赶过来的。

"检查了吗？"

"还没有。"迟绿仰头看着他，"你没闯红灯吧？"

博延："没有。"他捏了捏迟绿的手，低声道，"怎么这么凉？"

迟绿深呼吸了下："有点儿紧张。"

博延笑笑，揉了揉她的脑袋："不用紧张，我陪你。"

"嗯。"

没一会儿，便轮到了迟绿。进去做完检查，她一眼便看到了旁边等待的博延，然后把检查单给了博延。博延看到检查单上面写的内容，愣了片刻，道："真的怀啦？"

迟绿眨眨眼，然后点了点头，随即问道："清影和圆圆呢？"

"圆圆给你倒热水去了，清影说她去买点儿东西。"

不一会儿，圆圆和季清影都回来了，确定迟绿怀孕后，都很高兴。

几个人没在医院多待，确定一切安好后，便回了家。博延是自己开车过来的，但回去的时候，他看了一眼季清影："清影，你开车吧。"

季清影扑哧一笑，调侃道："博老师，你是不是很紧张？"

博延坦然地承认："有一点儿。"

季清影笑道："行，我开车。"她看了看后面的两人，很能理解他们这会儿的反应。

等季清影把博延的车开出一段后，迟绿才后知后觉地想起："我忘了让圆圆把我的车开回她那边了。"

季清影瞥了她一眼："我说了，让她回去休息，你这边有我和博老师就行了。"

迟绿安静了一会儿，转头看向博延："博老师。"

博延嗯了一声，低声道："有没有哪里不舒服？"

"没有。"

两人也没避讳季清影，在后面低声说着话。

到家后，季清影给他们缓冲的时间，笑着道："有事叫我，我先回去看看傅云珩。"

"好。"

进屋后，迟绿紧绷的神经才放松下来："博老师。"

博延沉沉地应着，将人拉入怀里："我在。"

"我们有宝宝了。"迟绿激动地说道，"他真的来了。"

博延嗯了一声，吻了吻她的侧脸，低低地说："我知道。"他伸手，小心翼翼地碰了碰迟绿平坦的小腹，喉结微动，嗓音沉沉地重复，"我知道。"

迟绿怔了一下，知道他这是紧张了。

两人都没忍住，相视一笑。

"圆圆说你中午没吃什么，要不要现在吃点儿？"

迟绿摇头，拉着他往沙发那边走："不要，你先陪我坐会儿吧，我总觉得自己像是在做梦。"

闻言，博延低头亲了她一下。

"现在还觉得是做梦吗？"

迟绿眨眨眼，趴在他怀里："不觉得了。"她有些惆怅，"博老师。"

博延答应着。

其实迟绿没话说，可此时此刻她觉得只有一直喊博延，她才有真实感。

两人在沙发上窝了一会儿，博延起身去厨房给她弄吃的。

"你下午不去公司了吗？"

博延摇头："先不去，有事徐铭泽会处理。"

"哦。"迟绿沉默了一会儿，走到他的身后，抱着他，"那你在家陪我。"

"好。"

从确定迟绿怀孕那天开始，只要她在家休息，博延就很少去公司。即便去，偶尔也会把迟绿带上。他知道孕妇情绪敏感，也怕迟绿一个人在家多想。所以无论是迟绿去工作，还是不工作，博延都会陪着。如果他实在没办法陪着，博盈、圆圆、林静仪，甚至季清影几个人，也会轮流陪在她的身边，给她安全感。

有时候迟绿也忍不住自我调侃，觉得自己现在就像是易碎宝宝，博延不放心她一个人做任何事。同样，她又能理解博延的想法。前三个月对她来说，确实比较重要。迟绿怀孕的事没有宣传，只有熟悉的几个好友知道。

前几个月也不显肚，外人也没发现。到第五个月的时候，林静仪已经没给迟绿安排工作了，只让她好好休息。博延怕迟绿在家多想，上班经常带着她。不跟着去公司的时候，迟绿一般就去隔壁，看看他们家的傅云珩。

这日，迟绿着实有些无聊。

博延电话打来的时候，她正逗着傅云珩。

"什么？"迟绿眼睛一亮，"去逛街吗？"

博延嗯了一声，低声问："昨晚不是说很久没去商场了吗？下班了带你去好不好？"

迟绿刚想答应，又看了看自己的肚子。

"可是我一出去就会被认出来吧？"

博延挑眉："没事，不用担心。有保镖跟着的。"

迟绿："不是担心这个。"她小声说，"我是怕路人拍到照片，我现在看着好丑啊！"

怀孕后，迟绿每天都在怀疑自己的美貌。虽然博延每天都在不厌其烦地告诉她，她是这个世界最漂亮的准妈妈，可迟绿还是没自信。

博延一顿，轻声道："不丑，现在比以前更漂亮。"

"但我长胖了。"

"不胖。"博延耐心地哄着，"你现在是有了宝宝，是我们的宝宝在长大，你没有长胖。"

经过博延的耐心安抚，迟绿和季清影说了一声，便出了门。博延亲自回来接她，带她去吃了一顿她心心念念的晚餐后，陪她开始逛街。

"我是想去买宝宝东西的。"迟绿看着他，"你怎么带我来这些店？"

博延好笑地看着她，低声道："先买了准妈妈的，再买宝宝的。"

迟绿哭笑不得："可是这些我现在也穿不了。"

博延嗯了一声："那也要买，宝宝有礼物，妈妈更要有礼物。"

在他们家，宝宝固然重要，但无论是博延，还是博盈、季清影，每次给她送东西，都不单单送给宝宝，会把迟绿放在首位，之后才是宝宝。很多人习惯性地给宝宝买很多东西，表示重视。这一点固然没错，但在爱宝宝的同时，一定不能忘了要熬九个月孕期的妈妈，她才是最辛苦的。

一侧的柜姐听着，笑道："博总说得对，孕期妈妈也可以买很多漂亮衣服。"

迟绿笑笑："有推荐吗？"

"有的。"

迟绿试了几件衣服，都还不错。

博延直接买了下来，又带她去买了包，才带她去孕婴店。

"你说宝宝以后出来知道了，会不会吃醋呀？"

博延看了她一眼："不会。"

"为什么？"迟绿好奇地问道。

博延想了想，牵着她往前走，低声道："因为宝宝也和我一样，最爱妈妈。"

迟绿听着，没忍住笑了起来。她觉得，自己应该是全天下最幸福的准妈妈。

有博延的宠爱，迟绿的孕期生活并不难熬。只是，偶尔她也会作，毕竟怀孕期间相对来说没有那么自由。迟绿不是贪嘴的人，因为职业，很多高热量的食物不能吃。但怀孕了嘛，就会嘴馋，会想放纵自己，这就像是偷来的时光。

前期，迟绿孕吐，很多东西吃不下。怀孕中期，她胃口大开，每天都想吃甜食，想吃辣的，还爱上了奶茶和冰淇淋。开始的时候，博延问过医生后都会尽量满足她，但迟绿真的太喜欢了，每天都要吃。

医生建议，喜欢一种东西也不要吃得太频繁，准妈妈营养要跟上才是重点。也因为这个，迟绿被勒令停了奶茶和冰淇淋，连蛋糕也只是偶尔才能尝一两口。为此，迟绿没少跟博延生气。

这天，博盈偷偷摸摸地提着小蛋糕和奶茶过来看她。她一进屋，迟绿便飞扑过来。

"果然是盈盈你最爱我。"迟绿拿过她手里的奶茶，眼睛晶亮，仿佛看到了希望。

博盈看着迟绿的动作，有些无言："真这么想吃啊？"

闻言，迟绿睨她一眼："你说呢？"说到这儿，她开始诉苦，"你哥你看我看得跟罪犯一样，这不让我吃那不让我吃，我都要饿死了。"

博盈笑道："我哥那也是为了你好，你现在不能吃太多，对身体不好。"

迟绿委屈地说道："可不是我想吃啊，是肚子里的宝宝想吃。"

"……"博盈噎住，和她无声对视了几秒，妥协道，"行吧，你说得对。"

迟绿嘻嘻一笑，淡定地说："我说的是事实啊！"

博盈已经不想追究是真的还是假的了。她摸了摸迟绿明显凸起的小腹，笑着问道："他这段时间听话吗？"

"还行。"说到肚子里的宝宝，迟绿还是很开心的。

"昨晚还踢我了。"迟绿眉目柔和地说。

这样的迟绿，是博盈以前没见过的。

迟绿说着，突然对上了她的目光。她愣了一下，扑哧一笑："你这样看我做什么，羡慕了吗？"

博盈点点头："有一点儿呀！"

迟绿笑道："那你赶紧生一个吧，让他们几个宝宝一起长大。"

"……"博盈沉默了一会儿，小声说，"但我觉得我还是个宝宝，照顾不了孩子。"

相较于迟绿，博盈其实更孩子气。她和贺景修已经结婚了，二人世界过得很开心，贺家人也非常喜欢她。宝宝这事，贺景修倒是不着急，博盈之前也不急，可这会儿看着迟绿这样，又有点儿眼馋。她会控制不住地想，如果是她和贺景修的宝宝，那会是什么样。

迟绿瞅了她两眼，大概也知道她在想什么。她失笑，安抚道："那有什么关系，不行的话，就让贺总同时照顾两个宝宝。"

博盈眼睛一亮，附和道："你说得也很有道理。"

迟绿轻哼，很是自豪。

两人边吃边聊，博延的视频电话忽然来了。迟绿抬头看向她："快，把餐桌上的蛋糕和奶茶藏起来。"

博盈："……"

"快。"迟绿催促着，"你哥的视频电话来了。"

"……"

迟绿连忙说："他肯定会让我给他拍你给我带了什么吃的。"

博盈："……"

几分钟后，博延接通迟绿回拨过来的视频电话。他看着镜头里出现的人，挑了挑眉："刚刚在做什么？"

迟绿面不改色地抿了一口水："在上厕所。"

一侧听着两人对话的博盈，差点儿没忍住喷水。

博延顿了一下，忍着笑，问道："不是在偷吃？"

"……"迟绿瞪了他一眼，"什么叫偷吃？我不能吃东西了吗？"她委屈巴巴地说，"我怀孕了，博老师也不给我吃饭，博盈你哥虐待我。"

博盈："……"

博延无奈，低声道："我不是这个意思。"

"你就是。"迟绿轻哼，"这个点儿不忙吗？"

博延嗯了一声，解释道："刚开完会，有点儿想你了。"

闻言，迟绿有点儿得意地扬了扬唇。

"哦。"她眼睛弯弯地道，"我也想你了。"

博盈受不了两人，默默往院子里走，决定找她老公求个安慰。她哥和迟小绿真是一如既往地给她喂"狗粮"。

博延轻笑，低声问："中午吃了什么？"

"就是阿姨做的饭啊！"迟绿看着他，"去清影家吃的。"她有个好闺密做邻居，就是方便。

博延颔首，看着她："博盈到了吗？"

"到了。"迟绿面不改色地说，"你找她有事啊？"

"没有。"博延淡淡地说道，"她给你带礼物了吗？"

迟绿眨眨眼，总觉得博延在给自己挖坑。"她过来就是最大的礼物呀！"迟绿一脸真诚地说。

博延稍顿，捏了捏眉骨道："奶茶不能喝太多，最多两口，蛋糕也少吃点儿，我晚上回家给你做饭。"

"……"迟绿安静了几秒，小声嘀咕，"你怎么知道博盈会给我带蛋糕和奶茶？她没带的话，你不是就冤枉我了吗？"

博延失笑，瞥了她一眼说："我了解你，也知道博盈和你多好。"她们俩只要凑在一起，绝对会做博延不喜欢但她们喜欢的事，从以前到现在，都是如此。

闻言，迟绿不说话了。

博延笑了一下，温声道："不是不让你吃，少吃点儿，免得之后难受。"

"哦。"迟绿有点儿不开心，耷拉着嘴角说，"知道了。"

博延那边响起敲门声，迟绿快速道："你忙吧，我挂了。"

博延："……"看着被挂断的视频，他抬眸看了一眼进来的徐铭泽。

徐铭泽："博总。"

博延嗯了一声："急事？"

徐铭泽颔首，把手里的文件递给他，低声道："于总那边晚上还有个宴会，您去吗？"

"不去。"博延道，"让下面的经理过去。"

"明白。"

自从迟绿怀孕后，博延推掉了不少工作。迟绿怀孕后不喜欢闻酒味，博延能不去就不去，即便是去了也不喝酒。除非真的无法拒绝，他才会抿一点儿，到家前还会尽量把酒味散掉才进屋。

对两人的这种感情，徐铭泽只能表示佩服。也就博延能做到这样，换其他男人，可能早就烦了。

徐铭泽出去后，博延又拿起手机叮嘱了迟绿两声。看到博延的消息，迟绿一时间也对面前的奶茶喝不下去了。

"你干吗，不吃啦？"博盈看她想吃不敢吃的模样，好奇不已。

迟绿点开手机："你看看你哥发的消息，这我哪儿还吃得下？"

博盈看了一眼，沉默了："我哥怎么跟老妈子一样。"

迟绿："我也想知道。"

两人相对无言。

博盈忍着笑，道："少喝点儿吧，确实也不好。"

迟绿不开心："嗯。"虽然她不开心，但也把奶茶推开了。怀孕真难，这是迟绿每天的想法。

博延到家的时候，家里只有迟绿一个人。他们家有阿姨，但迟绿不喜欢家里有不太熟悉的人。阿姨除了过来打扫卫生，给她做一顿午饭之外，其他时间基本上也不会过来。偶尔，迟绿还去隔壁蹭饭，阿姨更是闲。晚上的时候，只要博延没什么大事，都会回家给迟绿做饭。这是他们两人的温馨时光。

"博盈走啦？"

迟绿点头，看着他："今天怎么这么准时？"

博延一笑，低头亲了亲她的唇角，低声问："我哪天不准时？"

迟绿眨眨眼，理直气壮地说："总有不准时的时候。"

博延伸手，揉了揉她的头发："饿了吗？"

"也还好。"迟绿抱着他，"我下午喝了奶茶，吃了蛋糕，你要凶我吗？"

"……"

博延看她一脸"你要是凶我我就会生气"的表情，忍不住笑了。

"不会。"他抱着她，拍了拍她的后背说，"我们的准妈妈是有分寸的。"话音一落，他问，"吃得多吗？"

迟绿噎住。她拍了一下博延的肩膀，佯装生气地道："不多！"她翻了一个小小的白眼，道，"快去给我做饭，饿了。"

博延笑："好。"

两人进了厨房。博延换了衣服，问过她要吃什么后，便开始准备。他做饭速度快，迟绿没等一会儿，便好了。吃饭时，迟绿絮絮叨叨地和他说话。

"今天宝宝又踢我了。"

博延一怔，摸了摸她的肚子："他今天乖吗？"

"还行。"

迟绿吃过博延的爱心晚餐，两人出门散步。又到夏天了，晚风凉爽，吹得很舒服。

散步途中，博延顺便把傅云珩给带了出来，傅云珩已经能走几步路了，时不时还抱着迟绿问她肚子里的宝宝是弟弟还是妹妹。迟绿想要女儿，每天都在念叨自己这肯定是女儿。

一眨眼便到了迟绿的预产期。预产期前一周，她住进了医院。博延每天都陪着她，博盈等人每天会过来看她，缓解她的紧张。小宝贝出生这天，正好是立冬。迟绿生了个女孩儿，博延给她取了个小名，叫兜兜。无论是对迟绿，还是他们的宝贝女儿，他都想把两人缩小，放在口袋里，时时刻刻陪在她们左右。

兜兜宝宝刚生下来的时候，皱巴巴的，看着不怎么漂亮。

迟绿还嫌弃了一下："我们的宝贝不会很丑吧？"

博延看着怀里的小宝贝，摇头："不会。"

迟绿不太确定："真的吗？可是她现在真的好丑啊！"

博延："……"他静默了一会儿，为了安抚自己的老婆，不惜拉了一个垫背的。

"傅云珩刚生出来的时候，也挺丑的。"但现在，迟绿每天都在夸傅云珩很帅，长大后绝对是大帅哥。

迟绿噎住。

季清影和傅言致带着傅云珩，刚到门口，就听到了这么一句。两人还没来得及反应，傅云珩摇了摇季清影的手，茫然地问："妈妈，我长得很丑吗？"

四个大人相对无言。

季清影和迟绿对视几秒，道："不丑。"

迟绿也点头附和："我们云宝是全世界最帅的，哪儿丑了呀？"

"干妈，"傅云珩委屈道，"那博叔叔说我丑。"

迟绿和陈新语是宝宝的干妈，但傅云珩习惯性叫博延叔叔。

闻言，迟绿瞪了一眼博延。博延无奈，揉了揉傅云珩的脑袋，轻声道："博叔叔开玩笑的，我们云宝最帅了。"

傅云珩盯着他不说话。博延拍了拍他的脑袋，低声道："博叔叔给你道歉，能原谅博叔叔吗？"

傅云珩眨眨眼，点点头说："可以的。"他看着博延，奶声奶气地道，"但是博叔叔，我以前是真的丑吗？"

博延："……"

迟绿看傅云珩打破砂锅问到底的模样，没忍住笑出了声。她扬扬眉，一脸揶揄地看着博延："博老师，给我们云宝好好解释一下？"

博延瞥了她一眼，看向傅云珩："不丑。"他低声问，"你觉得兜兜妹妹丑吗？"

傅云珩看了看旁边睡着的妹妹，红红的，皮肤也有点儿皱，不是很白。他认真思考了一下，摇头说："不丑的，妹妹很可爱。"

博延颔首，低低地说："这就对了，我们云宝也不丑。刚出生的宝宝都是这样，我们云宝现在就很帅了，对不对？"

傅云珩似懂非懂地看着他。博延摸了摸他的脑袋，柔声问道："刚刚博叔叔是在跟你干妈开玩笑，也是想告诉她，我们兜兜也不丑，和云宝刚出生时一样，等长大了就会越来越好看。"

在跟孩子解释这件事上，博延比任何人都有耐心。孩子是很敏感的，虽然他们还不是很懂，也不知道很多道理，但大人的话，一旦不注意，还是可能会给他们造成伤害，甚至对未来也会有影响。

傅云珩点点头。迟绿看两人这样，摸了摸傅云珩的脑袋，柔声道问："想不想摸摸妹妹的手？"

傅云珩眼睛一亮，惊喜地问："可以吗？"他之前过来，怕吵醒兜兜，也怕兜兜不习惯陌生人靠近，都只敢远远地看着。

迟绿莞尔："当然可以。"

博延拉着他的手，跟睡梦中的兜兜轻轻地握了一下。

傅云珩满脸惊喜，高兴地说道："妈妈，兜兜妹妹的手好软呀！"

季清影哭笑不得，嗯了一声："是的，以后我们云宝有妹妹一起玩了，高兴吗？"

傅云珩点头："高兴。"

四个人聊了一会儿，看了看宝宝。傅云珩想去外边玩，但迟绿不能去，季清影便在房间里陪她，博延和傅言致带着傅云珩出去了。三人走后，季清影看着她："感觉怎么样？"

"闷。"迟绿毫不犹豫地说，"原来怀孕不是最难的，坐月子才是。"

季清影笑道："这我赞同。"她看着迟绿，笑了笑，"觉得无聊啦？"

迟绿点头，叹了一口气，说："什么也不能吃就算了，还不能出门吹风。"

季清影哭笑不得："养着点儿，先忍忍，对以后好。"

迟绿撇嘴。她看向窗外明媚的阳光，眨了眨眼说："以前冬天，除了喜欢下雪天，就喜欢在冬日里晒太阳。"每次都会觉得很舒服。迟绿说不上是什么感觉，但就是喜欢。

季清影表示赞同："再等等，过段时间就能出去了。"

迟绿委屈地看了她一眼。

季清影笑道："你要是实在无聊，我以后每天带着傅云珩过来。"

"那不用。"迟绿笑道，"耽误你工作，博老师每天都会来。"

"他毕竟要上班。"季清影道，"我工作随时能做，到这儿来画图一样的，傅云珩也喜欢来看你。"

闻言，迟绿笑道："云宝不是喜欢看我，他是喜欢兜兜。"

季清影摊手："兜兜是你女儿，一样的。"

迟绿眨眨眼，说了句："母凭女贵是吧？"

季清影想了想，笑道："也可以这样说。"

"……"

季清影和傅言致跟迟绿他们一起在医院吃了顿午饭，才带着傅云珩离开。之后的一段时间，季清影有空就来陪她，给她解闷。这期间，徐清妍也来看过迟绿几次。她最近工作忙，但经常会在下了飞机后抽空去看迟绿。

最特别的是，连闻昊也来过两次。每次闻昊一来，博延便会似有似无地表现出一点儿说不出的醋味。迟绿不懂，这都多少年了，这人怎么醋意还那么浓。

"老公。"闻昊一走，迟绿便笑盈盈地看着旁边的男人。

博延掀了掀眼皮看着她，抱着兜兜问："怎么？"

"没呢！"迟绿面不改色地说，"我就叫叫你，怕你生闷气。"

博延："……"

两人对视一眼，迟绿笑着问道："你又不开心啦？"

"没有。"博延很淡定地回答，"我看着像不开心的？"

迟绿眨眨眼："对啊！"她和博延对上视线，淡定地道，"你刚刚怎么不跟闻昊说话？"

"……"博延莫名，"说了。"

迟绿噎住："我的意思是，除了打招呼。"

博延看了她一眼，觉得好笑。他无奈，捏了捏她的脸颊说："他是过来看你的，我和他聊那么多做什么？"

两人就算不上熟。迟绿静默了一会儿，小声咕哝："但你和傅医生他们，就话挺多的。"每次傅言致他们过来，博延还能和他们几个大男人出去走走，聊几句。

博延被她的话噎住，扬扬眉："别找碴儿。"

迟绿顿住。她无言半晌，决定不和博延计较。"哦。"她抿了一下唇，仰头亲了亲他，"我就随口一说，没有要找你碴儿。"她看了看旁边还在睡觉的兜兜，立马转移话题，"你女儿好能睡啊，博老师。"

博延盯着迟绿看了一会儿，应了一声："遗传吧，你以前也爱睡觉。"

迟绿一顿。

博延含笑看着她："怎么不说话啦？"

迟绿小小地翻了一个白眼："不知道说啥。"

博延笑笑，敛目看了她一会儿，低声问："是不是无聊？"

"有一点儿。"

迟绿侧眸看着他，戳了戳他的手臂，笑着问："你要带我出去玩吗？"

博延捏了捏她的手，握着她："现在不行，再过几天。"他耐心地和她商量，低头吻了吻她的唇角，"我问问，再带你出去透透气。"

迟绿弯了弯眉眼，柔声答应着："好。"

博延在问过医生后，便带迟绿出门透气了。博延陪了迟绿小半个月，开始回公司上班，但每天下班后会准时去看迟绿，其他时间迟绿也有阿姨照顾，也有朋友陪她。

兜兜在一天天长大，渐渐地变得漂亮了许多。迟绿开始对每一个过来的朋友夸她的兜兜。

兜兜也不怕生，不哭不闹。迟绿觉得惊奇，时不时还跟博延讨论，为什么她的女儿一点儿都不高冷，看上去特别随和。

迟绿出了月子之后才回家。回家的第一件事，就是在屋子里转了一圈。

"我终于解放了。"

博延好笑地看着她："这么开心？"

迟绿挑眉："当然。"她抱着博延撒娇，蹭了蹭说，"在那边虽然也有人陪着，但和家里是不一样的。"这儿是她的家，让她有归属感。她觉得这里的一草一木都让她开心。

两人正说着，迟小迟从楼下走了过来，在迟绿的脚边蹭了蹭，伸出爪子抓了抓她的裤脚。

迟绿笑着弯腰把猫抱了起来。她揉了揉迟小迟的脑袋，轻声问："是不是想姐姐啦？"

博延："……"他瞥了一眼迟小迟蹭在自己的老婆怀里的模样，没忍住动了手。

迟绿看着他的手劲，扬扬眉："你干吗用那么大力？"

博延："有吗？"他抓着迟小迟的脚晃了晃，很淡定，"我觉得还好。"

迟绿噎住。她瞥了他一眼，问："你该不会还吃迟小迟的醋吧？"

博延没回答。他就算是吃醋，也绝对不会承认。

迟绿似笑非笑地盯着他看了一会儿，博延假装没看见，淡定地道："晚上想吃什么？"

"你给我做吗？"

博延额首："我给你做。"

闻言，迟绿眼睛一亮："那满汉全席。"

"……"

晚上，博延没给她做满汉全席，但迟绿爱吃的都有。吃过晚饭，两人还一起出门散步。兜兜由阿姨照顾着，也不怎么缠着迟绿和博延，她比一般的小孩儿都要听话。散步时，两人还碰到了季清影一家。

"干妈，妹妹呢？"傅云珩一见到她就开始追问。

迟绿扬眉，看着傅云珩："在家里呢，我们云宝想妹妹了吗？"

傅云珩点头，拉着傅言致的手晃了晃，仰头说："爸爸，我们去看看妹妹吧？"

季清影笑道："行啊！"她弯了弯唇，摸了摸他的脑袋，"你很喜欢妹妹啊？"

傅云珩："妹妹长得可爱。"

这话，博延爱听。他一把将傅云珩抱了起来，柔声道："那博叔叔带你去看妹妹。"

"好啊，好啊！"

迟绿还不想回家，看了看两人："我跟清影再去转转，你们先回去吧！"

博延额首："别走太远。"

迟绿："不会。"

傅言致也跟着说了一句："晚上风大，早点儿回来。"

季清影："……"

两人看着两大一小离开。

迟绿摊手道："我们是小朋友吗？"

季清影扑哧一笑，睨了她一眼问："这样不好？"

"……"迟绿沉默了一会儿，诚实地说道，"挺好的。"

除了偶尔觉得自己是个小朋友之外，其他的都挺好的。有人愿意宠，她也愿意一直做长不大的小孩儿。两人相视一笑。迟绿很久没回来，小区里哪儿都想去。她拉着季清影走了一圈，还去小超市买了点儿小零食才往回走。

"清影。"

"嗯？"季清影侧头看着她，"怎么啦？"

迟绿靠在她的肩膀上，挽着她往家的方向走："你之前是休息了多久才工作的啊？"

季清影笑道："怎么，想出去工作啦？"

迟绿点头："想，但我又怕我忙起来会没时间照顾兜兜，宝宝还小，我们做父母的是不是要多分点儿时间给他们？"毕竟孩子的成长只有一次，错过了就无法弥补了，而且小孩儿都长得很快。迟绿很担心，哪天自己出去工作一周回家，自己的女儿就大变样了。

季清影想了想，说："总会有离开他们的时候，你可以让博老师每天给你看看宝宝。"她看着迟绿，建议道，"或者先别接要去外地的工作，尽量安排在当地，早上出去，晚上回来。"

"……"她幽幽地瞅了季清影一眼，认真地问："你觉得可能吗？"

季清影眨眨眼，慢吞吞地说："好像是不太可能。"

无论可能还是不可能，迟绿在家休息了几个月后，还是出门工作了。她不可能放弃自己的工作。对她出门工作这件事，博延一直都是投赞同票。迟绿不应该被家庭琐事和孩子绊住，她可以去外面发光，家里一切有他。

迟绿复工后，和林静仪商量着，尽量选当地的工作。无论是广告代言，还是各种商演，大多数是当天去当天回。只偶尔有一两个秀，需要在外面住一两个晚上。以前，迟绿不能理解别人想孩子、舍不得孩子的心思，现在有兜兜后，她才理解，她也舍不得。就感觉自己离开一天，都会特别想念兜兜。

圆圆看她这样，都觉得特别惊讶。迟绿做了妈妈后，和她想象中非常不同。整个人变得温柔了很多，无论对谁，性格和脾气都好了不少。

这天，迟绿从外地走完秀，赶回家的时候已经是凌晨两点了。博延亲自来机场接她。

"老公。"迟绿直接朝他奔了过去。

博延失笑，把人揽入怀里："累不累？"

迟绿点头："累，兜兜呢？"

博延："……"

他垂眸看着她："我来接你，第一个问兜兜？"

迟绿微顿，哭笑不得地问："你现在还跟你女儿吃醋？"

博延："嗯。"他低头，亲昵地蹭了蹭她的鼻尖，反问，"不能吃？"

"……"

第十六章 /

兜兜宝宝

迟绿也不说能吃还是不能吃。她仰头，碰了碰他的唇角，含笑说："走了，回家。"

两人驱车回家。

一上车，迟绿便忍不住问兜兜。

"她这几天乖不乖啊？"迟绿好奇不已，"今晚闹你们了吗？"

博延虽不舒服，但也是她问什么就答什么。

"乖，今晚闹了一会儿。"博延说，"她想你了，一直盯着我。"

迟绿弯了弯唇："真的啊？"

"嗯。"博延笑了一下，侧头看着她，"不信？"

迟绿眨眨眼："信啊！"她想着兜兜可爱的模样，笑着道，"我能想象到她看着你的那个画面。"

博延抱孩子，看上去其实是有点儿违和感的。但这种违和感并不重，有时候迟绿在家，博延下班回家的第一时间是抱她，然后会抱着兜兜。他来不及换下西装，整个人看着非常正式，像严父，可实际上他望着兜兜时的神情，温柔得让人惊讶。那是其他人从没见过的博延。

两人说着兜兜，感觉从机场回家的路也变得短了许多。深夜寂静，风好像也温柔了。路上车少，迟绿最开始还挺精神的，到后面开始犯困。

博延看着她，抓住她的手握了握，轻声道："睡一会儿，到家了叫你。"

"你不困吗？"迟绿看着他，"我要不要陪你说说话啊？"

"不用。"博延低声说，"我不困。"

闻言，迟绿也不和他客气了。

迟绿闭眼休憩，不忘提醒："到家了一定叫我，别等我自然醒。"

"好。"

两人到家时，迟绿正好自然醒。屋子里还留着一盏灯，暖橘色的光从窗边透出来，看上去很温暖。迟绿下车，迫不及待地往里面走。博延笑笑，给她拿上行李。一进屋，迟绿就往楼上跑。迟绿上去时，宝宝的房间里一片漆黑，只有窗外的月色照进来。迟绿低头看了看沉睡中的宝贝，想伸手碰一碰，但又怕惊醒她。

迟绿还没来得及伸手，兜兜忽然睁开了眼。一大一小对视着，在迟绿呆若木鸡的时候，兜兜已经笑了。她认出了迟绿，眼睛圆圆的，漂亮得像琉璃，让人看着挪不开眼。

迟绿扑哧一笑，轻声问："是认出妈妈了吗？"

兜兜还不会说话，但一直望着她笑。

博延恰好进来，听见对话后，扬了扬眉，瞥了一眼兜兜："认出来了，她怎么这时候醒？"

迟绿摇头："我也不知道。"

博延想了想，低声道："大概是知道妈妈回家了，也想见见妈妈。"

迟眼睛一亮，没忍住问："这么聪明吗？"

"……"

博延睨她一眼："你还不相信自己的宝贝？"

"相信。"迟绿笑道，"主要是我没想那么多，她还小呢！"

博延嗯了一声，道："小孩子最聪明。"

没一会儿，兜兜就在她的怀里又睡了过去。

夫妻俩怕再次把她吵醒，默默地回了自己的房间。

"博老师。"一进房间，迟绿就又和之前一样，一点儿也不像一个妈妈。

博延回头看着她："怎么啦？"

迟绿抬起眼看他，眨了眨眼说："我不想洗澡了。"

博延低低一笑，侧头望着她："我给你洗？"

"也可以。"迟绿摸了摸鼻尖说，"你抱我去。"

博延笑："行。"

看着博延脸上那不怀好意的笑，迟绿又有点儿尿。她在博延走过来的时候，立马从沙发上站了起来，抿着唇角，淡定地说道："不用了不用了，我自己

519

去吧！"

博延眉峰稍扬，垂眸看着她："确定？"

"嗯。"迟绿心虚，"我累。"这是实话，她刚忙完工作回来，这会儿到了自己最熟悉的家，身心都开始觉得疲惫。

博延揉了揉她的头发，低低答应着："不折腾你。"

"哦。"迟绿看着他，"那好吧！"

"……"

两人进了浴室。博延嘴里说着不折腾，可实际上也没少折腾迟绿。她在博延这儿向来肆无忌惮，也不避讳什么，经常在博延的底线边缘试探，试探的次数多了，博延也不会对她客气。

再出来的时候，迟绿双颊酡红，扯开的衣服处还留了几个红印。一爬上床，迟绿就卷着被子避开他。

博延看着她的动作，忍着笑问道："这是做什么？"

"躲你。"迟绿认真地说道，"你骗我。"

博延莞尔："没有。"他弯腰，碰了碰她柔软的唇，嗓音沉沉地道，"我已经克制了。"几天没见，刚刚也就折腾了她一次。

她倒是没发现，抓着被子，睬了他一眼，"睡觉了。"

博延嗯了一声，抬手抱着她："睡吧。"

睡前，迟绿还不忘和他咕哝了几句："明天兜兜醒了叫我啊！"

"好。"

"我想她了，要第一时间找她。"

博延轻声答应着："我知道，安心睡，明天就可以见到她。"

"嗯嗯。"

次日，迟绿醒来的时候，博延已经抱着兜兜在楼下了。正好是周末，博延也没去公司："醒啦？"

迟绿点头，看向他怀里抱着的人："兜兜。"

兜兜瞪大眼睛望着她，手指还放在了嘴巴里。

迟绿嫌弃地看了一眼，瞅着博延："你怎么让她吃手指啊？"

"……"博延无言，哭笑不得地说，"拉不住。"

迟绿戳了戳兜兜的小脸，故意说："脏不脏啊，兜兜？吃手指很不干净的，你知不知道？"

兜兜听不懂，只是瞪大眼睛望着她。

迟绿轻哼，把她的手指拿开："来，妈妈抱抱。几天没见，还记得妈妈吗？"

迟绿从博延手里把兜兜接过来。接过来时，迟绿还担心她会哭，她撇了撇嘴，在迟绿正忐忑的时候，她又像是找到了安全感，在迟绿怀里笑了起来。

迟绿松了一口气，弯唇笑笑，逗弄着兜兜："是不是认出妈妈了呀？"

兜兜看着她。

迟绿抱着她到一侧的沙发上坐下，迟小迟凑了过来。两人一猫坐在一起，画面温馨美好。

博延看了看，唇角往上翘了翘。人生所求，莫过于此。

"中午想吃什么？"

迟绿啊了一声，想了想说："都行，你看着做吧！"

博延颔首。只要有时间，博延便会下厨。阿姨做的饭虽然也好吃，但相比较而言，迟绿更喜博延做的。博延进厨房给他们做饭，迟绿在外面陪着兜兜。

兜兜很少哭闹，偶尔会闹一闹，但很快就能哄好。迟绿看她乖巧的模样，开始想象她更大一点儿的模样。

"博老师，你说兜兜什么时候才会说话啊？"

博延看着她："不着急，该说的时候自然会说。"

"……"她觑他一眼，失笑道，"那我是白问了。"

在迟绿的期待中，时间过得好像又快了一点儿。兜兜八个多月大的时候，已经能说几个字了，虽然谁也听不懂她说的是什么。到九个月大的时候，她已经能在迟绿放手时走两步了，看着摇摇晃晃，时时刻刻都会摔跤，可至少是能站稳了。

迟绿是个没多少耐心的人，相比较而言，博延反倒是更有耐心，偶尔给兜兜讲睡前故事，甚至给她听音乐陶冶情操，都是博延来做。

一眨眼工夫，兜兜已经能说会走了。她第一声叫的是"爸爸"，迟绿还没来得及吃醋，她又转头看向迟绿，眼睛明亮，像是夜空中最亮的星星，张嘴喊着："妈妈抱抱……"

虽然后面那个，迟绿没听清楚到底是"抱抱"还是"爸爸"，但前面的"妈妈"，她听清楚了。

刚开始说话的几天，兜兜只会说简单的"爸爸""妈妈""阿姨"。过了一段时间，她会的话越来越多，偶尔还能有样学样的，迟绿说什么，她跟着说什么。

这天，傅云珩过来找她。傅云珩开始上幼儿园了，每天放学回家的第一件

事就是来他们这边看兜兜，陪兜兜玩。兜兜也喜欢他，每天一到下午，就开始
盯着墙上的时钟看，在期待她的云宝哥哥给她带棒棒糖。

"哥哥……"傅云珩一出现，兜兜就不要迟绿了，直接朝他跑了过去。

迟绿眼皮一跳，一脸无奈。

傅云珩还背着小书包，一把将兜兜抱住，看向迟绿："干妈。"

迟绿应了一声："云宝放学了呀？"她起身，把傅云珩的书包拿了下来，"今
天上学怎么样？"

"挺好的。"傅云珩像是个小大人。

"哥哥……糖……"兜兜抓住他的衣服，眼巴巴地望着他。

傅云珩摸了摸她的脑袋，奶声奶气地说："哥哥给你拿，兜兜妹妹不要急。"

迟绿扬扬眉，瞅着傅云珩从书包里掏出两根棒棒糖。他先问迟绿："干妈，
你要吃吗？"

迟绿笑："你们吃，干妈给你们倒水。"

"好。"傅云珩答应着，在兜兜的注视下，把包装纸撕掉，递给她，"吃吧！"

兜兜舔了一口，看着他手里的另一颗，道："哥哥吃。"

傅云珩："真的？那哥哥吃了，兜兜就没有了。"

兜兜沉默了一会儿，在思考他这句话的意思。几秒后，在迟绿和傅云珩的
注视下，她把傅云珩掌心里的那颗糖拿到了自己的手里。

"……"

迟绿不忍再看。她揉了揉太阳穴，还有点儿头疼。她女儿怎么这样啊？她
正想着，外面又传来了兜兜的声音："哥哥和兜兜一起吃。"

兜兜拿着糖，想撕掉包装，但她努力了半天，都没撕掉。她皱眉，看向傅
云珩："哥哥……吃……一起吃。"

迟绿给两人端了水出去。兜兜立马朝她走了过来，把棒棒糖塞进她的手里。

迟绿挑眉："怎么，要给妈妈吃？"

兜兜："……"她的脚步顿住，她望着迟绿，似乎是在思考，这颗糖到底是
给迟绿还是给傅云珩。

"不是。"兜兜沉默了几秒，眼巴巴地望着她，"妈妈拆。"

迟绿扬眉，蹲下给她拆开："拆开了，然后呢？"

兜兜没回答她的话，直接拿了过去，递给傅云珩："哥哥，和兜兜一起吃。"

迟绿："……"

晚上博延回家，迟绿忍不住和他吐槽这件事。

"你女儿太过分了。"迟绿轻哼，"让我给她拆包装，结果不给我吃。"

博延失笑，把人揽入怀里，哄着："你不知道她是要你拆了给云宝吃的？"

"……"迟绿瞅了他一眼，理直气壮地说，"知道是一回事，但她好歹纠结一下、表现一下嘛！"

博延哭笑不得，低声道："小孩子哪有那么多心思？"

迟绿一噎，睨他一眼："哼，你现在是和你女儿站在一条线上了吗？"

博延："……"他哪敢？

"没有。"他耐心地问道，"想吃糖啦？"

迟绿顿了一下，小小地翻了一个白眼："不是想吃糖了，我就是觉得兜兜这样不行。"迟绿小声咕哝着，"她眼里只有云珩哥哥，没有我这个年轻妈妈了。"

博延轻笑。他嗯了一声，吻了吻她的唇角，哄着："没关系，她爸爸眼里只有她妈妈。"

"……"很神奇，迟绿又被哄好了。她的唇角往上牵了牵，蹭进博延的怀里，"我不是这个意思。"她觑他一眼，戳了戳他的手臂道，"我跟你说认真的。"

博延兀自笑了笑，低声应着："我知道。小朋友可能都这样。"

迟绿感慨了一声，趴在他怀里说："所以我说兜兜没良心。"后来，迟绿也觉得自己好像过于斤斤计较了，得放宽心才行，女儿知道给小男生送糖，证明她以后肯定会挑逗小男生。这样安慰自己，迟绿忽然释怀了。

博延静默了一会儿，说："别想那些乱七八糟的，兜兜才一岁多。"

"……"迟绿看了他一眼，眨眨眼，"哦。"

次日，迟绿醒来时，兜兜和博延都不在家。知道两人出去散步了，迟绿回房间洗漱。她刚收拾好，博延和兜兜就回来了。

"你怎么大早上带着兜兜去散步？外面不冷了吗？"

博延瞥了迟绿一眼："不冷了。"他把兜兜放下，摸了摸她的脑袋，"去给妈妈。"

兜兜点头，抱着迟绿的腿，仰头望着她："妈妈早上好。"

迟绿笑着弯腰，把人抱了起来："宝贝儿早上好，跟爸爸出去做什么了呀？"

兜兜从她的背带裤口袋里掏呀掏，掏出了两根棒棒糖。天冷了，博延给她穿了小毛衣和背带裤，外面还配了小羽绒服。这会儿羽绒服脱了，里面的搭配看着又乖又软，更别提这会儿掏东西的模样。

迟绿怔了一下，看着她手掌心的棒棒糖："这是给妈妈的呀？"

兜兜点点头，搂着她的脖子，亲了亲她的脸颊："妈妈，这是我和爸爸买给你的。"

迟绿愣了一下，立马想到了睡前跟博延的吐槽。她抬眸，去看自己的丈夫。

博延目光含笑望着她，低声问："怎么不接？"

"接。"迟绿笑笑，"那妈妈拿了，兜兜会不会不开心？"

"不会呀！"兜兜笑着看她，"妈妈吃，兜兜也开心。"

迟绿笑着捏了捏她软软的脸颊，轻声问："爸爸教你这样说的？"

兜兜迟疑了两秒，还是点了头："嗯，妈妈对不起。"

迟绿哭笑不得："不用道歉，妈妈没有生气。"

兜兜嗯了一声，趴在她的肩膀上，说："妈妈，你吃这个棒棒糖吗？"

迟绿挑眉："你想吃吗？"

"不是。"兜兜望着她，"早上吃糖不好，妈妈，我们先吃早餐吧，吃完早餐再吃。"

迟绿弯了弯唇，揉了揉她的脑袋，温声答应着："好，听我们兜兜小宝贝的。"

兜兜听着她这话，重重地点了一下头："嗯。"兜兜从迟绿的怀里跳下去，找阿姨要早餐去了。

迟绿看着手里的两根棒棒糖，抬眸看向博延："谢谢老公。"

博延笑了笑，低声问："开心啦？"

"昨晚就开心了。"迟绿认真地说，"你怎么还跟兜兜说这个？"

"嗯？"博延扬扬眉，解释说，"没和她说妈妈生气了，只是跟她讲了一个故事。"

迟绿看他这样，还有点儿好奇："什么故事？"

"尊老爱幼。"

"……"她没好气地瞪了博延一眼，生气地问："谁老啦？"

博延拉着她的手往餐厅那边走："开玩笑的，就很简单的小故事。"他其实没和兜兜说什么，当然也不可能直白地告诉兜兜，说妈妈因为她昨天把棒棒糖给云宝然后不开心了。博延只是问了问她昨天和云宝还有妈妈在家玩了什么。兜兜是个诚实的宝宝，有什么都喜欢和父母分享，就说到了棒棒糖的事。

听她提起，博延也就顺便问了两句。兜兜说云宝哥哥给的糖很好吃，特别甜。博延含笑看着她："哥哥给了你几颗糖？"

"两颗，但是我只吃了一颗。"

博延："还有一颗呢？"

"给云宝哥哥了。"兜兜望着他，"爸爸，你跟兜兜说过的，有好东西要学会分享。"

博延笑着摸了摸她的脑袋鼓励："嗯，这一点我们兜兜做得很棒。但昨天妈妈是不是也在家？"

兜兜眨眨眼："对呀！"

"那你问妈妈要不要吃棒棒糖了吗？"

兜兜沉默了。

"问了吗？"

"没有。"兜兜想了想，"对不起，爸爸。"

博延笑道："不用跟爸爸说对不起。但我们是不是说过，我们家里，除了兜兜是宝宝，妈妈也是宝宝？"

兜兜点头："嗯，我知道的，爸爸你和我说过。"

博延颔首，耐心地说："其实妈妈肯定不想吃兜兜的棒棒糖，但如果我们兜兜问问妈妈要不要吃，妈妈是不是会更开心？"

兜兜不太能理解："为什么呀？"

博延举了一个例子："假设，爸爸妈妈在吃橘子，但是看到了兜兜，知道兜兜不爱吃橘子，所以没有问兜兜，兜兜会不会觉得自己被爸爸妈妈忽视了？"

兜兜认真想了想，她会非常不开心的。

"会。"

"一样的道理。妈妈虽然不爱吃糖，但是兜兜如果能多问一句，妈妈就会觉得兜兜有什么好吃的都想着她，她肯定会更高兴，对不对？"

在和兜兜讲道理这件事上，博延非常有耐心。

兜兜明白过来，眼睛亮亮地点头："嗯。爸爸说得对。"

博延松了一口气："这就对了，以后兜兜记得问问妈妈。我们不要求妈妈陪着吃，但不要把她落下，好不好？"

"好。"兜兜抱着他的脖子，张望了一下，"爸爸，我下次会记得的。"

博延揉了揉她的脑袋："真乖。"

兜兜笑道："小姑姑也跟我说过的。"

"跟你说过什么？"

"小姑姑跟我说妈妈没有了爸爸妈妈，妈妈只有爸爸和兜兜，还有小姑姑和干妈，但他们对妈妈来说，和兜兜跟爸爸是不一样的。她跟我说让我对妈妈好一点儿。"

博盈没事的时候会过来带兜兜玩，她也特别喜欢兜兜。有一次，兜兜和她一起看电视的时候还好奇，为什么她有爸爸妈妈，爸爸也有爸爸妈妈，妈妈却没有。博盈那是头一回和兜兜解释这件事。也正是因为有她的解释，兜兜才一次都没有问过迟绿这个问题。

博延怔了一下，也有些意外。他笑着夸赞道："我们兜兜记忆力真好。"

兜兜点头："那和云宝哥哥比呢？"

"……"他不忍心打击自己的女儿，道，"等你和云宝哥哥一样大，你的记忆力也会跟他一样好。"

兜兜似懂非懂地点头："爸爸，我会努力的。"

博延笑："回家吗？"

兜兜张望了一下，看向他："爸爸，那边有商店。"

"要买吃的？"

兜兜点头："给妈妈买棒棒糖好不好？"

博延勾了一下唇，答应着："好。"

听博延说完，迟绿说不出地感动。她看着不远处的兜兜，轻声说："值得的。"

博延捏了捏她的手心，沉沉应着："嗯。"兜兜就像是他们的天使，从出生到现在，一直温暖着他们，给他们带来不一样的体验。

迟绿有了兜兜后，安全感好像更足了一些。生孩子、养孩子固然累，可有了孩子后，迟绿觉得自己每天都在被幸福包围。

吃过早餐，博延去公司上班。迟绿这几天休息，也就在家陪着兜兜。吃完早餐后，母女俩无聊，她和兜兜大眼瞪小眼。

一会儿后，迟绿问："想不想去找干妈？"

兜兜眼睛一亮，立马问："云宝哥哥也在家吗？"

"他在上学呢！"迟绿看着她，"下午才回家。"

兜兜小大人似的叹了一口气："那还要多久呀？"

迟绿瞥了她一眼说："云宝不在家，就不想去干妈家？"

"不是不是。"兜兜抱着她的腿撒娇，往背带裤前面的大口袋掏呀掏，又掏出了两根棒棒糖，"我想跟云宝哥哥分享。"

迟绿忍不住笑着捏了捏兜兜肉嘟嘟的脸："爸爸给你买了多少？"

"好多。"兜兜说，"不过爸爸说给妈妈两根，我最多一天吃两根棒棒糖。"

迟绿挑眉道："那你给云宝一颗糖，今天只吃一颗啊？"

"嗯。"

兜兜重重地点头。

迟绿想了想，好奇地问："那为什么要给妈妈两颗呢？"

兜兜正专心看着自己手里的那两颗糖是什么口味的，想也没想说："妈妈昨天没有吃呀，兜兜和哥哥昨天都吃了。"

迟绿忍不住弯了弯唇，感慨道："我们兜兜怎么这么懂事？"

兜兜看着她："兜兜喜欢妈妈。"

迟绿笑道："喜欢才给糖吗？"

"嗯！"这一点，兜兜很有原则的。

迟绿故意逗她："那也喜欢云宝哥哥吗？"

"喜欢。"

迟绿挑眉，也不吃醋："那待会儿就带着两颗糖跟妈妈去干妈家？"

兜兜："嗯。"

迟绿笑道："我们兜兜不喜欢干妈吗？"

兜兜一脸茫然地看着她："我喜欢呀，我喜欢干妈，也喜欢傅叔叔，还喜欢小姑姑、小姑父、颜阿姨、小星星姐姐……"兜兜一下子给她列了很多人。

迟绿看她认真的模样，戳着她的脸问："喜欢的话，要不要给干妈拿一颗糖？"

兜兜立马反应过来："要的。"她从沙发上爬起来，拉着迟绿说，"妈妈陪我一起去拿。"

迟绿："好。"

考虑到隔壁还有傅叔叔，兜兜往口袋里装了四颗糖，其中一颗是给自己的。两人去了隔壁，季清影听迟绿说完，忍不住道："完了，兜兜这么贴心，我想去你家偷孩子了。"

迟绿睨她一眼，哭笑不得："云宝难道不贴心？"

"以前还挺贴心的。"季清影说，"但现在变得有点儿冷酷了，也不知道是不是上学的缘故。"

迟绿笑道："那有可能。"她弯了弯唇，"男孩子酷一点儿才有人喜欢。"她想到了傅云珩那张精致的小脸，"云宝长大了，喜欢他的小姑娘绝对多。"

季清影："……"

她还没来得及说话，兜兜在一旁问："妈妈，谁喜欢云宝哥哥啊？"

第十七章 /
一家四口

迟绿和季清影一愣，无声地对视了一眼。

迟绿瞅着兜兜，含笑道："你呀！"她拉了拉兜兜的头发，轻声问，"我们兜兜不是喜欢云宝吗？"

兜兜点点头，边玩着玩具边说："嗯，兜兜喜欢哥哥。"她一脸认真，声音却很奶，让人光是听着，心就融化了。

季清影再次感慨："我想把兜兜拐回家了。"

迟绿睨她一眼："别想。"

"……"季清影沉默了一会儿，瞅着她说，"那也不一定，我未来让我儿子多努力，还是能拐回家的。"

迟绿顿住。她和季清影偶尔也会开玩笑，还没有兜兜的时候，迟绿还指着傅云珩说过，希望傅云珩能做自己的女婿。想到这儿，迟绿看着她："我们两个老母亲，是不是想得有点儿远？"

季清影哭笑不得："也还好吧！"她笑笑，"别在孩子面前说就行，老母亲不想想未来的事也不太可能。"

两人相视一笑。

迟绿在季清影家，时不时还给她做免费模特。兜兜一个人也玩得很开心，下午傅云珩回来后，她瞬间抛弃了玩具，和她的云珩哥哥一起，手拉手看动画片。兜兜很喜欢看动画片，反反复复地看也不觉得无聊。而傅云珩，也有耐心地陪着她。

时间在悄悄溜走。小孩子在长大。

傅云珩每天下午放学后回家陪兜兜看动画片，直到她上学。兜兜的幼儿园，迟绿和博延没多花心思，直接选了傅云珩去的那个。傅云珩已经是大班的宝宝了，兜兜小班，正好有哥哥照顾，迟绿和博延也比较放心。

第一天去学校报到，迟绿还有些不舍。她回头看着兜兜，有些担忧："兜兜，去学校了要听老师的话，乖乖的，可以吗？"

兜兜点头："妈妈，我会乖乖的。"

迟绿嗯了一声："不可以欺负别的小朋友，别的小朋友如果欺负你了，你也可以跟老师或者爸爸妈妈说，甚至告诉云珩哥哥，知道吗？"

兜兜似懂非懂地点头："好。"

迟绿瞅着她乖巧的模样，看向开车的男人："你说她能适应吗？"

博延失笑，安慰她："总要适应的，不是今年，也会是明年。今年去，还有傅云珩，你也会更放心一点儿。"

迟绿无言，甚至没办法反驳。

开学第一天，幼儿园老师都会在门口接孩子。

迟绿和博延下车，兜兜被博延抱了出来。她背着小书包，穿着报名时发的统一校服，看上去软萌又可爱。

"叫老师。"博延道。

"老师早上好。"兜兜不怕生，仰头看着老师，还伸手跟老师握了握。

老师忍不住笑道："是兜兜，对吧？"

兜兜点头，认真地道："我的小名叫兜兜，大名叫博慕迟。"

老师笑着点头："好，老师记住了。那老师可以叫博慕迟小朋友兜兜吗？"

"可以的。"

两人简单交代了一会儿，就得走了。

"宝贝，在幼儿园要听老师的话，爸爸妈妈得走了哦！"

闻言，兜兜的嘴角瞬间耷拉下来。她真的是一秒就变脸了。

"妈妈……"她撇了撇嘴，眼泪汪汪地望着她迟绿，"你不陪我吗？"

"上学不可以让爸爸妈妈陪着哦！"迟绿耐心地和她讲道理，"但是放学了爸爸妈妈会来接你，好不好？"

兜兜看她这边行不通，转头看向博延。

"爸爸……我想和你们在一起。"

博延失笑，揉了揉她的脑袋，蹲在她的面前："兜兜，我们在家里是不是说好了，你在幼儿园上学，中午可以找云珩哥哥玩，放学了爸爸妈妈会过来接你回家。"

兜兜点头，委屈地说道："可是我不舍得和爸爸妈妈分开。"说着说着，兜兜开始哭。

博延和迟绿对视一眼，毫无办法。

"兜兜，说话要算数哦！"

兜兜不听。

正纠结的时候，一侧传来了熟悉的声音。

"妹妹！"

迟绿一怔，侧眸看去，季清影一家来了。

本来两家说一起走的，但傅医生临时有点儿事，他们也怕有突发状况，就先来了。一听到傅云珩的声音，兜兜立马转身看了过去。

"云珩哥哥，"她哭得一抽一抽的，可怜兮兮地道，"爸爸妈妈不要我了。"

迟绿："……"

博延："……"

傅云珩小跑着过来，蹲在兜兜面前："没有呀！"他拉着兜兜的小手，"我们要上学了，干妈和博叔叔没有不要你。"

"真的吗？"兜兜泪眼婆娑地问，"可是为什么爸爸妈妈不和我一起？"

"因为爸爸妈妈已经上完学了，我们还没有呀！"傅云珩对兜兜，也绝对是好哥哥。他给兜兜擦了擦眼泪，温柔地说，"你跟哥哥一起上学，不好吗？"

兜兜茫然地看着他："可是有爸爸妈妈会更好。"

傅云珩点头："但是爸爸妈妈要上班对不对？他们不上班就没办法给兜兜买漂亮裙子了。"

兜兜瞪大眼，不可置信地问："真的吗？"

"嗯。"傅云珩重重地点头，"还不能给兜兜买棒棒糖。"

"不要不要，兜兜要棒棒糖。"

傅云珩微微一笑，牵着她的手："那跟哥哥一起上课好不好？"

兜兜纠结了几秒，看向她的父母："妈妈……"

迟绿笑着看她一眼："跟云珩哥哥进去，听老师的话好不好？"

"可是——"

季清影在旁边笑，傅言致说道："跟哥哥去上学，晚上傅叔叔和你干妈，还有爸爸妈妈都来接你们，带兜兜去买气球好不好？"

闻言，兜兜眼睛亮了。

"真的吗？"

傅言致笑道："当然，傅叔叔不骗兜兜。"

在几个人的保证下，兜兜总算松口了。她点点头，有些委屈地说："好吧。"

傅云珩比她大一点儿，也知道上学是什么意思。他一直没松开兜兜的手，拉着她跟几个大人道别。

"爸爸妈妈，那我进去了。"

季清影点头："照顾好妹妹。"

傅云珩："嗯，我会的。"

兜兜抬眸看向迟绿两人，咬着小嘴唇，红着眼眶："妈妈，我会想你的。"

迟绿失笑："好，在幼儿园乖乖的，爸爸妈妈等你放学了就来接你。"

"嗯。"兜兜伸出手，"拉钩。"

博延、迟绿跟她拉钩。看着傅云珩把她带进去后，迟绿松了一口气。

季清影在旁边笑道："会不会不放心？"

迟绿点头："傅云珩第一次上幼儿园的时候哭了吗？"

季清影看向傅言致。

傅言致稍顿，想了想，说："好像没有。"

迟绿笑道："好像？"

"你们不记得啦？"

季清影点头，直接说："确实没太注意。"

迟绿噎住。

季清影好笑地看着她："不放心的话，我陪你在附近等等？"她指了指两个男人，"你们先去忙吧，我和迟绿在这儿待一会儿。"

博延公司确实还有事，傅言致也得去医院："我把车留给你？"

"不用。"迟绿拒绝，"我和清影一会儿打车回家就行。"

两个男人点头："那我们先走了。"

"去吧！"

两人走后，迟绿和季清影就在幼儿园附近的咖啡厅坐了一会儿。她们手机里就能看到教室里的情况。这是幼儿园方便家长更多地了解孩子。但一般情况下，理智点儿的家长都不会干涉什么。

迟绿戳开视频，季清影看了看，有些惊讶："兜兜不在教室？"

"我也没发现。"迟绿在教室里找了一圈，也没找到。

两人对视一眼，季清影猜测道："会不会洗脸去啦？"

"现在上课了呢！"迟绿说，"我给幼儿园老师打个电话吧！"

"也行。"

她电话还没打出去，幼儿园老师先私聊她了。看完老师发来的信息，迟绿忍不住和季清影吐槽："完了，我养了个小没良心的宝贝。"

季清影低头一看，笑道："行，傅云珩真强。"

迟绿白了她一眼："点开云宝教室的监控，我看看他们怎么坐的。"

季清影笑着点开。

老师刚刚给迟绿发的消息，说兜兜一进自己的教室就哭，傅云珩也站在教室门口没走，不太放心。结果兜兜倒好，一直哭，一刻都不舍得跟傅云珩分开。傅云珩到哪儿她到哪儿。老师没办法，只能安排两人一起上课。

迟绿看了一眼傅云珩教室的监控，傅云珩在上课，兜兜坐在他的旁边，乖巧又安静。她面前有一本书，手里还拿着一支笔。她眼睛红红的，看上去有些楚楚可怜。

两人盯着监控看了一会儿，发现和傅云珩一起上课，兜兜好像能学得更好。傅云珩在自己忙得过来的前提下，还手把手地教兜兜写字。看完后，迟绿这个老母亲松了一口气："要早知道，我该让她早点儿出生的。"

季清影沉默了一会儿，认真地问："孩子是这么容易有的？"

迟绿挑眉，笑道："我就随口一说。"

季清影道："我估计她要适应一段时间。"

"嗯。"迟绿说，"反正是幼儿园，不耽误傅云珩就行，她到哪个班级上课我都能接受。"

季清影忍不住说："这能有什么耽误的，他们这样我们也放心。"

"也是。"她们两人在这个问题上，从不操心。孩子有自己的选择和成长轨迹，她们做了正确的引导就好，其他的不强求。

这一年圣诞节的时候，学校特意办了一个圣诞节活动。迟绿和博延去接她回家的时候，她书包里塞得满满的，全是同学送的礼物。而一侧的傅云珩手里，还提着两个袋子。迟绿一开始没多想，把两人接上车后，带他们去吃饭。

傅言致要上班，季清影也在忙新一轮的比赛，就迟绿和博延没事。

"云宝，"迟绿看了看傅云珩，抬手摸了摸他的脑袋，"你爸爸妈妈今天忙，没办法来接你，你跟干妈一起吃饭好不好？"

傅云珩点头："好的。"

迟绿看着他，笑了笑："干妈给我们两位宝宝准备了礼物，祝云宝和兜兜圣诞节快乐。"

傅云珩接过去，看向迟绿："谢谢干妈。"

兜兜也捧着迟绿给的礼物，想拆开："妈妈，你送的什么呀？"她说着，把礼物塞在傅云珩的手里，"哥哥，你帮我拆开。"

傅云珩没说话，沉默地帮她拆了包装，又递给她。

兜兜一看，是她前几天看的动画片里的一个洋娃娃，瞬间开心了。

"谢谢妈妈。"

迟绿弯了弯唇："不客气。"她静默了一会儿，看向傅云珩，"云宝，要不要看看干妈给你送的礼物？"

傅云珩："好。"

迟绿给傅云珩送的是他近期很喜欢的拼图，他对这种东西很感兴趣。她瞅着傅云珩看了一会儿，有些惊讶。

"云宝，你是不是不喜欢干妈的这个礼物？"她揉了揉他脑袋，哄道，"不喜欢的话，待会儿我们吃完饭，干妈再带你去买其他的，好不好？"

"不用。"傅云珩抱着拼图，"我很喜欢的，谢谢干妈，谢谢博叔叔。"

迟绿挑眉："真的啊？"

"嗯。"

迟绿稍稍松了一口气。可傅云珩又实在是不太开心。她想了想，轻声问："云宝，你今天好像不开心，是不是因为爸爸妈妈不陪你过圣诞节？"

"不是呀！"傅云珩懂事地说道，"爸爸妈妈忙，我知道的，我没有因为这个不开心。"

"那你……"迟绿瞅着他，"幼儿园里发生了不开心的事吗？能不能跟干妈说说？"

傅云珩看了她一会儿，淡定地说："没有。"

迟绿："……"问不出答案，迟绿只能偷偷地给季清影发消息，时不时还看向兜兜。但兜兜很开心，上车后拆完迟绿给的礼物，开始拆自己小书包里的礼物，对周围的气氛一无所知。

迟绿看她拆完书包里的礼物，开始去拿角落里的礼物。

拿不上来，她还喊傅云珩："云珩哥哥，帮兜兜拿袋子。"

傅云珩给她拿了起来。

迟绿愣了一下，震惊地问道："兜兜，这些不是云宝收到的礼物吗？"

兜兜眨眨眼，奶声奶气道："不是呀，妈妈，这是兜兜的。"她玩着手里的玩具，转头笑眯眯地看着傅云珩，"这是我的同桌送给我的，云珩哥哥你喜欢吗？"

傅云珩看了一眼："喜欢。"

迟绿看着傅云珩的表情，好像并不是很喜欢的样子。但兜兜毫无察觉。听傅云珩这样一说，她眼睛一亮，把小女生喜欢的玩具塞进他的手里："那兜兜送给哥哥，哥哥能开心一点儿吗？"

最后，傅云珩勉为其难地收下了兜兜转送的礼物。他低头玩了一会儿，觉得没什么意思，把东西放在了旁边。迟绿盯着看了一会儿，和博延对视一眼。夫妻俩都有些茫然，搞不懂出了什么状况。兜兜更是毫无察觉。她把那个礼物给傅云珩后，又叫他帮忙拆其他的。

"云珩哥哥，这个我拆不开。"

傅云珩看了一眼，面无表情地继续给她拆。兜兜要拆，他帮忙，但从头到尾，不说一个字。到吃饭的地方，迟绿抱着兜兜下车，刚想去抱一抱傅云珩，傅云珩自己从车里跳了下来："干妈，我自己来。"

迟绿莞尔，摸了摸他的脑袋："我们云宝真厉害。"

闻言，兜兜不服气了："妈妈，我也可以自己下来的，不用你抱。"

迟绿挑眉："是吗？"

"对呀！"兜兜转头，看向傅云珩，"对吧，云珩哥哥？"

傅云珩看了她一眼，很冷酷地点了点头。

把两人带到餐厅，迟绿和博延给他们点餐。

圣诞节人多，两人早早就把餐厅定了下来。考虑到兜兜喜欢人多的地方，迟绿特意没让博延订包间，他们就坐在大厅。

她旁边坐着兜兜，博延那边照看着傅云珩。

"一家四口"看上去和谐又亮眼。

路过的人时不时会回头看向他们这边，很多人认识迟绿，而最吸引人的还是傅云珩和兜兜。

这两个孩子都长得好看。迟绿之前还在微博看到许多人说看到傅云珩和兜兜的照片，是在骗他们生孩子。

想到这儿，迟绿也忍不住多看了两个孩子一眼。

"妈妈，怎么啦？"注意到她的目光，兜兜晃了晃脚丫子问她。

迟绿沉默了一会儿，低声道："没事呢，妈妈一天没见你了，多看看你。"

兜兜眼睛一亮，抱着她的手臂撒娇："妈妈，我也想你了。"

迟绿："……"

迟绿失笑，和博延对视了一眼，捏了捏她的脸颊，笑问："我们兜兜怎么这么可爱呀？"

"因为我是爸爸妈妈的兜兜呀！"兜兜一脸认真地说，"老师也说我可爱。"

迟绿扑哧一笑，忍不住说："自恋。"

"兜兜没有自恋。"兜兜认真地看着她，"老师就是这样说的。"

迟绿扬眉。

似乎是发现迟绿还不相信，兜兜抬头看向傅云珩："云珩哥哥，兜兜不可爱吗？"

傅云珩正在喝水，听到她这样问，慢吞吞地看了她一眼："可爱。"他要是说了不可爱，兜兜立马就能哭出来。为防止她在餐厅哭，傅云珩觉得自己还是敷衍一下比较好。

瞬间，兜兜开心了。

"妈妈，哥哥也觉得我可爱。"

迟绿在心底叹了一口气，摸了摸她的脑袋："嗯呢，我们兜兜全世界最可爱。"

"妈妈全世界最漂亮。"

博延听着母女俩的对话，无声地笑了一下。

他目光柔和，注视着对面的两人。

当然，三人也没忽视傅云珩。

只可惜，傅云珩比较冷酷。对他们的夸赞没太大感觉，仿佛还挺理所应当的。

吃过饭，他们带着两个孩子去了附近的夜间游乐园。

里面大多数是小孩子玩的项目，安全系数比较高。

兜兜对这些东西感兴趣，拉着傅云珩往那边走。

傅云珩虽看着淡淡的，但对兜兜感兴趣的东西，他都陪着。

"一家四口"在外面逛了许久，迟绿和博延还给两个宝宝买了新的小玩意儿，才带他们回家。

到家的时候，季清影和傅言致也忙完了。

"感觉怎么样？云宝没给你们添麻烦吧？"

迟绿摇摇头："云宝太乖了。"

兜兜也点头："干妈，哥哥好厉害的，他还给我赢了这个。"

季清影低头一看，是一个小娃娃，笑道："怎么给你赢的呀？"

"套圈圈。"兜兜想了想，看向傅云珩："是吗，哥哥？"

她就隐约记得这个叫套圈圈。

傅云珩："嗯。"

傅言致看了一眼自己的儿子，揉了揉眉心问："什么时候学会的？"

"刚刚。"

季清影和迟绿对视一眼，双双无言。

"跟哥哥说再见，回家了。"

兜兜点点头："哥哥再见。"

傅云珩："再见。"

迟绿和季清影看着，动作一致地扬了扬眉。

这下，季清影也明显察觉到自己儿子不太开心了。

把人带回家后，季清影戳了戳傅言致的手臂暗示着。

傅言致把她的手握住，抬了抬眼："怎么啦？"

季清影看他一眼，扬了扬下巴，指着走在前面的儿子。

傅言致笑道："待会儿问问。"

"嗯。"季清影说，"是不是因为我们没陪着他？元旦陪他过吧？"

傅言致颔首："好。"他说，"我元旦有三天假期，陪他去玩玩。"

季清影笑道："嗯嗯。"

两人进屋，傅云珩拎着书包往楼上走。

季清影跟了过去："云宝。"

傅云珩停下脚步，回头看向她："妈妈。"

季清影笑着拿过他的书包："妈妈给你拿书包，要回房间洗澡了吗？"

"嗯。"

季清影笑道："好，要不要妈妈帮忙？"

"不用。"傅云珩淡定地道，"妈妈，我是大孩子了。"

季清影弯了弯唇，摸着他的脑袋说："可云宝在爸爸妈妈这里还是小宝宝啊！"

两人回房间。

季清影给他找了衣服，低声问："云宝，爸爸妈妈没陪你过圣诞节，你是不是不开心啦？"

"没有。"傅云珩认真地说，"爸爸妈妈忙，我知道的。"

季清影看着他："但干妈说你一晚上都不开心，能不能跟妈妈说说是为什么呀！"她耐心地询问，"如果不方便的话，那我们云宝就写在日记里，好不好？"

傅云珩点头："好的，谢谢妈妈。"他伸手抱了抱季清影，安静了几秒说，"妈妈。"

"嗯？"季清影温声道，"怎么了呀，我们云宝，是不是在学校受委屈啦？"

傅云珩摇头。

母子俩抱了一会儿，傅言致在门口看着，想提醒一下，但又没忍心。

最后，傅云珩也没说自己为什么不开心。

季清影没辙，让傅言致给他洗澡。她看了看手机，迟绿给她发了信息过来。

迟绿："问出来没？"

季清影："没有，不说呢！"

迟绿："是不是因为礼物啊？"

季清影："应该不是。你问问兜兜，学校该不会有什么事吧？"

迟绿："我问问。"

问过兜兜后，迟绿也没得到答案。

晚上睡觉前，她还和博延讨论："你说云宝今天为什么不开心啊？"

博延把人揽入怀里，问道："还在想这个？"

迟绿点头："对啊，我有点儿担心呢！"

"没什么事。"博延淡淡地说道，"他只是不爱表达而已。"

迟绿瞥了他一眼："兜兜倒是爱表达呢！"

博延笑道："像你。"

迟绿睨他一眼，故意问："你的意思是说我话多？"

博延："……"

他没有这个意思。

迟绿轻哼，仔细回忆了一下，忽而想到了什么。

"该不会是因为兜兜吧？"

博延敛目看着她。

迟绿分析："兜兜的那些礼物，全是同学送的，云宝该不会是因为这个不开心吧？"

博延沉默了一会儿："应该不至于，他们这么小能懂什么？"

"不是那个意思。"迟绿翻了一个白眼，"就打个比方，你小时候有玩得很好的异性朋友，然后突然有一天，你的异性朋友有了一群好朋友，你不再是最重要的了，你不会不开心吗？"

博延认真想了想，求生欲极强地看着迟绿："我小时候没有玩得很好的异性朋友。"

迟绿噎住。

"博盈！"她恼羞成怒道，"如果是博盈呢！"

博延又安静了一会儿，道："博盈小时候没有兜兜受欢迎。"

迟绿被博延的话打败，决定不和他再纠结这个问题了。

"算了，我明天再去看看云宝。"

博延笑笑，嗯了一声说："但你分析得有道理，你明天让兜兜给他送个礼物。"

迟绿扬扬眉，笑着说："好。"

次日，兜兜捧着自己的棒棒糖和洋娃娃去了隔壁。

正好是周末，兜兜时时刻刻跟着傅云珩，他去哪儿她就跟到哪儿。

半天下来，两个小朋友又和好如初了。

傅云珩的心情也好了不少，迟绿和季清影讨论，发现自己猜得还挺准的。

她小声说："云宝小小年纪，还挺霸道。"

季清影噎住："这不应该是小气吗？"

"……"迟绿瞥了她一眼，很不赞同，"你为什么要这样说我干儿子？"

季清影沉默了一会儿，认真地说："也可能是占有欲，就是自己的东西和朋友，不愿意和其他人分享。"

迟绿托腮，望着不远处的两个小朋友，感慨道："希望他们长大了还这样。"

季清影笑着附和。

他们做父母的，最大的心愿便是希望孩子健康快乐，也希望他们年少的这份友谊，能一直延续下去。

元旦过后，兜兜知道了一个消息。

隔壁的干妈怀孕了，她要有妹妹了。

傅云珩每天嚷嚷着，会有亲妹妹。兜兜听着不开心，开始追问迟绿和博延，为什么她没有弟弟妹妹。

两人无言，一时间不知道该怎么回答。

迟绿是想要有个宝宝陪着她的，但博延看她生孩子遭罪，并不是很想要。

他们一家三口，已经很好了。

"你确定要弟弟妹妹？"迟绿看向她，认真地问，"兜兜，有弟弟妹妹的话，你的玩具可能会要分给弟弟妹妹，爸爸妈妈的心肯定也会分到弟弟妹妹身上，你确定可以吗？"

兜兜虽还不太能听懂这种大道理，但她就是想要弟弟妹妹。

云宝哥哥有，她也想有。

她点点头："可以呀！"兜兜眼睛亮了亮，看向两人，"妈妈，云珩哥哥说妹妹会很可爱的。"

迟绿笑道："万一是弟弟呢？"

兜兜眨眨眼："那也可以吧！"她说，"我会保护弟弟的。"

在生二胎这件事上，迟绿一直没和博延达成一致。但因为有兜兜的催促和季清影那边的刺激，两人认真考虑了这件事。

只不过孩子不是两人想要就会来的。

傅云珩的妹妹出生后，兜兜盼望的妹妹还没来。她开始频繁地往隔壁跑，每天和傅云珩两个坐在地毯上，把小宝护在中间。

她每天玩够了才回家，会盯着迟绿的肚子看，一脸惆怅。

"妈妈，我什么时候才有妹妹呀？"

迟绿："小宝也是你的妹妹呀？"

"不一样的。"兜兜委屈巴巴地说，"小宝是云珩哥哥的妹妹。"

迟绿无奈，安慰她说："也是你的，你对小宝要像对云珩哥哥一样好吗？"

兜兜点头："我会对她比对云珩哥哥更好的。"

迟绿："……"

一时间，她还有点儿心疼傅云珩，是怎么回事？

时间飞逝，迟绿总算怀孕了。

这下可把兜兜高兴坏了，她每天放学回家的第一件事就是趴在迟绿的肚子前面，笑眯眯地看着迟绿的肚子。

隆冬时节，迟绿生下了一个男孩儿。

宝宝出生的时候是深夜，窗外夜色浓郁。兜兜在睡梦中惊醒，跟着博延到了产房门口。

博延进去陪迟绿，兜兜由博盈几个人照顾着。

孩子生下来后，最高兴的莫过于兜兜了。

这日，护士把宝宝抱到房间。

兜兜一看，兴奋地喊着："妈妈妈妈，弟弟长得好漂亮呀！"

迟绿："……"

她瞅了一眼，明明很丑。

兜兜全然不觉得，小心翼翼地隔着衣服碰了碰弟弟，高兴地说："弟弟你认识我吗？我是兜兜，是你姐姐哦！"

博延和迟绿听着，笑了。

弟弟没有任何反应。

兜兜也不觉得挫败，那天过后，每天放学后兜兜不再去看傅云珩的妹妹，而是蹲在自己弟弟的小床旁，絮絮叨叨地和他说话。

她已经识字了，做完老师布置的作业后，每天都捧着故事书，边看边念，时不时还会哄一哄弟弟。

　　因为有兜兜的陪伴，弟弟成长得很快。

　　时间一眨眼又过去了。

　　迟绿没想到的是，弟弟开口说的第一句话，不是叫爸爸妈妈，而是叫姐姐。听到他开口喊姐姐的时候，兜兜开心地看向迟绿。

　　"妈妈妈妈，弟弟叫我了。"

　　迟绿眉眼含笑地望着她："妈妈听见了。"

　　兜兜又看向博延："爸爸，你听见了吗？弟弟会说话了。"

　　"听见了。"博延摸了摸她的脑袋，"弟弟很爱兜兜的。"

　　兜兜猛点头："我也爱弟弟，我还爱爸爸妈妈。"

　　她是个善于表达的孩子，有什么会一股脑儿地说出来。

　　迟绿和博延笑着回应："爸爸妈妈也爱你。"

　　兜兜开开心心地继续逗弟弟，迟绿和博延看着，阳光从窗外照进来，洒满了一地，时间好像被点了暂停键一样，温馨又美好。

　　迟绿看了一会儿，看向博延："博老师。"

　　"嗯？"博延低头，目光柔和地望着她，"谢谢你。"

　　迟绿笑道："就这样？"

　　博延低头，碰了碰她的唇，嗓音带笑，说："我爱你。"

　　他这辈子最骄傲的事，是这一生只爱一个人，那个人是迟绿。

/ 番外一

校园篇

高中的生活对迟绿来说，枯燥又乏味。

文理科分班后，她和博盈混在一起，倒是多了点儿乐趣。

"迟绿，"博盈神神秘秘地从另一边跑过来，压着声音道，"晚上要回家吃饭吗？"

迟绿看着她："也可以不回吧！"

她爸妈不怎么管她。

博盈眼睛一亮，从怀里掏出一本杂志："那我们去看帅哥吧！"

"……"

迟绿低头一看，是演艺圈一个明星的照片。这个明星长得很帅，身材也特别好。

她看着，脸红了红："在哪儿？"

博盈看她这样，就知道她有兴趣。

她嘿嘿笑着，戳开手机道："在明月广场那边，有个慈善活动，除了他之外，还有好多之前我们讨论的明星也会去参加。"

"要门票吗？"

"不用啊！"博盈说，"我加了粉丝群，说我们过去就行。"

迟绿看了看时间，今天周五，马上周末了。

她没多纠结，爽快地道："好啊，去吧去吧！"

她是想去的。

在去之前，迟绿给她妈妈打了个电话。

"妈妈，我晚上不回家吃饭。"

迟母这会儿正在公司忙，抽空接她的电话："要跟同学去玩吗？"

"嗯嗯。"迟绿笑盈盈地道，"我们去看明星。"

迟母哭笑不得，低声问："拿到门票啦？要不要妈妈给你们问问票？"

迟绿连忙拒绝："不要，我和博盈就远远看一眼。"

迟母无言。

迟绿弯了弯唇，乖巧地说道："妈妈，你和爸爸要记得准时吃饭哦！"

"行。"迟母揉了揉眉心，"要回家了给我们打电话，我让司机去接你。"

"到时候再说。"

她挂了电话，后面两节课都变得煎熬。

迟绿和博盈因为身高，在教室里坐在后排。两人凑在一起，对杂志上的男明星开始评头论足。

当然，她们不说男明星坏话，也就是讨论一下到底谁更好看、身材更好。

"你喜欢哪种类型？"博盈好奇地问她。

迟绿看了看，有点儿纠结："这种肯定不行，肌肉太多了，感觉好奘。"

博盈沉默了一会儿，好奇地问："你不觉得这样很有安全感？"

迟绿摇头："没觉得，感觉还有点儿憨。"

"那这个呢？"博盈又指了一个。

迟绿低头一看，更是嫌弃："他手臂没肌肉，身上更没有。"

"不会吧，穿着衣服还挺好的。"

迟绿撇嘴，小声咕哝着："真没有，很多男明星脱掉衣服有小肚子，他们也就是衣服挡住了而已。"

两人对视一眼，有了想法。

"那你喜欢哪种？"

"穿衣显瘦、脱衣有肉那种。"迟绿想了想，"肌肉不能太多，但必须要有腹肌，就是那种力量感，你懂吧？"

博盈认真想了想："那演艺圈比较少。"

迟绿扬眉，边翻看着手里的课本边说："所以他们都不火。"

博盈："……"

她静默了一会儿，突然说："不过我哥好像就是这种身材。"

"……"

迟绿偏头看着她。

博盈瞅着她："你不会这就把我哥忘了吧？上次你去我家不是还见过他？"

"没忘。"不知道为什么，博盈提到她哥后，迟绿有点儿心虚。

这种心虚感很独特，她也说不上到底哪儿不对劲。

她抿了一下唇，眼神飘忽地说道："你怎么知道你哥身材是这样的？"

闻言，博盈没多想。她神神秘秘一笑，凑在迟绿耳边说："我哥喜欢游泳，我有一次跟他们出去玩过，不小心看到了。"

迟绿："……"

两人看着帅哥，没多久最后两节课便结束了。

一下课，两人便拎着书包跑了。

因为有慈善活动，那边堵车很严重。

博盈和迟绿坐地铁到了那儿附近，而后下车走路过去。

两人到的时候，活动还要一个小时才开始。

周围粉丝多，她们手里拿着横幅以及应援牌，一脸激动。

迟绿看了一圈，拉了拉博盈的手："现在就在这儿等吗？"

博盈点头："出去了就挤不进来了。"

迟绿："好吧！"

她其实有点儿饿了。

两人混入其中一粉丝圈里，和几个小女生交谈甚欢。

没多久，便有工作人员出面维持秩序。

迟绿开始时兴趣还挺大的，踮着脚跟着尖叫，到后面她实在太饿了，整个人兴致缺缺。

"博盈。"

"啊？"博盈还在兴奋地尖叫。

迟绿指了指："我有点儿饿了，我想先出去，到那边等你吧！"

博盈愣了一下："那我跟你一起走？"

"不用。"迟绿指了指舞台，"你偶像不是还没出来吗？你在这儿看吧，我一个人去就行了。"

博盈点点头："行吧，待会儿结束了我去找你。"

"好。"

迟绿挤了十几分钟才出来。她回头看了看那密密麻麻的人，有点儿头疼。

迟绿点开手机地图，开始往回走。但她有点儿路痴，跟着导航也不一定能找对地方。

迟绿站在原地，转了好几圈也没找准地图指着的方向。她有些为难。

纠结了几分钟，迟绿决定随便走，待会儿导航提醒她走错了，她再回来。

往前走了大概五分钟，迟绿发现自己走反了。她叹了一口气，转身往另一边走。

刚转身，路边便有一个陌生又熟悉的声音，但并不是和她说话的。

迟绿只觉得熟悉，下意识地抬头看了过去。她看着站在路灯下的男人，有一点点诧异。

如果她没看错，这人是博盈的哥哥。而他对面，还站着一个长相同样出色的男人。

似乎是察觉到了她的目光，博延掀起眼皮，漫不经心地看了过来。

路灯的光不亮，但也不暗，恰好能让博延看清楚迟绿的模样。

他怔了片刻，旁边的人问："看什么？"

那人扭头，看向迟绿后，愣了一下："认识？"

迟绿听见，博延应了一声。

"嗯。"话音落下，他抬脚朝她走了过来。

看他过来，迟绿下意识往后退了两步。

察觉到她的动作，博延抬了抬眼，眉梢也跟着挑了一下。

虽然不明显，但迟绿还是发现了。

"怎么一个人在这儿？"

迟绿攥着书包带子，还拿着手机："嗯。"

博延稍顿，偏头勾了一下唇："来这边有事？"

迟绿一顿，看向博延那双和自己有点儿相似的眼睛，抿了抿唇："算是。"

博延还想问，远处突然传来了震耳欲聋的尖叫声。

两人皆是一顿，站在原地没动的男人看向他们这儿，忽而问："博延，这是你妹妹？"

博延："嗯。"

男人笑笑，说："来追星的吧，今晚那边还挺热闹。"

博延扬眉，看向迟绿："来看明星的？"

迟绿迟疑地点了一下头。

博延看她警惕的模样，有点儿想笑。他沉默须臾，淡淡地说道："已经看完了？"

"差不多。"

"要回去？"

迟绿嗯了一声："差不多。"

博延沉默了一会儿，察觉到她不太想跟自己说话。但迟绿是妹妹的好朋友，这大晚上的让她一个人在这儿，博延也不太放心。

他思忖了一会儿，看向另一人："你先走吧！"

"行。"那人看了一眼迟绿，笑着说，"妹妹下回见。"

迟绿："……"

人走后，只剩下迟绿和博延。

两人无声地对视着，博延想了想说："我很吓人吗？"

"没有。"迟绿有点儿尴尬地说道，"抱歉。"

博延笑道："走吧，我送你回去，晚上女孩子在外面不太安全。"他好奇地问，"来追星怎么不叫个朋友一起？"

迟绿瞅了他一眼，说："我和博盈一起来的。"

博延脚步一滞。

"她呢？"

"还在那边。"

博延一笑，明白过来。他尽量让自己语气温和一些，听着不那么吓人："怎么一个人先跑出来？"

迟绿还没来得及回答，肚子先给了博延答案。

一时间，迟绿尴尬地站在原地，甚至有种掉头就走的冲动。

博延借着路灯，看到了她红了的脸颊，觉得还挺有意思的，眸子里划过一丝笑意，低声说："想吃什么？"

迟绿也没扭捏："原本打算去吃汉堡。"

博延扬了扬眉，看了一圈，没看见有卖汉堡的。

"店在这儿附近？"

"前一个地铁口。"

博延："……"

他静默了一会儿，低声问："今天先不吃汉堡，去吃点儿别的行吗？"

迟绿点点头："可以。"跟着博延往前走了几步，她才后知后觉地想起，"博……"

一开口，迟绿就有些迟疑，她该怎么称呼博盈的哥哥。

察觉到她的窘状，博延侧头看着她。

"跟博盈一样，喊我哥哥就行。"

迟绿："……"

两人目光相撞，她眼眸澄澈，有些叫不出口。

"怎么了？"

博延没在意称呼这件事。

"不等博盈吗？"

博延："一会儿给她打电话，让她过来就行。"他说，"你不是饿了吗？"

迟绿看着他，点了点头："那别走远了吧。"

"嗯。"

她跟着博延进了店。

迟绿点了自己想吃的，反倒是博延没点什么。

两人面对面坐着，迟绿尽量忽视对面的目光，低头吃饭。

她吃完东西，博盈还没来。

两人在原地等了一会儿，博延拿出手机打了个电话。

迟绿听着他和另一边人的对话，眼睫垂落。

秋天的风很舒服，晚间的街道也很热闹。风拂过，迟绿闻到了一股很特别的味道，像是书卷味道，又像是别的温和的气味，总而言之，就是好闻。

她悄悄地看着博延的脚，一路往上。

有那么一瞬间，迟绿挺希望风大点儿，把他衣服吹得鼓鼓的，让她能窥见博盈所说的腹肌。

博延没注意她的目光，挂断电话后跟她解释了两句。

"你是不是要回家啦？"

迟绿："不等博盈吗？"

博延颔首："家里司机会来接她。"他看向迟绿，笑着问道，"我送你回家，会不会担心？"

迟绿："……"

到家的时候，迟绿看着他："我把饭钱转给你吧！"

博延："……"

他看了迟绿一眼，道："不用。"

迟绿沉默了一会儿，决定周一请博盈吃饭，也算没占便宜。

她点点头，推开车门下去。

她站在车旁，和车内的人对视了一会儿。

博延笑道："回去吧！"

"嗯。"迟绿抿了抿唇，有些难以启齿，"博延哥哥。"

博延挑眉，眸子里有了笑意。

"谢谢你送我回来。"

博盈没问她为什么先走了，倒是和迟绿分享了自己的偶像当天到底有多帅。

迟绿想，她可能是被偶像的颜值冲昏了头脑，这才不在意他们了。

这日，迟绿月考。

迟绿成绩不算差，但也算不上特别好。她在的班级不是实验班，但大多数同学还算努力。

她语文、英语比较好，但数学一塌糊涂。

每一次考试，数学都会拖后腿。好在她父母也不会强行要求她考多少分。迟绿的压力相对小很多。

"考得怎么样？"

最后一科交卷后，博盈侧头问她。

迟绿趴在桌上叹气，幽幽地看了她一眼："不怎么样。"

博盈失笑："你这是干吗？"

"为自己的成绩默哀。"迟绿冷静地回答。

博盈扑哧一笑，搂着她的肩膀说："这么担心？迟叔叔、迟阿姨这次给你提要求了吗？"

"……"

迟绿摇头，看着面前的数学课本："要求倒是没提，但我觉得成绩出来后我会无颜见他们。"

博盈噎住。她思忖了一会儿，扬了扬眉："数学没考好？"

"嗯。"迟绿转头看着她，"你们为什么能理解数学那些公式，明明那么复杂。"

博盈微哽，不知道该如何回答。对她而言，数学算不上很难。博盈不偏科，但也没有很拔尖，每次考试总成绩在班级前三名，而迟绿其实也不差，就算数学拖后腿，也永远进班级前十。

迟绿盯着她看了一会儿，问："你为什么不回答我？"

博盈："不知道怎么回答。"

迟绿睨她一眼。

博盈失笑，想了想，建议道："要不请个家教？"

迟绿没说话。

博盈叹气，嘀咕着："总不能落后太多，我们毕竟要高考。"

这个道理，迟绿明白的。

她纠结了一会儿："我不喜欢有陌生人去我家，万一找的老师还不怎么样，那不是更难受？"

博盈表示赞同。

"那先看看成绩，实在不行我给你补习？"

迟绿哭笑不得："那我要是拖累你了，你爸妈，还有……你哥应该会把我加入黑名单。"

博盈翻了一个白眼："他们才不会管我。"她顿了一下，又补充道，"至于我哥，只会说我耽误你。"

迟绿想了想那天送自己回家的人，忍不住笑了："不至于。"

博延看着虽然有点儿可怕，但也不至于这样。

博盈瞅了她一眼，咕哝道："那是因为你还不够了解他。"

迟绿："……"

关于家教这事，迟绿没去多想。

考完试就是周末，她舒舒服服地在家享受了两天公主般的待遇。

迟父、迟母不怎么问她成绩，但迟绿也主动提了起来。

"我们上周月考了。"

迟母给她嘴里塞了一块哈密瓜，低声道："这个很甜，尝尝。"

迟绿张嘴吃下，抱着她的手臂撒娇："妈妈。"

"怎么了？"迟母笑道，"考差啦？"

迟绿点头，老实道："好多数学题不会做，感觉没办法及格。"

闻言，迟母不在意地说："不及格就不及格，多大点儿事啊！爸妈不需要你的好成绩来撑着，不过如果你自己在意，那这话就当妈妈没说。"

迟绿噎住。她看着妈妈，认真地问："妈，你不觉得我考试不及格很丢脸吗？"

"丢什么脸？"迟母瞥了她一眼，"成绩能代表一切吗？"

迟绿摇头。

"那就对了。"迟母说，"成绩只是一个起点，能让你未来的路有可能走得更顺畅，但它不是全部。你是真的不喜欢数学，也是用功了也学不进去，找不到方法，那既然如此，为什么还要强迫自己，给自己压力？"她揉了揉迟绿的脑袋，"妈妈希望你成绩好，能考个好大学，但如果这会让你过得不开心，甚至会让你郁闷，那就不要。

"我和你爸都不是那种要面子的人，我们家的宝贝，只要开心就行。"

迟绿失笑。

从小到大，她都是在宠爱中成长。

其实她知道，她爸妈也希望她成绩更好，希望她很优秀，但他们从不给迟绿任何压力，他们就她一个女儿，从始至终，他们都希望迟绿能开心。

有了父母的安慰，周一上课时，迟绿也不紧张了。

成绩出来后，她瞅了一眼自己的数学卷子，差一分及格。

迟绿盯着那鲜艳的分数半响，垂头丧气，不想说话。

博盈试图安慰她，但又不知道该怎么安慰。

"迟小绿。"

"嗯？"

"待会儿去小卖部吧！"

迟绿瞥了她一眼："不去。"

博盈笑道："为什么？我饿了，你陪我去。"

"哦。"

进了小卖部，博盈问她："吃冰淇淋吗？"

迟绿："可以。"

博盈："……"

博延给迟绿买完冰淇淋后，迟绿的神色看着依旧不怎么好。

两人边吃边回教室。

她们一进去，便有人迎了过来，大声嚷嚷着："迟绿，你数学又没及格啊？连班级的平均分都没到。"

迟绿："……"

她把手里的冰淇淋吃完，掀了掀眼皮，看向来人："和你有关系？"

来人噎住，睨她一眼："你这样还怎么考大学？"

"哦。"迟绿微微一笑，"就算我数学没及格，我总分也比你高呀！"她和博盈对视一眼，漫不经心地说道，"你不操心自己，来操心我干吗？"

被她一怼，同学便灰溜溜地跑了。

博盈翻了一个白眼："真无聊。"

迟绿轻哼，继续看着自己的数学成绩发呆。

"博盈。"

"啊？"

"我决定了。"迟绿扭头看着她，"让我爸妈给我找个家教，高考只有一次，我不能让自己在未来的几十年后悔。"

她想了想，就算是未来生活无忧，也还是要为自己努力奋斗一次。

博盈愣了一下，点头支持："可以啊，让叔叔阿姨找？"

"嗯。"迟绿沉默了一会儿，"他们找的靠谱点儿吧！"

"嗯嗯。"博盈想了想，"其实我觉得 B 大的就不错，我听我哥说他之前有不少同学做家教兼职。"

闻言，迟绿眼睛一亮："这样啊！"她笑了笑，"我跟我爸妈说说。"

对她想找家教这事，迟父、迟母都表示支持，问她要求。

迟绿只说希望是 B 大的学生，长得要好看，要爱干净。

迟父、迟母知道她对很多东西有颜值要求，也没觉得哪儿奇怪。

迟绿跟他们说过后，风平浪静地在学校过了几天。

周五这天，她被告知家教找好了。

迟绿哦了一声："明天过来吗？"

"嗯。"迟父看着她，说，"是公司一职员的侄子，是 B 大研二的学生。"

迟绿点点头，好奇地问："研究生给我补课啊？会不会大材小用？"

"不会。"迟父说，"他正好有空，其他的大学生我和你妈也不熟，这个知根知底一点儿。"

迟绿了然，转而问道："有照片吗？"

迟父："……"

迟母睨她一眼，哭笑不得："明天就见到了，问什么照片？"

迟绿撇嘴，笑着说："想要有个心理准备嘛！"

话虽如此，但迟绿也没追着要照片。

周六，迟绿难得早起。她吃了早餐后，回房间复习。为了不在家教老师面前太丢人，她至少得先学一学。

家教的时间是下午两点到五点，时间不算长。

她百无聊赖地在家里晃悠着，阿姨哭笑不得："小绿。"

"啊？"迟绿看向阿姨，"怎么啦？"

"很紧张？"

迟绿点点头，小声说："有一点点。"

阿姨笑着摸了摸她的脑袋："别紧张，就是一个家教老师而已，我们小绿这么聪明，一定特别招人喜欢。"

迟绿轻笑："希望吧！"

一点五十分，迟绿在楼上听到了她爸妈和陌生人说话的声音。

迟绿立马从床上起来，趿拉着拖鞋跑了下去。

在看到门口站着的人后，迟绿愣住了。

听到声音，博延掀起眼皮往她这边看了过来。

迟父是认识博延的，听他说完，惊讶不已："是你来做家教？"

博延颔首，喊了一声："迟叔叔。"他解释道，"其实是我同学要来这边做家教，但今天他临时有事，换我来的。"他稍顿，低声道，"如果您这边不方便的话，我回去跟他说一声，让他下周再来？"

迟父有些为难。

家教自然是别随便换，换了怕迟绿不适应，但博延都到了家门口，他也不好把人赶走。

他正想着，迟绿从里面走了出来。

"爸爸，这是我的家教老师吗？"

迟父："……"

他看了看博延，扭头看着她："算是。"

迟绿："什么叫算是。"

迟父无奈，瞅着她解释了一下。

迟绿哦了一声，没太在意："那有什么关系，今天先这样上课吧！"

迟绿都同意了，迟父自然不好说什么。

他看向博延，笑了笑说："那得麻烦你了，迟绿的数学有点儿差。"

博延颔首："嗯，我知道。"

迟父笑着拍了拍他的肩膀："去吧，有什么需要直接跟我和家里的阿姨说。"

"好。"

迟父、迟母还有事，见过博延后，两人反倒放下心来。

他们留在家等家教，就是怕来人会让迟绿不舒服，也想见见，以确定迟绿的安全。

知道是博延，两人松了一口气。

博延在，迟绿不可能有任何事。

两人走后，博延在阿姨的带领下去了迟绿的房间。

他敲了一下门，听到里面回应的声音，才推开门走了进去。

两人对视一眼，迟绿抿了一下唇，又不知道该说什么。

博延看她红了的耳郭，觉得还挺有意思的。

"需要我正式介绍吗？"

迟绿："你如果想的话，也可以。"

博延一笑。

迟绿扑哧笑了出来，看向他："其实也不用。"

博延瞥了她一眼。

迟绿问："你只给我做一天家教吗？"

博延顿了一下，敛目看着她："想让我给你做家教？"

"也不是。"迟绿直白地说道，"我就是怕不习惯陌生人。"

"嗯。"博延没多说，岔开话题，"先试试看，你能不能习惯我教的。"

迟绿努努嘴："哦。"

博延只负责她数学，其他的科目她如果有不懂的可以问，他会讲解。

迟绿的房间很大，她有一张特别大的书桌，能坐下三个人，旁边放了电脑和一些书。

博延非常认真地给她上课。

迟绿开始还抱着玩的心态，但每次一对上他那双深邃的桃花眼，她就会乖一点儿。

博延自然能看懂她的那些小心思。

这个年纪的女孩子，大多如此。他对迟绿的态度，就像对博盈，但如果博盈在，她肯定会反驳。

博延对她，可没有对迟绿这么温柔。

每次博盈有问题找他，博延教一遍不会，他就会冷冷地看着她，似乎在说——博家怎么会有你智商这么低的人？而他对迟绿，却有数不尽的耐心。

博延给迟绿一张卷子，想测试她的水平。

迟绿看着，小声咕哝了一句："又考试？"

"不想考试？"

"不想做卷子。"

博延偏头笑了一下，低声道："先试试，不会做的空着，我看看怎么教你。"

迟绿撇嘴："好吧！"

她也不知道博延是博盈的哥哥，还是其他的，她对博延的态度好像比对其他人要好一点儿。

她写卷子，博延在旁边看着，也不玩手机。他翻看迟绿的课本，时不时会把目光落在她的身上，但很快又挪开了。

其实来给迟绿做家教，是自己都没想过的事，但博延说的是事实，同学临时有事，本来是要给迟绿父母打电话说推迟一周的，听到名字后，博延鬼使神差地开了口，说这周可以替他。

博盈偶尔在家会说和迟绿有关的事，说迟绿真的非常不喜欢等待。自然，他也知道迟绿请了家教，这些都是博盈说的。

博盈甚至提到，迟绿为了家教这事，周六的时候九点就起床了。要是往常的话，她能睡到中午。

可能是因为这些，博延才会来的。他正想着，旁边的人偷偷摸摸地伸出手去碰手机。

博延扬了扬眉，没阻止。他垂下眼，佯装看课本的样子。

迟绿的手指碰到了手机边缘，但她又不太放心，小心翼翼地抬起眼看了他两秒。

博延压了压唇角的笑，依旧没出声。

大约过了半分钟，迟绿拿到了手机。

她把手机塞进口袋里，转头看着他："博……"她开口，有点儿不知道怎么喊。

迟绿总觉得喊"博延哥哥"好像太亲密了一点儿。

博延知道她的窘迫，低声道："我现在算是你的老师？"

迟绿点头。她纠结三秒，低声道："那我喊你博老师吧，可以吗？"

"可以。"博延颔首。

迟绿弯唇笑笑，狡黠地说道："博老师，我想去一下洗手间。"

博延点头："可以。"

听到他同意后，迟绿起身想走，还没来得及离开，博延先朝她伸出了手。

她一顿，茫然地望着他。

博延面色如常地看着她，平静地说道："去洗手间带手机不是好习惯。"

"……"

迟绿沉默了一会儿，有点儿生气，又或者是恼羞成怒，她怀疑自己刚刚的举动全被博延看到了。

"我拿的时候你是不是就看到啦？"

博延看着她："生气了？"

"没有。"迟绿气呼呼地把手机放在他的手心，"你要喜欢就送给你了。"

博延："……"

她上完厕所回来后，房间里的氛围变得很怪。

迟绿脾气很大，不和博延说话。博延只当她小朋友闹脾气，没太放在心上。

五点上课时间结束，博延起身离开。

看他走后，迟绿立马给博盈打了电话。

"博盈，你知道我下午的家教老师是谁吗？"

博盈正在玩游戏，也没听清楚："谁啊？"

"你哥！"迟绿开始告状，"你知道你哥多过分吗？"

"啊？"博盈愣了一下，拔高了音量问，"为什么我哥会去给你做家教啊，他不是很忙吗？"

迟绿："……"

她想了想："给他同学帮忙，原来给我上课的是他同学。"

"哦。"博盈应了一声，"他什么时候这么好心了？"

迟绿："你问我，我问谁？"她说着，愤怒地道，"而且他不是好心，他是监控器！"

"……"

博盈茫然地道："什么监控器？"

迟绿把自己偷拿手机然后被发现的事说了一下，生气道："我总算知道你为什么说你哥不是人了。"

"是吧，他也经常这样对我，看我偷偷摸摸、提心吊胆做坏事，然后在我觉得成功后戳穿我。"

迟绿："对，这种哥哥不要也罢！"

"没错。"

两人开始吐槽博延。

说累了，迟绿把手机放下，瘫在沙发上，整个人生无可恋。

她躺了一会儿，门铃响了。

迟绿看了一圈，阿姨出门了。她走到门口，看到了穿着外卖衣服的人。

"你好，是迟绿吗？"

迟绿点头。

"有一份你点的餐。"说话间，外卖员打开盒子，把里头的东西给了她。

迟绿愣了几秒才反应过来："我没点呀？"

外卖员一愣，看了看上面的备注："是给你点的，你看看？"

迟绿低头一看，那外卖单上还有备注——给我们最漂亮的高中生道歉，希望她能原谅博老师。

"……"

把外卖拿进屋后，迟绿看着袋子，安静了半分钟，才去看里面的东西。

博延点得不少，全是她爱吃的。她也不知道他是怎么知道她爱吃这些东西的。

迟绿张望了一下，家里静悄悄的。

她偷偷地拿着鸡翅咬了一口。

味道和她想象中一样，依旧是她喜欢的。

不知不觉，迟绿把大部分东西吃完了。

她刚吃完，博盈的信息来了。

博盈："迟绿，我能去你家蹭饭吗？"

迟绿："……"

博盈："我哥可真不是人，他刚回家，只给我带了汉堡，他难道不知道我不爱吃吗？"

迟绿："那你不能来我家蹭饭。"

博盈："为什么？"

迟绿打了一个饱嗝，回复道："我晚上也吃汉堡，已经吃完啦！"

博盈："……"

她想不通，迟小绿爱吃汉堡也就算了，这个她很清楚，毕竟她们是好朋友，但她哥这种不吃汉堡的人，为什么会给她买汉堡。

博盈强撑着，硬是没碰汉堡。晚上九点，她肚子饿了。

她点开手机看了看，决定点个外卖。

点好后，博盈特意备注了，让外卖小哥不要敲门，直接给她发信息然后放在家门口。

做完这一切，博盈觉得舒服了一点儿。

博盈盯着时间，在外卖快要到的时候打开房门准备下楼。她小心翼翼地放轻脚步，刚走到楼梯口，便碰上了从三楼下来的亲哥。

博盈住在二楼，博延住三楼。他们家的人对领地有很强的意识，博延嫌博盈吵，博盈觉得他烦人，两人一直住楼上楼下。

这会儿他们碰上，她有点儿心虚。

"哥，你怎么还没睡？"

博延嗯了一声，看了她一眼："下楼喝水？"

"……"博盈硬着头皮，点头，"对啊，你干吗呢？"

博延扫了她一眼，淡淡地说道："你高一和高二的课本给我看看。"

"……"

博盈茫然了三秒钟，看向他："啊？"

博延眼神冷淡地扫了她一眼，问："要我重复？"

"不要。"博盈咕哝着，"你要我高一和高二的课本干吗？准备给我补课啊？我不用……"

话还没说完，被博延打断了。

"不是给你补课。"

博盈："……"

她虽然也没有期待博延能给自己补课，但这话说得是不是太令人伤心？她难道不是他的亲妹妹？

"那你要来干吗？给谁补课？小女友吗？"她冲动地说完，忽而想起了什么，瞪大眼望着他，"迟……你给迟绿补课？"

博延："嗯。"

有那么一瞬间，博盈觉得自己就是多余的。还有什么比亲哥宁愿给好友补课也不愿意给自己补课更伤心呢？

她顿了一会儿，假装很淡定地哦了一声："好吧，一会儿找给你。"

"嗯。"

两人面面相觑，博盈刚想要说她去喝水了，门铃忽然响起。

爸妈出差了，这会儿按门铃的必然不是他们。

博延蹙眉，在博盈有反应之前抬脚往楼下走去。

"在屋里等着。"

博盈："……"

她摸了摸鼻尖，有点儿心虚："哥，我去开门吧？"

博延扫了她一眼，冷声道："大晚上的你一个女孩子去开门？"

"……"

他借题发挥，训斥道："女孩子警惕性要强一点儿，以后我如果不在家，晚上有人按门铃、敲门都不准去开门，实在吵就给物业打电话。"

"……"

博盈被他训了，倒也不怎么生气。她知道博延是为了自己好，也知道他这样训自己是考虑到她的安全。

她有点儿头疼，还有点儿为难，心虚地说："现在按门铃的应该是外卖小哥。"

博延："……"

给博盈拿了外卖后，他瞥了一眼心虚拆袋子的人，有点儿头疼。

"晚上的汉堡怎么不吃？"

"我不喜欢啊！"博盈说。

博延稍顿，垂眼看了她一会儿："你以前不是挺爱吃的？"

这一点，博延没有记错。

博盈初中的时候，是真的很喜欢汉堡。但吃多了总会腻的。

因为父母总是很忙，博延大学也比较少回家，很多时候博盈是一个人解决晚餐。因为总是要一个人坐在餐桌边吃饭，博盈觉得很孤独，久而久之，她也不让家里做饭的阿姨来给她做饭，总是在放学后往汉堡店跑，那里人多，不会让她有孤独感。

高一上学期，博盈还经常吃，但觉得没味道了，也不喜欢了，只不过她从来没说过罢了。

"嗯。"博盈抿了一下唇，"现在不喜欢了啊！"

博延盯着她看了一会儿，明白了什么。

他沉默了一会儿，低声道："抱歉。"

博盈一怔，忽然就不难过了："哥你说什么呢？你也不知道呀！"

博延嗯了一声，在她面前的椅子上坐下："现在点的什么？"

"烧烤。"

博延看了看："吃吧！"

博盈拆开包装，偷偷看了他一眼："你还不去睡觉吗？"

"等你吃完了就去。"博延想了想，看向她，"我去拿点儿东西，你吃你的。"

三分钟后，博盈看到了博延拿下来的资料，是一本数学习题，还有一个练习本。

她眼皮跳了跳，为迟绿默哀三秒钟。

"你明天还去给迟绿上课？"

博延点头。

博盈边吃边问："那下周呢？下周你同学就没事了吧？"

博延应了一声："再说。"

博盈愣了一下，慢慢地回味过来他这话的意思。

"你的意思是……下周也可能是你给迟小绿上课？"

博延挑眉："不好？"

"……"博盈想了想，"不是。"她好奇地问，"你读研究生爸妈没给钱？"

就算他们没给钱，她哥也不该差这点儿钱吧！

博延知道她在想什么，但没解释。

他看了她一眼："吃你的。"

博盈："……"

她小声咕哝了一句："哦，那我不管你。"

吃过夜宵，博盈回了房间。她看了看，迟小绿到现在还没给她回消息，让人生气。

博盈："你干吗不回我消息？"

收到博盈新消息的时候，迟绿正在写作业。她看了一眼，回复："在写作业呢，你晚上最后吃啥了？"

博盈："刚点了烧烤。"

迟绿："我也想吃。"

博盈："你不想吃，你有鸡翅就够了。"

迟绿看着她的消息，能感受到博盈的怨气。她无声地弯了弯唇，哄道："好了好了，明天早上请你吃粉怎么样？"

博盈："还要加煎蛋跟油条。"

迟绿："没问题，早上你起得来吗？"

博盈："可以的，对了，我告诉你一个好消息。"

迟绿："……"

博盈："我刚给我哥找了我们高一和高二的数学课本，他正在给你做补课计划！你未来一段时间，大概能享受他服务的待遇了。"

迟绿："啊……"

两人没聊多久，但迟绿到睡前也没想通，博延为什么会做这个。

他难道打算一直当自己的家教老师吗？

翌日上午，迟绿早起和博盈约在小区门口吃饭。她们俩住同一个别墅区，但因为这边占地面积大，他们两家分别在南边和北边，所以很少碰见。

在南门碰面后，迟绿请她去吃早餐。

她眼皮耷拉着，整个人还没睡醒。

博盈好笑地看着她："你干吗呢？这么困啊？"

迟绿点头，趴在她的肩膀上："非常困啊，你昨晚写作业到几点？"

"十二点吧！"

"我一点。"迟绿头疼，"唉，不该贪玩的。"

博盈笑着催促："走了走了，请我吃早餐了。"

迟绿撇撇嘴，跟着她进店。

两人边吃边聊，虽然她们在学校也时时刻刻黏在一起，还是同桌，但周末聚在一起的感觉和在学校里还是有点儿不同的。

小区门口的这家粉店味道很好，每天早上很多人来这边吃。隔壁还有卖油条的，刚刚炸出来，特别好吃。

两人买好，在角落坐下。

吃着吃着，迟绿看向对面埋头苦吃的人，不经意地道："博盈。"

"啊？"博盈沉浸在美食中，被辣得满脸通红，"怎么？"

"你哥不是在家吗？"

博盈应了一声："在啊！"

迟绿沉默了一会儿，低声道："你出来吃早餐你哥知道吗？"

博盈摇摇头："我不知道他知不知道，他一般不管我的。"

"……"

迟绿扬扬眉，佯装淡定地说道："这样啊！"

"嗯。"博盈说，"而且他起得很早，我起来的时候没看见人，我估计他出门了。"

迟绿："……"

到早餐要吃完的时候，迟绿想了想问："你哥会下厨吗？"

博盈："……"

"怎么？"

迟绿指了指："你给他带个早餐吧，我买单。"

博盈："……"

迟绿也不知道自己为什么要这么做，可能是因为昨天的鸡翅，让她觉得该礼尚往来。

后来，她意识到不太对的时候，已经来不及了。

这个人就像阳光一样，不知不觉地透过窗帘渗透到她的房间，落在她的心尖。

下午博延照常给迟绿上课。

迟绿难得找出了自己塞进柜子里的唇膏，涂了一下。她自认嘴唇太干了，在脱皮，她才会涂的，没别的原因。

博延到的时候，依旧是阿姨开的门。

迟绿在楼上等着，也没下去。她看着书桌上摆放的时钟，听着秒针嘀嗒嘀嗒的声音。

时间好像过得很快，快到让她觉得她还没做好心理准备，博延就出现了，可她又觉得很慢，慢到她数着的秒针都转了好几圈，他才来。

敲门声响起。

迟绿喝了一口水才开口："门没锁，可以进。"她转头，看向站在门口的人。

博延今天穿得依旧休闲，秋天了，他穿了一件黑色卫衣和浅色牛仔裤。因为腿长，看上去像是她家院子里种的白杨树。

"博老师。"迟绿从位置上站了起来。

博延手扶着门把，垂眼看了她一秒："嗯，等很久了。"

"没有没有。"迟绿连忙解释，小声说，"其实没等多久，我刚睡醒。"

博延看她紧张的模样，笑了笑说："好。"他朝她走近，在旁边坐下，"那开始上课？"

"嗯。"

两人正式上课。

上课的时候，博延会比较认真负责。他也不和迟绿说别的，除了给她分析问题、让她做题之外，其他的话基本上没有。

迟绿做题的时候，他在旁边看她的数学课本，以及她之前考试的卷子。

迟绿觉得羞耻，早知道是博延来给自己做家教，她怎么也要及格。

察觉到她的目光，博延眸子里闪过一丝笑意。

"专心做题。"他抬手，不经意似的敲了一下她的脑袋。

迟绿蒙了一下，眼睫轻颤，下意识地咬了咬唇。

博延没注意到她的反应，收回目光看卷子，在问过她的意见后，他在卷子旁批改，挑出了她的问题。

上课结束。迟绿突然想到了一个重点："博老师。"

"嗯？"博延正在收拾东西，看着她，"怎么啦？"

"下周还是你吗？"

迟绿仰头看着他，很是好奇。

博延稍顿，问道："你习惯我教的？"

迟绿点头："嗯。"她说，"还挺习惯的，我听得进去。"

对上博延的视线，她其实还挺想说——老是换老师其实不太好的，她还需要再次适应。但迟绿这会儿还没这个胆子。

博延沉思了一会儿，无奈地一笑："我回去问问。"

"问什么？"迟绿不解地道，"你同学吗？"

"嗯。"

迟绿沉默了一会儿，小声嘟囔："他第一次给我上课就有事耽误，这有什么好问的……"

"……"

博延听着，觉得好笑："脾气这么大？"

迟绿扬扬眉，撇嘴说："我说的是事实啊！"

哪儿有人答应了来上课，又临时爽约的。

博延想了想，兀自一笑："你说得对。"

迟绿点头。

她就是说得很对。

博延看着她，只觉得现在的高中生想法还真挺多的。他想到了博盈念叨的迟绿，在博盈的口中，她对迟绿的感情是"又爱又恨"。

迟绿偶尔会比较冷淡一点儿，对很多事情反应也很慢。但同样，博盈有她这个朋友，也很开心。

博盈从小到大，其实和迟绿差不多，都是孤独的。甚至她比迟绿更孤独。

博盈和迟绿做同桌，接触一段时间后，时不时会和博延说到她，言语中总有羡慕。虽然迟绿没有兄弟姐妹，但她有很爱她的爸爸妈妈。而博盈，一直都没有感受过家庭的温暖。

平心而论，博延是希望两个人能一直做朋友的。

迟绿帮过博盈不少，这种恩情，他这个亲哥来还也挺好的。当然，他不会跟博盈和迟绿说这些。他看着迟绿眼睛里的期待，笑了笑说："行，那下周还是我给你上课。"

"可以。"迟绿尽量压了压自己上翘的唇角，低声道，"还是这个时间吗？"

博延："看你。"他说，"你基础相对差一点儿，如果你时间够的话，我上午也可以来。"

"啊？"迟绿望着他，"你不用忙吗？"

"不用。"博延笑笑，"我有时间。"

迟绿想了想，看着他："那我纠结一下吧！"

博延不勉强，颔首道："好。"

迟绿看了看时间，背着手说："那我送博老师下楼吧！"

博延笑道："谢谢。"

到了楼下，博延忽然转头看向她。

"迟绿。"

"啊？"迟绿望着他。

博延顿了一下，拿出手机："方便留个联系方式吗？"

"……"

他们交换了联系方式，迟绿仰头望着他。

"那我就……不出去了。"

博延点头，看她欲言又止的模样，说了句："早餐很好吃。"

迟绿一僵，摸了摸脸，说："哦，博盈也很喜欢。"

博延笑了一下："下周博老师请你？"

"到时候再说。"

迟绿没一口拒绝，她内心是渴望的。

博延了然地笑笑，温声道："好。"

把博延送走后，迟绿像木偶一样回到沙发上，然后躺下。她偷偷摸了摸自己的耳朵，不明白为什么会那么烫，她又没有做什么心虚的事！

就这样，博延开始每周给迟绿补课。

周末两天时间，迟绿三分之一在睡觉，三分之一和博延在一起学习，还有三分之一做其他的。她的生活过得充实又快乐。

期中考试，迟绿的数学不仅及格了，还比班级平均分高出了十分。她高兴又得意地告诉博延，收到了博延送的礼物，是一支唇膏。

拆开看到的时候，迟绿愣了一下。

"博老师……"迟绿看着他，抿了抿唇，"这是你送给我的？"

博延颔首。他淡淡地说道："我看你用的是这个牌子的，博盈也说你很喜欢。"

迟绿："……"

她嗯了一声，有点儿不好意思："你怎么知道我要买这个？"

博延眸子里有了笑意，翻开面前的课本说："上周。"

迟绿愣了一下，想到了上周补课的时候。

季节变换，从秋天到了冬天。虽还没到特别冷，但迟绿已经有些不适应了。她觉得身体哪儿都干。

她还特意和博盈说这个周末晚上去商场逛街，她要买点儿补水的护肤品和唇膏。

她和博盈说的时候，博延好像确实是在旁边的。

迟绿想着，看着他："你听到我和博盈说的话了啊？"

"嗯。"博延没瞒着，点了点头，"不是故意听的。"

迟绿笑着拿起面前的粉色唇膏，低声道："是故意的也没事。"

博延挑眉，侧眸看了她一眼。

在看到迟绿脸上的笑后，博延有片刻的愣怔。

在给迟绿补课初期，他一直都把迟绿当妹妹。可此刻这不经意的一眼，让博延走了神。

虽然他很快收回了目光，但隐约觉得有些东西隐藏在角落里，在悄悄发生变化，让他无法阻止，更无法从根源掐断。

不知不觉中，迟绿觉得周末两天时间过得很快，比她之前玩还要快。

博盈听到这话，一时间不知道该说点儿什么。

"补课你还觉得快？"

迟绿点头："对啊！"

博盈："……"

她沉默了一会儿，好奇地说道："迟小绿。"

"啊？"迟绿扭头看着她，"怎么啦？"

博盈托腮，望着她沉思："我哥做家教严吗？是不是很凶？"

"……"

迟绿怔了几秒，笑着说："还好，不凶。"她低声道，"挺温柔的。"

博盈微哽，不可置信地看着她："你说什么？我哥温柔？"

迟绿："嗯。"

反正她觉得博延还挺温柔的。虽然他有时候也严厉，但这种严厉，恰好是她喜欢的。

博盈对迟绿的话表示不解，就没觉得她哥温柔过。

迟绿盯着她看了一会儿："你干吗？"

"没呢。"博盈撑着脑袋看着她，"我就很好奇，为什么我哥对我一点儿都不温柔。"

迟绿眨眨眼，沉默了一会儿说："这个问题，应该要问你吧？"她诚恳地说道，"你要不要反省一下自己？"

听到这话，博盈差点和她绝交："迟小绿你说的是人话吗？"

迟绿弯唇笑笑，靠在她的肩膀上："是呀！"

博盈轻哼。

"对了，圣诞节出不出去玩？"

"去哪儿玩？"迟绿还在看杂志，看得津津有味。

博盈想了想："我也不知道呢，我问问其他同学去哪儿玩。"

"好。"

对去哪儿玩，迟绿一般都是听博盈的。

她对玩要求不高，刺激的就好。

博盈问了一圈同学，得到了答案。

"迟小绿，前段时间新出了一个还蛮好玩的游戏，我们去试试吧？"

迟绿愣了一下，抬眸看着她："去哪儿试试？晚上在家吗？"

"在家有什么意思？"博盈很爽快地道，"网吧啊！"她压着声音说，"我还没去过网吧呢，别人总说网吧很乱，是真的吗？"

迟绿："……"

她想了想，认真地道："我也没去过。"

"想不想去？"博盈眼睛亮了亮，闪着激动的光芒。

迟绿看她兴致勃勃的模样，有些想笑："也可以去，但我们没到十八岁，不能进网吧吧？"

"这不是问题。"博盈神神秘秘道，"我们班好些男生爱去网吧上网，等我一会儿问问他们。"

迟绿："……"

圣诞节活动是定下来了。

博盈兴致勃勃地规划，两人也不是很喜欢和班里其他同学玩，打算两个人偷偷去。

迟绿跟着博盈，什么时间都没问题，不过圣诞节那天恰好是周六，她能好好玩一玩。

"我们几点去啊？"

博盈把一切规划好，忘了重点。

迟绿盯着她看了一会儿："你想几点？"

"下午？"

"我要补课啊！"

博盈看了她一眼，直接道："你跟我哥请假，就说有事。"

迟绿最近一段时间都没出去玩，每个周末都在家。她也想请假休息一下。

她还没答应，博盈已经开始计划了。

"我们中午就出去，去吃一顿烤肉，然后去网吧，玩一下午再去吃火锅。晚上去外面逛街，圣诞节肯定有很多活动……"她拿着一个小本子，边说边计划。

迟绿沉默了一会儿，低声道："可以。"

博盈："那就这么决定了。"

"好。"

迟绿纠结了几秒，给博延发了一个短信。

迟绿："博老师，你周末有事吗？"

博延："怎么啦？"

迟绿："周末是圣诞节，我还要上课吗？"

博延："不想上课？"

迟绿："嗯，我有点儿事，想请个假可以吗？"

博延："可以。"

看完两人的对话，迟绿好像有点儿失落。但具体是什么情况，她也说不上来，就好像是有点儿不开心，有些郁闷。

明明博延答应得很爽快，那她为什么要这样呢？这个问题，到下午放学迟绿也没想通。

晚上在家吃饭，迟母瞅着她情绪不高，特意和她逗她开心。

"我们家的小宝贝这是怎么了，在学校受委屈啦？"

迟绿摇摇头："没有。"她看向父母，"妈妈，我周末跟博老师请假了，我跟博盈出去玩。"

迟母点点头："可以啊，圣诞节了，跟同学好好玩一玩，是周末都在外面吗？"

"不是，不是。"迟绿道，"我们就周六去玩一天，先去逛街、吃东西。"

迟父颔首："一会儿爸爸给你钱，想买什么就买什么。"

迟绿笑道："好。"

迟母提醒："记得给盈盈买份礼物。"

迟绿嗯了一声："我记得的。"

迟母想了想，看向迟父："博延那边，是不是也准备个小礼物比较好？"

迟绿啊了一声："我准备吗？"

迟母颔首："你老师，当然是你准备。爸妈准备的话，博延那孩子不会收。"

迟父点头，表示赞同："不用太贵重，你们都是孩子，买个你觉得适合的就好。"

"……"

迟绿应了一声："好。"她抿了一下唇，压着自己雀跃的小心情，"那我一会儿好好想想。"

迟母看她开心的神色，也没再多问。

吃过饭，迟绿陪两人到小区散步。走了半小时，她回了房间。

躺在床上，迟绿想起了她妈说的事。她想了想，决定问问博盈。

"在干吗？"

迟绿直接给博盈打了电话。

"看小说。"博盈心不在焉地说，"怎么了，你有急事快说，我的小说男女主接吻了，你别打断我积攒起来的情绪。"

迟绿噎住。她揉了揉眼睛："那你先看吧！"

"不是急事？"

"不是。"

"行。"博盈嘿嘿笑道，"等我看完了明天带学校给你。"

迟绿："行。"

博盈那边暂时问不到答案，迟绿去电脑上搜索。

她看了一圈，有说送贺卡的，也有说送钢笔的……最后迟绿还看到说送保温杯的。

她认真想了一下，钢笔如果买便宜的，绝对不好用，而且便宜的钢笔配不上博延那双漂亮的手，他不适合用便宜的东西。

思来想去，迟绿决定送他保温杯。

想好后，迟绿开始在网上搜颜值高又好的保温杯。

搜了一晚上，她也没找到特别喜欢的。

第二天上课，迟绿跟蔫了的茄子一样，精神不振。

"盈盈，我好困呀，我睡一会儿，待会儿上课了叫我。"

博盈正在看小说，含糊地答应着："好。"

迟绿趴着睡觉，博盈看小说。

没一会儿，上课铃声响起。

博盈喊了一声："迟小绿，上课了。"

"嗯。"迟绿闭着眼睛，"什么课呀？"

博盈："语文，你怎么那么困？"

迟绿换了一个位置趴着，打着哈欠说："昨晚失眠了。"

博盈："……"

她看了一眼讲台，压着声音说："老师来了，你快起来。"

"哦。"迟绿应着，"我再睡会儿吧，不想起。"

博盈："……"

她本来想把迟绿给拉起来的，可转念一想，又觉得没必要。迟绿语文成绩好，就算是一节课不听，问题估计也不是很大。

高中生总会想各种办法偷懒的。她们也不例外。

迟绿这一觉，直接睡到了中午。她醒来的时候，博盈还在旁边看小说。

"下课啦？"

"对。"博盈好笑地看着她，"饿了没，去吃饭？"

迟绿揉了揉惺忪的双眼："好。"

博盈把书往抽屉一塞，挽着迟绿的手离开教室。

去食堂是来不及了，两人去学校外面吃饭，还顺便买了两杯奶茶。

两人慢悠悠地在学校外晃着，学校管理不算严格，中午吃饭的时候允许学生出去。

迟绿和博盈在外面吃饱喝足后才回教室。

她们刚进去，班长便看向两人："迟绿、博盈，老师让你们去办公室一趟。"

"啊？"博盈愣了一下，"为什么呀？"

班长摇头："不知道呢，看着还挺生气的样子，你们俩没做什么坏事吧？"

迟绿："……"

她慢吞吞地喝了一口奶茶，道："我和博盈能做什么坏事？"

话音一落，另一边响起了轻哂声："谁知道呢？"

迟绿皱了一下眉，掀起眼皮看向那人。

她一看，那人先反了。

迟绿懒得和她计较，淡定地回到自己的位置上把奶茶和小零食放好，这才跟博盈去老师办公室。

看两人离开，林雪旁边的同学冷嘲热讽地道："也不知道迟绿傲什么？"

林雪微微一笑："她有骄傲的资本嘛，你看她上课睡觉老师也不说。"

"老师太偏心了。"同学愤愤不平地道，"上次我只是课后看看小说，都把我叫去办公室了。"

林雪嗯了一声，温柔地说："她成绩比较好，也讨老师喜欢。"

"真烦这样的人，老师没眼光。"

一侧的学习委员听着这话，转头看向两人。

"是老师没眼光，还是因为迟绿优秀？"她淡淡地说道，"自己不如人就不要妒忌，你有时间妒忌倒不如好好学习，把你的成绩提上来。"

"你……"

班长道："吵什么呢，午休时间，别吵到睡觉的同学。"

众人噤声，没敢多说。

迟绿并不知道自己上课睡觉还能让人这么激动。

她和博盈一进办公室，就看到了班主任老师桌上摆着的小说。

哦。那是博盈昨晚说的言情小说，那里面好像还有比较露骨的文字。

迟绿盯着看了两眼，和博盈对视。

"老师。"迟绿喊了一声，"找我们有什么事吗？"

班主任没好气地看了两人一眼："你们说呢？"

迟绿："不知道。"她一板一眼地说，"是又要月考了吗？老师放心，我这回数学一定及格。"

班主任被她气笑了，睨她一眼："你今天上课怎么一直在睡觉？"

"……"迟绿哦了一声，不好意思地说，"昨晚没睡好。"

班主任看着她："因为看小说熬夜？"

迟绿："……"

她茫然地看着老师："没有呀！"她说，"我昨晚没看小说。"

"是吗？"班主任老神在在地说，"有同学说你们不仅上课看这种没营养的小说，还熬夜看，以至于上课时都在睡觉。"班主任语重心长道，"老师能理解你们这个年纪的好奇心，但也要知道分寸。"她点了点博盈的那本小说，"这种小说没有太大的价值，要看可以，周末随便看看就好，不要带来学校，更不要在上课时间看，也不要晚上熬夜看，既耽误时间，又影响自己。"

迟绿："……"

博盈："……"

博盈沉默了一会儿，举手道："老师，上课看小说的是我。"

班主任睨了她一眼。

博盈低声道："迟绿没看，她昨晚应该就是失眠了，不是因为看小说。"

"嗯。"班主任之所以把两人叫来办公室，也是因为有人找老师了。

他们学校虽不是那种很严谨的风格，但既然有人找老师，怕影响到其他人，老师还是要管一管的。

班主任知道迟绿和博盈是什么样的学生，自然也不会对她们有什么惩罚，最多也就是提醒提醒。

班主任看了她们两眼,好笑地说:"行吧!"她点了点桌上的小说,"这本小说就不还给你们了,以后别把小说带来学校。"

博盈:"好的。"她叹了一口气,和老师商量,"我能看完大结局吗,老师?这本小说是绝版的,买不到了。"

班主任冷着脸看着她:"你觉得呢?"

博盈:"……"

迟绿扑哧一笑:"对不起,老师您留着吧!没什么事我们就先回教室了。"

"嗯。"老师睨她一眼,"上课认真点儿,高中学习最重要。"

迟绿刚想应"好",博盈拉着她离开了老师办公室。

周五晚上。

迟绿和博盈约到小区门口见面。她给博盈送了一个苹果,博盈礼尚往来给她也送了一个苹果。

"这个……你帮我送给你哥吧!"

博盈挑眉,忍不住笑道:"我哥也有啊?"

迟绿:"好歹也是我老师啊!"

"行吧!"博盈有点儿吃醋,"你真给我哥面子。"

迟绿:"……"

回到家没多久,迟绿接到了博延打来的电话。

"喂。"她压了压自己上翘的嘴角,轻声喊着,"博老师。"

"嗯。"博延看着手里拿着的苹果,轻笑了一声说,"谢谢我们高中生的苹果。"

迟绿扬扬眉,让自己的语气听起来正常:"就……平安夜,大家都送。"

博延笑:"谢谢。"他说,"博老师第一次收到苹果。"

闻言,迟绿想也没想,脱口而出道:"怎么可能?之前没有女生给你送吗?"

说完后,迟绿发现不太对。她这话说得好像会让博延多想。

博延倒是没细想,更没在意她的话。

他声音清冽,淡淡地说道:"没有。"

迟绿:"……"

她轻哼,眼睛里不自觉有了笑意:"谁信呀?"

博延没解释。他想了想说:"博老师不太懂这些,没给你准备苹果。"

迟绿:"不用不用,我给你送又不是想要回礼,我就是顺便。"

博延笑着逗她："所以博老师只是顺便？"

"对啊！"迟绿坦荡荡地承认，"我主要是为了给盈盈。"

博延哭笑不得，也不生气："行。那博老师也高兴。"

"不过博盈说你不喜欢吃苹果，你不用勉强的。"

"那不行。"博延淡淡道，"我们最漂亮的高中生送的，就算是毒苹果，博老师也得尝尝。"

挂了电话，迟绿说不出地高兴。

她不知道怎么形容，但她就是被博延的话取悦到了，很开心。

这一晚，迟绿睡得很好。

次日，迟绿和博盈约着出门。两人去吃了烤肉，而后去网吧。

网吧是班里男同学告诉她们的，学校附近有一个，没满十八岁也能去。

迟绿跟博盈走到门口，那边的环境不是很好。

周围的房子比较破旧，网吧在小巷子里面，有个不起眼的招牌。如果不是两人认真找，还真找不到。里面除了迟绿和博盈之外，还有班里的两个男同学。

"来了呀！"

其中一个男生说："迟绿，我们给你们占了位置，到这儿坐吧！"

迟绿点点头："好。"

两人过去坐下。

迟绿玩游戏的时间比较少，博盈倒是多一点儿。迟绿和那两个男同学也认识，高一时也是一个班级的。

她刚坐下，旁边的男生便问："迟绿，你想玩什么？"

迟绿愣了一下："随便吧，我就是来看看。"她看了一圈，看到了抽烟的，正在吃泡面的，还看到了不少坐在一起的情侣。

迟绿第一次来这种地方，对什么都有好奇心。她盯着看了一会儿，指了指说："那是什么游戏？"

同学解释了一下。

迟绿哦了一声，没太听懂："你要不要试试？"

迟绿："我不是很会。"

"我教你啊！"同学热情地说道，"想不想试试？"

迟绿迟疑了一秒："也可以吧，我看挺漂亮的。"

同学："……"

十分钟后，迟绿放弃了。

她玩不来这种游戏。

她看了看，博盈倒是玩得很开心。

"迟绿，不玩了吗？"

迟绿点头："没什么意思。"

男同学沉默了一会儿，看向她："你还有什么想玩的？我们可以试试别的。"

"没有。"迟绿掏出了手机，看了看，说，"我想出去买奶茶。"她扭头看向博盈，"盈盈，要不要喝奶茶？"

"要。"博盈正玩得激动，"你一个人去吗？等我打完这局一起去？"

"不用，我自己去就行。"

话音刚落，男生说："我陪她去吧！"

迟绿皱了一下眉，但想了想这边的环境，还是没拒绝。比起陌生人，班里的同学还是相对靠谱一点儿。

只不过迟绿没想到，她买奶茶还能碰到博延。

她和同学站在一起，和街对面的博延无声对视了一眼。

博延似乎也有些意外，还抬起眼朝她身后看了看，这才抬脚走了过来。这是一条很窄的街道，没走几步他就到了。

"怎么在这儿？"博延问话时，眼神扫过她旁边的同学。

"买奶茶。"迟绿老实地说道。

博延扬了扬眉，笑了一声，问道："你不是跟博盈一起逛街？"

迟绿抿了一下唇，不知道是该撒谎还是说实话。她还没来得及说，旁边的同学看了看博延，直接问："迟绿，这是你哥吗？"

博延挑了一下眉，反问："男朋友？"

迟绿："……"

她看了看两人，先回答了博延的问题。

"不是，是同学。"

博延嗯了一声，目光落在她身上："没和博盈在一起？"

迟绿听着，有些心虚："现在没有。"

博延稍顿，明白了。他看向迟绿旁边站着的男生，静默片刻，问："她在哪儿？"

迟绿："……"

她没回答，旁边的男同学啊了一声："谁？博盈吗？"

博延颔首。

男同学迟疑了几秒，撒谎道："在另一边玩，我和迟绿是过来买奶茶的。"

博延轻哂，目光直直地盯着迟绿："是这样吗？"

"……"

迟绿低着头，偷偷地看了他一眼。

蓦地，另一侧传来了一个女人的声音。

"博延。"

迟绿下意识地抬头看了过去。

在看到不远处走来的女人后，她有片刻的愣怔。喊博延的女人长得很漂亮，打扮得也很成熟。

大冬天，她穿着短裙和针织衫，外面虽披了件大衣，但整个人看上去还是很有气质，身材还特别好。

迟绿看了片刻，敛下眼眸。

"博老师。"她不紧不慢地说，"这是你女朋友吗？"

博延："……"

他发现，迟绿把刚刚的话还给自己了。他瞥了一眼面前的人，眸子里闪过一丝笑意："不是。"

他很直接地说道："学校里一个学姐。"

"哦。"迟绿抿着唇点点头。

女人听着两人的对话，笑了笑："博延，这位是？"

"家里的妹妹。"博延没多解释，看向那人，"事情解决了？"

"对。"女人温声道，"谢谢你帮忙。"

博延颔首，淡淡地说："举手之劳。"

女人嗯了一声，看了看旁边还站着的迟绿以及男同学，稍稍一顿道："你晚上有事吗？"

博延抬了抬眼，明显注意到迟绿竖起了耳朵。

"没事。"博延应了一声。

女人眼睛一亮，仿佛看到了希望。

她思忖了几秒，道："有个聚餐，要不要一起去？"

博延想也没想地拒绝："不了。"

女人一怔，嘴唇翕动，想要说点儿什么，可最终又没能说出口。

她点点头，笑了笑："行吧，你总是不参与任何聚餐。"

博延点头回应。

女人站在这儿也稍微有点儿尴尬，思忖了一会儿，低声道："那……我先回去了。"

博延嗯了一声："好。"

女人："……"

迟绿听着，偷偷摸摸地瞅了一眼女人失落的表情，有那么两秒为女人伤心。

她的博老师现在好像是个渣男啊，这么漂亮的大美女都拒绝。

漂亮女人走后，迟绿含糊不清地问了一句："博老师，你不送她回去吗？"

博延挑眉："这个时间，我们城市的治安应该不错。"

"……"

迟绿噎住。

她其实也没和博延认识很久，但很神奇，她就是听懂了博延的弦外之音。

他的意思是，如果是晚上，他会担心治安问题，会绅士地送人回去，但大下午的，应该不需要。而且，刚刚的女人是开车来的。

迟绿抿了一下唇，小声咕哝："哦。"她说，"你对女人都这么狠的吗？"

博延没听清她的话，扬了扬眉问："什么？"

迟绿："没什么。"她一秒正经，"博老师，你还不回家吗？"

博延挑眉一笑，看了看她："不想看见博老师？"

"……"迟绿觉得博延有时候真挺烦的，总是曲解自己的意思。

"不是。"她没好气地说道，"我是担心博老师还有事，别耽误了。"

"嗯。"博延老神在在地说，"没什么事，下午都有时间。"

迟绿："……"

她眼神乱晃，瞅着他："那你……不回家吗？"

博延沉思须臾，认真地说道："原本是打算回家，但现在博老师改变主意了。"

"啊？"迟绿猝不及防。

下一秒，博延问："想喝什么味道的奶茶？"

迟绿："你给我买？"

"嗯。"博延示意，让她看单子。

迟绿纠结了一会儿，点了两杯，转头看向男同学："你要吗？"

男同学沉默了一会儿，跟着点了两杯。

博延买好单。三个人在旁边安静地等着。

男同学意识到氛围有些不对，跟迟绿说了一声："我去隔壁买点儿东西。"

迟绿点头。

人一走，博延忽而很轻地笑了一下。

迟绿听着，耳朵有点儿发热。她还不太会隐藏情绪，也不知道该怎么隐藏，更不懂自己为什么会觉得耳热，她就下意识地觉得，博延这样好像还挺性感的，比她见过的所有人，都要性感。

博延盯着她看了一会儿："真不是跟同学在约会？"

迟绿："……"

她小小地翻了一个白眼，仰头看着他："博老师，我眼光那么差吗？"

"……"

博延被她的话噎住，哭笑不得："博老师不是这个意思。"

"哦。"迟绿撇撇嘴，小声说，"这个同学虽然长得不差，但我眼光很高。"她顿了一下，莫名其妙加了一句，"而且我不喜欢同龄人。"

博延微怔，好笑地问："怎么不喜欢同龄人？"

"比较幼稚。"迟绿一板一眼地说，"没什么意思。"

闻言，博延哭笑不得。他敛目看着她，笑着道："喜欢成熟的？"

"嗯。"迟绿抿唇，"差不多吧！"

博延笑笑，没再追问下去。

"博盈在哪儿？"

迟绿纠结了一会儿，偷偷看着他："我说了，你会骂我们吗？"

博延眉峰稍扬，道："你先说。"

"那你先答应不骂我们，我才告诉你。"

博延似笑非笑看了她一眼，抬手敲了敲她的脑袋，举止亲昵："学会跟博老师谈条件啦？"

"……"

迟绿也不心虚，理直气壮道："我一直都会。"

只是之前她没有发挥的地方而已。

博延被她的话噎住。他有些头疼，点点头说："放心，不训你们。"

闻言，迟绿掏出手机："你再说一遍，我录个音。"

这回，博延是真无奈了。

"我会骗你？"

"不会吧！"迟绿轻哼，说，"但怕万一，我怕你忍不住。"

博延："……"

最后，博延按照迟绿说的承诺了一遍。他不会训她，更不会骂她。

有了保证，迟绿才告诉他："在网吧。"

"你说什么？"博延似乎是听到了什么不可置信的答案。

迟绿眼神乱晃，心虚不已："我们刚刚在网吧，盈盈现在还在。"

"你们……"博延停顿了一下问,"现在几岁?"

迟绿看他沉下的脸,小声提醒:"你说过的,不骂我们。"

博延微顿。他扫了一眼旁边的女孩儿,揉了揉眉心:"行,不骂你们。"他问,"怎么会去网吧?"

"好奇。"这是迟绿的实话,她们就是好奇才去的。

博延无言半晌,点点头道:"好奇完了,觉得网吧怎么样?喜欢吗?"

迟绿摇摇头:"不喜欢,里面的味道好难闻,也好吵。"

博延笑道:"嫌弃?"

迟绿理直气壮道:"不能嫌弃吗?"

"能。"博延拿她没办法。

恰好奶茶好了,博延喊了她一声:"把奶茶拿上。"

"那你呢?"

迟绿看着他:"你要跟我们去网吧吗?"

博延:"嗯。"

迟绿一顿,小声道:"你也不能骂盈盈。"

"……"博延哭笑不得,低头盯着她看,道,"在你心中,博老师是这么不讲理的人?"

"不是。"迟绿道,"但现在是我们做错事了。"

博延头疼,再次承诺:"不凶你们,也不训你们,我跟过去看看,确保是安全的就走。"

这个时候的迟绿,还有些天真。她点点头,妥协道:"好吧!"

出来的时候是两个人,回去变成了三个人。

迟绿和博延走在后面,男同学走在前面,也不知道是博延气场太强还是什么情况,迟绿的男同学走得飞快,和出来时完全不同。

博延也发现了这个情况,还压着声音在迟绿耳边道:"迟绿。"

"什么?"迟绿错愕地抬头,撞进了他幽深的瞳眸里。

博延没察觉到她的不安,低声问:"博老师很吓人吗?"

迟绿:"……"

他抬了抬下巴,指着前面距离他们越来越远的背影问:"他怎么走那么快?"

"……"

迟绿顺着博延的目光看了看,低声道:"不知道。"

她没说，其实对不熟悉博延的人来说，他看上去确实挺吓人的。

博延轻笑："那可不行。"

迟绿茫然地看着他："啊？"

"博老师不能在你的同学面前留下不好的印象吧？"博延认真地说道。

迟绿噎住，话到嘴边转了好几个圈，才说："应该也没关系吧？"

"怎么没关系？"

"你们以后……又不会见面了。"

迟绿猜测，总不可能还见面吧？

博延笑道："那万一你的同学回学校说，迟绿的哥哥很吓人，对你影响不好吧？"

"……"迟绿沉默了一会儿，认真地问，"那有什么关系？"

"有。"博延含笑说，"我现在算是你的家人，得给你长面子。"

迟绿："……"

"不能丢你的脸。"博延说着，看迟绿一脸无语的小表情，笑着问，"你不介意这个？"

"嗯。"迟绿向来我行我素，这个真没什么好介意的。她问："难道有人介意过？"

博延一怔，和她无声对视几秒。他点头："博盈介意。"

听到博盈的名字，迟绿下意识地松了一口气。

回到网吧，博延看到了正在和同学玩游戏的博盈。

迟绿小心翼翼地看着博延，怕他生气，更怕他发脾气，但博延没有。

他看了博盈几秒，和迟绿在旁边坐下："你不喜欢玩游戏？"

迟绿点头："那个不好玩，感觉没什么意思。"

博延笑笑。

迟绿看着他，轻声问："博老师，你不叫盈盈吗？"

"等她打完这局。"

"哦。"

迟绿看博延拿出手机，盯着看了几秒后，收回了目光。

其实她还挺羡慕博盈的。

虽然她经常听博盈吐槽博延，也说过他很多事情，可迟绿觉得，博延是她所知道的最好的哥哥。

迟绿还觉得他有风度，人也很温柔。她不知道自己要怎么形容，总而言之，她就是很喜欢博延。

这种喜欢，有时候会让她分不清她到底是渴望有一个一样的哥哥，还是别的。

迟绿有点儿迷茫。她正胡思乱想着，博盈的游戏打完了。

她打完才看到博延。兄妹俩对视一眼，博盈心里一惊，眼皮猛地乱跳。

"哥。"她喊了一声，瞅着他问，"你怎么会在这里？"

说话间，她给迟绿递了一个眼神。

迟绿爱莫能助。

博延嗯了一声，淡淡地说："在门口碰到了迟绿，听说你在网吧玩游戏，我过来看看。"

他很平淡的话，却让博盈听出了威胁。

她沉默了一会儿，主动道："对不起，我错了。"

博延挑眉，看了一眼："错什么？"他岔开话题，问，"还玩吗？"

"不玩了。"博盈摇头，"我和迟绿打算走了。"

博延颔首，起身道："那走吧！"

博盈："……"

迟绿："……"

两人对视了一眼，跟旁边不敢说话的两个男同学说了一声，便跟着博延出了网吧。

一出去，博盈便躲在了迟绿的身后。说实话，她挺怕她哥的。至于她为什么躲在迟绿后面，是因为博盈觉得……她哥对迟绿比对她要宽容一些。

博延看着她的举动，眉心一跳："不训你。"

博盈眼睛一亮，不敢相信地问："真的啊？"

博延指了指："我答应了她。"

迟绿："……"

博盈一怔，看了看迟绿，小声道："迟绿真有魅力。"她抿了抿唇，"哥，我和迟绿就是对网吧好奇才过来的。"

"你几岁了？"

博盈："……"

博延淡淡地道："想玩游戏家里就能玩，一定要上网吧？"

"……"博盈不说话。

迟绿看她这样，主动道："博老师，是我对网吧好奇，盈盈才陪我来的。而且我们也考虑过安全问题，所以问了班里的同学。"

闻言，博延好笑地看着她："你这意思是，博老师担心多余了？"

迟绿："……"

她别别扭扭道："我没有这个意思，我就是觉得我们俩去网吧也不是什么值得被骂的事吧？"

迟绿被父母保护得很好。

无论是不是做错事，迟父、迟母都不会凶她，更不会用严厉的语气和她说话，所以博延这个语气，已经超出了她从小到大承受的范围。

博延怔了片刻，盯着她看了几秒，道："现在打算去哪里？"

博盈一愣，抬眸看着他："哥，你不骂我们啦？"

博延轻哂："再训你们，我怕某个小朋友会哭鼻子。"

"……"

博盈知道，这个小朋友绝对不是指自己。在这方面，她非常有自知之明。她抓了抓迟绿的手，表示感谢。

迟绿被博延这么一说，还有点儿不好意思了。

"我才不是小朋友。"她反驳，"我是高中生了。"

博延好笑道："行，我知道你是高中生。"

迟绿看着他的表情，没觉得他真的知道了，但她也没再多解释。

博延没在这个问题上多说什么，沉思了一会儿，看向两人："现在打算去哪里？"

"逛街。"

迟绿接收到博盈的暗示，一板一眼地说："本来也是打算来网吧看看就去逛街的。"

博延颔首："去哪儿逛，我送你们过去。"

博盈立马答应："行啊，去市中心广场那边。"

博延看向迟绿。

迟绿也跟着点头："谢谢博老师。"

博延把两人送到广场便离开了。他知道他在的话，两个人会觉得不自在，也没那么开心。

他一走，博盈松了一口气："吓死我了。"

迟绿好笑地看着她："你哥其实对你挺好的，也没那么凶。"

博盈翻了一个白眼："那是你没见过他凶的样子。"她小声哼哼，"而且，他是看在你的面子上才不凶我的，换作其他时候，早就揍我了。"

闻言，迟绿笑道："也没那么夸张吧？"她问，"揍人犯法吧，你可以去法院告他。"

博盈噎住。

她扑哧一笑，趴在迟绿的肩膀上，问："你就不怕我把你这话告诉我哥？"

"……"

迟绿睨她一眼，威胁道："你要是说了，我们就绝交。"

博盈哼哼："那看你用什么收买我。"

最后，迟绿大手笔地送了她一套刚出的漫画合集。

博盈也礼尚往来，送了迟绿一条小裙子。她买了两条，除了颜色不同，其他的都一样，好姐妹，也不怕撞衫。

"你还要买什么？"

迟绿看了一圈："那边有保温杯店，我去买一个。"

博盈："给你爸妈啊？"

迟绿摇头："我爸妈有别的礼物，我给……"她看了一眼博盈，想了想，说，"就先看看，不一定送人。"

迟绿也不知道为什么，就不想现在告诉博盈，是要送给她哥哥的。

两人进了店。

迟绿之前就在网上看好了款式和颜色，一个黑色的保温杯，看上去很简约，看着很舒服。

博盈看了看："这是男生用的吧，你确定买黑色的？"

"嗯。"迟绿点头，看着她，"你要吗？"

博盈："我不要，我还有旧的，还很保温。"

迟绿点点头。

买好保温杯，她又给迟父、迟母挑了礼物。

迟绿买的都不算贵重，但一定是她爸妈会喜欢的。

博盈看她这样，有些迷茫："迟小绿。"

"啊？"

"你说我要不要给我爸妈也买个礼物啊？"

迟绿一怔，想了想，问："你知道他们需要什么吗？"

"不知道。"博盈说，"我之前给他们送过礼物，我妈看都没看就塞进了柜子里。几年后我们搬家，那东西都过时了。"

迟绿："……"

迟绿伸手，摸了摸她的脑袋："那就不买吧，他们也不需要，你要不要给你哥买个礼物？"

博盈纠结了几秒："买吧！"她说，"但我不知道我哥需要什么，他也什么都不缺。"

迟绿想了想："那就买个他需要的？"

博盈挑眉："例如。"

"手表？"迟绿迟疑地道，"但是手表好像很贵。"

博盈："那我不管，先去看看，贵就不买。"

迟绿笑："好。"

两人去了手表店，博盈和迟绿眼光还算一致，看上了同一款。价格对手表而言不算贵，但对高中生来说，很贵，一万多元钱。

博盈："买不买？"

迟绿："你觉得呢？"

"不知道。"博盈摸了摸鼻子说，"买了我就没零花钱了。"

迟绿哭笑不得，想了想说："我赞助你一半吧！"

"为什么？"

迟绿想了一个理由："我也想给博老师送礼物，这个就当我们一起送的，你觉得怎么样？"

闻言，博盈眼睛亮了亮。她刚想答应，又想起了重点："那我哥知道会骂我的，一半也好几千元钱呢！"她可以给博延买这么贵的，因为她很多生活费是博延给的，可迟绿不是。

博盈不想让她花那么多钱。

两人纠结了一会儿，博盈道："我自己买吧，但晚上火锅你请客了。我买完就没钱了。"

迟绿爽快地道："好。"

最后，博盈还是买下了手表。

两人在外面逛了大半天，晚上吃完火锅，又在外面热闹的街道转了转，买了些小东西才回家。

迟绿到家的时候，屋子里有一棵很大的圣诞树。她扬扬眉，扭头看向沙发上的两人："爸、妈，这里面的都是我的吗？"

迟父点头："嗯，拆拆看。"

迟绿笑道："好。"

她对圣诞树不陌生。

迟绿的父母不是崇洋媚外的人，但知道迟绿喜欢惊喜，也会羡慕别人收礼物过圣诞节。所以每一年，他们都会在家准备一棵圣诞树，可能是大的，也可能是小的。

圣诞树下和圣诞树上，都会挂着给她准备的礼物。

礼物有贵重的，也有不贵重的，有时候是迟绿爱买的文具，有时候是鞋子、袜子，偶尔还有衣服和首饰。无论是什么，都是她爸妈精心挑选的。

这一年，也不例外。

迟绿拆了好一会儿礼物，还没拆完，博盈就给她打了电话过来。

"迟小绿，要不要来我家过圣诞节？"她声音满是兴奋，"我家装扮得好漂亮，你来不来？"

迟绿："你爸妈回来啦？"

"没有呀！"博盈道，"就我和我哥在家，你要不要来？你来的话我让我哥去接你。"

迟绿纠结了一会儿，看向她爸妈。

迟母听到了博盈的声音，摆摆手说："去吧去吧，我和你爸老年人了，打算在家看看电视就睡觉了。"

迟绿笑道："好，那我去了。"她把自己买的礼物给两人，分别抱了抱两人，说，"爸、妈圣诞快乐，爱你们哦！"

迟父笑道："晚上回来，让博延送你到家门口。"他想了想，又补充了一句，"如果他抽不出时间，你给爸爸打电话。"

迟绿点头："好，就在一个小区，爸，您别担心。"

"那不行，大晚上的怕有意外。"迟父严肃地道，"记住，让博延送，或者让爸爸接。"

"好。"

迟绿跟两人说完，收到了博延到门口的信息。她像小鸟一样，跑出了别墅。

夜晚，原本黑漆漆的小区变得比往常亮了许多。

树上都挂了灯，一闪一闪的，像夜空中的星星。

博延穿了一件羽绒服，黑色的长款，他站在围墙下，路灯的光落在他的身上，路面有了他修长的影子。

迟绿顺着影子看向他，喊了一声："博老师。"

博延侧头看过来。

路灯下，他目光好像变得深邃了，五官轮廓也变得立体了许多。整个人比白天更吸引人。

迟绿怔了一下，心跳好像快了很多。她还来不及想，博延笑了一声，说："迟绿。"

迟绿嗯了一声："博老师。"

"圣诞快乐。"

"圣诞快乐。"

两人异口同声地说道。

话音落下，博延先笑了出来，说："走吧？"

"好。"

迟绿踩着他的影子，跟着他去了他家。

博延家里果然布置了一番，看上去特别漂亮，和她家一样，也有圣诞树。

迟绿到的时候，圣诞树下还有几个盒子。

博延注意到她的目光，道："那些是给你的。"

"什么？"迟绿蒙了一下，"哪些？"

博延笑道："圣诞树下面的，都是给你的。"

"那盈盈呢？"迟绿下意识地问。

博盈从厨房端了两杯果汁出来："我的拿走了啊，这是我哥送给你的。"

迟绿怔住。

从小到大，她收到过不少人送的礼物，但大多数是过生日或者是和朋友互相交换的，为了仪式感，也为了维系友谊。毕竟收礼物这件事，对每个人来说都是开心的。

无论贵重与否，迟绿都觉得收礼物让人开心，但博延这样送礼的，她第一次见。

她抬眸看向博延，眼神里像是不确定。

博延笑道："怎么这么看我？"

迟绿："这么多都是给我的？"

博延颔首，笑了笑："不是什么贵重的礼物，去拿着。"

迟绿："可我没给你准备。"

她买的保温杯还落在家里了。

博延失笑："我不用，你们还是小孩子。小孩子就应该收礼物。"

"……"迟绿眼睛亮了亮，抿着要上翘的唇角，"那我先……谢谢博老师了。"

博延失笑："好。"他说，"希望你喜欢。"

迟绿点头："肯定会的。"

博延给迟绿准备的礼物，也不是什么贵重的东西，甚至有一个她不怎么喜欢的高考会用到的资料书。但除了这个，还有迟绿喜欢的小零食，她喜欢的洋娃娃，以及她前段时间沉迷的"手办"。

看完她的礼物，博盈道："我突然羡慕了。"

"你不是也有吗？"迟绿好奇地道，"是一样的吗？"

闻言，博盈摇头："不是一样的，我们喜欢的东西不同。"

迟绿点点头："倒也是。"

博盈说："我哥还挺细心的。"

迟绿："我之前就跟你说过呀！"

"……"博盈沉默了一会儿，毫不心虚道，"那我对他成见很深，之前他也没给我这样准备过礼物嘛！"

迟绿笑了："现在有了，开心吧？"

博盈跟着笑了，倒也诚实："开心。"

两人相视一笑。

拆完礼物，迟绿还很精神，隔天是周日，也不用考虑早起上课。

迟绿和博盈一拍即合，去她房间看漫画。

博延也没说什么，随她们了。

迟绿跟着她进了房间，看了一会儿，问："你哥一个人在楼下吗？"

博盈："啊？"

"博老师一个人在楼下，会不会觉得孤单啊？"

博盈："……"

她静默了一会儿，认真地问："男人也会觉得孤独吗？"

迟绿："会啊！"她想了想，说，"我们要不要下去陪博老师啊？"

"他会嫌弃我们吵吧？"

迟绿："……"

最后，两人还是不看漫画了。

博延听见声音，掀起眼皮，看向她们："怎么下来啦？"

"博老师，我们想看电影，你有介绍的吗？"

博延："……"

迟绿看着他，眨眨眼说："我们现在去电影院，还来得及吗？"

"……"

博延失笑："不打算睡了？"

"现在才十点，就算去看了，最多一点就能回家吧？"迟绿忐忑道。

博延想了想："在家里看，好吗？"他说，"元旦那天再带你们去电影院，如何？"

闻言，博盈眼睛一亮，毫不犹豫道："可以可以。"

迟绿还没懂她兴奋的点在哪里，博盈先藏不住地告诉了她："我哥那层楼有电影房，但一般不准我去。"

迟绿："……"

三人去了楼上。

博延考虑到两个高中生的年纪，选了一部还算保守的爱情片给她们看。为什么是爱情片呢，因为博盈说她不想看战争片，让博延放弃。她和迟绿是高中生了，该懂点儿情情爱爱了。

最后，三人去了电影房。

博盈和迟绿叽叽喳喳地说话，博延在旁边，时不时看看屏幕，偶尔看看旁边两人。

很神奇，他竟然觉得这是到目前为止他过得最舒服的一个圣诞节。

他们看完电影，他把迟绿送回家时，迟绿神神秘秘道："博老师，你等我一下。"

博延挑眉："怎么？"

"我给你买了礼物，但我之前忘了拿。"

博延怔住。

迟绿小跑着进屋，拿了个袋子出来："博老师，祝你圣诞快乐，谢谢你给我送的礼物。"

借着月光，博延看清了手里拿的是什么。他挑眉笑笑，故意逗迟绿："怎么给博老师送保温杯？博老师到要养生的年纪啦？"

迟绿："……"

看她无言的表情，博延也不再继续逗她了。

他弯了弯唇，含笑望着迟绿："谢谢，博老师很喜欢你的这份礼物。"

迟绿嗯了一声，抿了一下嘴角："博老师喜欢就好。"

博延笑道："快进屋去睡觉，明天想补课给我发消息。"

迟绿眼睛明亮："好，博老师晚安。"

"晚安。"

晚风拂过窗帘，迟绿洗漱后去关了窗户。

风不再吹进来，但月色依旧钻过了薄薄的窗帘，有浅浅的月光落在地面上。迟绿的心，好像也被月光照亮，有了方向。

圣诞过后，迟绿恢复了补习。

她的日常生活和往常差不多，但又好像有哪里不同了。她越发期待周末，甚至想周一到周日都能见到博延，都能让他给自己补课。就算是不补课，她也想和他在一起。

迟绿不算迟钝的人。

最开始没想明白是为什么，是因为她以前没有过这样的经历。可一旦被点通了，自己想明白了，她就知道这一切是为什么。

她喜欢看到博延。

迟绿很高兴，自己能在青春的小尾巴，留下一个特别的纪念。可偶尔又会有点儿难过，因为她发现，博老师对她并没有兴趣。

他对她的态度，会比对博盈好那么一点儿，温柔那么一点儿。但迟绿并不开心，因为这一点儿差别意味着……博延是把她当作外人的，除了是妹妹的朋友之外，就只有家教学生的身份。

因为这些，迟绿周末补课时候精神差了很多，也不太能提起兴致。

一晃，新年到了。

新年，迟绿家来走动的人不少，大多数是和迟父、迟母工作有关的。

迟绿觉得没什么意思，每天都躲在房间里看书、看漫画，不怎么出门。

家里每天都热热闹闹的，但热闹和她无关。她有时候觉得还挺烦的，可也不好说什么。

这天，迟绿实在是闲到要发霉了，发了个"说说"状态，问有没有同学去看电影。

她刚发完没两分钟，博延的电话先来了。

迟绿手忙脚乱，深呼吸后才接通："喂。"她抿着唇角，轻声道，"博老师？"

博延嗯了一声，道："没去走亲戚？"

迟绿："没有，我家没什么亲戚，都是我爸妈工作上的朋友。"

闻言，博延了然："无聊了？"

"有一点儿。"

博延笑，淡淡地道："不是一点儿。"

迟绿撇嘴。

"寒假作业写完了吗？"

迟绿："博老师，过年呢，你怎么提这个啊？"

博延轻勾了一下唇说："博老师前几天忙，也没空监督你，今天正好有时间，有没有不懂的？"

"……"

不懂的必然有，可迟绿觉得在电话里说不清。

"不能补课的时候再说吗？"她小声哼哼，"再有三天你就要来给我补课了吧？"

博延扬眉，声音里含着笑："怎么？不想提前三天见博老师？"

迟绿愣怔："啊？"

"啊什么？"博延直接道，"你把寒假作业带上，博老师先带你去看电影，然后找个咖啡馆给你说说不会做的寒假作业？"说完，他询问迟绿的意见，"你觉得怎么样？"

迟绿眼睛晶亮，沉静的心有了波澜。她看向窗外刺目的阳光，毫不犹豫地说："好呀！"她抿了一下唇，"但我写得不多，你不能骂我。"

博延听到她这话，好笑地问："博老师在你心里就这么凶？"

"……"迟绿轻哼道，"不凶，但我怕。"

博延了然，想着她的性子，应道："好，不凶你。你想看什么电影？我先看看票。"

迟绿选了个新年贺岁片，是喜剧。

跟博延说完后，她打算出门。因为在家，她已经两天没洗头了。

匆匆忙忙洗了头，又往脸上涂了点儿素颜霜和水润的唇膏后，迟绿背着包出门了。

她下楼时，迟母刚送走两个过来拜访的好友，看到迟绿的模样，愣了一下，把迟绿从上到下打量了一番："迟绿。"

"妈妈。"

迟绿应了一声："我跟博老师约了看电影，他说顺便看看我的寒假作业，我出门了啊！"

迟母："……"

她还没来得及说话，迟绿已经小跑到门口换上鞋走了。

迟父听见母女俩的对话，从楼上下来。他看了一眼，诧异地道："迟绿呢？"

迟母沉默了一会儿，看向他："出去了，说去看电影。"

迟父颔首，没觉得惊奇。他一扭头，对上了迟母有些说不出情绪的表情，愣了一下，诧异地道："怎么啦？"

"没事。"迟母想着迟绿刚刚的表情，沉默了一会儿，道，"你还记不记得，我给迟绿买过一套衣服？"

迟父失笑："你给她买得很多，哪套？"

迟母觑他一眼，没好气道："前段时间我们出差，在国外秀场给她订的那套，有一条很漂亮的裙子。"

迟父想了想，有了印象："嗯，然后呢？"

迟母沉默了一会儿，道："买回来的时候，迟绿说太少女了，不适合她，她是不是还说没有人日常会穿得那么隆重？像约会穿的小裙子。"

"……"

迟父回忆了一下，没有太深的印象："她还说过这种话？"

"嗯。"迟母看着他。

接收到妻子的眼神，迟父也后知后觉反应过来了。他顿了一下，不太敢相信地问："迟绿今天穿了那条裙子？"

迟母："对。"

夫妻俩对视一眼。

迟父笑了一下，揉了揉疲惫的眼睛说："你要是担心的话，等她回来问问她。"

迟母有点儿纠结："万一是我想多了，她会伤心吧？"

迟父点头。

迟母叹了口气："其实我不怕她跟同学去约会，青春期的孩子大多这样。我就是担心她傻乎乎的被骗。"

迟父了然。

他们对迟绿一直都是开放式教育，无论迟绿做什么，只要不违法犯罪，都是支持的。

两人商量了一会儿，决定晚上等迟绿回家了问问情况。

"晚上太晚了吧？"迟母说，"我先问问博延吧，迟绿刚刚跟我说她和博延看电影，但这个时候博延那孩子哪有时间？"

迟父："……"

他想了想，建议道："别问博延，你要相信迟绿，她说是和博延看，应该就是和博延一起看。"

他道："问博延，显得我们不相信迟绿，她知道了会难过。"

迟母静默了一会儿，瞅着他："那迟绿和博延去看电影，为什么要穿那么漂亮？"她说，"她还洗头发了。"

话音落下，夫妻俩再次对视了一眼。

两人都在对方的眼底看到了自己的猜想。

"先别下定论。"迟母揉了揉太阳穴，"再说吧！"

迟父笑笑："嗯。"他道，"如果是博延，其实我还不太担心。"

迟母觑他一眼："你别说了。"

迟父温柔地说道："你想不想出门？"

"去哪儿？"

"我们也去看看电影，家里今天没人来了。"

"行。"

迟绿并不知道自己的那点儿小心思已经被看穿了。她没让博延来家里接，和博延约在小区的南门见面，距离她家这边不远。

她到的时候，博延已经在那边等着了。

午后阳光明媚，天空也很蓝。阳光打在他身上，衬得他眉眼格外英俊。

迟绿眼睫轻颤，在快要靠近他的时候放慢了脚步，让自己看上去尽量正常一些。

听见脚步声，博延抬眼看了过来。

两人目光交会，他的目光稍稍在她身上停滞了片刻，才落在她的脸上。

他这微小的举动，迟绿察觉到了。

在这一刻，迟绿忽然觉得她穿这套衣服是正确的，漂亮的衣服，果然还是能吸引人。

"博老师，"她开口喊了一声，"等很久了吗？"

博延敛目看着她，笑了笑："没有。"他顿了顿，盯着迟绿看了一会儿，低声道，"长大一岁了，又变漂亮了。"

闻言，迟绿喜笑颜开。

没有人不喜欢被夸漂亮。

她弯了弯唇，礼尚往来地说："博老师也很帅。"

博延轻笑："走吧！"

"嗯嗯。"

博延伸手，接过她手里提着的袋子。

两人上车，迟绿想了想问："盈盈不在家吗？"

博延颔首："去亲戚家了，还没回来。"

迟绿扬扬眉："哦。我都没问她。"

最近这几天，她谁都没联系。手机里收到的短信消息，也大多数是新年祝福。

博延没太在意："等她回来了肯定会找你。"

迟绿点头："嗯。"

到了电影院，博延问过她的意见后，给她买了看电影必备的食物。

可乐还有些凉，迟绿伸手想去拿，被博延避开了。

"有点儿冰，博老师先替你拿着。"

迟绿一怔，仰头看着他："好。"她站在博延旁边，安静了一会儿，道，"博老师。"

"嗯？"博延敛目看着她，"怎么了？"

迟绿盯着他拿可乐的手看了看，含糊不清地问："你是对每个人都这么好吗？"

"……"

博延一怔，笑了一下，问："博老师是这么好的人？"

迟绿眨眨眼，咕哝道："那我怎么知道？"

博延无奈地说道："看情况。"

迟绿好奇地问："看什么情况？"

"……"博延目光直直地盯着她，意有所指道，"看颜值？"

迟绿："……"

这种鬼话她会相信才怪。

博延看她无语的小表情，勾了勾唇："生气啦？"

"没有。"迟绿还不至于这么小气。

博延笑笑，低垂着眼睫望着她半晌，低声道："进去吧，到时间了。"

"哦。"迟绿抿了一下唇，跟着他进了电影院。

电影是迟绿想看的，博延作陪。但看的时候，不专心的人是迟绿。她时不时会把目光落在博延身上，偷偷观察他。

博延看电影时比她认真，眉眼专注。

电影院的暗影落在他身上，显得他的五官更为立体。

迟绿看了许久，到博延有所察觉后，转头看了过来。

两人视线撞上，博延看着她："电影不好看？"

"没有。"迟绿答道。

只是对她而言，有比电影更好看的东西。

博延扬了扬眉，低低地说："专心看电影。"

迟绿撇撇嘴，收回了目光："好吧。"

这个时候的她，想大胆一点儿吸引他的注意。可又有很多担心，她害怕博延一旦注意到了会撤退，会不再做她的家教老师。

在这件事情上，迟绿是纠结的。

电影结束后，博延带她去吃饭。

餐厅是迟绿喜欢的，也是她选的。两人到的时候，店里人不算多，但两人旁边坐着一对情侣。

迟绿时不时会把眼神落在那对情侣身上。她看见男人主动夹菜，给女人挑鱼刺；看见他们喝一杯水，看见男人在逗女人笑，女人笑得开心时，会拍拍男人的手臂。

两人打打闹闹，举止亲昵，让人羡慕。

注意到她的目光，博延看了两秒。他稍顿，抬眼看向对面坐着的小姑娘，了然地笑了。

没一会儿，两人要的东西也送了过来。

博延看了一眼，找服务员多要了一个碗。

迟绿没在意，现在已经饿了。

"博老师，这儿的菜味道很好。"迟绿尝了几口，笑眯眯地对他说。

博延嗯了一声，掀起眼皮看着她："喜欢？"

迟绿猛点头："喜欢啊！"她满足地笑着，像小猫一样："真的好吃，下次我和博盈也要来。"

闻言，博延故意逗她："只跟博盈来，不要博老师啦？"

"……"

迟绿一怔，上下唇动了动。过了半响，她低头边夹菜边说："我以为博老师不会想再带我来嘛！"

博延被她给气笑了："什么叫博老师不想带你来？"

"那我担心自己年纪小，会给博老师惹麻烦。"

博延故作沉思，目光含笑望着她："年龄确实有点儿小。"

迟绿："……"

博延笑笑，低声道："也确实会惹麻烦。"

迟绿看他，不满地瞪了他一眼。但博延下一句话，就让她开始窃喜。

博延笑笑，把自己挑好的鱼肉放在她的旁边，淡淡地说："自己家的小屁孩儿，惹麻烦了也不能嫌弃。"他含笑道，"这个道理，博老师明白的。"

"……"

他说完，迟绿觉得自己像是被泡在蜜罐里。她发现，博延就是有这种魔力，随时随地让她开心、让她伤心。

他们吃过饭，博延真找了一个咖啡厅给迟绿补课。

他看了看她写的寒假作业，耐心地开始教她。

迟绿其实写得不算少，会做的都写了。但寒假作业难度比较大，她不会的也有很多。

博延对教她学习这件事，很有耐心。他是特别特别好的老师，一般不发脾气，就算一道题给迟绿讲三遍，他语气依旧温和。

迟绿就喜欢他这样的老师。

晚上，他把迟绿送回家的时候，迟母还热情地邀请博延到家里坐了一会儿。

迟绿看她妈对博延的殷勤，有些不解。

"爸。"她偷偷躲进厨房，转头看向迟父，"我妈今天对博老师怎么那么热情啊？"

迟父："……"

他失笑："你妈妈什么时候对博老师不热情啦？"

迟绿想了想："之前虽然也热情，但没有今天这么热情。"

迟父想了想，低声道："可能是新年，也可能是你妈妈心情比较好。"

"可能？"迟绿茫然地问，"好吧！"她偏头看了看客厅的两人，低声道，"可能是这样吧！"

不然这道题好像是无解的。迟绿没去多想，跟迟父洗了水果，端出去。

博延没在迟家待多久，很快便离开了。他回家还有事。

那天过后，博延继续每天给迟绿补课。

一眨眼，又开学了。

高二下学期，迟绿觉得过得很快。好像她还没来得及去体会青春的小尾巴，就过去了。

因为忙，她也没发现自己家里有什么变化。

直到高二的暑假，迟绿才后知后觉地发现，她爸妈和博延的父母好像走得特别近了，两家来往也密切了许多。

只要是遇到假期，有什么活动，或是博延父母的生日，父母都会带她去博家吃饭。

迟绿和博盈还讨论过。

博盈猜测，可能是因为有合作了，她说她在家听见她父母谈合作的事。

迟绿了然，没再多问。

暑假，博延依旧给她补课。

迟绿过得充实又开心，但偶尔也会担心被博延看出来。她已经喜欢他很久了，一直都在借着补课的机会在他面前刷存在感，在接近他。

高三前的暑假，博延不仅仅是给她补，偶尔还给博盈补。

三个人凑在一起，博延偶尔也会被两人气到。但气归气，博延对她们一直很好。

博延到高三国庆的时候才不给迟绿补课。

他好像发现了迟绿的喜欢，开始找借口说自己比较忙，可能没办法再教迟绿了，这时候迟绿的成绩已经很好了。她不再担心数学能不能及格，相反，她偶尔还能考到全班第一。

迟绿刚开始的时候没发现博延的态度不对。

后来，她才反应过来。她的博老师好像发现了什么，开始疏远她了。

迟绿难过了好几天，迟母看出了她的问题。

"迟绿。"

"妈妈。"迟绿躺在床上，抬眼看向她。

迟母好笑地看着她："阿姨说你午饭没吃，不饿啊？"

迟绿点点头，在她怀里撒娇："没心情。"

"怎么没心情啦？"迟母摸了摸她的脑袋，轻声哄着，"是不是遇到了什么不开心的事？"

迟绿沉默，不知道该怎么说。

迟母盯着她看了一会儿，想了想说："不愿意说的话，那妈妈猜一猜？"

迟绿看着她。

迟母先是猜了别的，最后才问："因为博延？"

"……"

迟绿眼睫一颤。

迟母笑着温柔地问道："我们家的迟小绿长大了。"

迟绿诧异地看着她："妈，你早就知道了吗？"

迟母点了点头："看出来了，你能瞒住博老师，是因为他之前不是很了解你，但爸妈不一样。"

迟绿哦了一声，抿了抿唇问："你会觉得我不乖吗？"

迟母笑笑，安慰她："当然不会。就算你不乖，那也是我们迟家的迟小绿是不是？"

闻言，迟绿开始笑。她抱着迟母道："所以妈妈你是支持我的对不对？"

"是。"迟母道，"你的喜欢，爸妈都不会干涉。但妈妈大概能明白博延这么做的意思，他可能是担心他和你在一起待的时间久了，让你产生了错觉。而且你在最重要的一年，他不想因为这些事影响你的成绩，你能理解吗？"

迟绿是理解的。

如果不是因为理解，她早就问博延了，但理解归理解，她还是难过。

"妈妈。"

"嗯？"迟母看着她。

"你说博老师会不会不喜欢我啊？"她有些苦恼，"我都不能每周在他面前刷存在感了，他会把我忘了吗？还是说他其实就是把我当妹妹，和博盈一样的妹妹。"

迟母哭笑不得，想了想，说："这个答案妈妈不能告诉你，但妈妈可以告诉你，你在不耽误学习的情况下，周末可以去盈盈家一起学习。"

迟绿眼睛一亮。

迟母看着她："就算是没有你博老师教你，跟盈盈在一起，你也是开心的吧？"

"那当然。"迟绿点头。

迟母点头："至于其他的，你自己好好把握，先把学习弄好，等毕业了，妈妈鼓励你主动和博老师说。"

"可我……现在就想和他说。"迟绿有点儿纠结，想让博延等等自己。

只不过到最后，迟绿还是没先说出口。她觉得要是答案不是自己想听的，应该会更难过。反正她就听她妈妈的，努力学习等到毕业再说。

她这么优秀，就不信博延不知道。

博延不给迟绿补习后，迟绿开始往博家跑。

每个周末，她都和博盈一起学习。偶尔是在博家，偶尔是在她家，两人跟连体婴儿一样。

博延不会每周都回家，但只要回家了，他就会听到和迟绿有关的消息。

时不时地，博盈还会说些八卦。

"哥。"博盈神神秘秘地看着他，"你知不知道我们学校今天发生了一件大事？"

博延扫了她一眼："怎么就你一个人？"

博盈："啊？"她想了想，"你说迟小绿啊？她被叫家长了，没和我一起回来。"

博延蹙眉，立马问道："出什么事了？"

"其实也不是什么大事。"博盈说，"就是学校有男生一直给迟小绿送东西，今天还把她叫去学校操场表白了，被老师抓到了，老师说他们在早恋，就叫了家长。"

闻言，博延转身往门口走。

博盈愣愣地问道："哥，你去哪儿？"

"她现在还在学校？"

"应该是的。"博盈不确定道，"放学的时候，迟叔叔和迟阿姨去了学校，但现在走了没有我不确定。"博盈不解地问道，"你这么激动干吗？"

博延看着她："你觉得迟绿会谈恋爱？"

"不会啊！"博盈道，"她又不喜欢那个男生，他们俩就是被同学妒忌告状了，我们班有两个女生特别讨厌，老是针对迟小绿。"

博延沉思了一会儿，点了点头："你晚上点外卖。"

博盈："……"

她蒙了一下，问："你不是回家跟我吃饭的？"

"有点儿事，我出去一趟。"

从家里出来，博延下意识地往迟家那边走。

其实他之所以不给迟绿做家教，是因为博延发现他对迟绿没办法像对博盈一样。

开始的时候，他觉得因为不是亲妹妹，肯定要对迟绿更好一点儿，免得被说闲话。当然，也因为迟绿很可爱。可自从有一天梦到迟绿后，博延便发现了不对劲。

为了不耽误她高考，他准备等到合适的时机再说。

只是最近这段时间，迟绿经常往博家跑，偶尔还会问他一些问题，博延便知道，他的偶尔抽离，是正确的。同样，他对未来也有了一定的把握。

博延走到迟家的时候，迟绿他们刚进屋没一会儿。

迟绿很生气，和迟父吐槽："我眼光哪有那么差啊？"她愤愤不平道，"我们班同学真是一点儿都不靠谱。"

迟父在院子里，偏头看了她一眼："爸妈没训你呢！"

"那我也不服气嘛！"迟绿哼哼道。

迟父哭笑不得，敲了一下她的脑袋："知不知羞，女孩子怎么总把这话挂在嘴边？"

迟绿撇嘴，看着他："爸爸你喜欢妈妈还不是总挂在嘴里，你不能因为我是女孩子就不让我说啊，现在社会讲究男女平等。"

迟父被她的逻辑打败。

父女俩正说着，迟母从屋子里出来，注意到了不远处的博延。她愣了一下，喊了一声："阿延，你怎么过来啦？"

博延这才不得不出现。他歉意地一笑，喊了一声："迟叔叔，迟阿姨。"他稍顿，偏头看向迟绿，"我过来看看迟绿。"

迟绿："……"

她的脸瞬间热了，她也不确定自己刚刚那番话是不是被他听见了。

迟母笑道："好，吃饭了吗？要不要在家里吃饭？"

博延本想拒绝，但注意到迟绿渴望的眼神。他心一软，低声道："还没有，那就麻烦迟叔你们了。"

迟父笑笑："好好好，今晚能不能陪迟叔叔喝一杯？"

博延点头："可以。"

四个人进屋吃饭。

迟绿和博延面对面坐着。

她听着博延和迟父的对话，偶尔还会走神。但这顿饭，迟绿吃得很开心。

吃过饭，迟母看向两人："我们出去散散步，你们年轻人随意。"

迟绿："哦。"

两人一走，博延便低头看向她："想在家，还是想出去走走？"

"出去吧！"迟绿说，"但我不想在小区里。"

博延点头。

两人出了小区，往另一边热闹的街市走。

迟绿走了一会儿，实在没忍住问："博老师，你怎么过来了啊？"

"我听博盈说你和男同学……"他话还没说完，就被迟绿打断了。

"我没有啊！"迟绿仰头看着他，"我没和男同学谈恋爱。"

博延一怔，低头一笑："我知道。"他顿了顿，敛目看着她，"博老师相信你。"

迟绿："嗯。"她抿了抿唇，小声咕哝，"我眼光很高的，不喜欢他。"

"嗯？"

迟绿瞅着他，好奇地问："博老师，我要是谈恋爱了，你会生气吗？"

博延看了她一会儿："跟谁谈？"

迟绿："……"

她蒙了两秒，看向他："啊？"

博延站在她旁边，想了想，说："看人。"

迟绿一顿，盯着他的眼睛看了几秒，隐约发现了什么。

"博老师，"她轻轻说道，"你会谈恋爱吗？"

博延看了她半晌："暂时不会。"

迟绿松了一口气。

可这个暂时，又不安全。

"那……暂时是多久啊？"

博延似笑非笑地盯着她看，轻声说："大概不超过一年？"

迟绿："……"

她望着他，眼神晶亮。

"真的吗？"

"嗯。"

迟绿沉默了一会儿，伸出手："那你跟我拉钩。"

博延失笑，伸出手："好。答应你，一年内不谈恋爱。"

闻言，迟绿着急地道："那不行，不能一年内。"她算了算时间，望着他，委屈地问，"还有多久高考啊？"

"一百六十八天。"博延给出了准确答案。

两人没在外面晃多久，走了大半个小时，博延就把她送回家了。

次日，迟绿高高兴兴去学校。

博盈还给她拿了一个东西。

"这是什么？"

博盈看了一眼："我也不知道，我哥让我给你的，我都没有。"

迟绿一愣，立马研究起来。

"这是存钱罐吗？"

博盈："好像是吧，我看不出来。"

迟绿想了想，给博延发消息。

博延说里面放了东西，但暂时不能看。

迟绿："那你现在送给我干吗？"

博延："陪你高考。"

迟绿："哦。"

她有点儿开心，看着桌上的存钱罐。迟绿用手指掏了掏，掏出了里面的一张字条。

看完后，她立马心虚又开心地塞了回去。

这个存钱罐陪迟绿度过了难熬的高三，也让她每一天都感受到博延的陪伴。高考很快就来了。

高考两天，博延亲自送博盈和迟绿去考场。

最后一科考完，迟绿和博盈跟疯了一样，让博延带两人去兜风。

闹到晚上，两人才觉得累。

送迟绿回家的时候，迟绿转头看向他，暗示道："博老师，我高考完了。"

博延低低一笑："嗯。"他看着她垂落在一侧的手，低声道，"博老师知道。"

迟绿眨眼，等他的答案。

博延稍顿，看了看："博老师能不能申请去你房间一下？"

"可以。"

两人上去。

迟绿有些紧张，但又说不上是为什么。她深呼吸了好几下，还去了趟洗手间。她出来的时候，博延在看他送给她的那个存钱罐。

"这个一直都没有打开？"

迟绿愣了一下，小声说："我偷偷拿过一张字条。"

博延一笑："要不要现在打开看看？"

迟绿一怔，好像明白了什么。

"好啊。"她想了想，"摔碎吗？"

博延："有工具。"

迟绿按照他说的方法，把存钱罐打开，里面全是叠好的小字条。

迟绿愣了一下，有些意外。她之前拿了一张小字条，但没想到会这么多。

博延看着她，指了指最大的一张："拆开看看。"

迟绿迟疑了一会儿，拿过拆开。

一打开，她看到了博延的资料，有点儿像简历，有身高、体重，还有学历，甚至有自述。最后，她看到了博延的问题。

"我们最漂亮的高中生，毕业的时候要不要跟博老师谈恋爱？"

答案他也给迟绿写出来了，四个选项都是一样的——是。

迟绿眼睫轻颤，看向他："你这是不给我拒绝的机会呀！"

博延嗯了一声："这些答案不是你喜欢的吗？"

"……"

迟绿抿了一下唇，也不矫情："是。"

这些答案，全是她想说的。

两人对视几秒，迟绿拽了拽他的手指，小声问："那我们现在是谈恋爱了吗？"

博延挑眉："一百六十八天过去了，你还不让博老师谈个恋爱？"

"……"

迟绿笑道："那这些是什么？"

博延看了一眼，笑了笑："你继续拆。"

迟绿没迟疑，继续拆。

博延往里面塞了很多东西。

有她之前考试的成绩，有两个人一起看过的电影经典对白，甚至有博延安排的这个暑假带她去玩的计划。好像所有的一切，在她还未曾察觉的时候，他已经安排妥当。

/ **番外二**

博盈 VS 贺景修

　　博盈没想到自己会这么倒霉，上班的第一天就把咖啡洒在了老板的白色衬衫上。她看着滴落在地面上的咖啡，不太敢抬头去看老板衬衫上留下的咖啡印。

　　她觉得自己要疯了。

　　因为这场意外，说话声、走动声停了下来，所有人都目光直直地看向他们这边。

　　博盈闭了闭眼，开始担心，她会不会现在就被解雇。

　　如果她真的被开除了，那这个世界上应该没有比她还惨的上班族吧？上班第一天，自己的位置还没找到，先被开除了。

　　她正胡思乱想着，撞到的人说了一句："你还站在这儿做什么？"

　　博盈一愣，立马回神。她抬起眼看向贺景修，一脸蒙地道："啊？"

　　贺景修蹙眉，声音冷冷的："去叫阿姨过来打扫。"

　　博盈一怔，反应过来："啊……好。"她不好意思地说道，"贺总，你衣服上的怎么办？"

　　贺景修看着她："办公室有衣服。"

　　贺景修丢下这一句就走了。

　　博盈看着他离开的背影，为自己默哀了十秒钟。

　　一侧有经理走出来，笑着说："没事的，贺总没那么小气。"

　　博盈歉意满满地说道："真不好意思。"

　　前台小姐姐带着打扫卫生的阿姨过来收拾。

　　博盈帮着收拾好，这才和大家一起进电梯上了楼。

因为大早上的这一幕，她还没到自己的位置上坐下，公司的人就已经知道她了。

博盈刚出现在办公室，同事便齐刷刷地望向她。

她一顿，有些尴尬。

里面有人扑哧一笑，含笑道："是博盈吗？"

博盈尴尬地点头："大家好，我是博盈。"

有人爱开玩笑，也为了不让气氛那么尴尬，笑着说："果然是大美女，难怪贺总心甘情愿被泼咖啡。"

博盈沉默了一会儿，解释道："我没泼，是不小心撞上了。"

经理从另一边走来，笑着拍了拍她的肩膀："别在意他们说的，我带你去你的位置。"

"好。"

虽然大家已经认识了博盈，但经理还是给大家正式介绍了一番，除了介绍，还给她安排了一个前辈。

"你好，我是孙鸿波，你叫我孙哥就行。"孙鸿波是个大约三十岁的男人，戴着一副眼镜，看上去一脸正气。

博盈笑笑，松了一口气："我应该不用自我介绍了吧？"

孙鸿波颔首："久闻大名。"

博盈："……"

孙鸿波看她尴尬的神色，安慰道："不过真没什么事，上班嘛，总会有各种各样的状况，要习惯。"

博盈点了点头："那我希望之后状况少一点儿。"

孙鸿波应了一声："我把公司的资料先给你一份，上午没什么事，你先看看公司的资料，了解一下我们公司的架构。"

"好。"

只要是新人进公司，不会第一时间安排工作。

博盈所知道的，大多数是让员工了解公司架构，了解组成成员，总不能让他们见到领导也不认识。当然，脸盲的人除外。

反正名字，总归是得有个印象的。

孙鸿波的位置在她左侧，另一边是一个女孩子。

博盈和孙鸿波说完话，她便主动和博盈说了一句："裴云梦。"

博盈笑道："你好。"

裴云梦比博盈大一岁，也是半年前才进公司的。

年轻人有话聊，两人没一会儿便打成了一片。

她们聊了两句，开始各忙各的。

博盈看着公司的资料，一翻开就看到了贺景修的照片。她顿了一下，下意识地垂眼看向别处。

这会儿，她真没脸看贺景修，即便是看照片，都觉得有些冒犯。

她正看着，迟绿给她发了问候消息。

迟绿："我们盈盈第一天上班感觉怎么样？"

博盈："别提了，我中午休息时间跟你说。"

迟绿："好。"

一整个上午，博盈都在学习公司文化，顺便被科普了一下他们老板的事迹，当然，也听到了不少八卦。

"我们老板的脾气不错，追他的人也特别多。"

博盈沉默了一会儿，好奇地问："哪儿不错啦？"她是没发现。

裴云梦睨她一眼，震惊道："早上你把咖啡洒在他身上他都没发脾气，这不叫不错吗？"

"……"博盈想了想，低声道，"这个可能是因为……当时在大厅，周围都是他的下属，他不好意思发脾气。"

至少，她是这样觉得的。

咖啡洒在他身上的时候，博盈明显察觉到他身上的气息冷了下来，只不过在抬眼的间隙，又好像有了一点儿变化。但这个变化，博盈觉得是自己的错觉。

总而言之，她坚定地认为——贺景修之所以不和自己计较，不是因为脾气好，而是不好在那个时候发脾气。说不定啊，他心里已经把"博盈"这个名字拉入黑名单了。

想到这儿，博盈有点儿为自己的前程担忧。

听她这样说，裴云梦愣了一下，找不到理由反驳。

"好吧！"她妥协，"你说得也不是没有道理，以后尽量老实点儿啊！"

博盈点点头："我会的。"

她必然会装透明人的。

两人聊得开心，到中午吃饭的时间，裴云梦亲自带她去公司食堂。

博盈进的这家公司在圈内很有名气，最重要的是，圈内一直有传闻，他们公司食堂的饭菜味道特别好。

"我听说公司食堂的饭菜特别好吃，是真的吗？"

裴云梦笑了笑，点头道："其他公司的我没去吃过，但确实，我们公司的非常不错。"

闻言，博盈扬了扬眉，有些迫不及待。

裴云梦看她这样，开玩笑地问："你该不会是因为这个才来我们公司面试的吧？"

博盈眨眨眼，不太确定自己如果回答"是"的话，裴云梦会怎样。

"当然不是。"她笑了笑，"一半一半吧，我投简历的时候有筛选。"

裴云梦了然："食堂的红烧肉特别好吃，要早点儿去，晚了就没了。"

"好。"

两人加快脚步往食堂走。

让博盈意外的是，贺景修竟然如此平易近人，他也去了食堂。

她和裴云梦刚打好菜找到位置坐下，一抬头便看到了门口出现的人。

其他人虽也惊讶，但并没有大惊小怪。她看到，食堂里的人大多数把视线放在了贺景修身上。

博盈盯着他看了一眼，敛下目光。

贺景修身上的衬衫换了。

他长相英俊斯文，不算特别霸道。身上有种清冷、矜贵的气质，和她哥不像，但很诡异的是，如果把两人放在一起比较，她还真分不出谁胜谁负，好像，都各有自己的特点。

她正看着，裴云梦嘿嘿笑道："我们贺总是不是超级帅？"

博盈回神，眼睫一颤："还行。"

裴云梦睨她一眼，笑着说："我们贺总那么帅，你怎么能说还行呢？"

"……"博盈眨眨眼，想了想说，"可能是因为我看到的帅哥很多？"

话音刚落，裴云梦还没来得及说话，一侧的一个同事轻哂道："国外帅哥真那么多？"

博盈偏头。

裴云梦顿了一下，给两人介绍："这是杜楠姐，我们的前辈。"

杜楠微微一笑："我们新进的小妹妹长得还真不错。"

博盈一点儿也不谦虚，笑着应下了这个赞美："谢谢杜楠姐。"

本来嘛，她也觉得自己长得不错。博家的基因不差，虽然她和博延长得不是特别像，但眉眼间总有点儿相似，而且她是巴掌大的小圆脸，怎么看怎么显嫩，虽不是美艳类型的，但很清纯。

杜楠："……"

她就随口一夸，这人还真应下了。她看了博盈一眼，笑了笑说："你是刚毕业回国？"

博盈："差不多吧！"

她没给确定答案。

杜楠听着她的回答，皱了一下眉："差不多？"

裴云梦打断了两人的对话，笑着说："杜楠姐，今天上午说的那个项目，我觉得……"

话题被岔开，杜楠顿了一下，看了博盈一眼，转开了目光。

博盈倒是不在意，甚至都没发现自己得罪了杜楠。她向来是有什么说什么，别人夸她，她觉得是事实就承认，不是就反驳。

吃着吃着，她突然想到没给迟绿发照片。她探头看了一眼，掏出手机拍了个吃剩的照片发过去。

那是他们三人的群，迟绿、博延和她，只不过博延一般不理会她们，当她们不存在。

博盈："照片展示。"

博盈："公司食堂的午饭！"

迟绿："看着不错，好吃吗？"

博盈："好吃，味道特别好。"

迟绿："有你哥做的好吃？"

博盈："我哥又不会做饭给我吃，为什么要比较？"

迟绿："你说这话的时候知道你哥在群里吗？"

博盈："知道，他重色轻妹，你我心知肚明。"

迟绿："哈哈，我不允许你这样说我男朋友！"

博盈无语。

她唇角弯弯地笑着。

裴云梦看她这样，忍不住笑道："跟谁聊天？"

"家里人。"博盈道，"给他们发午饭照片。"

裴云梦笑道："我第一天来的时候也给家里发了，我爸妈表示震惊，公司食堂的午饭竟然这么丰盛。"

杜楠在一侧搭话："博盈也是给父母发啊？"她笑道，"是男朋友吧，看你笑得特别开心。"

"不是。"博盈否认，但并不想告诉她到底是谁。

杜楠看她这样，嗤笑了一声。

博盈并不在意，边吃边和迟绿聊天。

吃过饭，她回办公室休息。

他们公司午休时间有两小时，吃过饭后能好好休息一下。不过博盈什么都没准备，睡着也不太舒服，她没打算睡。

她一直在和迟绿聊天，聊了一会儿后周围静悄悄的，看了一眼时间，往电梯口那边走。

她等了一会儿，电梯到了。

博盈低头看着手机走进去，也没注意到里头有人。

忽而，旁边传来有点儿熟悉的声音。

"没午休？"

博盈一怔，抬头看向旁边的男人。她眼睫毛颤了颤，张了张嘴："贺总。"

贺景修嗯了一声，目光从她的脸颊扫过，落在她捧着的手机上。他没忽视博盈刚刚的笑容。

博盈抿了一下唇，低声道："没。"她这才想起回答贺景修的话，"不是很困。"

贺景修扬眉。他看了她一眼，问："去几楼？"

"一楼。"博盈看了一眼，低声问，"贺总有事要出去？"

她有点儿奇怪，为什么贺景修会出现在这个电梯里，他不是有专用电梯吗？

贺景修像是看出了她的疑惑，道："隔壁电梯今天在维修。"

"……"博盈抿了一下唇，"哦。"

她沉默了一会儿，想着迟绿说的话，转头看着他："贺总，你的那件衬衫……"

贺景修瞥了她一眼，语气平淡："怎么？"

"多少钱？"博盈一口气道，"我赔给你吧！"

虽然她刚上班，工资还没领，但她是个小富婆呀！

博盈的存款还挺多的。

贺景修稍顿，瞥了她一眼："不用。"

"不行。"博盈抬眸看向他，"要不我给你拿去洗干净？"

贺景修看她坚持的模样，笑了一声："你确定？"

"嗯。"博盈直接道，"你不让我赔，我过意不去。"

贺景修那件衬衫，博盈大概能算出价格。但她怕自己算少了，以防万一，她觉得还是让贺景修自己报价更好。

贺景修盯着她看了一会儿，低声道："行。"

博盈一怔。

贺景修慢条斯理地道："行，那我一会儿把衣服给你。"

博盈愣了几秒，点点头："好的。"

她有一点儿意外，以为像贺景修这样身份的人，应该会直接要她赔偿，而不是让她帮忙去洗干净。

他不是有洁癖吗？

电梯到了一楼，博盈往另一边走。

公司旁边也是写字楼，但楼下有商场。商场一楼有个很大的咖啡厅，博盈是去买咖啡的。

贺景修看她走的方向，喊了一声："你去买咖啡？"

博盈点了一下头。

贺景修蹙眉。

博盈怕他误会，立马道："贺总你放心，我绝对不会再洒了。"

"……"

贺景修盯着她看了一会儿，道："你是打算给办公室的同事订咖啡？"

博盈一愣，没想到他会看穿。

"嗯。"她说，"我刚来公司，以后要大家照顾的事情多，请他们喝杯咖啡。"

其实这是博延和迟绿跟她说的。

博盈不怎么注意职场环境，也不会去关注这种小细节，但迟绿和博延都是职场老人了，两人知道博盈的性子，也知道职场有多复杂。

他们也没让博盈去打通关系，但她大方，性格也不差。他们就希望她在公司待得舒心一些。

同事虽然经常会钩心斗角，但偶尔请别人吃个饭，喝杯咖啡，大方一点儿，别人也是会记得你的好的。

博延也没让她去讨好谁，但相对的，最好能和大家打成一片，别特立独行。

贺景修沉默了一会儿，盯着她看了一会儿："你确定要请？"

博盈啊了一声："不用吗？"她说，"咖啡也不贵。"

贺景修沉默了一会儿，低声问："你哥教的？"

"……"

博盈愣了一下，瞳眸里有错愕，也有意外："你……我……"

看她这个反应，贺景修很轻地笑了一下，问："博盈，你不会真以为几年没

605

见，我就认不出你了吧？"

博盈："……"

"我没……"她挠了挠头，"好吧，是有这样想过。"

毕竟，他们是真的很多年没见了，而且以前，贺景修也没把她放在心上。

贺景修轻哂，提醒道："我记性很好。"他直勾勾地盯着博盈，毫不客气道，"你做的那些事，一般人应该都忘不掉。"

"……"

博盈微顿，小声说："我也没做什么吧？"

她最多就是在贺景修平平淡淡的高中生活中，留下了一点儿色彩罢了。

贺景修听她这话，被她气笑了。

博盈是没做什么，最多就是每天往他们学校跑，在他的抽屉里放巧克力、放鲜花，甚至在他们学校的"贴吧"大言不惭地告诉所有人——高三的贺学神你别躲着我了，你迟早是我的。

当时博盈做的事，轰动全校。

现在，依旧有学弟学妹提到这件事。

贺景修偶尔和同学聊天，时不时还会被他们提醒，曾经被某个人疯狂追求。

贺景修不说话。

博盈看他看得心虚，道："那我现在道歉可以吗？"

贺景修："……"

他看她心虚的小眼神，眸子里闪过一丝笑意："不用。"

"哦。"博盈沉默了一会儿，小声说，"对不起，我那是年少不懂事，才会那样干，现在绝对不会了。"她举着手发誓，认真道，"我怎么敢觊觎贺总啊，我知道自己不配的。"

"……"

贺景修的脸瞬间沉了下来。

博盈愣了一下，抿了抿唇："贺总？"

贺景修懒得和她多说，冷冷道："没事。"他顿了一下，淡淡地说，"你进公司群了吗？"

"进了。"

博盈点头。

贺景修："买咖啡前问问你关系好的同事。"

博盈一怔，明白过来。

"好，谢谢贺总提醒。"

贺景修没和她多聊，丢下这么一句后转身就走了。

博盈看他离开的背影，心虚地摸了摸鼻尖。

她要是早知道会来给贺景修做下属，当年一定不那么疯狂，都是年轻时候的错。

问过裴云梦之后，博盈买咖啡的时候特意备注。

同事有人喜欢加糖浆，有人只爱黑咖啡。

——备注下单后，博盈纠结了五秒钟，又重新下了个单。

她觉得，还是要给贺景修压压惊。她现在也没别的东西，只能送他一杯咖啡了。

下午，因为有博盈送的咖啡，同事明显对她热情了点儿，时不时还会给她科普公司的八卦、注意事项等。

博盈淡淡地笑着，接受着大家的这种"善意"。

贺景修临时有点儿事，出去了，再回到公司的时候，助理把他喊住了。

"贺总。"

贺景修侧头，看向他："什么事？"

助理指了指，低声道："这儿有您的东西。"

贺景修稍顿，瞥了一眼，是咖啡。

他刚想说不要，忽而又想到了什么。

"什么时候送过来的？"

"两点十五分。"

贺景修颔首，直接把纸袋拎了进去。

助理都来不及提醒他——咖啡好像凉了。

把袋子提进去，贺景修看了一眼，除了咖啡之外，博盈还选了个甜品。

他轻哂，看到里面还放了一张小卡片，上面写着——大人不计小人过，可以吗？

贺景修顿了一下，几乎能想象出博盈写着这行字的模样。

她其实很多习惯和以前一样。

贺景修以前和博盈不是一个学校的。

贺景修是隔壁学校的，他高三时，博盈高二。

贺景修成绩很好，也不太容易在其他事情上分心，学校偶尔会遇到表白的，他基本也当没看见，或是礼貌拒绝。

唯独博盈，不像正常人，从来不按常理出牌。

贺景修第一次见她，她不是来表白的，她就大大方方走到他的面前，朝他伸出手说："我听说你是一中的学神，我想和你握个手，沾沾学神的光，可以吗？"

贺景修："……"

博盈认真地说："我们明天就月考了，考好了我爸妈会给我一笔钱，我来蹭蹭你的考试运可以吗？"

贺景修还是不说话。

博盈哎哟了一声，小声道："我拿到奖励了，请你喝杯豆奶总可以吧？"

那时候，两所学校中间有一条卖小吃的巷子。

中午那条巷子里的人特别多，而最特别的是巷子里的一家店，店里卖的豆奶比其他地方的都好喝。

博盈很喜欢。

贺景修还挺喜欢的。

博盈看贺景修不动，也不管他答不答应，快速碰了一下他的手，然后缩了回去。

贺景修刚要发脾气，她便一溜烟跑了，跑的时候还不忘丢下一句："下周给你带豆奶啊，贺学神。"

这一下，让贺景修都不知道该怎么发脾气，觉得生气，又有点儿好笑。

再之后，博盈时不时会出现在他面前。

她说话直白，一点儿都不知羞。她感慨："唉，我们学校为什么学习好的男生都不帅啊，贺景修你考虑转校吗？"

贺景修："……"

博盈兴致勃勃道："给我们学校的颜值提分，你觉得怎么样？"

贺景修一般被她问烦了，才会憋出一句："不怎么样！"

博盈撇嘴。

"好吧！"她又很快岔开话题，"对了，我听她们说，你今年已经十八岁了啊？"

贺景修瞥了她一眼："嗯。"

"你比同班同学都要大一点儿啊？"

"嗯。"

"为什么呀？"念书早的博盈问道。

她才十六岁呢！

贺景修难得解释："上学晚。"

他妈觉得该给孩子一个完整的童年，让他多玩玩，而且送贺景修去上学的那一年，他发生了一点儿意外，又延迟了一年。

博盈哦了一声，扭头看着他："唉，为什么我才十六岁啊，我也好想到十八岁。"

贺景修看她沮丧的神情，问了一声："为什么？"

"十八岁就可以谈恋爱了呀！"博盈嘻嘻一笑道，"贺景修，要不你等我到十八岁吧，怎么样？"

贺景修沉默。

"你怎么一天到晚都在想这个？"

"那我不想这个想什么？"博盈理直气壮地问。

博盈的豪言壮语，贺景修现在还记得。

只不过，她说话不算话。

贺景修毕业之后，就再也没见过她。

她高考结束后就飞去了国外，再之后去了其他城市念书。

贺景修对她来说，好像就是没成年时的一个玩笑。

手机铃声响起，拉回了贺景修的思绪。他抬手揉了揉眉骨，接通："什么事？"

助理道："贺总，需不需要给您换杯咖啡？"

"那杯已经冷了。"

"不用。"贺景修用手指碰了一下咖啡，淡淡道，"还有事？"

他挂了电话。

贺景修看了看旁边的咖啡，拿起抿了一口。

冷掉的咖啡味道很苦，非常不好喝。

他喝了几口，推开了。

下班时，空空的咖啡杯进了垃圾桶，而博盈也偷偷摸摸地在停车场，拿到了贺景修让她清洗的衬衫。

给她的时候，贺景修还问了一句："你打算怎么洗？"

博盈愣了一下，忐忑道："送去干洗店啊！"

贺景修："……"

他点头："很好。"

博盈："……"

她也觉得挺好的，但为什么听贺景修的语气，有点儿口不对心呢？

回去的路上，博盈认真想了许久，也没想出贺景修那不对劲的情绪是怎么回事，索性不想了。

博延和迟绿约会去了，只有她和迟绿助理圆圆在家。

"盈盈姐，上班的第一天感觉怎么样？"

闻言，博盈委屈巴巴地看着她："不怎么样。"

圆圆："啊？"她好奇地道，"怎么说呢？"

博盈靠在她的肩膀上叹气，给她细数自己这一天犯的错。

听完后，圆圆笑个不停。

博盈被她笑得不爽，小小地翻了个白眼："圆圆你再笑，我就和你绝交。"

"……"圆圆忍了忍，扭头看着她，"盈盈姐，你老板真的没生气啊？"

博盈睨她一眼，想了想说："生气没生气我不知道，反正他没朝我发火。"

"那你老板还挺好的。"圆圆认真地说道。

"哪儿好啦？"博盈睨她一眼，"我又不是故意的。"

圆圆："……"

她哭笑不得，低声道："我当然知道你不是故意的，但对很多人来说，你今天早上犯的这个错误在职场中是致命的，有很多人是特别小气的。"

"怎么说？"博盈盈好奇地问道。

圆圆噎了噎，想到她是第一次上班，给她说了说"职场险恶"。

"很多老板，可能最开始并不在意，但过后会给你穿小鞋。"圆圆看着她，"就是记仇，你懂吧？"

博盈："我是傻子吗？"

圆圆笑了。

"我懂。"她托腮想了想，"我们老板不至于吧？"

虽然贺景修看着脾气不太好，但就博盈多年前对他的了解而言，他不是那么小气的人。

圆圆点点头："你怎么那么笃定？"

"……"

博盈愣了两秒，扭头看着她："因为那是我老板啊！"

圆圆一脸蒙。

她眨眨眼，自己好像也没说什么吧？

她哦了一声，认真地说道："盈盈姐，我知道那是你老板呢！"

博盈："……"

两人对视一眼，圆圆笑着问道："盈盈姐，你老板帅吗？"

"干吗？"博盈想也没想地问，"你想做什么吗？"

圆圆："……"

她哭笑不得："我没有想做什么啊！"她笑着道，"我就是随便问问。"

博盈轻哼，想了想说："勉强算还可以吧！"

贺景修比高中时成熟了很多，他的气质属于矜贵清冷型的，看上去瘦，但实际上还挺有力的。

博盈高中那会儿，追着他去篮球场。因为脸皮厚，她还不小心看到他换衣服。

博盈一想到这儿，脸开始发热。她当年到底是有多大的勇气啊？

她瞅着圆圆："他帅不帅跟我有什么关系？别问这个问题。"

圆圆："……"

两人沉默了一会儿，圆圆道："那你把衣服拿回来了吗？"

"嗯呢！"博盈问她，"你明天有事吗？把它送去干洗店吧！"

圆圆点头："好啊！"她说，"我先看看多脏？"

"好。"

博盈看着圆圆往那边走，手刚碰到袋子，突然喊了一声："圆圆。"

"啊？"博盈沉默了一会儿，说，"算了，你放着吧，我明天下班后自己送过去。"

圆圆一脸蒙地看着她。

博盈叹息一声："我弄脏的，让你帮忙去洗好像不太好，我自己去吧！"

圆圆失笑："行，那你有需要找我。"

"好。"

晚上睡觉，博盈莫名其妙梦到了高中的那段时光。

其实她最开始对贺景修感兴趣，完全是因为自己学校的同学，每天都在讨论隔壁有个学神，还总是夸他。

博盈是个很护短的人，虽然没在自己学校发现帅哥，但也不能忍受别人说自己学校男生的不好。

所以在女同学讨论热烈的时候，博盈下意识地问："能有多帅啊？你们怎么贬低自己学校的同学，夸别人？"

女同学道："就是很帅啊，盈盈，你是没见过吧？"

博盈冷嗤："再帅能有我们学校的帅？"她忍不住吐槽，"而且你们不是说人家是学神吗？学神估计每天就戴着眼镜坐在教室里吧，不仅不帅，肯定还很邋遢。"

女同学："……"

"盈盈，你要是看到了就不会说这话了。"

博盈轻哼："我放学后就去看，他放学后肯定还在学校看书吧？是不是书呆子类型？"

其中一个女同学笑着说："不，他今天参加了学校的篮球比赛，应该会去打篮球。"

闻言，博盈扬扬眉："书呆子打篮球，那我和你们一起去看看。"

"行啊，迟绿去吗？"

"她不去，今天她要早点儿回家。"

"那放学后你跟我们一块儿走。"

"可以。"

下课铃声响起，博盈和班里的同学去了隔壁学校。

她一进篮球场，便听到了震耳欲聋的尖叫声。

博盈仔细听了听名字，扭头看向同学："她们叫的是谁？"

"贺景修啊，你没听见？"

"听见了啊！"博盈茫然地问，"这个名字怎么和你们说的学神一模一样？"

同学："就是他。"

博盈皱眉，看了一圈。

周围的女生是真多，好在女同学有让一中的同学占位置，她们这才艰难地挤了进去。

刚挤进去，博盈便听见了更刺耳的尖叫声，仿佛要把篮球场给掀翻。

她揉了揉自己受伤的耳朵，下意识抬头。

同学激动不已："看那边，看那边，博盈，学神来了。"

博盈抬头往入口处看。她只看到一群穿白色球服的男生，她睁大眼看了一圈，也没看到戴眼镜的学神。

"学神哪儿来了啊？"她问，"我没看见啊。"

"一号一号！那个白色球服的一号。"

"啊？"博盈听见她说的时候，寻找一号。在看到一号的时候，她视线从下而上，落在了一号的脸上。

一秒、两秒、三秒，博盈好像在热闹的篮球场听见了自己的心跳声，怦怦怦，很响很响。

一号穿着白色球服，他的皮肤比其他同学都要白，五官英俊，有种说不出的清冷感。他的头发是纯黑色，不长但也不短，额间戴了一个黑色的发带，发带上还有几个英文字母，她看不清楚具体是什么。他的眼睛很亮很亮，他正侧着头在跟同学说话，唇角挑起，看上去很是随性。

博盈正看着，旁边的同学在她耳边尖叫："博盈！学神是不是超帅？"

博盈："……"

她眼睫颤了颤，下意识地抿了一下唇："还行。"

女同学："……"

"这只是还行吗？"女同学费解，"你不觉得他非常帅吗？"

博盈："也没有那么夸张吧？"

女同学不想和她说话："那你别看他了。"

"那不行。"博盈理直气壮地说，"他不是来打篮球赛的吗？我为什么不能看他？"

女同学："……"

一时间，同学也说不过她。

篮球赛上，贺景修打得不算凶，也不是那种有狠劲的类型，但只要球传到他手里，他就能拿分。

每次他投篮，现场就开始尖叫。

高中生，就是有无穷无尽的精力。

看完篮球赛，同学想追过去送水。

博盈看着空空的手，打消了这个念头。

"怎么这么多人送水？"

另一个没去的女同学叹气："那当然了，一中男生的颜值和实力招牌呢！"

博盈好奇地道："那他会收吗？"

"不会。"同学伤心道，"他可高冷了，而且给他送水的人那么多，他也接不过来啊！"

博盈想了想，好像是这样，送水有点儿俗气。

回家的路上，博盈一直在想，就贺景修那种全校女生都喜欢的人，肯定对表白、示好的女生免疫了，她得做点儿特别的才有可能引起他的注意。

想了两天，博盈终于想到了别具一格的方式。

在内心演练好几遍之后，博盈在放学后兴致勃勃地去了隔壁学校，把贺景

修拦下。

闹钟铃声响起，博盈的梦断了。

她在被子里呜呜两声，非常不爽！

为什么要打断她少女时期的美梦？

博盈愤怒地看向旁边的闹钟。她刚想把闹钟丢出去，又想到这玩意儿是迟绿为了她上班不迟到而送的，忍了下来。

因为她是被吵醒的，上班的第二天，博盈看着兴致不高。

一整天，她都有些心神不宁。

"盈盈，昨晚没睡好？"

博盈回神，扭头看向裴云梦："有一点点。"

裴云梦笑道："要不要喝咖啡？我请你。"

博盈摇头拒绝："不用了，谢谢云梦姐。"

她笑了笑说："我先把这个搞定。"

"行。"裴云梦也不勉强，"那我下去买杯咖啡再回来。"

"嗯嗯。"

博盈尽量让自己忘记那个梦，把自己所有的注意力都放入工作中。

这一天，她除了在同事嘴里听到和贺景修有关的消息之外，没再见到他。

其实好像也正常，人家是大老板，而她只是一个小员工，但莫名其妙，博盈觉得有一点点失落。明明，她不是这种性格的人。

下班后，博盈回家拿着衣服去了干洗店。

进门后，她抬眼看了看店内挂满的衣服，稍稍顿了一下，有些好奇："你好，这些衣服是会一起洗吗？"

老板看了她一眼："放心吧，不会给你染色的。"

博盈沉默了一会儿："哦。"

她刚把袋子放上去，又后悔了："算了，不用洗了。"博盈笑笑，"我这件衣服可能也洗不掉了，我丢了吧！"

老板："……"

出了干洗店，博盈把目光转向一侧的商场。

她纠结了三秒，还是走了过去。

贺景修的衬衫，是某品牌的。她恰好认识。

进店后，不到十分钟，博盈便提了一个新袋子出来。

衣服是买了，但博盈没找到机会送出去，因为贺景修出差了。

贺景修一出差，公司的同事好像都提不起兴致，每天跟霜打的茄子一样，没精神。

贺景修要出差半个月。

博盈想着自己放在车里的衬衫，纠结了一会儿，还是给他发了一条信息。

上回他给她衬衫的时候，两人加了微信。

只不过博盈发现，贺景修的微信什么都没有，没什么意思。

博盈："贺总……你的衣服洗好了，你什么时候方便拿？"

消息发出去后，博盈装作很认真且专注地工作。

一上午过去了，贺景修没给她回消息。

博盈轻哼，瞥了一眼微信，直接退了出来。

"盈盈，去吃饭吗？"

"去。"

博盈和裴云梦去楼下的食堂吃饭。

正吃着，她手机忽而一振。

博盈瞥了一眼，是贺景修的消息。

贺景修："中午。"

博盈："……"

贺景修："你不方便？"

博盈："方便，但衣服我放在车里了。"

贺景修："嗯，送上来吧！"

博盈："啊？"

贺景修："楼上办公室，没人拦你。"

博盈不想给他回消息了。

她的嘴角耷拉着，表示不爽。

裴云梦看她这样，狐疑地道："怎么了，是饭菜不好吃吗？"

博盈看了一眼："有一点儿，感觉今天中午的菜味道一般。"

裴云梦笑笑，道："确实是，今天的菜我都不怎么喜欢。"

"我也是。"

两人叹气。

吃过饭，博盈让裴云梦先回办公室。

"我去拿点儿东西。"

"行。"

博盈回到停车场，手机再次振动，是贺景修给她发的电梯密码。

博盈看着，不得不说贺景修考虑得真周到，连这个都能想到。

她提着袋子，进了专属电梯，一路畅通无阻地到了贺景修所在的办公室楼层。

电梯门一开，已经有贺景修的助理在等着了。

"博小姐。"

博盈："你好。"她把袋子递给助理，淡淡地说，"这是贺总的衣服，麻烦你交给贺总吧！"

助理："博小姐自己还给贺总吧！"

博盈："……"

她想了想，摇头："不了不了。"她认真说道，"我有点儿想去洗手间了，您帮忙给他就行。"说完，博盈也不等助理反应，转身就走。

助理："……"

进电梯后，博盈去了下面一层，换了另一部电梯。

她出电梯的时候，恰好和杜楠碰上。

两人对视一眼，杜楠挑眉笑着，看向她："盈盈去哪儿啦？"

博盈笑笑："没去哪儿，到处转了转。"

杜楠想着自己刚看到的楼层显示，看她的眼神多了一丝探究："这样啊！"

"嗯。"博盈没把她当回事，径直往里走，"我去休息了，杜楠姐自便。"

助理进来时，贺景修还没吃饭。桌上摆着精美的午餐，色泽鲜明，看着让人胃口大开。

听见声音，他抬起眼看了过去。

在看到只有助理一个人时，他微微拧了拧眉："人呢？"

助理无奈："博小姐说她还有事，把袋子放下就走了。"

贺景修脸一沉，看向他手里提着的袋子："放这儿吧！"

助理惊恐道："那贺总我就先出去了。"

"嗯。"

助理出去后，贺景修看了一眼袋子里的衣服，打算放回去，忽然发现了些许不对。

他低头又看了一眼，兀自笑了起来。

午睡刚醒，博盈便看到了贺景修发来的信息。

贺景修："下班了先别走。"

博盈："……"

贺景修："有事。"

博盈："哦。"

不知道为什么，一整个下午，博盈都觉得时间过得很慢很慢。

以前她明明没有这种感觉的。

熬到下班，她磨磨蹭蹭地收拾东西。

"盈盈，一起走吗？"

"不了。"博盈道，"我还有点儿东西没做完，你先走吧！"

"行。"

办公室的同事陆陆续续走了，博盈看着空荡荡的办公室，莫名有种心虚感。她怎么觉得……自己这样像是要和贺景修偷情一样，搞得神神秘秘的。

明明，他们之间清清白白的。

她正想着，手机铃声响了。

博盈被吓了一跳，接通："喂。"

贺景修清冽的声音在耳边响起，就两个字："上来。"

公司里没什么人了，博盈依旧心虚。她偷偷摸摸地再次到贺景修办公室的楼层，助理已经不在门口等着了。

她认真想了想，难不成老板还没下班，助理们就跑了吗？这也太大胆了。

博盈磨磨蹭蹭地往贺景修的办公室走，走得比蜗牛还慢。她想着事，背后传来了熟悉的声音。

"博盈。"

博盈身子一僵，回头看向他："啊？"

贺景修已经观察她一会儿了，沉默了一会儿，低声问："你是蜗牛吗？"

博盈沉默了一会儿，小声反驳："我是美女。"

贺景修噎住。他觑她一眼，低声道："进来。"

博盈跟着他进办公室，看了一圈。

贺景修的办公室很大，明亮且宽敞。里面的东西不多，看着就有大老板气派，窗外的风景不错，夕阳照进来，看着格外温暖。

博盈想，在这种办公室工作，上班她也会很开心。

注意到博盈的目光，贺景修挑了一下眉："喜欢？"

博盈想了想，看着他："你问你下面的每个员工，答案都是一致的。"

"一致的答案是什么？"贺景修穷追不舍。

博盈噎了噎，小声哼哼："喜欢啊，老板的办公室谁不喜欢？"她想了想，凑到贺景修的面前说，"还有人想长住在你这儿呢！"

她这可没说谎，是同事真有这个想法。

只不过呢，如果老板是其他人，博盈不会说出口，但老板是贺景修，她就觉得……贺景修反正都知道她是什么性格的人，说出口也没什么大不了的。

贺景修顿了一下，目光直直地看向她："长住在这儿是什么意思？"

"字面上的意思。"

贺景修："字面上的意思是什么意思？"

博盈微顿，瞅着他问："你是在装傻吗？"

"……"贺景修静了几秒，掀起眼皮看向她，"博盈，是谁教你这么跟你的老板说话的？"

博盈立马怂了。她抿了抿唇，垂下眼说："对不起，我可以申请撤回吗？"

贺景修看她这样，其实有点儿生气。她好像一直都这样，对自己说出口的话不负责，没心没肺，但她从不知道，自己无心的一句话，却能让别人记很久。

"算了。"贺景修压了压自己的脾气，低声道，"工作累不累？"

博盈一怔，看向他："还……还好吧？"

贺景修瞥了她一眼，轻声道："我听说你和同事相处得不是很愉快？"

"啊？"博盈想了想，"没有吧？我觉得还可以。"

除了杜楠偶尔会找她一点儿麻烦，博盈觉得自己在其他人心目中还是挺受欢迎的。她自恋地想，自己人见人爱。

贺景修看她不愿意提，也不再多问："没办法解决的事可以说。"

闻言，博盈忍不住笑道："说给你听啊？"她弯了弯唇，笑盈盈地说道，"我不能仗着以前认识你，就让你开后门吧？"

"只是认识？"贺景修目光灼灼地盯着她问道。

博盈一凛，对上他的目光，有片刻的心虚。她抿了一下唇，别开眼说："嗯，还吃过几次饭？"

贺景修怀疑自己跟她再说下去，迟早被气出心脏病。

贺景修捏了捏眉骨，手指修长且漂亮："你今天是特意上来气我的？"

"我没有。"博盈认真地说，"不是你叫我上来的吗？"

言下之意，我可没准备要来气你。

贺景修："……"

"对了，贺总您让我上来是有什么事？"博盈看贺景修的脸色变了，立马乖巧起来。

贺景修冷冷地扫了她一眼，指了指旁边的袋子："衣服怎么回事？"

"有什么问题吗？"博盈装傻，"这不是贺总您的衣服？"

贺景修没吭声，深邃的眸子紧盯着她。

博盈觉得他的眼神实在太有压迫感了，不得不选择逃避，小声道："洗不干净了，我买了一件新的。"

贺景修嗯了一声："知道了。"

博盈诧异地看着他。

贺景修思忖了几秒，目光落在她的包上，淡淡地说："走吧！"

她狐疑地看着贺景修："去哪儿？"

"请你吃饭。"贺景修淡淡道，"算是回报。"

博盈瞅着他，嘴唇翕动。

"想说什么？"贺景修平平淡淡地看了她一眼。

就这么一眼，博盈把到嘴边的话收了回去。她怀疑自己要是说了不需要，贺景修可能会直接把她从窗户丢出去。

她印象里，贺景修其实还是挺记仇的。

想到这儿，博盈乖巧地说道："没有呀，我在想我是要吃三千块一顿的日料呢，还是该吃龙虾？"

贺景修拿过椅背上搭着的衣服，低声道："随你。"

博盈笑笑："哦，那我在路上纠结纠结。"

两人坐专属电梯下去，博盈也不担心被人看见。

和贺景修吃饭，需要一定的勇气，但偏偏她逃避不了。

最后，两人去吃了日料。

这家日料很有名，需要提前预订。但贺景修这样的人，随便一个电话也能弄到包间。

两人过去时，日料店人不少。

日料店的灯光是比较昏暗，有点儿暧昧，这是博盈进去后的第一想法。

大厅里有不少男男女女，面对面席地而坐，在交谈着，也有小情侣坐在一边，卿卿我我。

博盈看着，突然有点儿后悔。她以前怎么没发现，这家日料店是这种氛围？

贺景修像是没看到她的窘迫，回头看了她一眼："进来。"

博盈一看，到包间门口了。她跟着进去，服务员敲门进来，把菜单递给他们。

"想吃什么？"

博盈瞥了他一眼，不客气地开始在菜单上勾选。

包间里灯光更暗，是两盏从天花板垂落下来的扇形小灯，散发着暖橘色的光。

灯光勾画出博盈的眉眼，小巧且精致。她是那种巴掌大的小圆脸，鼻子小巧且挺，恰到好处，眼睛也是圆圆的，很亮。每次说话的时候，她的眼睛好像会说话一样。

很多次，贺景修都会看着她的眼睛走神。最初，他好像也是被这双澄澈明亮的水汪汪的眼睛吸引的。

博盈刚选完，便看到了贺景修的眼神。她怔了一下，摸了摸脸："我脸上有东西？"

贺景修："……"

气氛瞬间被她打破，他扯过她勾选的菜单看了看："没有，你只吃这些？"

博盈嗯了一声："不少了吧？剩下的你选。"

贺景修瞥了一眼："要不要喝酒？"

"一点点。"博盈探着脖子看，纠结道，"你说喝樱花的好还是桂花的好？"

贺景修沉默了一会儿："两种都点，你尝尝。"

"好的。"

他们点好餐，包间内突然就静了下来。

最开始，博盈不觉得尴尬，到这会儿才觉得有点儿尴尬。

她垂下眼，低头喝着免费的茶水。

"这个茶不好喝。"她试图打破僵局。

贺景修嗯了一声，道："你一会儿可以向他们老板反映。"

博盈："……"

"那还是算了吧！"她心虚地说道，"我就随口一说而已。"

贺景修轻哂。

博盈低着头，受不了他这个目光。

说实话，她有点儿摸不清贺景修到底是什么意思。想了想，她给迟绿发了一个消息。

博盈："迟绿，救我！"

迟绿："……"

博盈："给我打个电话，缓解一下我此刻的尴尬。"

消息刚发出去，迟绿的电话来了。

"盈盈。"

"啊？"博盈看向贺景修，指了指，说，"我家里人电话，我接一下。"

贺景修看她红了的耳朵，轻挑了一下嘴角，低低地说道："你随意。"

博盈点点头，看上去格外乖巧。

迟绿："啊什么？你在哪儿呢？"

"店里吃饭呢！"博盈说，"跟老板一起。"

她没瞒着迟绿，贺景修多看了她一眼。

迟绿扬扬眉，笑着说："哦，老板啊！"她拖长了尾音，看了一眼一侧的博延，笑着问道，"你们老板帅不帅？吃饭的就你们两个吗？是不是打算'潜规则'你啊？"

"……"

博盈捂着手机，没捂住，迟绿的话清晰地钻入了贺景修的耳内。

一时间，包间里的氛围好像更尴尬了。

博盈闭了闭眼，生无可恋地说："迟小绿，我在包间里。"

迟绿："……"

她沉默了一会儿，立马改口："几点回家，要不要我和你哥去接你？"

"不用了吧？"博盈想了想，补救道，"我老板是正人君子。"

贺景修扯了一下唇。

迟绿扑哧一笑："那行吧！你吃的什么，我晚上没吃饭，你给我带点儿吧！"

博盈撇嘴："我待会儿把菜单拍给你，你选了我给你带。"

"行。"

两人扯了两句，到服务员送食物上来，她才挂断。

两人安静地用餐，谁也不说话。但博盈明显能感觉到贺景修身上的气息更冷了。

她纠结了一会儿，解释道："贺总，你别听迟小绿乱说。"

贺景修："乱说什么？"

博盈："就……你听到的啊！"博盈道，"她的圈子和我的圈子不同，她们那儿的潜规则什么的比较多，所以也会想得比较多。"贺景修还没来得及说话，博盈便自言自语，"我知道贺总绝对不会有她说的那种想法的。"

话音落下，贺景修沉默了许久。

博盈以为他不打算回答，也不想搭理自己，默默吃饭。

他们吃过东西，贺景修送她回家。博盈还给迟绿带了日料店的东西。

把她送到小区门口的时候，贺景修忽而喊了一声："博盈。"

"啊？"博盈回头，"贺总，谢谢你的晚餐，也谢谢你送我回来。"

贺景修目光直直地看她，突然问道："你怎么就知道我不会？"

博盈蒙了一下，刚想问什么意思，贺景修便岔开了话题："早点儿休息，走了。"

"……"

博盈一脸蒙地回了家，也没能想明白贺景修的话到底是什么意思。

把外卖丢给迟绿，她去了楼上。

洗完澡，博盈才后知后觉想起日料店的那番对话。

她躺在床上，拉着被子把自己埋进去。

贺景修应该不是对她表达那个意思。他可能只是单纯地告诉她，他也有可能会潜规则其他员工，一定是这样。

抱着这样的念头，博盈给自己洗脑了一晚上。

第二天上班，她依旧是这样的想法，但在行动上，却不自觉地开始远离贺景修。

她不配，还是离老板远一点儿比较好。不过贺景修也没再找她，公司开始忙了起来。

不仅仅是贺景修经常出差，连博盈这个新进公司的，也被分配了很多任务。

这一忙，就是一个多月。这一个多月下来，博盈累得像狗一样。

这日，为庆祝项目完工，大家能好好正常上班一段时间，也为了欢迎公司新进的员工，公司聚餐。

对这种聚餐，博盈兴趣不大，但她是新人，肯定要参加的。

博盈到包间里坐下的时候，还收到了迟绿的消息。

她跟迟绿聊着，心情舒畅。

她正聊着，旁边的同事凑了过来："博盈，跟谁发消息呀？"

"朋友。"博盈看向杜楠，淡淡地说，"怎么啦？"

杜楠笑笑，意有所指地道："我以为是你男朋友呢！"

闻言，博盈瞥了一眼不远处的贺景修，不冷不热地收回目光："不是。"

博盈原本以为这就结束了，但她没想到的是，杜楠一直穷追不舍。

其实这段时间相处下来，她大概知道杜楠不喜欢自己，杜楠偶尔还会对她冷嘲热讽。

博盈上班穿得其实不算高调，也不奢侈，车也才二十多万元，但她的包包是奢侈品牌，一两万元是最便宜的。

不知道是因为这些，还是别的，杜楠一直对她意见挺大，冷嘲热讽她听过好几次，博盈也不是软柿子，不舒服就会回击。

只不过这次的迎新聚餐，杜楠说的话是真的有些难听了，她跟博盈说，趁着年轻，好好享受这个年龄的待遇。聪明人都能听出这里面暗藏的意思。

博盈翻了一个白眼，毫不犹豫地说："杜楠姐，待遇这种东西，其实是不分年龄的。"她微微一笑，看着杜楠说，"可能是分长相，也可能是分身材呢！"

杜楠脸一僵，看向她："你什么意思？"

博盈耸肩："杜楠姐什么意思，我就什么意思。"她被旁边的同事拉了拉，轻声道，"我去下洗手间，各位自便。"

进了洗手间，博盈还是有些忍不住，给迟绿发语音消息。

她是个憋不住的人，可能当面不和你撕，但只要不是自己的错，背后一定要把你骂到狗血淋头。不过她没想到，出来时会碰到贺景修。

两人有好些天没说话了，偶尔见到也是匆匆扫对方一眼，就又忙了起来。

这会儿看到他，博盈还有点儿心虚。

"贺总。"

贺景修瞥了她一眼，道："以后要骂人，别在有可能碰到同事的地方。"然后他就走了。

再回到位置上，她笑盈盈地和其他同事打成一片。

吃过饭离场，同事有找代驾的，也有等车的。

一群人凑在路边，都喝了点儿酒，没办法开车回去。

博盈原本以为，杜楠今天该歇歇了。

结果等车的时候，她又开始了，旁边还有附和杜楠的同事。

博盈正听得头疼时，旁边有人惊呼："哇，豪车呢！"

众人抬头去看，在看到不远处停着的豪车后，眼睛都在放光。

博盈一开始没太当回事，里面的人出来后，她才忍不住笑了起来。

"博盈，你笑什么？"

博盈懒得和他们解释，看向另一边的几人，跟着接了两句话。

她正说着，陈陆南走了过来。

"盈盈。"

话一出来，博盈旁边的同事瞬间噤声，齐刷刷转头看向博盈。

博盈一笑："这儿呢，陈老师。"

陈陆南睨她一眼，宠溺地问道："你叫我什么？"

"陆南哥哥。"博盈嘻嘻一笑，转头看向目瞪口呆的同事，"有人来接我了，我先走了，大家下周见。"

说话间，她往陈陆南他们那边跑。

程湛瞥了她一眼，拍了拍她的额头，训斥道："喝了多少？"

"就一点点。"

几个大男人没当面训她，抬头看向另一边。

"贺总，好久不见。"

贺景修颔首，对他们的出现虽有意外，但也不是很惊讶。

一上车，博盈便兴奋道："程湛哥哥，是我哥让你们来接我的吗？"

程湛瞥了她一眼："不然呢？"

博盈笑道："谢谢你们啊！"

姜臣看了她一眼，笑了笑说："哟，我们的妹妹在外面受委屈，怎么不哭？"

"……"

博盈："我都多大了，还哭，那不是很丢脸嘛！"

姜臣："这有什么丢脸的，你就该找你哥告状。"

博盈眨眨眼："那我哥会说我吃不了苦。"

几个人说着，博盈的手机疯狂振动。

她看了一眼，是同事发的群消息，也有跟她私聊的。

他们问刚刚出现的人是不是陈陆南，还是只是长得像，还有人问她程湛几个人和她什么关系。

博盈笑笑，直接把群消息调成免打扰模式。

她暂时不想告诉他们。

整个周末，博盈都过得非常开心。

周一上班，博盈一进公司就吸引了所有人的注意。

她明显感受到，这一回落在她身上的目光比第一天上班她把咖啡洒在贺景修身上还多。

博盈面不改色地去了自己的位置。

她一坐下，裴云梦便转头看了过来，目光直直地看着她。

博盈受不住，瞥了她一眼："你干吗这样看我？我有点儿害怕。"

裴云梦哼了一声："你怎么能藏得那么深？"

"我没藏吧？"博盈说，"上班太高调不太好。"

裴云梦翻了一个白眼："但你知不知道你周五那天差点儿把我们都吓死？"

博盈笑了笑："我的错，我的错，中午请你吃饭？"

裴云梦想了想："还要喝奶茶。"

"没问题。"

裴云梦知道，博盈也有自己的苦衷。

她本就不是高调的人，当然也不是刻意隐藏。她只是不想让其他人对她有特别的看法。

下班的时候，她还收到了贺景修给她发的消息。

贺景修："今天感觉如何？"

博盈："挺好的，就是感受到了不一样的热情。"

贺景修："嗯。"

博盈："我没给你添麻烦吧？"

贺景修："没有。"

博盈放下心来。

只不过回去的时候，她又碰巧和贺景修遇上。

"我送你？"

博盈沉默了一会儿，也不在意其他人的看法了："好的，麻烦贺总了。"

贺景修盯着她看了几秒，没说话。

之后的一段时间，博盈偶遇贺景修的次数越来越多，他们偶尔还会莫名其妙地在一起吃晚饭。

公司开始有各种谣言，博盈听见了没去管。她想，贺景修应该会处理。

一晃就到了新年。

新年，博盈和迟绿还有博延，搬到了别墅，三人一起收拾新房子，迎接新的一年。

博盈知道自己是个"单身狗"，每天除了吃饭和另外两人在一起之外，其他

时间都很好地隐藏自己，尽量不做闪闪发光的"电灯泡"。

这天，早上醒来的时候，博盈莫名其妙和贺景修在游戏里相遇了。

前段时间，贺景修突然问她是不是很喜欢玩"吃鸡"游戏。

博盈想了想，猜测他应该是在游戏里看到自己时常上号才问的。

她没否认。

她正打着，迟绿下楼。

"跟谁打游戏？"

博盈："同事。"

迟绿问了一句，起身进了厨房。

迟绿一走，她耳机里便传来了男人熟悉的声音："博盈。"

"什么？"博盈怔住。

贺景修顿了一下，漫不经心地问："我是同事？"

博盈挑了一下眉："不然呢？"她看了看游戏，低声问，"刚刚的人呢？你打死了吗？"

"嗯。"

博盈眼睛亮了亮，快速往那些发着绿光的盒子跑："盒子里都有什么呀，有没有我要的？"

"你要什么？"

"好多，我也分不清。"

博盈是个游戏"菜鸡"，这游戏也是刚接触不久。公司同事喜欢玩，偶尔找不到人会拉着她凑数，玩了几次后，她突然喜欢上了。但她实在是太菜了，别人能找到人的时候一般都不喊她。

今天也是阴错阳差，博盈早起发现很无聊，她哥警告她不准去吵迟绿，她只能窝在沙发上刷微博、刷朋友圈。

刷得无聊，她便上了游戏。

博盈正打算自己随便玩玩，练练技术，没料到的是贺景修也在线，还邀请了她。

贺景修站在她的旁边，看她捡完盒子里的东西，低声问："看看还差不差配件？"

"怎么看呀？"博盈茫然地问道。

贺景修也没有不耐烦，语气缓慢地教她如何查看。

迟绿出来的时候，听到的便是她温柔的语气。

她狐疑地看了博盈几眼，眉梢稍扬，明白了什么。

她没去吵博盈，打开冰箱看了看，有了主意。

听到厨房里的声音，博盈看了看时间："迟小绿在厨房做饭了。"

贺景修一顿："然后呢？"

"我得去帮忙。"博盈有点儿不好意思地说，"我们这局还要多久结束啊？"

贺景修看了一眼还活着的人，说："不确定，可能两三分钟，也可能二三十分钟。"

博盈啊了一声："这么久啊，那我可以自杀吗？"

贺景修："……"

他嗯了一声："不想'吃鸡'啦？"

"想啊！但我不能让迟小绿一个人做饭，她会觉得孤单的。"

贺景修蹙眉，不太能理解。他安静了几秒，淡淡说："靠过来一点儿。"

博盈一脸蒙地看着游戏："往你那边吗？你要用枪打死我吗？"

"打不死。"

博盈："那怎么办？"

"不过可以用手榴弹。"

"哦。"博盈老老实实地说，"那你朝我丢吧！"

贺景修应了一句："知道。"

几秒钟后，博盈惊呼了一声："啊，你怎么也死了啊？"

贺景修淡淡地道："吃饭了。"

闻言，博盈没多想："好吧！"她意犹未尽地说道，"你什么时候还玩啊？"

贺景修轻笑："还想玩？"

"有一点儿。"

贺景修了然："晚上？"

"行。"

吃饭的时候，迟绿问了她几个问题。

博盈隐约觉得她知道了什么，但又没先承认。

有些事，在还没有确定的时候，博盈都不敢妄下断言。

晚上，博盈早早回了房间。她给贺景修发了一条信息，两人上了游戏。

博盈刚玩，兴致很足。

打了两个小时，贺景修问了一声："你不累？"

博盈："你累了吗？"

贺景修无言，低声道："看太久对眼睛不好，明天再玩吧！"

博盈撇撇嘴："好吧！"

贺景修沉默了一会儿，低声道："明天想玩给我发信息。"

"嗯。"

整个新年假期，博盈都在和贺景修打游戏。

贺景修也是真闲，无论博盈什么时候问，他都在。

新年假期过后，博盈开始搬出去住了。她有了自己的小窝。

新年上了几天班之后便是情人节。大街小巷，情人节的广告随处可见。

上班时间，裴云梦还在和她讨论："你今天打算怎么过？"

博盈："下班后回家点外卖，看电视。"

裴云梦瞅了博盈一眼，低声问："你不去约会？"

"跟谁约会？"

裴云梦："你说呢？"她暗指，"你别以为我不知道啊，你和贺总这关系……说不清道不明的，还没在一起啊？"

博盈一怔，看着电脑屏幕说："我们又没那个意思，就纯粹是旧相识而已。"

裴云梦："呵呵。"

博盈刚想解释，手机里弹出消息，是贺景修的。

贺景修："晚上有事吗？"

博盈："……"

贺景修："我待会儿去机场，现在回去。如果你没约的话，我请你吃饭？"

博盈："等你落地后再说。"

前两天，贺景修去江城出差了。

她不说好也没说不好。

贺景修："行。"

到了下班时间，博盈也没收到贺景修的消息。她想了想，点开江城的天气看了看。

江城下雨了，很多航班都晚点了。她想了想，没太放在心上，收拾东西回家。

手机一振，是贺景修的电话。

"喂。"博盈刚上车。

贺景修沉沉的声音传来："博盈。"

"什么？"贺景修蹙眉，低声道，"临时出了一点儿状况，我现在才到机场，飞机也延误了。我看天气说北城今晚也有暴雨，你出去玩的话早点儿回家，不出去玩记得关好门窗。"

博盈嗯了一声，想了想，说："你买的哪趟航班？"

贺景修一怔，说了航班信息。

博盈挑挑眉，笑着道："好吧！其实你可以不用回来的，明天不是休息吗？"

贺景修静默了一会儿，问："你是真傻还是在装傻？"

博盈："……"

贺景修淡淡地说道："博盈，这么久了，你不会还不知道我在追你吧？"

博盈眼神胡乱飘："你又没表白，我怎么知道？"

贺景修无言。他说："现在知道了？"

博盈："电话里说，你是不是有点儿不认真？"

贺景修想了想说："行。"

博盈沉默。"啊？"

贺景修看了看时间，低低地说道："等我回去当着你的面说。"

博盈揉了揉发烫的耳朵，小声咕哝："你如果今天能赶回来，我就听。"

贺景修："好。"

挂了电话，博盈先回了趟家。

她纠结了一会儿，想着江城那边的天气，又有点儿心虚地给贺景修发了一条信息。

博盈："看在下雨的分儿上，我可以把时间延长到周一上班前，你飞机飞不了的话，再等等吧！"

她怕出事。

贺景修："知道。"

晚上八点，博盈刚洗完澡，看到了贺景修十分钟前发的消息，说上飞机了，江城的雨小了很多。

因为天气，贺景修落地的时候，已经是晚上十一点三十分了。

机场也冷了很多。

他低头看了一眼时间，十二点之前肯定赶不到博盈家了。

贺景修揉了揉眉，和助理去拿了行李。

一行人往外走，他想了想，给博盈发了一条信息。

贺景修："睡了吗？"

博盈没回复。

贺景修："我刚落地，晚安。"

消息刚发出去，一侧的助理突然喊了一声："贺总。"

贺景修抬眼："什么事？"

助理瞪大眼看着前面，指了指说："博……博小姐。"

贺景修一怔，抬起了眼。他一抬眼，便看到了在出口犯困的博盈。

贺景修怔了一下，偏头看向身后的人，快速道："你们先回去，注意安全。"

众人了然地一笑："贺总加油。"

贺景修笑了一下，往博盈那边走。

听见脚步声，博盈也清醒了几分。

她看着出现在自己面前的人，轻眨了一下眼："怎么那么……"

"久"这个字还没说出口，贺景修忽而抬手，把她拉入怀里。

博盈身子一僵，感受着他身上的气息。

她垂下眼静了一会儿，戳着贺景修的肩膀道："贺总，你这是准备'潜规则'我吗？"

贺景修："不愿意？"

"……"博盈无言，想了想说，"勉强愿意。"

贺景修笑笑："等多久了？"

"一小时吧！"博盈看了一眼，"先走吧，机场好冷。"

贺景修颔首。

两人往停车场走，到停车场时，博盈把车钥匙给他："你开，我困了。"

贺景修看了她一眼，跟着上车。

博盈一上车，安全带还没来得及系好，贺景修忽然倾身过来，离她很近。

瞬间，博盈有点儿紧张。

"你……"她眨眨眼，紧抿着唇角说，"想干吗？"

贺景修目光深邃，直勾勾地盯着她许久，低声道："没有鲜花，没有礼物，现在表白能被接受吗？"

博盈怔了一下，小声说："看你的诚意。"

贺景修嗯了一声，握着她的手放在自己的心口。

博盈一怔，隔着衣服能感受到他的心跳。

她怔怔地望着他，不知道该说什么。

"感受到了吗？"贺景修问，"我的诚意。"

博盈微顿，不知道要说什么。

贺景修垂下眼望着她："这里，在为你跳。"

博盈被他这别具一格的表白镇住了。

好一会儿，她才结结巴巴地说："就……就这样？"

贺景修看着她。

博盈："你也不说喜欢我？"

"喜欢你。"贺景修道，"做我女朋友好吗？"

博盈受不了他的目光，轻轻嗯了一声："勉强答应你。"

贺景修一笑，碰了碰她柔软的唇："好。"他低头吻着她，博盈的手一直都放在他的心口。

她其实是个没心没肺的人，会选择刻意遗忘，可再遇到贺景修之后，很多事就像电影一样，一幕一幕地在她脑海里播放。

贺景修含着她的唇亲吻，温柔又细致。他不知道该如何告诉她。从她让他等她的那一天开始，从十八岁到二十六岁，他就一直在等，等她和他在一起，到他怀里的这一天。

番外三 /

二人世界

迟绿和博延有了两个宝宝后，重心从工作偏移到孩子身上，因此，两人少了很多自己的时间。

迟绿闲下来算了算，好像已经有很长一段时间没和博延过二人世界了。她不得不感慨，孩子是夫妻过甜蜜生活的"绊脚石"。

听到她这话，季清影忍俊不禁："那要不你和博老师出去玩一玩？"

迟绿叹气，托腮望着在院子里玩过家家的几个孩子："有点儿于心不忍。"

"没什么不忍心的。"季清影宽慰她，"想去就去，我帮你看着他们。"

迟绿一愣，错愕地看着她："四个，你确定能搞定？"

季清影点头："兜兜和博云珩都上小学了，不用怎么管，弟弟妹妹两个也乖，家里有阿姨和我，应该没太大问题。"

被季清影这么一说，迟绿还真有点儿动摇了。她思忖了一会儿，疑惑地问："那为什么不我们四个人一起出去，把孩子丢给长辈呢？"

她也想和季清影一块儿出去玩。

季清影扑哧一笑："我觉得……"

"什么？"迟绿等她下一句话。

季清影一脸认真地说："我老公和博老师宁愿我们俩出去玩，也不愿意我们四个人一起出去玩。"

四个人凑在一起，迟绿和季清影一定会将两个大男人直接忽视，让他们沦为提东西的工具人。他们不仅没办法和自己的老婆亲亲抱抱，甚至可能会被各种嫌弃。倒不如她们俩出去玩，他们在家工作，时间反而过得更快，日子也过得更舒畅，更重要的一点是，他们俩谁也不想当电灯泡。

迟绿莫名觉得季清影说得有点儿道理。

"你说得对。"她幽幽道，"我再考虑考虑。"

季清影笑道："好。"她安慰迟绿，"别有心理负担，孩子不是我们生活的全部。你和博老师才是要一起走到老的。"

晚上博延下班回家后，迟绿和他提了提这事。

听到她的提议，博延一笑："这么巧？"

迟绿不解地看着他："什么意思？"

博延将人揽进怀里，垂睫看着她说："我也正有这个想法。"

两个人是真有段时间没出门了，虽然迟绿嘴上不说，但博延是心疼她的，也知道她不是那种能在家里待得住的人。他前段时间便在看她想去玩的地方，目前为止筛选了几个有特色两人还没去过的地方，准备让迟绿选择。

"哪几个地方？"听博延说完，迟绿眼睛亮了。

博延掏出手机给她看，他手机里做了不少记录，方便让迟绿选择。

看到他密密麻麻写的那些重点，迟绿忍俊不禁。她靠在博延的身上，揶揄道："博老师，你怎么那么优秀？"

博延挑眉，低头看着她："不优秀怎么当你的博老师？"

迟绿想了想，也是。

博延要是不优秀，她肯定不会这么多年还那么喜欢他。

看完博延准备的方案，迟绿最后选了海边。她突然很想去海边踩踩细碎的沙子，想去吹吹海风，想去游泳。

地点定下来后，什么时候去又是一个大问题。

"他们上学的时候去吗？"迟绿问。

博延："上学的时候吧，周末怕傅医生和清影忙不过来。"

迟绿："你说得有道理，不过周末可以把他们丢给盈盈。"

博延失笑，捏了捏她的脸颊："好。"他低声应着，"那下周去吧？"

"这么快？"迟绿讶异，"你公司不忙？"

博延颔首："公司的事不着急，我会安排好。"

闻言，迟绿点了点头："行。"

知道爸爸妈妈要去旅游，博家两个小宝贝惊讶了须臾后，便很淡定地玩自己的玩具了。

他们见怪不怪，博延和迟绿也不是第一次丢下他们去旅游了。

"妈妈。"博慕迟问，"那我们是不是要去干妈家吃饭啦？"

迟绿："是，怎么啦？"

博慕迟眼睛一亮："我和弟弟睡觉也在干妈家吗？"没等迟绿回答，她自顾自地说，"那我是和云珩哥哥一起睡，还是跟小宝妹妹一起睡啊？"

迟绿："……"

她顿了一下，看向自己的宝贝女儿："你想跟谁一起睡？"

博慕迟歪着头，很认真地思考了一会儿："我其实想跟云珩哥哥一起睡，但是妈妈你说过，男女有别，那我还是跟小宝妹妹一起睡好了，还可以照顾她。"

迟绿扑哧一笑，揉了揉她的头发："妈妈什么时候跟你说过男女有别？"

她怎么不记得了。

"就上次呀！"博慕迟瞪圆了眼告诉她，"上回你跟爸爸亲亲，我想去找云珩哥哥亲亲的时候你跟我说的。"

迟绿噎住。

听着博慕迟这么直白的话，她头疼地揉了揉太阳穴，有点儿尴尬："是吗？"

博慕迟一脸无辜地说道："对啊！"她又有了疑问，"不过妈妈，为什么你和爸爸可以亲亲，我跟云珩哥哥就不行？"她咕哝，"你们也是一个男生一个女生呀！"

"……"

这可真是个好问题，迟绿沉默了一会儿，说道："因为爸爸是妈妈的丈夫，是妈妈的老公，知道吗？"

她认真想了想，摇了摇头："知道，那云珩哥哥不是兜兜的老公吗？"

她瞪圆了眼，看着兜兜："当然不是。"

博慕迟："啊？"她皱眉。

有那么半分钟，迟绿怀疑自己女儿上的不是小学，而是大学。现在的小朋友已经早熟到这个地步了吗？

迟绿震惊。

迟绿抱着疑惑去和季清影以及博延等人探讨了一下现在小学生的思想。

季清影听完，很淡定地说："他们就跟过家家一样的。"

迟绿知道他们是在过家家，但是还是很意外。

博延更是淡定，说："兜兜的择偶标准，我们要让她提高一点儿。

迟绿看向不远处正跟傅云珩在探讨作业的博慕迟，头疼地说，"她'颜控'，只看人长相。"

博延顺着她的视线去看，说了句："便宜他了。"

迟绿笑道："也不知道他们长大会怎么样，是不是还跟现在这样？"

博延也不知道。

迟绿看着他，好奇地问："博老师。"

"嗯？"博延低头。

迟绿好奇地问道："兜兜选男朋友的话，你支持谁？"

"她喜欢谁我就支持谁。"博延回答，女儿的选择最重要。

"哦。"迟绿觑他一眼，"除了云宝，其他人你也放心？"

博延微顿，沉吟半晌，道："就兜兜那顶级的眼光，我觉得她除了能看上云宝，其他人应该都看不上。"

这话说得虽为时过早，但不可否认，博延和迟绿都是这样的感觉。

他们家博慕迟，从小就认死理，喜欢的人和东西甚至是零食，只要喜欢了，就会一直喜欢。

想到这儿，她幽幽地说道："虽然云宝我也很满意，是我最满意的人选，但我其实想兜兜在其他事情上，不那么倔强。"

博延一笑，拍了拍她的脑袋："别想那么多，她倔强也有倔强的好处。"

迟绿和他对视一眼，叹息道："此时此刻，我们也只能这样安慰自己。"

博延："……"

好在夫妻俩也没太过担忧宝宝们的未来，他们俩在很多事情上向来想得开。

出去旅游前，迟绿和博延把两个宝贝丢给季清影和傅言致，迟绿还想要叮嘱点儿什么，兜兜朝她摆摆手："妈妈，我都知道你要说什么啦！"她小大人似的，"我会看好弟弟的，也不会欺负云宝哥哥，更不会欺负小宝妹妹，你和爸爸就放心吧！"

迟绿："……"

博延："……"

季清影和傅言致在旁边笑，给她点赞："兜兜真乖。"

兜兜扬了扬唇，一脸骄傲："傅叔叔，我很听话的，对不对？"

傅言致："对。"

季清影哭笑不得："兜兜说得对，你们俩就放心出去玩吧，玩半个月都行，我们有阿姨照顾，不会有什么事。"

"行。"迟绿瞥了眼博慕迟，"有什么事给我们打电话。"

"知道，注意安全。"季清影叮嘱。

傅言致附和："玩得开心。"

迟绿和博延离开时，本以为兜兜和弟弟会不舍，谁料他们刚上车，这两个"没良心"的小宝贝就已经拉着季清影和傅言致的手一蹦一跳进屋了。

迟绿借着后视镜看了一眼，揉了揉眉眼，说："他们对我们的离开没有一点儿不舍。"

一时间，她都不知道这是好还是坏。

博延轻笑："兜兜怕我们不舍得走，故意表现得洒脱。"

听到这话，迟绿不确定地问："真的吗？"

博延面无表情地答："真的。"

因为有博延这话，迟绿稍稍放心了点儿。

在一起这么多年，两人去过很多地方，有迟绿喜欢的，也有博延喜欢的。不过他们一家最喜欢的，还是海边。

因为迟绿喜欢，博延和傅言致都在海边买了房子，方便假期时过来玩。

飞机落地，迟绿望着外面的太阳，脸上的笑意加深："好大的太阳。"

博延垂睫，低低一笑："没事，我们等太阳下山了再出门。"

到海边的房子后，迟绿给季清影打了一个视频电话。

"他们呢？"她问。

季清影揉了揉太阳穴，看着她："被傅医生带出去玩了。"

迟绿一愣，扑哧一笑："是不是吵得你头疼？"

"还真有点儿。"季清影诚实地说，"在家太闹腾了。"

她昨晚没睡好，白天本来想睡个午觉。不承想四个小朋友真的太闹了，傅云珩和兜兜稍微好点儿，另外两个小的，一直说个不停，一会儿叫季清影，一会儿喊傅言致，一会儿又是哥哥姐姐。总而言之，他们就是安静不下来。

迟绿乐了，托腮看着她："你这会儿知道我走的时候为什么不放心了吧？"

季清影认命似的点头。

"那傅医生一个人能搞定吗？"迟绿好奇。

季清影笑道："他说他可以。"

傅言致心疼她，让她一个人在家好好睡一觉。

迟绿挑眉："那我这个电话，是不是正好吵醒你啦？"

"没。"季清影告诉她，"在你电话来之前，我就醒了。"

迟绿弯了弯唇："好吧，那晚上我再给你打电话。"

"放心吧。"季清影看着她，"你和博老师安心玩，不用老是记挂着他们。"

迟绿应声："好，辛苦啦！"

· 636 ·

"客气。"

挂了电话，迟绿看向博延："博老师。"

这么多年过去了，她还是喜欢喊博延"博老师"，她总觉得这个称呼和"老公"这个称呼一样重要。

博延嗯了一声，走到她身侧坐下："怎么啦？"

迟绿歪着头看着他："现在我们该做点儿什么呢？"

博延一顿，一把将人拉到自己的腿上坐着。他目光深邃地望着她，低低说："做点儿小朋友在家不能做的事。"

"……"

迟绿正要说他为老不尊，博延先堵住了她的唇。

他亲了好一会儿，在迟绿有些受不住的时候，稍稍往后撤开了些许。他垂睫看她嫣红的唇瓣，眸子里闪过一丝笑意，嗓音沉沉地说道："老婆。"

迟绿眼睫一颤，太知道他这声"老婆"后会跟着什么话了。她没好气地觑他一眼，提醒他："博老师，大白天不太好吧？"

博延应了一声，低头蹭着她的鼻尖，张嘴轻轻地咬了一下，低问："哪儿不太好？"

"……"

迟绿没办法回答他。

显然，博延也没期待她的回答，他一把将人抱了起来，走进卧室，还顺手将门关上了。

海边的阳光太大，白日里不方便出门，那就只能在家多做点儿有意义的事。

迟绿累得睡了一觉，再醒来时，天已经黑了。

房间的窗帘拉着，黑漆漆的。迟绿拿过床头柜的手机看了一眼，已经七点了。

博延不在房间，但给她留了消息，说是在楼下处理公事。他现在即便是休假，公司的事还是要他解决的。

迟绿揉了揉眼睛，先给他回了个消息，这才看到季清影和博盈几个人发来的消息。

她和博延出来玩，博盈收到消息后，下班后就去看了兜兜他们，还给她拍了照片，录了视频。

看着两个和自己打招呼的小朋友，她不由得笑了起来。

"在看什么？"博延推门进来，看到的便是她柔和的笑脸，还有些走神。

两人结婚这么多年，迟绿说没有变化是假的，但岁月在她身上没留下太深的痕迹，反而让她更有魅力，温婉了许多。

听到他的声音，迟绿抬头看向他。

两人视线撞上，她一笑："博老师，你看什么呢？"

"看你。"博延回答得很自然，抬脚往里走，说道，"看我的博太太好像又漂亮了。"

闻言，迟绿挑眉："好像？"

博延低笑，改口："不是好像，是真的漂亮了。"

"哦。"迟绿睨他一眼，并不是很满意的样子，"我以为我一直都很漂亮的。"

博延哭笑不得，抬手捏了捏她的脸颊："是，博太太说得对。"

迟绿翘了一下嘴角，举着手机给他看兜兜他们几个小朋友玩闹的视频。

看了一会儿，博延将她从床上拉起："饿不饿？"

"有一点点，我们晚上吃什么？"迟绿问完，自顾自地说，"我们去外面吃？"

博延没意见。

收拾了一下，两人出了门。

晚上的海风很舒服，迟绿睡好了，精神也多了点儿。博延牵着她的手，漫无目的地走着。

两人没有目的，看到路边感觉不错的餐厅便走了进去。

吃了一顿不错的海鲜，迟绿拉着博延往海边走。她想去踩沙子，想去感受一下海水的温度。

迟绿跟小孩子似的，拉着博延在海边奔跑。博延也无比配合，她喜欢玩，他就一直陪着她，没一点儿不耐烦。

跑了两趟，迟绿停下来喘气。她扭头看向旁边神色自若的人，苦恼地说道："不公平，为什么你一点儿都不累？"

博延失笑，垂睫看着她："因为我平时锻炼。"

迟绿："我也锻炼的。"

两人在家的时候，一周有三天都会早起晨跑。这是两人的习惯，无论多忙，他们都会去锻炼。

博延笑着揉了揉她被风吹乱的头发："回去后加强锻炼。"

迟绿轻哼："我才不要。"她拉着博延的手晃悠着，"博老师。"

"嗯？"

迟绿看着翻涌的海浪，笑着说："下回来海边，和清影他们一起吧，把兜兜他们也带来。"

博延应声："好。"他看着她，"想兜兜他们啦？"

"有一点儿。"迟绿笑道，"我们这样算不算不负责任的父母？"

"不算。"博延太知道她这些年为孩子付出了多少，"他们有人照顾，他们也知道爸爸妈妈只是出门玩几天就回家。我们爱他们，但也不能因为他们放弃我们自己的生活。"

"我知道。"迟绿挽着他的手，"不过还是有点儿想他们。"

博延一笑："过几天就回家了。"

迟绿嗯了一声："那我们回去给他们打个电话吧？"

"好。"

两人回家，回去的路上，博延忽地在迟绿面前蹲了下来。

迟绿惊讶地道："博老师，你这是想做什么？"

博延回头看着她，道："我想背你。"

迟绿微怔，笑着趴了上去："还背得动吗？"

博延笑道："背你的话，再过二十年应该也可以。"

"这么厉害？"迟绿才不信，"再二十年，我们都五十多岁了。"她感慨，"时间过得真的很快。"

博延应声："嗯，背得动。"

迟绿扑哧一笑，搂着他的脖颈调侃："你是想背我到老吗？"

"想。"博延问她，"愿意让我背吗？"

迟绿眼睛弯了弯，搂着他脖颈的手收紧，脸颊贴在他的后背上，感受着他隔着单薄的衣物传递过来的温度，轻声道："愿意。"

她一直都愿意。

蓦地，她忽然说："老公。"

"嗯？"

"我爱你。"迟绿道。

博延一顿，回答她："我也爱你。"

他爱了她十多年了，未来还会继续。他们会永远深爱对方。

图书在版编目（CIP）数据

牙印：全两册 / 时星草著.—武汉：长江出版社，
2022.2
ISBN 978-7-5492-8191-6

Ⅰ.①牙… Ⅱ.①时… Ⅲ.①长篇小说－中国－当代 Ⅳ.①I247.5

中国版本图书馆CIP数据核字（2022）第026703号

牙印 / 时星草 著

出　　版	长江出版社	
	（武汉市解放大道1863号）	
选题策划	奔跑的小狐狸制作组	
市场发行	长江出版社发行部	
网　　址	http://www.cjpress.com.cn	
责任编辑	陈　辉	
特约编辑	怀中酒	
印　　刷	北京润田金辉印刷有限公司	
版　　次	2022年2月第1版	
印　　次	2022年2月第1次印刷	
开　　本	640mm×920mm　1/16	
印　　张	40.5	
字　　数	742千字	
书　　号	ISBN 978-7-5492-8191-6	
定　　价	69.80元	